语 法 与 诗 境

〔美〕蔡宗齐——著

汉诗艺术之破析

上 册

中 华 书 局

图书在版编目(CIP)数据

语法与诗境:汉诗艺术之破析/(美)蔡宗齐著. —北京:中华书局,2021.10(2023.9 重印)
ISBN 978-7-101-15237-1

Ⅰ.语… Ⅱ.蔡… Ⅲ.古典诗歌-诗歌研究-中国
Ⅳ.I207.22

中国版本图书馆 CIP 数据核字(2021)第 125341 号

书　　名	语法与诗境——汉诗艺术之破析	
著　　者	〔美〕蔡宗齐	
责任编辑	李碧玉	
责任印制	陈丽娜	
出版发行	中华书局	
	(北京市丰台区太平桥西里 38 号　100073)	
	http://www.zhbc.com.cn	
	E-mail:zhbc@zhbc.com.cn	
印　　刷	北京中科印刷有限公司	
版　　次	2021 年 10 月第 1 版	
	2023 年 9 月第 2 次印刷	
规　　格	开本/920×1250 毫米　1/32	
	印张 21⅜　插页 4　字数 457 千字	
印　　数	1501-2300 册	
国际书号	ISBN 978-7-101-15237-1	
定　　价	88.00 元	

自　序

　　古语云：无心插柳柳成荫。"无心插柳"恰好形容此书问世的缘由。它并非有意策划撰写而成，而是从本人为哥伦比亚大学出版社编撰《如何读中国诗歌：导读集》一书衍生出来的。《导读集》即将完稿之时，我需要写一篇总结，从较为宏观的角度描述中国诗歌艺术的特点。无意之中，这篇文章的撰写竟带来了自己诗歌研究方法的转型，最终催生这部上下两册的专著。

　　从语言学分析的角度破析中国诗歌艺术，可以说是吾师高友工先生与梅祖麟先生共同创造的方法。在高先生门下读博三年，耳濡目染，对此方法自然有所领悟，但并没有着意加以应用。我的博士论文，以及由其改写而成的《汉魏晋五言诗的演变》一书，都没有多少语言学分析的成分，而主要是运用新批评的方法细读作品，再借鉴结构主义的宏观关怀，对四种诗歌模式的兴起和嬗变加以理论阐述。这种论诗方式专业性太强，若用于向广大西方读者解释中国诗歌，显然是不适合的。

　　经过反复地思考，我认定，为西方读者揭示中国诗歌艺术的奥秘，需要从分析汉语特点入手，因为中国诗歌艺术特征、发展方向都应是由汉语独特本质所决定的。对这一直觉判断,我坚信不疑。然而,做直觉判断容易,对之加以细化、理论化,使之成为破解中国诗歌艺术奥秘的钥匙,则是难上加难的事。面对这个似乎是无法完成的任务,我并没有退却,而是决定步入了当年在高先生门下读博时未敢涉足的语言学领域,努力寻找解释中国诗歌的新方法。重读西方学者有关汉语与中国诗歌关系的著作,我发现,虽然从汉语特点来破解中国诗歌艺术的奥秘是一个正确的方向,但他们不少人所选择的具体路径却是错的。他们执迷于所谓"会意文字的神话"(an ideographic myth),误将汉字字形视为中国诗歌艺术的决定因素。如果说汉语象形、会意的字形没有对汉诗艺术产生决定性的影响,那么我们的注意力自然就应该转到汉语语音之上,认真考虑单音而多有实义汉字是否对中国诗歌节奏、句法、结构等主要方面产生了决定性的影响。

　　沿着这条新思路来总结《导读集》各章,一系列重大发现竟接踵而来。首先,我发现单音汉字的双音、三音构词法与诗歌双音步、三音步(又称超音步)高度吻合,从而造就了中国诗歌中韵律节奏与意义节奏总体合流、彼此间又存有分离张力这种独特现象。由于节奏与意义合流,韵律与句法之间形成了千丝万缕的联系。每种主要诗体都有自己独特的节奏,而每种节奏又能允许特定语序变动和承载不同的句式。

　　接着,对句法的进一步探索又带来惊喜。作为一种非屈折性语言,汉语主谓句的结构宽松,因而诗句可使用极为丰富的倒装、省略、移情的手法;独特的汉语题评句又可超越时空、逻辑的限制,并列物象与人事、景语和情语、大景与小景,从而唤起无限的艺术想象。

　　再进一步探研句法与章法、篇法的关系，又有同样令人兴奋的发现。汉诗篇章结构实际上是主谓句紧密的线性组织原则、题评句断裂的非线性组织原则的延伸。《诗经》中四种原型结构无不基于这两种组织原则。以后诗歌节奏千变万化，却不离其宗，都可视为《诗经》原型结构不同程度的变体。

　　这一系列新发现，不仅揭示了中国诗歌节奏、句法、结构三大部分各自独特之处，而且似乎打通了三者，展现了它们之间不断相互作用的内联性。更令我高兴的是，对节奏、句法、结构三者互动的探究，又帮助我打通了中国诗歌研究中一个更大的障碍，即"务实"的语言分析与"务虚"的诗境研究之对立。

　　我兴奋地发现，对每种诗体节奏、句法、结构的分析，得出对三者语言特征、审美功效的种种判断，与古人对该诗体独特审美境界所作直观的描述，几乎总是不谋而合的，可视为对古人深知灼见的诠释，同时似乎也可以看作两者的相互阐发。古人论诗是悟性的、诗性的，是"知其然"的审美分享，而自己论诗的尝试则是知性的、推理的、是追求"知其所以然"的学术努力。

　　为西方读者写的一篇总结性的文章，竟然带来如此多的重大发现，对中国诗歌艺术的理解，一时间豁然开朗，那种"顿悟"般的愉悦难以言说。在极度兴奋的心情中，《中国古典诗歌的节奏、句法、诗境》一文很快就写好了。此文虽然不长，只有九千多英文字，但涵盖面甚广，从《诗经》一直讲到元散曲，每一种主要诗体的节奏、句法、诗境的特点，都通过分析几首名作一一加以阐明。此文完成之时，我就萌生了将它扩展为一部诗学专著的念头。

　　从此念头的萌生到《语法与诗境》问世,经历了十几个年头。起初,我是准备用英文写此书的。详细书目已拟好,并交给哥大出版社社长过目,得到积极的反馈。不过,当时正忙于与袁行霈先生合作创办英文期刊《中国文学与文化》,此书的写作并没有真正展开,一搁就是好几年。意想不到的是,随后的几年里,三个不同学术机构予以极为宝贵的机缘,让我得以重启此书写作,并分三阶段有序推进。

　　2013 年我接受了岭南大学讲座教授的聘书,开始定期到岭南大学中文系任教。首次面对母语为中文的学生群体,用中文讲授中国古典诗词,发现感觉很不错。在美国教授中国诗歌,主要是依赖译本,自然是隔靴挠痒,无法讲得太深,只能是点到为止。用英文写专著也有同样的问题,只是因为面向专业同行和研究生,可以进行更加深入一些的研究。换用中文著述,感觉就更爽了,省时省力,无须耗费大量功夫英译诗作和解释常识,可以更加专心致志地进行思考,将研究引向深入。

　　有了用中文著述的新语境,我自然就决定改用中文写这部新著。随着写作语言的变换,书的本质也改变了。对西方读者那种点到为止的写法不再适用,书中必须援用更加丰富的第一、二手材料,提供各种各样的统计数据,并对节奏、句法、结构、诗境的方方面面,作出接近定性的陈述。为此,我通读各种诗体的主要作品,从第一手材料中爬梳出每种诗体特有的节奏、句法、结构的类别,选好可以用于示范说明的诗例,同时还整理从前通阅历代数十部诗话著作时所做的笔记,筛选出古人对各种诗体诗境所做出的精辟论述,为开展语言学与美学的对话做好准备。第一阶段这些工作大约在一年内就完成了。

2014年夏天，陈引驰教授邀请我前往复旦大学中文系做一次系列讲座，共八讲。为每一讲准备PPT提纲，实际就是对第一阶段成果深化、细化的过程。一个PPT做好了，书中一章大小节目以及所用的诗例和诗论材料也就拟定了。演讲时，面对有水平的听众，心情亢奋，对着一张张PPT的投影，即兴发挥，补入自己评述的话语，不知不觉，一篇论文的雏形就产生了。根据八讲的PPT和演讲录音，整理出八篇粗略的文稿，第二阶段的工作也就完成了。

第三阶段的工作是将讲稿改写为可以出版的论文。这项工作实际上很费时，自己估计短期完成不了。幸运的是，此时好的机缘又来了。在2014、2016两年中，我先后从香港研究资助局获得"优配研究金"（编号：LU13400014）和"社会科学和人文科学杰出学者"（编号：LU330000215）两项资助，得以减免部分教学任务。有了额外的宝贵时间，我立即开始改写每一篇讲稿，增加引证材料，疏通文气，使之成为言之有据、论证缜密的论文。到了第二项资助结项的时候，全书主要章节都已撰写完毕，并陆续在重要的期刊上发表，具体出版信息已在本书《导言》的脚注中列出，此处谨向诸期刊鸣谢。

除了以上三个学术机构，我还要向北京大学汉学家研修基地致谢。我极为荣幸地获得基地主任袁行霈教授盛情邀请，连续在2018、2019暑期到高大上的大雅堂研修，先后完成了全书统稿以及二校稿的校订。

在此书写作的过程中，许多学界同道、朋友以及门下学生提供了宝贵的帮助。讲稿的整理,主要是在门下陈婧、张晓慧、汪湄、曹舟等同学协助下完成的。刘青海教授在岭南大学作短期访问时亦提供了帮助。岭南大学研究助理郑政恒先生帮助完成查核引文、校对清样等技术性工作。岭南大学古代汉语专业的徐刚教授帮助通校了此书的二校稿。

此书能如愿在中华书局出版,有赖于蒋寅教授的热情推荐,更离不开中华书局学术中心主任俞国林编审的大力支持。中华书局李碧玉编辑对本书版面设计、封面装帧等方面都作了十分理想的安排,并且仔细地对全书做了编辑。

倘若没有三所学术机构提供的绝好机缘、各位同道朋友和学生们的友情支持,此书现在大概仍停留在起步阶段。想到这点,我不胜感慨,无限的谢意难以用言语表达。

此书付梓,文苑的沃土中似乎是插上了一枝新的柳条。"柳成荫"是我心中强烈的愿望和祈求。柳条能否存活、长大成荫,就要看有没有阳光的沐浴、雨露的滋润。读者的关注就是予以它生命力的阳光,读者的批评就是滋润它成长的甘露。作为插柳人,我是多么期盼读者能赐予此书赖以生存的关注和批评,帮助一种新的解诗方法像柳条那样发芽抽枝,茁壮成长,以求为他日的文苑增添一道柳荫照水的景色。

是为序。

2019 年 7 月 18 日
于燕园大雅堂

目　录

上　册

下　册

导　言

　　主书名"语法与诗境"概括了本书的中心内容。语法,这里特指运用诗歌语言的方法,主要涵盖韵律、句法、结构三大方面;诗境,则指这三者互动结合而产生的审美体验,其中最上乘者被认为可呈现主、客观世界之实相,常称为"意境"或"境界"。"汉诗"一词本指中国域外用汉字撰写的、符合中国古典诗歌规范的诗歌作品,但近来此词已开始被用来泛指中国古典诗歌。本书副书名用"汉诗"取代"中国古典诗歌"之称,主要是取其简洁,求行文之便捷,同时也希冀此书有关中国古典诗词艺术的系统研究对狭义的域外"汉诗"之研究有所贡献。

　　汉诗语法与诗境两者均是当今学者所关注的重要内容,前者为实,后者为虚,看似互不关联。的确,两者一实一虚,很少放在一起讨论。有关诗歌语法的论著近年发表不少,通常从语言学角度切入,多半着眼于诗行字数、句读以及语序的变化,力求揭示诗歌语言使用的特点。这类研究以实见长,一板一眼用实例、统计数字说话,立论可置疑之处不多,但读来时常索然寡味。讨论诗境的则恰恰相反,热衷于描述言外之意,象外之象,优美的赞语不绝于耳,而落实在文本之上的分析不多。这似乎是告诉读者,好诗的境界只能神会,不可言传,论诗仅能以虚对虚,用诗一般的言语来传达自己的审美感受。

然而,这两者实则无法截然分开。前人早已注意到这一点,如清代诗学、诗论、诗话多有分析句子倒装、横插等句法,随后讨论这种句法能带来怎样的审美效果。如王世贞说:"句法有直下者,有倒插者,倒插最难,非老杜不能也。"①清初黄生说:"唐人炼句,有倒装、横插、明暗、呼应、藏头、歇后诸法。凡二十种。"②刘熙载则用实例说明顿歇节奏对传情达意的直接影响。他明确指出,四言一变为五言,五言再变为七言,每增一字不仅使语音节奏更加丰富多变,语义表达的范围随之倍增,诗行亦愈加凝练③。

然而,尽管古人爱将自己的审美感受与诗歌句法相联系,但他们所言往往是鉴赏性的、点到为止的评论。这也许是因为他们所面对的读者多是对整个文学传统了然于心的,与他们有共同知识背景的文人,因此他们在讨论诗歌时并不需要开展更为深层次、更为理论化的讨论。除了这类印象派的诗话之外,传统诗学

---

① 王世贞著:《艺苑卮言》,收入丁福保辑:《历代诗话续编》,北京:中华书局,1983 年版,中册,页 961。清人冒春荣袭用王氏的论述,略加扩充云:"句法有倒插,有折腰,有交互,有掉字,有倒叙,有混装对,非老杜不能也。"见冒春荣:《葚原诗说》,收入郭绍虞编:《清诗话续编》,上海:上海古籍出版社,1983 年版,第三册,页 1593。

② 黄生著:《诗麈》,收入贾文昭主编:《皖人诗话八种》,合肥:黄山书社,1995 年版,页 57。

③ 参第一章"汉诗诗体的'内联'性"§1.12。

中当然也有一些例外,明末清初诗经学对毛诗的解释,以及随后衍生的对古体诗的讨论(如陈祚明《采菽堂诗选》、王夫之《古诗选》等)实际上已从分析诗歌结构入手来解释美感的来源,这也许一定程度上是受到了当时科举八股文结构分析的影响。时至二十世纪,学者普遍使用现代的分析方法来论诗,但他们的诗评仍然是鉴赏性的。八十年代所出的《唐诗鉴赏辞典》《唐宋词鉴赏辞典》①无疑可称为是当时集大成之作,其中所选诗词下附的鉴赏多为知名学者所写。

　　时至今日,诗歌鉴赏式的研究似乎仍然停留在对个别诗篇的分析,并没有触及具体诗体与诗歌境界的内在关系。吾师高友工先生或许是运用现代语法来分析诗体与诗境关系的先行者。他在《中国语言文字对诗歌的影响》一文中说:"赵元任先生早年即以'题语(topic)释语(comment)'来分析国语的句子,我想如果能自由地运用在古文的分析上,更可以看出中文中形象表现的灵活生动之处。这种'题释句'正是形象的两端:个体与其性质。"②他不仅从理论上阐述了运用主谓和题评两种句型来分析中国诗歌演变的可取性,并且在自己撰写和与梅祖麟先生合著的多篇重要论文中成功地借鉴结构主义理论,从句法角度揭示了唐诗意境建构的奥秘。和其他同时学者不同,他们并没以华美的描绘

①《唐诗鉴赏辞典》由萧涤非、程千帆、马茂元、周汝昌、周振甫、霍松林等古典文学研究专家主笔,初版于1983年;《唐宋词鉴赏辞典》由唐圭璋、周汝昌、叶嘉莹等主笔,初版于1988年,均为上海辞书出版社出版。
②高友工著:《中国美典与文学研究论集》,台北:台湾大学出版中心,2004年版,页179。

性文字来鉴赏唐诗之美,而是以分析性的语言解释唐诗的句法
与结构特点①。本书则试图沿着吾师的这一路径,以诗歌语法
分析的方法来揭示中国文学史上各种主要诗体的诗境营造的
奥秘。

(一)汉诗语法的内涵和特点

诗歌语法是指诗歌中使用语言的普遍规律。本书所讨论的
汉诗语法包括三大方面:韵律、句法、结构。在这三者中,我们所
熟悉的"语法"一词只涵盖了"句法"一项。现代语法研究普遍是
不涉及韵律与结构的。这种研究取向是完全受到西方语法学的
影响。西方语法研究者普遍认为,句法是西方语法的核心部分,
而西方语言的韵律与句法没有明显关系,故长期把韵律研究排斥
于西方语法系统之外。同样,文章结构也被认为不属于语法研究
的对象,而被归入更狭窄的修辞学的研究范围。然而,在几千年
的汉诗传统中,韵律、句法、结构三者一直是紧密相连、不可分割
的。因而,笔者认为必须将传统语法研究范围加以扩大,把韵律
和结构也包括在内。

本书的韵律研究主要涉及节奏、用韵、声调格律三大方面,而
重点放在节奏之上。就狭窄的定义而言,"节奏"特指诗行中多个
音步有规律的、富有音乐感的组合。用韵则主要是指选用韵母
(以及后续声母)相同或相似字,作为诗行的结尾。除了这种尾韵

---

①高友工、梅祖麟著,李世耀译:《唐诗的魅力——诗语的结构主义批评》,上
　海:上海古籍出版社,1989年版。

之外，用韵也包括诗行中其他类型的诗韵。声调格律指的则是我们常说的诗词中平仄变化的声调规律。声调格律滥觞于齐梁时代，成熟于唐诗，并延续到后来的小令、慢词诸体。平仄变化及四声声调仅限于近体诗与词曲中使用，而其他诗体并没有类似声调格律的要求。若在更为广义的理论层次上讨论诗歌的声音艺术，那么三者都属于节奏。在汉诗研究中通常所说的"节奏"是指由字词之间有规律的停顿构成的"行中节奏"（interline rhythm），而"格律"则是一种特殊的、由有规律的声调变化构成的行中节奏。"用韵"实则是通过强化诗行之间的停顿而增加全诗的节奏感，因而也可归入节奏的范畴，这种由不同诗行组合而构成的节奏可称为"行间节奏"。有鉴于此，在汉诗声音艺术的研究中，节奏无疑是最重要的。的确，所有主要诗体——诗、辞、赋、词、曲，都有其独特的节奏特点，而且所有这些节奏与句法有着极为密切的关系。

本书的句法研究则包括两个方面，一是对传统句法（即古代批评家对诗句语序关系的讨论）进行梳理分析。二是运用以时空—逻辑框架为坐标所建立的现代句法理论，分析汉诗不同诗体中两大类句子的使用，一类是时空—逻辑关系明显清晰的主谓句，另一类是时空—逻辑关系有严重断裂，呈现非主谓关系的句子。这类汉语中特有的非主谓句被赵元任等汉语语言学家称为topic+comment sentences，在汉语语法书籍中通常译作"话题句"。本文将之译作"题评句"，以强调这类句型由"题语"和"评语"两部分构成，而两者之间逻辑及时空上的裂缝正是诗人抒发情感，唤起读者想象与参与的空间。因而"题评句"这个译名似乎更适用于诗歌批评。

本书有关结构的研究涉及篇章结构和诗篇结构两大部分。篇章结构研究力图发现将不同诗句组合成章节的基本途径,而诗篇结构研究则致力于揭示整首诗谋篇布局,组合不同章节的主要方法。上述汉诗语法研究的内容可用下图列出:

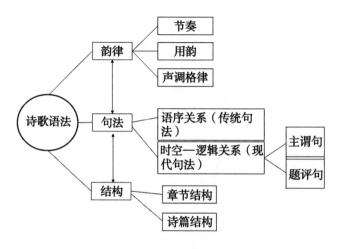

图一　汉诗语法的内涵

如上图中的双向箭头所示,汉诗韵律、句法和结构三者之间有着极为密切的互动关系。其实,古人早就注意到三者的内在联系,或说内联性。例如,明清诗话所用的"句法"一词有时说的是句读所造成的诗行节奏,有时说的是倒装、穿插、呼应之类语序安排,韵律和句法已浑然难分。同样,句法与结构,在现代读者眼中似乎关系不明显,古代批评家则看到两者的内在联系。刘勰《文心雕龙·章句》已提出句法、章法、篇法相通的观点,并从字句组织原则一直推衍到篇章组织原则。刘氏云:"夫人之立言,因字而生句,积句而成章,积章而成篇。篇之彪炳,章无疵也;章之明靡,句无玷也;句之清英,字不妄也:振本而末从,知一而万毕矣。"①然而,古人关于韵律、句法、结构三者关系的论述都似乎过于笼统,点到为止,对此论题深入系统的研究尚待当今学者来开展。本书应是这种系统研究的首次尝试。

(二) 汉诗艺术共时与历时研究的结合

创新是学术的生命力。对自己老师和前辈学者的尊敬,莫过于站在这些巨人的肩膀上,努力攀登汉诗研究的新高峰。较之现有的相关研究,本书力图在共时研究和历时研究两个方面同时取得突破,而且努力将共、历时研究有机地结合起来,开辟汉诗研究的新途径。

本书的首章以汉诗诗体的"内联性"为题,在宏观的层次上建构了全书对汉诗诗体共时性研究的理论基础。共时方面所选择的突破点在于对每一主要诗体内联性的探究。所谓"内联性",是汉诗语法韵律、句法、结构的三大方面之间的内在辩证关系。笔者认为,韵律、句法、结构、诗境实际上有着密不可分的关系。为了揭示四者内在互联的关系,笔者将集中探究以下问题:各种主要诗体有什么独特的节奏? 每种独特节奏引入了什么新句式? 句式与篇章结构有无内在联系? 新节奏、新句法、新

---

① 刘勰著,范文澜注:《文心雕龙注》,北京:人民文学出版社,1958年版,页570。

结构的结合又会产生什么新的诗境、提供何种难以言传的审美体验呢？

　　为了寻找这些问题的答案，笔者将进行三方面的研究。一是参照传统诗学句法论，兼用量化统计，较为精确地描述各种诗体的节奏。二是借鉴现代语言学句法论，仔细分析不同诗体节奏所催生的各种句式，在时间与空间、读者与作者等深层关系上探研各种诗境的生成方式。三是用节奏、句式、结构分析的结果来阐释古人对各种诗体境界的直观描述，以求从感性的"知其然"迈向理性的"知其所以然"。这一研究也许能为古典诗歌传统提出一种新的解读。

　　在这种诗体的共时研究中，最重要的创新努力是把题评句提升为与主谓句平等的基本句型。高友工先生从理论上阐述了运用主谓和题评两种句型分析中国诗歌演变的可取性，但在先生自己撰写和与梅祖麟先生合著的多篇重要论文中没有对题评句展开系统全面的分析。张斌先生觉察到题评句与主谓句的重大差异，但又不愿立之为可与主谓句分庭抗礼的基本句型，而是反复称之为"散文中少见"的句型。蒋绍愚先生则把题评句都视为特殊的主谓句，用"特殊被动式""特殊兼语式""特殊判断句""特殊述宾式"等标签加以甄别。将题评句归为主谓句不仅会化简为繁，生造出冗杂难用的标签，更重要的是此举必定会掩盖题评句独有的、语言学中所称的"语用"（pragmatics）性质，即题评句既陈述观察对象（题语），又同时表达讲话人对该对象的主观感知、判断或情绪反应的特殊能力。因此，将题评句定义为与主谓句对等的句型非但顺理成章，而且特别有助于分析诗歌语言。另一个较重要的创新是要把句法研究延伸到章法和篇法的研究。

在历时方面，主要的突破在于超越唐诗语言研究的范围。如上所示，从清初黄生到王力、高友工、张斌、蒋绍愚等现当代学者，研究汉诗节奏、句法、诗境无不把目光集中在唐代近体诗。笔者坚信，唐代近体诗美不胜收的节奏、句法、诗境绝非凭空而来，而是源于《诗经》《楚辞》，随后在辞赋、五古、七古诸体中不断得以磨砺改造，历时一千多年才演变成型的。同时，近体诗又是汉诗艺术发展的新起点。许多试图冲破近体形式束缚的节奏和句法革新，在杜甫等盛晚诗人的近体诗篇中已见端倪，但到词之小令和慢词中才得以完美地实现。本书用十章之长的篇幅，全面系统地研究了从《诗经》到慢词这一漫长的演变过程。另外，末章还从历时的角度，综合微观研究章节的结果，勾勒出汉诗节奏、句法、结构各自历史演变的轨迹，并比较分析三者在各个诗体中内联互动的特定模式，揭示它们如何创造出层出不穷的新诗境。

在全书十二章中，共时分析和历时比较相互交错，相得益彰，力图将每种诗体自身发展的内在脉络以及不同诗体之间相互影响的复杂路径一一梳理清楚，从而揭示为何各种诗体在其不同的发展时期能焕发出迥然不同的诗境，即独特的时空或超时空之审美经验。上述共时和历时研究的成果若能得到学界同仁的肯定，那么一个颇为庞大而缜密的汉诗艺术诠释体系就近乎成形。能在汉诗研究中留下一家之言,对于笔者将是三生有幸之事①。

---

① 本书大部分章节的内容已在各类期刊上发表,详见(1)《节奏、句式、诗境——古典诗歌传统的新解读》,李冠兰译,载《中山大学学报》2009 年第2 期,页 26—38;(2)《古典诗歌的现代诠释——节奏·句式·诗境》第一部分:理论研究和《诗经》研究,载《中国文哲研究通讯》第 20 卷第 1 期,2010 年,页 1—45;(3)《介绍一种解释近体诗格律的新方法》,载《中国文学研究(辑刊)》第 23 期,2014 年,页 8—18;(4)《早期五言诗新探——节奏、句式、结构、诗境》,载《中国文哲研究集刊》第 44 期,2014 年 3 月,页 1—55;(5)《小令词牌和节奏研究——从与近体诗关系的角度展开》,载《文史哲》2015 年第 3 期,页 49—87;(6)《小令语言艺术研究:句法之"破"与"立"》,载《中国诗学》第 20 辑,2015 年,页 109—123;(7)《小令语言艺术研究:结构与词境》,载《文学评论》,2017 年第 2 期,页 189—201;(8)《七言律诗节奏、句法、结构新论》,载《学术月刊》2017 年第 2 期,页135—153;简约版转载于《高等学校文科学术文摘》2017 年第 2 期,页91—94;(9)《单音汉字与汉诗诗体之内联性》,陈婧译,载《岭南学报》第 5 期专辑《声音与意义:中国古典诗文新探》,2016 年,页 51—73;(10)《领字与慢词节奏、句法、结构的创新》,载《北京大学学报》2017 年第 4 期,页 77—90;论点摘要转载于《新华文摘》2017 年第 22 期;全文转载于《文学遗产》网络版 2017 年 12 月;(11)《六朝五言诗句法、结构、诗境新论——"圆美流转"境界的追求》,载《上海师范大学学报》2018 年第 5 期,页 108—123;(12)《唐代五言律诗句法与诗境》,载《学术月刊》2019 年第 1 期,页 115—134;全文转载于《新华文摘》网络版 2019 年 5 月,页 918—939。

第一章 汉诗诗体的"内联"性

汉诗的艺术特征是什么？汉语如何决定了汉诗的艺术特点？这些是处于自我独立封闭传统中的中国古代学者不会想到的问题。18世纪以降，汉诗渐渐进入国际的视野，与截然不同的西方诗歌传统发生接触和碰撞，到了20世纪初，汉语与汉诗艺术的关系开始引起学者的注意，随后逐渐演变为海内外汉诗研究者共同关心的核心课题。

对此课题的研究，在西方从事汉诗研究的学者似乎占有一种特别的优势。用英语或其他西方语言教授和研究汉诗，自觉不自觉地就会与西方语言作比较，从而对汉语作为诗歌载体的独异之处产生浓厚的兴趣，逐渐形成自己对汉诗艺术特征的独特见解。的确，从汉语特点的角度来探索汉诗的艺术特征，如果算得上是汉诗研究在20世纪的一个重大突破，那么筚路蓝缕之功应归于从事汉诗研究的老一辈汉学家，如卜弼德教授（Peter Alexis Boodberg，1903—1972）、陈世骧（1912—1971）、高友工（1929—2016）、程抱一等人 。

在此首章里，笔者试图超越前一辈汉学家过分强调汉字字形对汉诗影响的倾向,转向考察汉字字音对汉诗节奏、句法、结构、诗境的重要影响,藉以揭示这四者在所有古典诗体中所呈现的内联性,为后续对各种主要诗体之语法和诗境的深入研究打下坚实的理论基础。

第一节　汉字与汉诗艺术:字形的次要作用

从汉字角度研究汉诗艺术的先行者,并非是大学里执教鞭的正牌汉学家,而是著名的东方文化爱好和传播者恩纳斯特·费诺罗萨(Ernest Fenollosa,1853—1908)和 20 世纪美国意象派领袖诗人伊萨拉·庞德(Ezra Pound,1885—1972)。他们有关汉字字形对汉诗决定性影响的创见(或说误解)深深地影响了好几代的汉学家。

费、庞二人关于汉字和汉诗的论述见于《作为诗媒的汉字》(*The Chinese Written Character as a Medium of Poetry*)一文①,此文作者是费诺罗萨,这位 19 世纪的美国人,在日本时对东方文化产生

---

① 英文原文见 *Ernest Fenollosa*, *The Chinese Written Character as a Medium for Poetry*, ed. Ezra Pound, 1936 (Rpt. San Francisco: City Lights, 1983)。新近的版本见 Ernest Fenollosa and Ezra Pound, *The Chinese Written Character as a Medium for Poetry: A Critical Edition*, edited by Jonathan Stalling, Lucas Klein, and Haun Saussy (New York: Fordham University Press, 2008)。此书包括了费诺罗萨的初稿、终稿,庞德的笔记,以及最后出版广为人知的定稿。

浓厚兴趣。此文就是他从日本汉学家学习中国诗歌时撰写的,作为一篇未发表的演讲稿,当时鲜为人知。在费诺罗萨逝世后,庞德由其夫人手中得到其手稿,如获至宝,以短书的形式整理出版,从而广为人知。此文中的观点正好符合了庞德欲建立一种新的诗歌传统之需要。庞德等著名西方现代主义诗人认为,西方语言中种种形态标记,无不是束缚艺术想象的枷锁。他们所做的艺术实验就是要砸破这些枷锁,超越概念化思维,用意象直观地呈现主客观世界之实相。此文得到庞氏如此钟爱,是因为费氏对汉语不求诸"形态标记"的表达方式的描述,正是意象派诗人谋求实现的艺术理想,为他提供了一个梦寐以求的实例,从而支持了他们的诗学主张。

费诺罗萨的文章主要强调汉语与西方语言不同,其文字不是抽象地以字母表达概念,而本身就呈现物象而寓有意义,不仅直观地反映自然界静止事物,还可以揭示自然界中事物之间的互相作用。此文主要从字的结构和构词法角度来阐发这一观点。除展示了汉字象形的直观性之外,费氏还以"人见马(人見馬)"一句话为例子,详细地讨论了汉语词类不带形态标记,汉字不随词类变化而变形的特点。费氏以"Man sees horse"一句为例指出,英文主谓句无不被形态标记所束缚,只能表达枯燥抽象概念,故此句与自然界真实的人见到马的动作毫无关系。与此相反,不受此束缚所累的汉语则可把自然界万物之间、人与自然之间相互作用的势能呈现出来。这里,"人"一字生动地展示了两条腿的人,"見"则有表示眼睛的"目"结构,而"馬"一字中则可见马飞扬的鬃毛。"人见马"这么一个主谓结构,在读者脑海里所唤起的不是施事者(agent or actor)——动作或形态(action or condition)——

受事者(recipient)三者关系的抽象认识,而是三者互动的实际过程①。费氏若见到这三字的篆书(𦥑 𦣻 𢆶)②,对自己的观点一定更加笃信不疑。文中又举出了"日升东(日昇東)"三字,英文为"The sun rises(in the)East",这三字不仅展示了汉字所代表的具体物象,而且展示了自然物象的发展程序。费氏认为,"日"即旭日;"昇"表示了太阳已从地平线上升起,"東"字即"日"升高后挂在"木"之上的情景③。

　　这篇文章在西方诗歌界及学界影响巨大,在汉学界也产生了极大的反响。汉学界的反响则是几乎一边倒的批评声音。从语言学的角度来看,费氏对汉语诸方面之描述谬误不少,因此饱受指责诟病。不少汉学家认为,费文是16世纪以来在欧洲广为传播的"象形会意文字的神话"(an ideographic myth)之翻版,因为费氏只谈汉字六书中的象形和会意,而撇开不论其他四种造字法,对纯象形文字只占汉字的百分之三四的事实亦了无所知④。

　　然而,笔者认为,这些批评实则并没有看到费氏写作此文的

---

①见 Fenollosa and Pound, *The Chinese Written Character as a Medium for Poetry: A Critical Edition*, pp. 44—45。

②见段玉裁注,许慎撰:《说文解字注》,上海:上海古籍出版社,1981 年版,页 365、407、460。

③见 Fenollosa and Pound, *The Chinese Written Character as a Medium for Poetry: A Critical Edition*, p. 60。

④有关此"象形会意文字的神话"的起源和历史发展,参看 John DeFrancis, *The Chinese Language: Fact and Fantasy* (Honolulu: University of Hawai'i Press, 1984), pp. 132—148。此书集中批评了"象形会意文字的神话",但没有提到费诺洛萨和庞德。

要旨。费氏是从中国文字中看到艺术之美感。从文学批评的角度来看,无论就其见地或其影响而言,此文都堪称一篇惊世奇文。费氏本人并不精通汉语,主要是依靠他的日本友人了解汉语和汉诗,然而他却能洞察到,汉语结构可为诗歌创作提供独特而丰富的艺术想象空间,不得不令人折服①。

具有讽刺意味的是,对费、庞两人的"象形会意文字的神话"大张挞伐,反而有助于汉字如他们所希望的那样成为诗歌理论研究中的一个热门议题。在费、庞两人的汉字诗性说直接或间接的影响之下,几代汉学家纷纷把注意力转向汉字,竞相试图从汉字中找到破解中国古代文化种种奥秘的钥匙,包括汉诗起源和艺术特点形成的过程。例如,对汉诗语言有深入研究的、加利福尼亚大学伯克利分校的卜弼德教授用 semasiology 一词来形容汉语,而在现代语言学中,此词是指纯视觉的、与声音无关的符号系统,可见他对汉字象形会意之独钟达到何种地步。有如费、庞两人用汉字结构来阐述自己心目中的理想的诗歌艺术,卜氏则致力于分析"君子""政""德""礼""义"等术语的字形结构及其远古的词源,以求精准地把它们的哲学含义确定下来②。比卜氏晚十五年到柏

①参见拙著 *Configurations of Comparative Poetics: Three Perspectives on Western and Chinese Literary Criticism* (Honolulu: University of Hawai'i Press, 2002), chapter 7 "Poetics of Dynamic Force";译文见《比较诗学结构——中西文论研究的三种视角》,刘青海译,北京:北京大学出版社,2012 年版,第七章《势的美学:费诺洛萨、庞德和中国批评家论汉字》。
②Peter A. Boodberg, "The Semasiology of Some Primary Confucian Concepts," *Philosophy East and West* 2.4 (1953): 317–332.

克利分校任教的陈世骧教授则试图从"兴"等字的结构和字源中寻
找汉诗诞生于远古宗教仪式的终极源头①。远在陈氏之前,阮元、
闻一多等人已试图从"颂""诗""诗言志"等字形中重构远古诗歌创
作的情景,陈世骧的汉字诗学研究无疑主要是继承了中土的汉字研
究传统,但也难免同时受到当时汉学界风行的汉字研究的影响。

　　在欧美汉学家中,最明显地受到了费、庞二人影响的著作大
概是华裔法国学者程抱一(François Cheng)《中国诗语言研究》一
书②。此书法文原版于 1977 年出版,名为 L'écriture poétique chi-
noise。费氏文章反响颇大,引起不少人对东方诗歌的兴趣。而程
氏的研究亦然,法文版出版数年后便被译成英文介绍到北美,对
北美学者认识汉诗艺术有相当大的影响③。在 2006 年,涂卫群把
此书译成中文,在江苏人民出版社出版④。在此书的导言中,程
氏指出,汉语之表意文字系统(以及支撑它的符号观念)在中国决

①见 Ch'en Shih-hsiang, "The *Shih Ching*: Its Generic Significance in Chinese
Literary Theory and Poetics. "*Bulletin of the Institute of History and Philology*
(*Academia Sinica*) 39, no. 1 (1968): 371-413; reprinted in *Studies in Chi-
nese Literary Genres*, edited by Cyril Birch (Berkeley: University of California
Press, 1974), pp. 8-41.
②原书为法文,中译本则可参见程抱一著,涂卫群译:《中国诗画语言研究》,
南京:江苏人民出版社,2006 年版。
③见 François Cheng, *Chinese Poetic Writing*, translated from French by Donald
A. Riggs and Jerome P. Seaton (Bloomington, Indiana: Indiana University
Press, 1982).
④见程抱一著,涂卫群译:《中国诗画语言研究》,南京:江苏人民出版社,
2006 年版。此中译本是程抱一先生的《中国诗语言研究》(1977)和《虚与
实:中国画语言研究》(1991)两书的合集。

定了包括诗歌、书法、绘画、神话、音乐在内的整套的表意实践活动①。他又写道："在此,语言被设想为并非'描述'世界的指称系统,而是组织联系并激起表意行为的再现活动;这种语言观的影响具有决定性的意义。这不仅因为文字被用来作为所有这些实践的工具,而且它更是在这些实践形成体系过程中活跃的典范。这种种实践,形成了既错综复杂而又浑然统一的符号网络。"②

　　为了说明汉字表意的独特之处,他举出王维"木末芙蓉花"一句,说明王维"没有用指称语言来解释这一体验,而只是在绝句的第一行诗中排列了五个字"③来表达自己观物的感受。他认为"一位读者,哪怕不懂汉语,也能够觉察到这些字的视觉特征,它们的接续与诗句的含义相吻合。实际上,按照顺序来读这几个字,人们会产生一种目睹一株树开花过程的印象"④。他紧接着解释"木末芙蓉花"五字所激活的感知过程:

　　§1.1
　　　　第一个字:一株光秃秃的树;第二个字:枝头上长出一些东西;第三个字:出现了一个花蕾,"艹"是用来表示草或者叶[葉]的部首;第四个字:花蕾绽放开来;第五个字:一朵盛开的花。⑤

----

①参见程抱一著,涂卫群译:《中国诗画语言研究》,页10。
②程抱一著,涂卫群译:《中国诗画语言研究》,页10—11。
③程抱一著,涂卫群译:《中国诗画语言研究》,页13。
④程抱一著,涂卫群译:《中国诗画语言研究》,页13。
⑤程抱一著,涂卫群译:《中国诗画语言研究》,页13。

按照程氏的解释,我们读"木末芙蓉花"这五个字的感受,犹如看到了一朵花从蓓蕾到盛放的电影特写慢镜头。接着,程氏进一步深挖"芙蓉花"三字字形构造所寓藏的更深的含义,以求说明王维试图借字形来揭示人与自然相通融合的内在关系:

§1.2

　　但是穿过这些表意文字,在所展现的(视觉特征)和所表明的(通常含义)内容背后,一位懂汉语的读者不会不觉察到一个巧妙地隐藏着的意念,也即从精神上进入树中并参与了树的演化的人的意念。实际上,第三个字"芙"包含着"夫"(男子)的成分,而"夫"则包含着"人"的成分(从而,前两个字所呈现的树,由此开始寄居了人的身影)。第四个字"蓉"包含着"容"的成分(花蕾绽放为面容),在"容"字里面则包含着"口"的成分(口会说话)。最后,第五个字包含着"化"(转化)的成分(人正在参与宇宙转化)。诗人通过非常简练的手段,并未求助于外在评论,在我们眼前复活了一场神秘的体验,展现了它所经历的各个阶段。①

程氏对王维诗句作了如此富于想象的发挥,但仍意犹未尽,故又引杜甫的一联诗"雷霆空霹雳,云雨竟虚无",进而阐述自己的字形解诗法:

----

① 程抱一著,涂卫群译:《中国诗画语言研究》,页13—14。

§1.3

　　诗人用了一系列都含有"雨"字头的字:雷霆、霹雳、雲(云)。然后,他让"雨"字本身最后出现,而它已包含在所有其他允诺它的字中。枉然的允诺。因为这个字刚一出现,后面便紧跟着"無"(无)字,它结束了诗句。可是,这最后一个字以火字为形旁:"灬"。因此,落空的雨很快就被灼热的空气所吸收了。①

读完这些解释,我们不禁会惊叹程氏化平直明了的诗句为神奇的想象力,同时又有似曾相识的感觉。略加思索,不难发现,程氏的字形解诗法与费、庞二人对"人见马""日升东"两句的解读如出一辙,或说把费、庞氏汉字诗性说发挥得淋漓尽致。

　　然而,程氏字形解诗法恐怕无法为人接受,难逃被视为不合用的"舶来品",因为它非但与我们今日读汉诗的体验多相扞格,而且与古人诗歌创作中体现出的字形选择的意图,以及古代批评家有关字形选择的论述完全是背道而驰的。程氏所选的两个例子都是使用同一偏旁的诗句,显然是认为这类诗句最能凸现汉字字形在汉诗艺术中具有决定性的作用。究竟是否如此? 现在就让我们先列出使用同一偏旁诗句的作品两例,看看古代诗人选择同偏旁字的真正意图。第一例是晋代郭璞(276—324)的《江赋》,其中水字边赋句甚多:

───────────

①程抱一著,涂卫群译:《中国诗画语言研究》,页15。

§1.4

　　若乃巴东之峡,夏后疏凿。绝岸万丈,壁立赪驳。虎牙嵥竖以屹崒,荆门阙竦而磐礴。圆渊九回以悬腾,溢流雷响而电激。骇浪暴洒,惊波飞薄。迅渡增浇,涌湍迭跃。砯岩鼓作,漰湱泵㶁。皆大波相激之声也。㴱㵿灪㳶,溃濩㳻㶆。皆水势相激汹涌之貌。潏湟忽泱,濐淴渭瀹。皆水流漂疾之貌。漩澴荥瀯,淣淈渍瀑。皆波浪回旋滇涌而起之貌也。渨浼沵涓,龙鳞结络。碧沙瀢㳌而往来,巨石硉矹以前却。潜演之所汩淈,奔溜之所磢错。崖陬为之泐嵼,崎岭为之岩崿。幽㵎积岨,礐硞磱礭。

　　若乃曾潭之府,灵湖之渊,澄澹汪洸,瀇滉困泫。泓泧涸潒,涒邻圂潾。混湤灏溔,流映扬焆。溟漭渺湎,汗汗沺沺。察之无象,寻之无边。气滃渤以雾杳,时郁律其如烟。类肧浑之未凝,象太极之构天。

　　长波浃渫,峻湍崔嵬。盘涡谷转,凌(凌)涛山颓。阳侯砐硪以岸起,洪澜涴演而云回。沴沧溜潗,乍邑乍堆。㵉如地裂,豁若天开。触曲厓以萦绕,骇崩浪而相礧。鼓㗲窟以漰渤,乃溢涌而驾隈。①

这三段赋共有 292 个字,其中带水字边的字有 106 个,占 36.3% 之多。带水字边的字如此密集出现,大概有三个主要原因。其一,顾名思义,《江赋》集中描写水景,自然要用上大量带水字边的

———————

①萧统编,李善注:《文选》,北京:中华书局,1977 年影印本,页 184—185。

字。其二,郭璞有意使用一串又一串的同偏旁字,尤其是特别艰涩古奥的同偏旁字,旨在显耀自己知识之渊博,掌握的字词量之巨大。如此卖弄辞藻似乎是当时许多辞赋之士之癖好。其三,郭氏寻求创造出一系列由四个同偏旁字组成的联绵字群(引文带有下划线的部分),借其双声叠韵来传递大江惊涛拍岸之声,汹涌澎湃之貌。李善的笺注就明确地指出了这点。

第二例是一首既无署名也无标题的、完全用辵字边字写成的五言绝句。此诗有两个稍有不同的版本,下表左边一栏是在长沙窑出土瓷器釉下所录的版本。右边一栏是陈尚君先生在《敦煌遗书》中发现的版本,与长沙窑版基本相同,只有四字有所变动。

§1.5

辵字边诗	
远送还通达, 逍遥近道边。 遇逢退迍过, 进迢遆遛连。①	送远还通达, 逍遥近道边。 遇逢退迍过, 进退速遊连。②

---

① 见周世荣:《长沙窑唐诗录存》,《中国诗学》第五辑,南京:南京大学出版社,1997 年版,页 67—71。又可参见长沙窑课题组编《长沙窑》第三章第六节《文字》,北京:紫禁城出版社,1996 年版,页 144。

② "中研院"历史语言研究所傅斯年图书馆藏敦煌遗书一五号背三(简称傅一五)。转引自杨明璋:《关于敦煌诗的几则新发现》,载《清华学报》2008 年 3 月第 38 卷第 1 期,页 167。

　　长沙与敦煌之间相隔千山万水,在唐代两地交通来往之困难可想而知。然而,此诗在两地同时出现,又以不同的物质形式保存至今,确是令人惊讶,极为费解的事。若强作解释,不外有两种可能,一是此诗当时在民间广为流传,传遍大江南北、塞内塞外,而同时被长沙窑主和敦煌抄卷者选中。二是此诗当时并非那么出名,只是因长沙窑瓷器外销至塞外而被敦煌抄卷者抄录下来。第二种可能性似乎更大些。与郭璞《江赋》中水字边字的连用不同,此诗的辵字边字并没有巧妙地与双声叠韵结合,从视觉和听觉两方面呈现物象的情貌,故读来不觉得有多少文学价值,更像是一首较为俚俗的文字游戏诗。这类文字游戏诗在唐代似乎颇为流行①,程抱一先生所举的王维和杜甫的诗句与之有无关系?这一值得考虑的问题超出本文的研究范围,故不作讨论。

　　下面接着谈古代批评家如何阐述字形与诗歌艺术的关系。刘勰(467?—538?)《文心雕龙·练字》是深入探讨此关系的专文。刘氏在文中首先提出了选用字形的四大原则:

§1.6

　　心既托声于言,言亦寄形于字,讽诵则绩在宫商,临文则能归字形矣。是以缀字属篇,必须拣择:一避诡异,二省联边,三权重出,四调单复。②

---

①又见周世荣《长沙窑唐诗录存》所录残文:1.“□□□□岩,□□□巉崪。□□巑岏得,□□□巉嵷”;2.“□嵜岨□二字”。载《中国诗学》第五辑,页67—71。

②詹锳:《文心雕龙义证》,上海:上海古籍出版社,1989年版,页1461—1463。

第一条原则"避诡异"即行文时最好避开看上去诡异的字。刘氏解释说:"诡异者,字体瑰怪者也。曹摅诗称:'岂不愿斯游,褊心恶呶吚。'两字诡异,大疵美篇,况乃过此,其可观乎!"①刘氏认为,"呶吚"二字诡异,从而大煞风景,降低了诗句的美感。

　　第二条原则"省联边":"联边者,半字同文者也。状貌山川,古今咸用,施于常文,则龃龉为瑕,如不获免,可至三接,三接之外,其《字林》乎!"②刘氏这段话的意思是,相同偏旁部首的字最好不要一起出现,如果无法避免,则最多出现三次,出现三次以上的文章则可以讥讽其为《字林》。虽然刘勰认为应该"省联边",然而时人诗赋中这样的例子不胜枚举。清人黄叔琳注曰:"三接者,如张景阳《杂诗》'洪潦浩方割',沈休文《和谢宣城诗》'别羽泛清源'之类。三接之外,则曹子建《杂诗》'绮缟何缤纷',陆士衡《日出东南隅行》'瑶珮结瑶璠',五字而联边者四,宜有《字林》之讥也。若赋则更有十接二十接不止者矣。"③上文所引郭璞《江赋》两段中就使用 106 个水字边字,可谓达到联边"接不止"之极致者。

　　第三条原则是"权重出":"重出者,同字相犯者也。《诗》《骚》适会,而近世忌同,若两字俱要,则宁在相犯。故善为文者,富于万篇,贫于一字。一字非少,相避为难也。"④此段的意思是,

①詹锳:《文心雕龙义证》,页 1463。
②詹锳:《文心雕龙义证》,页 1465。
③黄叔琳注,李详补注,杨明照校注拾遗:《增订文心雕龙校注》,北京:中华书局,2000 年版,页 487。
④詹锳:《文心雕龙义证》,页 1467。

属文之时需要权衡重复出现的字。

　　第四条原则是"调单复"："单复者，字形肥瘠者也。瘠字累句，则纤疏而行劣；肥字积文，则黯黕而篇暗。善酌字者，参伍单复，磊落如珠矣。"①这原则说的是，字形有肥有瘦，即最好不要连续几个全是笔画多、看起来肥胖的字，也不要连续几个全是笔画少、看起来瘦瘪的字，行文时最好肥瘦相间，如此才能"参伍单复，磊落如珠矣"。

　　无论是不同时期诗人刻意选择字形的实践，还是刘勰对这些实践所作的论述总结，无不反映出字形在汉诗艺术中的次要作用。虽然魏晋六朝名流文人多有爱用"联边句"者，这类诗句在五言诗中数量毕竟是很有限的，在赋中的像郭璞《江赋》狂用"联边句"的例子是不多的。唐代的"联边诗"主要是无名氏之作，大概乃出自下层文人之手的文字游戏，无关宏旨。就艺术性而言，除了郭璞《江赋》中所见那种联边与双声叠韵结合而生的形声之美，似乎是乏善可陈。若非如此，刘勰怎么会对"联边"持一种批评或至少是保留的态度，告诫对之要"省"。另外，从刘氏对"瘠字累句""肥字积文"的批评，我们可以看出，刘勰主要是就文字书写的审美效果来谈"练字"。综合来看，他认为临文时不要使用字形过分诡异的字破坏美感，相同的字形或偏旁不需要出现太多次，全篇文章中字形的肥瘦则须参差有序，才能产生较好的视觉美感。换言之，他所关心的是字形结构的视觉美感，而非像某些学者所误解的那样更关心语义的表述。

----

① 詹锳：《文心雕龙义证》，页 1470。

比较古代诗人使用"联边"的实践和刘勰对此实践的评述,我们可以看到,程氏步费、庞二人的后尘将字形作为汉诗艺术决定因素,无疑是一种谬误的观点。首先,程氏引用"木末芙蓉花"与"雷霆空霹雳,云雨竟虚无"二例,认为它们最能证明字形与汉诗艺术之内在联系。然而,这两句则恰好可以归入刘勰所认为的不当的"联边",即一句中用三个以上同样偏旁的字。其次,程氏大谈王维和杜甫联边句中的字形的变化如何直接呈现诗人的感物和抒情过程,而古代诗人恐怕从未试图凭借字形来显示自己的感物和抒情过程。若是如此依赖字形,他们不会不像程氏那样谈论自己妙用字形抒情的体会,批评家也不可能不深入探究字形与写物抒情的关系。这两种文章在古代文学批评史上是不存在的。

刘勰《文心雕龙·练字》是中国传统诗学中唯一专门讨论字形使用的文章,但其对字形的讨论是围绕汉字的视觉美感角度展开的,与感物抒情过程无关。他文中所说的"临文"是指将作品书写出来,而选字的四项原则旨在告诫选字组句须充分考虑字形的视觉美感。在某种意义上来看,刘勰《文心雕龙·练字》与书法美学的关系之密切甚至胜于文学创作。

基于以上分析,程氏有关汉字与汉诗艺术关系的描述应该算是误导式的描述。为什么对中国文化有着极为深刻理解的程氏会作出这种误导式的描述?笔者猜测,这大概是因为他所面对的读者群中有很多是对中国文化、中国诗歌毫无了解的外国读者。汉字与西方文字截然不同,不仅表音,更象形表意,往往令他们心驰神往,认为汉字有不可替代的魅力。因此,程氏将汉诗歌与汉字紧密联系,也许是希冀以谈字形的魅力为开场白,将这些读者引导入汉诗的艺术世界之中。

第二节 汉字与汉诗艺术：字音的决定性作用

西方学者率先研究汉字与诗歌创作的关系，为揭示汉诗艺术的特点及其形成的原因开辟了新的途径，这充分显示了他们从双语或多语的角度审视汉诗艺术的优势。然而，"象形—会意神话"以及其他有关汉字字形的想象在西方延续了数百年，经久不衰。在此语境中研究汉字与汉诗关系，西方学者自然很容易步入过分强调字形作用的误区，即使不像费、庞两人及程氏那样作出误导性的描述，也难免会对汉字其他方面的作用视而不见。

在排除了汉字字形对汉诗决定性作用之后，我们应该把注意力转移到汉字字音之上。汉字字音与西方语言相比有三个特点，一是每个汉字都是单音字，二是每个汉字都有其固定声调，三是单音节汉字绝大部分既表声也表意，纯粹表声的汉字数量极少。表意汉字的大部分可以独立使用，与英语 word 的功用相等，小部分不能单独使用的字也多半是含有意义的语素（morphemes）。这两类汉字都可以与其他字灵活地组合为双音词、三音词组或四字成语。

汉字字音三大特点对汉诗艺术产生了什么的影响呢？此问题尚未有人进行系统深入的理论研究。笔者认为，汉字字音对汉诗艺术的方方面面都产生了直接或间接的巨大影响。其中对诗歌节奏的影响最为明显，其意义也最为深远。汉字单音节而又独立表意,这就造就了世界上罕有的一种韵律与语义紧密相连的语言节奏,而这种特殊语言节奏在诗体中得以升华,进而又影响了汉诗句法和结构,为不同诗体意境的产生奠定了语言基础。本节将集中讨论汉字字音对汉诗节奏的直接影响,而后面五节则研究汉字字音对汉诗句法、结构、诗境的间接影响。

(一)单音节汉字与汉诗韵律的特点

诗歌韵律包括诗韵和格律两大部分,即英文所说的 rhyme 和 meter。这两者实际上构成两个层次上的诗歌节奏。在古今中外的主要诗体中,尾韵通常是最重要的诗韵,它通过诗行末字有规律地重复使用相同或相似的韵母(以及其后的声母),营造出诗行之间的节奏(interline rhythm)。格律则是通过有规律地重复使用相同的基本韵律节奏单位,营造出诗行之中的节奏(intra-line rhythm)。

最基本的诗歌节奏单位,或称音步,均是由两个或三个音节构成的。单音节不构成音步,而四个音节则是两个双音节的重复,五个音节则是一个双音节与一个三音节的总和,由此可以类推下去。因此,双音音步、三音音步是节奏的两种基本单位,不同长短的诗句均是双音音步与三音音步的不同配置组合而成。古今中外皆如此。例如,英诗中,根据双音节和三音节中轻重音的分布情况,音步分为五种:抑扬格(iamb,即轻音在前重音在后)、扬抑格(trochee,即重音在前轻音在后)、抑抑扬格(anapest,即轻音+轻音+重音)、扬抑抑格(dactyl,即重音+轻音+轻音)、扬扬格(spondee,即重音+重音)。英诗带有固定韵律诗行都是这些音步叠加而成的,如最受人喜爱的抑扬五步诗行(iambic pentameter line)就是由五个抑扬格音步组成的。

　　汉诗的情况也大致如此。韵律基本单位只有双音和三音,或说二言和三言两种。在诗行中,二言和三言之后稍加停顿就构成独立的韵律单位,而双音韵律单位自我叠加就形成标准的四言、六言、八言等双数字诗行,但若双音与三音单位交叉结合就形成五言、七言、九言等单数字诗行。同样,在唐代成形的律诗格律中,与这种顿歇节奏单位相交错的声调单位也是只有双音和三音两大类,即平平、仄仄,平平平、仄仄仄。这些情况都无不印证了节奏的基本单位只有双音与三音两种①。

　　汉诗节奏与西方诗歌节奏虽然都由双音或三音音步构成,但两者由于与意义的关系"疏密"有别而具有本质的不同。如下例所示,在西方诗歌中节奏与词句的意义无内在关联。

§1.7

Shall I ｜ com-pare ｜ thee to ｜ a sum｜mer's day?

---

① 如果按2+3节奏来划分五、七言句末的声调单位,则有平平仄、仄仄平、平仄仄、仄平平四种。严格说来,这四种只是三言节奏单位之声调,而并非构成近体诗格律的基本声调单位。近体律句形式有两种,要么是两个或三个双音声调单位的对比(外加一个单音),形成(2)2+2+1句,即五言之仄仄平平仄、平平仄仄平和七言之(平平)仄仄平平仄、(仄仄)平平仄仄平;要么是一个或两个双音声调单位与单个三音声调单位的对比,形成(2)3+2句,即五言之平平平仄仄、仄仄仄平平和七言之(仄仄)平平平仄仄、(平平)仄仄仄平平。依照规则交替使用这两种律句就可推衍出近体诗格律的四种形式。参见本书第六章"五言、七言近体诗格律"。

Thou art | more love-|ly and | more tem-|per-ate：

……

（Shakespeare' Sonnet 18）

我怎么能够把你来比作夏天？

你不独比它可爱也比它温婉：

……

（梁宗岱译文）①

以上诗句引自极为出名的莎士比亚十四行诗第十八首,所加的竖线分割出两行抑扬五步诗句的十个音步。其中只有四个音步与句中的意群吻合,而其他六个音步则与意群扞格不合(均用下划线标出)。例如,"sum|mer's"前半部分"sum"与summer意思完全不同,而"mer's"则并非英文单词。同样,"love-|ly"前半部分的"love"与"lovely"意思也不同,而"tem-|per-ate"断开之后,则变为两个无意义的字母组合。由此可见,英文诗的韵律与意义无必然的内在联系。

汉诗却恰恰相反。汉字都是单音节的。一个单音节字,不管是有意义的字,还是含有意义但不能独立使用的词素,都有与另一个单音节字组合为一个新的双音词的强烈倾向。这种在汉语研究中称为双音化的趋势在《诗经》已见端倪,入汉后经历爆炸性的发展,随后成为汉语词汇发展的常态,一直延续至今。双音是最基本音

---

①朱生豪等译:《莎士比亚全集》第六卷,北京:人民文学出版社,1994年版,页542。

步,一个双音词自然就是一个音步,这样意义与韵律一拍即合。同时,汉代以后,越来越多的单音节字又与双音词结合成为三音名词和动词词组,而一个三音词自然也是一个三音步,语义与韵律因而又紧密相连。换言之,二言意群、三言意群既是意义的基本单位,又是基本韵律单位。这样,它们自身重叠或交替使用,而其间产生有规则的语义停顿,从而构成了意义节奏与韵律节奏的合流。

大概因为没有与汉语截然不同的异国诗歌作对比,中国古人没有对意义节奏和韵律节奏作出精确的定义和区分,也没有深入探讨两种节奏之间合离之张力如何成为各种诗体发展的内在动力。然而,他们直觉地把握了诗行字音数量、行间节奏、行中节奏的重要性,视之为诗体分类的基础。

(二)字音数量、行间节奏、诗体分类

诗行的字数,或说诗行字音或音节的数量,是中国最古老的诗体分类标准。挚虞(?—312?)《文章流别论》云:"古之诗有三言、四言、五言、六言、七言、九言。古诗率以四言为体,而时有一句二句杂在四言之间,后世演之,遂以为篇。"①这里可以看到,挚氏试图对齐言诗进行溯源分类。他认为,最古老的四言是所有齐言诗的共同源头,因为后世其他字数的齐言诗都是通过把古老四言诗中的杂句扩展为篇而成的。

刘勰《文心雕龙·章句》云:"若夫笔句无常,而字有条数,四

---

① 郭绍虞、王文生编:《中国历代文论选》,上海:上海古籍出版社,1979年版,第1册,页191。

字密而不促,六字格而非缓。或变之以三五,盖应机之权节也,至于诗颂大体,以四言为正,唯祈父肇禋,以二言为句。寻二言肇于黄世,竹弹之谣是也;三言兴于虞时,元首之诗是也;四言广于夏年,洛沵之歌是也;五言见于周代,行露之章是也。六言七言,杂出诗骚,而体之篇,成于两汉,情数运周,随时代用矣。"①这段话中,刘勰一时说"四字""六字",一时又说"四言""六言",可见在论诗文时"字"和"言"是互换使用的。在古人的心目中,文字与字声两者是相通而不可分割的,与西方将文字(writing)与言语(speech)绝对对立的观点显然是截然不同的②。正是因为如此看待声音与文字、声音与意义的内在关系,古人才会自然地用音节数量来命名主要诗体。在汉诗以外的传统中,以音节数量命名诗体的现象,即使不是全然无有,也是极少见的。例如"五步抑扬格"仅仅是韵律节奏的名称,与意义完全无涉,故从来没有也不可能用来命名诗体。

　　用诗行的音节数来命名诗体,这意味着古人已经觉察到相同长度诗行重复出现而形成一种节奏,即不同诗行之间的节奏。例如,挚虞和刘勰所提及的"五言"即每行五个音节,随后停顿,并为了加强停顿而用韵,要么每行用韵,要么隔行用韵。的确,刘勰已经注意到诗行音节字数寡众与诗体节奏促缓的关系,称"四字密

①刘勰著,范文澜注:《文心雕龙注》,北京:人民文学出版社,1962年版,页571。
②历代编纂的字典无不通过汉字反切来标示读音,而历代编纂的韵书则不仅用具体的汉字命名韵部,还在各韵部之中列出大量韵母、声调相同的汉字。如此把字类辑集和诗歌韵律融为一体的韵书体例大概只有中国才有,这也足以证明在中国古人的心目中文字和字声是不可分割的。

而不促,六字格而非缓"。

日人遍照金刚(空海,774—835)《文镜秘府论·南卷》进一步阐发了刘勰的观点,写道:"然句既有异,声亦互舛,句长声弥缓,句短声弥促,施于文笔,须参用焉。就而品之,七言已去,伤于大缓,三言已还,失于至促,准可以间其文势,时时有之。至于四言,最为平正,词章之内,在用宜多。凡所结言,必据之为述。至若随之于文,合带而以相参,则五言、六言,又其次也。"①

(三)古代批评家论行中节奏

除了诗行之间的节奏,汉诗中还有更重要的一种节奏,即诗行之中由诵读的习惯顿歇而产生的节奏。虽然刘勰没有觉察到"行中节奏",与他同时代的沈约(441—513)则发现了三言、四言、五言、六言、七言诗各自的"行中节奏",并加以详细的描述。《文镜秘府论·西卷》中"文中二十八种病"章引沈约称:"沈氏云:'五言之中,分为两句,上二下三。'"②这里说的"句"实指诵读的节奏段,即现在所说的句读之顿。《文镜秘府论·天卷》中"诗章中用声法式"章又云:

§1.8

　　凡上一字为一句,下二字为一句,或上二字为一句,下一

---

①[日]遍照金刚撰,卢盛江校考:《文镜秘府论汇校汇考》,北京:中华书局,2006 年,第 3 册,页 1493。
②遍照金刚撰,卢盛江校考:《文镜秘府论汇校汇考》,第 2 册,页 956。

字为一句三言。上二字为一句,下三字为一句五言。上四字
为一句,下二字为一句六言。上四字为一句,下三字为一句
七言。①

这段话大概是古代文论中最早有关诗行诵读顿歇的描述,谈及了
三言句 1+2 或 2+1 节奏 ,五言句 2+3 节奏 ,六言句 4+2 节奏,七
言句 4+3 节奏。对三言、五言、七言句节奏的描述极为精确,一直
被后人所沿用,唯独六言句四二分法欠全面。

　　到了明清时期,对行中节奏的划分更加细致。明周履靖《骚
坛秘语》下卷第六云:

§1.9

　　上三下四　凤凰乐/奏钧天曲,乌鹊桥/边织女河。
　　上四下三　金马朝回/门似水,碧鸡天远/路如丝。
　　……
　　上二下五　不贪/夜识金银器,远害/朝看麋鹿游。
　　上五下二　杖藜叹世者/谁子,中天月色好/谁看。②

黄生(1662—1696?)《诗麈》把五言句进一步细分为八类,并一一
附例解释:

---

①遍照金刚撰,卢盛江校考:《文镜秘府论汇校汇考》,第 1 册,页 173。
②周维德集校:《全明诗话》,济南:齐鲁书社,2005 年版,第 3 册,页 2228—
　2229。引文中"/"号为笔者据周氏的顿歇划分所加。

§1.10

上二下三，如："玉剑/浮云骑，金鞭/明月弓。"（卢照邻）"涧水/空山道，柴门/老树村。"（杜甫）上三下二，如："把君诗/过日，念此别/惊神。"（杜甫）"一封书/未返，千树叶/皆飞。"（于武陵）上一下四，如："台/倚乌龙岭，楼/侵白雁潭。"（许浑）"雁/惜楚山晚，蝉/知秦树秋。"（司空曙）上四下一，如："雀啄北窗/晚，僧开西阁/寒。"（喻凫）"莲花国土/异，贝叶梵书/能。"（护国）上二中一下二，如："旌旆/朝/朔气，笳吹/夜/边声。"（杜审言）"星河/秋/一雁，砧杵/夜/千家。"（韩翃）上二中二下一，如："春风/骑马/醉，江月/钓鱼/歌。"（司空图）"晴山/开殿/翠，秋水/卷帘/寒。"（许浑）上一中二下二，如："地/盘山/入塞，河/绕国/连天。"（张祜）"井/凿山/含月，风/吹磬/出林。"（贾岛）上一下一中三，如："星/临万户/动，月/傍九霄/多。"（杜甫）"剑/留南斗/近，书/寄北风/遥。"（祖咏）此皆以五言成句，而句中有读者也。①

黄生接着又把七言句分成十类，分别举例说明：

§1.11

上四下三，如："九天阊阖/开宫殿，万国衣冠/拜冕旒。"（王维）"龙武新军/深住辇，芙蓉别殿/慢焚香。"（杜甫）上三下

---

①黄生著：《诗麈》，收入贾文昭主编：《皖人诗话八种》，页57—58。引文中"/"号为笔者据黄氏节奏划分所加。

四,如:"洛阳城/见梅迎雪,鱼口桥/逢雪送梅。"(李绅)"斑竹冈/连山雨暗,枇杷门/向楚天秋。"(韩翃)上二下五,如:"朝罢/香烟携满袖,诗成/珠玉在挥毫。"(杜甫)"霜落/雁声来紫塞,月明/人梦在青楼。"(刘沧)上五下二,如:"不见定王城/旧处,常怀贾傅井/依然。"(杜甫)"同餐夏果山/何处,共钓寒涛石/在无。"上一下六,如:"盘/剥白鸦谷口栗,饭/煮青泥坊底芹。"(杜甫)"烟/横博望乘槎水,日/上文王避雨陵。"(唐彦谦)上六下一,如:"忽惊屋里琴书/冷,复乱檐前星宿/稀。"(杜甫)"忽从城里携琴/去,许到山中寄药/来。"(贾岛)上二中二下三,如:"旌旗/落日/黄云动,鼓角/阴风/白草翻。"(李频)"论旧/举杯/先下泪,伤离/临水/更登楼。"(杨巨源)上一中三下三,如:"鱼/吹细浪/摇歌扇,燕/蹴飞花/落舞筵。"(杜甫)"门/通小径/连芳草;马/饮春泉/踏浅沙。"(郎士元)上二中四下一,如:"河山/北枕秦关/险,驿路/西连汉畤/平。"(崔颢)"宫中/下见南山/尽,城上/平临北斗/悬。"(杜审言)上一中四下二,如:"诗/怀白阁僧/吟苦,俸/买青田鹤/价偏。"(陆龟蒙)此皆以七言成句,而句中有读者也。①

传统句法论中所见的顿歇划分,最为详尽者大概就是黄生这两段话。虽然黄生《诗麈》等著作有不少精湛的见解,但由于没有收入诗文评的总集中,一直鲜为人知,直至1995年《皖人诗话八种》一

①黄生著:《诗麈》,收入贾文昭主编:《皖人诗话八种》,页58。引文中"/"号为笔者据黄氏节奏划分所加上的。

书出版,才有缘与广大读者见面。之后,蒋寅《清诗话考》发现《诗
麈》一书被冒春荣(1702—1760)《葚原诗说》大量剽窃,竟达五十
五则之多,其中包括上引的两段话①。

　　清代论诗家还注意到句中顿歇节奏与抒情深度广度有着
密切的关系。刘熙载(1813—1881)《艺概·诗概》认为节奏
是诗法的实质,并用数字来标明五、七言诗的顿歇。他说:"论
句中自然之节奏,则七言可以上四字作一顿,五言可以上二字
作一顿耳。"②这表明他看到了七言句的节奏为4+3,而五言句
的节奏为2+3。他进而用实例说明顿歇节奏对传情达意的直接
影响:

§1.12
　　五言上二字下三字,足当四言两句,如"终日不成章"之
于"终日七襄,不成报章"是也。七言上四字下三字,足当五
言两句,如"明月皎皎照我床"之于"明月何皎皎,照我罗床
帏"是也。是则五言乃四言之约,七言乃五言之约矣。太白
尝有"寄兴深微,五言不如四言,七言又其靡也"之说,此特意
在尊古耳,岂可不达其意而误增闲字以为五七哉!③

刘氏指出,四言一变为五言,五言再变为七言,每增一字不仅使语

---

①见蒋寅著:《清诗话考》,北京:中华书局,2005年版,页355—360。
②刘熙载著:《艺概》,上海:上海古籍出版社,1978年版,页70。
③刘熙载著:《艺概》,页70—71。

音节奏更加丰富多变,语义表达的范围随之倍增,诗行亦愈加凝练。对参刘氏所比较的例句,更觉得他立论之严谨精辟;相比之下,李白所持的四、五、七言"渐退论"显得有些肤浅偏颇。李白渐退论,在刘氏看来意在尊古而已,刘氏认为不能错误地将四言、五言所增加的字看作"闲字",而是本质上的变化。从四言到五言,增加一字,表达的意义等于两句四言句共八字之意;从五言到七言,增加二字,表达的意义等于两句五言共十字之意,因此,节奏的变化带来的也就是传情达意范围之变化。

(四)韵律节奏与意义节奏关系

五言上二下三、七言上四下三的顿歇划分,从沈约以来一直为大多数论诗家所沿用,为何周履靖和黄生却能列出多至八种五言和十种七言的顿歇节奏呢? 其原因是周、黄二人发现了另一种前人很少论及的语义顿歇节奏。沈约、遍照金刚等人所作的顿歇划分是各种诗体所固有的,简单而统一的韵律节奏。在诵读或吟唱诗章之时,人人都自然地遵守这种顿歇节奏,故刘熙载称之为"自然之节奏"。周履靖和黄生所讨论的则是一种不受诵读节奏制约,纯粹由语义和文法所决定的顿歇节奏。这种顿歇与一般散文的顿歇没有什么不同,完全由"无声"的读者根据词组间关系疏密而定。正因如此,黄生在列举八类五言句之后立即说:"此皆以五言成句,而句中有读者也。"在列举十类七言句后又再次强调:"此皆以七言成句,而句中有读者也。"这两句话所说的"读者"应是指"句读"之"读"。然而,由于这类"读"多由读诗人根据语义和文法而自行决定,所以对诗歌阅读而言,"句中有读者"似乎亦可理解为指有读者的参与。既然这种语义顿歇在一定程度上有赖于读者的主观判断,它必定不是简单而统一,而是繁杂而具有开放性的。为了防止混乱,本文把诵读与语义顿歇分别称为"韵律节奏"和"语义节奏",同时把构成这两种节奏的单位分别称为"音段"和"意段"。

进入 20 世纪之后,对诗歌节奏的讨论非但没有因旧体诗的式微而冷却,反而成为现代诗论中一个备受关注的研究热点。20 年代的新文化运动引发了新旧体诗之争,而韵律节奏之利弊则是这场论辩的焦点。不管论者是主张完全继承(如以吴宓为代表的学衡派),或创造性地改造(如闻一多等格律体新诗倡导者),还是彻底摒弃(如胡适等散文化新诗倡导者)古典诗的韵律节奏,他们都试图借用西方诗律学的概念来分析汉诗韵律节奏及其与语义节奏的关系。

胡适《谈新诗》(1919 年)一文提出"节"的概念,定义为"诗句里面的顿挫段落"①。他认为"旧体的五七言诗两个字为一'节'"②,故他说的"节"是比遍照金刚的"句(读)"或刘熙载的"顿"更小的节奏单位。他用"节"来划分以下五七言例句的"顿挫段落",分别得出二二一和二二二一两种节奏:"风绽—雨肥—梅(两节半)""江间—波浪—兼天—涌(三节半)"③。刘熙载称五、七言诗之韵律节奏为"自然之节奏",胡适则恰恰相反,把它视

①欧阳哲生编:《胡适文集》,北京:北京大学出版社,1998 年版,第 2 册,页 142。
②欧阳哲生编:《胡适文集》,第 2 册,页 142。
③欧阳哲生编:《胡适文集》,第 2 册,页 142。

为阻碍传情达意的,新诗必须破除的不自然节奏。他所称的"自然音节"是新诗白话句子里无定的,包含有一字至五字不等的顿挫段落。用胡适的话说,它"就是句里的节奏,也是依着意义的自然区分与文法的自然区分"①。

闻一多把韵律节奏称为"音尺",即英文的"foot",后通译为"音步"。他在《律诗底研究》(1922 年)中说:"大概音尺(即浮切)在中诗中当为逗。'春水''船如''天上坐'实为三逗。合逗而成句,犹如'尺'(meter) 而成行(line)也。"②他借用外来术语"音尺",把原仅指顿歇的"逗"("读")改造成由二、三音节字群和顿歇两者结合而成的节奏单位。这一做法与胡适释"节"为"顿挫段落",把顿歇之顿扩展为节奏单位的做法如出一辙。显然,闻"音尺"说受到了胡"节"说的启发,不过闻对节奏单位的划分则与胡分道扬镳。胡认为汉诗韵律节奏有五种,从一言(半节)至五言音节,而闻则认为只有"二字尺"和"三字尺"两种,故分"春水船如天上坐"一句为"三逗"(即二二三),而不是胡的"三节半"(即二二二一)。闻一多的观点显然比胡适的更为合理,因为单字或太长的音节组是不能构成节奏的。明李东阳说诗句"太长太短之无节者,则不足以为乐"③,可见这点古人早已知晓。的确,四言是二言音步之重叠,五言则是二、三言音步之组合,而并非独立的节奏单位。闻氏的音步分类不仅是当时格律体新诗派建立的

---

①欧阳哲生编:《胡适文集》,第 2 册,页 143。
②闻一多著:《神话与诗》,上海:华东师范大学出版社,1997 年版,页 296。
③李东阳著:《麓堂诗话》,载于丁福保辑:《历代诗话续编》,下册,页 1370。

理论依据,而且被日后大多数语音学家采用①。

朱光潜《诗论》(1943 年)中《论顿》一章对诗歌节奏作了透彻精辟的讨论。与胡适和闻一多一样,他把传统诗论中有关顿歇的术语改造为节奏单位的名称。他所选用的字是"顿",与胡的"节"和闻的"逗"有所区别。在《论顿》中,朱光潜首次明确地指出,古典诗歌里有两种不同的、呈主从关系的节奏:

§1. 13

在读诗时,我们如果拉一点调子,顿就很容易见出。例如下列诗句通常照这样顿:

陟彼—崔嵬,—我马—虺隤—。我姑—酌彼—金罍,—惟以—不永怀。

涉江—采芙—蓉,—兰泽—多芳—草。

花落—家僮—未扫,—鸟啼—山客—犹眠。

永夜—角色—悲自—语,—中天—月色—好谁—看。

五更—鼓角—声悲—壮,—三峡—星河—影动—摇。

这里我们要特别注意的就是说话的顿和读诗的顿有一个重要的分别。说话的顿注重意义上的自然区分,例如"彼崔嵬""采芙蓉""多芳草""角声悲""月色好"诸组必须连着读。读诗的顿注重声音上的整齐段落,往往在意义上不连属的字在声音上可连

---

① 参阅冯胜利著:《汉语韵律语法研究》,北京:北京大学出版社,2005 年版,页 3—7;吴为善著:《汉语韵律句法探索》第一章第二节《音步长度的确认及其类型》,上海:学林出版社,2006 年版,页 4—7。

属,例如,"采芙蓉"可读成"采芙—蓉","月色好谁看"可读成"月色—好谁看","星河影动摇"可读成"星河—影动摇"。①

朱氏把近、古体诗的节奏分为"读诗的顿"和"说话的顿"两种,即是本文所说的"韵律节奏"和"语义节奏"。他认为,前者是主导节奏,而后者是次要辅助的节奏,须要迁就服从前者。因而,"'采芙蓉'可读成'采芙—蓉','月色好谁看'可读成'月色—好谁看','星河影动摇'可读成'星河—影动摇'",尽管这种读法与"说话的顿"相违。据朱氏此"二顿"说,我们回头再比较一下刘熙载与黄生顿歇说,不难知道两者繁简之巨大差别乃是划分两种不同节奏所致。其实,黄生自己完全明白,他所划分的语义节奏与韵律节奏截然不同,前者必须迁就后者。他说:"唐人多以句法就声律,不以声律就句法。"②黄生《诗麈》有民国二十年神州国光社刊本③,朱氏有否读过,进而受黄生的启发而提出"二顿"说,不得而知。

朱氏认为,对写新诗的人而言,旧体诗的韵律节奏犹如"囚笼"。他说道:"旧诗的顿完全是形式的,音乐的,与意义相乖讹。凡是五言句都是一个读法,凡是七言句都是另一个读法,几乎千篇一律,不管它内容情调与意义如何。这种读法所生的节奏是外来的,不是内在的,沿袭传统的,不是很能表现特殊意境的。"④正因为如此,激进的新诗倡导者力图要"把旧诗的句法、章法和音律

①朱光潜著:《诗论》,上海:上海古籍出版社,2005年版,页134。
②黄生著:《诗麈》,收入贾文昭主编:《皖人诗话八种》,页86。
③见蒋寅著:《清诗话考》,页3。
④朱光潜著:《诗论》,页140—141。

一齐打破"①。

在确定韵律节奏的主导地位的同时,朱氏意识到语义节奏亦可反过来抑制韵律节奏,发挥主导作用的空间。他说:"我们在上列各例中完全用形式化的节奏去顿,这种顿法并非一成不变,每个读诗者都有伸缩的自由,比如下列顿法:'涉江—采芙蓉。''风绽—雨肥梅。''中天—月色好—谁看。''江间—波浪—兼天涌。'"②这种意顿法与黄生的顿歇划分完全一样,都是在读者(尤其是默读者)的主观作用下实现的。黄氏云"五七言成句,而句中有读者也",与朱氏"每个读诗者都有伸缩的自由"的意思有相通之处。

20世纪50年代末,新诗形式之争再度兴起,诗歌节奏又成了诗学界的热门话题。在这次论争中,语音学家不仅积极参与,而且似乎成为一股主要的力量。他们对语义节奏尤感兴趣。50到80年代间出版的重要语音学著作都花了不少笔墨讨论语义节奏。除了王力以外,罗常培、高名凯、胡裕树等语音学家提出"意群""节拍""节拍群""音义群"一系列新概念,藉以建构各种语义节奏的分析模式③。从90年代迄今,诗歌节奏的研究又有了进一步的发展。冯胜利、王洪君、吴为善等学者借鉴西方语言学中新兴

---

① 朱光潜著:《诗论》,页141。
② 朱光潜著:《诗论》,页135。
③ 参阅罗常培、王均著:《普通语音学纲要》,北京:科学出版社,1957年版;高名凯、石安石主编:《语言学概论》,北京:中华书局,1963年版;胡裕树主编:《现代汉语》,上海:上海教育出版社,1981年版;陈本益:《汉语诗歌的节奏》(台北:文津出版社,1994年版)页53—56扼要地介绍了这些语言学家的观点。

的非线性音系学,致力于建立汉语韵律句法学。他们对诗文韵律
和语义节奏的本质,对两者的互动关系及其对句式的制约影响都
作出了许多极为精辟的、超越了前人的论述。

第三节 单音节汉字与汉语句法

日本学者松浦友久评论中国诗歌的特点时说:"中国诗韵律
结构与中国语的特点关系最为密切;同样地,与韵律结构有着不
可分割的关系的抒情结构,恐怕也深深地受到它的影响。"①汉诗
节奏是怎样深深地影响抒情结构的呢? 两者不可分割的关系是
怎样形成的呢? 在古代诗学著作中,我们找不到有关这两个问题
的研究,刘熙载也只是点到了节奏与抒情的内在关系而已。笔者
认为,韵律结构与抒情结构研究脱节的原因是,我们完全忽视了
连接两者的纽带:句子结构。

在汉诗传统中,每种诗体都有其独特的韵律节奏,而每种主
要韵律节奏都承载与其相生相应的句式,展现不同的时空及主客
观关系,营造出绚丽多彩的诗境。因而,从诗体节奏的角度分析
各种诗体中句法的演变是急待研究的重要课题。为了有效地开
展这项研究,我们首先要对古今汉诗节奏论和句法论加以系统的
梳理。古今节奏论的梳理已在上节完成,现在我们可以接着评述

---

①松浦友久著:《中国诗的性格——诗与语言》,收入蒋寅编译:《日本学者中
  国诗学论集》,南京:凤凰出版社,2008 年版,页 18。

古今句法论的发展。

由于上节中有关语义节奏的讨论已涵盖了传统诗学句法论的主要部分,故本节将重点介绍现代语法句法论的核心内容,为后续几节对不同诗体节奏和句法的分析打下理论基础。

(一)传统诗学句法论和现代语法学句法论

要深入研究各种诗体节奏与句法的关系,我们必须同时借鉴传统诗学和现代语法学的句法研究。《现代汉语词典》解释"句法"如下:

§1.14

【1】句子的结构方式:这两句诗的~很特别。【2】语法学中研究词组和句子的组织的部分。①

此词条所列第一义以诗为例,显然与传统诗学中所谈的句法有密切关系。实际上,"句法"一词原本是传统诗学的专门术语。第二义即是源自西方的分析句法,即建立在空间—逻辑关系框架之中的所谓"syntax"。如果说传统诗学的句法主要研究诗歌外部语序的变化,现代语法学的句法则研究句子的内部结构,即词语之间时空和逻辑的关系。

在传统诗学著作中,句法指不同字词相配联接成句的法则,

---

① 中国社会科学院语言研究所词典编辑室编:《现代汉语词典》,北京:商务印书馆,1978 年版,页 606。

即词与词之间在外部层面上互相组合的顺序。刘勰《文心雕龙·章句》对不同字词相配联接句子的法则作出以下的定义:"置言有位,位言曰句,句者,局也,局言者联字以分疆。"马建忠解释道:"凡字相配而辞意已全者,曰句。……所谓联字者,字与字相配也,分疆者,盖辞意已全也。"①明清时期的论诗家则喜欢谈论诗人对语序的种种创新。王世贞说:"句法有直下者,有倒插者,倒插最难,非老杜不能也。"②清初黄生说:"唐人炼句,有倒装、横插、明暗、呼应、藏头、歇后诸法,凡二十种。"③因此,他们所认为的"句法"实则是字词之间、句子之间的语序安排原则。与西方语言不同,汉字自身不带有西方语言那种形态标记(inflection),即时态、语态、性数变化等标记。汉语结字组句主要是依赖字词的语序,以及用于标明语序的虚词,勾勒出句中词语的主谓关系以及非主谓关系。汉语并不以"形态标记"建构句子,所以它的句法应属于不带形态标记(non-inflectional)的语序句法。在西方现代语言学中,在语序句法上建构的语言,如汉语、越南语等,被称为"孤立语言"(isolating language)或"分析语言"(analytical language)。

　　西方语言的句法(syntax)是指组词造句所依赖的时空—因果

①马建忠对刘勰此段的引用与解释参见《马氏文通》首卷"界说十一",见马建忠:《马氏文通》,北京:商务印书馆,1998年版,页24。
②王世贞著:《艺苑卮言》,收入丁福保辑:《历代诗话续编》,中册,页961。清人冒春荣袭用王氏的论述,略加扩充云:"句法有倒插,有折腰,有交互,有掉字,有倒叙,有混装对,非老杜不能也。"见《葚原诗说》,载于郭绍虞编:《清诗话续编》,册3,页1593。
③黄生著:《诗麈》,收入贾文昭主编:《皖人诗话八种》,页57。

框架。此框架是由时态、语态、词类的变格相互结合而构成的。西方语言中各种词汇通常都附带有形态标记,以帮助确定句中字词的时态(tense)、语态(voice)、性数(gender and number)等等,从而揭示字词之间或说它们所指涉的现象之间的时空—逻辑关系。换言之,孤立的言词,一旦正确地放置在此框架之中,组成句子,即可在精确具体的时空之中把客观或主观现象呈现出来,并表明这些现象之间的因果关系。

为什么西方语言必须使用各种形态标志,发展成为"屈折语言"(inflectional language)?反之,为何汉语却走上使用语序句法,建构"分析语言"的道路呢?这也许是语言学家永远无法彻底解释清楚的问题。不过,我们这些语言学外行也能直觉地感觉到,这两种截然不同的句法乃至语言系统的形成应与两种语言各自的语音节奏有关。更具体地说,也许分别与西方词汇多音化和汉字单音节化有着密切的关系。词汇多音化的西方语言无法使用语序句法的主要原因是,一个字词可以有多个音节,一句话因此也许会有十多个音节,而字词音节数目又多不一样,故没有固定的、可预料的顿歇可言。既然不能用顿歇来标示句中不同意群的转换衔接,所以必需使用形态标记来加以说明不同意群的时空—逻辑关系。

汉语的情况则恰恰相反。每个字就是一个音节,又多有自身的意义,故相邻的单音字之间关系极为紧密,要么合成一个双音词或双音词组,要么与一个双音词结合,成为一个三言词组,而这些词和词组又与二、三的基本韵律单位完全吻合,实现音义合一,因而形成的固定的、可预料的停顿节奏。不同意群依照这种富有规律的语序出现,它们之间的时空、逻辑以及其他关系自然就可"不言(不用形态标记)而喻"了①。因此,这很可能就是为何汉语不带形态标记的主要原因。

颇有意思的是,西方语言学家冠以汉语的名称,不管是"孤立语言"还是"分析语言",都似乎印证了单音汉字对汉语建构的巨大影响。所谓"孤立"似乎可以看作是指单音汉字可以"孤立"无援地(即不使用外在的形态标志)造句,而"分析"又可以看作是指汉字遣词造句序列的自身就揭示了句中字词之间的"分析关系"(analytical relationship),即时空和逻辑上的关系。进一步推论,我们似乎又可以说,由于汉语语序自身就体现了一种时空和逻辑上的关系,所以中国传统句法感性地描述语序即可,自然无须发展出西方那种基于时空—逻辑关系的分析性句法。相反,多音化的西方语言无法依赖语音节奏表达词语之间的时空—逻辑关系,故不能不发展出以主谓结构为核心的分析性句法。

自从马建忠《马氏文通》于 1898 年问世以来,中国语言学家一直致力于在西方语言那种时空—因果的框架之中重构汉语句法。他们一方面参照西语词类把实、虚字两大词类细分为名词、动词、代词、形容词、副词诸类;另一方面,他们又引入主语、谓语、

---

① 戴浩一《时间顺序原则与汉语语序》一文系统地阐述了汉语语序普遍遵循时间顺序原则的特点,所举的例证涉及时间联系词使用、两个谓语的连接、复合动词的结构、状语位置、时间范围原则、名词短语结构诸多方面。见《国外语言学》1988 年 1 期,页 10—20。戴文当时引起汉语语言学界的巨大反响,其中也有学者对戴的观点提出了质疑,参见姚振武:《认知语言学思考》,载《语文研究》2007 年第 2 期,页 13—24。

宾语、定语、状语、补语等概念,结合汉语特有的语序和语音节奏,系统详尽地分析了古、现代汉语组句的规律,列出各种主要的单、复主谓句式。汉语语法家在时空—因果的框架之中成功地重构汉语句法,有助于我们这些文学工作者开辟研究汉诗艺术的新蹊径。然而,在运用现代语法学句法论来分析汉诗之前,我们必须先掌握汉语中主谓和非主谓两大类句型的特点,尤其是它们表示时空逻辑关系和非时空逻辑关系的独特之处。

(二)汉语主谓句的特点

"主谓结构",或更具体地称为"主—谓—宾结构",是汉语语法学的核心部分。在这个源自西方的概念基础之上建构汉语语法,有其合理性。王力先生指出:"主—动—宾的词序,是从上古汉语到现代汉语的词序。"[1]上古时期曾有一些常用的主—宾—动句式,但它们都是代词和疑问词组合的凝固句式,而且在先秦之后就极少见了[2]。然而,汉语主谓结构之形态,与西方语言所展现的,迥然不同。西方语言是具有"形态标记"的语言。顾名思义,"形态标记"就是各种词类在句子中必须戴上的标记。在西方语言之中,这些标记五花八门,应有尽有,而具体的数目与使用规则则因具体语言而异。英语的形态标记,虽比法、西、俄诸语所用的少些,但也够复杂的了。完整正确的句子,必定带有显示动词的时态和语态,名、代词的性数,代词的主宾格(case)种种标记。另外,一个

①王力著:《汉语史稿》,北京:中华书局,1980年版,中册,页357。
②有关这些句式的讨论,参阅王力著:《汉语史稿》,中册,页357—367。

概念通常在不同词类有不同的形式。例如,"黑"的形容词是 black,名词是 blackness,动词是 blacken。所有这些形态标记,无非是要精确地把句子所述内容的时空和因果关系确定下来,尽可能地消灭任何能产生误解的模糊空间。与西方语言相反,汉语是"非形态标记型"语言,至少是没有西方那种固定的、不可省略的形态标记。汉语中,有些虚词的确带有标记形态的作用,但它们只是造句的辅助成分,往往可以省略,由语序、语境或其他因素代替。

可以说,汉语与西方语言背道而驰,走的是允许意指模糊空间存在、自由化的路子。这种自由化的倾向,在语句的具体使用中表现更为突出,非但不带形态标记,就连主、谓、宾语都可省掉。对此,启功先生作出精彩而又幽默的评语:"汉语之中随处都会遇到缺头短尾巴'不合格'(也可讲成不合'葛朗玛')的句子。若否定那算一句,它又分明独立存在在那里,叫不出它算个甚么。若肯定那算一句,它却又缺头短尾,甚至没有中段。例如'结庐在人境,而无车马喧'(陶渊明),'天地玄黄,宇宙洪荒'(《千字文》),都是没头没尾的'残品'。"①

启功先生又曾举出"长河落日圆"为例证明汉语主谓句与西方主谓句的区别。他认为:

§1.15

这五个字可以变成若干句式:

河长日落圆 圆日落长河 长河圆日落

---

① 启功著:《汉语现象论丛》,北京:中华书局,1997 年版,页 55—56。

　　以上三式,虽有艺术性高低之分,但语义上并无差别,句法上也无不通之处。

　　　　长日落圆河　　河圆日落长　　河日落长圆

　　　　河日长圆落　　圆河长日落　　河长日圆落

　　这几式就不能算通顺了。但假如给它们各配上一个上句,仍可"起死回生"。①

因此,从这一例,我们可以看到汉语主谓句在诗歌中的极度灵活性,在后续分析中,我们可以看到诗人是怎样利用这样的灵活性,创造出表达不同意义的诗句。

(三)汉语题评句的特点

　　启功先生戏称为"没头没尾的'残品'"的中文主谓句,曾在20世纪初被一部分人视为造成中国贫穷落后,遭西方列强欺凌的重要原因之一。这些人认为,汉语句法过于松散自由,缺乏精确性,不利于进行严密的逻辑思维,故严重地阻碍了科学在中国的发展。有趣的是,汉语句法,正当其在中国倍受鞭挞之际,却得到庞德等著名西方现代主义诗人的高度赞誉。在他们看来,西方语言的种种形态标记,无不是束缚艺术想象的枷锁。他们所做的艺术实验就是要砸破这些枷锁,超越概念化思维,用意象直观地呈现主客观世界之实相。如上文所述,费氏以"人见马"一句话为例子,详细地讨论了汉语词类不带形态标记,汉字不随词类变化而

---

① 启功著:《汉语现象论丛》,页16。

换形的特点。费氏指出,英文的主谓句,被形态标记所束缚,只能表达枯燥抽象概念,而不受此束缚所累的汉语则可把自然界万物之间、人与自然之间相互作用的势能呈现出来。

其实,"人见马"那类主谓句,并非费、庞二人所能找到的最佳例子。可惜他们不知道,汉语里还有一种非主谓型的、可给予更大想象空间、更能体现意象派艺术理想的句型,那就是赵元任所称的"主题+评语"句型(topic+comment,以下简称"题评")。所谓"topic"即话题,而"comment"则是对此话题加以评价的评语。赵元任先生最早用"题评"的概念精辟地揭示了汉语中这类句型与主谓句型迥然不同之处①。他认为,"人见马"或"狗咬人"(赵所用的例子)这类的标准主谓句,在汉语中所占的份额不到百分之五十,也就是说,多数以上的汉语句子都不是名副其实的主谓句②。他在《汉语口语语法》一书中用以下几个例子作了说明:1.这事早发表了; 2.这瓜吃着很甜;3.人家是丰年。

这三个句子,在形式的层面上都呈现主谓句的语序。句首是主语,中间是谓语动词,句末是宾语或补语。然而,在语义的层面上,它们却与主谓结构固有的"施事者—动作或状态—受事者"的线型逻辑关系相悖。这种现象在西方语言中是不允许出现的。以上第一句可看作"某人早发表这事/某人早发表(有关)这事(的文章)"的被动式,但这样不带被动态标记的句子在英语中只

①为了防止类别混淆,本书中"句型"专指主谓与题评两大类基本句子结构,而"句式"则指两大句型之下的细类。

②以下所介绍赵先生的观点,详见于 Yuen Ren Chao, *A Grammar of Spoken Chinese*(Berkeley:University of California Press, 1968), pp. 67-78。

是逻辑不通的病句。第二句看作被动式更加勉强,倒置的主宾关系改过来,可得"某人吃着这瓜"一句,但"很甜"则无法放入此重构的句子中,必须是另外一句评语。另外,两句的意思已有很大出入。原句是说瓜的味道甜,而重构句则指吃瓜的动作。

在以上例子中的形式主语与形式谓语,既不指涉施事者与动作的关系,甚至也不能视为被动式中受事者与动作的关系。那么,两者的关系是什么呢?赵元任先生认为,这类句子的形式主语实际上是讲话人或书写人所关注的主题,而句中的形式谓语则是讲话人或书写人对主题所发表的评论。赵先生这一精辟论断揭示了这类汉语特有句型的本质。遗憾的是,赵先生反对其他学者在主谓句型之外树立一个与之对等的"题评句型",而把"题评"说成是汉语主谓句的共有的特性①。笔者认为,两种句型不仅有本质的差异,而(正如赵先生所说)各自在汉语中所占的比重又接近相等,把它们视为相对独立的、相辅相成的两大类,应该是顺理成章的。

赵先生还特别指出,题评式的句子在诗歌中频繁出现,并举出李白"云想衣裳花想容"、杜荀鹤"琴临秋水弹明月,酒近东山酌白云"的诗句为例。笔者认为,题评句在诗歌中大量出现,主要的原因是它们为诗人提供了一种不诉诸概念语言的抒情方式。在诗歌中,主题既是诗人在现实或想象世界中观

①在赵元任的影响之下,周法高把 topic+comment(他译为"主题"和"解释")视为古汉语的最基本句型。见周法高著:《中国古代语法:造句篇上》,《"中研院"历史语言研究专刊》之三十九,台北:"中研院"历史语言研究所,1961年版,页1—6。

照着的一物、一景或一事,而评语则是"诗人感物,联类无穷",最终所采撷到最能传达自己当时情感活动的声音、意象和言词。主题与评语,往往处于不同的时空,不存在如施事与受事那种前后因果的关系。因而,评语与其说是对主题的客观描述,毋宁说是诗人情感活动的象征。从相反的读者角度来看,主题与评语之间时空与逻辑的鸿沟,促使读者超越概念思维,通过联想和想象,让诗人的情感重现在自己的脑海里,升华为一种艺术境界。题评句具有如此巨大的艺术感召力,无怪乎《诗经》以来的诗人一直不断地大量使用,在各种诗体中发展出各式各样的新题评句式。

第四节　汉诗节奏与传统语序句法

上节已大胆地推测了单音节汉字与汉语语序句法的渊源关系,然后阐述传统诗学句法论和现代语言学句法论的差异,并描述了汉语主谓和题评句型的特点。本节试图分析汉诗节奏与传统语序句法的关系,藉以揭示汉诗节奏的重要性。更具体地说,我们将探讨单音汉字构成的节奏如何帮助破除虚词的束缚,使汉字造句能力在五、七言等诗体中达到登峰造极的地步,从而把汉语语序传情达意的潜力发挥得淋漓尽致。

在古汉语散文中,虚词起着"联字以分疆"的重要作用。刘勰《文心雕龙·章句》对此有精辟的阐述:

§ 1.16

　　至于夫惟盖故者,发端之首唱;之而于以者,乃札句之旧
体;乎哉矣也,亦送末之常科。①

刘氏列举了散文造句时常用的三类关键的虚字,"夫惟盖故"为
句首之起始字,其作用类似西语标示句子开头的大写字母。
"之而于以"为散文句中的连词及介词。"乎哉矣也"则为句末
标示句子结束的虚字,对应于西语句子结束时所用的句号、感叹
号等标点。

　　诗歌中基本不用这些虚字,因为它们的作用已被诗歌节奏所
代替。正如上文所示,由尾韵构成的"行间节奏"足以告诉读者,
诗行何处结束,另一诗行何处开始,自然不需要使用古汉语散文
中那些标示句子首尾的虚字。的确,"夫惟盖故"这类发端虚词几
乎在所有诗体中销声匿迹。在汉代以后的诗中,"乎哉矣也"这类
送末的虚字,若非为了特别加强语气,也极少使用。同时,由顿歇
构成的"行中节奏"又取代了"之而于以"这类札句之"旧体"。刘
勰称这些虚词为"旧体",很可能意指这些连词主要用于古老的
《诗经》和《楚辞》之中,因为它们在新兴的五言诗中已被"行中节
奏"所取代。的确,在《诗》《骚》之后的各种诗体中,行间节奏和
行中节奏取代了表示句首、句中、句末停顿的虚词,汉字组句的潜
力因而淋漓尽致地发挥出来了。

_____

①刘勰著,范文澜注:《文心雕龙注》,北京:人民文学出版社,1958 年版,页
　572。

（一）英语中的两种文字游戏

为了说明汉诗中汉字的非凡造句能力，我们不妨拿英语和汉语文字游戏作比较，看看两者的差别有多大。以下图二和图三分别是西人习玩纵横填字游戏（Crossword Puzzle）和寻字游戏（Word Search Puzzle）。二者要求解谜者以纵向、横向、斜向等各个方向填入字母，连接成有意义的单词，从而获得文字游戏的乐趣。

Across	Down
2. ARCH	1. MERIT BADGE
5. NEAT	2. ATTIC
7. IDEA	3. COIN
8. EDITION	4. QUARTERS
11. EYE	6. REVISED
12. STANDARD	9. MEDALS
13. BE	10. LABEL
14. WEB	
15. LISTS	

图二 纵横填字游戏（crossword puzzle）①

图二左侧是纵横填字游戏的提示，列出纵横两个方向需要填入的词，几乎等于把谜底和盘托出。由于英文字母众多，若是没有如此明显的提示，解谜者是很难拼出这些词，得到答案。图三

---

① "Merit Badge Crossword Puzzle Answers"，见 http：//www. usmint. gov/kids/coinNews/makingCents/2003/q2_crosswordAnswers. cfm.

则是寻字游戏,是让解谜者上下左右寻找可读通的词。这里是要
求寻找国家首都的名字,横向有古巴首都哈瓦那"Havana",纵向
有比利时首都布鲁塞尔"Brussels",斜向则有也门首都萨那"San-
na",等等。纵横填字是西人老少皆喜爱的游戏,主要报纸每天都
载有纵横填字游戏的专栏。寻字游戏则主要面向在校学童,帮助
他们识字,扩大词汇量。

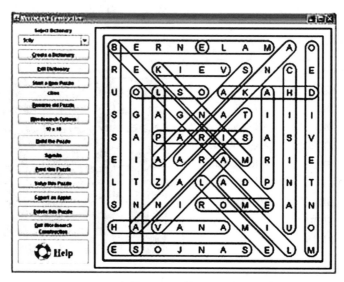

图三　寻字游戏(Word Search Puzzle)①

　　图二、三中字母能沿着不同方向连成词,这足以说明英文二
十六个字母的组词能力。然而,图二中留有不少空格,这也说明
英文字母组词的能力也是有所限制的。图三中所有字母虽然都

———————

①http://www.word-buff.com/free-word-puzzles.html.

可连成首都名称,但这些名字之间相互交叉点不多,有些近乎是单独罗列(如最左边纵向的 Brussels 一词),这也说明英文字母组词能力是有所限制的。

(二)汉诗文字游戏:回文诗

最能说明汉字组合能力的文字游戏应是回文诗。五言诗在汉代兴起之后,诗人就已经自觉地意识到汉字惊人的组句能力,试着把诗中文字上下左右地串联成句,视为一种自娱自乐的游戏,不久就发展出回文诗这种举世无双的文字游戏。在汉语世界里,最著名的回文诗当属相传为东晋苏蕙所作的《璇玑图》(图四)。苏蕙,字若兰,符秦时期始平人,依《晋书·列女传》,苏蕙为"窦滔妻苏氏……善属文。滔,符坚时为秦州刺史,被徙流沙,苏氏思之,织锦为回文旋图诗以赠滔。宛转循环以读之,词甚凄惋,凡八百四十字,文多不录"①。从这一记载可知苏蕙所作回文图包括 840 汉字,现存版本如图四所示。

此图读法多种多样:"共八百余言,上下左右,婉转读之,皆成章句。原图五色相宜,用以区别三、五、七言诗句,后来变五色为黑色,诗句便不可读。约在宋元间,僧起宗以意推求,得诗三千七百五十二首。明康万民增读其诗四千二百零六首。两家合计共七千九百五十八首。"②因此,此图可读为三言诗、五言诗、七言诗

①《晋书》卷九六,北京:中华书局,1974 年版,页 2523。
②白寿彝主编:《中国通史》第五卷《中古时代·三国两晋南北朝时期》,上海:上海人民出版社,2004 年版,页 998。

等等,不胜枚举。今人曾对此图作如下分析:

图四　苏蕙《璇玑图》

§1.17

　　二环(中环)56 字,由七言诗组成。二环四角和四条边的正中,安排有八个协韵字。四角的协韵字是:钦、林、麟、辛;四条边正中的协韵字是:深、沈、神、殷。①

　　(顺时针)读时,诗句的末尾一字要注意落在韵上,也就

①李蔚:《诗苑珍品璇玑图》,北京:东方出版社,1996 年版,页 108。

是说,从韵字往前推至第七字,从此字开始读,才能琅琅上口,成其为诗。……例如,从右上角"钦"字开始读,得七言诗一首:"钦岑幽岩峻嵯峨,深渊重涯经网罗。林阳潜耀翳英华,沈浮书札鱼流沙。"①

逆时针读,这八个协韵字各自的次一字(何、多、加、遐、沙、华、罗、峨)也基本上是协韵字,以此作为韵脚也可以成诗。……例如,从左下方"沙"字开始读,得诗:"沙流鱼札书浮沈,华英翳耀潜阳林。罗网经涯重渊深,峨嵯峻岩幽岑钦。"②

按照以上解读,图四中以圆圈标出了分别处于"四角"与"四边正中"的"八个协韵字":"钦、林、麟、辛"与"深、沈、神、殷"。按照上文的解释,由这八个字开始,沿着各个方向可读出七言诗。

和图二、图三的英文字谜比较,《璇玑图》没有空格,所有字均可与上下左右的词相连,可见自由组合能力之强。更值得注意的是,此图并不附有任何提示。汉诗有三言、四言、五言、七言等固定节奏,另外配上韵,解谜者自然便知何处停顿,故可顺当地读出诗句。如上所说,今人对此图的分析便是根据韵脚断句,从而得出几首七言绝句的。

回文诗于六朝时候兴起,一直延续到现在都是很多诗人喜作之体。下举清代女诗人吴绛雪(1651—1674)《春夏秋冬》回文诗

---

① 李蔚:《诗苑珍品璇玑图》,页108。
② 李蔚:《诗苑珍品璇玑图》,页108。

为例,进一步说明汉字的组句能力:

§ 1. 18

　　《春》诗:莺啼岸柳弄春晴晓日明

　　《夏》诗:香莲碧水动风凉夏日长

　　《秋》诗:秋江楚雁宿沙洲浅水流

　　《冬》诗:红炉透炭向寒风过风雪①

这四句十言诗句实则每句都包括了一首七言绝句。例如,《春》诗可演绎出以下七绝一首:

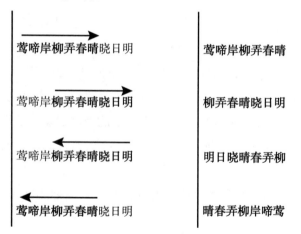

这里的《春》诗第一句是十言句的前七字,第二句则是后七字,第三句则是倒回来的前七字,第四句则是反过来的后七个字。另

---

①余元洲:《历代回文诗词曲三百首》,长沙:岳麓书社,2008 年版,页 88—89。

外,还有一种念法,即是把每句当成两句五言,那么《春》诗则变为"莺啼岸柳弄,春晴晓月明"一联。《夏》《秋》《冬》诗的读法亦然。

从以上例子可以看到,中国文字组句的潜力远胜过英文字母组词的能力。和英文字谜相比,回文诗最大的特点是拼出来的为诗句,而不是孤立的一个词。诗中所用的每一个汉字均有意义,所以无论从什么顺序都自然可以组成诗句。《璇玑图》不需要像英文字谜一样留有空格,而是所有字皆共享,可以按照已知的四言、五言、七言节奏断句,读出各种各样的诗句,可见汉字非凡的造句能力。同时,这些回文诗还充分说明,节奏是汉诗语序判断(即断句)的重要依据。读者主要借助诗歌节奏进行不同的断句,然后又按相反的语序读出不同的诗句。

第五节　汉诗节奏与现代分析句法

上文已指出,要揭示刘熙载和松浦友久所关注的汉诗节奏与抒情结构内在关系,我们必须弄清楚句子结构在两者之间所起的关键作用。如果说传统语序句法有助于观察梳理各种诗体中主要的节奏及其变体,那么现代分析句法则可以帮助我们较准确地判断这些节奏如何影响乃至决定各种诗体的抒情广度和深度。也就是说,具体说明它们如何承载不同类别主谓句和题评句式,为诗人创造灿烂多彩的艺术境界,不断拓展出广阔的语言空间。

（一）现代分析句法在汉诗研究中的应用

自 20 世纪 60 年代以来,已有好几位学者试图将传统语序句
法与现代分析句法相结合,从此崭新的角度展开对汉诗语言的研
究。这种研究的开创者大概是王力先生。在其《汉语诗律学》一
书中,王氏运用现代分析句法,将清人对五、七言律句节奏分类扩
展了数十倍。他首先把五言近体诗句分为简单句、复杂句、不完
全句三大种,然后根据句中三十一种不同的词类组合(即语义节
奏)再层层细分。王力还把唐诗五言近体诗大量的名句放入一个
四层次的系统里检查归类,所得简单句式"共有二十九个大类,六
十个小类,一百零八个大目,一百三十五个细目"①,复杂句句式
"共有四十九大类,八十九个小类,一百二十三个大目,一百五十
个细目"②,不完全式句式"共有十七个大类,五十四个小类,一百
零九个大目,一百十五个细目"③。王氏似乎意识到此分类系统
之庞大已达到了极点,故不对七言近体诗句式作更细微的分类,
并解释说:"如果七言句式也像五言那样分析,则其种类和篇幅必
比五言增加数倍。"④

我们如果回顾一下黄生的顿歇划分,王力这种分类对它的承
继关系就彰显出来了。王力分类系统的建构方法是,把黄生所列
那些传统顿歇种类放入简单句、复杂句、不完全句的大框架之中

---

①王力著:《汉语诗律学》,上海:上海教育出版社,1979 年版,页 199。
②王力著:《汉语诗律学》,页 217。
③王力著:《汉语诗律学》,页 229。
④王力著:《汉语诗律学》,页 236。

而得出主要大类,接着给各类中每一意段加上现代词类及句中作用的代号①,然后根据意段词类的不同组合,再分出小类、大目和细目②。这种五、七言诗句法的研究,作为语言现象的记录分类,在语言学上是很有意义的。但对文学批评的角度来看,如此庞大冗杂的分类反倒让人眼花缭乱,摸不清主要句式变化的规律,故很少被诗歌评论者直接运用。

在唐近体诗句法的研究中,如果说王力先生力求"全",后来学者则多求"精",即把注意力集中在最能反映出唐诗艺术魅力的句法现象之上。吾师高友工教授与梅祖麟教授在 70 年代所写论唐诗艺术的文章,无疑是这种把现代句法分类运用于唐诗研究的最佳典范③。21 世纪初出版的张斌《汉语语法学》和蒋绍愚《唐诗语言研究》虽然是语言研究的专著,但均出于辅助文学研究的考虑而大幅度地简化了王著冗杂句式类别,而且还不惜笔墨地描

---

①王力根据词类及其在句中不同作用,分出三十一种词性类别,逐一加上英文字母(或多字母组合)的代号。多字母的代号中,又有大小写之别。例如,"nN—前一个名词修饰后一个名词,例如'秋花'"等等。详见王力著:《汉语诗律学》,页 183—185。

②例如,王力把杜甫《舟月对驿》"城乌啼眇眇,野鹭宿娟娟"归类如下:"(28)末二字为叠字,在其所修饰的动词或形容词的后面。28. 1. 叠字修饰动词者:28. 1. a1. nN-V-fr'城乌啼眇眇,野鹭宿娟娟'。"

③参见 Kao Yu-kung and Mei Tsu-lin, "Meaning, Metaphor, and Allusion in T'ang Poetry," *Harvard Journal of Asiatic Studies* 38. 2(1978):281—356; and "Syntax, Diction, and Imagery in T'ang Poetry," *Harvard Journal of Asiatic Studies* 31(1971):49—136。这两篇重要长文三十年前已译成中文,并结集成书:高友工、梅祖麟著,李世耀译:《唐诗的魅力:诗语的结构主义批评》,上海:上海古籍出版社,1989 年版。

述了各种独特句式的审美效果。这点蒋著做得尤为成功,对文学研究者帮助甚大①。

篇幅所限,这里仅以《诗经》《楚辞》为例,扼要阐明诗歌节奏与现代分析句法的关系,即解释前者如何承载各种不同的主谓和题评句式。

(二)《诗经》《楚辞》的节奏和句法特点

首先谈《诗经》。《诗经》里大概百分之九十的诗句为四言句,四言句的韵律节奏基本均为 2+2 节奏,下面这四句出自《周南·桃夭》,试作一分析:

§1. 19

桃之夭夭,灼灼其华。之子于归,宜其室家。②

这里每句基本都是 2+2 的语义节奏,句法上看,"桃之夭夭"为题评句,其间"夭夭"为联绵词。《诗经》中多用联绵词,然而《诗经》的联绵词并未概念化,不可视之为有固定意义的形容词,使用时往往只是纯音词。因而,联绵词出现在名词、动词之前或之后,并非构成对某一事物或动作自身性质的判断。也就是说,作者看到物象产生的情感反应以此联绵词表达之。换言之,这些联绵词与

①参见张斌著:《汉语语法学》,上海:上海教育出版社,1998 年版;蒋绍愚著:《唐诗语言研究》,北京:语文出版社,2008 年版。
②引自《毛诗正义》,《十三经注疏》本,北京:中华书局,1980 年版,页 279。

名词或动词组合,通常并不形成一种逻辑判断句。这两大组成部分的关系实际上是题语与评语的关系。因此,"夭夭"实则是观桃人的感受,"桃"与"夭夭"并没有形成主谓的逻辑判断句,二者之间存在时空上、逻辑上的断裂,因此这一句实则是题评句。而后面一句"宜其室家"则是动宾结构,为主谓句。

后代经师往往忽视《诗经》中联绵词有声无义的本质,硬给联绵词加上固定的意义,从而造成许多明显的谬误。毛《传》解《桃夭》云:"夭夭,其少壮也。"孔《疏》:"夭夭言桃之少。"①毛《传》又解《桧风·隰有苌楚》"夭之沃沃,乐子之无知"句云:"夭,少也。"②又,《国语·鲁语》:"泽不伐夭。"韦注:"草木未成曰夭。"③显然,毛《传》和孔颖达以《桧风·隰有苌楚》单音字"夭"之义来给《桃夭》之"夭夭"一个"少"的固定意义,而此义与此诗下三段所描述的桃树枝叶果实繁茂的状态明显相矛盾,难以圆其说④。

在《诗经》中,几乎所有题评结构里的评语都是联绵字(包括双声、叠韵、叠字三类)。在英语中,叠字往往是拟声的(如"hush-hush"和"ticktock"),有时又是概念的(如"hanky-panky"和"hel-ter-skelter")。《诗经》中的联绵字主要是用于表达观察者对外物

①引自《毛诗正义》,《十三经注疏》本,页279。
②引自《毛诗正义》,《十三经注疏》本,页382。
③《国语》,上海:上海古籍出版社,1998年版,页178。
④详见下一章中郭璞、郑樵(1104—1162)、郝懿行(1757—1825)以及美国汉学家金守拙(George A. Kennedy,1901—1960)等人反对给《诗经》联绵词套上固定意义的观点。

的情感回应,故将这种情感转化为感人的声音,多与概念无关。刘勰早就注意到这点,在《文心雕龙·物色》中详细地描述了创造联绵字时心物互动的状况:"是以诗人感物,联类不穷。流连万象之际,沈吟视听之区;写气图貌,既随物以宛转;属采附声,亦与心而徘徊。故灼灼状桃花之鲜,依依尽杨柳之貌,杲杲为出日之容,漉漉拟雨雪之状,喈喈逐黄鸟之声,喓喓学草虫之韵。皎日嘒星,一言穷理;参差沃若,两字穷形。并以少总多,情貌无遗矣。"①联绵字巧妙地揉合了情感的因素,成为历代诗人所喜爱的抒情方式,对中国古典诗歌的发展有着经久不衰的影响力。

《诗经·国风》中大量的比兴结构均是先写景后抒情,景语多为使用联绵字的题评句,而情语表达自己情感,多为主谓句。但《诗经·大雅》以直言铺陈的"赋"为体,几乎全用主谓句,如《大雅·文王》首段所示:

§1.20

　　文王在上,於昭于天。周虽旧邦,其命维新。有周不显,帝命不时。文王陟降,在帝左右。②

这八句是叙述周文王之功绩,全为主谓句。"赋"篇中句子绝大部分都是主谓句,如《大雅·绵》等诸篇所见,只有在诗人停下叙事去状物时才会使用几个题评句。

---

①刘勰著,范文澜注:《文心雕龙注》,页693—694。
②引自《毛诗正义》,《十三经注疏》本,页503—504。

《楚辞·九歌》中则出现了一种 3+兮+2 的新节奏,如《九歌·东皇太一》所示:

§1.21

　　吉日兮辰良,穆将愉兮上皇! 抚长剑兮玉珥,璆锵鸣兮琳琅。瑶席兮玉瑱,盍将把兮琼芳。蕙肴蒸兮兰藉,奠桂酒兮椒浆。扬枹兮拊鼓,疏缓节兮安歌,陈竽瑟兮浩倡,灵偃蹇兮姣服,芳菲菲兮满堂。五音纷兮繁会,君欣欣兮乐康!①

九歌体节奏的特点是以"兮"分隔开前后两部分。这种 3+兮+2 节奏无疑带有巫觋唱词舞蹈节奏的印记。句腰中出现了"兮"字,前后两部分就很难认作是主谓结构,而只能看作是题评结构。这里"穆将愉"是"题",说的是庄严愉悦的气氛,"上皇"则是"评",说明"穆将愉"者是谁。同样,下面一句"抚长剑兮玉珥"若当成是主谓句,前半部分可解而后半部分不可解,前半部分中"抚"可以看作是谓语,"长剑"则是宾语,但是这样一来,"兮"后面的"玉珥"又作何解? 因此,只有用题评句才能解释得通,"抚长剑"是动作,而"玉珥"是对此动作进行补充说明。"抚长剑"之时最能引人注目的是镶嵌于长剑柄上的"玉珥"。

　　《九歌》使用 3+兮+2 节奏的句子都是题评句,即使是具有主谓短语的句子实际上还是题评句。如"盍将把兮琼芳"里"把兮琼芳"四个字可作为一个主谓动宾句解,而整个句子可以解释为"何

---

① 陈子展:《楚辞直解》,南京:江苏古籍出版社,1988 年版,页 84—86。

不拿着芳草"。然而,在其间加入的断裂"兮"则使得"兮"前面的三字"盍将把"变成了一个独立的主谓结构。同时,"兮"造成的断裂让这句可作题评句解释,先描绘持草之动作,然后对此动作加以补充说明,说明所持者为何物。陈子展《楚辞直解》便将此句译为"合着而且捧着啊琼枝的花香"①。陈氏用"啊"翻译了"兮",整句话采用的恰恰是现代汉语中的题评句。的确,"盍将把兮琼芳"还是用题评句来解释为好。

与"九歌体"相比,"骚体"最大的不同就是"兮"字从句腰移到了句末,反映了从歌唱舞蹈节奏到咏诵节奏的转变,而这种节奏的转变又带来了句法的巨大变化。

§1.22

帝高阳之苗裔兮,朕皇考曰伯庸。摄提贞于孟陬兮,惟庚寅吾以降。皇览揆余初度兮,肇锡余以嘉名:名余曰正则兮,字余曰灵均。

纷吾既有此内美兮,又重之以修能;扈江离与辟芷兮,纫秋兰以为佩。汩余若将不及兮,恐年岁之不吾与。朝搴阰之木兰兮,夕揽洲之宿莽。日月忽其不淹兮,春与秋其代序;惟草木之零落兮,恐美人之迟暮!不抚壮而弃秽兮,何不改乎此度?乘骐骥以驰骋兮,来吾道夫先路!②

---

① 陈子展:《楚辞直解》,页85。
② 陈子展:《楚辞直解》,页39—41。

九歌体句腰的"兮"字在骚体中移到了单数句的句末。句腰的位置则以一连词代替之,这样必然使得原来断裂的题评句变为主谓句,以上加着重号部分均是句腰连词,如之、于、以、与、其、而等,如刘勰所言,这些字"乃札句之旧体"①。这些字均将前后两个部分连接为一个长句。比如句腰"之"的功能主要是将简单名词词组加以扩展,这也决定主谓句的动词的类别多为句首动词+较长的、作宾语用的名词词组。骚体中所用的连接词有限,主谓句类别也因此非常有限,仅仅几种。

《楚辞》中骚体诗所用的连词种类不多,一个连词经常在同一首诗中反反复复地使用。虽然不同的连词可以创造出各异的主谓句式,但它们有一点是相同的:它们组成的句子都是线性单向,往前推进,而不允许有横跨两音段的倒装句式。这个特点无疑有助于叙述或描写中的铺陈排比。也许正是因为如此,骚体句式不仅在《楚辞》中被广泛运用,亦影响到后来赋体的写作。

通过对九歌体和骚体的节奏和句法的比较分析,我们可以清楚地看到汉诗节奏和句法不可分割的内联性。当"兮"出现在句腰,形成一种强烈的歌唱舞蹈节奏,而此节奏只能承载题评句。然而,当"兮"挪到单数句句末,句腰换上连词,就造成了新的节奏,由于句中连词连接了前后两个部分,已经没有了九歌体里"兮"放在句腰造成的停顿或断裂,没有断裂,题评句就无以成立了。所以,"骚体"的"3+连词+2"节奏只能承载主谓结构。

---

① 刘勰著,范文澜注:《文心雕龙注》,页572。

第六节　汉诗句法与汉诗结构的关系

　　汉诗节奏与汉诗结构并没有直接明显的关系,然而深受节奏制约的句法却与结构有着难以分割的关系。中国传统文论认为句子、章节、篇章的结构是统一相通的。刘勰《文心雕龙·章句》云:

§1.23

　　　　夫设情有宅,置言有位,宅情曰章,位言曰句。故章者,明也;句者,局也。局言者,联字以分疆;明情者,总义以包体:区畛相异,而衢路交通矣。夫人之立言,因字而生句,积句而成章,积章而成篇。篇之彪炳,章无疵也;章之明靡,句无玷也;句之清英,字不妄也。振本而末从,知一而万毕矣。①

刘勰似乎认为,文章有由字、句、章、篇四层次。这四个层次虽各自不同,但是相通的,即"衢路交通"所云。但就组织结构来说,只有句、章、篇三个层次,因为每个字为独立的整体,无结构营造可言。刘勰强调这三层的结构是由小至大的过程,又言"知一而万毕矣"。按照刘勰这一思路,我们不妨探究一下联字成句的原则与章节、诗篇的结构营造有无内在的关系。下面让我们尝试从分

———————

① 刘勰著,范文澜注:《文心雕龙注》,页570。

析《诗经》的主谓句和题评句结构入手,寻绎出汉诗章节结构和诗篇结构的基本组织原则。

(一)主谓句与线性章节结构、线性诗篇结构

主谓句实质上代表了一种很明显的线性结构。一个完整的主谓句有主语、谓语、宾语,主语是施事者,谓语是施事者的动作,宾语是动作的承受者。这三者连成一线,组成时间序列上的线性过程。同时这一过程也代表了逻辑上的因果发展过程,施事者作为主语为因,动作为果,而作为动作承受者的宾语则是对果的进一步陈述。因此,若是谓语是表示动作的及物动词,主谓语之间有明显的因果逻辑关系。缺少宾语的不完整主谓句依然体现了这一关系,谓语所表示的动作无不是主语所为,而谓语所表示的状态亦无不是主语的属性。由此可见,主谓句呈现出一种无断裂的线性结构,反映出主谓两者之间明显的时序和逻辑因果关系。主谓句的线性结构原则投射在章节层次之上,线形章节结构就自然地产生了。

§1.24

　　文王在上,於昭于天(因)。周虽旧邦,其命维新。有周不显,帝命不时(果)。①

比如第一句"文王在上"主语为"文王","在上"则是表示状态,后

———————

①引自《毛诗正义》,《十三经注疏》本,页503—504。

接"於昭于天"主语依然是"文王",继续赞叹并描写文王在上的状态。很明显,这两句之间是按照线性进程组织句子的。第三句至第六句"周虽旧邦,其命维新。有周不显,帝命不时",接开头二句,称赞文王功绩甚为显耀,传统注疏认为"不"即是"甚"之意。这里,第三、四句与第一、二句之间存在明显的因果关系。开头二句赞语揭示文王受命于帝之"因",第三至第六句是"果"。由于文王在世时受命于天,才会出现"周虽旧邦,其命维新。有周不显,帝命不时"的大好形势。接着,第七、八句则又一次回到了"因",起到了过渡句作用,引出下一章。可见第一章是在线性轴线上展开的,句子之间并无意义上的断裂,因此可称此章为线性章节。

线性主谓句结构进一步向诗篇组织这一最高层次投射,便形成一种明显的线性诗篇结构。这种线性诗篇结构在《大雅》中广泛使用,通常承载时序连贯的叙事(见《大雅·大明》《大雅·绵》诸篇),有时用于展开逻辑因果关系较为明显的叙述,如《大雅·文王》一篇所示:

§1.25

文王在上,於昭于天。周虽旧邦,其命维新。有周不显,帝命不时。文王陟降,在帝左右。

亹亹文王,令闻不已。陈锡哉周,侯文王孙子。文王孙子,本支百世。凡周之士,不显亦世。

世之不显,厥犹翼翼。思皇多士,生此王国。王国克生,维周之桢。济济多士,文王以宁。

　　穆穆<u>文王</u>,於缉熙敬止。假哉天命,有商孙子。商之孙子,其丽不亿。上帝既命,<u>侯于周服</u>。

　　<u>侯服于周</u>,天命靡常。殷士肤敏,祼将于京。厥作祼将,常服黼冔。王之荩臣,<u>无念尔祖</u>。

　　<u>无念尔祖</u>,聿修厥德。永言配命,自求多福。殷之未丧师,克配上帝。宜鉴于殷,<u>骏命不易</u>!

　　<u>命之不易</u>,无遏尔躬。宣昭义问,有虞殷自天。上天之载,无声无臭。仪刑文王,万邦作孚!①

《大雅·文王》全篇分七章,第一章的因果关系已作分析。以下诸章的结构几乎完全相同。第二章以"亹亹文王,令闻不已"开始,承接前一章,是本章之"因",而后六句则列举出其"果",即周王家族子孙兴旺繁衍。第三章进一步列举文王统治之果,描写周国"济济多士"的繁荣景象。第四章以"穆穆文王,於缉熙敬止"开始,又回到文王之"因",后面六句又是"果",即商人臣服承天命之周主状况的描写。第五章以"天命靡常"为"因",引出告诫商人后裔之"果",先劝周王进用的商臣勿念旧祖,第六章再言他们当以殷商倾覆为鉴,敬畏天命。末章则转向对周朝子孙进行劝诫,敦促他们珍惜天命,勿像商朝那样丧失天命。为了加强此诗的线性结构,诗人采取了顶针格的手法。如加下划线部分所示,上一章的末句,重复使用而构成下一章的首句,如此承上启下,足以使得七章连贯顺畅地展开,每章之间紧密相扣,毫无断裂,从而

①引自《毛诗正义》,《十三经注疏》本,页503—505。

使得整篇呈现出一种极为明显的线性结构。

（二）题评句与断裂性章节结构、断裂性诗篇结构

与主谓句的线性结构相反，题评句中题语和评语之间有着意义上的断裂。题评句在《国风》之中大量使用，如《周南·桃夭》首章所示：

§1.26

　　桃之夭夭，灼灼其华。之子于归，宜其室家。①

"桃之夭夭"与"灼灼其华"均为题评句。"桃"与"华"是题语，而"夭夭"与"灼灼"都是没有固定意义的联绵字，不能解作"桃"与"华"的属性，而是观物者对"桃"之形貌态的情感的表达。因此，题语和评语之间存有时空与逻辑上的断裂。

假若这种断裂的题评结构投射到章节结构的层次，就会形成一种断裂性章节结构。这正是《国风》使用题评句时几乎必然出现的情况。在《周南·桃夭》首章之中，前两句（桃之夭夭，灼灼其华）与后两句（之子于归，宜其室家）之间则有明显的断裂，即景语与情语之间的断裂。这两部分在时空上未必有联系，而意义上则忽然从自然景物的描写转向叙述。这种结构完全可以借用题评的概念来解释。写景的两句可视为"题语"，而叙述的两句则是"评语"，两者结合则构成典型的断裂性题评章节。

---

①引自《毛诗正义》，《十三经注疏》本，页279。

　　断裂性题评章节在传统诗学中被称为是"兴"。由于章节前后两部分的关系断裂,具体何解并不清楚,因此几千年来对于"兴"定义的讨论总是见仁见智。毛《传》谈"兴",往往提出特定物象,认为这种物象为"兴",并且给予这一物象道德含义上的描述,虽然毛《传》对"兴"的讨论会联系后面的章节,然而多是对物象进行阐明,如毛《传》对《周南·桃夭》的分析中,评说第一章的前二句,认为这二句是"兴也",随后拈出桃的意象进行阐发:"桃有华之盛者,夭夭,其少壮也。灼灼,华之盛也。"①而到了宋代,朱熹则是在整个章节意义上谈论"兴"。他并非讨论孤立物象,而是已将物象作为章节的一部分,认为每一章,每一整个景语情语兼有的章节在整体上可称作"兴"。在讨论《周南·桃夭》一篇时,朱熹是在第一章第四句结尾之后加以评注,认为全章为"兴也"②,而并没有执着于孤立物象进行阐发。朱熹在注释《周南·关雎》首章时称"兴者,先言他物以引起所咏之词也"③。显然已经注意到了作为章节之"兴"的断裂结构。

　　然而,如何将题评章节组合成完整的诗篇呢? 方法极为简单,重复使用断裂性题评章节即可:

　　§ 1.27
　　　　桃之夭夭,灼灼其华。之子于归,宜其室家。

_____

①引自《毛诗正义》,《十三经注疏》本,页279。
②朱熹:《诗集传》,北京:中华书局,1958年版,页5。
③朱熹:《诗集传》,页1。

> 桃之夭夭,有蕡其实。之子于归,宜其家室。
> 桃之夭夭,其叶蓁蓁。之子于归,宜其家人。①

如果说《大雅·文王》重复使用线性章节而形成线性的诗篇结构,那么《周南·桃夭》重复使用断裂性题评章节,便衍生出一种独特的重章结构。此诗的三章均为题评章节,合在一起便形成了章节的排比,故此诗结构可称为重章诗篇结构,在三章的排比中,关键字词的变换使得每章意思层层递进,同时也造就了诗歌情感表达上的变化。重章结构重叠了在逻辑意义上断裂的题评章节,并在反复使用之中改变关键词语,通过每次的反复使用与改变引入不同的景语,通过不同的景语替换带来读者视觉的变换,并加强了作者情感的反复表达。情语变换的效果亦然。

(三)重章诗篇结构的演变:二元诗篇结构、叠加诗篇结构

重章诗篇结构用于《国风》绝大部分作品,可谓盛极一时。然后,这种诗篇结构在后世的诗词中却几乎完全消失。取而代之的是二元诗篇结构和叠加诗篇结构。与重章结构一样,这两种诗篇结构也是发轫于《诗经》的断裂性题评章节,但这三者演变所循的路径有所不同。如果说重章诗篇结构是多个题评章节排比而成,那么二元诗篇结构则是对单个题评章节扩充而成。更具体地说,对一个题评章节的写物部分(题语)加以扩充,由个别孤立的物象发展为不同物象构成的一片场景,同时又把抒情部分(评语)变成

---

①引自《毛诗正义》,《十三经注疏》本,页279。

持续连贯的抒情叙述。这两大部分合而为一，便形成一个典型的二元诗篇结构。这种二元诗篇结构首见于《邶风·匏有苦叶》：

§1.28
　　匏有苦叶，济有深涉。深则厉，浅则揭。
　　有弥济盈，有鷕雉鸣，济盈不濡轨，雉鸣求其牡。
　　雝雝鸣雁，旭日始旦。士如归妻，迨冰未泮。
　　招招舟子，人涉卬否。人涉卬否，卬须我友。①

这首共四章，景语情语各占一半，前二章为景语，把河边渡口不同的物象连缀成一片秋景，后二章则为情语，叙事抒情，把主人公求嫁的迫切心情，以及对爱情的忠贞都生动地表达出来。在诗篇层面上，此诗二分为景语、情语，描写之景均一致，抒发之情亦一致，二元诗篇结构的特点极为明显。

　　二元结构在后续的各类诗体中大量使用，如《古诗十九首》、乐府、律诗以及相当数量的词，景语与情语往往各占诗篇一半。如律诗中起承部分往往是景语，转合部分往往是情语；而许多词是上阕写景下阕抒情。这种结构于各种诗体中大量使用，例子不胜枚举。

　　叠加诗篇结构是通过隐性地重复题评章节而形成的。所谓"隐形重复"，就是说不像重章结构那样机械地重复使用题评章节的字句，而是在写景时使用同一类别的景象，但不断变换其具体

———————
①引自《毛诗正义》，《十三经注疏》本，页302—303。

物象,又在写情时集中抒发同类的情感,但不断变化抒情的角度。这种叠加诗篇结构在《小雅·四月》已经成型:

§1.29

　　四月维夏,六月徂暑。先祖匪人,胡宁忍予!
　　秋日凄凄,百卉具腓。乱离瘼矣,爰其适归?
　　冬日烈烈,飘风发发。民莫不穀,我独何害?
　　山有嘉卉,侯栗侯梅。废为残贼,莫知其尤!
　　相彼泉水,载清载浊。我日构祸,曷云能穀!
　　滔滔江汉,南国之纪。尽瘁以仕,宁莫我有!
　　匪鹑匪鸢,翰飞戾天。匪鳣匪鲔,潜逃于渊。
　　山有蕨薇,隰有杞桋。君子作歌,维以告哀。①

此诗八章,中心内容为抒发悲愤之情。每章之中的景物是四季不同的自然景色,属于同一类别,而物色意象则包括卉草、山、泉、江等,从而造成了每章景物内容的变换,无一机械的重复。同样,每章都从不同的角度抒发了个人痛苦,先后诉说丧乱离散之苦、横遭祸害之痛、世道混浊之怨、孤独无友之悲。除了语气词“匪”和代词“我”之外,全诗没有任何文字的重复,而是通过同类景语和同类情语的“隐性重复”来表达缠绵不断的无限悲情。

　　叠加诗篇结构按照中心意思组织同类而内容相异的景物与情感,抒情性极强,在以后兴起的各种诗体中得以大量运用。如

――――――――――

①引自《毛诗正义》,《十三经注疏》本,页462—463。

陶渊明《归园田居》其一即使用叠加诗篇结构,其间并不能看到截然二分的景语与情语,而是按照一个中心思想加以景物描写与情感抒发,情景叠加而不重复,各种田园生活的景象物色纷呈,隐居闲适之感跃然纸上。

综上所述,《诗经》的诗篇结构共有四种:线性诗篇结构、重章诗篇结构、二元诗篇结构、叠加诗篇结构。除了重章诗篇结构在《诗经》之后很少使用以外,其他三种诗篇结构均在以后各类诗体中得以承继发展。各类诗体中变换多样的结构实则都可视为是这三种基本结构的变体。后续的章节将依此基本框架对这三大结构各种不同的变体加以梳理评述。

第七节 小结

本章首节对西方汉学界中盛行的汉字字形决定汉诗艺术的观点提出质疑,后续六节则从分析汉字字音对汉诗艺术的影响入手,剥丝抽茧,一层层地寻绎汉诗诗体之内联性。首先发现的是,汉字每个字的发音是单音节,而绝大多数字又是含有意义的词或是能与其他字结合的不自由语素,从而使汉诗发展出一种独一无二的节奏。此节奏的特点是韵律节奏和意义节奏总体是合二为一,但两者之间又存有分离的张力。其次,我们又探察到汉诗节奏与句法密不可分的关系。就传统句法而言,每种诗体独特的节奏都决定该诗体组词造句的主要语序以及可以有何种变动的可能。从现代语法学的角度来看,每种诗体独特的节奏决定了该诗体可以承载何种主谓句式,在时空逻辑的框架呈现何种主客观现象;同时又可以承载何种题评句,超越时空逻辑关系来并列意象和言语,藉以激发读者的想象活动。最后,我们从句法演绎到章法、篇法,发现三者都是遵循同样的组织原则。主谓句所遵循的是时空和因果相连的线性组织原则,而此原则运用于章节和诗篇的层次之上,便构造出连贯一致的线性章节和诗篇。同样,题评句所遵循的是时空和因果断裂的组织原则,而此原则运用于章节和诗篇的层次之上,便构造各种不同的断裂章节和诗篇结构。

　　需要强调的是,汉诗节奏、句法、结构之间的这种内联不是静止的关系,而是呈现不断发展的动态。在近三千年的中国诗史中,为了开拓新的诗境,诗人孜孜不倦地挖掘汉语自身演变(尤其是双音化发展)所带来的机会,借鉴不同的民间音乐曲调以及各类散文,不断发展出音义皆流转完美的新节奏,并创造出与之相应的新句式和新结构,为新诗境的产生提供了其所必需的语言空间。新节奏、句式、结构的产生通常标志着一种新诗体的诞生。当一种诗体发展到一定的阶段,它所开创的那类诗境难免渐渐变得陈旧,这时诗人又自然地回到散文和民间的音乐演唱传统中,去寻找新的节奏,重构或创造各种句式和结构,以求开辟新的诗境。正如以下各章所示,汉诗节奏、句法、结构、诗境的这种深度互动,在《诗经》、五言古诗、五言七言律诗、小令、慢词的兴衰过程中,无不得以极好的印证。

第二章 《诗经》节奏、句法、结构、诗境

在上一章阐述汉诗内联性的过程中,笔者已经列举不少《诗经》诗句和篇章,用以说明汉诗节奏、句法、结构的独特之处。此章将对《诗经》节奏、句法、结构、诗境分别进行更加系统深入的探研。

《诗经》2+2节奏的特征在上一章中已作描述,故此章第一节将集中从钟鼓音乐、先秦汉语单音化、中和审美理想诸方面探研2+2韵律节奏形成的原因,而第二节接着梳理出《诗经》中多种不同的语义节奏,并探究它们与近乎统一的韵律节奏之间的张力。第三节分析主谓句型,先分出简单和复杂主谓句两大类,然后再将简单主谓句分出为主谓宾、主谓、状谓、谓宾句四式,而复杂主谓句则按逻辑关系分出并列、递进、假设、转折句四式。第四节讨论题评句型的使用,主要根据句中评语的位置和字数进行分类。《诗经》章节结构和诗篇结构在上一章已作介绍,故本章基本省略,但将在末节论及本人题评结构论与传统诗学比兴论的关系。末节与传统诗学进行对话,展示了本章中《诗经》节奏、句法分析与古人评诗论述异曲同工之处,这种相互阐释应该有助于我们进一步加深对《诗经》艺术境界的认识。

　　本章对节奏和句法的分类无疑稍嫌繁琐,较之以下九章中大量的作品细读,读来难免兴趣索然。然而,对全书而言,这种技术性的分类是必不可少的,因为它们为以下九章中对节奏和句法演变的研究建立了可靠的对照基线。此处作一解释,以求得到读者的原谅。

第一节　《诗经》韵律节奏:上二下二韵律

　　"诗言志,歌永言,声依永,律和声。八音克谐,无相夺伦,神人以和。"①这段引自《尚书·尧典》,被朱自清誉为中国历代诗评论的"开山纲领"的话语,似乎揭示了诗行节奏产生的过程。心中之志付诸言语(诗言志),通过咏唱使声音延长以形成节奏(歌永言),同时,咏唱的节奏与律吕相配(律和声)以求达到最佳的音乐效果(八音克谐)。这段话又告诉了我们,《诗经》韵律节奏的形成有三大重要因素:语言、音乐、审美理想。

　　"声依永"是指言语在吟唱过程中形成节奏。这点古人早有认识。朱熹(1130—1200)《诗集传·序》云:"既有言矣,则言之所不能尽,而发于咨嗟咏叹之余者,必有自然之音响节族(音奏)而不能已焉,此《诗》之所以作也。"②李东阳(1447—1516)《麓堂

————————

①孔颖达撰:《尚书正义》,北京:中华书局,1980 年阮元校刻《十三经注疏》本,页 131。

②朱熹集注:《诗集传》,台北:中华书局,1978 年版,页 1。

诗话》对"声依永"解释如下:"古所谓'声依永'者,谓有长短之节,非徒永也。故随其长短,皆可以播之律吕,而其太长太短之无节者,则不足以为乐。"①李东阳认为,诗句太长太短即为"无节者,则不足以为乐",由此推论,诗句长短适中才能形成节奏,足以为乐。李氏的观点是很有说服力的。据朱孟庭《诗经与音乐》的统计,《诗经》共有 7283 句,其中一言 8 句,二言 10 句,三言 153句,四言 6595 句,五言 404 句,六言 90 句,七言 19 句,八言 4句②。在这八类诗句中,一言、二言句太短,而八言句太长,故使用极少,无节奏可言。三言虽然有 1+2 和 2+1 组句的变化,但仍然嫌短,难以形成一种独立的诗体,只能成为五言(2+3)和七言(4+3 或 2+2+3)节奏结尾的三言部分。虽然五言、七言以后将成最重要的诗体,而六言句在词(尤其是小令)中大量使用,三者在《诗经》中皆没有固定的节奏,尚处于从散文句到诗句转化的不同阶段之中。只有四言句真正具有自己的固定韵律节奏,从而成为一种诗体。

四言句、五言句,乃至六言句,不短不长,皆易成节为乐,但为什么唯独四言句能产生固定的上二下二(2+2)节奏,演变为《诗经》中占绝对统治地位的诗体? 笔者认为,2+2 节奏和四言体兴起都与当时语言和音乐的发展有着密切的关系。《周颂》中有不少诗篇不入韵,使用非四言句的比例最高,似乎是句子诗化、四言

---

① 李东阳:《麓堂诗话》,收入丁福保辑:《历代诗话续编》,下册,页 1073。
② 见朱孟庭:《诗经句式统计表》,《诗经与音乐》,台北:文津出版社,2005 年版,页 171。

化过程尚未完成时期的作品。在西周初、中期,四言化可能是一种广泛的语言发展倾向,因为当时的金文铭辞中不断有四言祭祀套语出现。陈致认为,《周颂》四言化和祭祀套语四言化是一个同步的过程:

§ 2.1

　　《诗·周颂》诸篇在使用祭祀成语的过程中,又有句式逐渐变得规则,向四言形式发展,同时又趋于入韵化的倾向,而这种入韵的倾向,又与金文铭辞,特别是编钟铭文逐渐变得规则,并且入韵,几乎可以说是同步的。也就是说,大约都是在西周中期共王(922—900 B. C.)时期以后,《周颂》诗篇中的许多成词或成语运用,与西周铜器铭文上的嘏辞是相同的。……两者都是当时宗教活动中常用语词,而这些语辞在西周中期以后也逐渐开始由杂言向四言化发展,并且定格为成语。①

四言化主要是通过裁短五、六、七言句,还是叠加二言句来实现的呢? 刘勰《文心雕龙·章句》云:"至于诗颂大体,以四言为正,唯祈父肇禋,以二言为句。寻二言肇于黄世,竹弹之谣是也。"刘勰显然认为,二言是最早的诗句形式,四言是二言"增华"的结果。把二言视为四言体的渊源是顺理成章的。《吴越春秋》所记

---

① 陈致:《〈周颂〉与金文中成语的运用来看古歌诗之用韵及四言诗体的形成》,载陈致主编:《跨学科视野下之诗经研究》,上海:上海古籍出版社,2010 年版,页 20。

《弹歌》全用二言："断竹,续竹,飞土,逐肉。"①《周易·屯·六二》亦连用多个二言句："屯如,邅如,乘马班如,匪寇,婚媾。"又《周易·贲·六四》:"贲如,皤如,白马翰如,匪寇,婚媾。"把这些两组二言句读成一个四言句是再自然不过的了。的确,在《周易正义》中,这两段爻辞就是按四言断句的②。二言叠加成四言句,其韵律节奏不言而喻就是 2+2。

"律和声"是指八种乐音与咏唱和谐相配。音乐节奏与语言节奏合体,无疑大大地促进四言句式的发展和成熟。陈致认为:"四言诗句的定型,以及入不入韵实际上是与西周乐钟的使用,以及音乐的发展有很大的关系。……伴随着音乐的使用和祭祀礼辞的发展,中国的四言体诗开始逐渐形成,并且格式化。"③虽然当时咏唱和音乐表演的状况无法再现,《诗经》经文里却有大量关于乐器和音乐表演的记载。三十三篇里有乐器出现,共有八十九例。提的乐器共二十七种,"以八音分,则金四、石一、丝二、竹五、匏二、土二、革九、木二"④。朱孟庭指出,八音之中"'革音'

①赵晔撰:《吴越春秋》,《四部备要》本,台北:中华书局,1981 年版,第 288 册,卷 9,页 6。
②见孔颖达撰:《周易正义》,北京:中华书局,1980 年阮元校刻《十三经注疏》本,页 19、38。
③陈致:《〈周颂〉与金文中成语的运用来看古歌诗之用韵及四言诗体的形成》,页 21。
④卢国屏著:《尔雅语言文化学》,台北:台湾学生书局,1999 年版,页 109。卢氏参考白惇仁著《诗经音乐文学之研究》(台北:唯勤出版社,1970 年版)《诗经经文所存乐器》一节所述,制表详细列出八音之下各种乐器的名称、所见篇名和经文以及乐器用途。

'鼓'类乐器最多,有二十七例;其次则为'金音''钟'乐器,有二十例,此二类即占总数的二分之一强,是以吾人可以'钟与鼓'概括《诗经》乐音的总体特色"①。

"八音克谐,无相夺伦,神人以和"一语表明,"克谐"或和谐是咏诗和奏乐共同的审美追求,而"神人以和"则指尧、舜时代的诗乐旨在带来神鬼和人类世界之间的和谐。到了《诗经》时代,追求诗乐之和谐,不仅仅是要"神人以和",而营造诸侯、君臣、贵族亲朋之间的和谐也是诗乐之重要目的。正因如此,音乐演奏已变成祭、燕、射、军四礼的组成部分。其中,钟鼓两类乐器使用最为广泛,祭、燕、射、军四礼均用之,故两者的声音在《诗经》中屡有描述:

> 鼓钟将将、鼓钟喈喈、鼓钟钦钦。(《小雅·鼓钟》)
> 钟鼓喤喤。(《周颂·执竞》)
> 坎坎鼓我。(《小雅·伐木》)
> 奏鼓简简。(《商颂·那》)
> 伐鼓渊渊。(《小雅·采芑》)
> 鼓咽咽。(《鲁颂·有駜》)

值得注意的是,钟鼓声几乎都是用叠字联绵词来描述的。以上不同叠字的使用反映出钟鼓音调的高低变化,同时又说明以钟鼓为主,《诗经》乐声以二声为一拍,正好与经文中二言单元相吻

①朱孟庭著:《诗经与音乐》,页330。

合。诗句二言相叠即成为平稳的 2+2 四言句式,而乐声两组二声叠用即形成和谐的乐声。的确,"将将/将将",较之其他的可能组合(如将/将将将、将将将/将、将/将将/将),无疑是最为中正平和的乐声。有如此中庸和谐的乐声相配,无怪乎 2+2 咏诗节奏能迅速演变为代表整部《诗经》的韵律节奏。

"诗言志,歌永言"在前,而"律和声"在后,也就是说,音乐要被动地适应配合咏诗,使两种节奏结合为固定的 2+2 韵律节奏。然而,这种韵律节奏一旦形成定型,它就具有支配语言运用的力量。明代的韩邦奇(1479—1556)云:"今一部《诗经》皆四言……歌必四者,以其用协金春玉应之节也。"①韩氏之言,如果仅是指那些作为 2+2 节奏定型后的诗篇,是有一定说服力的。《诗经》作于西周数百年不同时期,故三百篇中必有先于"律和声"者,也有作于 2+2 节奏定型之后的,即韩氏所说用四言"协金春玉应之节"者。虽然具体诗篇产生的年代无法确定,我们却可以在诗文中寻找相关的内证,藉以审察《诗经》成书的漫长过程中咏诗与奏乐不同的互动关系。如果说不入韵、多用杂言的《周颂》诗篇可以代表 2+2 节奏定型前的作品,笔者认为,许多《国风》诗篇则具有 2+2 节奏定型后作品的特征。《召南·草虫》就是明显的一例:

§2.2

　　喓喓草虫,趯趯阜螽。未见君子,忧心忡忡。<u>亦既见止</u>,

────────

①韩邦奇:《苑洛志乐》卷 8,收入影印文渊阁《四库全书》,台北:台湾商务印书馆,1983 年版,第 212 册,页 354。

<u>亦</u>既觏<u>止</u>,我心则降。

　　陟彼南山,<u>言</u>采其蕨。未见君子,忧心惙惙。<u>亦</u>既见<u>止</u>,
<u>亦</u>既觏<u>止</u>,我心则悦。

　　陟彼南山,<u>言</u>采其薇。未见君子,我心伤悲。<u>亦</u>既见<u>止</u>,
<u>亦</u>既觏<u>止</u>,我心则夷。

　　诗中加横线的字都是没有意义的语助词,短短的几段里竟有
十四个之多。在每章末句中,"既见""既觏"前后分别加上"亦"
"止",使诗行延长至四字。在上古时代,双字词数量有限,四言诗
行中单字词为主,自然常常要靠语助词来凑够四字,从而使诗行
符合 2+2 的节奏。这种增字法与以后唐宋词中使用衬字的情况
颇为相似,表明诗人着意使自己诗句符合已经定型的诗行节奏。
类似以上的增字例子在《国风》中比比皆是,说明那时 2+2 的韵律
节奏已经定型了。

第二节　《诗经》语义节奏:二言、三言意段

　　《诗经》的语义节奏比韵律节奏更为复杂。《诗经》主导韵律
节奏单位只有二言音段一种,四言句由两个二言音段的叠加而
成,故几乎都是 2+2 句。四言句占《诗经》总句数 90% 以上,而剩
下的其他句种,包括句数总量排行第二的五言句,都尚未有凝固
的韵律节奏。然而,四言句的语义单位有二言意段和三言意段两
种。四言句中这两种意段的使用变化多样,故语义节奏较为繁

杂。依据两种意段的使用情况,四言句大致可分为四大类:1. 单二言意段句;2. 单三言意段句;3. 双二言意段句;4. 单字加三言意段句①。根据两种意段中使用的不同词类,这四大类都可再分出若干小类。以下把各大小类项分别列出,并加以说明。

(一) 单二言意段句

一个四言句若有两个语助词,那么它必定是单二言意段句。根据语助词出现的频率和位置,本类句子可分成四组:

(1) 式微式微。(《邶风·式微》)

　　载驰载驱。(《鄘风·载驰》)

(2) 简兮简兮。(《邶风·简兮》)

(3) 薄言归沐。(《小雅·采绿》)

(4) 亦既见止。(《召南·草虫》)

在(1)组中,第一、三字是语助词,而二、四字是两个不同动词或形容词的并列,或者是同一个动词或形容词的重复。这种组合最为常见,主要见于铺陈叙事中对具体行为动作的描写("载驰载驱")。(2)组的第二、四字是语助词,而一、三字是同一个形容词

---

① 除了以上四类,还有二言意段前后各加一字句,如"俾民心阕"(《小雅·节南山》)。这类句子通常首字是动词,末字是动词或是作补语用的名词或形容词,而句中的二言意段则是复合名词,作兼语用,也就是说,它既是前面谓语的宾语,又是后面谓语的主语。此类句子极为罕见,故不单独立类。

的重复,似乎主要用于加强语气("简兮简兮")。(3)组的第一、二字是习惯连用的语助词,而三、四字多数是谓宾词组("<u>薄言</u>归沐")。双语助词数量很少,故这种组合不常见。(4)组的头尾二字是语助词,而中间是一个谓语词组("<u>亦既</u>见<u>止</u>"),这种组合也少见。两个连用的语助词只见于句首,而不用于句中或句末。这点与散文句末常用两个语气词的情况形成鲜明的对比。

(二)单三言意段句

一个四言句若有一个语助词,那么它必定是单三言意段句。单个语助词使用灵活,句首句中句末都有使用。依据语助词位置的变化,本类句子可分为三组。

(1)末字为语助词

　　月出照<u>兮</u>,佼人燎<u>兮</u>,舒夭绍<u>兮</u>,劳心惨<u>兮</u>。(《陈风·月出》)

　　不可束<u>也</u>……不可读<u>也</u>。(《鄘风·墙有茨》)

　　叔马慢<u>忌</u>,叔发罕<u>忌</u>,抑释掤<u>忌</u>,抑鬯弓<u>忌</u>。(《郑风·大叔于田》)

　　猗嗟娈<u>兮</u>,清扬婉<u>兮</u>,舞则选<u>兮</u>,射则贯<u>兮</u>,四矢反<u>兮</u>,以御乱<u>兮</u>。(《齐风·猗嗟》)

(2)首字为语助词

　　<u>云</u>我无所。(《大雅·云汉》)

曰杀羔羊。(《豳风·七月》)

聿怀多福。(《大雅·大明》)

爰得我所。(《魏风·硕鼠》)

(3)第二或第三字为语助词

我东曰归。(《豳风·东山》)

曷云其还。(《小雅·小明》)

神保聿归。(《小雅·楚茨》)

上帝居歆。(《大雅·生民》)

(1)组句末语助词有兮、也、忌、止、只、且等字,而另三字是单、双音词结合而成三言意段,此组最为常见。《齐风·猗嗟》《陈风·月出》二诗全首都用这种句子,完全称得上是隐性的三言诗。(2)组与(1)组大致相同,只是语助词前挪至句首("爰得我所")。(3)组的语助词出现在句中,故多少起一些停顿作用,如第二字是语助词,那么三言意段便是1+2式("曷云其还");如第三字是语助词,则是2+1式("上帝居歆")。

(三)双二言意段句

两个二言意段组合所形成的语义节奏,与2+2的韵律节奏完全吻合,可视为四言句中最为自然的节奏。二言意段中两个字之间的关系有紧有松。紧的是复合词和联绵词。松散的则是两个单音字组成的词组(动词词组最多)。在双二言意段句之中,复合词、联绵词和词组的组合有以下三种主要形式：

(1)两个复合词的组合

a)复合名词+复合名词

蝤首蛾眉。(《卫风·硕人》)

桧楫松舟。(《卫风·竹竿》)

b)复合名词+复合动词

大夫跋涉。(《鄘风·载驰》)

(2)动词词组与复合词的组合

a)动词词组+复合名词

终远兄弟。(《王风·葛藟》)

归唁卫侯。(《鄘风·载驰》)

b)复合动词+动词词组

辗转反侧。(《邶风·柏舟》)

踊跃用兵。(《邶风·击鼓》)

(3)联绵词与复合名词或动词词组的组合

a)联绵词+复合名词

关关雎鸠。(《周南·关雎》)
忧心忡忡。(《召南·草虫》)

b) 联绵词+动词词组

萧萧<u>马鸣</u>。(《小雅·车攻》)
杲杲<u>出日</u>。(《卫风·伯兮》)

从以上例句不难看出,由两个二言意段构成的四言句至少有一个关系紧密的双音词,要么是复合名词或复合动词,要么是联绵词。如果缺少了一个关系紧密、意义凝固的意段作为句子的中心,句子就无法形成明显的 2+2 的语义节奏,难免成为像"我入自外"(《邶风·北门》)这样的散文句了。另外一个值得注意的现象是,复合名词在这类句子中使用特多。以上例句中绝大多数都含有一个复合名词。

(四)一字加三言意段句

本类句的三言意段都是名词词组,与上文所讨论的第一类句(单三言意段句)的情况恰恰相反。那里的三言意段全是谓语词组,如主谓、状谓、谓宾、纯谓语诸式,唯独不见名词词组。本类句子可根据名词词组的不同结构分成两组。

(1) 单字+(彼/此+复合名词)

a) 遵<u>彼汝坟</u>。(《周南·汝坟》)

陟<u>彼南山</u>。(《召南·草虫》)

瞻<u>彼日月</u>。(《邶风·雄雉》)

得<u>此戚施</u>。(《邶风·新台》)

b) 嘒<u>彼小星</u>。(《召南·小星》)

泛<u>彼柏舟</u>。(《邶风·柏舟》)

睆<u>彼牵牛</u>。(《小雅·大东》)

c) 于<u>彼新田</u>,于<u>此菑亩</u>。(《小雅·采芑》)

(2)单字+(名词+与+名词)

维<u>参与昴</u>。(《召南·小星》)

平<u>陈与宋</u>。(《邶风·击鼓》)

思<u>须与漕</u>。(《邶风·泉水》)①

(1)组的复合名词与指示代词"彼"或"此"结合成三言意段,而引领三言意段的首字有 a. 及物动词,b. 形容词,c. 介词三种,其中及物动词最常见("遵<u>彼汝坟</u>")。(2)组的三言意段是"名词+与+名词"组合,而首字基本上都是及物动词("平<u>陈与宋</u>")。

以上对四大类句的分析展示了两种意段的运用规律。二言意段的组句能力很强。它在两个语助词辅助之下可以单独成句和成章,但未见成篇。它与实词及有意义虚词的组合变化多样。前加两个单字,后加两个单字,前后各加一个单字,或与另一个二

①三言意段也可以是一个专有名词,如"从<u>孙子仲</u>"(《邶风·击鼓》)。

言意段组并列,都能组合成句。二言意段无疑是四言句的主导意段,因为绝大多数三言意段之中包含有一个二言意段。可以说,《诗经》中没有二言意段的句子是极少的①。

三言意段的组句能力亦很强。论数量,三言意段句恐怕比二言意段句少不了多少。然而,由于《诗经》的韵律节奏是 2+2,三言意段在诵读时也得二二分,故它的重要性乃至其存在都一直被忽视。三言意段,不管是否与语助词搭配,都可单独成句成章乃至成篇②。三言意段前面加上一个单音及物动词、形容词或介词,又形成 1+3 语义节奏。值得一提的是,三言意段只能殿后而不能居句首。它后面能接一个没有意义的语助词(如"月出照兮"),但若加动、形容等实词则不可,故严格说没有 3+1 语义节奏可言。像"蓼蓼者莪"(《小雅·蓼莪》)、"有菀者柳"(《小雅·菀柳》)这样的诗句只能算是强调语气的倒装式而已,若顺装应是"其莪蓼蓼""柳之有菀"。从 1+3 组合形式,我们可以窥见古典诗歌中意段组合的一个普遍规律。最长的意段通常出现在句末,反映出一种自然的语义节奏。此倾向在以后的五言、七言诗表现得更为突出,其 2+3 节奏几乎是铁定的,难以改变的。长意段倒装到短意段之前,往往旨在加强语气,增加节奏的速度。《楚辞·九歌》3+兮+2 节奏的运用便是一个明显的例证。

———————

①此处聊举几例:"凡民有丧"(《邶风·谷风》)、"我入自外"(《邶风·北门》)、"椅桐梓漆"(《鄘风·定之方中》)、"鲦鲿鰋鲤"(《周颂·潜》)。
②《陈风·月出》三章十二句全由三言意段+兮字构成,若去掉句末"兮"字则是一首整齐的三言诗。《召南·江有汜》三章十五句,除了每章的末句,都是三言句。

　　《诗经》中二言意段与三言意段交替使用,创造出四种主要语义节奏:1. 二言加两个语助词,2. 三言(1+2 或 2+1)加一个语助词,3. 二言加二言,4. 一言加三言。在汉魏及以后的四言诗中,随着语助词的消失,常用的四言语义节奏就剩下二言加二言和一言加三言两种,而前者占绝对优势。另外,这两种节奏自身又产生一种质的演变:"实词化"。《诗经》的 2+2 句大量使用联绵词,而后来四言诗人往往用实词取而代之①。同样,如上所示,《诗经》的 1+3 句大部分都带有"彼""此"这样的代词(如《周南·汝坟》"遵<u>彼</u><u>汝坟</u>"),而后来四言诗人喜爱全用实字的 1+3 句,如"东临碣石"。

　　从诗歌美学的角度来看,四言诗语义节奏在《诗经》之后的演变是一个从虚到实的过程。《诗经》四言句中虚的成分很多,主要有三种:无词义的语助词、尚未概念化的联绵词以及如"彼""此"这些可以省略而不影响句意的代词。在汉魏以来的四言诗中,这些虚的成分要么基本全部消失(语助词),要么数量锐减而失去其原本的重要性(联绵词和松散的代词)。这些变化乍看起来是"得",因为虚的成分换成实词自然意味着表意范围的扩大。然而,这种"得"往往仅有益于铺陈罗列物事。就抒情而言,这种"得"实际上时常是"失",是一种无法弥补的"失"。《诗经》四言句虚的部分正是诗人抒情的空间。语助词不仅帮助凑足诗行的字数,同时也有加强语气,抒发情感的作用。当语助词出现在第

————————

① 关于汉魏两晋时期四言诗的演变,参阅葛晓音:《汉魏两晋四言诗的新变和体式的重构》,《北京大学学报》哲学社会科学版,2006 年第 5 期,页70—79。

二、四字两个节奏点上,这种抒情功用尤为明显。联绵词自身没有凝固的实义,纯粹用双音直观地呈现自然人文现象之声貌,同时又传达诗人观物时的情感活动。"彼""此"等指示代词把诗人、听者、诗中人物和事物置于具体的时空,从而帮助把语言陈述转化为生动的人物交往活动。也就是说,这些指示代词起着所谓"语言行为"(speech acts)的作用。当所有这三种虚的成分被实义的字词取代,诗人抒情的空间也就缩小了。同时,字句少了虚的部分,自然就无法灵动起来,势必变得呆板无力。无怪乎《诗经》后用四言体写的抒情诗可传世者寥寥无几也。四言体因而难免沦落为辞赋中叙事写物的工具,以及唐以前为朝廷歌功颂德的诗篇的常用体式。由此可见,语义节奏的变化与一种诗体的兴衰有着何等紧密的关系。

第三节 《诗经》句法:简单句与复杂主谓句

《诗经》句式的最大特点是结构简单。四言句容量较小,一行最宜容纳一个简单主谓或题评句,所以《诗经》四言句大多数是简单句。正常的复杂句(下称复句)通常要占用两行,单句难以承载。只有缺头少尾的,内容被压缩的复句才可以装入单行里。杨合鸣《诗经句法研究》把复句分成"普通复句"和"紧缩复句"两种①。"普通

---

① 见杨合鸣:《诗经句法研究》,武汉:武汉大学出版社,1993年版,页237—248。

复句"至少跨越两行,已涉及章法问题,要待以后讨论五言诗时再作详细分析。本节讨论的复句都是被省略压缩成单行的"紧缩复句"。

（一）简单主谓句

简单主谓句的分类较为容易,按句中主、谓、宾、状语的配备情况,可分成四大式:(1)主谓宾式,(2)主谓式,(3)谓宾式,(4)状谓式。此四式在《邶风·绿衣》里变换使用,一目了然:

§2.3

　　绿兮衣兮,绿衣黄里。<u>心之忧矣</u>,^{主谓式}<u>曷维其已</u>!^{状谓式}
　　绿兮衣兮,绿衣黄裳。<u>心之忧矣</u>,^{主谓式}<u>曷维其亡</u>!^{状谓式}
　　绿兮丝兮,女所治兮。<u>我思古人</u>,^{主谓宾式}俾无訧兮。
　　絺兮绤兮,凄其以风。<u>我思古人</u>,^{主谓宾式}<u>实获我心</u>!^{谓宾式}

此四式的使用频率,应该是谓宾式最高,状谓式最低。谓宾式特别适合于铺陈叙事。在赋体的《雅》诗中,谓宾句经常一长串地连用。例如,《小雅·吉日》末章每句都是谓宾句:"既张我弓,既挟我矢。发彼小豝,殪此大兕。以御宾客,且以酌醴。"在抒情炽烈的诗篇里,主谓宾和主谓式也有整章连用的情况。例如,《豳风·鸱鸮》的最后两章几乎每句都以主语代词"予"引领主谓宾句、主谓句及题评句:"予手拮据,予所捋荼,予所蓄租,予口卒瘏,曰予未有室家。予羽谯谯,予尾翛翛,予室翘翘,风雨所漂摇。予维音哓哓!"《诗经》中对动作的描述多由题评句完成,这大概是状谓式主谓句使用频率低的原因。

(二) 复杂主谓句

复杂主谓句中有两个或更多谓语。根据句中谓语之间的逻辑关系,复杂主谓句可细分成四大类:(1)并列复句,(2)递进复句,(3)假设复句,(4)转折复句①。

(1)并列复句

在并列复句中,两个谓语分别出现在第二、四字或第一、三字的位置,而分开两个谓语的则是一对间隔重叠的字。叠字的词类不同,与双谓语组成的句式亦随之不同,主要有以下四组:

a)纯谓语式(语助词间隔重叠)

　　载笑载言。(《卫风·氓》)
　　载驰载驱。(《小雅·皇皇者华》)
　　爰笑爰语。(《小雅·斯干》)

b)主谓式(主语代词间隔重叠)

　　我疆我理。(《小雅·信南山》)

─────────

①《诗经》双谓语句除了这三大类以外还有兼语句,而且为数不少。语法家普遍认为,兼语不是复句,是一种特殊的谓语结构,由动宾短语(第一谓语)套接主谓短语(第二谓语)构成,第一谓语的宾语也是第二谓语的主语。杨合鸣《诗经句法研究》页 161—168 对《诗经》中兼语句作了详尽的归类分析。

我徒我御,我师我旅。(《小雅·黍苗》)

尔卜尔筮。(《卫风·氓》)

或寝或讹。(《小雅·无羊》)

c) 谓宾式(宾语代词间隔重叠)

拊我畜我,长我育我。(《小雅·蓼莪》)

饮之食之,教之诲之。(《小雅·绵蛮》)

是剥是菹……是烝是享。(《小雅·信南山》)

d) 状谓式(副词间隔重叠)

匪载匪来。(《小雅·杕杜》)

弗躬弗亲。(《小雅·节南山》)

既醉既饱。(《小雅·楚茨》)

将恐将惧。(《小雅·谷风》)

乃寝乃兴。(《小雅·斯干》)

以社以方。(《小雅·甫田》)

a) 组叠字是无意义的语助词,句中两个单音节动词独立存在,构成纯谓语式。b) 组的叠字是主语代词,与双谓语组成一对主谓句。c) 组的叠字是宾语代词,所以与双谓语结合成一对谓宾句。d) 组的叠字是副词或连词,与双谓语结合成一对状谓句。并列复句在赋体的《大雅》中使用得最多。一般说来,并列的双谓语是同义或近义动词(或作谓语用的名词、形容词)。它们经常用于描述先后发生的一连串事件或动作。《大雅·绵》追述古公亶父迁徙岐下,兴建都邑的过程:"爰<u>始</u>爰<u>谋</u>,爰<u>契</u>我龟。曰<u>止</u>曰时,筑室于兹。乃<u>慰</u>乃<u>止</u>,乃<u>左</u>乃<u>右</u>,乃<u>疆</u>乃<u>理</u>,乃<u>宣</u>乃<u>亩</u>,自西徂东,周爰执事。"《大雅·生民》中有对农作物生长过程的细致描述:"实<u>方</u>实<u>苞</u>,实<u>种</u>实<u>褎</u>,实<u>发</u>实<u>秀</u>,实<u>坚</u>实<u>好</u>。实颖实栗……"此类并列复句不胜枚举。

(2)递进复句

递进复句与并列句的区别不是绝对的。两个谓语并列起来,一前一后,自然就存在时间上的递进关系。不过,叠字的间隔有助于减弱此递进关系,而加强两个谓语的对等性。然而,当间隔的叠字换成不重复的实字,双谓语往往呈现较为明显的递进关系。这种递进复句的谓宾式最为常见:

抱布贸丝。(《卫风·氓》)

葛生蒙楚。(《唐风·葛生》)

吹笙鼓簧。(《小雅·鹿鸣》)

执讯获丑。(《小雅·出车》)

炰鳖脍鲤。(《小雅·六月》)

递进句的递进关系亦有强弱之分。两个分句如可互换位置,如"炰鳖脍鲤",递进关系就只限于两者出现的前后之别,故较弱。但如果两分句不可调换位置,如"抱布贸丝",那么两者之间递进关系多有事理相因的因素,故较强,又有"顺承复句"之称。除了常见的谓宾式之外,递进复句还有其他组合式,如两个复合动词的组合(《周南·关雎》"辗转反侧")、复合动词与谓宾词组的结合(《小雅·十月之交》"黾勉从事")等等。这些较特殊的组合为数不多,故不分类列出。

(3)假设复句

与受欧化影响的现代汉语不同,古汉语的假设复句几乎总是假设部分在前,推论部分在后,故亦呈现一种时序上的递进关系。但这种递进关系所反映的主要是逻辑演绎的心理过程,而不是陈述一个动作延续到另一个动作。《诗经》的假设复句有肯定假设和否定假设二式:

a)肯定假设式

> 榖则异室,死则同穴。(《王风·大车》)
> 柔则茹之,刚则吐之。(《大雅·烝民》)
> 柔亦不茹,刚亦不吐。(《大雅·烝民》)

b)否定假设式

> 不闻亦式,不谏亦入。(《大雅·思齐》)
> 无父何怙,无母何恃。(《小雅·蓼莪》)

在 a)组中,第一字是肯定假设,而第三、四字是推论,可以是肯定的("柔则茹之"),也可以是否定的("柔亦不茹"),两部分借助于"则"或"亦"字而连成紧凑的假设复句。在 b)组中,第一、二字作否定假设,其余二字构成推论部分。复句两部分若没有"亦"字相连,那么其假设——推论关系往往较为隐晦,须从上下文语气中揣测。

(4)转折复句

转折复句是偏正复句的一种,由一个主要的正句和次要的偏句组合而成。后句朝着与前句文意相反或不同的方向发展,故被称为转折复句。以下聊举数例:

> 谓尔不信。(《小雅·巷伯》)
> 爱而不见。(《邶风·静女》)
> 公归无所。(《豳风·九罭》)
> 戎成不退。(《小雅·雨无正》)

转折复句与假设复句的表面结构大致相同,也是一个肯定句加一个否定句构成的。然而,两者中正、偏句的次序及逻辑关系则截然不同。转折复句的正句在前,主要描述某一动作或状态;后面的偏句则陈述与该动作或状态发展倾向相背,与常理期待相反的结果。例如,"爱"的倾向或正常期待是"见之",与此结果相反则是"而不见"。"而"是转折句中最常见的连词。相反,假设复句的正句在后,描述某一动作或状态,而前置的偏句则陈述与产生该动作或状态的正常原因相对立的状况。以"柔亦不茹"为例,"不茹"(不吞)的正常原因是"刚"(坚硬),而"柔"与此正常原因完全相反,故可推断"柔"是一假设,而不是事实的陈述。"亦"是假设句中常用的连词。

第四节　《诗经》句法:题评句

除了上节所讨论的各类主谓句之外,《诗经》里还有大量非主谓结构的句子。较之主谓单、复句,题评句的结构简单得多,只有两大部分。一是概念化的词或词组,其中名词为主,动词为次。二是联绵词,包括双声、叠韵、重言三种,都尚未概念化,不可视之为有固定意义的形容词。这两大部分之间没有明显的时空和逻辑的关联,而是呈现出时空、逻辑断裂的题评关系。

这两部分孰是题语? 孰是评语? 这是一个有很大商榷空间的问题。大部分语言学家是根据词语在句子中的位置来作判断的,位于句首的一定是题语,而其后的部分则是评语①。依照这种判断方法,在"鸣蜩嘒嘒"(《小雅·小弁》)、"鸡鸣喈喈"(《郑风·风雨》)这类句子中,名词或动词是题语,而后面的联绵词则是用声音传达情感的评语。相反,在如"关关雎鸠"(《周南·关雎》)、"参差荇菜"(《周南·关雎》)另一类句子中,表达情感的联绵词构成题语,而后面的名词或动词则是解释情感的评语。

---

① 见 Charles N. Li and Sandra A. Thompson, "Subject and Topic: A New Typology of Language," in *Subject and Topic*, ed. Charles N. Li (New York: Academic Press, 1976), p. 465: "(f) Sentence-initial position. Although the surface coding of the topic may involve sentence position as well as morphological matters, it is worth noting that the surface coding of the topic in all the languages we have examined always involve sentence-initial position."

另一种方法是按词类来作判断,将有具体指涉的词语定为题语,即诗人的观察对象,其中具体物象为多,亦有人物的动作。同时,尚未概念化的联绵词定为评语,即诗人对所观察对象声容所作的反应。"联绵词+名词/动词"的结构则视为题评句的倒装。作者决定采用了这种判断方法,主要的原因是,《诗经》以后各种诗体题评句中的题语,绝大多数都是具体指涉物象或人事的字词、词组或短句。

在《诗经》中,题语和评语通常都由双音词担任,但两者均可由单音词替代,故《诗经》有三种不同形式的题评句:1. 题、评语均为双音词式;2. 题语为单音词式;3. 评语为单音词式。

(一)题、评语均为双音词式

此式最为常见。由于题、评语两部分位置可以互换,此式可细分为(1)(2)两组。根据双音题语的词性,两组中又可进一步分为 a、b 两小组。

(1)评语+题语

a)题语为名词

> 关关<u>雎鸠</u>。(《周南·关雎》)
> 参差<u>荇菜</u>。(《周南·关雎》)
> 窈窕<u>淑女</u>。(《周南·关雎》)

b)题语为动词

萧萧<u>马</u>鸣。(《小雅·车攻》)

杲杲<u>出日</u>。(《卫风·伯兮》)

（2）题语+评语

a）题语为名词

<u>鸣蜩</u>嘒嘒。(《小雅·小弁》)

<u>鸾声</u>嘒嘒。(《小雅·采菽》)

b）题语为动词

<u>鸡鸣</u>喈喈。(《郑风·风雨》)。

<u>北流</u>活活。(《卫风·硕人》)

据王显的统计，《诗经》有 457 个重言式联绵词，其中 146 个位于句首（即"评语+题语"），311 个位于句末（即"题语+评语"）。第一类中，题语为名词的有 92 个，为动词词组的有 22 个。第二类中，题语为名词的有 189 个，为动词词组的有 71 个①。

————————

① 见王显：《〈诗经〉中跟重言作用相当的"有"字式、"其"字式、"斯"字式和"思"字式》，《语言研究》第 4 期（1955 年），页 9—44。周法高《中国古代语法·构词编》（《"中研院"历史语言研究专刊》之三十九，台北："中研院"历史语言研究所，1962 年版）页 122 用表格的形式列出王显的统计结果及所用例句。

(二)题语为单音词式

《诗经》不少题评句把单音词用作评语。据王显的统计,有81个单音名词或动词与重言形式联绵词组合成句,约占重言类题评句总数的18%。

(1)单音题语在句末

泛泛其逝。(《邶风·二子乘舟》)
秩秩斯干。(《小雅·斯干》)
喤喤厥声。(《周颂·有瞽》)
渐渐之石。(《小雅·渐渐之石》)

(2)单音题语在句首

维叶萋萋。(《周南·葛覃》)
其鸣喈喈。(《周南·葛覃》)
桃之夭夭。(《周南·桃夭》)
椓之丁丁。(《周南·兔罝》)

出现在句末的题语有32例,形式完全相同,第四字是题语而第三字是"其""厥""者""之"或"斯"字。另外49例的题语在句首,如果是第二字是题语,第一字则是"其""维"或"有"字。如果第一字是题语,那么第二字则是"之"字①。

(三)评语为单音词式

题评句的评语绝大多数都是联绵词,但亦有一些使用单音词的例子。这些词与联绵词关系疏密不同,可分成两组。

(1)别处有见重叠使用的评语

　　嘒彼小星。(《召南·小星》)
　　泛彼柏舟。(《邶风·柏舟》)
　　蓼彼萧斯。(《小雅·蓼萧》)

(2)未见重叠使用的评语

　　毖彼泉水。(《邶风·泉水》)
　　鴥彼飞隼。(《小雅·采芑》)
　　睆彼牵牛。(《小雅·大东》)

单音评语大多数是由联绵词减字而成的。例如,(1)组的三个单音评语("嘒""泛""蓼")都有其更常用的双音式,如以下诗句所示:"鸣蜩嘒嘒"(《小雅·小弁》)、"鸾声嘒嘒"(《小雅·采菽》)、"泛泛杨舟"(《小雅·菁菁者莪》)、"泛泛其逝"(《邶风·二子乘舟》)。未见重叠使用的单音评语数量较少。

---

① 周法高:《中国古代语法:构词编》,页122。

第五节 《诗经》之诗境

（一）主谓、题评句的审美特征

上节对主谓、题评句作了详细的归类分析，接下来让我们考察这两种句类的审美特征，探讨它们在营造诗境中各自所起的独特作用。

回顾以上列举的各类单、复主谓句，不难发现，条条例句字义清晰，而且都在时空—因果关系的框架之中组合成句，故句子语法很少有模糊不清之处。简单句的主、谓、宾、状语的组合，旨在表现施事者、行为动作、受事者在时空中所建立的关系。从施事者到受事，不仅是时空的推移，往往也同时反映一个因果过程的完成。复句的时空和逻辑关系更加多样化。与简单主谓句相似，并列、递进、兼语复句主要陈述、描写沿着时序轴线上出现的现象（占据真实空间的外界事物或存于虚拟空间的思维活动），故呈线型的时空—因果结构。假设、转折、让步等其他复句则显示出各种超越直线型思维，涉及复杂逻辑推想的思想活动。《诗经》简单与复杂主谓句的时空—因果关系如此清楚，用于铺陈叙事、状物写情必定具有"明"和"实"的特征。"明"是说句子指事表意清晰明白，"实"则是说句子在读诗人的脑海里留下实在的名相。

题评句则突出地呈现了"隐"和"虚"的特征，与主谓句形成鲜明的对照。"隐"是说句子指事表意模糊隐晦，而"虚"是说句

子超越名相实义,给予读诗人丰富的感知想象空间。题评句具有
"隐"和"虚"的特征,主要是由于作评语用的联绵词尚未概念化,
没有实在的意义,只是形貌形声的声音而已。然而,《尔雅·释
训》却完全没有认识到《诗经》联绵词无义有声的本质。《尔雅·
释训》收入 124 词条,其中第 1 至 77 条全部都是重言式联绵词。
在这 77 条之中,有 60 条各列举两个"同义"联绵词,1 条包含 10
个"同义"的联绵词,剩下的 16 条各自只有一个联绵词,共计有
146 个联绵词。正如以下几例所示,每条先列出联绵词,然后用一
个表达抽象概念的单音词或一个三言短句,给联绵词作出确切的
定义:

§2.4

穆穆、肃肃,敬也。

诸诸、便便,辩也。

肃肃、翼翼,恭也。

廱廱、优优,和也。

哀哀、凄凄,怀报德也。

儦儦、嗜嗜,罹祸毒也。

晏晏、旦旦,悔爽忒也。①

在宋代邢昺的注疏中,联绵词的来源皆一一列出,无不是《诗

①郭璞注,邢昺疏:《尔雅注疏》,阮元校刻《十三经注疏》,北京:中华书局,
1980 年版,页 2589—2590。

经》的诗句。毫无疑问，《尔雅·释训》对 146 个联绵词的解释，都
是根据这些具体诗句、诗篇的意义而定的。如此释词颇有问题。
首先，诗无达诂。《诗经》诗篇的意义往往只是一种主观的道德和
审美判断，因人而异，因时而变，据之给诗中联绵词下一个确切的
定义，是不甚妥当的。况且同一个联绵词往往出现在不同的诗篇
中，而不同的诗篇又表达不同的情感思想。因而，根据一首诗的
诗句来给联绵词下定义，难免以偏概全。

　　"嘒嘒"一词的解释足以彰示这种谬误。"儵儵、嘒嘒，罹祸毒
也"，这个解释完全基于"菀彼柳斯，鸣蜩嘒嘒"（《小雅·小弁》）
一句的文义。《尔雅注疏》云："《毛传》云：'蜩，蝉也。嘒嘒，声
也。'郑《笺》云：'柳木茂盛则多蝉。'……《毛传》云：'幽王取申
女，生太子宜咎。又说褒姒，生子伯服，立以为后，而放宜咎，将杀
之。'故郭云：'悼王道秏塞，羡蝉鸣自得，伤己失所，遭谗贼。'"然
而，"嘒嘒"又见于《小雅·采菽》："君子来朝，言观其旂。其旂淠
淠，鸾声嘒嘒。"孔颖达（574—648）《毛诗正义》疏："其君子诸侯
至来朝之时，我明王又使人迎之，因观其车服旌旂。其此君子车
服旌旂则淠淠然动得宜，其车马鸾铃之声又嘒嘒然鸣中节。""嘒
嘒然鸣中节"，显然把"嘒嘒"视为赞语，与《尔雅》"罹祸毒也"的
定义天差地别。

　　郭璞（276—324）注《尔雅·释训》时已注意到，把固定的道德
概念硬套在联绵词之上不甚妥当，故在多处改用"……之貌"
"……之声"这种形容性的表述。《释诂》"毗刘，暴乐也。觟黍，
萹离也"条之郭注批评了孙叔然义解双声词的做法："谓草木之丛

茸翳荟也。莽离即弥离,弥离犹蒙茏耳。孙叔然字别为义,失矣。"①清人郝懿行(1757—1825)《尔雅义疏》进一步发挥郭的观点,称:"毗刘暴乐,盖古方俗之语,不论其字,唯取其声。⋯⋯觊髳双声,莽离叠韵,亦古方俗之语,取其声不论其字者。孙炎字别为义,郭所以议其失矣。"②如果说郭璞、郝懿行等训诂家仅仅指出个别的联绵词有音无义,早期美国汉学家金守拙(George A. Kennedy,1901—1960)则认为,《诗经》联绵词几乎全是如此,并举出他作出此全面论断的根据:

§2.5

对于为什么把《诗经》中的叠音形式认为形态上的重叠(morphological reduplications)是没有利益的,这有两个理由:(1)假如根据我们对于叠音形式 X-X 先从 X 的意义下手这个假设,我们试图给它加上一个意义,我们发觉不可能有把握如此做。用在叠音形式中的汉字通常是最不常见的,在用在《诗经》中的 360 个汉字中,就有 139 个汉字除了出现在叠音形式中不出现于他处。它们好像是为这个特别的组织而造出来的。它们几乎老是根据所谓"形声字"(phonetic compound)的型式来设计的。那就是说,一个具有被公认的音读的字形,为一个附加的成份所修饰而使它用为 X-X 中的 X。但是原来的字形的意义并不出现在 X 中,而只是其音读。尤

①郭璞注,邢昺疏:《尔雅注疏》,页 2575。
②郝懿行:《释诂下》,《尔雅义疏》,《四部备要》本,第 73 册,页 17。

有进者,当 X 用常见而不加偏旁的汉字来表示,我们通常可以发现:已知的意义不能适合新形式 X-X 的文义。(2)在另一方面,倘若从表示持续(duration)或加强(intensity)的重叠(reduplication)的观念开始,我们至少应该期望看到有一些不致误解的例子。是我们找不到常见的汉字的叠用(repetition)。在"忧心"这一组中,我们看到好多被认为表示忧愁的叠音形式。但是"忧"字本身,那是说 *yôgᵍ 这个音节,虽然在《诗经》中出现了 82 次,却永不重叠! 我们可以显示出:所有常见的描写的词(descriptive words),"大""小""美""近""远""难""急"等等,永不出现在重叠形式(reduplicated form)中。那么,我们应该说明:"重叠词"(reduplicated words)老是不常见的,并且常见词永不"重叠"。但是为什么应该这样呢? 这只是引导我们到下列的结论:重叠作用(reduplication)不存在为一种 productive process。根据这个结论叠音形式将被看待为原始形式(primary forms)而不作为转化形式(derivatives)。在单字 X 中找寻它们的意义,或把这个 X 和一些已知的单音词相关联:这是无结果的。但是考虑一个叠音形式的声音可能有点价值。……解作"large"最常见的词是"大"dhâdʰ,在《诗经》中出现了 99 次,但永不重叠。①

------

①George A. Kennedy, "A Note on Ode 220," in Soren Egerod and Else Glahn, eds., *StudiaSerica Bernhard Karlgren dedicata：Sinological studies dedicated to Berhard Karlgren on his seventieth birthday*, *October fifth*, 1959(庆祝高本汉先生七秩寿辰文汇)(Copenhagen, Denmark：Ejnar Munksgaard, 1959), pp. 190-198. 译文取自周法高:《中国古代语法:构词编》,页 102—103、105。

　　金氏提出《诗经》联绵词不可义解的两个重要的理由。首先，构成联绵词的 360 个单字中有 139 个不见他处，而其余的单字虽有用于他处，其独立的字义多与联绵词在诗中词义格格不入，故不可用单字的字义解释联绵词。同时，《诗经》中表示抽象概念的单字，如"大""小""美""近""远""难""急"等等，却从不重叠构成联绵词。这点足以从相反的角度证明《诗经》的联绵词非概念性的本质。与以后诗词中新创一些的联绵词不同（如李清照名句"寻寻觅觅，冷冷清清……"），它们不是抽象概念的衍生物（conceptual derivatives），而是以音状物传情"原始形式（primary forms）"。另外，金氏还指出，"在多数例子中叠音形式被发明出来适合诗中特别的需要"①，也就是说，联绵词这种非概念性"原始形式"是诗歌想象的产物。

　　其实，古代文学批评家早已注意到《诗经》联绵词独特的艺术性。刘勰《文心雕龙·物色》云："依依尽杨柳之貌，杲杲为出日之容，瀌瀌拟雨雪之状，喈喈逐黄鸟之声，喓喓学草虫之韵……参差沃若，两字连形。并以少总多，情貌无遗矣。"②极为清楚地说明了《诗经》联绵词不诉诸抽象概念，以声音状貌传情的特点。郑樵（1104—1162）的"兴声无义"说则再进一步，点出了《诗经》联绵

---

①George A. Kennedy, "A Note on Ode 220," in Soren Egerod and Else Glahn, eds., *Studia Serica Bernhard Karlgren Dedicata：Sinological studies dedicated to Berhard Karlgren on his seventieth birthday*, *October fifth*, 1959（庆祝高本汉先生七秩寿辰文汇）, pp. 190—198. 译文取自周法高：《中国古代语法：构词编》，页 106。
②刘勰著，范文澜注：《文心雕龙注》，页 693—694。

词尚未概念化,没有具体实义的本质。郑氏云:"夫诗之本在声,而声之本在兴,鸟兽草木乃发兴之本。"又"诗在于声,不在于义"①,而联绵词则是兴声之本。

正因为《诗经》联绵词有声无义,与有实义的名词或动词并列组合,就形成了中国诗歌中最原始的题评句。正如本文首章第三节所述,"题语"与"评语"之间时空和逻辑的断裂,是题评句"隐"特征产生的主要原因。题语评语的并列组合(juxtaposition)所反映出的是一种"虚"的,不诉诸抽象概念而常带有强烈的情感色彩的感知过程。感知的对象是自然界的事物(如:"杨柳依依"中的"杨柳")或人类的活动(如:"行道迟迟"中的"行道"),评语则是诗人用重复连绵的语声(同声母的双声、同韵母的叠韵或声韵俱同的重言)来表达自己对观察对象的反应和态度。这种连绵的语声与所观察的客观事物和诗人的主观情感均有关系。一般说来,如果它们与被观察的事物所能发出的声音相似,则属于象声字,即英文所说的 onomatopoeia。这类象声的联绵字状物的功用似乎尤为突出,但在《诗经》里不占多数。值得注意的是,明显状物的联绵字同样也能有效地传情。评语是状物为主还是传情为主,这主要得看上下文而定。如果上下文主要是情语,那么评语就多半具有强烈的抒情性质。"杨柳依依……雨雪霏霏"中的评语"依依""霏霏",与其说是对杨柳雨雪的描写,毋宁说是诗人自我情感的表露。当然,并非所有的评语都带有如此强烈的感情色彩。当

---

① 见顾颉刚编著:《关于诗的起兴》,《古史辨》,上海:上海书店,1992 年版,第 3 册,页 699—700。

出现在诗人有意隐藏自我情感的历史叙述之中,它们往往主要是把我们的注意力引到外物之上。《生民》中这些评语便是如此:"荏菽旆旆,禾役穟穟,麻麦幪幪,瓜瓞唪唪。"然而,较之已抽象概念化的形容词,这些联绵字评语不仅状物更为生动活泼,而且多少也蒙上了一层感情的色彩。仔细咀嚼,我们是可以领略到诗人欣喜农作物苗壮生长,歌咏后稷稼穑功业时的心情。

(二)赋比兴句论与主谓、题评句论

《诗经》之诗境与赋比兴的关系,古代文论家、经学家谈得很多,也很透彻。钟嵘《诗品·序》云:"故《诗》有六义焉:一曰兴,二曰比,三曰赋。文已尽而意有余,兴也;因物喻志,比也;直书其事,寓言写物,赋也:弘斯三义,酌而用之,干之以风力,润之以丹采,使咏之者无极,闻之者动心,是《诗》之至也。"①笔者认为,这段话不仅是关于《诗经》境界最早的全面阐述,而且也是以后文论家评价《诗经》审美特征时普遍遵循的纲领。古代文论著作中对《诗经》审美绝境的赞美之辞层出不穷,但几乎无不可归于钟氏"文已尽而意有余""味之者无极,闻之者动心"二语之下。同样,古代文论家对《诗经》绝境产生原因所作的论说,百种千种,几乎无不是像钟嵘那样围绕着赋比兴(尤其是比兴)做文章。唐宋以降,赋比兴基本上已脱离句法范畴,被视为《诗经》的篇章组织原则。换言之,绝大多数的文论家是从章句组织的角度来探索《诗经》之境界。

《诗经》之诗境与句式关系,则是《诗经》研究中的一大盲点。

---

①钟嵘著,曹旭集注:《诗品集注》,上海:上海古籍出版社,1994年版,页39。

两千多年来,比兴说不胜枚举。论学术种类,有经学的,也有文学的;论研究内容,政教作用、创作过程、审美效果、篇章结构,无不深究尽察。比兴现象似乎已是圆览无余,但其实不然。从最基本的句法层面去探究比兴的本质,揭示诗境赖以生成的最基本语言结构,却是一件尚未真正展开的研究。大概只有刘勰一人曾对比兴的句法作了深入的讨论,然而他的精辟论说迄今尚未得到重视。现在让我们进行这项钩沉的工作。

刘勰在《比兴》篇集中分析了"比"的句式:

§2.6

　　且何谓为比? 盖写物以附意,扬言以切事者也。故金锡以喻明德,珪璋以譬秀民,螟蛉以类教诲,蜩螗以写号呼,浣衣以拟心忧,席卷以方志固,凡斯切象,皆比义也。至如麻衣如雪,两骖如舞,若斯之类,皆比类者也。①

刘勰选择六个比句为例,解释了比体的句式。刘勰认为,比体有两种:比义与比类。"比义"由两部分构成。一是作为比体的自然物象,金锡、珪璋、螟蛉、蜩螗、浣衣、席卷,是也。二是被比的人事,明德、秀民、教诲、号呼、志固,是也。两者的共同特点是"明",非但物象具体明晰,人事亦清清楚楚,就连思想情感也用具体概念("明德""教诲""心忧"等)加以陈述,没有什么含糊之处。另外,这两部分的连接也是极为明确的:要么由连词"如""似"相

━━━━━━━━━━━━

①刘勰著,范文澜注:《文心雕龙注》,页601—602。

连,如"瞻彼淇奥,绿竹如箦,有匪君子,如金如锡,如圭如璧"
(《卫风·淇奥》)①,要么直接等同,如"我心匪石,不可转也,我心
匪席,不可卷也"(《邶风·柏舟》)。"明"的特点在"比类"中就更
加显著了,因为它几乎是物象比物象,不存在什么"明"与"隐"的
区别。刘勰把此"比类"分为四种,"或喻于声,或方于貌,或拟于
心,或譬于事",并举宋玉、枚乘、贾谊等人的赋中比句逐一说明。
他接着又批评汉魏赋家竞相营造"比类"的倾向,称"若斯之类,辞
赋所先,日用乎比,月忘乎兴,习小而弃大,所以文谢于周人
也"②。

　　虽然刘勰认为比小兴大,《比兴》篇的句法分析却全部集中于
小之"比",根本没有涉及大之"兴"。不过,刘氏在《物色》篇弥补
了这一缺漏:

§2.7

　　　　是以诗人感物,联类不穷,流连万象之际,沈吟视听之
区;写气图貌,既随物以宛转;属采附声,亦与心而徘徊。故
灼灼状桃花之鲜,依依尽杨柳之貌,杲杲为出日之容,漉漉拟
雨雪之状,喈喈逐黄鸟之声,喓喓学草虫之韵。皎日嘒星,一
言穷理;参差沃若,两字穷形。并以少总多,情貌无遗矣。虽

---

① 又见:"颙颙卬卬,如圭如璋,令闻令望,岂弟君子,四方为纲。"(《大雅·卷
阿》)"螟蛉有子,蜾蠃负之,教诲尔子,式谷似之。"(《小雅·小宛》)"靡明
靡晦,式号式呼,俾昼作夜。文王曰:咨!咨尔殷商,如蜩如螗,如沸如
羹。"(《大雅·荡》)
② 刘勰著,范文澜注:《文心雕龙注》,页602。

复思经千载,将何易夺?①

刘勰在这里列举了六个兴句。如果说"明"是《比兴》篇所举
的比句的共同之处,这些兴句则突显了其"隐"的特征。首先,此
"隐"反映在兴句自身的成分。兴句也是由两部分构成,一是具体
的物象,如桃花、杨柳、出日、雨雪、黄鸟、草虫,与比句的物象没有
什么不同。二是专取声的联绵字或单字(如"嘒彼小星"之
"嘒")。正如上节所述,《诗》里的联绵字都尚未概念化,自身没
有明确固定的意义,故可说是"隐"而不明。由于联绵字没有固定
意义,它们可在不同诗篇相异的语境中用其"文外"之声传达不同
的情感(如上节对"嘒嘒"分析所示)。此重旨正是刘勰在《隐秀》
篇所阐释"隐"的特点:"隐也者,文外之重旨也。"

另外,兴句中两部分的组合方式也体现了"隐"的特征。如上
所示,比句中物象与物象、物象与人事是实与实的结合,而且常有
"如""似"等连词点明两者的类比关系。与此相反,兴句的物象与
联绵字,一实一虚,两者之间有着时空与逻辑的断裂,正因如此,我
们称之为题评句。从诗人造句的角度来看,这些兴句或说题评句中
的时空和逻辑的断裂表明,诗人瞬间想象跳跃,超越概念思维,直接
用声音来传达所观察物象的主观感受。对兴句的创作过程及其审
美效果,刘勰作了透辟的阐述。"诗人感物,联类不穷,流连万象之
际,沈吟视听之区",讲的是诗人因感物而唤起飞跃的想象。"随物
以宛转;属采附声,亦与心而徘徊",是说想象中诗人对物象(题语)

---

① 刘勰著,范文澜注:《文心雕龙注》,页 693—694。

宛转执着,最终用联绵字对之"属采附声"。此造句的最后阶段"亦与心而徘徊",因而灼灼、依依诸语状物之声容,与其说是外物的客观描写,毋宁说是传达诗人观物的心境。正因如此,兴句获得刘勰极高的赞誉:"以少总多,情貌无遗矣。虽复思经千载,将何易夺?"

刘勰不仅细致地分析了具体的比句、兴句,而且对两者的艺术特征加以对比甄别:

§2.8
　　比显而兴隐哉! 故比者,附也;兴者,起也。附理者切类以指事,起情者依微以拟议。起情故兴体以立,附理故比例以生。比则畜愤以斥言,兴则环譬以记讽。①

他从三个不同方面分辨比兴的特征。首先,他用"比显而兴隐"总括两者给予读者的不同印象。这一说法先前未见,应是刘氏独创。接着,他从比兴的内容和作用解释为何比明而兴隐。比是具体理念的载体,载体与所载有缘精确的类比(切类)而紧密相连,故"附理"而明也。相反,兴并不指事,不与任何具体的概念相涉,因为其所引发情感在本句中尚在拟度阶段,要到后续句子中才会以概念化的言语表达出来。是故兴隐也。孔颖达《毛诗正义》引郑众云:"兴者,起也,取譬引类,起发己心,诗文诸举草木鸟兽以见意者,皆兴辞也。"②刘勰把"见意"改为"起情",一词之改,

---

①刘勰著,范文澜注:《文心雕龙注》,页601。
②孔颖达疏:《毛诗正义》,《十三经注疏》本,页271。

完成了从经学到文学释兴的转变。最后,刘氏又回到经学传统之中,把比兴分别与"斥言"和"环譬"的两种"刺"政的方法相挂钩,进一步证明比明兴隐的艺术特征。

刘勰通过分析比、兴的句式,作出了"比明兴隐"、比附理而兴起情、比"切类以指事"而兴"依微以拟议"的论断。这些论断对以后各种比兴说的发展产生深远的影响。例如,唐宋以降文论家对兴句创作过程描述,几乎都可以看作刘勰兴句依微起情说的注脚。苏辙(1039—1112)《诗论》:"夫兴之为言,犹曰其意云尔,意有所触乎当时,时已去而不可知,故其类可意推,而不可言解也。"①郑樵《六经奥论》:"'关关雎鸠'……是作诗者一时之兴,所见在是,不谋而感于心也。凡兴者,所见在此,所得在彼,不可以事类推,不可以义理求也。"②朱熹《语录》:"兴,起也,引物以起吾意。"③像刘勰一样,苏、郑、朱三人把兴释为"起也",即诗人从感物到生情萌意的过程。不同的是,他们更加明确地指出,兴之物是此,而兴之意或情是彼,此彼之间有一道难以用义理言语相连的鸿沟。苏认为两者"其类可意推,而不可言解也",郑的观点更为激进,称"不可以事类推,不可以义理求也"。朱则持论折衷,认为兴物与"吾意"有相近而可类比者,也有相远而"全不相类"者。徐渭(1521—

①苏辙:《诗论》,《栾城应诏集》,收入《四部丛刊》,台北:台湾商务印书馆,1967年版,第48册,页22。
②郑樵著:《六经奥论》,收入影印文渊阁《四库全书》,台北:台湾商务印书馆,1983年版,第184册,页12—13。
③黎靖德编,王星贤点校:《朱子语类》,北京:中华书局,1994年版,第6册,页2096。

1593)《奉师季先生书》:"《诗》之'兴'体起句,绝无意味。自古乐府亦已然……此真天机自动,触物发声,以启其下段欲写之情,默会亦自有妙处,决不可以意义说者。"①刘勰关于兴句审美效果的论说对后代也有着同样深远的影响。陈廷焯(1853—1892)《白雨斋词话》:"托喻不深,树义不厚,不足以言兴。深矣厚矣,而喻可专指,义可强附,亦不足以言兴。所谓兴者,意在笔先,神余言外,极虚极活,极沈极郁,若远若近,可喻不可喻,反复缠绵,都归忠厚。"②这类有关兴句的评语无非都是刘勰所说兴"婉而成章;称名也小,取类也大","以少总多,情貌无遗"观点的重述。

(三)赋比兴章篇论与主谓、题评结构论

在厘清主谓、题评句论与赋比兴句论相通之处之后,我们应该接着研究以下问题:"明"而"实"的主谓句与"隐"而"虚"的题评句是怎样交替使用,结章成篇,构成各种各样绚丽完美的诗境的? 解答这个问题,实际上就是要把句式与篇章、篇章与诗境的内在关系解释清楚。其实,早在一千多年前,刘勰、钟嵘、孔颖达、朱熹等人就已经注意到了句式、篇章、诗境三者的内在关系,作了不少精辟直观的论说。虽然刘勰句式、篇章说一直被视为汉语句法理论的滥觞,他的论说最深远的影响还是在文论领域之中(见第一章"汉诗诗体的'内联'性"§1.23)。这点就他的篇章理论

---

① 徐渭著:《徐文长三集》卷 16,收入《徐渭集》,北京:中华书局 1983 年版,第 2 册,页 458。
② 陈廷焯著,杜维沫点校:《白雨斋词话》卷 6,北京:人民文学出版社,1983 年版,页 158。

而言也一点不错,但是他并没有运用它去分析《诗经》。他的篇章
理论,通过孔颖达和朱熹等人的运用,促使了赋比兴篇章说的诞
生和发展。

孔颖达对《诗经》的字、句、章、篇的关系作了如下概括:"句必
联字而言,句者,局也,联字分疆,所以局言者也。章者,明也,总
义包体,所以明情者也。篇者,徧也,言出情铺事,明而徧者
也。"①不容置疑,这段话是上引刘勰《文心雕龙·章句》首段的重
述,就连名词术语几乎都是从《章句》篇搬过来的②。在刘勰"积
句而成章,积章而成篇"的观点的指导下,孔氏对《诗经》以句数定
章,以章数定篇,云:

§2.9

　　累句为章,则一句不可,二句得为之,《卢令》及《鱼丽》
之下三章是也……其多者,《载芟》三十一句,《閟宫》之三章
三十八句,自外不过也。篇之大小,随章多少。《风》《雅》之
中,少犹两章以上,即《驺虞》《渭阳》之类是也。多则十六以
下,《正月》《桑柔》之类是也。唯《周颂》三十一篇,及《那》
《列祖》《玄鸟》,皆一章者。③

在孔氏《诗经》章句说启发之下,朱熹《诗集传》不仅在每首

①孔颖达疏:《毛诗正义·关雎疏》,页274。
②刘勰著,范文澜注:《文心雕龙注》,页571。
③孔颖达疏:《毛诗正义·关雎疏》,页274。

诗后标上章数句数,而且在每章之末都加上"赋也""比也""兴也",或"赋而兴也"诸标签。至于比与兴的区分,《朱子语录》云:

§2. 10

比是一物比一物;而所指之事,常在言外。兴是借彼一物以引起此事,而事常在下句。但比意虽切而却浅,兴意虽阔而味长。①

因所见闻,或托物起兴,而以事继其声。……兴有以所兴为义者,则以上句形容下句之情思,下句指上句之事实;有全取其义者,则但取一二字而已。要之,上句常虚,下句常实,则同也。②

朱氏显然认为,比与兴主要区别在于起句与下句衔接方式。在比章中,起句与下句同属实句,诗人之意(如"螽斯羽"一句)作为比喻之所指存于言外。换言之,比章是实句相连而成的。在兴章中,起句要么是不取义的"声",要么仅仅"取一二字"之义,皆是虚句,与下句的实句迥然不同,故兴章必呈现"上句常虚,下句常实之体制"。

朱熹对兴章的分析与刘勰对兴句的分析是一脉相承的。刘勰注重兴句中物象与联绵字之间时空与逻辑的断裂,认为两者并

---

① 黎靖德编,王星贤点校:《朱子语类》,第6册,页2069—2070。
② 束景南编著:《诗卷第一》,《朱熹佚文辑考》,南京:江苏古籍出版社,1991年版,页345。

列成句是一个感物起情、想象飞跃的过程。朱熹则注重"全不取义"的起兴虚句与后面直接述意言情的实句之间的顿裂,认为"先言他物以引起所咏之词",把两者组合成章是一个"感发吾意"的过程。由此看来,朱熹兴章分析似乎可以视为刘勰兴句分析在章节层次上的复制。换一个角度,我们也可以说,刘勰篇章论所欠的具体作品分析已由朱熹来补齐了。

刘勰、孔颖达、朱熹等人把句式结构提升为章、篇的组织原则,为解《诗经》开拓了极为宽阔的空间。他们这种做法也给了笔者极大的启发。如果笔者效法古人,把主谓、题评句论进一步拓展为主谓、题评结构论,似乎也能演绎出新的赋比兴篇章说。

主谓句把言词组合在时空—逻辑框架中,直接而明确地显示所述诸现象之间的时空与因果关系。此时空—因果组织原则提升到篇章的层次,就是直言铺陈的"赋"。在《诗经》中,诗人直言所闻所见所感的诗章既是赋章,全篇铺陈叙事的诗篇就是赋篇。赋章结句,前后连贯,条理清晰;赋篇连章,环环紧扣,始终遵循所描叙事件的先后时序和因果关系。值得注意的是,不仅"赋"以时序为轴线的叙事与主谓句主>谓>宾的线型结构相符,而且赋篇中句子绝大部分都是主谓句,如《大雅》的《文王》《公刘》《大明》诸篇所见,只有在诗人停下叙事去状物时才会使用几个题评句。

题评句在联想—类比的框架之中把言词组合成句,题语与评语之间既没有主谓因果关系,也没有明显的时空连接,若有某种模拟关系也是隐约不定,难以确切言说。这种超越时空—因果关系的组句原则提升到章的层次,就是朱熹所说的"先言他物以引起所咏之词"的兴章之法。此章法上文已详述,不再累赘。题评句的组句原则提升到在"篇"这个最高层次,就变成章与章不连通,重章叠咏的兴篇之法。《国风》几乎全部都用此篇法。当然,兴篇也不是非用重章叠咏不可。有个别诗篇虽然不用重章叠咏,章与章仍不衔接,呈现一种超越时序和逻辑关系的跳跃。《小雅·四月》就是这种特殊兴篇的明显例子。

"比"与主谓句和题评句的关系变量较大。在章句层次上,有带有"如""似""若"的明喻,其结构与主谓句相差无几,也有不带连词的暗喻,如刘勰所举张衡《南都赋》"起郑舞,茧曳绪"(《文心雕龙·比兴》)一例,其结构与题评句相似,故可被称为"比而兴"或"兴而比"。在"篇"的层次上,有附理切事明确者,如《豳风·鸱鸮》,各章衔接紧密,连用九个以"予"字开头的排比句,几乎与赋体相同,整篇呈现一种连贯不断的线型结构。同时又有比义隐晦者,如《小雅·鹤鸣》,章句的衔接屡屡断裂,与兴体相似,故整篇呈现出题评句那种松散并列的结构。

钟嵘云:"弘斯三义(赋比兴),酌而用之。干之以风力,润之以丹采,使咏之者无极,闻之者动心,是诗之至也。"说到底,"酌而用之"是主谓句与题评句。其实,清人吴乔早已注意到,诗境有待于赋比兴,而赋比兴又有待于句式的运用。他在《围炉诗话》说:"大抵文章实做则有尽,虚做则无穷。《雅》《颂》多赋,是实做;《风》《骚》多比兴,是虚做。唐诗多宗《风》《骚》,所以灵妙。诗之失比兴,非细故也。比兴是虚句活句,赋是实句。有比兴则实句变为活句,无比兴则实句变成死句。"①正如本节"主谓、题评句的审美特征"小节所示,吴氏所说的实句和虚句实际上就是主谓句和题评句。

《诗经》中,这两种句子灵活地交替使用,相得益彰,因而叙事、写物、言情无不产生极大的感召力。更重要的是,这两种句子又提供了结章和成篇的相应模式。主谓组句原则投射到章篇层次,就构成了"明而实"的、在时空—因果轴线建构的赋章、赋篇及比篇。同样,题评组句原则扩展到章篇层次,就有了"隐而虚"的、打断时空因果连贯而激发丰富想象的兴章、比章和兴篇。由此可见,主谓和题评两种组织原则,犹如一经一纬,在《风》《雅》《颂》诗中造句、结章、成篇,交织出无数绚丽多彩、美不胜收的诗境。这也许是《诗经》绝境生成的奥秘吧!

①吴乔著:《围炉诗话》,收入郭绍虞编选:《清诗话续编》,第 1 册,页 481—482。

第三章　早期五言诗(Ⅰ):词汇、节奏

§3.1

　　夫四言,文约意广,取效《风》《骚》,便可多得。每苦文繁
而意少,故世罕习焉。五言居文词之要,是众作之有滋味者也,
故云会于流俗。岂不以指事造形,穷情写物,最为详切者邪?①

古今批评家探讨五言诗艺术,几乎必定要引用钟嵘这段精辟
的论述。笔者把它作为本章的开场白,不仅仅因为它是千古传颂
的至理名言,更重要的是其中尚有一个迄今未解的疑惑,而对此
疑惑的思索似乎又能引导我们从一个崭新的视角来探索五言诗
的演变及其艺术特征。

　　这里所说的疑惑是指钟嵘既称四言"文约意广",又云"文繁
而意少"之矛盾。"文约意广"为《梁书》和《广韵》以及《天都阁藏
书》《津逮秘书》《梁文记》《历代诗话》诸多明清版本所刊,而今人
王叔岷和车柱环认为"文约意广"与下文"文繁而意少"乖舛,故

---

①钟嵘:《诗品》,收入何文焕辑:《历代诗话》,北京:中华书局,1981年版,页3。

将它改为"文约易广"。此解又为曹旭《诗品集注》所用①。就字面意义而言，"文约意广"和"文繁而意少"确实是相互矛盾，但仅因此就断定"意"是同音的"易"之误笔，恐怕不甚妥当。首先，改读"易广"完全不能消除王、车二人力图解决的问题。即使改读可以成立，那么"文约"与"文繁"的矛盾又如何解释？再者，他们过分追求字面表层之通顺，以致对意义深层之连贯视而不见。钟嵘这段话是谈四言和五言体之间此消彼长的发展过程。在《诗经》里，四言一枝独秀，用其简约语句表达极为丰富的内容，故被誉为"文约意广"的楷模，值得后代诗人仿效。但到了齐梁时期，四言较之新兴的五言，昔日"文约意广"的优势已丧失殆尽，沦为"文繁而意少"。历来批评家都认为，"文繁而意少，故世罕习焉"是批评当时四言诗堆砌辞藻，内容空洞，失去艺术吸引力。其实，早在魏晋时期，四言已走向式微。尽管曹氏父子、王粲、嵇康等人写有四言名篇，但较之五言雨后春笋般的发展，四言即非"世罕习焉"，亦属"少习"。

　　五言诗的兴起使四言诗"文约意广"的优势丧失殆尽，这大概是四言式微的根本原因。刘熙载《诗概》已注意到五言较古老的四言更为"文约意广"，作出了以下精辟的阐述：

§3.2

　　　　五言上二字下三字，足当四言两句，如"终日不成章"之

①王叔岷：《钟嵘诗品疏证》，收入《钟嵘诗品笺证稿》，台北："中研院"中国文哲研究所，1992年版，页651—652。车柱环：《钟嵘诗品校证》，首尔：韩国首尔大学文理学院出版部，1967年版。有关王、车两人观点的评述，见钟嵘著、曹旭集注：《诗品集注》，上海：上海古籍出版社，1994年版，页36。

于"终日七襄,不成报章"是也。七言上四字下三字,足当五言两句,如"明月皎皎照我床"之于"明月何皎皎,照我罗床帏"是也。是则五言乃四言之约,七言乃五言之约矣。太白尝有"寄兴深微,五言不如四言,七言又其靡也"之说。此特意在尊古耳,岂可不达其意而误增闲字以为五七哉!①

刘氏指出,五言貌似四言之繁增,而实际上"五言乃四言之约",因为五言一行足抵四言两行八字。五言将八字缩减为五字,故堪称"文约意广"。相反,四言要用两行八字才能表达五言一行的内容,无怪乎钟嵘有"每苦文繁而意少,故世罕习焉"的感叹。另外,刘氏还指出,上二下三的节奏,是五言能取代四言,成为"文约意广"楷模的重要原因。五言诗"意广",即指其"指事造形,穷情写物"超越四言诗,内容丰富多样,亦指诗人精深入微的艺术思维方式。

　　较之四言,五言诗的词汇有何变化? 五言上二下三节奏引进了哪些四言体无法承载的新句式? 这些新句式如何拓宽"指事造形,穷情写物"的范围和开辟艺术构思的新途径?

第一节　五言诗的滥觞:《诗经》五言句

　　五言诗的起源是古今批评家热衷探讨的论题。挚虞《文章流

---

① 刘熙载撰:《艺概》,页 70—71。

别论》云："诗之流也，有三言、四言、五言、六言、七言、九言。古诗率以四言为体，而时有一句两句杂在四言之间，后世演之，遂以为篇。古诗之三言者，'振振鹭，鹭于飞'之属是也。[汉郊庙歌多用之。]五言者'谁谓雀无角，何以穿我屋'之属是也。[于俳谐倡乐多用之。]"①挚虞这段话定下了对诗分类的两个基本标准，一是以诗行字数定义命名诗体，二是以固定诗行成篇作为一种诗体正式建立的标志。他指出，先秦时期只有《诗经》四言属于一个成形的诗体，而三言、五言、六言诸诗体则是后世通过将《诗经》中非四言句扩展成篇而建立的。刘勰《文心雕龙·明诗》云："按《召南·行露》，始肇半章；孺子沧浪，亦有全曲；《暇豫》优歌，远见《春秋》；邪径童谣，近在成世；阅时取证，则五言久矣。"②这里，刘氏追溯五言诗行的出现先后以及成篇的状况，以此作为五言诗发展的轨迹，很可能受了挚虞诗分类两大标准的影响。

　　挚虞和刘勰的诗体观都没有考虑诗行内部节奏这个至关重要的因素。挚虞所举"鹭于飞"一例是上一中一下一（1+1+1）组合，并非三言诗体2+1、1+2的节奏。刘勰所提的《孺子歌》中"沧浪之水/清兮，沧浪之水/浊兮"两句是上四下一，而《暇豫歌》中"人/皆集于菀，己/独集于枯"两句则是上一下四，皆不是五言体

①欧阳询撰，汪绍楹校：《艺文类聚》，上海：上海古籍出版社，1982年版，卷56，页1018。[汉郊庙歌多用之。]、[于俳谐倡乐多用之。]两句据《太平御览》补入。见李昉等：《太平御览》，北京：中华书局，1960年影印宋刻本，第3册，卷586，页2639。
②刘勰著，范文澜注：《文心雕龙注》，北京：人民文学出版社，1958年，上篇，页66。

固有的上二下三节奏。笔者认为,一种诗体只有当诗行自身具有固定节奏后才能算是正式建立。因此,先秦时期只能说有五言句,而无五言诗。刘勰把散见不同先秦典籍的五言句与东汉时期诞生的五言诗混为一谈,不太妥当。相对而言,挚虞认为三言、五言诸体创立于后世的观点更为可信。

然而,《诗经》作为五言诗最终的源头则是古人的共识。钟嵘指出:"古诗其体源出于《国风》。"①王士禛认为:"《风》《雅》后有《楚辞》,《楚辞》后有《古诗十九首》。风会变迁,非缘人力,然其源流则一而已矣。"②现代批评家们也喜欢将《古诗十九首》和《诗经》放在直接联系的谱系之中。然而他们却很少深入比较分析两者的艺术特征,揭示这两个抒情传统的内在联系。本节系统分析《诗经》五言句式,旨在为下文分析《古诗十九首》节奏和句式提供比较参照,以衬托出后者的独特之处。

根据朱孟庭《诗经与音乐》统计,《诗经》共有 7,283 句,其中6,595 句为四言,约占 91%;404 句为五言,约占 5.5%,居第二位,比第三位的三言句(153 句)多一倍半强③。404 个五言句几乎全部都掺杂于四言句中,故自身又无固定韵律节奏可论。笔者所统计的数目与朱氏的有些出入,五言句为 386 句,可依照语义节奏分为三大类:上一下四、上二下三、上三下二。上三下二句与《古诗十

①见钟嵘:《诗品》,页 6。
②见郎廷槐辑:《师友诗传录》,收入王夫之等:《清诗话》,上海:上海古籍出版社,1963 年版,上册,页 126。
③朱孟庭:《诗经与音乐》,台北:文津出版社,2005 年版,页 171。

九首》关系不大,本节不作讨论①。据笔者统计,上一下四句有198句,而上二下三句有146句,两者数量相差不算太大。下面,笔者根据词类组合方式分出这两类五言句的细类,并一一加以分析。

(一)《诗经》上一下四句

所谓上一下四是指句子中第一个字和另外四个字各自构成意义独立的单元。根据上一的词类,《诗经》上一下四句可分出以下七组。

1. 上一为介词或连词(38例)

在/南山之阳……在/南山之侧……在/南山之下。(《召南·殷其雷》)

乃/如之人兮。(《邶风·日月》)

乃/如之人也。(《鄘风·蝃蝀》)

如/此良人何……如/此邂逅何……如/此粲者何。(《唐风·绸缪》)

如/川之方至……如/南山之寿……如/松柏之茂。(《小雅·天保》)

如/匪行迈谋。(《小雅·小旻》)

以/介我稷黍,以/穀我士女。(《小雅·甫田》)

乃/求千斯仓,乃/求万斯箱。(《小雅·甫田》)

①本节中有关《诗经》的数据是由汪湄同学协助统计的,特此鸣谢。

至/于己斯亡。(《小雅·角弓》)

以/御于家邦。(《大雅·思齐》)

如/川之方至。(《小雅·天保》)

自/大伯王季。(《大雅·皇矣》)

亦/不陨厥问。(《大雅·绵》)

亦/孔之厚矣。(《大雅·卷阿》)

则/莫我敢葵。(《大雅·板》)

虽/无老成人……在/夏后之世。(《大雅·荡》)

以/笃于周祜,以/对于天下。(《大雅·皇矣》)

时/无背无侧……以/无陪无卿。(《大雅·荡》)

为/韩姞相攸……以/先祖受命。(《大雅·韩奕》)

以/保明其身。(《周颂·访落》)

则/莫我敢承。(《鲁颂·閟宫》)

在/武丁孙子。(《商颂·玄鸟》)

为/下国缀旒……为/下国骏厖……则/莫我敢曷。(《商颂·长发》)

以/保我后生。(《商颂·殷武》)

2. 上一为动词(31例)

远/父母兄弟。(《邶风·泉水》)

远/父母兄弟……远/兄弟父母。(《鄘风·蝃蝀》)

适/子之馆兮。(《郑风·缁衣》)

知/子之来之……知/子之顺之……知/子之好之。(《郑

风·女曰鸡鸣》)

悔/予不送兮……悔/予不将兮。(《郑风·丰》)

甘/与子同梦。(《齐风·鸡鸣》)

念/国之为虐。(《小雅·正月》)

殿/天子之邦。(《小雅·采菽》)

畏/人之多言。(《郑风·将仲子》)

乐/子之无知……乐/子之无家……乐/子之无室。(《桧风·隰有苌楚》)

似/先公酋矣。(《大雅·卷阿》)

使/不挟四方。(《大雅·大明》)

履/帝武敏歆……即/有邰家室。(《大雅·生民》)

视/尔友君子。(《大雅·抑》)

定/申伯之宅……彻/申伯土田……彻/申伯土疆。(《大雅·崧高》)

命/程伯休父。(《大雅·常武》)

缵/大王之绪……复/周公之宇……宜/大夫庶士。(《鲁颂·闷宫》)

宅/殷土芒芒。(《商颂·玄鸟》)

受/小球大球……受/小共大共。(《商颂·长发》)

3. 上一为副词或形容词(36 例)

舒/而脱脱兮。(《召南·野有死麇》)

永/以为好也。(《卫风·木瓜》)

反/以我为雠……昔/育恐育鞠。(《邶风·谷风》)

扬/且之皙也……扬/且之颜也。(《鄘风·君子偕老》)

展/如之人兮。(《鄘风·君子偕老》)

终/不可谖兮。(《卫风·淇奥》)

殊/异乎公路……殊/异乎公行……殊/异乎公族。(《魏风·汾沮洳》)

行/与子还兮……行/与子逝兮。(《魏风·十亩之间》)

宛/在水中央……宛/在水中坻……宛/在水中沚。(《秦风·蒹葭》)

庶/见素冠兮……庶/见素衣兮……庶/见素韠兮。(《桧风·素冠》)

唯/酒食是议。(《小雅·斯干》)

其/始播百谷。(《豳风·七月》)

泂/酌彼行潦。(《大雅·泂酌》)

肆/不殄厥愠。(《大雅·绵》)

肆/戎疾不殄……肆/成人有德。(《大雅·思齐》)

内/奰于中国。(《大雅·荡》)

肆/皇天弗尚。(《大雅·抑》)

兴/迷乱于政。(《大雅·抑》)

憯/不知其故。(《大雅·云汉》)

实/靖夷我邦……曾/不知其玷……昔/先王受命……日/辟国百里。(《大雅·召旻》)

肇/允彼桃虫。(《周颂·小毖》)

实/右序有周。(《周颂·时迈》)

实/左右商王。（《商颂·长发》）

4.上一为疑问或否定词(31 例)

无/感我帨兮，无/使尨也吠。（《召南·野有死麕》）

何/诞之节兮。（《邶风·旄丘》）

匪/女之为美。（《邶风·静女》）

不/与我戍申……不/与我戍甫……不/与我戍许。（《王风·扬之水》）

不/与我言兮……不/与我食兮。（《郑风·狡童》）

无/信人之言……无/信人之言。（《郑风·扬之水》）

匪/东方则明。（《齐风·鸡鸣》）

何/不日鼓瑟。（《唐风·山有枢》）

胡/为乎株林。（《陈风·株林》）

无/不尔或承。（《小雅·天保》）

无/父母诒罹。（《小雅·斯干》）

无/沦胥以败。（《小雅·小旻》）

胡/转予于恤。（《小雅·祈父》）

毋/金玉尔音。（《小雅·白驹》）

匪/先民是程，匪/大犹是经。（《小雅·小旻》）

毋/忝尔所生。（《小雅·小宛》）

不/可以簸扬。（《小雅·大东》）

匪/上帝不时。（《大雅·荡》）

不/大声以色，不/长夏以革。（《大雅·皇矣》）

无/沦胥以亡。(《大雅·抑》)

何/辜今之人。(《大雅·云汉》)

罔/敷求先王。(《大雅·抑》)

无/射于人斯。(《周颂·清庙》)

无/此疆尔界。(《周颂·思文》)

5.上一为代词(29 例)

予/又改为兮……予/又改造兮……予/又改作兮。(《郑风·缁衣》)

子/宁不嗣音。(《郑风·子衿》)

予/维音哓哓。(《豳风·鸱鸮》)

我/独不敢休。(《小雅·十月之交》)

尔/居徒几何。(《小雅·巧言》)

我/从事独贤。(《小雅·北山》)

彼/有不获稚,此/有不敛穧。(《小雅·大田》)

或/燕燕居息;或/尽瘁事国。或/息偃在床;或/不已于行。或/不知叫号;或/惨惨劬劳。或/栖迟偃仰;或/王事鞅掌。或/湛乐饮酒;或/惨惨畏咎。或/出入风议;或/靡事不为。(《小雅·北山》)

女/虽湛乐从。(《大雅·抑》)

尔/土宇昄章……尔/受命长矣。(《大雅·卷阿》)

我/居圉卒荒。(《大雅·召旻》)

我/徂维求定。(《周颂·赉》)

予/又集于蓼。(《周颂·小毖》)

我/受命溥将。(《商颂·烈祖》)

6. 上一为名词(15 例)

殷/之未丧师。(《大雅·文王》)

乱/匪降自天。(《大雅·瞻卬》)

骏/奔走在庙。(《周颂·清庙》)

帝/作邦作对。(《大雅·皇矣》)

民/之方殿屎。(《大雅·板》)

民/今之无禄。(《小雅·正月》)

人/尚乎由行。(《大雅·荡》)

王/命仲山甫……民/鲜克举之。(《大雅·烝民》)

言/不可逝矣。(《大雅·抑》)

岐/有夷之行。(《周颂·天作》)

天/锡公纯嘏。(《鲁颂·閟宫》)

殷/受命咸宜。(《商颂·玄鸟》)

禹/敷下土方……帝/立子生商。(《商颂·长发》)

7. 上一为语助词(18 例)

伊/寡妇之利。(《小雅·大田》)

维/以不永怀……维/以不永伤。(《周南·卷耳》)

侯/文王孙子。(《大雅·文王》)

於/缉熙敬止。(《大雅·文王》)

有/虞殷自天。(《大雅·文王》)

诞/先登于岸。(《大雅·皇矣》)

维/迩言是听,维/迩言是争。(《小雅·小旻》)

虽/无德与女。(《小雅·车舝》)

维/其有章矣。(《小雅·裳裳者华》)

诞/寘之隘巷……诞/寘之平林……诞/寘之寒冰……
诞/后稷之穑……诞/我祀如何。(《大雅·生民》)

维/王其崇之。(《周颂·烈文》)

维/天其右之。(《周颂·我将》)

以上七组上一下四句有一个共同特点,那就是句中后面四个字紧密相连,形成标准的四言句。例如,第一组例句的下四都是融为一体的:介我稷黍、求万斯箱、川之方至、大伯王季、不殄厥愠、成人有德、莫我敢葵、笃于周祜、无陪无卿。与此状况形成鲜明对比的是上一与下四严重断裂。第一与第二个字的关系最能说明此断裂之严重。又以第一类为例,九个句子的头两字("以介""乃求""如川""自大""肆不""肆成""则莫""以笃""以无")之中,只有"乃求"二字可以连读为一个有意义的词组。"如川"可以勉强连读,但其意义与原文无关。

　　诗歌韵律的最小独立单元是双音,单音不构成韵律单元。上一与下四严重断裂,成为孤立无伴的单音,故上一下四无诗歌韵律节奏可言,似乎可视为是夹杂在四言诗中的散文句。这一推断基于诗行韵律内证,同时又有强有力的外证的支持。以上七类上一下四句大部分都来自出于贵族作者之手的《大雅》，而见于《国风》和《小雅》民间作品的例子则较少。《大雅》《颂》具有明显的书写创作的痕迹，其中掺杂了各种各样的散文句，而上一下四句只是其中一种而已。贵族作者谙晓散文写作，在诗作中自觉或不自觉地使用散文句，完全是顺理成章之事。

上一下四句与《诗经》四言句的关系最密切。除了"殷/之未丧师""民/之方殿屎"数例以外，上举的上一下四都是在典型四言句前增一字而成。加上一个介词，四言部分就可成为上句的从句，如"乃/求万斯箱"是上句的目的从句。加上一个连词，四言部分就可成为上句的扩充，如"则/莫我敢葵"一例。加上一个副词，就可点明四言部分具体的时空，如"泂/酌彼行潦""曾/不知其玷"。加上一个疑问或否定词，就可把四言部分变为疑问或否定句，如"胡/转予于恤""毋/金玉尔音"。加上一个语助词，就可加强四言部分的语气，添上几分情感色彩，如"诞/寘之隘巷……诞/寘之平林"。加上一个动词，就可使四言部分变为一个长的宾语或复杂的宾语从句，如"命/程伯休父""乐/子之无知"。加上一个名词或代词，就可给四言部分加上主语，使整句成为完整无缺的主谓句，如"我/受命溥将"（《商颂·烈祖》）、"骏/奔走在庙"。

综上所述，我们不难看到，上一并没有真正扩充下四的表达的内容，其作用主要改变下四的语法功用，使之从独立的肯定句变成从句、疑问句、否定句、加长的宾语、谓宾结构等形式。上一即使是副词，也只能对下四起一些修饰加强的作用。毫无疑问，上一下四句绝不是刘熙载所说的那种一句可以抵得上两句四言、

"文约意广"的真正五言句。它充其量也只是刘氏不屑一顾的四言之"闲字"而已。

(二)《诗经》上二下三句

依照上二的词组类别,《诗经》上二下三句可分为以下五组。

1. 上二为不完整的动词词组(39 例)

a)

俟我/于城隅。(《邶风·静女》)

投我/以木瓜,报之/以琼琚……投我/以木桃,报之/以琼瑶……投我/以木李,报之/以琼玖。(《卫风·木瓜》)

右招/我由房……右招/我由敖。(《王风·君子阳阳》)

俟我/乎巷兮……俟我/乎堂兮。(《郑风·丰》)

赠之/以勺药。(《郑风·溱洧》)

俾尔/弥尔性。(《大雅·卷阿》)

示我/显德行。(《周颂·敬之》)

期我/乎桑中,要我/乎上宫。(《鄘风·桑中》)

无折/我树杞……无折/我树桑。(《郑风·将仲子》)

益之/以霡霂。(《小雅·信南山》)

无害/我田稚。(《小雅·大田》)

淑问/如皋陶。(《鲁颂·泮水》)

骏惠/我文王。(《周颂·维天之命》)

俾尔/炽而昌,俾尔/寿而臧……俾尔/昌而炽,俾尔/寿而富……俾尔/昌而大,俾尔/耆而艾。(《鲁颂·閟宫》)

b)

谁谓/雀无角……谁谓/女无家……谁谓/鼠无牙。（《召南·行露》）

谁谓/尔无羊……谁谓/尔无牛。（《小雅·无羊》）

谁从/作尔室。（《小雅·雨无正》）

无曰/予小子。（《大雅·江汉》）

予曰/有疏附,予曰/有先后,予曰/有奔奏,予曰/有御侮。（《大雅·绵》）

所谓"不完整"是指上二读来意思不全,需待下三补充成句。例如,a组缺少了间接宾语（"以木桃""以琼瑶"）、补语（"弥尔性""乎桑中"）或直接宾语（"显德行""我树杞"）;b组则缺少了"谓""曰"之后的直接引语,意思就不清楚。

2.上二为意义完整的动词词组（17例）

薪麻/如之何……取妻/如之何……析薪/如之何……取妻/如之何。（《齐风·南山》）

鬻子/之闵斯。（《豳风·鸱鸮》）

授几/有缉御……序宾/以不侮。（《大雅·行苇》）

济盈/不濡轨,雉鸣/求其牡。（《邶风·匏有苦叶》）

敛怨/以为德。（《大雅·荡》）

鹤鸣/于九皋。（《小雅·鹤鸣》）

得罪/于天子。（《小雅·雨无正》）

正域/彼四方。（《商颂·玄鸟》）

陈常/于时夏。(《周颂·思文》)

继序/其皇之。(《周颂·烈文》)

继序/思不忘。(《周颂·闵予小子》)

肇域/彼四海。(《商颂·玄鸟》)

此组的上二分别使用主谓（"雉鸣"）、谓宾（"正域"）两种不同句式。这些句式意思完整，去掉下三仍可成句。"伴奂""优游"属少见的双音动词。

3.上二为否定式情态动词或比较连词(15 例)

a)

不敢/以告人。(《郑风·扬之水》)

不能/蓺稷黍……不能/蓺黍稷……不能/蓺稻粱。(《唐风·鸨羽》)

不宜/空我师。(《小雅·节南山》)

不憖/遗一老。(《小雅·十月之交》)

莫敢/不来享,莫敢/不来王。(《商颂·殷武》)

曾莫/惠我师。(《大雅·板》)

未堪/家多难。(《周颂·访落》)

b)

不如/我所之。(《鄘风·载驰》)

不敢/以告人。(《郑风·扬之水》)

不如/我同父……不如/我同姓。(《唐风·杕杜》)

不如/子之衣。(《唐风·无衣》)

上二如用否定式情态动词,下三则必定是意思完整的主谓句。如果上二用否定的比较连词,下三多是主谓句或短语,但也可是名词词组,如"不如子之衣"。

4.上二为副词或联绵词(20 例)

a)

何以/穿我屋?何以/速我狱……何以/穿我墉?何以/速我讼。(《召南·行露》)

胡然/而天也?胡然/而帝也。(《鄘风·君子偕老》)

哀哉/不能言。(《小雅·雨无正》)

是以/有庆矣。(《小雅·裳裳者华》)

b)

坎坎/伐檀兮……坎坎/伐辐兮……坎坎/伐轮兮。(《魏风·伐檀》)

蹙蹙/靡所骋。(《小雅·节南山》)

佌佌/彼有屋,蓛蓛/方有谷。(《小雅·正月》)

蹻蹻/王之造。(《周颂·酌》)

伴奂/尔游矣,优游/尔休矣。(《大雅·卷阿》)

c)

河上/乎逍遥。(《郑风·清人》)

九月/筑场圃,十月/纳禾稼。(《豳风·七月》)

本组是上二在句子中都起状语的作用,用于描述下三的谓语动词。然而,真正能称得上是副词的上二只有"何以""胡然"两例。

此情况与第二组上一下四句句首单音副词的巨大数量形成鲜明对比,说明双音副词在《诗经》奇缺。正因如此,诗人才不得不将感叹词(胡然、哀哉)和尚未有实义的联绵词当状语用。名词词组(九月、十月)当状语用的例子也极少。

5. 上二为双音名词(33例)

a)

虞芮/质厥成,文王/蹶厥生。(《大雅·绵》)

大姒/嗣徽音。(《大雅·思齐》)

武王/岂不仕。(《大雅·文王有声》)

成王/不敢康。(《周颂·昊天有成命》)

文王/既勤止。(《周颂·赉》)

武王/靡不胜。(《商颂·玄鸟》)

b)

西方/之人兮。(《邶风·简兮》)

缁衣/之宜兮……缁衣/之好兮……缁衣/之席兮。(《郑风·缁衣》)

东方/之日兮……东方/之月兮。(《齐风·东方之日》)

宛丘/之上兮。(《陈风·宛丘》)

兄弟/阋于墙。(《小雅·常棣》)

风雨/所漂摇。(《豳风·鸱鸮》)

君子/有徽猷。(《小雅·角弓》)

古人/之无斁。(《大雅·思齐》)

牛羊/腓字之。(《大雅·生民》)

牛羊/勿践履。（《大雅·行苇》）

君子/有孝子。（《大雅·既醉》）

百神/尔主矣……茀禄/尔康矣。（《大雅·卷阿》）

枝叶/未有害。（《大雅·荡》）

万民/靡不承。（《大雅·抑》）

昊天/有成命。（《周颂·昊天有成命》）

古帝/命武汤。（《商颂·玄鸟》）

四方/以无侮……四方/以无拂。（《大雅·皇矣》）

四方/其训之。（《大雅·抑》）

四方/其训之……百辟/其刑之。（《周颂·烈文》）

昊天/其子之。（《周颂·时迈》）

以上 a 组是见于《雅》《颂》的人名和国名，而 b 组则是非专有名词，若除去重复的例子，只有 22 例。它们大多是方位名词、人和物类的总称，而具体事物的名词则很少。

6. 上二为未凝固的名词词组（22 例）

旄丘/之葛兮。（《邶风·旄丘》）

杂佩/以赠之……杂佩/以问之……杂佩/以报之。（《郑风·女曰鸡鸣》）

其人/美且仁……其人/美且鬈……其人/美且偲。（《齐风·卢令》）

之死/矢靡它……之死/矢靡慝。（《鄘风·柏舟》）

十亩/之间兮，桑者/闲闲兮，十亩/之外兮，桑者/泄泄

兮。(《魏风·十亩之间》)

　　棘人/栾栾兮,劳心/博博兮……我心/伤悲兮……我心/
蕴结兮。(《桧风·素冠》)

　　其旧/如之何。(《豳风·东山》)

　　老马/反为驹。(《小雅·角弓》)

　　艳妻/煽方处。(《小雅·十月之交》)

　　纯嘏/尔常矣。(《大雅·卷阿》)

　　眉寿/无有害。(《鲁颂·閟宫》)

除了"桑者"一例之外,所有的名词词组都呈现典型的偏正结构,
第一个字是形容词或代词,用于描述第二个字,故为"偏",而第二
个字是被描述的中心,故为"正"。由于汉语在《诗经》时代尚没
有显著的双音化发展,由两个单音字松散地组成的偏正词组自然
远多于凝固的双音名词。

　　以上六类2+3句与占《诗经》91%的2+2四言句也很不同。
下二变为下三,一字之增,不仅让韵律节奏由呆板变为生动活泼,
而且促使了韵律节奏与意义节奏的汇合。大量《诗经》四言句只
承载二言或三言意群,为了补足诗行字数而加上一个或两个自身
没有意义的语助词。在2+3五言句中,二、三言意群正好分别归
入上二下三之中,无须添加语助词,做到五言字字各尽其用。的
确,以上第二至六类句子的上二都是可读通的意群,其中有些还
是意义固定的词组。下三则都是谓宾、状谓结构的句子或介词短
语。上二下三都难以找到无意义的语助词。当这种2+3五言句
在《召南·行露》中连续大量使用("谁谓雀无角? 何以穿我屋?

谁谓女无家?"），五言诗的雏形就诞生了。

第二节　五言诗的词类结构

　　为什么具有"文约意广"潜力的 2+3 五言句在《诗经》中只是四言体的附庸,而不能发展成独立的诗体呢? 这个问题也许可以有各种不同的解释。笔者认为,造成五言诗滞后发展的主要因素有二:外在的音乐因素和内在的语言因素。钟鼓是周代祭、燕、射、军四礼中最为广泛使用、最为重要的乐器,二声一拍是其自然的节奏,正如《诗经》大量使用双音联绵词描述钟鼓声的现象所印证。2+2 的节奏最充分地体现出中正平和的礼乐原则,成为《诗经》的主要节奏再顺理成章不过了。《诗经》时代所用的字词绝大部分是单音词。没有足够的双音词与单音词搭配使用,2+3 句"文约意广"的潜力自然就无法发挥出来。这无疑就是阻碍五言诗产生的语言因素。

　　从《诗经》时代到东汉末,这是五言诗漫长的孕育过程,也是汉语双音词发展的过程,两个过程大体上是同步的。入汉以后,双音词开始大量增加,而五言诗亦得以长足的发展。在刘勰所举成帝时"邪径/败良田,谗口/乱善人"两句童谣中,我们就可以窥见双音词发展的影响。在《诗经》中使用双音名词的 2+3 句很少,而连用两个双音名词的诗行则一例也没有。相反,这童谣短短两句,竟连用四个凝固的双音名词。这种词类变化绝非孤立的现象。连用两个双音名词的五言句不仅见于逯钦立《先秦汉魏晋南北朝诗》中录自《汉书》的《贡禹引俗语》和录自《后汉书》的《马廖引长安语》《桓谭引关东鄙语》诸条谚语,还大量出现在《上陵》《同声歌》《陌上桑》等汉乐府作品,以及班固《咏史》、郦炎《诗二首》其一、秦嘉《赠妇诗》等署名五言诗之中①。

以《陌上桑》为例,全诗如下:

§3.3

日出东南隅,照我秦氏楼。秦氏有好女,自名为罗敷。罗敷喜蚕桑,采桑城南隅。青丝为笼系,桂枝为笼钩。头上倭堕髻,耳中明月珠。缃绮为下裙,紫绮为上襦。行者见罗敷,下担捋髭须。少年见罗敷,脱帽著帩头。耕者忘其犁,锄者忘其锄。来归相怨怒,但坐观罗敷。使君从南来,五马立踟蹰。使君遣吏往,问是谁家姝?"秦氏有好女,自名为罗敷。""罗敷年几何?""二十尚不足,十五颇有余。"使君谢罗敷:"宁可共载不?"罗敷前致辞:"使君一何愚!使君自有妇,罗敷自有夫。东方千余骑,夫婿居上头。何用识夫婿?白马从骊驹;青丝系马尾,黄金络马头;腰中鹿卢剑,可值千万余。十五府小吏,二十朝大夫,三十侍中郎,四十专城居。为人洁白皙,鬑鬑颇有须。盈盈公府步,冉冉府中趋。坐中数千人,皆言夫婿殊。"

---

①见逯钦立辑校:《先秦汉魏晋南北朝诗》,北京:中华书局,1983 年版,页131、134—135、143、158、178、259—261、170、182—183、186—187。

《陌上桑》上二的词类有五种，列表如下：

种类	例句	数量	比例
名词及数量词组	秦氏、罗敷、青丝、桂枝、缃绮、紫绮、行者、少年、耕者、锄者、使君、东方、夫婿、白马、青丝、黄金、腰中、为人、坐中、五马、二十、十五、三十、四十	36	68%
动词词组	日出、自名、采桑、下担、脱帽	6	11%
不完整动词词组	照我、来归、但坐、问是、可值、皆言	4	7.5%
副词词组	宁可、何用、头上、耳中	4	7.5%
联绵词	氍氍、盈盈、冉冉	3	6%
合计		53	100%

从《陌上桑》一诗可见，《诗经》少见的双音名词及数量词组，却是《陌上桑》上二的主体，占 68% 为大多数。《陌上桑》下三的词类组合的六种形式列表如下：

种类	例句	数量	比例
谓宾句	有好女、为罗敷、喜蚕桑、为笼系、为笼钩、倭堕髻、为下裙、为上襦、见罗敷、捋髭须、著帩头、忘其犁、忘其锄、观罗敷、从南来、遣吏往、谢罗敷、自有妇、自有夫、居上头、识夫婿、从骊驹、系马尾、络马头、洁白皙	28	53%
主谓句	夫婿殊	1	2%
疑问句	谁家姝、年几何、共载不	3	6%
状谓句	相怨怒、尚不足、颇有余、一何愚、颇有须	5	9%
双动词句	立踟蹰、前致辞	2	4%

续表

种类	例句	数量	比例
名词词组	东南隅、秦氏楼、城南隅、明月珠、千余骑、鹿卢剑、千万余、府小吏、朝大夫、侍中郎、专城居、公府步、府中趋、数千人	14	26%
合计		53	100%

《陌上桑》下三的词类组合,以谓宾句为主,谓宾句的意思完整,而居第二位的名词词组,也是意思完整。主谓句(狭义)、疑问句、状谓句、双动词句则较少。

随着双音词日益增多,五言句词类的变化也愈加明显和多样化。拿上举的《诗经》2+3 句与汉乐府作品《陌上桑》作比较,已颇为明显,再拿《诗经》与东汉末年成熟五言诗代表作《古诗十九首》(以下简称“《十九首》”)作比较,五言句上二和下三两部分的巨大变化就跃然纸上了。以下先谈上二部分的变化。《十九首》各篇都不长,最短八句,最长二十句,所以这里可以用统计数字先把各种主要变化直观地呈现出来,接着再逐一加以详细分析。

(一)《十九首》上二的词类①

《十九首》上二的词类有五种,列表如下:

---

① 本章凡举《古诗十九首》之引文,皆见逯钦立辑校:《先秦汉魏晋南北朝诗》,页 329—334。不另出注。

种类	例句	数量	比例
名词词组	道路、衣带、游子、岁月、浮云、荡子、人生、胡马、越鸟、长衢、两宫、双阙、南箕、三岁、会面、盛衰、欢乐	103	41%
动词词组	弹筝、识曲、垂涕、路远、弦急、昼短、愁多、相去、四顾、沉吟、遥望、仰观、努力、梦想、游戏、荡涤	76	30%
不完整动词词组	昔为、今为、无为、何为、思为、多为、但伤、但感、但见、但为、良无、客从、著以、缘以、伤彼、照我	26	10%
副词词组	何不、何能、谁能、焉得、岂能、焉能、又不、无乃、不如、忽如、奄忽、洛中、与君、上与、以胶	26	10%
联绵词	青青、郁郁、盈盈、皎皎、娥娥、纤纤	23	9%
合计		254	100%

　　第一组双音名词，在《诗经》2+3句上二中用得很少，而且所用的一半以上是专有名词，如"文王""武王""虞芮"等人名地名。与此相反，《十九首》上二中的双音名词占41%之多，其中大部分是意义凝固的，如"道路""游子""岁月""浮云""荡子""人生"等；而意义较松散的双音名词为数不多，有"长衢""两宫""双阙""南箕"诸例。另外还有《诗经》上二中少见的动名词，如"会面""盛衰""欢乐"等。这一组词单独使用时是动词，但在《十九首》的诗行中则作名词用。

　　第二组完整主谓词组在《诗经》上二中数量也极少，但在《十九首》则大量出现，占30%之多，而其结构形式有四种：及物动词+宾语名词（"弹筝""垂涕"）、名词+不及物动词（"路远""昼短"）、副词+动词（"相去""沉吟"）、意义凝固的双音动词（"梦想""游戏"）。意义凝固的双音动词词组在《诗经》中很少见到。

第三组意义不完整的主谓词组，较之《诗经》数量锐减，而且结构也产生很大的变化。上举《诗经》的例子很多含有一个代词，第一、二、三人称都有（"投我""俾尔""报之"），但在《十九首》中，含代词的上二寥寥无几，取而代之的单音副词（"无为""何为"）、转折连词（"但感""但见"）、表示动作方式的介词（"上与""客从""著以"）。

第四组副词词组难在《诗经》见到，但在《十九首》中大量使用，其中疑问和否定副词数量最多（"焉得""岂能""又不""无乃"），其余是时间副词（"忽如""奄忽"）和表示时空位置或事物关系的介词短语（"洛中""与君""以胶"）。这种情况显然与东汉期间副词爆炸性的发展有紧密的关系①。

第五组联绵词虽然在《诗经》里大量使用，但却极少用于五言句之中，"蹙蹙靡所骋"（《小雅·节南山》）是笔者仅见的一例。相反，《十九首》五言句里联绵词比比皆是，而且集中于上二部分，而出现在下三之中的联绵词仅有几例。

通过比较分析以上五类词组，我们清楚地观察到五言上二

---

① 参阅葛佳才：《东汉副词系统研究》，长沙：岳麓书社，2005 年版。葛氏称："东汉副词共计 1047 个，其中单音节副词 421 个，双音节副词 565 个，三、四音节的副词组合 61 个。如果再将多义副词的不同意义、用法区别为不同的副词项，共计 1461 项，其中单音节 798 项，双音节 602 项，三、四音节 61 项。"（页 1）由此可见，《十九首》中大量副词出现，乃是东汉词汇结构巨变的一个缩影。

词类的巨变。一方面,《诗经》少见的双音名词和完整动词词组变为《十九首》上二的主体,两类合起来占71%。在《十九首》中,名词词组担任着句中的主语的重责,而完整动词词组则可以使上二成为一句的中心。与此同时,《诗经》大量使用的不完整动词词组则变得少而又少,取而代之的是意义完整的状谓词组。另一个明显的变化是越来越多的词类可在句中起状语作用,第三、四、五组都用作状语,准确生动地描述下三之中的谓语动词,三组合起来共占29%。五类词组的变化无不揭示了五言上二实义化的质变。

(二)《十九首》下三的词类组合

《十九首》下三词类组合与其上二有所不同。上二之中两个单音字组合成一个凝固的双音词或一个较为松散的词组。下三则由一个单音字与一个双音词或词组结合而成,可以是简单的三言句,也可以是三言的名词词组。《十九首》下三的词类组合的五种形式列表如下:

种类	例句	数量	比例
谓宾句	依北风、加餐饭、出素手、策驽马、守穷贱、听其真、同所愿、为此曲、折其荣、巢南枝、鸣东壁、鸣树间、遗洛浦、皎夜光、累长夜、长苦辛	90	36%
主谓句	歌者苦、知音稀、浮云齐、秋草萋、盘石固	5	2%
状谓句	生别离、遥相望、妙入神、正徘徊、不负轭、远结婚、何足贵、不成章、不速老、不满百、安可知、日已远、忽已晚、忽如寄、驾言迈、不能瘵	82	32%

续表

种类	例句	数量	比例
双动词句	令人老、随风发、随物化、知柱促、知夜长、清且浅、高且长、萋已绿、率已厉、行不归、逝安适、来何迟、起高飞、动地起、伤局促、秉烛游、寒无衣、同车归、凌风飞、起徘徊	28	11%
名词词组	宛与洛、纨与素、丘与坟、岁云暮、万余里、天一涯、百余尺、三重阶、一书札、长相思、双鸳鸯、罗床帏、河畔草、倡家女、荡子妇、天地间、远行客、千岁忧、故里间、合欢被、园中柳、楼上女、陵上柏、涧中石	49	19%
合计		254	100%

　　第一组谓宾句数量最多,其中有四种结构。一是单音及物动词+双音名词。这种结构在《诗经》已可见到,如"昊天有成命"(《周颂·昊天有成命》)、"古帝命武汤"(《商颂·玄鸟》)等,不过数量极为有限,而《十九首》里谓宾句则是数不胜数。二是单音及物动词+所有代词+单音名词。这种句式在《诗经》中亦有使用,如"谁敢执其咎"(《小雅·小旻》)、"不宜空我师"(《小雅·节南山》)。三是省略而成的形式谓宾句,如"巢南枝""鸣东壁""鸣树间"。这些句子的动词都是不及物的,无直接宾语可言。句子的意思是"巢于南枝""鸣于东壁""鸣于树间",与《诗经》"鹤鸣于九皋,声闻于野"一句形义皆似。但省略介词"于"之后,动词后直接跟名词,很自然被读为谓宾结构。这种形式谓宾结构在《诗经》中没有先例,可视为《十九首》诗人将《诗经》四言精简为三言词组的创举。四是倒装而成的形式谓宾结构,如"皎夜光""累长夜""长苦辛"。这些句子的意思是"夜光皎""长夜累""苦辛长",

但主谓语倒装之后，不及物动词后接名词，受语序影响，自然读作及物动词，所以实际主语就变为形式宾语了。这种形式谓宾结构也是《十九首》诗人独创的。

第二组主谓句很少，只有以上几例。严格来说，这几例都是非独立的主谓结构，而是谓宾补句中的"宾补"部分而已。例如，"歌者苦"只是"不惜歌者苦"一句中谓语动词"惜"的宾语与补语。真正的双音名词+单音动词的下三组合要到六朝的五言诗中才出现。

第三组状谓句数量也很多，仅次于第一类。它的形式则相对简单，通常是单音副词+双音动词（"不负轭""远结婚"），或是单音副词+双音动词词组（"安可知""忽已晚""不成章""不速老"）。

第四组双动词句（包括形容词作动词用的句子）数量不多，但有四种不同的结构。一是谓宾补结构，如"随风发""随物化"。其中第一个动词是谓语动词，而第二个动词则是宾语的补语。二是并列结构，由连词"且"、副词"已"、语助词"言"等连接两个单音动词，如"清且浅""高且长""萋已绿"等。三是转折结构，由"不""安""何"等否定或疑问词连接两个单音动词，从而表达出意义的转折，如"行不归""逝安适""来何迟"。四是主辅结构，如"起高飞""动地起""秉烛游"。两个动词，一主一辅，分别描述主要动作、伴随动作。至于哪一个是"主"，哪一个是"辅"，往往需要读者根据诗篇上下文自定。

第五组名词词组数量居第三，占近20%，可细分出四种不同结构。一是单音名词+连词或语助词+单音名词，如"宛与洛""纨与素""丘与坟"。由于两个单音名词意义相等,可称为"相等名词词组"。在《诗经》中,这种结构不见于五言句,但在四言句中则使用颇多,如"维参与昂"(《召南·小星》)、"平陈与宋"(《邶风·击鼓》)、"思须与漕"(《邶风·泉水》)。

二是数词短语+单音名词,如"万余里""天一涯""百余尺""三重阶"。这种结构似乎也滥觞于《诗经》。"乃求千斯箱,乃求万斯箱"(《小雅·甫田》)一句中语助词"斯"换为"余"便是此组偏正名词词组。

三是起形容作用的单音词+双音名词,如"长相思""双鸳鸯""罗床帏"。这一结构很有可能也是《诗经》里相似结构的变体。"无害我田稚"(《小雅·大田》)一句中人称代词如换上一个可以形容"田稚"的实字,如上例中的"一""长""双"等字,就是本组偏正名词词组。

四是双音名词+单音名词,如"倡家女""荡子妇""天地间""远行客"。前面的双音是"偏",后面的单音是"正"。这种"头重尾轻"的偏正名词词组没有在《诗经》里出现,要到大量使用三言结构的《楚辞》才可以偶尔见到。它在汉乐府中出现似乎更为频繁,但数量仍不多。然而,在《十九首》中,这种偏正结构已占三言名词词组的大多数,而带有《诗经》遗风的头三种结构就用得不多了。这一彼消此长的趋势显然是东汉时期双音词爆炸性发展所致,而此趋势一直延续至今。在现代汉语中,三言名词词组绝大部分都是这种"头重尾轻"的偏正结构。

通过与《诗经》五言句的详细比较,我们洞察到《十九首》诗句中上二和下三的词汇从虚到实的质变。《诗经》五言句有 1+4、

2+3、3+2 三类。绝大多数 1+4 和 3+2 句中第一、二字之间意义断裂，不可合读，故无实义可言。2+3 句中上二有六种词汇组合，其中数量最多的是意义不完整的动词词组（"投我""报之""俾尔""期我"），而意义完整的双音名词则数量很少。《十九首》中所见的情况恰恰相反，上二双音名词和意义完整的动词词组共占 71% 之多。这种词汇实义化的倾向在下三中更为显著，下三的五种词类组合有四种是意思完整的句子，一种是意思完整的名词词组。上二下三的全面实义化意味着字尽其用，从而为五言诗达到"文约意广"新水平创造了条件。

第三节　五言诗的节奏

通过比较《诗经》和《十九首》五言句的词类结构，我们可以清楚地看到五言体经过几百年的发展，已从零散诗句演变为成熟的诗体。这一巨大的质变集中表现在节奏和句式两大方面。句式是下一章头三节的讨论中心，此节集中探讨节奏的演变。

《诗经》五言句没有固定的节奏，其中一个重要原因是它没有稳定的上二。上古时期，双音词极为匮乏，《诗经》中以固定双音词开头的五言句自然寥寥无几。以单音字作句首，第二个字不外有三种安排，一是与下三字组合，从而构成 1+4 句。二是与首字组合成上二，催生出 2+3 句。三是与第一、三字组合，从而构成 3+2 句。这样，《诗经》五言句就出现了 1+4、2+3、3+2 三种不同节奏。然而，在 2+3 句中，上二和下三都不甚稳定。如上所示，四类上二中最稳定的双音名词数量极少,次稳定的副词词组的数量也有限,而其他两类是容易拆开的动词词组,占据大多数。《十九首》的上二恰恰相反,254个上二之中,结构不稳定的词组仅有"上与""客从""以胶"三例,与《诗经》的情况确实有天壤之别。

如果说《诗经》五言句上二与《十九首》上二有不稳定和稳定之异,那么两者的下三则有不稳定与超稳定之别。上举的《诗经》五言句中就有不少不稳定、逻辑不通的下三,如"尔土/宇畈章"(《大雅·卷阿》)、"畏人/之多言"(《郑风·将仲子》)、"乐子/之无知"(《桧风·隰有苌楚》)等等。相反,《十九首》仅有"出郭门/直视"(其十四)一句因地名"郭门"而牺牲了下三紧密的整体性。其他253个下三,个个意义通顺,其中不少是在现代汉语中仍常用的固定词组,如守穷贱、正徘徊、何足贵、不能寐、令人老、长相思、双鸳鸯、天地间等等。下三这种超级稳定性又反过来帮助加强上二的整体性。例如,严格按字句逻辑关系,下列句子应该按1+4的散文节奏念。

> 但/伤 知音稀。(其五)
> 昔/我 同门友,良/无 盘石固。(其七)
> 思/为 双飞燕。(其十二)
> 多/为 药所误。(其十三)
> 但/见 丘与坟。(其十四)
> 但/为 后世嗤。(其十五)
> 既/来 不须臾,又/不 处重闱。(其十六)

但实际上我们自然会按 2+3 诗歌节奏念，上二下三之间的顿歇正如以上诗行句腰的空位所示。毫无疑问，下三自身的超稳定性是促使我们不顾下三与前一字的意义关联，将它作为独立的音义单位来读的原因之一。与此同时，本来意义关系松散的上二也读作一个整体。

上二的稳定性和下三的超稳定性是成熟的五言诗节奏的显著特点。它标志着韵律节奏和语义节奏已经汇合，并逐渐融为一体。五言句在上古的产生显然与外在的音乐因素密切相关。挚虞称五言"俳谐倡乐多用之"①。而集中五言 2+3 句的诗篇多来自《国风》。如果说五言滥觞于音乐表演，那么它从零散诗句演变为具有自己独特节奏句法的成熟的诗体，最重要的驱动力显然源自汉语自身的变化，即汉代如火如荼的双音化发展。正如本节的讨论所示，上二稳定性、下三超稳定性乃至音义融合的节奏之产生，无不有赖于双音词组的大量使用。

音义融合的节奏与意义不融和的节奏，两者之间有无绝对的优劣之分？它们各自的审美效应应该如何评定？《十九首》和《诗经》各自是这两种节奏的代表。《诗经》以单音词为主，为了填足 2+2 的韵律节奏而大量使用没有意义的语助词，因而音段与意群经常脱节，造成语义节奏与韵律节奏分道扬镳。到了汉、晋时期，随着汉语双音化的蓬勃发展，大量新的双音词进入四言诗，妥帖地与 2+2 节奏相配，因而语义节奏与韵律节奏日趋相同。具有讽

---

① 挚虞：《文章流别论》，见郭绍虞主编：《中国历代文论选》，上海：上海古籍出版社，2001 年版，第 1 册，页 191。另见注 4。

刺意味的是,四言诗中双音词骤增,而其审美效应却锐减。2+2韵律节奏自身缺少变化,难免给人呆板单调的感受,而《诗经》中语助词有效地改变了意群的长度,使之与 2+2 韵律相互结合,形成各种与 2+2 韵律相异的语义节奏,给呆板的 2+2 句注入生机。相反,汉魏四言诗中语助词基本消失,其"虚"的空间被有实义的双音词填满。虽然这样做法能使"字尽其用",但所付的代价实在太大了。与 2+2 相异的语义节奏的消失,音义两种节奏同为 2+2,更凸显出其单调重复,读起来兴味索然。笔者认为,这就是《诗经》之后四言诗走向式微的重要原因之一。

　　然而,《十九首》大量使用双音词组,极少用语助词,韵律和语义节奏也大致合二为一,但却读来活泼灵动。审美效应如此悬殊,原因何在? 笔者认为,2+3 韵律节奏自身就有奇偶数之变,自然不会变得像 2+2 那么单调乏味,更重要的是,韵律节奏虽同为2+3,但其下三中却有一个语义次节奏,即 1+2 或 2+1 的句读。2+3韵律主节奏是统一相同的,而 1+2、2+1 语义次节奏是随词组结构不同而变化的,在个别情况下词组结构的划分模棱两可,故读者见仁见智,在 1+2 和 2+1 之间作选择。五类下三的次节奏的具体分布情况,上文已论及,此处无须赘述。不变的 2+3 韵律主节奏与不断变化的 1+2、2+1 语义次节奏,无疑是"同中有异"的完美结合,"同"使诗篇读来琅琅上口,而"异"则引导读者寻绎诗意,兴味无穷。五言节奏的多样化又如何带来了更为显赫的句法、结构革新呢? 这是下一章要深入探讨的问题。

第四章　早期五言诗(Ⅱ)：
句法、结构、诗境

　　新兴的五言诗一跃取代四言诗,成为"文约意广"的楷模,原因错综复杂,句法革新无疑是最重要的原因之一。如果说词汇的实义化和灵活的 2+3 节奏的形成是"文约意广"的基础,那么句法的创新就是《十九首》实现"文约意广"的一个关键。"意广"即指词义范围,也更指句意之广。词义是孤立词语的指涉,而句意是不同词语在特定句型中相互作用、动态结合而产生的,超越孤立词义的意义范围。一般说来,句意之深浅广窄不仅与参与互动的词语数量有关,更取决于所用句式可以允许词语何种程度的互动。词语互动的方式越灵活越多样化,句子写物、叙事、言情的意旨就愈加丰富而深远。《十九首》能实现"文约意广",很大程度上有赖于其丰富多彩的句法创新。较之其词汇的变化,《十九首》句法的变化更加广泛而复杂。上章已论及《十九首》下三部分之中的句法,此章将再进一步讨论 2+3 整句的句法。

第一节　五言诗句式：简单主谓句

主谓句有简单和复杂两种。在一个诗行中，主谓句只有一个谓语动词（或起谓语作用的形容词），可称为简单主谓句；若有两个或更多的谓语动词，则可称为复杂主谓句。本节集中讨论简单主谓句。简单主谓句是《十九首》使用最多的句型，数量很大，我们可以根据谓语动词在句中所占位置分出小类。第一至第五字都可以是单音动词，故可分出五组，而双音动词集中出现于第一、二字和第四、五字的位置，故又另有两组，加起来共有以下七组：

（一）第一个字为单音动词句（7 例）

伤彼蕙兰花。（其八）

遗我一书札。（其十七）

置书怀袖中。（其十七）

遗我一端绮。（其十八）

著以长相思。（其十八）

缘以结不解。（其十八）

照我罗床帏。（其十九）

以上七句有四句采用同一句式：及物动词+间接宾语（人称代词）+直接宾语。这一句式无疑最早见于《诗经》，有上举的《诗经》2+3 句为证："投我/以木桃，报之/以琼瑶"（《卫风·木瓜》）；

"俾尔/弥尔性"（《大雅·卷阿》）；"示我/显德行"（《周颂·敬之》）。与《诗经》句的情况相似，这七句也是第一人称自述之语。这种句式在汉乐府中大量使用，如"日出东南隅，照我秦氏楼"（《陌上桑》）等，几乎演变为描写闺妇或她们自述的专用句式。汉乐府显然可视为此组简单主谓句的近源，因为以上七例句句出自弃妇之口，而所在诗篇无不带有浓厚的乐府风味。

（二）第一、二字为动词或词组句（10例）

游戏宛与洛。（其三）

无乃杞梁妻。（其五）

愿为双鸣鹤。（其五）

结根泰山阿。（其八）

思为双飞燕。（其十二）

被服罗裳衣。（其十二）

潜寐黄泉下。（其十三）

被服纨与素。（其十三）

思还故里闾。（其十四）

裁为合欢被。（其十八）

这组句子有两种句式，一是不及物动词+表示地点的短语，如"游戏宛与洛""结根泰山阿""潜寐黄泉下"。二是及物动词+宾语，如"无乃杞梁妻""思为双飞燕""被服罗裳衣""被服纨与素""思还故里闾""裁为合欢被"。与第一组的情况不同，这两种句式不是从《诗经》承袭下来的。在《诗经》中，无论是四言句还是五言句,很少有以上八句上二所用"思还""思为""裁为"那种动词词组,更莫说"游戏""结根""被服"这类意义凝固的双音动词。以上八句下三的词组也同样带有汉代语言变化的烙印。《诗经》中没有像"双飞燕""罗裳衣"那种 1+2 的偏正名词词组,也没有如"泰山阿""杞梁妻""故里闾""合欢被"这种 2+1 的偏正名词词组。唯一可在《诗经》中找到的先例是单音名词+与+单音名词之组合,如"宛与洛"和"纨与素"。鉴于本组诗句的上二和下三几乎都是汉代才普遍使用的双音词和偏正名词词组,本组两种句式似乎可视为汉代五言诗之独创。

(三)第二个字为单音动词句(18 例)

相/去万余里。(其一)

各/在天一涯。(其一)

昔/为倡家女。(其二)

今/为荡子妇。(其二)

忽/如远行客。(其三)

先/据要路津。(其四)

上/有弦歌声。(其五)

但/感别经时。(其九)

相/去复几许。(其十)

遥/望郭北墓。(其十三)

下/有陈死人。(其十三)

但/见丘与坟。(其十四)

常/怀千岁忧。(其十五)

亮/无晨风翼。（其十六）

仰/观众星列。（其十七）

上/言长相思。（其十七）

下/言久离别。（其十七）

相/去万余里。（其十八）

此组诗句十分整齐划一,所用句式几乎完全相同,即单音副词+单音动词+偏正名词词组。唯一的例外是"相去复几许"一句,其下三不是作直接宾语用的名词词组,而是一个作状语用的副词词组。另一个值得注意的现象是,这18个句子的意义节奏都是1+4,正如句中加入的斜线所示。这种句式也许与上文所讨论的《诗经》的1+4句有着某种渊源关系,不同的是《诗经》的1+4句的第一、二字之间意义断裂,多半不可合读,而以上18个句子中的上二意义相关,几乎都可读作短语,"相去""各在""昔为""今为""忽如""但感"等等。这种变化显然也与当时汉语双音化的发展有关。

(四)第三个字为单音动词句(44例)

胡马依北风。（其一）

越鸟巢南枝。（其一）

浮云蔽白日。（其一）

长衢罗夹巷。（其三）

王侯多第宅。（其三）

令德唱高言。（其四）

人生寄一世。（其四）

西北有高楼。（其五）

交疏结绮窗。（其五）

谁能为此曲。（其五）

兰泽多芳草。（其六）

所思在远道。（其六）

促织鸣东壁。（其七）

玉衡指孟冬。（其七）

白露沾野草。（其七）

秋蝉鸣树间。（其七）

兔丝附女萝。（其八）

绿叶发华滋。（其九）

馨香盈怀袖。（其九）

东风摇百草。（其十一）

所遇无故物。（其十一）

人生非金石。（其十一）

立身苦不早。（其十一）

晨风怀苦心。（其十二）

蟋蟀伤局促。（其十二）

燕赵多佳人。（其十二）

松柏夹广路。（其十三）

年命如朝露。（其十三）

白杨多悲风。（其十四）

古墓犁为田。（其十四）

松柏摧为薪。（其十四）

愚者爱惜费。（其十五）

良人惟古欢。（其十六）

锦衾遗洛浦。（其十六）

　　以上33例这种句式可追溯到《诗经》里以双音名词开头的2+3句，如"艳妻/煽方处"（《小雅·十月之交》）、"君子/有徽猷"（《小雅·角弓》）、"古帝/命武汤"（《商颂·玄鸟》）等。在《诗经》2+3句中，这种句式数量不多，而上二主语几乎全是人称名词，大约一半是专有人称，一半是非专有人称。下三首字是单音动词，后接作宾语的双音名词或词组。与《诗经》的情况相反，这种句式《十九首》中出现频率甚高，而且主、谓、宾三部分均有显著的变化。句首的主语不再以具体人名为主，取而代之的是大量自然景物的名称；句腰的谓语动词则是变化纷呈，应有尽有；而句末的宾语则多用与主语相对称的双音名词，其中也以描述景物的居多。主语+谓语+宾语句式成为《十九首》作者描写景物的首选，绝非偶然，而是有其内在的原因。两个双音景物名词置于句首和句末，而句腰的动词激活静止的名词，使它们相互产生作用，构成一种动景。

　　另一种句式可视为以上句式的变体，由副词取代主语名词而成，共有10例：

何不策高足。（其四）

无为守穷贱。（其四）

奄忽若飙尘。（其四）

明月皎夜光。(其七)

与君为新婚。(其八)

庭中有奇树。(其九)

将以遗所思。(其九)

何能待来兹。(其十五)

又不处重闱。(其十六)

以胶投漆中。(其十八)

(五)第四个字为单音动词句(9例)

南箕北有斗。(其七)

牵牛不负轭。(其七)

终日不成章。(其十)

盛衰各有时。(其十一)

荣名以为宝。(其十一)

美者颜如玉。(其十二)

人生忽如寄。(其十三)

生年不满百。(其十五)

客行虽云乐。(其十九)

此组简单主谓句所使用句式几乎完全相同,即双音主语名词+单音副词+单音动词+单音宾语名词,只有"终日不成章""美者颜如玉"两句稍有不同。这一句式有固定的2+1+2意义节奏,因为句末的单音动词和单音名词总是结合为意义紧密的谓宾词组。《诗经》五言句中不见有这种句式。

(六) 第四、五个字为双音动词句(6例)

> 与君生别离。(其一)
> 斗酒相娱乐。(其三)
> 新声妙入神。(其四)
> 中曲正徘徊。(其五)
> 千里远结婚。(其八)
> 何为自结束。(其十二)

这组简单主谓句也有一个基本固定的句式，即双音副词+单音副词+双音动词，只有"新声妙入神"稍微不同，其上二换用了主语名词。这种句式无疑是《十九首》首创的。首先，以双音动词收尾的手法十分新颖。在《诗经》中双音动词很少见，而其在四言或五言句末出现的例子更是难以找到。句首使用双音副词的情况亦引人注意。《诗经》五言句有上二作状语用例子，如"河上乎逍遥"(《郑风·清人》)、"九月筑场圃"(《豳风·七月》)。但在《十九首》中上作状语用上二的种类更多，不仅有双音名词("斗酒""千里")，还有凝固的副词和疑问词("逶迤""何为")，以及介词组合("与君""中曲"["曲中"之倒文])。

(七) 第五个字为动词句(38例)

在这组诗句里，句末是单音动词，剩下是两个双音单位，即上二和中二(第三、四字)。上二和中二通常是兼用双音名词和副词。上二如果是名词，那么它多半是句子的主语，而中二则是修

饰句末谓语的副词,这种句式有以下 25 例:

会面安可知。(其一)

衣带日已缓。(其一)

游子不顾返。(其一)

岁月忽已晚。(其一)

空床难独守。(其二)

冠带自相索。(其三)

两宫遥相望。(其三)

欢乐难具陈。(其四)

含意俱未申。(其四)

音响一何悲。(其五)

时节忽复易。(其七)

虚名复何益。(其七)

夫妇会有宜。(其八)

贱妾亦何为。(其八)

此物何足贵。(其九)

焉得不速老。(其十一)

岁暮一何速。(其十二)

音响一何悲。(其十二)

逶迤自相属。(其十二)

万岁更相送。(其十三)

贤圣莫能度。(其十三)

去者日以疏。(其十四)

生者日已亲。(其十四)

蝼蛄夕鸣悲。(其十六)

同袍与我违。(其十六)

相反,上二如果是副词,那么中二多半是作主语名词,这种句式不多,有以下 7 例:

上与浮云齐。(其五)

良无盘石固。(其七)

岂能长寿考。(其十一)

但为后世嗤。(其十五)

孟冬寒气至。(其十七)

三五明月满。(其十七)

四五蟾兔缺。(其十七)

以上最后三例的上二虽然是名词,但在句子中起副词的作用,即指孟冬、三五、四五之中,它们实际上是时间状语词组"……中"之省略。

此组不完全符合以上两个句式的句子,仅有以下 6 例:

寿无金石固。(其十三)

多为药所误。(其十三)

客从远方来。(其十七)

三岁字不灭。(其十七)

　　　　客从远方来。（其十八）
　　　　故人心尚尔。（其十八）

　　以上依照动词在诗行中的位置划分出七组简单主谓句，而每组中再列出体现词类不同组合的句式，一一加以量化统计，并通过与《诗经》五言句的比较，说明这些句式的渊源与变革。通过综合对七组简单主谓句的梳理分析，笔者发现《十九首》作者实现了三项意义极为深远的句法创新。

　　第一项句法创新是把诗句重心从上二移至下三。这项创新只需与先前各种诗体稍加比较就跃然纸上了。诗句头重尾轻是《诗经》五言句和《楚辞》的共同特点。所谓"重"是指含有作为句子重心的动词，"轻"是指不含有动词。如本文第一节所示，在《诗经》2+3句中，上二为动词的句子占绝大多数。即使在《诗经》1+4句中，上一为动词的句子数量也很多，如"畏/人之多言"（《郑风·将仲子》）、"乐/子之无知"（《桧风·隰有苌楚》）、"使/不挟四方"（《大雅·大明》）等。在《楚辞》中，《九歌》的3+兮+2体，头重尾轻，不言而喻。其上三乃句子主要内容所在，而"兮"之后的二字绝大多数都是补充性的感叹或评述。在以《离骚》为代表的《楚辞》后期作品中，"兮"被移至一联中首句的末尾，而取而代之的是"以""与""之""其"等连词。骚体3+1+2的句子结构无疑也是头重尾轻的，除了"其""乎"后接动词之外，其他连词字后的二言段不包含动词，仅是上三某一部分的扩充而已。"之"后出现的动词实际上是被"之"名词化的动名词，通常是上三中动词的直接宾语，如"惟草木之零落兮，恐美人之迟暮"一句。

在《十九首》中，先秦诗句头重尾轻的特点基本消失了。在以上七组简单主谓句之中，头三组的动词出现在上二之中，其中第一字为动词的有 7 例，第一、二字为动词的有 10 例，第二字为动词的有 18 例，加起来才有 35 例。后四组动词出现在下三之中，共有 97 例之多，超过头三组总数一倍多。这一统计数字足以证明，五言诗的句子结构，与其 2+3 节奏相吻合，均具有前轻后重的特点。五言诗句重心后移是中国诗歌演变史上的一个重要的转折点。从此之后，大部分新兴的诗体的句子结构都是前轻后重的，七言体中源自楚辞的 4+3 句是较为明显的例外。

第二项句法创新是将上二下三结合为一个有机的整体。单音动词后移至下三，绝大多数情况下是出现在第三字或第五字的位置，而这两个位置特别有利于整行诗句的黏合。出现在第三字位置的动词几乎都是及物动词，前接主语，后连宾语，构成严密紧凑的主谓宾句。假若动词出现第五字的位置，它几乎一定是不及物动词，而其前面则是两个二言段，上二多为主语，中二多为状语，但两者亦可调换。下一的动词与上二中二结合，构成一个完整紧密的、不带宾语的主谓句。在以上七组简单主谓句中，这两种紧凑的句式使用的数量最大，而它们在先前的诗歌很少见，无怪乎《十九首》句法能赢得"天衣无缝"之美称。

第三项句法创新是开启诗句虚实意义的并用和互动。《诗经》和《楚辞》的诗句极少因为句法或互文的操作而产生不同的、虚实有别的意义。《十九首》的诗句的情况则大不一样。句式倒装和省略的现象不断出现，而不同的实义、虚义应运而生。所谓实义是指由正常语序所表达的、与逻辑相符的意义。虚义是指由不寻常语序所表达的、与逻辑不甚相符的意义。

　　《十九首》用了不少倒装句,有以下两大类。第一类是宾语倒装前置句:

> 欢乐难具陈。(其四)
>
> 含意俱未申。(其四)
>
> 古墓犁为田。(其十四)
>
> 松柏摧为薪。(其十四)
>
> 客行虽云乐。(其十九)

这些句子的正读应是:"难具陈欢乐""俱未申含意""犁古墓为田""摧松柏为薪""虽云客行乐"。然而,这种完全符合逻辑的陈述是散文句,与五言诗 2+3 节奏扞格不合,故须将其宾语倒装至句首。由于语序的关系,倒装的宾语自然变为虚拟的形式的主语,担任后面谓语的施事者,如"古墓"成为犁地者,"松柏"成为摧林者。如果说符合逻辑的正读是句子的实义,这些不符合逻辑的倒装读法可视为句子的虚义。不过,这些句子的意义并非太"虚",因为类似的句式在散文里也用得很多,故句子读来并不觉得特别异常,也未必一定会让读者停下来咀嚼寻味。

　　另一类是动词倒装前置句:

> 极宴娱心意。(其三)
>
> 辗轲长苦辛。(其四)
>
> 昼短苦夜长。(其十五)

独宿累长夜。（其十六）

这些句子属于下节才讨论的复杂主谓句，但在这里我们不妨先分析它们所用的倒装手法。这些句子的正读应是："极宴心意娱""辗轲苦辛长""昼短夜长苦""独宿长夜累"。与上一类的情况不同，这些正读句也使用2+3节奏，显然倒装的原因与节奏毫无关系。同样，它们的倒装与押韵也无关系。"辗轲长苦辛"是押韵的偶数句，其倒装是有助于押韵的，然而其他三句是不押韵的奇数句，故倒装显然与押韵无关。那么，诗人为何把这些诗句倒装呢？看来，倒装不是因为技术层面的需要，而是出于审美方面的考虑。这四句都是因果句，诗人的生活状况为"因"，而这些状况所引发的感慨是"果"。通过把"娱""长""苦""累"这些不及物的动词（包括作动词用的形容词）倒装前置，使之成为及物动词，创造出一个虚拟的主谓宾结构，从而更加栩栩如生地把诗人生活和情感的因果关系表现出来。化实义为虚义，让读者透过虚拟主谓宾句感受诗人的情感脉动，这种手法在《诗经》《楚辞》以及汉乐府中是很难找到的。

　　句子省略也能像倒装手法那样唤起虚实双重意义。《十九首》中通过省略介词而创造出虚义的诗句有以下5例，其中头4例构成《十九首》中最有名的两联诗句：

　　　　胡马依北风，越鸟巢南枝。（其一）
　　　　晨风怀苦心，蟋蟀伤局促。（其十二）
　　　　促织鸣东壁。（其七）

比较"促织鸣东壁"和"秋蝉鸣树间"(其七)两句,就可以知道前者
是省略介词而成的。若不省掉介词,此句就应是"促织鸣壁间"或
"促织鸣壁下"。同样,"胡马依北风,越鸟巢南枝"也就变成如"胡
马立风中,越鸟巢枝上"这样的句子。一旦把介词省掉,不及物动词
就变成及物动词,副词短语变成直接宾语,同时空出来的一个字眼
用于描写宾语,使之成为双音名词"北风"和"南枝",恰好与主语
"胡马"和"越鸟"对应。这样,胡马眷念抚爱北风,越鸟选南枝为巢
的移情虚象油然而生。正由于这一虚象融入了诗人难以诉说的无
限乡愁,此对句被誉为千古名句、五言秀句之宗。

作者认为,"晨风怀苦心,蟋蟀伤局促"一句显示的艺术匠心,
甚至胜过"胡马依北风,越鸟巢南枝"一句,有虚实二读。首先,在
文本层次上,此句上二可视为介词短语"晨风(鸟)啼中"和"蟋蟀
声里"的省略,而全句可解为有此实义:"晨风鸟啼中,诗人怀着苦
心;蟋蟀声里,诗人感伤局促。"由于省略了介词,此诗句似乎获
得了一个新的、多少带有移情性质的虚义,即晨风和蟋蟀与诗人
共怀苦心,同伤局促。然而,当我们以为晨风和蟋蟀只是存于诗
人想象的虚拟主语之时,一个令人震惊的发现正等待着我们。在
互文层次上,"晨风"和"蟋蟀"并非是移情想象,而是此句真真正
正的主语,因为两者均是《诗经》的篇名:《秦风·晨风》和《唐
风·蟋蟀》,而"怀苦心"和"伤局促"又正好是这两首诗情感内容
的总结。这样,我们就面对一个极有趣的现象:文本层次上实义
恰恰是互文层次上的虚义。在互文层次上,《诗经》篇名为实,而
晨风鸟、蟋蟀两物为虚。由此可见,虚义实义,两者已无法区分,
已成为见仁见智之辨了。虚实两重意义的互动,达到浑然不分的

程度,可谓是登峰造极。五言诗正式问世之际就有如此绝妙的对句,怎能不让人震撼不已。

第二节　五言诗句式:复杂主谓句

　　所谓复杂主谓句是指有两个或更多动词的诗行。《诗经》四言句中复杂主谓句数量不少,但绝大多数是极为简单的并列复句,由两个不同的单音动词与两个相同重复的字结合而成,如"载笑载言"(《卫风·氓》)、"我徒我御"(《小雅·黍苗》)、"教之诲之"(《小雅·绵蛮》)、"既醉既饱"(《小雅·楚茨》)等等。《十九首》中没有这种并列复句,只有"道路阻且长"(其一)、"河汉清且浅"(其十)、"东城高且长"(其十二)几句稍带有古老并列复句的遗风。

　　《诗经》五言句中复杂主谓句数量较少,种类也单调,较常见的是带有直接引语的复句(《大雅·绵》"予曰有疏附"),以及带有目的从句的复句(《邶风·匏有苦叶》"雄鸣求其牡")。在《十九首》中,带有明显的直接引语的复句已销声匿迹,而带有目的从句的复句则仍可见到,有 3 例:"忧伤以终老"(其六)、"服食求神仙"(其十三)、"眄睐以适意"(其十六)。除了上举几例与《诗经》有明显的承继关系,《十九首》的复杂主谓句似乎都展现出新颖的句式。根据句中两、三个动词之间的关系,我们可以把这些句子分为六组:

(一)动词并列句(13 例)

　　一弹再三叹。(其五)

涉江采芙蓉。（其六）

还顾望旧乡。（其六）

攀条折其荣。（其九）

回车驾言迈。（其十一）

驱车上东门。（其十三）

出郭门直视。（其十四）

引领遥相睎。（其十六）

垂涕沾双扉。（其十六）

揽衣起徘徊。（其十九）

引领还入房。（其十九）

泪下沾裳衣。（其十九）

出户独彷徨。（其十九）

　　此组诗句上二下三各有一个动词,均描述人物的具体动作。两个动词的主语(或称施事者)是相同的,但都省略掉了。主语的省略使得句中两个动作更加连贯紧凑。这些例子足以表明,持续递进句几乎无不用来描写各种可以揭示诗中主人公心境的行为动作。

(二)主从复合句(5例)

不念携手好。（其七）

不如饮美酒。（其十三）

梦想见容辉。（其十六）

愿得常巧笑。（其十六）

不如早旋归。(其十九)

　　这组诗句的上二是谓语动词词组,而下三虽然自身是完整的谓宾句,放在上二之后就成为其宾语从句。《诗经》中"不如我同父"(《唐风·杕杜》)一句似乎可视为这组复句的源头。另外,这种句式与《诗经》另外一些五言句可能也有关系:"谁谓雀无角"(《召南·行露》)、"谁谓尔无羊"(《小雅·无羊》)、"予曰有疏附"(《大雅·绵》)。这些《诗经》句子中的下三虽然也可算是一种谓宾结构中的宾语从句,但在句中只是直接引语,故与上二的关系较为松散,而且还有几分刻板,完全无法像《十九首》以上五例那样流畅地表达情感。

(三)谓宾补句(8例)

思君令人老。(其一、其八)

不惜歌者苦。(其五)

但伤知音稀 。(其五)

清商随风发 。(其五)

将随秋草萎。(其八)

奄忽随物化。(其十一)

惧君不识察。(其十七)

　　在谓宾补句中的宾语有双重作用,一方面是前面谓语动词的承受者,另一方面又是后面补语动词的主语,故又称为兼语。这种句式自身就是一种递进结构。这种句式中的谓语和补语一般是单音词,而宾语则用单音和双音均可。如用单音宾语,谓、宾、补三部分就都在下三,而上二则是主语("清商随风发")或副词("奄忽随物化")。谓宾补句中的谓语有不少是近乎固定的,如"使……""随……"等。这种结构凝固的谓宾补句在《诗经》中颇为常见,但用以表示情感活动的,非固定的动词作谓语的谓宾补句(如"不惜歌者苦""但伤知音稀")则很难找到。《诗经》中"畏人之多言""乐子之无知"这类句子在补语动词前加上"之",使之名词化,可见尚未开始自由地用情态动词来建构谓宾补句。

(四)主辅动词句(25 例)

奋翅起高飞。(其五)

玄鸟逝安适。(其七)

高举振六翮。(其七)

兔丝生有时。(其八)

含英扬光辉。(其八)

回风动地起。(其十二)

秋草萋已绿。(其十二)

凉风率已厉。(其十六)

努力加餐饭。(其一)

弹筝奋逸响。(其四)

识曲听其真。(其四)

齐心同所愿。(其四)

慷慨有余哀。(其五)

弃我如遗迹。（其七）

君亮执高节。（其八）

当户理清曲。（其十二）

驰情整中带。（其十二）

沉吟聊踯躅。（其十二）

何不秉烛游。（其十五）

为乐当及时。（其十五）

游子寒无衣。（其十六）

焉能凌风飞。（其十六）

枉驾惠前绥。（其十六）

携手同车归。（其十六）

徙倚怀感伤。（其十六）

　　根据在诗中的作用，以上25例可分成两部分，前者状物后者写情。此组诗句都有一个主动词和一个副动词。主动词是对某一状态或活动的总体描述，而副动词更加具体地描述或解释其伴随的状态动作。如果上二下三都有动词，绝大多数情况是主动词在上二，副动词在下三，如"含英"的"含"作主动词用，进行总体描述，而随后"扬光辉"的"扬"作副动词用，加上更加具体的描述说明。以上例子中只有"当户理清曲""携手同车归"两句例外，主动词出现在下三之中。如果上二是主语或副词，那么下三中就有两个单音动词，其所在位置以第三、五字为多，如"回风动地起""秋草萋已绿""焉能凌风飞"等。

（五）转折递进句（9 例）

弃捐勿复道。（其一）

荡子行不归。（其二）

聊厚不为薄。（其三）

采之欲遗谁。（其六）

同心而离居。（其六）

过时而不采。（其八）

欲归道无因。（其十四）

既来不须臾。（其十六）

愁思当告谁。（其十九）

除了"荡子行不归"一句之外，这组诗句的上二和下三各有一个动词。上二的动词都是肯定陈述，而下三的动词则与其他二字组合构成否定陈述或发问。这种转折递进的句式无疑特别有助于表达反思过程中缠绵纠结，剪不断、理还乱的心境。的确，以上 9 例几乎都出自诗人或诗中人物的喃喃自语。

（六）因果复合句（11 例）

极宴娱心意。（其三）

辗轲长苦辛。（其四）

思君令人老。（其一、其八）

路远莫致之。（其九）

弦急知柱促。（其十二）

　　昼短苦夜长。（其十五）

　　独宿累长夜。（其十六）

　　愁多知夜长。（其十七）

　　忧愁不能寐。（其十九）

　　缘以结不解。（其十八）

　　就表面形式而言，这组诗句与持续递进句大致相同，上二和下三各有一个动词，而两者之间亦呈现时序先后的关系。但在更深的语义层次上，两组诗句有本质的不同。持续递进句上二下三动词的主语相同，而又都被省略，故往往构成对连续动作较为客观的描述。相反，因果句上二下三动词的主语往往不同，一个出现在句中而另一个被省略。更重要的是上二下三呈现出一种较为明显的因果关系。这种因果关系往往反映出诗人的思索活动。

　　在《十九首》中，复杂主谓句数量激增，而其句式种类也亦不断推陈出新，足以表达愈来愈复杂的情感。这种量变似乎标志着一种质变。在《诗经》中，如果一行中有两个或三个动词，它们多半是机械的并列铺陈，或简单的主从句，使用这些简单的句式是无法用来对情感进行白描的。要表达复杂的情感，诗人就必须使用众多的诗行，借助比兴的重章叠咏的手法。相反，《十九首》中以上六类的复杂主谓句式的出现，使得诗体中的单行首次可以独立担任白描情感的作用。回顾以上六种句式，不难看出，每一种句式都特别适用于描述某种特定的情感。例如，动词并列句通过描述诗中人的急促的动作来揭示其内心的焦虑或悲哀。谓宾补句则是传达与诗中人感情共鸣的极佳选择。主辅动词句是虚写与实写相结合,粗笔与细笔交替使用,相得益彰,用作景语和情语无不栩栩如生。转折递进句则是诗人或诗中说话人进行自我反思时常用的句式。因果句似乎也专门用于诗人对自己生活处境的反思。在这类句子中,"因"是诗人对所处生活处境的直述,而"果"则是诗人内心情感生活的发展。

第三节　五言诗句式:题评句

《十九首》大量地使用了《诗经》中所见的那种题评句。《十九首》共有 30 个题评句,占 254 句总数的 11.8%。30 个题评句中的联绵字全是叠字,不包括"慷慨""徘徊""彷徨"等已经实意化的双音词和叠韵词。作评语用的联绵词多出现在上二,而出现在下三之中的只有以下 7 例:

> 行行重行行。(其一)
> 洛中何郁郁。(其三)
> 长路漫浩浩。(其六)
> 众星何历历。(其七)
> 四顾何茫茫。(其十一)
> 白杨何萧萧。(其十三)
> 一心抱区区。(其十七)

为了填满下三,故在联绵字前加上"何"字,但似乎是画蛇添足,使得联绵词形容词化,反而减弱了句子的审美感召力。相比之下,"长路漫浩浩""一心抱区区"两句的联绵词前使用了动词或起动词作用的形容词,从而保留了传统题评句的审美特质。这两句中前三个字构成稳定的题语,而随后的联绵词对之加以富有情感的评论。

　　就单句而言,笔者认为《十九首》的题评句审美感召力比不上《诗经》的题评句,因为前者所用的联绵词多已不复为《诗经》中所见的那种尚未概念化的、自身没有实在意义的联绵词。到了汉代,如"郁郁""戚戚""悠悠""萧萧""纤纤""茫茫"这样的联绵词已有固定的搭配对象,从而开始具有自身的意义,渐渐朝形容词化方向演变,这样必然会减轻题语和评语之间的断裂,而这种断裂所焕发的审美想象亦会随之减弱。然而,《十九首》诗人通过巧妙地连用联绵词,不仅控制了联绵词实义化的负面影响,而且取得了《诗经》题评句难以媲美的艺术效果。

　　§4.1
　　　　青青河畔草,郁郁园中柳。盈盈楼上女,皎皎当窗牖。
　　　　娥娥红粉妆,纤纤出素手。昔为倡家女,今为荡子妇。
　　　　荡子行不归,空床难独守。(《十九首》其二)

这首诗连用六个联绵词的手法赢得了许多批评家的赞誉。顾炎武(1613—1682)《日知录》称赞道:"诗用叠字最难。《卫诗》'河水洋洋,北流活活。施罛濊濊,鱣鲔发发,葭菼揭揭,庶姜孽孽'连用六叠字,可谓复而不厌,赜而不乱矣。《古诗》'青青河畔草,郁郁园中柳。盈盈楼上女,皎皎当窗牖。娥娥红粉妆,纤纤出素手'

连用六叠字,亦极自然,下此即无人可继。"①与《卫风·硕人》的六句相比,"青青河畔草"中六个联绵词显然是已经相当概念化的,分别为专门用于描述草木、月色、美女的词语,无疑难以引起更加自由随意的联想。然而,失之东隅,收之桑榆。诗中题语的奇特用法帮助了这六个联绵词保持其原有的传情功用。《卫风·硕人》的题语仅是物象随意的罗列,彼此无甚内在关联。与此不同,《十九首》其二的题语展现视点缓慢而持续的移动,从最远景("河畔草")到次远景("园中柳")、近景("楼上女""当窗牖")直至特写镜头("红粉妆""出素手")。随着这些题语连贯地出现,我们深深地感觉到诗人注目凝视,一步步深入观察诗中闺妇的生活世界的思想过程。显然,这些题语已不复为纯粹的外物描写,而是诗人主观思想活动的轨迹。同时,六个评论题语的联绵字自然不是描写景物自身的特征,而是传达诗人感物过程中的情感活动。六对题语与评语连续使用,如此完美结合,乃属《十九首》诗人之独创②。这种连珠式题评句无疑开辟了题评句用于表达持续情感活动的先河。

第四节　五言诗的结构纹理

《十九首》的结构和纹理是古代批评家最热衷赞扬的艺术特

---

① 顾炎武著,黄汝成集释,秦克诚点校:《日知录集释》,长沙:岳麓书社,1994年版,卷21,页745。

② 《十九首》其十《迢迢牵牛星》也使用了相同的连珠式题评句。

点之一。郎廷槐《师友诗传录》记载云:"问:'五古句法宜宗何人? 从何人入手简易?' 阮亭(王士禛)答:'《古诗十九首》如天衣无缝,不可学已。'"①方东树(1772—1851)《昭昧詹言》曰:"《十九首》须识其'天衣无缝'处,'一字千金,惊心动魄'处,'冷水浇背,卓然一惊'处。此皆昔人甘苦论定之言,必真解了证悟,始得力。"②然而,《十九首》"天衣无缝"的结构纹理、"一字千金,惊心动魄"的抒情方式是怎样产生的? 从何处可以寻找出它们的源头?

明陆时雍《古诗镜总论》的一段话为我们寻找答案指明了方向:"《十九首》近于赋而远于《风》,故其情可陈,而其事可举也。虚者实之,纡者直之,则感寤之意微,而陈肆之用广矣。"③钟嵘"古诗其体源出于《国风》"④之说是历代批评家所信奉的论断,而陆氏此处大胆提出异议,认为《十九首》近于赋而远于《风》。陆氏称"《十九首》近于赋",显然主要是指赋结句成篇,连贯不断,一气呵成的手法有异曲同工之妙。他又称《十九首》远于《风》,大概是指汉代诗人不像风人那样使用比兴结构,平行列举物象与情语来抒情。《风》之比兴不直言,故为虚为纡;而《十九首》连贯使用上文所分析的各种新造的句式,直截了当地写物言情,故是

---

①郎廷槐辑:《师友诗传录》,收入王夫之等:《清诗话》,上册,页133。

②方东树著,汪绍楹校点:《昭昧詹言》,北京:人民文学出版社,1961年版,卷2,页53—54。

③引自陆时雍编:《古诗镜》,台北:台湾商务印书馆,1976年影印文渊阁《四库全书珍本》第6集第361册,总论,页2a。

④钟嵘著,曹旭集注:《诗品集注》,上海:上海古籍出版社,1994年版,页75。

化虚为实,改纡为直。

　　陆氏的论说十分精到,但他所云赋之指涉不甚明确。《十九首》线性连贯的结句组篇,与我们所熟悉的《大雅》中的赋,只是形似而已,论内容两者就难以说得上什么关联。《大雅》中的赋多用于列举铺陈周人先考先妣的丰功伟绩,绝少用于诗人自我写物、叙事、言情。然而,直线型连贯的结句组篇也并非是《雅》中赋的专利,在《国风》中个别诗篇也是由连贯顺畅的句子构成的。请读《邶风·匏有苦叶》:

§4.2

匏有苦叶,济有深涉。深则厉,浅则揭。

有弥济盈,有鷕雉鸣,济盈不濡轨,雉鸣求其牡。

雝雝鸣雁,旭日始旦。士如归妻,迨冰未泮。

招招舟子,人涉卬否。人涉卬否,卬须我友。①

这首诗无疑是常见比兴结构的变体。它一方面保留了比兴的二元结构,一部分是物象描写,一部分是自我抒情。另一方面,它又同时把两部分加以扩展,即使孤立的物象变成诗人眼中的一片景象,又让感情的直接宣泄升华为一个自我反思的过程。另外,为了帮助景、情大部分融合为一体,诗人还巧用"雝雝鸣雁,旭日始旦"一句景语过渡到情语部分。经过以上的改造,原本一个比兴的章节就变成了一首独立的诗篇了。如果我们要用传统的批评

―――――――――

① 引自《毛诗正义》,《十三经注疏》本,页302—303。

术语来描述此诗独特的结构，那么我们似乎应该称之为比兴与赋的混合体，或说用于抒情之赋。假如陆氏所说的就是这种抒情之赋，那么他的见地就更为卓越了。如下文所示，《匏有苦叶》确实可以视为《十九首》二元结构的滥觞。

(一)《十九首》的二元结构和叠加结构

在《十九首》中，诗人也像《匏有苦叶》作者那样首先观察外在场景，然后抒发观物的情感，因而就形成了一种明显的二元结构。例如，《十九首》其十七呈现出这种外在观察+内在反思的二元结构：

§4.3

　　孟冬寒气至，北风何惨栗。愁多知夜长，仰观众星列。
　　三五明月满，四五蟾兔缺。客从远方来，遗我一书札。
　　上言长相思，下言久离别。置书怀袖中，三岁字不灭。
　　一心抱区区，惧君不识察。

此诗第一部分，我们通过深闺思妇之目光进入了寒冷的冬夜场景。一系列寒冷意象连续出现，思妇渐渐不能忍受这样苦涩、孤独的冬天了。"北风"刺激了触觉，"众星"吸引了视觉，"明月"和其隐喻"蟾兔"引起了对天宫中无尽寒冷的想象。所有这些意象都传达出孤独思妇脑中那非常强烈的凄凉之感。在第二部分，我们进一步进入她的内心世界，并经历了她思索的整个过程：对夫君第一封也是唯一一封信笺的追忆，对他深切的爱情表白的感激，以及对夫君保证坚贞不渝的决心，还有生怕他无法看到自己忠贞和深刻爱情的担心。

　　在笔者看来,比兴结构从《诗经》中的二元章节结构向《十九首》的二元诗篇结构的转变是这两个抒情传统之间的重要联系①。《诗经》中,比兴章节是主要的抒情途径,而在《十九首》中,比兴已经演变成了整首诗的结构。确实,《十九首》中的十五首诗中也都可以找到外在景物和内心反思的二元结构②,同时还有叠加结构的出现③。

---

① 参见拙文:《诗经与古诗十九首:从比兴的演变来看他们的内在联系》,《中外文学》第 17 卷第 11 期 (1989 年 4 月),页 118—126。此文详尽地讨论了这两种比兴结构的演变。除了形式上的密切关系,这两个结构也同样被予以隐喻式诠释。关于《诗经》和《古诗十九首》中的自然意象之隐喻式阅读的比较,见 Pauline Yü, *The Reading of Imagery in the Chinese Poetic Tradition* (Princeton, N. J: Princeton University Press, 1987), pp. 121—131.

② 我们在以下诗篇中看到了和第十七首一模一样的二元结构:第二首(6:4,即六句写外在景色,四句写内心情感,下同),第四首(8:6),第五首(8:8),第六首(4:4),第七首(8:8),第九首(4:4),第十首(6:4),第十一首(6:6),第十三首(10:8),第十四首(6:4),第十七首(8:6),第十八首(6:4),第十九首(6:4)。除此之外,我们还找到相反形式的二元结构,即内在思考先于外在景色,这在第三首(8:8)中存在。

③ 叠加结构的诗作有第一首、第八首、第十二首、第十六首。由于叠加结构的存在,有些传统中国批评家认为这三首诗是被粗心的编者将分开的片段偶然组在一起的。孙志祖(1737—1801)《文选考异》引严羽(约 1180—1235)《沧浪诗话》称,根据某个现已不存的宋版《玉台新咏》,第一首诗的后半段是一首独立的诗。在《文选纂注》中,张凤翼(1527—1613)把第十二首分为两篇。他认为第十二首被错认为一首诗是因为他们同样的韵。然而,这些观点被大部分批评家斥为伪说。因为大部分人认为这种分离破坏了这些诗的意思。对这些争论的概述,参见马茂元:《古诗十九首初探》,西安:陕西人民出版社,1979 年版,页 87—88、111。

　　比兴从章节结构向诗篇结构的转变，极大地拓展了描绘自然和情感表达的范围。《诗经》中，自然意象在数量和种类上都不多，而且常常高度重复。当这些意象放入严格的比兴章节之中，它们常常并不连续联系，因此不能形成一个统一的场景。正如钱钟书所说："三百篇有'物色'而无景色，涉笔所及，止于一草，一木，一水，一石。"①

　　相反，《十九首》里面的自然意象不仅丰富，而且结成统一的情景。第2、3、5、7、9、10、11、12、14 首的自然意象通过感知过程结合成连贯的情境；第4、6、8、13、16、18、19 首则大致按照叙事大纲来组织自然意象。《十九首》中，自然描绘的范围拓宽了，也变得内在一致了。这些特点不可能不引起批评家的注意。比如，盛唐诗人兼批评家王昌龄（？—756）在《诗格》中就专门解释了像《十九首》这类五言诗中比兴的崭新特征②。

　　首先，王昌龄揭示了毫无争议的事实：五言诗的景物描写部分已经超越了《诗经》只有两行的固定长度。对此，他引用了《十九首》中那些稍长的景物描绘（第十六首中有四句，第一首中有六句），并视之为《十九首》的"兴"之特征。如若他没有看到自然描写的扩展，他就不能想出"兴"的十四种分类。

　　第二，王昌龄意识到自然描绘中，出现了感知和叙事贯穿始

----

①钱钟书：《管锥编》，北京：中华书局，1979 年版，第 2 册，页 613。
②以下所引用的王昌龄对"兴"的讨论，见王昌龄：《诗格》，收入张伯伟编著：《全唐五代诗格汇考》，南京：江苏古籍出版社，2002 年版，页 173—177。又收入沈炳巽辑：《续唐诗话》，乾隆年间本，卷 1，页 16—21；陈应行编，王秀梅整理：《吟窗杂录》，北京：中华书局，1997 年版，卷 4，页 208—215。

终的现象①。因为他主要根据感知和叙事这两个内在的进程来
组织十四兴体。他引用了诗例来解释的十二兴体中,八种可以归
入以上两种感知和叙事过程。第 1、11、12、13 类兴体涉及的是感
知过程,分别侧重于这个过程的时感、观感、听觉、感情这四个方
面,分别被称为"感时入兴""把声入兴""景物入兴""景物兼意
入兴"。第 4、5、6、9 类兴体涉及叙事活动,展示了叙事过程的多
样顺序和模式。它们分别被称为"先衣带后叙事入兴""先叙事
后衣带入兴""叙事入兴""托兴入兴"②。

　　最后,王昌龄似乎认为《十九首》最能体现这种"兴"。他引
用《十九首》的频率大大高于其他作品:在讨论十四兴体时引用
《十九首》的诗达四次之多,在《诗格》的其他场合中引用达到六
次③。然而,王昌龄没有指出的是,这些崭新的"兴"的种类中,感
知和叙事由始至终的出现证明了乐府的叙事传统对《十九首》的
影响。由于结构上比兴的重整,对内心世界的呈现也经历了深刻
的变化。我们感到《诗经》和《十九首》的情感语言极为不同。
《诗经》中我们听到了对某个特定的外在事件之简短的、强力的情

①关于感知和叙事过程的互动之美学意义,参见 Yu-kung Kao,"The ' Nine-teen Old Poems' and the Aesthetics of Self-Reflection" In *The Power of Culture*: *Studies in Chinese Cultural History*, eds. Willard J. Peterson, Andrew H. Plaks, and Ying-shih Yu(Hong Kong: Chinese University of Hong Kong, 1994), pp. 80—102.
②王昌龄:《诗格》,页 173—174。
③《诗格》所引诗文的统计,可参见 Richard W. Bodman, "Poetics and Prosody in Early Medieval China: A Study and Translation of Kūkai's *Bunkyō Hifuron*" (PH. D. diss., Cornell University, 1978), pp. 60—61.

感迸发，而《十九首》中，我们看到的是对人生意义持续的忧郁反思。

如果说王昌龄《诗格》将《十九首》连贯的景物描写视为兴体之扩展，宋范晞文《对床夜语》则径直指出《诗经》比兴章节结构与《十九首》二元诗篇结构的渊源关系：

§4.4

《古诗十九首》有云："冉冉孤生竹，结根泰山阿，与君为新婚，兔丝附女萝。兔丝生有时，夫妇会有宜。千里远结婚，悠悠隔山陂。思君令人老，轩车来何迟。"言妻之于夫，犹竹根之于山阿，兔丝之于女萝也，岂容使之独处而久思乎！《诗》云："葛生蒙楚，蔹蔓于野。予美亡此，谁与独处！"同此怨也。又"涉江采芙蓉，兰泽多芳草。采之欲遗谁，所思在远道"，又"庭中有奇树，绿叶发华滋。攀条折其荣，将以遗所思。馨香盈怀袖，路远莫致之"，亦犹诗人"籊籊竹竿，以钓于淇。岂不尔思，远莫致之"之词，第反其义耳。前辈谓《古诗十九首》可与《三百篇》并驱者，亦此类也。①

这里，范氏可说是举出了《诗经》比兴章节衍生出《十九首》二元诗篇结构的铁证。《唐风·葛生》兴章之景语和情语加以扩充，便可得到了其八《冉冉孤生竹》一篇。《卫风·竹竿》兴章之景语和情语则可演变出《涉江采芙蓉》和《庭中有奇树》两篇。另外，范

---

① 范晞文：《对床夜语》，卷1，收入丁福保编：《历代诗话续编》，页407。

氏还认为,《十九首》把比兴从局部的章节结构改造为整个诗篇的
结构,乃是先前评诗人将它与《三百篇》相提并论的一个重要
原因。

　　《十九首》的叠加结构诗作有四首,包括其一《行行重行行》:

§4.5

　　　　行行重行行,与君生别离。相去万余里,各在天一涯。
　　　　道路阻且长,会面安可知?胡马依北风,越鸟巢南枝。
　　　　相去日已远,衣带日已缓。浮云蔽白日,游子不顾返。
　　　　思君令人老,岁月忽已晚。弃捐勿复道,努力加餐饭。

《行行重行行》开始于弃妇回想的沉痛时刻。她没有叙述丈夫离
开的故事,而是表达了看着丈夫消失在漫漫长路的痛苦,并描绘
他在外出的旅程中行走,她告诉我们旅程的完结并没有结束她的
痛苦,而是导致了另一种等待:等他回来。这比忍受他要外出远
去更为痛苦,因为她不知道他何时(如果有可能的话)会回来。显
然最影响她的并不是与丈夫的分离,而是她痛苦地意识到时间缓
慢的流逝,而且无比思念丈夫的回归。

　　《行行重行行》的后半部分,在弃妇生涯的衬托下,说话者开
始衡量和反思时间的流逝。弃妇的时间感,由不愉快的事件所组
成,时间似乎拖延,因为她渴望分离的结束。但当她注意到自己
憔悴消瘦,她醒觉到有另一种不同的时间,她自己的生命时间。
对一个珍惜生命的人来说,任何时间都过得飞快,任何老化的迹
象都让人感到悲伤。在这新的目光中看时间流逝,妻子不禁哀

叹。对于时间的看法，在此发生了戏剧性和讽刺性的转折，由因为分离带来的悲伤，转变为急速衰老带来的忧思。

《行行重行行》的作者运用叠加结构，将从不同角度反思离别之苦的片段叠加起来，其中有过去、有现在、有将来、有现实也有想象，产生出极为强烈的抒情效果，此诗因此被视为早期五言诗中的奇葩。叠加结构的运用，阮籍的咏怀诗与陶渊明的田园诗有进一步的发挥，详见下一章第四节的相关讨论。

(二)《十九首》的纹理：静默写作和阅读之轨迹

《十九首》中，在所有因口头创作的消失而带来的文本变化里，崭新的诗歌纹理之形成也许是最值得注意的。如果说诗篇结构是全诗的框架，那么诗歌纹理(poetic texture)就是诗歌内部的"交互过程"(interfacing process)。此词是笔者从电脑科学研究领域借来的，指每个词都和其他任何一个词连在一起，共同构成一个有机整体。正如互联网本身就是多边联系的，诗歌纹理也意味着在诗歌文本内部，字和字的多边互动过程。在检视诗歌组织时，我们希望不仅仅理解同一诗行中一个字和其他邻近字的关系，而且也要理解该字与其他诗行里对应或不对应的字的关系。比如说，当我们关注一首五言诗的第四行的第三个字的时候，一方面要考虑此字和同一行的其他几个字的关系，另一方面也要考虑与其他诗行中任何字眼有无关联。邻近关系是字词的顺时序组织，反映外在或内在活动的顺序。非邻近关系是字词的空间配置，用来制造相互对应或回应的关系从而增强他们的兴发效

果①。在表演性和非表演性诗歌中,我们都能看到这两种关系在
起作用。由于口头和书写表达的不同机理,这两种关系表现出不
同的重要性。

在口头表演的诗歌中,建立和保持字词的紧密邻近关系是最
重要的任务。口头呈现的本质就是声音的时间序列,或是在某固
定时间段里传达一系列声音符号。一旦创作者或表演者开始了
他的口头表述,那他就不能随意停止,否则他会让现场观众失望。
对于一位口头创作者或表演者来说,不须文本提示而保持流畅有
节奏的语句是很大的挑战。他必须记得他刚刚说了什么,然后想
出下面要说什么。为此,他主要依赖于重复的使用,他把重复的
字词当成了自己的备忘录和后续演出的提示语。乐府作品《陌上
桑》的开头段落,就是这种重复使用字词的典型例子:

　　日出东南隅,照我秦氏楼。秦氏有好女,自名为罗敷。
罗敷善蚕桑,采桑城南隅。
　　青丝为笼系,桂枝为笼钩。头上倭堕髻,耳中明月珠。
缃绮为下裙,紫绮为上襦。

在第一段落中,创作者或表演者,采用了"顶真体"("连珠格")来

①关于这两种关系在诗歌中功能的理论探讨,参见 Roman Jakobson,"Two
Aspects of Language," in *Fundamentals of Language*,ed. Roman Jakobson and
Morris Halle(The Hague:Mouton,1975),pp. 73—96. 亦见其 "Linguistics
and Poetics," in *Style in Language*, ed. Thomas Sebeok (Cambridge: MIT
Press,1960),pp. 350—377.

连接罗敷生活的各种细节。第二段落中,他开始使用语段重复,即重复前一行对应位置的字。这看起来是一种较为原始的重复,因为这样的重复在《诗经》很多比兴句法的例子中可以看到:这种方式往往允许创作者或表演者在下句重复上句的很多字,然后每句仅仅引入一个或两个新的字。然而,正是这种重复建立起了字词的非邻近关系。在复制同样句法的同时,它们也给人一种错觉:似乎字词的时间流动已经被悬置,我们从一个字可以跳回前一行同样位置的另一个字。比如,当听到第七、八两句的时候,我们会很容易把"青丝"和"桂枝"相连,把"系"和"钩"相连。这四个词之间的对比似乎代表了口头创作中,虽然原始简单,却是富有意义的词之非邻近关系。

　　在非表演诗歌中,词语的邻近关系的重要性减弱,而其非邻近关系之重要性却在增强。这种变化很大程度上和书写交流的不同原理有关。写作和阅读不像说话(或其他方式的口头表达)和倾听交流那样,它们不是即时性的。在很多情况下,当交流的两方都在场时,他们会选择用口语直接与对方交流。只有当双方分离之时,或一方并不确定如何恰当地即兴表达他的想法之时,或一方想要传达说出来比较难堪或比较奇怪的想法之时,或一方想谈论一些他觉得对方回答之前需要时间考虑的事情之时,他们才会决定写出来,写给对方。从这些使用书写文字的通常状况中,我们能看到,和说话相比,写作是一种(常常有意)拖延的交流方式。作者也许会停顿很多次,因为他得思考如何才能更好地把他的思想形诸文字。同样的,读者可以在理解文字所说的意思之时,一次又一次不断地自由翻阅琢磨作者的文字。

　　写作交流给予资讯编码和解码以充裕的时间,所以作者或读者都不需要依赖字词重复来保持词语流畅的表达。一位原作者也许会在他的文字之间留下空白,期望读者可以自己找出它们之间的关联。在文字间留空白的优点,在于可以迫使读者唤起一系列的意象,并将它们连接成富含意义的整体①。这样作者不仅向读者传达了自己的思想和感受,而且让他们身临其境,经历他的沉思过程,体验他的感情状态。简而言之,对一位作者来说,把词语连接起来,就是要让他的读者把书写符号转换成脑中的意境。由于这个原因,作者停止使用逐字重复和其他口头套语的方式,而开始发展出如反问句、过渡联等新的表达工具,以加强读者内视想象的美感。

　　书写交流的过程也允许作者和读者不断揣摩非邻近字词之间的关系,从而加强文章的感召力。当一位书写诗人停顿下来,去回顾他写过的,并因考虑到下面要写的内容而对写好的加以更改之时,他自然而然已经建立起了一个"文本回响"(textual resonance)的系统,这一系统是诗歌不同位置的字词之间的回响。事实上,这正是《十九首》的作者在他们的作品中所作的努力。当他们在诗的第一部分描绘自然景观时,他们已然前瞻了将要表达的思想情感,而且匠心独运地把暗示第二部分情感主旨的字词嵌入最初的场景中。这种方法即传统中国文学批评中所说的"诗眼"。

①对阅读原理的理论探讨,见 Wolfgang Iser,"The Process of Reading：A Phenomenological Approach," in *The Implied Reader*：*Patterns of Communication in Prose Fiction from Bunyan to Beckett*(Baltimore：John Hopkins University Press, 1978),pp. 274—294.

相反,当他们在第二部分抒发他们思想情感时,常常故意使用一些与第一部分自然景象相映成趣的隐喻。这种方法,这里姑且称作"隐喻回响"(metaphoric resonance)。

这一复杂精细的诗歌纹理的标志在于精妙的时间穿引方法(反问句、过渡联等)以及精妙空间对应手法(诗眼、隐喻回应等)。这样的诗歌纹理,《十九首》的读者当然不会视而不见。从某种意义上说,读者们比起作者自己,甚至更能享受连接诗歌字词的极大自由。作者的脑中直到诗歌写成才出现作品的实相,而读者却往往是面前放着整首诗,诗歌的空间架构就在眼前,稍微一瞥,他们就能注意到字词的时间联系和空间对应。而读者阅读《十九首》这种经过千锤百炼之后写就的作品,必定会在时间和空间想象的互相作用之下体验到强烈的美感,而这种美感是口头表演诗歌的听众难以感受到的。下文将讨论传统中国批评家如何不仅直观地把握了这种崭新的美学体验的本质,还用时间和空间想象交叉作用的概念加以阐释。但现在让我们先来看看《十九首》中有哪些结构和修辞方式特别能激发时间和空间想象的互动。

(1)时间联系:反问句和连接对句。《十九首》的诗人为了审视自己的内心体验,成功改造了乐府传统的一系列句法套语。这里将讨论这些诗人如何改变了乐府问答套语的功能。在民间乐府中,问答套语仅仅只是连接语而已。《陌上桑》的以下段落(第21—35句)正是一个例子:

使君从南来,五马立踟蹰。使君遣使往,<u>问此谁家姝?</u>

> 秦氏有好女，自名为罗敷。……宁可共载不？
> 罗敷前致辞：使君一何愚！使君自有妇，罗敷自有夫。①

这里的问答套语（上文中划线部分）功能是过渡了两个连在一起的母题。一方面，这里的问句是前面对罗敷外表魅力的描绘的回应，而答句则引向了随后罗敷自述道德贞节的部分。因为答句"秦氏有好女，自名为罗敷"只是对全诗第3、4句的逐字重复，所以答句也可以被当作是机械的回答②。

《十九首》中，问答套语变成了反问句，从而有力地促进了内心反思。在第5、6、7、11、16首诗中，反问句出现在外在观察的末尾，引入下文对外在世界的情感反应，因此开启了一段长长的思考过程。在《十九首》其十一《回车驾言迈》中，一个反问句让说话人开始了对人生之短暂的忧郁思考：

> 所遇无故物，焉得不速老？盛衰各有时，立身苦不早。
（第5—8句）

在第1、8、12首诗中，第一部分也以反问句结束。此反问句引入另一轮的外在投射和内在反思，从而大大地延长了抒情过程。在

①逯钦立辑校：《先秦汉魏晋南北朝诗》，页260。
②蔡孝鎏将问答套语当作是最早的中国民间诗歌中六种最常见的结构套路的一种。其他五种是连锁式、重叠式、序数式、兴起、尾韵。见蔡孝鎏：《从民歌形式看木兰辞》，收入作家出版社编辑部编：《乐府诗研究论文集》，北京：作家出版社，1957年版，页200—204。

第12首中,反问句引导说话人从他的秋哀转向了对歌女生活的叙述,这又在他心中引起更加强烈的忧郁回应:

> 荡涤放情志,何为自结束? 燕赵多佳人,美者颜如玉。
> 被服罗裳衣,当户理清曲。音响一何悲! (第9—15句)

在第4、11、19首诗,反问句在情感反应过程中出现,促使说话人去摸索解决人生困境的方法,沉思未来的生活。在第11首中,反问句促使说话人深思未来荣名之价值:

> 人生非金石,岂能长寿考? 奄忽随物化,荣名以为宝。
> (第9—12句)

在第7、8、10、18首诗中,反问句在思考过程迫近结尾的时候出现,表达出说话人对自己可怜命运的无限失望。譬如,其四的说话人在哀叹了人生短暂之后反问自己:

> 何不策高足? 先据要路津。无为守贫贱,轗轲长苦辛。
> (第11—14句)

这个反问是他面对人生短暂而进行的灵魂探索之高峰。它体现了他对命运之反讽的痛苦认知:他的道德和知识素养没有带来荣名的回报,反而浪费了他宝贵而短暂的生命。

《十九首》中,过渡联也是加强全诗两部分之间互动的重要手法。一般说来,过渡联没有写物的第一部分那么意象盎然,但却比抒情的第二部分更为形象。因此,它们让两个部分得以平顺的过渡。第13首诗就是一个清楚的例子(划线部分即过渡联):

> 下有陈死人,杳杳即长暮。潜寐黄泉下,千载永不寤。浩浩阴阳移,年命如朝露。人生忽如寄,寿无金石固。万岁更相送,贤圣莫能度。(第5—14句)

过渡联总结了上文对墓地的观察,导向了对人生短暂的深思。第3、5、6、9、10、11、12、13、16、19首也使用了相似的过渡联。它们常常紧密嵌在两个部分之间,可解释为第一部分的结尾,也可看作是第二部分的开头。因此,它们把外部观察和内在反思融入了一个连贯的、持续的思维过程。这种内在一致性早就被当成是《十九首》的显著特质了。王士禛写道:"《十九首》之妙,如无缝天衣。"①

(2)空间对应:隐秘重复、诗眼、隐喻。《十九首》中,重复已经从机械的连接工具变成了一种帮助探索内在体验的空间对应手段。文人乐府表演者使用字词重复主要是为了把字词连接成一个类似"帘上珍珠"(beads-on-a-frame)的套语结构。但在《十九首》中,诗人很少使用字词重复,基本没有短语或字词在相邻的两句中重复。相反,我们发现,一行中的字词常常与下一行的对应

①王士禛选,闻人倓笺:《王士禛撰〈古诗笺〉凡例》,《古诗笺》,上海:上海古籍出版社,1980年版,上册,凡例页1。

位置的字词相互呼应。比如说，第 17 首中，"孟冬"和"北风"；"满"和"缺"，"明月"和其传统隐喻"蟾兔"，"长相思"和"久离别"都是这样的例子。这种词义对仗在第 5、6、9、10 句中非常完整，就是说，这几行的所有意涵因素都和另一行相互对应。

这种隐秘重复的使用不拘于相邻二行。在第 1 首开头，离别之苦已经通过隐秘的词义重复而增强了：

> 行行重行行，与君生别离。相去万余里，各在天一涯。
（第 1—4 句）

这段中，第 3 行也许可被视作是第 1 行的隐秘重复，因为两句都从可丈量的物理距离方面哀叹离别。同样的，第 4 行可被看作是第 2 行的隐秘重复，因为两行都从心理距离方面悲叹离别——"生别离""天一涯"都表示二人之间遥远的距离。

《十九首》中，重复已经极为明显地从汉乐府中典型的字句重复变成了词义的隐秘重复。这一根本改变增强了统一感，而且也没有机械重复的单调感，通过意象对应也加强了词义的感召力。这一转变标志着从"重复之节奏"向着"联想之节奏"转变："从诗经节奏向五言节奏的转变，或从表现型诗歌向反思型诗歌的转变。"①

《十九首》中还有另外两个增强外部描绘和内在反思互动的新方法：即上半部分中的诗眼，下半部分中的隐喻回响。

---

① Yu-kung Kao, "Aesthetics of Self-Reflection," p. 88.

　　"诗眼"是传统中国批评中用来指一首诗中使得自然描写变得生动起来的字词,主要是动词或形容词。在第 1、4、7、8、11、12、14、16、17、19 首中,"诗眼"(或使得句子生动活泼的词)生动地把诗人的情感灌注到自然景物中。譬如,在其一《行行重行行》中"胡马依北风,越鸟巢南枝"这个名句中,"依"和"巢"这两个字便把诗人的无限乡愁注入了自然景色。没有这两个字,此联不会生动地展现诗人的内心世界。王昌龄注意到,通过暗示感情的字可以使得自然景象变得生动,从而修改"兴"的结构,因此他在《诗格》中把这类兴句归为一体,并以王赞(约 290)的相似诗句"朔风动秋草,边马有归心"作为这类句子的例证。

　　如果说"诗眼"让我们跃入一首诗下半部分的情感发展,那么下半部分的隐喻回响则又让我们回想第一部分的自然景象①。其七就是一个很好的例证:

　　§4.6

　　　　明月皎夜光,促织鸣东壁。玉衡指孟冬,众星何历历。白露沾野草,时节忽复易。秋蝉鸣树间,玄鸟逝安适。昔我同门友,高举振六翮。不念携手好,弃我如遗迹。南箕北有斗,牵牛不负轭。良无盘石固,虚名复何益。

---

① 《古诗十九首》中,我们可以在一首诗的下半部分中找到大量分散的、隐喻的意象。比如,第 1 首(第 7—8,11 句)、第 5 首(第 15—16 句)、第 6 首(第 5—6 句)、第 7 首(第 10,13—14 句)、第 8 首(第 11—14 句)、第 12 首(第 8,19—20 句)、第 14 首(第 7—8 句)、第 16 首(第 15—16 句)、第 17 首(第 11—12 句)。

第十句的"振六翮"是肆无忌惮自我仕进的隐喻。第十三句的"南箕""北有斗"，第十四句的"牵牛"都是空洞虚假的友谊之隐喻。这三个意象同有空洞、虚假的隐喻含义，因为三者"错误"地使用了具体物体来代表摸不着的景象，"非实体"的星星。同时，这些意象又让我们回想我们在第一部分中看到的："振六翮"可指飞起的"秋蝉"和"玄鸟"，而"南箕""北斗""牵牛"三个词让我们想起了第一部分中的"玉衡"和"众星"。如果说自然景观中的诗眼提示了下个部分情感反应，这些抒情所用隐喻意象则反过来照应上文所描绘的秋夜景象。隐喻回响与诗眼作用相反相成，取得了加强情感寓意的极佳效果。

"诗眼"对于景物部分，隐喻对于抒情部分，都属于一种异质。然而，两者并没有破坏诗的整体结构，反而使之变得更为流动感人。它们通过开拓崭新的外在和内在世界沟通的管道，从而丰富和加强了读者的审美经验。就像美感催化剂一样，它们迫使读者的思想超越景物和情感世界的界限，在二者之间往返穿梭。

第五节　《十九首》的诗境：时间和空间想象

《十九首》的二元结构和内在纹理，无疑都产生于诗人往返于内、外世界之间的想象过程。反之，它们也激起了读者无声的时间和空间想象。在作者和读者脑中，这两种审美活动均不断增强，直至达到一个溶点：外在和内在世界分界溶化了，消失了，而永恒无垠的诗境出现了。

　　传统中国批评家常常不惜笔墨地赞扬这种审美绝境,并将其归因于《十九首》中无垠的诗歌结构和纹理之中,所有诗歌要素的完美融合。比如,王世贞写道:

§4.7
　　《古诗十九》,人谓无句法,非也。极自有法,无阶级可寻耳。①

吴淇也有同样的观点,认为《十九首》天衣无缝,"篇不可句摘,句不可字求"②。现代批评家贺扬灵详细说明了王氏和吴氏的观点,他说:"《古诗十九首》已臻化境,看它婉转含蓄,抑扬低徊。其气意之灵变,段落之无迹,离合之无端,繁复之无缝,几非言语笔墨所能形容。"③这些批评家们仅仅指出了所有诗歌要素的无缝融合,而方东树则试着解释为何这些作者能达到天衣无缝互相融合的美感效果:

§4.8
　　古人作书,有往必收,无垂不缩,翩若惊鸿,矫若游龙。以此求其文法,即以此通其词意,然后知所谓如无缝天衣者如是。④

---

①王世贞:《艺苑卮言》,收入丁福保辑:《历代诗话续编》,中册,页964。
②隋树森:《古诗十九首定论》,《古诗十九首集释》,北京:中华书局,1995年版,卷3,页8。
③贺扬灵:《古诗十九首研究》,上海:大光书局,1935年版,页32。
④方东树著,汪绍楹校点:《昭昧詹言》,页54。

方东树这段话总结了上面所讨论的那两种美感活动：一是由反问句和过渡联两种手段所引起的，依照时间轴线展开的想象，二是由"诗眼"和隐喻回应所焕发的，超越时间轴线的空间想象。这两种审美活动的互相作用就是书面诗歌崭新的美感原则。这种美感原则在《十九首》中得以确立，而在唐诗中则演化为时间和空间布局的精细的规则。律诗中节奏、音韵、对仗、结构等规则无不是为了最大限度地丰富和加强时空想象而设立的。后来，这一美感原则常称作是"循环往复"，被奉为是写作、阅读中国诗歌的黄金法则。

其实，"循环往复"的美学原则不限于中国诗歌，在西方的书面诗歌亦同样重要。我们仅仅需要读一读下面这段柯立芝（S. T. Coleridge，1772—1834）的话，就可证明这一点：

§4.9

　　引导读者向前，不仅或主要依靠好奇心的机械性的冲动，或者追求最后结局的急切愿望；赖于阅读过程本身的魅力在心灵里引起的愉悦活动。犹如被埃及人作为知识力量象征的大蛇的移动，或者犹如音响在空气里传播的轨迹，读者每前进一步就后退半步，从这种后退的运动中得到继续前进的力量。[1]

柯氏这段话与方东树对《十九首》的评语有着异曲同工之妙。他们一人以蛇、一人以游龙为喻，解释了作为前进和后退、顺时与超

---

[1] Samuel Taylor Coleridge, *Biographia Literaria*, 2 vols. (London：J. M. Dent, 1975)，vol. 1，p. 173.

时间(即空间的)交替的互动阅读审美过程。他们的两段话都生动地描绘了我们阅读《十九首》时,由二元结构和多边纹理所唤起的那种美感活动。我们的心灵充满了意象,紧随而来的就是情感和思想。当意象和思想碰撞,景象和情感碰撞,激烈互动中改变了对方,意象带上了感情的色彩,情感则由意象而物化。因此我们的心灵在自然和情感之间回旋渐进,沉醉于美学欣赏的愉悦旅程之中。

对于柯氏和传统中国批评家而言,这种美感过程以物我合一为高峰,从而把读者的意识从尘世引入超经验的诗境。因为这个原因,柯氏认为美感过程展示了人类最崇高的思想能力和创作力,"在相反或相龃龉的性质间求得平衡或调和后浮现出来:它调合差别和同一,具体与通性,意象与观念,个体与典型……"①。同样,中国批评家们表扬并理想化了《十九首》把物与我、景与情融为一体的成就。这样,他们就强调了他们自己审美反应的无尽可能性。比如,钟嵘认为,这些诗"意悲而远,惊心动魄,可谓几乎一字千金"②。宋吕本中(1084—1145)认为它们"皆思深远而有余意,言有尽而意无穷"③。清陈祚明(约1665前后在世)相信"但人有情而不能言,即能言而言不能尽,故特推《十九首》以为至极"④。

---

①Samuel Taylor Coleridge, *Biographia Literaria*, 2 vols. ,p. 174.

②钟嵘著,曹旭集注:《诗品集注》,页75。

③吕本中:《吕氏童蒙训》,转引自胡仔纂集:《苕溪渔隐丛话》,台北:中华书局,1981年《四部备要》本,《前集》,第1卷,2b。

④陈祚明编,李金松点校:《采菽堂古诗选》,上海:上海古籍出版社,2008年版,第3卷,页81。

和柯立芝一样,明胡应麟(1551—1602)认为无穷的美感最终要进入超经验的神妙境界。他写道"《十九首》及诸杂诗,随语成韵,随韵成趣,辞藻气骨,略无可寻,而兴象玲珑,意致深婉,真可泣鬼神、动天地",又称《十九首》"皆言在带衽之间,奇出尘劫之表,用意警绝,谈理玄微,有鬼神不能思,造化不能秘者"①。

第六节　第三、四章总结

笔者借用钟氏"文约意广"一语,用于评价《十九首》所代表的新兴五言诗,其涵盖的内容是极为丰富的,上文讨论的所有论题无不可归纳其中。

"文约"可视为指五言诗在词类、节奏、句式、结构纹理层次上以简驭繁的硕果。这四个诗歌语言的组织层次紧密关联,循序扩大,构成一种诗体之整体。通过与《诗经》的系统比较,上文已充分说明《十九首》在这四个层次上已超越四言诗,一一达到"文约"的新水准。

"意广"即指诗意的拓展,乃"文约"的结果。"意"的内涵是什么? 钟嵘称五言诗为"指事造形,穷情写物,最为详切者",可见他认为"意"包括物与情的两大方面。刘勰称古诗"结体散文,直而不野,婉转附物,怊怅切情,实五言之冠冕也"②,也把写物与穷

---

① 胡应麟:《诗薮》,上海:中华书局,1959 年版,页 23、26。
② 刘勰著,范文澜注:《文心雕龙注》,页 66。

情作为五言古诗之"意"的主要内涵。后来的批评家对《十九首》的分析更加切中肯綮。他们意识到,《十九首》是以言情为主,而其指事写物只是言情之铺垫而已,自身实无太多意义。清吴乔《答万季野诗问》指出:"《十九首》言情者十之八,叙景者十之二。"由此推而论之,《十九首》"意广",实指其言情内容和方法之重大拓展。的确,《十九首》被誉为中国诗史上的奇葩,完全归功于其在言情方面的重大突破。关于《十九首》言情的精湛造诣,清人陈祚明作了极为精辟的评论:

§4.10

　　《十九首》所以为千古至文者,以能言人同有之情也。人情莫不思得志,而得志者有几?虽处富贵,慊慊犹有不足,况贫贱乎?志不可得而年命如流,谁不感慨?人情于所爱,莫不欲终身相守,然谁不有别离?……故《十九首》唯此二意,而低回反复,人人读之皆若伤我心者,此诗所以为性情之物。而同有之情,人人各具,则人人本自有诗也。但人有情而不能言,即能言而言不能尽,故特推《十九首》以为至极。……《十九首》善言情,惟是不使情为径直之物,而必取其宛曲者以写之。故言不尽,而情则无不尽。后人不知,但谓《十九首》以自然为贵,乃其经营惨淡,则莫能寻之矣。①

陈氏首先指出,《十九首》言情内容有二,一是人生短暂的悲哀,二

①陈祚明编,李金松点校:《采菽堂古诗选》,第3卷,页80—81。

是逐臣弃妇的离愁别恨。此"二意"与先前诗歌言情内容的区别，并非此文所关注的重点，这里不作讨论①。陈氏接着评述《十九首》言情的艺术成就。他认为，《十九首》言情超绝之处在于能让读者进入诗人的感情世界，一扫"有情而不能言，即能言而言不能尽"之块垒，淋漓尽致地言情，全然忘却此情此语乃出自诗人的艺术创造。

《十九首》言情貌似自然，而实为诗人惨淡经营的产物，陈氏这一论断甚有见地。虽然《十九首》惨淡经营的言情方法在传统诗评的语境中"莫能寻之"，本文所用的量化统计、溯源对比、语言学的句式分析、审美细读等现代批评方法似乎为我们另辟蹊径，帮助寻索破解《十九首》言情惨淡经营的奥秘。

《十九首》言情的惨淡经营，一言蔽之，就是在词汇、节奏、句法、结构纹理四大层次上孜孜不倦地追求"文约意广"。在词汇的层次上，《十九首》"文约"的成就在于词汇的实义化。在《十九首》中，无实义的语助词几乎完全消失，凝固的双音名词和动词数量骤增，双音副词和三言偏正名词词组从无到有，飞跃地发展，这些"实义化"的演变帮助每个字各尽自己"穷情写物"之责，从而使得诗句之"意"日益拓展和丰富。

在节奏的层次上，没有字面意义的"文约"可言，因为五言的

---

①有关这两大主题的讨论，参见 Zong-qi Cai, *The Matrix of Lyric Transformation: Poetic Modes and Self-Presentation in Early Chinese Pentasyllabic Poetry* (Ann Arbor: Center for Chinese Studies, University of Michigan, 1997), pp. 62—65. 此书中译文本《汉魏晋五言诗的演变：四种诗歌模式与自我呈现》已于 2015 年由北京大学出版社出版。

"1+4""3+2""2+3"三种主要节奏同样是由五个字词构成的。"文约"只能比较不同节奏所承载的句法的数量才能呈现出来。在由同样数目字词构成的不同节奏中,哪种节奏所承载的句式愈多,而其句式表意能力愈广,那么它可以誉为"文约"之最。按此衡量标准,"2+3"节奏"文约"的程度远远高于"1+4"或"3+2"节奏,因为前者承载的句式数量都大大胜于后者。《诗经》五言句兼用"1+4""3+2""2+3"三种节奏,以"1+4"节奏数量最大,而《十九首》只使用表意力极强的"2+3"节奏。

在句法层次上,《十九首》"文约意广"的特点尤为突出。它句式之"约"显而易见。《诗经》经常要用两行八个字来建构一个完整的句子,而《十九首》除了几个纯名词构成的诗行以外①,几乎所有诗行都是意思完整的句子,其中有简单主谓句、复杂主谓句、题评句三大类。《十九首》五言句远比《诗经》五言句"意广",这点也是不言而喻的。《诗经》五言句不见题评句,而所使用的简单、复杂主谓句式种类不多,数量也很有限。相比之下,《十九首》所用的简单、复杂主谓句式的种类骤增,而且"穷情写物"的能力也随之大增。每一种句式都特别适用于表达某种特定的情感状态,而诗人变换使用不同句式,就可将情感产生发展或自我反思复杂心理过程表现出来。

在结构纹理的层次上,《十九首》"文约"的成果在于把其源头《国风》的比兴诗章节结构扩充改造为二元诗篇结构,从而简化

---

①见"双阙百余尺"(其三)、"今日良宴会"(其四)、"阿阁三重阶"(其五)、"仙人王子乔"(其十五)、"文彩双鸳鸯"(其十八)。

了风诗重章叠咏的结构。在《十九首》"写物—言情"的二元结构框架中,诗句的衔接组合屡屡被誉为达到"天衣无缝"的地步,不仅有赖于纹理层面上多边的相互照应,更应归功于诗人以我为主的组句结篇的原则。取《十九首》任何一篇为例,看看每一诗行中谓语动词的位置,就可发现动词的位置(也就是句子的重心)不断变化流转,经常一句一变,超过两句以上才变换动词位置的情况极少。由此可见,《十九首》诗人组句并不依照外在的句法模式,犹如辞赋作家墨守铺陈排比的句法一般。相反,他们完全是根据自己情感体悟和表达的需要来选择句式。钟惺《古诗归》云:"《古诗》之妙,在能使人思。然其性情光焰,同有一段千古常新,不可磨灭处。"[1]毋庸置疑,《十九首》"能使人思"之妙,实为组句结篇与诗人情感过程融合之功,而读者见"性情光焰,同有一段千古常新,不可磨灭处"之感正是《十九首》"意广"的最佳诠释。

　　《十九首》在词汇、节奏、句法、结构纹理四层次上的成就,对《诗经》而言是青出于蓝,而胜于蓝,奉为"文约意广"的新楷模,当之无愧。明王世懋云:"余谓《十九首》,五言之《诗经》也。"[2]笔者认为,《十九首》之所以堪称"五言之《诗经》",最重要的原因是它为今后五言诗的发展奠定了方向,并开拓出不断创新的广阔空间。《十九首》展示出五言诗崭新的词汇、节奏、句法、结构纹

----

[1]钟惺、谭元春辑:《古诗归》,第6卷,《续修四库全书》第1589册,上海:上海古籍出版社,2002年版,页420b。
[2]引自马茂元:《古诗十九首初探》,页157。

理,而它们各自的潜能无比丰富,将在后来几百年里不断被挖掘发挥,成为五言古诗和五言律诗发展的重要动力。在词汇方面,虽然《十九首》已使用大部分汉语词汇类别,今后的五言诗所增类别有限,但不同词类组合的句式则是层出不穷,不胜枚举。王力《汉语诗律学》列出五言律诗的句式"十七个大类,五十四个小类,一百零九个大目,一百十五个细目"①,较之本文所讨论的二十多种句式,是多么惊人的飞跃,足以说明五言体句式资源之富庶。与句法方面的巨变相比,节奏方面显示出其特有的稳定性。2+3韵律节奏在《十九首》中正式定型,故以后各类五言诗的诵读无不严格遵循,不仅韵律、语义节奏吻合的六朝五言古诗是如此,就是那些语义、韵律节奏乖戾不合的唐代五言近体诗也不例外②。这大概是与五言下三超稳定性有关。在诗篇结构方面,《十九首》首创的"写景—言情"的二元结构为绝大部分五言诗类所继承,但有不少重要的改造。例如,谢灵运把赋体引入五言,往"文繁"方向改造诗篇结构,扩大写景部分而使诗篇长度倍增。谢朓则沿着相反的"文约"方向努力,把写景言情两部分压缩至与律诗、绝句相近的长度。唐代近体诗兴起,标志着五言诗结构的简约已达到登峰造极的程度,其"起承"和"转合"组合无疑是《十九首》二元结构的升华。同样,在诗篇纹理方面,《十九首》首创的"文本回响"(textual resonance),一直为六朝五言诗人所推崇和追求,而近体诗则把这种追求固定为必须遵守的创作原则。诗句的对仗、四联

①王力:《汉语诗律学》,页229。
②参见黄生:《诗麈》,收入贾文昭主编:《皖人诗话八种》,页57—58。

平仄的"黏"、四联意义的"起承转合"无不是旨在追求最高程度的"文本回响"。《十九首》的艺术创新如此统领了几百年间五言诗体的变革,称之为"五言之《诗经》"的确是实至名归。

第五章　六朝五言诗句法、结构、诗境

　　五言为何胜于四言,最终取而代之,成为统治六朝文坛的诗体呢①? 如果说汉代以降双音词的大量出现,为灵活混用单、双音词创造了可能,那么诗歌节奏的变化则是允许五言诗人详切地穷情写物的最基本的原因。五言的节奏是2+3,而其中3又可再分为1+2或2+1,所以五言实有两种节奏,即2+(1+2)和2+(2+1)。较之四言2+2呆板无变的节奏,五言两种节奏不断替换使用,创造出了更为灵动优美的音乐感。同样重要的是,这两种节奏又催生出种类繁多的主谓句和题评句式,而二元和叠加两种新颖的诗篇结构亦应运而生。假若说汉代《古诗十九首》创立五言体,有筚路蓝缕之功,那么六朝五言诗人深入发掘五言新节奏、句法、结构的潜力,功效卓尔,确实达到"指事造形,穷情写物,最为详切"的水平,从而夺取了昔日属于四言"文约意广"的桂冠。

---

① "六朝"主要是一个政治和地域概念,指建都于建康(今南京)的东吴、东晋以及南朝的宋、齐、梁、陈六个朝代,但亦可泛指从东吴初年(222年)到陈朝末年(589年)这段历史时期。后一种宽泛的用法为本章所用,故曹植等魏诗人的作品亦在讨论范围之中。

"圆美流转如弹丸"是用于称赞谢朓诗的话语。笔者认为，"圆美流转"一语可拆开两半解，用来概述六朝五言诗人发掘五言体潜力的两种最为重要的、相辅相成的努力。首先，圆美之"圆"，指首尾圆合，形成一个独立整体，而其"美"则指这种整体性给予我们的美感。"流转"是同位而对立的双音词，"流"指前进的运动，"转"则是运动方向的改变，而两者合为"流转"则代表两种对立力量相互作用的态势。

六朝五言诗发展的方方面面无不体现出对"圆美流转"的追求。在韵律方面，齐梁时期兴起四声格律，浮声切响此起彼伏，婉转绮丽，圆融一体。在句法方面，汉唐之间四百年里，对偶句从无到有，最终取得鼎盛之辉煌。对偶句将"圆美流转"的原则发挥得淋漓尽致。论圆美，对偶句用两句构成一个封闭圆合的独立单位，而且还有华丽辞藻来烘托圆合之美。论流转，对偶句兼用语义的正对与反对，以及语序的正装与倒装句法。在结构方面，六朝诗人对"圆美"和"流转"的追求则是各有偏重，但始终没有创造出唐律诗那种圆美与流转合璧的起承转合结构。

本章将沿着"圆美流转"诗境之追求这条主线，追溯六朝五言诗艺术形式的发展过程。有关六朝五言诗声音格律的演变，时贤已多有高论，在此就省略不谈，而将注意力转向句法和结构两方面。句法研究着重分析各种新兴对偶形式以及其审美效果，而结构研究则力图揭示六朝诗人如何在汉代古诗的基础上创造出多种新颖的诗篇结构。本文结语将探究这些句法和结构的创新如何帮助营造一种独特的、"圆美流转"的诗境。由于六朝诗坛作家众多，作品卷帙浩繁，无法全面铺开讨论，笔者将集中细读曹植、阮籍、陶渊明、谢灵运、谢朓五位诗人的作品，藉以揭示六朝五言诗句法、结构、诗境这三方面演变的过程①。

第一节 句法创新：对偶联的诞生和早期发展

在《古诗十九首》中，五言体所能承载的主谓句式基本都已出现了，不仅种类繁多，而且还相当成熟，没有给后代诗人留下太多创造主谓新句式的空间。因而，六朝诗人不断下功夫在各种主谓句式之中铸造对偶联，使之最终成为六朝五言诗的核心部分。

对偶句法主要涉及语序的安排，属于传统诗学句法的范畴。然而，传统诗学中"对偶句"的定义过于宽泛，虽说通常指两句之间的对偶，但也用来指单句中字词的对偶、相隔一句的对偶（即所谓"扇面对"）等不同的对偶结构，下引梁章钜《退庵随笔》一段话便是把不同对偶结构混为一谈的例证。为了防止意义混淆，笔者参照"对偶句"的英译（parallel couplet），杜撰"对偶联"一词，专指相互对偶的一联诗句。

对偶联是中国诗歌中最重要的对偶形式，一组成熟的对偶联具有三个明显的特征，一是两句是字数相等的齐言句，二是两句构成意义完整独立的单位，三是两句之间词类和语义的巧妙对仗

---

① 这方面的主要研究成果，可参见葛晓音：《南朝五言诗体调的"古""近"之变》，载《中国社会科学》2005 年第 6 期；钱志熙：《论魏晋南北朝乐府体五言的文体演变——兼论其与徒诗五言体之间文体上的分合关系》，载《中国文体学研究》2009 年第 3 期。

往往是刻意锤炼言辞的结果。参照对偶联这三个特点,笔者试图追溯它滥觞于《诗经》和汉赋、生成于汉乐府、尔后在六朝蓬勃发展的漫长过程,并对它主要的类别及其特征和作用一一加以甄别。

(一) 对偶联的滥觞:《诗经》和汉赋

字数相等的齐言句是中国诗歌与生俱来的特征之一。在中西诗歌中,基本韵律单位都是双音步和三音步,但音步与意义的关系却截然不同。西方语言的词汇由不同数量的音节构成,故与双音、三音步没有必然的关系。相反,汉字非但单音而且多有实义,而其造词又有双音化和三音化的强烈倾向,由于汉语词汇与双音、三音音步自然地走向汇合,中国诗歌也就发展出意义与声音、语义与韵律高度吻合这个在世界诗歌史上极为少见的特点。齐言诗的产生就是语义与韵律高度吻合的直接产物。在语义与韵律没有必然关系的西方诗歌中,音节数量相等的齐言诗体是无法产生的。相反,在语义与韵律高度吻合的汉诗中,齐言诗却是最古老的而且经久不衰的诗体。四言、五言、七言等齐言诗体相继应运而生,构成中国诗歌的主流。

对偶形式的产生和发展也是一个同样的故事。严格地说,在西方诗歌中,字句整齐对称的对偶句是罕见的,而与汉诗对偶略有相关的 parallelism（平行排列）的修辞手法也用得不多。依照 parallelism 原则写成的诗行往往多是排比句（如惠特曼《草叶集》中著名的平行句所示）,而其中只有个别诗行可以勉强地被视为简单对偶句。汉诗的情况却恰恰相反。音义吻合的齐言诗体无疑是对偶句产生和发展的最佳载体。在整齐对称的诗行里表达思想情感,诗人遣词用字自然而然就会产生对偶的倾向。正因如此,古代批评家在《诗经》中就找到了各种对偶形式的雏形。梁章钜(1775—1849)《退庵随笔》云:

§5.1

　　三百篇中,对偶之句,层见叠出,已开后代律体之端。如"觏闵既多,受侮不少"……又有扇对,如"昔我往矣"四句。有当句对,如"蠢首蛾眉"……有以对句起者,"喓喓草虫,趯趯阜螽"……有以对句结者,"厌厌良人,秩秩德音"。①

在以上所举的诗行中,除了"昔我往矣"之外,都可算作对偶联。然而,这类诗行实属孤立的例子,不仅数量很少,而且往往只是排比的章节结构中的变体而已。《召南·草虫》便是显著的例子:

§5.2

　　喓喓草虫,趯趯阜螽。未见君子,忧心忡忡。亦既见止,亦既觏止,我心则降。
　　陟彼南山,言采其蕨。未见君子,忧心惙惙。亦既见止,亦既觏止,我心则说。
　　陟彼南山,言采其薇。未见君子,我心伤悲。亦既见止,

————————

① 郭绍虞编选:《清诗话续编》,页 1951—1952。

亦既觏止,我心则夷。①

此诗是由三个排比章节构成的,而首联"喓喓草虫,趯趯阜螽"仅仅是排比章中变体的诗行而已。作为章句的组织原则,排比与对偶有两大区别,一是排比通常是三句以上线性的铺陈,而不是两句之间的互动结合。二是排比通常涉及字句重复,而对偶严格说来是不允许字句重复。排比是《诗经》中最常见的、最重要的章句的组织原则。的确,绝大部分《国风》诗篇都使用了与此诗一样的排比章节。《豳风·鸱鸮》是一个颇为有趣的例外,采用了线性的章节结构,但其下半部分则用了八个排比句(加下划线部分):

§5.3

鸱鸮鸱鸮! 既取我子,无毁我室。恩斯勤斯,鬻子之闵斯。

迨天之未阴雨,彻彼桑土,绸缪牖户,今女下民,或敢侮予!

予手拮据,予所捋荼,予所蓄租,予口卒瘏,曰予未有室家。

予羽谯谯,予尾翛翛。予室翘翘,风雨所漂摇。予维音哓哓!②(《豳风·鸱鸮》)

---

① 郑玄笺,孔颖达疏,朱杰人、李慧玲整理:《毛诗注疏》,上海:上海古籍出版社,2013 年版,页 92—95。

② 郑玄笺,孔颖达疏,朱杰人、李慧玲整理:《毛诗注疏》,页 733—738。

这八个排比句都采用同样的结构：占有代词（予）+名词+动词/联绵词。如果说这类排比句群在《国风》中只是例外，它们在使用赋体的《大雅》《小雅》中则比比皆是，堪称常体。

§5.4

绵绵瓜瓞。民之初生，自土沮漆。<u>古公亶父</u>，陶复陶穴，未有家室。

<u>古公亶父</u>，来朝走马。率西水浒，至于岐下。爰及姜女，聿来胥宇。

周原膴膴，堇荼如饴。<u>爰</u>始<u>爰</u>谋，<u>爰</u>契我龟，曰止曰时，筑室于兹。

<u>乃</u>慰<u>乃</u>止，<u>乃</u>左<u>乃</u>右。<u>乃</u>疆<u>乃</u>理，<u>乃</u>宣<u>乃</u>亩。自西徂东，周爰执事。

<u>乃</u>召司空，<u>乃</u>召司徒，俾立室家。其绳则直，缩版以载，作庙翼翼。

捄<u>之</u>陾陾，度<u>之</u>薨薨。筑<u>之</u>登登，削屡冯冯。百堵皆兴，鼛鼓弗胜。

<u>乃</u>立皋门，皋门有伉。<u>乃</u>立应门，应门将将。<u>乃</u>立冢土，戎丑攸行。

肆不殄厥愠，亦不陨厥问。柞棫拔<u>矣</u>，行道兑<u>矣</u>。混夷駾<u>矣</u>，维其喙<u>矣</u>。

虞芮质厥成，文王蹶厥生。<u>予曰</u>有疏附，<u>予曰</u>有先后，<u>予</u>

曰有奔奏,予曰有御侮。①

　　在这首诗之中,半数以上的句子都是通过某种字句的重复来形成排比铺陈。首先,"古公亶父"称谓的重复引入了九句的排比段。接着,语气词"乃"的重复又带来了十二行排比句,随后句末语助词"矣"将四句连成排比句,而全诗的结尾则是语气强烈的、由"予曰有"三字重复而构成的四行排比句。除了以上这些典型的排比句群以外,还有截短了的两句排比,如"爰始爰谋,爰契我龟"等。

　　排比章句在《诗经》中占有近乎绝对的主导地位,而梁章钜所列举的那些对偶联又都孤单零散地出现在排比章之中,所以将它们视为排比句之变体更为合适。通过厘清排比章句与对偶联的内在关联,我们似乎可以作出这样的判断:对偶联孕育于《诗经》的排比章节之中。在确定对偶联最终的源头之后,我们可以接着考虑对偶形式如何进一步在汉大赋的排比结构之中得到发展。

　　§5.5
　　　　奔星更于闺闼,宛虹拖于楯轩。
　　　　青龙蚴蟉于东葙,象舆婉僤于西清。
　　　　灵圉燕于闲馆,偓佺之伦暴于南荣。
　　　　醴泉涌于清室,通川过于中庭。② (《上林赋》)

_____

①郑玄笺,孔颖达疏,朱杰人、李慧玲整理:《毛诗注疏》,页1405—1422。
②萧统编,李善注:《文选》,上海:上海古籍出版社,1992年版,页367—368。

在以上司马相如《上林赋》的选段中，连词介词"于"重复使用八次，从而将八行诗串联为一个冗长的排比句群。这种排比的手法与在《大雅·绵》所见的排比结构无疑是一脉相承的。然而，仔细地将两者作比较，我们是可以发现不少值得注意的变化。论排比的内容，《绵》着力于按时序列举历史事件、人物生平及活动，《上林赋》则是沿着空间的轴线罗列展现万千的自然和人文景物。排比的方式变化则更加值得注意。与《绵》用大量语助词来搭建排比结构的方法不同，《上林赋》中只有一个介词起着明显的串句的作用，而排比的功能更多是通过相邻句子中词汇的对偶而实现的。导致这种排比方法的变化有两个重要的原因。一是汉代汉语声音化的蓬勃发展。在《绵》的排比句中相互对称的实义词大部分都是单音的，故对偶的效果很有限。相反，《上林赋》双音词的数量剧增，诗行中通常要么是清一色的双音词，要么行中仅包含一个单音词，故能产生强烈的对偶效果。二是作者和创作意图的变化。《绵》虽然多半出自贵族作者之手，但其语言能力绝无法与文学巨匠司马相如相比，何况前者旨在叙事，而后者则是苦心经营，志在向汉武帝和世人炫耀自己的文笔诗才。

《上林赋》的词汇对偶技巧变化多样，显然远远超越他的时代。其中对偶的词汇大部分是偏正结构的双音词。"偏"为描写物态情貌之形容词，"正"为万千物象之名称，两者的选择和精妙结合（如"奔星""宛虹""闺闼""楯轩"等）最能显示出他超人的艺术联想。这些双音词的对偶安排，即有正对，又有反对，灵活变化，无不体现出他驾驭语言的非凡才能。然而，尽管司马相如等汉大赋作者在词汇对偶方面取得了重要突破，但他们仍没有改变对偶附庸于排比结构的状况。只有当此排比主干被拆除摒弃,精妙的词汇对偶才能连成自我独立的一联,即演变为真正的对偶联。

(二) 对偶联的诞生:汉乐府和古诗

如果说对偶联是在排比章句的母体里孕育成长的,那么它最终的诞生必定要切断与母体的脐带——线性排比的、没有行数限制的诗行组织原则。这个在汉大赋中未能完成的关键一步却在源自民间传统的汉乐府以及更带有文人作品色彩的《古诗十九首》中完成了。我们从汉乐府《陌上桑》挑出一段,与《上林赋》选段做比较,就可以观察到对偶联在汉乐府中脱胎而出的情形。

§5.6

青丝为笼系,桂枝为笼钩。头上倭堕髻,耳中明月珠。

缃绮为下裙,紫绮为上襦。行者见罗敷,下担捋髭须。

少年见罗敷,脱帽著帩头。耕者忘其犁,锄者忘其锄。①

较之《上林赋》的排比处理,此选段中的诗行组织迥然不同,每两句成为一个意义自我独立的一联,而各联之间又有明显的转折,先进行罗敷外貌衣着的细节描写,然后转写不同爱慕者为罗敷美貌倾倒的状况,与描写内容和角度变化紧密配合的是句式的变换,每一联与前后联的句式有所变化,当一个句式再次使用

①逯钦立辑校:《先秦汉魏晋南北朝诗》,页 259—261。

时,作者则有意回避排比,在中间插入其他的句式,从而变机械的排比为更为活泼的交叉对,如"青丝为笼系,桂枝为笼钩"与"缃绮为下裙,紫绮为上襦"之扇对。如果说《上林赋》那种排比句群让我们从一个固定的视角来观看同一类别的物象,《陌上桑》中对偶联的变换使用则予人更为活泼的动感,让我们跟随叙述人的目光转移,发现主人公外貌神态以及她生活世界的方方面面。

　　当然,就对偶艺术而言,《陌上桑》并非在所有方面都超越了《上林赋》。例如,就词汇对偶而言,前者似乎就不如后者那么时尚新颖。《陌上桑》是民间或源自民间的作品,所以仍保持了口头传统中用词重复的特色,如"为""忘其"两词的反复使用。《陌上桑》的词汇对偶也主要是两大类,即单音动词和偏正结构的双音名词。所用的单音动词几乎都是极为常用的词,如"为""见""忘"等词,而双音名词则都是常用的、甚至是已凝固的名词,如"髭须""帩头"等等。这点与司马相如"自铸伟词",刻意追求骈俪的做法似乎有天壤之别。

　　到了《古诗十九首》,对偶联又有了进一步的发展。虽然《古诗十九首》里找不到《陌上桑》中所见长段的对偶联,但我们却可以找到十分工整成熟的对偶联:

　　　　胡马依北风,越鸟巢南枝。①（《古诗十九首》其一）

————————

①逯钦立辑校:《先秦汉魏晋南北朝诗》,页329。

　　晨风怀苦心，蟋蟀伤局促。①（《古诗十九首》其十二）

　　首例是千古传诵的名联，但乍看上去与《陌上桑》中简朴的对偶联似无二致，经过仔细咀嚼才能发现，其双音名词和单音动词的对偶都有卓越精妙之处。首先，在双音名词的对偶之中，"胡"和"越"都是地名，作为偏正形容之辞，相互构成隐晦的南与北之反对，而"北"与"南"则是明显而工整的反对，这四个字分别和"马""鸟""风""枝"相组合，鲜明地突出地域环境之巨大差异，同时，诗人别出心裁，拈出"依"和"巢"两个含有情感的字眼，用来想象描述动物活动的动机，这一移情的想象，成功地将无情化为有情的世界，从而把诗人离别的痛苦、无限的乡愁栩栩如生地表达出来了。"晨风怀苦心，蟋蟀伤局促"虽然不如首例那么有名，但其对仗却有更为高妙之处，那就是虚与实的完美结合。"晨风"和"蟋蟀"两词分别是《诗经》中二首的标题，即《秦风·晨风》和《唐风·蟋蟀》。读者若是不懂得这两首诗，会以为是在写悲秋之外景；如果懂得二词的出处，读者自然会将古代风人怀苦辛、伤局促之情注入诗中，让自己流连于物象和内境、现实和虚拟世界之间，领略无限的审美感受。这组对偶联的出现，足以说明此时文人已经发现对偶联虚实相生、创造艺术意境的巨大潜力。以上两例从各个角度来审视，都可以称得上是很成熟的对偶联，这无疑标志着富有艺术性的对偶联之诞生。

---

①逯钦立辑校：《先秦汉魏晋南北朝诗》，页332。

(三)对偶联状景的初步尝试:曹植与陶渊明

汉代以后,诗人开始更加自觉地挖掘对偶联状景的特殊功用,创造出各种不同种类风格的对偶联,并加以大量的运用。在早期的五言诗人中,曹植在这方面的建树尤为显著,而他为后世所传诵的名句多为对偶联。其中有的慷慨多气,带有浓厚汉魏古诗的风格,如"高树多悲风,海水扬其波""惊风飘白日,光景驰西流"诸联;有的则继承汉大赋的传统,以雕琢辞藻为能事。例如,曹植《公宴》连用三个对偶联,"明月澄清景,列宿正参差。秋兰被长坂,朱华冒绿池。潜鱼跃清波,好鸟鸣高枝"①,不仅有工整的双音名词的对仗,而"被""冒""跃""鸣"等句眼也尽显作者选辞用字的匠心。然而,在句法创新方面,曹植的成就并非特别突出。如上引诸联无不沿袭汉乐府和古诗的传统,专在双音名词+单音动词+双音名词这类 2+1+2 句式中铸造对偶联。在这种句式中,古诗时常省略地点介词,变不及物为及物动词,营造出一种新奇的效果,即是西方文学批评理论中所提到的"陌生化"(defamiliarization),正如"胡马依北风,越鸟巢南枝"一联所示。曹植"潜鱼跃[于]清波,好鸟鸣[于]高枝"等联无疑沿用了这种陌生化的手法。

在曹植之后,陶渊明是另一位铸造对偶联的高手,手法的创新比曹植有过之而无不及,尽管他在这方面的卓越成就在历代陶

---

①曹植著,赵幼文校注:《曹植集校注》,北京:人民文学出版社,1984年版,页49。

诗评论中往往没有得到充分注意①。其实,陶渊明最有名的《归园田居·其一》就展现创造对偶联的高超手法:

§5.7

少无适俗韵,性本爱丘山。误落尘网中,一去三十年。
<u>羁鸟恋旧林,池鱼思故渊</u>,开荒南野际,守拙归园田。
<u>方宅十余亩,草屋八九间</u>,榆柳荫后檐,桃李罗堂前。
<u>暧暧远人村,依依墟里烟</u>,狗吠深巷中,鸡鸣桑树巅。
<u>户庭无尘杂,虚室有余闲</u>,久在樊笼里,复得返自然。②

在此诗中,对偶联的使用有三大创新之处。其一,对偶联的数量之多当时实属少见。全诗十联中有六联是工工整整的对偶联,而其中有五联是连用的。其二,对偶联句式种类丰富多样,而其使用又是灵活多变。六联的句式分2+1+2(用单线划出)和2+3两大类(用双线划出),而两类中又可分出几个小类。2+1+2类里有名词+及物动词+名词式("羁鸟恋旧林,池鱼思故渊")。2+3类里则有三式,双音名词+三音名词词组式("方宅十余亩,草屋八九间")、联绵词+三音名词词组式("暧暧远人村,依依墟里烟")、单音名词+单音动词+作状语用的三音词组式("狗吠深巷中,鸡

---

① 钱志熙在《唐诗近体源流》指出,"西晋诗坛,写物偶俪之风又有发展","陶诗不着意于技巧,但陶渊明也能很娴熟自如地运用对仗艺术",且有较多列举,详见《唐诗近体源流》,北京:北京大学出版社,2015年版,页30。
② 陶渊明著,逯钦立校注:《陶渊明集》,北京:中华书局,1982年版,页40。

鸣桑树巅")。这三种对偶式连续出现，一联用一式，而第六个对偶联（"户庭无尘杂，虚室有余闲"）又再次使用名词＋及物动词＋名词式。

其三，对偶兼用正对和反对。例如，"羁鸟恋旧林，池鱼思故渊"以正对为主，反对为辅。"羁鸟"与"池鱼"都是不自由，受到囚困的，属正对。"恋"和"思"、"旧"与"故"也是两个意思近乎相同的正对。联中末字则转用工整的反对，林归于山，而渊属于水。"户庭无尘杂，虚室有余闲"一联则使用"无"和"有"之反对。《文心雕龙·丽辞》云："反对为优，正对为劣。"此联的反对用在关键的动词上，使之成为警醒的句眼，充分显示了"反对为优"的特点。

其四，潜心雕琢对偶而不留痕迹。六组对偶联虽然没有使用曹植那种华丽言辞，但还是潜心雕琢的结果。诗人使用了六组对偶句，而句式均各不相同，一联一变，恐怕并非不经苦思、偶然所得的。此六联之流畅如行云流水，而又贴切传情，所以读者难以察觉到诗人在铸造对偶联上所下的功夫，只集中体验诗人的心境和哲思，而没有努力探究这些对偶联如何让诗人的心境和哲思得到审美的升华。

第二节　句法创新：谢灵运模山范水的对偶联

对偶联的真正大发展出现在刘宋谢灵运的作品中。这位我们习惯称为"大谢"的诗人对古典诗歌发展最大的贡献是成功地描绘出前所未见的山水实景。这种山水实景与从前诗歌中景物描写不同之处在于,大谢不像《诗经》风人那样借用孤立物象来起兴言情,也不像司马相如等大赋作者那样用只言片语概括地理、人文景观之总貌或不厌其烦地罗列奇花异草、飞禽走兽、农牧物产,也不像陶渊明那样用田园景象来编织出心中的理想化农耕社会的画图。对他而言,山水自身就是吸引自己去细微观察、欣赏、思索、描写的对象,因而状景之目的在于将山水景物在时空中互动的情貌、将自己感悟山水的经验完美地表达出来。

(一) 呈现山水情貌的对偶联:反对与复杂对偶联的使用

大谢是如何实现这种状景的目的,以一己之力建立了山水诗这个重要诗类的呢? 笔者认为,正如下面《于南山往北山经湖中瞻眺》所示,他主要是通过挖掘反对和复合对偶联的时空表现能力来取得成功的。

§5.8

朝旦发阳崖,景落憩阴峰。

舍舟眺迥渚,停策倚茂松。

侧径既窈窕,环洲亦玲珑。

俯视乔木杪,仰聆大壑灇。

石横水分流,林密蹊绝踪。

解作竟何感,升长皆丰容。

初篁苞绿箨,新蒲含紫茸。

海鸥戏春岸,天鸡弄和风。

抚化心无厌,览物眷弥重。

不惜去人远,但恨莫与同。
孤游非情叹,赏废理谁通?①

除了末联以外,此诗通篇使用对偶联,可见大谢对之推崇和追求达到了何种程度。这些对偶联与上文所引曹植和陶渊明诗作不同,反对已从偶尔出现变为与正对不分仲伯。如引文中下划线所示,十组对偶联中有九组使用反对,而论字数则是 100 字中有 42 字属反对。反对可分名词和动词两类。名词的反对集中于山类和水类名词的对举,其中有小景("渚"与"松")、中景("乔木杪"与"大壑灇")、大景("阳崖"与"阴峰")。通过有关山与水名词的对举,大谢不仅仅记录了一路上所览的胜景,而且还将整个宇宙间阴阳二气相互摇荡的勃勃生机呈现出来了。"解作竟何感,升长皆丰容"一联明明白白地告诉我们,诗人的确是在如此审美和哲思高度上感悟和描绘山水的。动词的反对则主要展示游山与玩水活动的内容("舍舟"与"停策")、方式("俯视"与"仰聆")、时间("发"与"憩")诸方面,将诗人视听与山水互动的状况栩栩如生地反映出来。

　　复杂对偶联的运用也是大谢意义重大的创新。在汉乐府、汉古诗、曹植诗中的对偶联皆是动词居句腰的简单句,陶渊明用的对偶联也大都如此,但大谢山水诗开始大量使用复杂对偶联。譬如,此诗十组对偶联中就有四组复合结构(用着重号标明)。如果

①谢灵运著,顾绍柏校注:《谢灵运集校注》,台北:里仁书局,2004 年版,页175。

说大谢使用反对旨在拓展空间描述的广度和深度,他使用复杂对偶联主要是出于时间控制方面的需要。短短一行五言中有两个递进的动词词组,叙述、言情或写物的节奏自然就大大加快了。毫无疑问,对节奏的控制是大谢换用简单和复杂对偶联的一个重要考虑。在概述游览内容时,他选用了快节奏的复杂对偶联("舍舟眺迥渚,停策倚茂松")。相反,在对自己所喜爱的景物进行特写时,他就选择了连用两组节奏舒缓的简单对偶联("初篁苞绿箨,新蒲含紫茸。海鸥戏春岸,天鸡弄和风"),从而生动地传达出自己面对美景,流连忘返的心情。同样,为了痛快地表达由观物而引起对人生的无限感慨,他连用两个复杂对偶联,而结尾的非对偶联也是节奏急促的双动词句。

从审美角度来看,大谢用于状景的复杂对偶联最有创意,如"石横水分流,林密蹊绝踪"一联,十分新颖,令人击掌称妙。这种因果式复杂对偶联是在先前五言诗中因果散句的基础上发展出来的。这类散句最早的例子见于《古诗十九首》,如"昼短苦夜长""愁多知夜长"等言情的散句。后来,陶渊明将这种因果散句用于写景,如《归园田居》其三就有"草盛豆苗稀"和"道狭草木长"两句。但在大谢山水诗中将这类散句改造为工整精巧的因果对偶联,用之来呈现诗人在视听之域与山水景物互动,以及具体景物相互作用的细节。

怀新道转迥,寻异景不延。(《登江中孤屿》)①

---

① 谢灵运著,顾绍柏校注:《谢灵运集校注》,页123。

　　　　涧委水屡迷,林迥岩逾密。(《登永嘉绿嶂山》)①
　　　　连岩觉路塞,密竹使径迷。(《登石门最高顶》)②
　　　　崖倾光难留,林深响易奔。(《石门新营所住四面高山,
　　回溪石濑,修竹茂林》)③
　　　　日末涧增波,云生岭逾叠。(《登上戍石鼓山》)④

　　"怀新道转迥,寻异景不延",说的是诗人"怀新"四处游历探寻,
故而"道转迥";诗人乐于"寻异",追求不同的体验,但光景不能
久。出句讲了诗人自身的意愿和追求,而对句并不写明是诗人自
己的感受体验,而是如赋予自然景物意愿一般,让道自己来"转"、
光景自身决意"不延",令诗句富有动感,精巧有趣。"涧委水屡
迷,林迥岩逾密"一联,虽然也是因果复杂句,但写的却是一种感
觉体验引起的另一种体验。由于"涧委"所以感觉似乎"水屡
迷",因为"林迥"而看山岩就仿佛"逾密"。两种视觉经验并非简
单罗列,而是包含了一种因果逻辑关系,可以更逼真地引读者重
温这种体验。另外三联亦是如此,诗人利用每句两个动词词组的
递进语序,来呈现两句中四个景象之间相互作用之动态,不但细
微地状写景物,还巧妙地重塑了自己置身其间的真实体验,将自
己游览观察的过程完整地展现在读者面前,让读者领略"窥情风

---

①谢灵运著,顾绍柏校注:《谢灵运集校注》,页84。
②谢灵运著,顾绍柏校注:《谢灵运集校注》,页262。
③谢灵运著,顾绍柏校注:《谢灵运集校注》,页256。
④谢灵运著,顾绍柏校注:《谢灵运集校注》,页102。

景之上,钻貌草木之中"(《文心雕龙·物色》)的无限愉悦。

(二)虚实相生的对偶联:倒装与用典

创造虚实相生的诗境,是大谢对偶联的另一重大创新。"实"是指无须借助想象、通过字面即能领悟的意思;而"虚"则指的通过想象和联想方可理解的诗句,而此类句子的语序往往与人们习惯的表达方式有所不同。大谢创造虚实相生的途径有二,一是使用倒装句式,二是用典。谢灵运《登池上楼》"池塘生春草,园柳变鸣禽"便是用倒装创造虚实相生诗境的最出名例子。"池塘生春草"一物由另一物而生,读起来通顺自然,易于理解;然而"园柳变鸣禽"若是按照同样"主谓宾"的顺序来理解,就显得新奇,需要读者借助想象去理解。其实,这一组对偶联可以理解为"池塘春草生,园柳鸣禽变"正常句的倒装。据说谢灵运当时因梦见谢惠连,在梦中得此佳句,也并非他有意创作,而这两句也因此被誉为千古名联。由于动词前置于句腰,使得逻辑主语("春草""鸣禽")出现在最后的宾语位置上,而开头两字的状语("池塘[里]""园柳[里]")则变成主语。如此倒装就使得对句有了实、虚二读。实读是说因为季节变化,池塘生出春草,园中柳树上的鸟儿不同了,因而树中发出的鸣叫之声也变了。虚读则是更富想象的理解,春天来临,池塘中生出春草,园中柳树化为了满树飞鸟的景象。诗人好似运用了电影中的蒙太奇手法,干涸的池塘突然生发出绿芽,枯瘦的柳桠也倏尔栖满了鸣鸟。从诗歌的创作背景来看,这种理解似乎也很有道理。诗人一直卧病在床,直到一天突然打开窗户,才发现户外已经换了另一番景象。由此可见,通过倒装,简单的诗句就有了虚实二读之美。

　　另一个典型的例子是《郡东山望溟海》中"白花缟阳林,紫蘦晔春流"①一联。出句状景写实,而对句则反映出诗人的一种想象,包含了通感的因素。特别是"晔"字用得十分浪漫优美。紫花绽放原本是一种视觉经验,而原本的"春流晔"通过倒装,"晔"字成为一个及物动词。紫色的花朵颜色活泼跳跃,好似因它才令一旁的溪流发出声音。因而诗人通过倒装为读者营造出一种艺术的想象。《过白岸亭》"近涧涓密石,远山映疏木"②一联中的"涓"字的使用也富有新意。涧水的流动撞击密石发出声响,因而说"涓密石"。通过倒装,诗人用虚实相生的对偶联营造出一种极佳的陌生化效果。

　　在大部分的山水诗中,大谢喜欢用倒装方法来铸造"池塘生春草,园柳变鸣禽"那种虚实相生的对偶联,将它们嵌入山水实景之中,藉以唤起山水之灵气。同时,他还在小部分的山水诗中引用各类古籍中的名物、典故来代指景物,将它们组合成对偶联,以求化实写为虚,满足他抒情哲思的独特需要。《游赤石进帆海》就是如此用典的显著例子:

　　§5.9

　　　　首夏犹清和,芳草亦未歇。水宿淹晨暮,阴霞屡兴没。
　　周览倦瀛壖,况乃陵穷发。

---

①谢灵运著,顾绍柏校注:《谢灵运集校注》,页99。
②谢灵运著,顾绍柏校注:《谢灵运集校注》,页111。

川后时安流，天吴静不发。扬帆采石华，挂席拾海月。
溟涨无端倪，虚舟有超越。

仲连轻齐组，子牟眷魏阙。矜名道不足，适己物可忽。
请附任公言，终然谢天伐。①

如以上诗行的排列所示，此诗可分三段。第一段没有使用对偶联，也没用典，直笔实写诗人倦游赤石所睹的景物。第二段写扬帆出海游览，三联全部对偶，而且头两联四句全部用典或名物代称。此段首联"川后"与"天吴"构成虚实相生的对偶。在字面实义层次上，此联中含有反对，因为"川"与"天"两者是相对立的物类。但在名物代称的虚义层次上，"川后"与"天吴"则构成正对。"川后"是河神，"天吴"是水神，而两个神灵各司的职务都与水相关，形成正对。次联"石华"与"海月"也同样构成虚实相生的对偶。"石华"与"海月"是颇为特别的海洋生物名字，分别指介类和水母。同时，这两个实名又带有指涉"石"与"海"景象之虚，而此虚象又巧妙地融入此段对海的描绘。诗人别出心裁，创造如此工整精巧的对偶联，似乎有两个目的，一是炫耀自己驾驭语言的非凡能力，二是要为下一段借古人事迹反思自己人生选择做好铺垫。

如果说第二段借神祇和生物之名来虚笔写景，那么第三段则是借古人事迹来虚笔言情。首联使用2+1+2句式，上二对举有名隐者鲁仲连和公子牟的名字，中一用"轻"与"眷"的反对来突出

---

① 谢灵运著，顾绍柏校注：《谢灵运集校注》，页115。

两位隐者截然不同的人生态度取向,下二通过地名的对偶,进一
步强调他们对功名地位一舍一取的不同抉择。次联"矜名道不
足,适己物可忽"是因果式复杂对偶联,上二是因,而下三是果。
有"矜名"与"适己"之因,便必定有"道不足"与"物可忽"之果,一
贬一褒,诗人对半心半意的退隐的评判昭然可见。然而,此联所
批评的是何人呢? 假若我们对首联作实读,便会认为诗人意在评
论古人,那么次联"矜名道不足,适己物可忽"就是对公子年的抨
击。然而,这种实读与全诗的文气不通,显然是不可取的。只有
对首联进行虚读,我们才能认识到诗人是借古人事迹的典故来自
我反思,一方面批评自己对进退的选择犹豫不定的态度,另一方
面表示追随鲁仲连的决心,而末联"请附任公言,终然谢天伐"正
是此决心更加明确的陈述。综合以上的分析,我们不难看出,谢
灵运《游赤石进帆海》的用典是诗人绞尽脑汁、精雕细琢的产物,
通过巧妙地编织名物典故,构建出一连串虚实相生的对偶联,从
而成功地超越了实景"形似"临摹的模式,为探索山水诗中言情说
理新途径作出了可贵的努力。

第三节　句法创新:谢朓情景结合的对偶联

　　谢朓,世称小谢,在句法创新方面的成就得到比大谢更高的
评价,历代论诗家中认为这位小谢独步六朝五言诗的大有人在。
例如,叶矫然(1614—1711)《龙性堂诗话初集》从小谢诗集中辑出
佳句四大类,认为头两类表明他对前人句法的继承吸收,而后两

类则彰显他的独特新颖句法,并指出它们对初、盛、中、晚唐诗人的巨大影响:

§5.10

　　谢玄晖集,佳句不一,如"日出众鸟散,山暝孤猿吟。已有池上酌,复此风中琴","兴以暮秋月,清霜落素枝","连阴盛农节,簦笠聚东菑。高阁常昼掩,荒阶少诤辞","寒城一以眺,平楚正苍然","切切阴风暮,桑柘起寒烟",皆陶句也。"疲骖良易返,恩波不可越。谁慕临淄鼎,常希茂陵渴","既秉丹石心,宁流素丝涕","托养因支离,乘闲遂疲蹇","防口犹宽政,餐茶更如荠","假遇非将迎,靖共延殊庆",皆大谢语也。"鱼戏新荷动,鸟散余花落","寒草分花映,戏鲔乘空移","田鹄远相叫,沙鸨忽争飞","风碎池中荷,霜剪江南菉","竹树澄远阴,云霞成异色","花丛乱数蝶,风帘入双燕","红莲摇弱荇,丹藤绕新竹","蜻蛉草际飞,游蜂花上食",皆中晚人妙谛也。至其"大江流日夜,客心悲未央","风云有鸟道,江汉限无梁","春草秋更绿,公子未西归","天际识归舟,云中辨江树","余霞散成绮,澄江净如练","风动万年枝,日华承露掌","朔风吹飞雨,萧条江上来",此等高秀绝尘,直开三唐诸公妙境,不可思议,宜太白之临风以为惊人也。①

这里第一类佳句大部分是散句,语言简朴流畅,言情直接动人,带

---

①郭绍虞编选:《清诗话续编》,页958—959。

有陶渊明的田园诗风,故被称为"陶句"。第二类是清一色言情的对偶联。这类不带景物描写的诗句被叶氏称为"大谢语",与当今对大谢山水秀句的赞誉大相径庭,让我们觉得有点意外。不过,就遣词用字雕琢考究而言,将此类与大谢挂钩也有其道理。第三类是我们所熟悉的小谢秀丽的纯写景对偶联,叶氏称此类"皆中晚人妙谛",即足以与中晚唐大家媲美,显然认为它比前两类更高一品。第四类也皆是标准工整的对偶联,叶氏称赞云:"高秀绝尘,直开三唐诸公妙境,不可思议,宜太白之临风以为惊人也。"无疑是视之为小谢佳句之中的极品。叶氏是根据什么来作出如此判断的呢?仔细比较四类佳句,不难看出,情景交融的原则是叶氏所遵循的评判标准。第四类胜于前三类,是因为它不只言情(如第二类)或只写景(如第三类),也不是简单地平行列举景物和情语(第一类),而是使用各种不同新颖的艺术手法来追求景中有情、情景交融的境界。沿着叶氏评价小谢佳句的思路,让我们从情景结合的角度来分析小谢对各种对偶联所作的创新。

(一)简单对偶联:2+1+2 以情入景的模式

2+1+2 简单对偶联是大谢写景时用得最多的句式。大谢这类对偶联里的上二、下二是一对景物的名称,而中一则是反映这对景物之间互动关系的动词,通常与诗人情感无关。只有在用数组这类简单对偶联完成状景板块之后,他才转入写情,而此时则多改为使用复杂对偶联。叶矫然显然注意到大谢喜欢用复杂对偶联言情的倾向,因为他称之为"大谢语"的第二类佳句几乎全是双动词的复杂对偶联。与此情况相反,小谢极少将景物和情语放入两个相互分离的版块，也没有像大谢那样自觉或不自觉地对简单、复杂对偶联作隐性分工，即写景多用前者，而言情多用后者。在对偶联中实现情景结合，才是他孜孜不倦的努力，而这种努力的最大成果则是 2+1+2 简单对偶联的抒情化，如以下三联所示：

> 天际识归舟，云中辨江树。(《之宣城郡出新林浦向板桥》)①
> 大江流日夜，客心悲未央。(《暂使下都夜发新林至京邑赠西府同僚》)②
> 寒灯耿宵梦，清镜悲晓发。(《冬绪羁怀示萧咨议虞田曹刘江二常侍》)③

小谢这三个写景联呈现出在大谢 2+1+2 对偶联难以看到的两大特点。一是句腰使用反应诗人情感的动词，如"识""辨""悲""耿"诸字。"识归舟"与"辨江树"已经不是纯粹的景物描写，而加入了诗人的动作，寓情于景，虽不直抒乡愁，但思乡之情溢于言表。另外两联则干脆使用"耿"和"悲"两个情感动词，更为明显地将诗人情感注入景物之中。小谢这种抒情化的 2+1+2 对偶联景开创了唐人使用情景互动对偶风格之先河。

二是小谢使用了更为复杂奇特的倒装手法来加强情景互动

---

①谢朓著，曹融南校注：《谢宣城集校注》，上海：上海古籍出版社，1991 年版，页 219。
②谢朓著，曹融南校注：《谢宣城集校注》，页 205。
③谢朓著，曹融南校注：《谢宣城集校注》，页 269。

的效果。"大江流日夜"这一句通过诗人的倒装,巧妙地使"大江"这个具体的"小"意象作用于空间和时间概念都远大于江的日月。由"小"及"大",巧思营造出不同寻常的艺术效果。此句原本的正装应是"日夜大江流",如使用大谢"池塘生春草,园柳变鸣禽"那种倒装法,即将句末动词("流")前挪至句腰,造成正装中的副词"日夜"变为主语,而正装中的主语"大江"又变为宾语,从而得"日夜流大江"一句。但小谢独具匠心,改为把正装"日夜大江流"的时间副词"日夜"挪至句末,使之变为宾语,故得比"日夜流大江"更为震撼人心、被叶矫然誉为"高秀绝尘"之佳句:"大江流日夜"。"寒灯耿宵梦,清镜悲晓发"一联同样十分新颖奇妙。按照逻辑常理,诗句中动词原本应该在第四字的位置,即"清镜晓悲发",但小谢别出心裁,将动词前置到第三字的位置,动词后面的部分组成了"晓发"这个极为少见、非常新奇的一个词。除了以上两种倒装法,小谢有时还使用更为便捷的主宾语直接调换法,如"花丛乱数蝶,风帘入双燕"①(《和王主簿季哲怨情》)就是通过将"数蝶乱花丛,双燕入风帘"中主语和宾语进行对调而成的。

小谢对情景结合的追求还促使他发展出各种不同移情入景的拟人手法。例如,"风碎池中荷,霜翦江南菉"(《治宅》)②一联不仅让风霜变成裁缝匠手中挥舞的刀剪,还将真实景象化为"菉"这个人类所造的抽象概念。又有"朔风吹飞雨,萧条江上来"

①谢朓著,曹融南校注:《谢宣城集校注》,页351。
②谢朓著,曹融南校注:《谢宣城集校注》,页268。

（《观朝雨》）①一联反其道而行，将抽象的叠韵词"萧条"化为活生生动作之主语。另外，小谢还特别喜欢将形容人造纺织物品的辞藻运用于自然景观的描绘，写出"余霞散成绮，澄江静如练"（《晚登三山还望京邑》）②这样广受历代文人好评的佳句。在《还涂临渚》一诗之中，他在两联四句中连用此修辞手法："绿水缬清波，青山绣芳质。落景皎晚阴，残花绮余日。"③可谓是已尽用人造之物形容自然之美的能事。

（二）简单对偶联：2+3 与 2+2+1 新句式

为了更为生动地写景言情，小谢不仅对大谢 2+1+2 写景联进行抒情化的改造，而且还不遗余力地创造各种新型的简单对偶联，其中 2+3 与 2+2+1 两种写景新句式最为引人注目。小谢诗中有不少 2+3 式对偶联，现聊举几例："谁慕临淄鼎，常希茂陵渴"，"既秉丹石心，宁流素丝涕"，"风动万年枝，日华承露掌"。此式中上二是主谓结构，即单音的主语名词或代词+单音的谓语动词，而下三则都是偏正结构的名词词组。由于偏正结构之"偏"几乎总是双音的名词或形容词，所以此句式有可以再细分为 2+（2+1）式。此句式在大谢诗中很少出现，但在唐诗中则大量使用。

2+2+1 式在小谢诗中所占的地位更为显赫。此式在韵律节奏上与上述的 2+（2+1）式是相同的，而两者在小谢诗中大量使用

---

① 谢朓著，曹融南校注：《谢宣城集校注》，页 215。
② 谢朓著，曹融南校注：《谢宣城集校注》，页 278。
③ 谢朓著，曹融南校注：《谢宣城集校注》，页 411。

显然与齐梁时期2+2+1韵律节奏的流行有密切的关系①。然而，在语义的层次上，两者却是相反对立的。2+(2+1)式的核心动词位于上二，通常是第二个字，故呈头重尾轻的态势。相反，2+2+1式的核心动词则必定出现于句末，第五字最为常见，而第四字次之。在对早期五言诗的研究中，笔者已指出，动词位置或说句子重心的后移，是五言诗句法发展与《诗经》四言和楚辞分道扬镳的一个重要标志。在《古诗十九首》中，动词出现在第五个字的简单主谓句有38例之多，数量远超过动词出现在第三字或其他位置的句子。这38例第五字为动词的句子几乎全是言情的句子，换言之，这类句子尚未真正用于写景②。大谢率先自觉地尝试把这种头轻尾重的句式用于写景，写下这样的对偶联："泽兰<u>渐</u><u>被</u>径，芙蓉<u>始</u><u>发</u>池"（《游南亭》）；"江南<u>倦</u><u>历览</u>，江北<u>旷</u><u>周旋</u>"（《登江中孤屿》）。在这两联中，他一改第三字用动词的习惯，换为副词（"渐""始""倦""旷"），其后则放入双音动词（"<u>历览</u>""<u>周旋</u>"）或在第四字用单音动词（"<u>被</u>""<u>发</u>"）。小谢步大谢的后尘，更大量使用2+2+1句式来写景，并且进行了意义重大的革新。

　　日华<u>川上</u><u>动</u>，风光<u>草际</u><u>浮</u>。（《和徐都曹出新亭渚》）③

---

① 参见杜晓勤：《大同句律形成过程及与五言诗单句韵律结构变化之关系》，见蔡宗齐编：《声音与意义：中国古典诗文新探》，《岭南学报》复刊第5辑，上海：上海古籍出版社，2016年版，页125—153。
② 详参第四章"早期五言诗（Ⅱ）：句法、结构、诗境"，第一节（七）第五个字为动词句（38例）。
③ 谢朓著，曹融南校注：《谢宣城集校注》，页323。

蜻蛉<u>草</u>际<u>飞</u>，游蜂<u>花</u>上<u>食</u>。（《赠王主簿二首》）①
红尘<u>朝夜</u><u>合</u>，黄沙<u>万里</u><u>昏</u>。（《从戎曲》）②

较之先前所引大谢的 2+2+1 写景联，小谢这三联读来觉得更为自然流畅。笔者认为，产生这种愉悦美感的原因是小谢的句法创新。他将动词压缩为单字（双线所示），置于句末，故更为警醒，而空出第三、四字换上熟悉的时间或地点副词（单线所示），摈弃刻意的形容描写，故予人清新隽永的感觉。在以上三联中，名词词组"朝夜"和"万里"作副词用，比"川上""花上"等副词词组更优，因为前者可多用一个带有具体形象的实字，从而营造出一种具体丰富的时间、空间感。小谢所用的这种句式对唐诗的影响甚大，实为王维"大漠孤烟直，长河落日圆"、杜甫"吴楚东南坼，乾坤日夜浮"等名联所本。

（三）复杂对偶联：虚拟的因果关系

小谢的句法创新不仅仅局限在简单对偶联，在复杂对偶联方面也有所建树。像大谢一样，他也是喜爱利用上二动词与下三动词的递进排列来创造一种若真若假的因果关系，强化诗行中景物的互动关系，创造出更富动感的活景。就诗行内容而言，写景的复杂对偶联有两大类，一是视野开阔的大景：

---

①谢朓著，曹融南校注：《谢宣城集校注》，页 354。
②谢朓著，曹融南校注：《谢宣城集校注》，页 155。

　　　　日出众鸟散,山暝孤猿吟。(《郡内高斋闲望答吕法曹》)①

　　　　云去苍梧野,水还江汉流。(《新亭渚别范零陵云》)②

　　　　日隐涧疑空,云聚岫如复。(《和王著作融八公山》)③

　　　　陵高墀阙近,眺迥风云多。(《将发石头上烽火楼》)④

这种气势宏伟的大景在大谢的诗中不易找到,而且以上每联大景与小景相配,互映生辉的手法也是小谢独创的,在大谢的因果对偶联中前景与后景的规模当量是基本相同的,大配大,小配小。另外,大谢复杂对偶联中的因果关系是写实为主,而小谢以上几例中的因果关系则似乎时常是虚拟想象的,如苍梧对"云去"的反应。另一类复杂对偶联是对小景的特写:

　　　　鱼戏新荷动,鸟散余花落。(《游东田》)⑤

　　　　差池远雁没,飒沓群凫惊。(《和刘西曹望海台》)⑥

"鱼戏新荷动,鸟散余花落"和大谢因果复杂联略有不同。这里的"戏"和"动","散"和"落"都是更为细小的动作。由于鱼儿在水

---

① 谢朓著,曹融南校注:《谢宣城集校注》,页282。
② 谢朓著,曹融南校注:《谢宣城集校注》,页217。
③ 谢朓著,曹融南校注:《谢宣城集校注》,页348。
④ 谢朓著,曹融南校注:《谢宣城集校注》,页199。
⑤ 谢朓著,曹融南校注:《谢宣城集校注》,页260。
⑥ 谢朓著,曹融南校注:《谢宣城集校注》,页336。

里嬉戏,荷叶也随之摆动。鸟儿振翅飞离枝头,引花儿簌簌落下。诗人通过细致入微的描写,突出了两个紧密衔接的动作之间的互动。"差池远雁没,飒沓群凫惊"中,"差池"和"飒沓"是拟声的联绵词。在扑闪翅膀的声音中,鸿雁消失远空,"飒沓"之声响起,故而"群凫惊"。我们再次看出诗人笔触的细腻,更加关顾细微动作之间的联系和互动。

综上所述,小谢的句法创新是全方位的,所以他虽然英年早逝,但在当世文坛上的影响极为深远。同时代的人萧衍评价他的诗说:"三日不读谢(朓)诗,便觉口臭。"刘孝绰也云:"常以谢诗置几案间,动静辄讽味。"(《颜氏家训·文章》)沈德潜《古诗源》评小谢诗云:"觉笔墨之中,笔墨之外,别有一段深情妙理。"极为精辟地点出了小谢句法创新的成功诀窍:一以贯之地追求景中有情、情景相融的艺术境界。

小谢追求情景相融的句法对唐诗的影响极为深远,无怪乎诗仙诗圣也对其有极高的评价。杜甫称"谢朓每诗篇堪诵"(《寄岑嘉州》)。李白则是在自己的诗篇反复赞誉小谢,如:"解道澄江静如练,令人长忆谢玄晖"(《金陵城西楼月下吟》);"三山怀谢朓,水澹望长安"(《三山望金陵寄殷淑》);"我吟谢朓诗上语,朔风飒飒吹飞雨"(《酬殷明佐见赠五云裘歌》);"蓬莱文章建安骨,中间小谢又清发。俱怀逸兴壮思飞,欲上青天揽明月"(《宣州谢朓楼饯别校书叔云》)。有这些赞美的诗句为证,王士禛《论诗绝句》得出了"李白'一生低首谢宣城(谢朓)'"的评论。明胡应麟《诗薮》又提到唐人"多法宣城"。由此可见,谢朓的句法创新确实为唐诗的发展作出了开山辟地的贡献。

第四节　结构创新：曹植、阮籍、陶渊明

六朝诗人根据自己抒情和写景的不同需要,对二元结构和叠加结构做出了重要的改革,发展出纷呈多样的结构。曹植、阮籍、陶渊明、谢灵运、谢朓在这方面均有重要的建树。曹植赠答诗将二元结构中抒情部分细分为二而得写景、言情、劝诫的三重结构,阮籍采用间断式叠加结构和三重结构,而谢灵运山水诗同时将二元结构写景和抒情部分再分为二,从而营造了记游、写景、抒情、说理的四重结构。陶渊明不少田园诗篇巧妙地运用叠加结构来对自己田园生活进行理想化的描写。谢朓短小的山水诗另辟蹊径,将二元结构中的抒情部分"化整为零",在句法的层次融情入景,从而发展出一种新的线性结构。下文将对这四种结构一一进行细致的分析。

（一）三重结构：曹植赠答诗和阮籍咏怀诗

曹植赠答诗中将汉古诗的典型二元结构改造成三重结构。这种三重新结构产生于和汉古诗不同的抒情过程。《古诗十九首》的作者创作二元结构,是因为他们全部是从外在观察进入到个人沉思,或反过来由个人沉思延展到外在世界,因此《古诗十九首》中二元结构较多。然而,曹植赠答诗三重结构仅仅因为他遵照了以下三步过程:观察周围环境,思虑友人的困境,勉励他们达到道德理想。《赠丁仪王粲》明显地呈现了这种结构:

§5.11

　　从军度函谷,驱马过西京。山岑高无极,泾渭扬浊清。壮哉帝王居,佳丽殊百城。员阙浮出云,承露概太清。皇佐扬天惠,四海无交兵。权家虽爱胜,全国为令名。君子在末位,不能歌德声。丁生怨在朝,王子欢自营。欢怨非贞则,中和诚可经。①

　　此诗的开头部分描写军队经过京城西区,已然完全不是汉古诗中可以寻见的传统写景了。在汉诗中,我们没有碰到对军队行军或者都市全景如此生动的描写。此诗首先映入眼中的是对京城引人入胜的刻画:高山立于泾渭之水,壮丽的帝王居所在诸多住宅中突显,穹窿式的汉阙直逼浮云,承接天之露水。这些意象提供了诗人所处现实世界的一瞥,并且在开头几句密集出现,也显露出诗人对现实世界情感浸入之密度。

　　诗的中间部分,诗人抒发了他面对这种壮丽的都城景象的情感回应。首先,他想起父亲身为汉皇大臣(皇佐)在四海之内恢复和平之巨大成就。但是很快便转而感伤两位友人在此场景的缺席。他遗憾友人们没有高位在朝,因此不能和他一起赞颂父亲。他的情感反应让我们觉得是自发的、真诚的,因为这些表现出于他对友人缺席的深深遗憾。如果我们比较他的感情反应和汉古诗中常见的情感反应——即哀叹人事离别或人世短暂,我们就能看到曹植如何使得古诗的情感反应变得个人化了。

---

①曹植著,赵幼文校注:《曹植集校注》,页133。

　　诗的结尾,与很多汉古诗结尾明显不同。这不是一个从已叙述的事件而引出的总结,而是展现出诗人思绪上的突然转向。曹植突然从对他两个友人境况的同情体察转变成道德评论。他含蓄地责备丁仪抱怨在朝之劳苦,批评王粲沉溺于在野的欢乐。他向二者都推荐了儒家的"中和"准则,并鼓励他们对政治生活采取正确的态度:"欢怨非贞则,中和诚可经。"通过此种道德评论,他希望他们能正视个人缺陷和不幸,从而在精神上得到力量。

　　曹植《赠丁廙》《赠徐干》《赠丁仪》等其他赠答诗也呈现出相似的三重结构。这些诗作的开篇弃绝了《古诗十九首》所用的程序化的场景,如孤独弃妇之闺阁、苍茫坟场之视野、荒芜冬夜之场景或者汲汲于功名的游子之良宴,而转为从身边生活中取材。同样,中间部分的情感回应与汉古诗所见也明显不同。他并未喟叹离别之感伤,亦无悲叹离世之难免。相反继续描述友人的失意境况,然后寻找方法来安慰他们。每首赠答诗均以同样种类的热情劝诫结尾。曹植鼓励友人高举道德准则,暂时从才子不遇、生活困苦等汲汲俗事中跳脱出来。同时,曹植又提醒他们懿行的积累本身即是回报。这些劝诫性的结尾展示了汉古诗作品里所没有的乐观主义精神。乐观主义的洋溢不仅仅证明了曹植在诗歌中对逆境的巧妙处理,而且突出展现出诗人对友人的勉励——他用这样的结尾劝慰失意不遇的友人无须过分痛苦。

　　总的来说,在曹植的赠答诗中,他将基本的古诗开头场景、情感回应、理性反思都加以个人化,从而建立了不见于汉古诗中的三重结构①。曹植的三重结构的最大价值在于允许诗人把自我世界导入一个原非用于个人沉思的次文类。如果说王粲和刘桢在赠答诗中抹去自我,单单关注受赠者的人生,曹植则与之相反,常常让自我世界成为舞台中心,而且将受赠者的人生作为舞台的背景。确实,在改编古诗形式以适应个人交流时,曹植已经大胆地以个人世界的细节替换了固定的场景、主题、意象;以个人思绪和感情替换了惯用写法中的情感回应;以生气勃勃的道德劝诫代替了对于人事无常的忧伤思考。这三个古诗因素的个人化,使得我们感知到诗人在这些文本中的有形存在,诗人以自己的声音对他心目中的读者说话。在这些赠答诗中,诗中说话人似乎就是诗人自己②。

阮籍咏怀诗与曹植赠答诗的三重结构,有所不同。阮籍传达他的模糊道德思想和精神冲突时,多半采用间断式叠加结构。但当涉及人生感慨时,则通常会用三重结构。三重结构在阮籍诗里展现了诗人挣扎于某些感情,思考于某些思想,从象征表现中寻求心理安慰,以及最后又折回这些感情和思想,却不带曹植赠答诗中的勉励。在他的《咏怀》其十六里,我们可以看到由这样三个

---

① 关于从曹植到陈子昂诗中三重结构发展之讨论,可见 Kang-I Sun Chang, *Six Dynasties Poetry* (Princeton: Princeton University Press, 1986), pp. 73—78 以及 Stephen Owen, *The Poetry of the Early Tang* (New Haven: Yale University Press, 1977), pp. 236—242.

② 尽管这些赠答诗较之古诗有强烈的个人化倾向,但它们并未普遍被认作是曹植的最好作品。这大概是因为诗中三个部分之间的转换颇为粗糙对这五首诗中缺乏连贯统一的批评,也可参见小守郁子:《曹植论》,《名古屋大学文学部研究论集》69 卷(1976 年),页 267—302。

部分组成的环式结构：

§5.12

　　徘徊蓬池上，还顾望大梁。绿水扬洪波，旷野莽茫茫。
走兽交横驰，飞鸟相随翔。是时鹑火中，日月正相望。朔风
厉严寒，阴气下微霜。羁旅无俦匹，俯仰怀哀伤。小人计其
功，君子道其常。岂惜终憔悴，咏言著斯章。①

此诗的开头描写诗人焦躁不安的行为（"徘徊""还顾"），中间
部分则描述所见之自然界：绿水和旷野，走兽和飞鸟，冬天的日、
月、星，以及北风和阴气等②。这些形象不是按叙事或描写的线
性结构而组织起来的，而是作为象征体共同展现了诗人的愁思。
诗的结尾则传达出诗人与世隔离之心灵以及他对道德恒常的
信念。
　　另外一个三重结构的例子，可见其六十一：

§5.13

　　少年学击刺，妙伎过曲成。英风截云霓，超世发奇声。
挥剑临沙漠，饮马九野坰。旗帜何翩翩，但闻金鼓鸣。军旅

---

① 阮籍著，陈伯君校注：《阮籍集校注》，北京：中华书局，1987 版，页 270。
② 阮籍诗中的诗人既不像古诗、乐府中常见的人物那样具有可辨的特征，
也不像陶潜诗中的诗人那样有自己的特性。因此，我们既可以把他们看
成是作诗的阮籍，也可以把他们看成是诗中虚构的抒情人。

令人悲,烈烈有哀情。念我平常时,悔恨从此生。①

说话人以怀念自己的少年时期开头,以回忆结尾。这一回归表示着一个不断的环状内省过程的形成。然而,在这个环状三重结构之中,我们找不到明显的时间进展过程。这里没有时间副词或其他词语来指示时间顺序。

阮籍诗中,三重结构比间断式叠加结构多,统计而言,一共二十一首诗使用这一结构②。三重结构以披露情感的行为或者直抒胸臆作为诗的开篇,然后将开篇诗句所谈及的情感投射入时间、空间的意象之中,最后以自身感情的反思作结尾。

比起间断式叠加结构,阮籍诗的三重结构更多,也更具有一致性。然而,这种一致性和古诗、乐府作品中的线性结构本质上是不一样的。我们已经注意到,阮籍诗的三重结构没有描绘确定的一个地点、一件事,或一个思辨推演的结论。因此,三重结构仅仅是诗人把内心世界变作诗歌象征的结构。这种结构往往有效地压抑了叙事或抒情的线性发展,从而把一首诗变成对情感和思想的反刍与思考。

阮籍无力让自己遵循任何一个人生规则,挣扎于各种思想守则之间,反映出他对所有宣称人生有永恒意义的说法都失去兴

_____

①阮籍著,陈伯君校注:《阮籍集校注》,页365。
②分别是《咏怀》其一、十三、十五、十七、二十一、三十、三十三、三十四、三十五、三十六、四十七、四十九、五十四、五十五、五十六、五十八、六十、六十一、六十二、七十七、八十。

趣。他对现实世界本存有恒常幻想,现在已经完全破灭,正因为
此,诗人才会向内心转向,才会深深陷入自己的内心世界,对自己
的内心情感不断反刍、回味。归根结底,阮籍诗歌的结尾是一个
孤独灵魂的悲哀叹息,这一孤独灵魂与自己身边的现实世界格格
不入,诗人茕茕孑立,顾影自怜,不断徘徊于自己的内心家园里,
并且久久无法或不想离去。

(二)叠加结构:阮籍咏怀诗和陶渊明田园诗

在抒发强烈情感之际,五言诗人经常使用了一种笔者称为
"叠加结构"的结构。叠加结构最早见于《小雅·四月》。与其他
《国风》诗篇那种重章叠咏的结构不同,此诗各章里对举的物象和
情语并没有放入由重复文字搭建的比兴框架之中,而是直接地叠
加起来,从而形成与风诗重章结构迥然不同的叠加结构(详参第
一章"汉诗诗体的'内联'性"关于重章诗篇结构演变的讨论)。
《古诗十九首》其一《行行重行行》作者引入了这种结构,将从不
同角度反思离别之苦的片段叠加起来,在上一章已有讨论。

阮籍的内心世界充满矛盾和不定,在观照他自己的心理冲突
和间接传递道德寓意时,常常借助于间断式叠加结构,将诗的意
象叠加起来,开朦胧诗风之先河,又在李商隐的诗中得到传承。
比起上面谈论过的三重结构,阮籍的叠加结构更为彻底地背离了
线形结构。《咏怀》其六十六是一个明显的例子:

§5.14

　　寒门不可出,海水焉可浮。朱明不相见,奄睐独无侯。

持瓜思东陵,黄雀诚独羞。失势在须臾,带剑上吾丘。悼彼桑林子,涕下自交流。假乘汧渭间,鞍马去行游。①

我们无法在这首诗中找到线性的发展结构。这里没有结构上的一致性。我们看不见形象之间相毗邻的联系、行为动作的时序、或循序渐进的反思过程。在"不可出""焉可浮""持瓜""悼"和"假乘"这些行为之间,几乎找不出任何关系。这种对结构连贯一致性的背离,迫使我们放弃对诗歌作线性理解的习惯,从而把注意力转向每一个具体形象背后的典故上,寻找诗人想要传递的意义。

　　我们借助历来的批注,可以发现每一个相对独立的形象都把我们引向一个不同的古代世界。"寒门"一语典出自屈原的《远游》。在《远游》一诗中,屈原描写了他远及世界尽头(通常被视为北极)②的游历过程。"浮海"一语盖出自《论语·公冶长》篇孔子之语孔子:"道不行,乘桴浮于海。"③"东陵"和"瓜"典出于秦东陵侯邵平。邵平在秦破后成为布衣,以种瓜为生,而不为汉朝之臣④。"黄雀"一典出自《战国策·楚策四》中的"庄辛谓楚襄王"。庄辛对楚襄王说的一系列寓言中,提到黄雀俯啄白粒,仰栖茂树,鼓翅奋翼,自以为与世无争而无患,不知公子王孙挟弹摄丸

①阮籍著,陈伯君校注:《阮籍集校注》,页373。
②阮籍著,陈伯君校注:《阮籍集校注》,页374。
③《十三经注疏》,北京:中华书局,1980年版,下册,页2473。
④阮籍著,陈伯君校注:《阮籍集校注》,页230。

正要加害其身①。庄辛讲这些寓言的目的,是在告诫楚襄王淫逸
侈靡、不顾国政的危险②。第八句典出汉武帝坟墓在其死后不久
就被士兵盗掘的传说③。最后,第九句中的"桑林子"典出《左
传·宣公二年》中灵辄的故事。灵辄在桑林中饥饿近死而为赵盾
所救。后来为了报恩,舍身而救赵盾于危难之中④。只有弄清这
些典故的涵义,我们才有可能把这些似乎各不相关的形象叠加在
一起。通过这些与典故相联的形象,我们可以深入到诗人意识的
深处,循其思路,看到他对世态炎凉、道德沦落、政治危机以及无
由逃脱腐败现实的态度,看到他百折不回地追求个人自由的
欲望。

《咏怀》之七十六是体现阮籍背离线性结构的另外一个例子:

§5.15

　　秋驾安可学,东野穷路旁。纶深鱼渊潜,矰设鸟高翔。
泛泛乘轻舟,演漾靡所望。吹嘘谁以益? 江湖相捐忘。都冶
难为颜,修容是我常。兹年在松乔,恍惚诚未央。⑤

除了最后一联,其他联之间的模糊联系造成了理解上的困难。我

①阮籍著,陈伯君校注:《阮籍集校注》,页252—253。
②阮籍著,陈伯君校注:《阮籍集校注》,页252—253。
③对这一故事的讨论,见阮籍著,陈伯君校注:《阮籍集校注》,页374—375。
④见阮籍著,黄节注:《阮步兵咏怀诗注》,北京:人民文学出版社,1957版,页
　80;阮籍撰,古直笺:《阮嗣宗诗笺》,台北:广文书局,1966年版,页48。
⑤阮籍著,陈伯君校注:《阮籍集校注》,页394。

们不可能按照时间顺序、空间连续或线性的反思进程,把以下这些叠加意象联系在一起:第一、二句的"秋驾",第三、四句的"鱼渊潜""鸟高翔",第五、六句的"乘轻舟",第七、八句"江湖"中自由的鱼儿,第九、十句的"修容"。我们必须再一次放弃线性理解的习惯,在典故隐藏的意思里,寻找解开诗歌意义的线索。

第一句的"秋驾"让我们想到《庄子》中的故事。《庄子》里有人苦学三年不得御马之法,晚上做梦受秋驾于其师。第二句的"东野"则是《庄子·外篇·达生》中那个熟练的御车人,或《韩诗外传》中那个因为马力殚矣而跌撞上路的人。第三、四句的"鱼"和"鸟"则是《庄子·内篇·大宗师》里面那些可以随意遨游的个体。第八句的"江湖相捐忘"所含典故是《庄子·内篇·大宗师》中鱼和鱼相忘于江湖,而鱼是脱离了所有社会枷锁和责任的自由个体的象征①。第七句的"吹嘘"似乎借用自《老子》的词汇,而"恍惚"则正是《老子》中用来描绘"道"的词语②。

这些借用自《庄子》和《老子》的典故虽然数量众多,却都不是简单重述道家的观点。它们和其他非道家文本的典故叠加在一起,产生出新的文本意义,新的文本意义和两部道家经典中的原意不同,甚至相反③。比如,第三、四句的"鱼"和"鸟"出现在这里,很有可能指的是捕鱼和捉鸟者的目标而已,然而《庄子》所讲的则是无拘无束的自由之可贵。所以,我们就这样进入了

①对所有这些《庄子》典故的解读,参见《阮嗣宗诗笺》,页59—60。
②对所有这些《老子》典故的解读,参见《阮嗣宗诗笺》,页47、130。
③《阮嗣宗诗笺》,页130—131;《阮籍集校注》,页394—396。

阮籍诗叠加意象和典故的迷宫,我们找不到任何确定的含义,无法确定其中是否有道家、儒家或神秘主义思想倾向。所以,我们只会停留在诗人感情和思想的漩涡之中,体验他对政治危机、对逃脱无门、对社会责任、个人自由、自我忠诚、长生追求的深刻思考。

　　叠加结构按照诗的主题组织同类而内容相异的景物与情感,抒情性极强,在以后兴起的各种诗体中得以大量运用。如陶渊明《归园田居》其一即使用叠加诗篇结构,其间并不能看到截然二分的景语与情语,而是按照一个中心思想加以景物描写与情感抒发,情景叠加而不重复,各种田园生活的景象纷呈,隐居闲适之感跃然纸上:

§5.16
　　少无适俗韵,性本爱丘山。误落尘网中,一去三十年。羁鸟恋旧林,池鱼思故渊,开荒南野际,守拙归园田。方宅十余亩,草屋八九间,榆柳荫后檐,桃李罗堂前。暖暖远人村,依依墟里烟,狗吠深巷中,鸡鸣桑树巅。户庭无尘杂,虚室有余闲,久在樊笼里,复得返自然。

关于这首诗是写实还是诗人对于理想田园生活的一种描述,一直为历代评论家所争论。从全诗结构分析的角度出发,这首诗歌似乎并不像是对真实情况的描述,而是许多浸透主观情感的片段的有机组织。开头四句是对诗人过去生活的一个概括,包括年少时的过去和现在。随后的四句为诗歌的第二部分,首先通过比喻写诗人身处"尘网"时对山居生活的向往,然后描述现在"丘山"之间的生活,同样包括了过去和现在。这两个部分带领读者在过去与现在、"尘网"与"丘山"的时空之间穿行,流连其中。从第九句起,诗人开始详细描写田园生活的方方面面。先讲房屋周围、住家前后的情况,随后笔锋一转,视角变换到村外,"暖暖远人村,依依墟里烟",大有鸟瞰全村之感。这样有远有近,避免了平铺直叙,而"狗吠深巷中,鸡鸣桑树巅"一联显然是《道德经》八十章"鸡犬之声相闻,民至老死不相往来"一语之回响,故给景物描写抹上老子"小国寡民"的理想社会的色彩。最后四句又回到屋内,抒发重返自然的感慨。这首诗每一联为一个片段,叠加结构各部分之间并没有按照时间顺序来排列,而是每一个片段都从一个不同的角度来反映诗人对田园生活的热切向往。《饮酒》其五也使用了这种叠加结构:

§5.17
　　结庐在人境,而无车马喧。问君何能尔? 心远地自偏。采菊东篱下,悠然见南山。山气日夕佳,飞鸟相与还。此中有真意,欲辨已忘言。[1]

这首诗中的叠加结构似乎更露筋骨。前四句是一个概括性的哲理,写出人之精神的能动性,以精神的力量战胜外界的喧扰。若有平和宁静的心态就能闹中取静,远离喧嚣。接下来四句讲诗人

---

[1] 陶渊明著,逯钦立校注:《陶渊明集》,页89。

在自然界中的胸怀和心境,无思无虑,像自在的飞鸟一般,日出而作,日落而息。如是,诗人通过田园生活达到了"心远地自偏"的境界。最后两句是一种哲学的讨论。第一节和第二节之间因为缺乏明显的时序而出现一种断裂。这两部分的叠加式因为意思上的连贯性,从概括性的陈述,到具体的实践,呈现一种既非线性结构,又非二元结构的叠加关系。

第五节　结构创新:谢灵运与谢朓

纵身于秀山丽水之中,以巧夺天工之笔来临摹山水美,传达感悟山水之情,是大小谢共同追求的艺术理想。然而,为了实现这个同样的理想,这两位诗人却选择了迥然不同的路径。对大谢而言,山水诗是诗人浏览山水整个过程的艺术再现,因而他所写就的多是大而全的长篇山水诗。但对小谢来说,山水诗应该再现感悟山水之心境,所以他给我们留下的多是篇幅较短,以情景交融见长的山水诗。这两种迥然不同的山水诗各自的结构特点是什么? 这是本节所要讨论的问题。

(一)四重结构:谢灵运的山水诗

为了再现自己游览山水的全过程,大谢通常是沿着时序的轴线展开叙述、描写、抒情、言理四大部分。前文已讨论过《于南山往北山经湖中瞻眺》一诗就是如此谋篇的:

§5.18

朝旦发阳崖，景落憩阴峰。舍舟眺迥渚，停策倚茂松。

（以上记游）

侧径既窈窕，环洲亦玲珑。俯视乔木杪，仰聆大壑灇。

石横水分流，林密蹊绝踪。解作竟何感，升长皆丰容。

初篁苞绿箨，新蒲含紫茸。海鸥戏春岸，天鸡弄和风。

（以上写景）

抚化心无厌，览物眷弥重。不惜去人远，但恨莫与同。

（以上抒情）

孤游非情叹，赏废理谁通？

（此联说理）

开头两句简要概括了诗人游览的经过，从出发到回还以及途中停留的地点，为"记游"部分。接下来从"侧径既窈窕"一直到"天鸡弄和风"是诗人对具体景色的描述。诗人俯视，仰视，写林，写水，绘景色，描动植物，变换角度和对象来记述游览中的所见，是为"写景"部分。接下来一句是"抒情"部分，诗人身处美好景色中，抒发自己孤单凄苦的情感。最后一句"说理"，是所谓"玄言的尾巴"，是诗人在领悟道理之中的自我安慰。很多学者认为山水诗包含的元素往往可以分为"记游""写景""抒情""说理"四类。在大谢这首诗中，我们可以看到这四部分都包含其中，成为一种四重结构。

看完上面这首记游的诗，我们再来看大谢《登池上楼》这首"记不游"的诗。

§5.19

潜虬媚幽姿,飞鸿响远音。薄霄愧云浮,栖川怍渊沉。

进德智所拙,退耕力不任。徇禄反穷海,卧痾对空林。

（以上记不游）

衾枕昧节候,褰开暂窥临。倾耳聆波澜,举目眺岖嵚。

初景革绪风,新阳改故阴。池塘生春草,园柳变鸣禽。

（以上写景）

祁祁伤豳歌,萋萋感楚吟。索居易永久,离群难处心。

（以上抒情）

持操岂独古,无闷征在今。①

（以上说理）

这首诗描述的是诗人抱病在家、无法游览的感慨和心境。诗歌前五句讲述了诗人生活的近况,"进德智所拙,退耕力不任"说明诗人仕途黯淡又归隐不成的尴尬现状。"衾枕昧节候,褰开暂窥临"讲在不顺的境遇中又身体抱恙。接下来两句写景,描写了诗人病中感觉到时节更迭,景色也发生变化。"祁祁伤豳歌",诗人所见令他想起了《诗经》。"萋萋感楚吟",身体的感觉和心境又让他感怀《楚辞》。由此产生"索居易永久,离群难处心"的感悟,这两句是诗人观物的情感。最后一联话锋一转,抒发议论:高尚节操亦不是古人独有,意为诗人在今世也抱有同样的操守。这样看来,整首诗同样可以分为四大部分。

---

① 谢灵运著,顾绍柏校注:《谢灵运集校注》,页95。

　　这种四元的结构灵活多变,跌宕起伏,气势动人,因而笔者认为,王夫之(1619—1692)对大谢诗的称赞也主要是针对其结构而言:

　　§5.20
　　　　以意为主,势次之。势者,意中之神理也。惟谢康乐为能取势,宛转屈伸,以求尽其意;意已尽则止,殆无剩语:夭矫连蜷,烟云缭绕,乃真龙,非画龙也。(王夫之《夕堂永日绪论》)①

　　在中国古典文论中,所谓"势"指的是文本的跌宕起伏,即一种结构的变化。若是平铺直叙,从一个单一的角度来讲述一个单一的对象,那么文章一定缺乏"势"。王夫之认为谢灵运的诗歌善于"宛转屈伸"。从上述例子来看,从记病,到状景,然后抒情,最后到说理,的确极尽宛转屈伸之能事。因此,王夫之盛赞其为"真龙,非画龙也"。这种结构上的多元变化实际上也为以后律诗的"起承转合"提供了一个早期的模式。对事件的概括描述、对生活情况的概述为"起";具体的景物描写为"承";描写景色之后"转"而抒发诗人自身的情感;最后的说理部分和诗歌开头呼应,正是"合"。所谓"合"不但要求诗人在最后总结前述内容,还要呼应文首,达到一种"圆美流转"的审美需求。所以笔者认为后来律诗"起承转合"的结构特点在这首诗里已经初现端倪。有批评者认为谢灵运的山水诗带有"玄言的尾巴"。而笔者认为从另一个角

———————————

①王夫之:《船山全书》16 卷,长沙:岳麓书社,1996 年版,页 820。

度来看,这正好体现了谢灵运山水诗流转变化之美。

(二)线性结构:谢朓的山水诗

小谢山水诗没有大谢诗中那种跳跃转换,较为平缓,这也许与其篇幅变短有关系,但也反映出诗人的个人喜好和审美取向。总的来说,谢朓是比较偏好线性结构的,如他的名篇《游东田》所示:

§5.21

戚戚苦无惊,携手共行乐。寻云陟累榭,随山望菌阁。远树暖阡阡,生烟纷漠漠。鱼戏新荷动,鸟散余花落。不对芳春酒,还望青山郭。①

此诗呈现出一种似乎颇为单调的线性结构。将这种结构用于山水诗中,似乎可视为小谢之独创。从前的线性结构主要见于《大雅》对古人事迹的列举,或者汉赋对空间物象的排比,或者乐府对某一事件的叙述。然而,与其将小谢的线性结构追溯至这些传统,毋宁将它视为五言诗二元结构的变体,即是裁去其抒情部分,独留写景部分而成的。的确,此诗颇像被删去抒情部分,只留下一联的尾巴("戚戚苦无惊,携手共行乐"),并将它放在篇首,而诗人的情感更多是寄寓在景色的描写之中。小谢线性结构的山水诗读来并不觉得呆板,一个重要的原因是他善于通过

---

①谢朓著,曹融南校注:《谢宣城集校注》,页260。

句眼、倒装等手法将情注入对偶联中,当景语和情语自然地融为一体,就没有必要开辟专门抒情的板块,这样一种新型的、具有抒情作用的线性结构就应运而生了。另外,此诗的句式是一联一变,极为生动流转,与《大雅》和汉大赋中死板的排比句式实有天壤之别。

小谢线性结构短诗的发展还为日后律诗的发展奠定了基础。他写了十几首八句短诗,以下聊举《和王中丞闻琴》诗一首,指出其所呈现圆美近似律诗的特点:

§5.22
　　　　凉风吹月露,圆景动清阴。蕙气入怀抱,闻君此夜琴。萧瑟满林听,轻鸣响涧音。无为澹容与,蹉跎江海心。①

所谓"圆美"还点明了诗歌首尾要有所呼应,营造一种循环往复之感。篇幅太长的诗篇自然无法达到圆美,而四联八句则是创造圆美的理想长度。另外,大谢骈俪堆积而写就的作品也不能称之为"圆美",因而诗联之间跳跃转换过于频繁突兀,也会影响其前后照应。《和王中丞闻琴》诗线性结构的八句诗就突出地表现出"圆美"之感。首先,让我们细心咀嚼此诗首句与末句,看看诗人是如何巧妙地做到全诗首尾圆合的。末联中"澹容"和"江海"都取其引申义,分别指"归隐"和隐者超越世俗的心态,属于诗中结尾的情语。然而,这里有三个字的字面意思却都描述水域之情貌,而

————————

① 谢朓著,曹融南校注:《谢宣城集校注》,页337。

"江海"必定自然生风,故巧妙地照应与首句"凉风吹月露",达到
首尾圆合的境地。接下来琢磨四联之间的关系,我们又可以发
现,此诗的首尾圆合是动态的,是一个循环往复的流动过程,头二
联里微风吹拂月露、树林及诗人,而后二联则是琴声伴随着溪涧、
江海流淌,形成奇妙动人的交响曲。值得一提的是,在这个如此
流畅的线性过程里,我们还可以看到起承转合结构的端倪:首联
夜景为起,次联听琴为承,再次联转写琴声,而末联江海又与篇首
景色相合。

第六节　六朝五言诗的诗境:圆美
流转诗境的追求

§5.23

　　谢玄晖与沈休文论诗云:"好诗圆美流转如弹丸。"此实
玄晖自评也。其诗仍是谢氏宗派,而一种奇俊幽秀处,似沈
酣于康乐集中而得者。然谢家惊人之句,不称康乐,独称玄
晖者,康乐堆积佳句,务求奇俊幽秀之语以惊人,而不知其
不可惊人也。采玉玄圃者,触眼琳琅,亦复何贵?良工取之
磨砻成器,温润玲珑,虽仅径寸,人共珍之矣。玄晖能以圆
美之态,流转之气,运其奇俊幽秀之句,每篇仅三四见而已。
然使读者于圆美流转中,恍然遇之,觉全首无非奇俊幽秀,

又使人第见其奇俊幽秀,而竟忘其圆美流转,此其所以惊
人也。①

　　在此处摘引贺贻孙(1637 年前后在世)《诗筏》的这段评论,
似乎起到承上启下的作用,在承上方面,"圆美流转"一语从审美
理论的高度概括了上文对小谢山水诗的分析,也说明小谢句法和
结构的创新皆源自他对"圆美流转"诗境孜孜不倦的追求。贺氏
认为小谢在句法上远胜于大谢的判断,与笔者对两谢句法比较所
得结果也是一致的。在启下方面,贺氏有关小谢对大谢的承继和
超越的论述,又引导作者对六朝五言诗史及其对唐律诗的影响进
行理论探索。笔者认为,"圆美流转"四字不仅是对小谢诗的评
价,更是对六朝五言诗歌艺术创新的一个精妙独到的概括。以
"圆美流转"诗境之产生为坐标,我们可以勾勒出六朝五言诗对偶
联以及诗篇结构演变轨迹,并揭示推进此演变过程的原动力。
"圆美流转"可以拆开来阐述,当作总结本章所讨论内容的一个
纲要。
　　首先,圆美流转可以用来概括六朝诗中对偶句的发展。对偶
实际上是追求一种圆,一个句子里成为一个完满的单位,在一个
完满单位中有正对、反对等不同的肌理结构,这是一种对圆的追
求。美,就是说不像早期排比式对偶,纯粹为了加强语气或帮助
记忆,而是要有在辞藻中的对比带来新颖的美感。所以,圆和美
这两者的结合,可以总结出对偶句发展的审美意义。同时,"流

---

①贺贻孙:《诗筏》,见郭绍虞编选:《清诗话续编》,页 161。

转"二字又极为恰当地总结了六朝诗人在对偶联语序方面的创新。"流"为符合逻辑正装的语序,而"转"则是有意违背逻辑倒装的语序,而两种兼用就可尽显流转之美。正是如此,如"池塘生春草,园柳变鸣禽"这类千古传诵的名联往往是一句正装,一句倒装,兼有流与转之美。

圆美流转,同样可以用来总结六朝五言诗结构上的发展。所谓流,可以理解为一种诗歌线性向前发展的推动力。转可以解释为一种跳跃转折的变化。流和转这两个因素,不同的作家以不同的模式争取达到平衡。以大谢为例,他的山水长诗作,在其记游、写景、抒情、言理四大版块之中,是平顺流动的。在一个版块中,他常常连用同样句型的对偶句,就给读者一种舒缓流动的感觉,但在整篇的结构里它是转的,四大块之间都有很大的跳跃转换,反映出诗人切入角度以及时空的变化。换言之,局部为流,整体为转,这是大谢的特点。从这种局部之流,我们可以看到赋的影响,因为他很喜爱在连续的两联四句之中使用完全相同的句式。而小谢的结构则恰恰相反,它的整体是流,整首诗中都没有明显的断裂、转换或二元结构,但在句式上确实有一种转,每一联都使用不同的句式。以前举《游东田》为例,每一联句式都在转变,所以诗的内部是有转的。

大小谢两种流转的不同方式,对后世诗歌都有很深远的影响。谢灵运的四重结构开了唐代律诗起承转合结构的先河。起承的变化,如同谢灵运记游和写景的变化,转合则是从记游到抒情的变化,这都对以后律诗的结构产生一种影响。影响更大的是谢朓。唐代诗人和后世论诗家特别推崇谢朓,其原因是他们是通

过近体诗审美的视角来品评谢朓的作品。的确,谢朓所写四联八
句的短诗,实际上代表了六朝五言诗艺术发展的巅峰,因为在圆
美流转方面呈现了前所未有的造诣。圆,就是说八句已经形成了
完美的诗体;美,就是说其中的情景结合的对偶联含有浓烈的美
感;流,也就是说八句中紧凑紧密的关系。唯独比较欠缺的是一
个转。在他四联八句和稍微更长些的诗作中,我们很难发现明显
的"起承转合"结构。因此,这些诗作虽然已有律诗四联八句的体
例,也只能称得上是一个模糊的律诗雏形。小谢诗只有再加上大
谢那种强势的"转"才可说达到"圆美流转"的最高境界,但登上
顶峰的最后一步须等待盛唐五律大师来完成。

第六章　五言、七言近体诗格律

　　中国诗歌的节奏主要还是一种停顿的节奏,所有诗体都有其独特的节奏。到了南朝刘宋武帝永明时期,文人在翻译佛经时已经开始注意到汉语的声调,并且为了加强笔头诗歌的音乐性,开始把声律的节奏运用到诗歌中。这样逐渐形成了从律句、律联到律诗的三条规则,即律句中两个双音步的对比规则;律联中两行之间对比最大化规则;相邻律联之间的部分对应规则。这三条原则是唐代近体诗所遵守的,但其最终形成则经历了几百年的历史。钱志熙《唐诗近体源流》将这一发展过程分为三个阶段:永明沈约、谢朓、王融等人为第一个阶段;梁大同中庾信、徐陵是第二阶段;初唐沈约、宋之问为第三阶段。永明体强调"前有浮声,后须切响",注意到一个诗行中的声律对比;以及句与句之间的声律相对,最后由初唐人来发现黏的原则,标志着初唐律体的成熟①。

　　到了唐代,声律有一个很特别的变化,即不再是四声的对比,

---

① 以上内容具体参看钱志熙:《唐诗近体源流》,北京:北京大学出版社,2015年版,页34—40。

而是平仄的变化,相对于六朝对四声的讲究,应该说是简单化;而具体的原则也更加精确化,诗人在写作时有一个可以遵循的明确原则,但教授近体诗格律的通用方法却不甚明确,近体诗格律分为首句仄起不入韵、首句平起不入韵、首句平起入韵、首句仄起入韵四种格律形式,实际上只是一种机械的、颇容易产生混乱的描述,没有将其中内在的构造原理说清楚。以首句仄起不入韵式为例,它在五言律绝、律诗中指"仄仄平平仄"这种 2+2+1 句,但在七言律绝、律诗中却是指"(仄仄)平平平仄仄",即与 2+2+1 句截然不同的(2)+3+2 句。同一个格律命名却指两种相对立的平仄组合,而且四个格律命名皆是如此,混淆不清的程度可想而知。这种近体诗格律的描述,虽然有如此重大的缺陷仍普遍运用于教学之中,难怪如今能顺当地举出四种格律形式的人不多了。

　　在英语世界里,学生学习近体诗格律难以入手,因此有的大学课堂将这部分省略,笔者觉得不讲格律很难接受,于是根据吾师高友工先生提出的三个规则仔细推敲,一步一步形成一个比较系统的阐述。由于这种格律的形式极为精确,因此我们只要掌握这个原则,就可以将近体诗的格律全部推演出来。我们可以将律诗分为两类,一类首联是 2+2+1 句式(仄仄平平仄),另一类为 3+2 句式(仄仄仄平平)。由于第一句可以入韵,所以会产生一种变体。在此基础上,我们应用上述三个原则,可以将所有五、七言近体诗的格律形式全部建构出来。这种分析解释近体诗格律的新方法,经过多年的课堂试验,证明效果很好。在为不懂中文的美国本科生所开的中国文学概论课里,三十分钟左右的讲演就可把各种格律形式解释清楚,绝大多数学生都运用此方法推演出两种

基本格律,聪颖的学生还能把另外两种变体列出来。故不揣浅
陋,加以介绍。这种新方法对汉语世界的学生和读者是否也有同
样的帮助? 它是否值得引入汉语世界的近体诗教学之中? 这些
是笔者希冀国内专家同仁予以考虑的问题。

第一节　声调与平仄的介绍

　　向不懂中文的欧美学生讲授律诗格律,首先要解释汉语声调
的概念。一个很好用的例子是世界上许多语言中孩提都用于称
呼母亲的"ma"音。在现代汉语中,"ma"音有四种声调,并都有固
定相应的文字和意思,如 mā 妈,má 麻,mǎ 马,mà 骂。为了便于
记忆和增加趣味,可将四字组成"妈骂麻马"(Mother scolded the
spotted horse)一句。正当学生对汉语中声调和字义同步变化的现
象感到不可思议的时候,我们似乎需要强调英文也有与现代汉语
四声相同或相似的声调。以英文"go"[gəu]一字为例,当我们在
[gəu]后加上一个轻音节,使其音调提高作重音节念,而重音节中
元音的声调大体等于现代汉语的第一声,即所谓阴平,如 golden
[ˈgəuldən]中[əu]的音调基本上等于阴平。当我们把 go 字用于
"Go!"这么一句不客气赶人离开的命令句,其必定是短促的降调
声,与现代汉语第四声或去声相近。同样,如果 go 出现问句"Will
you go?"之中,那么其升调的发音则近似于现代汉语第二声阳平。
第三声或上声是先降后升(falling-rising)的声调, 在英式英文中
也可以听到,如英国人表示犹豫时说"Well..."就多用此声调。英

文中的降升调落在一个词上,常用来表示一种特殊的隐含意义,比如电影《音乐之声》男主角就是用典型的降升调说"Children"一词,暗示要他的孩子偷偷离开。如果模仿此声调来说"go"字,而且说得快些,就可得到与中文"狗"字相似的第三声。上述的例子应足以说明英语也存有四声,不同的是它们只在句子里出现,而不是像中文那样固定在单个字词上。这一说明有助于帮助学生排除对学习汉语的恐惧心理。

解释完现代汉语的四声,就可介绍汉诗的声调韵律,即所谓tonal prosody。顾名思义,声调韵律就是由声调对比交错而产生的韵律。就近体诗而言,其格律是指由平声和仄声两大类声调对比交错而成的。

平声即中古平、上、去、入四声中的平声,包括现代汉语的第一、二声,即阴平和阳平,在图表中常用"—"表示,英译是 level tones。

仄声则是中古的上、去、入三声。前二即现代汉语中第三、四声,亦称上声、去声。在图表中常用"|"表示,英译是 oblique tones或 deflected tones。中古的入声是以失去爆破的 p、t 或 k 结尾的字音,在普通话中已消失,但尚存于粤语、吴语等南方方言之中。三种入声这里各举两例:急[kip]、叶[yep];别[bjet]、发[pjot];薄[bak]、百[paek]。

第二节　律句的建构:律句中两个双音步的对比

平仄声调的区别搞清楚了,接下来谈律诗格律的建构。第一步入律诗句的构建。律句怎么构建? 规则一:律句中两个双音步的对比（Contrast between two bisyllabic units）。

在韵律学上讲，一个音步（foot）最起码有两个音，单音是不能够成为一个音步的。在律诗中，每个音步是由相同的声调组成的，不是平平，就是仄仄。然而，两个并列音步的声调必须是相反的，故有"平平仄仄"或者"仄仄平平"两种可能，图示即为：

$$\text{或}\quad \begin{array}{cccc} — & — & | & | \\ | & | & — & — \end{array}$$

近体诗诗行字数是五言或七言，所以除了双音音步之外还有半个音步或说一个单字。剩下的单字如何与完整的音步结合？这里也有规则可循。如果剩余单字加在两个音步之后，它的声调一定要和前面音步的声调相反，于是就有了"仄仄平平（仄）"和"平平仄仄（平）"两种 2+2+1 律句，图示如下：

两种 2+2+1 律句

$$| \quad | \quad — \quad — \quad (\,|\,)$$

$$— \quad — \quad | \quad | \quad (—)$$

相反，单字如果置于"平平仄仄"或"仄仄平平"的前面，它一定要和后随音步的声调相同，于是就有了"（仄）仄仄平平"和"（平）平平仄仄"两种 3+2 句，图示如下：

两种 3+2 律句

$$(\,|\,) \quad | \quad | \quad — \quad —$$

$$(—) \quad — \quad — \quad | \quad |$$

以上四种律句的建构搞清楚了，就为完全掌握律诗格律打好了基础。无论是律绝还是律诗,每首中四种律句必须全部用上,缺一不可。另外,每一种律句都可用作律绝和律诗的首句,形成相应的独特律体。

第三节 律联的建构:联中两行之间最大化对比

单行解决了,现在可以讨论入律对句(regulated couplet)或称律联的建构。怎样构建一个律联? 规则二:联中两行之间对比最大化(Maximum contrast between two lines of a couplet)。

如果律联上句(又称"起句""出句")是"仄仄平平仄",下句就必须是"平平仄仄平",从而与上句形成最大限度的对比。两句组合构成 2+2+1 联,图示如下:

2+2+1 律联

｜　　｜　　—　　—　　｜

—　　—　　｜　　｜　　— △(△表示押平声韵,下同)

同样,上句如果是"平平平仄仄",下句怎么给出呢? 律联中要有最大限度的对比,所以下句必须是"仄仄仄平平"。两句组合构成 3+2 联,图示如下:

3+2 律联

—　　—　　—　　｜　　｜

｜　　｜　　｜　　—　　— △

律联一共只有两种,即以上的 2+2+1 联和 3+2 联。为什么 2+2+1

和 3+2 律句各有两种,而 2+2+1 和 3+2 律联却分别只有一种呢?
原因很简单,律诗规定所有押韵的双数行都必须平声结尾,不允
许有"平-平-仄-仄-平/仄-仄-平-平-<u>仄</u>"或"仄-仄-仄-平-平/平-平-平-仄-<u>仄</u>"的
组合。在这两种组合中,下句的尾字都是仄声(如下划线所示)。
如下文所示,2+2+1 和 3+2 两种律联的交替使用一次就形成律
绝,使用两次就形成律诗。

第四节　律绝的建构:相邻律联之间的部分对应

　　律句、律联谈完了,下面就是律绝。绝句由两联组成,共四
行,与英诗的 quatrain 长短相同,故通译为 quatrain。律绝如何建
构? 规则三:相邻律联之间的部分对应(Partial equivalence be-
tween the two adjacent couplets)。
　　在五言律绝之中,"部分对应"是指第二联上句头两个字的
声调与前一联下句头两个字的声调相同。"部分对应"大致等
于传统律诗格律中所说的"黏",但描述似乎更加精确。"部分
相同"的原则决定律绝必定是 2+2+1 联和 3+2 联的双组合。首
联是 2+2+1 式,次联必定是 3+2 式。在下图中,首联下句是"平
平仄仄平",由于次联的首句必须也以"平平"开头,但又不能机械
地重复"平平仄仄平",因而"平平平仄仄"就成为唯一的选择了。
只有这个 3+2 句才能与上联下句相"黏"(如图中虚线所示)。

五言律绝格律第一式 (首联 2+2+1 式)

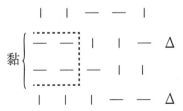

相反,首联是 3+2 式,次联必定是 2+2+1 式。在下图中,首联
下句是"仄仄仄平平",由于次联的首句必须也以"仄仄"开头,但
又不能机械地重复"仄仄仄平平",因而"仄仄平平仄"就成为唯
一的选择了。只有这个 2+2+1 句才能与首联下句相"黏"(如图
中虚线部分所示)。

五言律绝格律第二式 (首联 3+2 式)

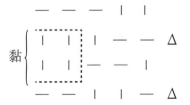

第五节　律诗格律的建构:律绝形式的重复

说完绝句,律诗就迎刃而解了。怎样把律诗的格律形式写出
来? 把律绝的推演过程重复一遍就可以了。依照"部分相同"的
原则,把颈联与律绝第二联(即律诗的颔联)相"黏",最后再把尾
联与颈联相"黏"。这样推演下来,刚好是律绝形式的一个重复,

如下图所示：

五言律诗格律第一式（首联 2+2+1 式）

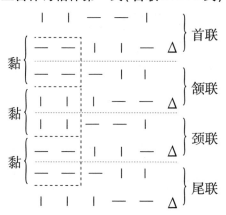

下面是五言律诗格律第二式。首联是 3+2 联（平平平仄仄，仄仄仄平平），根据"黏"的原则，下接的颔联是 2+2+1 联（仄仄平平仄，平平仄仄平），再下面的颈联又回转到 3+2 联，而下接的尾联又是 2+2+1 联。

五言律诗格律第二式（首联 3+2 式）

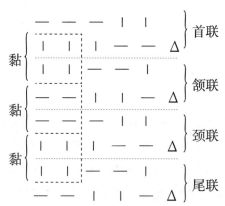

第六节　近体诗基本两式及其变体

　　掌握了律绝、律诗以上两种基本格律形式，现在可以讨论它们各自的变体。所谓变体是指将以上两式仄声结尾的首句变为平声结尾句，使得首联两句都入韵。上文已列出的四种律句，其中只有两种以平声结尾："平平仄仄平"和"仄仄仄平平"。变体首联两句都入韵，而又不能重复使用同一种平声结尾句，所以必须是"平平仄仄平""仄仄仄平平"两者兼用。

　　在五言近体诗格律第一式中，首联下句是"平平仄仄平"，上句要入韵就必须使用另一种平声结尾句，即"仄仄仄平平"。首句改用"仄仄仄平平"（如下图中灰色部分所示），第一式的变体就形成了：

五言律诗格律第一式变体（首联 2+2+1 式变体）

| | | — — Δ
— — | | — Δ
— — — | |
| | | — — Δ
- - - - - - - - - - - - - - - -
| | | — |
— — | | — Δ
— — | | |
| | | — — Δ

　　同样,在五言近体诗格律第二式中,首联下句是"仄仄仄平平",所以首句要入韵就必须使用另一种平声结尾句,即"平平仄仄平"。首句改用"平平仄仄平"(如下图中灰色部分所示),第二式的变体就形成了:

五言律诗格律第二式变体(首联 3+2 式变体)

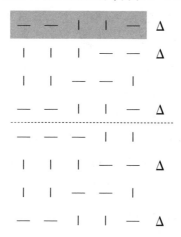

第七节　五言近体诗中 2+2+1 联和 3+2 联的替换

　　近体诗格律的建构还可以依照两种律联的替换规则加以总结。律绝第一式是 2+2+1 联加 3+2 联,而律诗第一式则扩大为 2+2+1、3+2、2+2+1、3+2。律绝第二式是 3+2 联再加 2+2+1 联,而律诗第二式则扩大为 3+2、2+2+1、3+2、2+2+1。图解见下:

第一式（首联 2+2+1 式）

$$
\begin{array}{rl}
2+2+1\ \text{联} & \left\{\begin{array}{l} |\quad |\quad -\quad -\quad | \\ -\quad -\quad |\quad |\quad -\quad \triangle \end{array}\right\} \text{绝句} \\[2ex]
3+2\ \text{联} & \left\{\begin{array}{l} -\quad -\quad |\quad |\quad | \\ |\quad |\quad |\quad -\quad -\quad \triangle \end{array}\right. \\[2ex]
2+2+1\ \text{联} & \left\{\begin{array}{l} |\quad |\quad -\quad -\quad | \\ -\quad -\quad |\quad |\quad -\quad \triangle \end{array}\right. \\[2ex]
3+2\ \text{联} & \left\{\begin{array}{l} -\quad -\quad |\quad |\quad | \\ |\quad |\quad |\quad -\quad -\quad \triangle \end{array}\right.
\end{array} \right\} \text{律诗}
$$

第二式（首联 3+2 式）

$$
\begin{array}{rl}
3+2\ \text{联} & \left\{\begin{array}{l} -\quad -\quad |\quad |\quad | \\ |\quad |\quad |\quad -\quad -\quad \triangle \end{array}\right\} \text{绝句} \\[2ex]
2+2+1\ \text{联} & \left\{\begin{array}{l} |\quad |\quad -\quad -\quad | \\ -\quad -\quad |\quad |\quad -\quad \triangle \end{array}\right. \\[2ex]
3+2\ \text{联} & \left\{\begin{array}{l} -\quad -\quad |\quad |\quad | \\ |\quad |\quad |\quad -\quad -\quad \triangle \end{array}\right. \\[2ex]
2+2+1\ \text{联} & \left\{\begin{array}{l} |\quad |\quad -\quad -\quad | \\ -\quad -\quad |\quad |\quad -\quad \triangle \end{array}\right.
\end{array} \right\} \text{律诗}
$$

第八节　七言近体诗的建构

以上讲的是五言,七言怎么办呢? 七言很容易,就是五言格律全盘照搬，再在前面加上两个相反的声调。五言句前加两字，平起句就变为七言仄起句，而仄起句就变为七言平起句。下面列出七言律绝、律诗的两种格律形式及其变体，供读者参用。

七言近体诗格律形式

第一式（首联后五言部分 2+2+1 式）

```
(— —)  ┊  |  |  |  —  |  |  |
(| |)  ┊  —  —  |  |  —     △ ⎫
(| |)  ┊  —  —  |  |  |         ⎬ 绝句 ⎫
(— —)  ┊  |  |  |  —  —     △ ⎭       ⎬ 律诗
(— —)  ┊  |  |  |  —  |                ⎪
(| |)  ┊  —  —  |  |  —     △           ⎪
(| |)  ┊  —  —  |  |  |                  ⎪
(— —)  ┊  |  |  |  —  —     △           ⎭
```

第二式（首联后五言部分 3+2 式）

```
(| |)  ┊  —  —  —  |  |
(— —)  ┊  |  |  |  —  —     △ ⎫
(— —)  ┊  |  |  |  —  |         ⎬ 绝句 ⎫
(| |)  ┊  —  —  |  |  —     △ ⎭       ⎬ 律诗
(| |)  ┊  —  —  |  |  |                ⎪
(— —)  ┊  |  |  |  —  —     △           ⎪
(— —)  ┊  |  |  |  —  |                  ⎪
(| |)  ┊  —  —  |  |  —     △           ⎭
```

第一式变体（首联后五言部分 2+2+1 式变体）

```
(— —)  ｜ ｜ ｜ — —   △ ┐
(｜ ｜)  — — ｜ ｜ —   △ │
(｜ ｜)  — — ｜ ｜ ｜     ├绝句┐
(— —)  ｜ ｜ ｜ — —   △ ┘    │
(— —)  ｜ ｜ ｜ — ｜           ├律诗
(｜ ｜)  — — ｜ ｜ —   △      │
(｜ ｜)  — — ｜ ｜ ｜          │
(— —)  ｜ ｜ ｜ — —   △ ─────┘
```

第二式变体（首联后五言部分 3+2 式变体）

```
(｜ ｜)  — — ｜ ｜ —   △ ┐
(— —)  ｜ ｜ ｜ — —   △ │
(— —)  ｜ ｜ — — ｜       ├绝句┐
(｜ ｜)  — — ｜ ｜ —   △ ┘    │
(｜ ｜)  — — ｜ ｜ ｜          ├律诗
(— —)  ｜ ｜ ｜ — —   △      │
(— —)  ｜ ｜ ｜ — ｜          │
(｜ ｜)  — — ｜ ｜ —   △ ─────┘
```

第九节　判断近体诗格律的练习

　　听完以上的解释，绝大多数学生都可以理解近体诗建构的原则，并能把近体诗二式及其变体的格律推演出来。然而，这仅仅是一种抽象的理论知识,若能成功地把它运用于读诗或写诗的实践中,才能算真正掌握近体诗的格律。为此,在拙编《如何阅读中国诗歌:导读选集》一书中,所选 29 首近体诗全部都标出入声字(下加小黑点)和韵脚,配上拼音,以帮助学生练习判断诗篇所用格律是第一式还是第二式,是正体还是变体①。下举一例:

诗句	拼音	平仄
国破山河在,	kwok pò shān hé zài	| | — — |
城春草木深。	chéng chūn cǎo muwk shēn	— — | | — △
感时花溅泪,	(gǎn) shí huā jiàn lèi	(|) — — | |
恨别鸟惊心。	hèn bjet niǎo jǐng xīn	| | | — — △
烽火连三月,	(fēng) huǒ lián sān ngjwot	(—) | — — |
家书抵万金。	jiā shū dǐ wàn jǐn	— — | | — △
白头搔更短,	(baek) tóu sāo gèng duǎn	(|) — — | |
浑欲不胜簪。	(hún) yowk pwotshēng zān	(—) | | — — △

在指导学生阅读近体诗的时候,笔者力图帮助学生掌握一些判断格律形式的窍门。例如,在判断七言格律时,关键要看后面的五个字,千万不能被前面两个字搅乱了视线,必要的话可用纸把头两个字遮住。如果诗篇首句入韵,就应置首句不顾,而把注意力集中在第二句,判断它是 2+2+1 句还是 3+2 句。如果第二句是 2+2+1,那么所用格律就是第一式的变体。相反,第二句如是 3+2,格律就是第二式的变体。有时诗人使用不同拗救方法改动首联的平仄常格,故难以决定第二句是 2+2+1 还是 3+2。这时就

---

①Zong-qi Cai, ed., *How to Read Chinese Poetry*: *A Guided Anthology* (New York: Columbia University Press, 2008), pp. 169-172.

要把注意力移至颔联。如颔联是 3+2 联,那么所用的格律就是第一式变体;颔联如是 2+2+1 联,格律就是第二式变体。在分析具体诗句的过程中,学生普遍注意到,各个字都遵守平仄常格的诗篇是极少的。通过观察诗句中平仄的变易(如上图中括号所示),学生可以感性地领悟"一三五不论,二四六分明"一说。此说不甚精确,有例外之处,但总体而言,具体诗篇中平仄变易情况大致如此。

第十节　近体诗格律的传统教学方法与新解释方法的区别

本章所介绍的新方法与近体诗格律的传统教授方法有四大区别。一是纯描述与指定性陈述之别,即英文中 descriptive 与 prescriptive 之异。近体诗的传统命名和分类仅仅描述了首句头字的平仄与末字入韵与否。新方法所陈述的则是一条条准确无误、必须遵循的规则。

二是非生成和生成法之别(non-generative vs. generative)。传统方法止步于首句的描述,没有办法往后推演。而新方法从音步、律句、律联、律绝直至律诗,从小到大,一步一步地将近体诗所有形式推演出来。

三是非分析性与分析性之别(non-analytical vs. analytical)。传统方法缺少分析性,这点从其对格律的命名就可看出。平起仄起只是一个不能反映不同格律本质区别的现象,五言的平起仄起和七言的平起仄起指的是两类截然不同的律句律联。新方法则具有严密而又系统全面的分析性。它不仅纵向地展示出所有近体诗体格律形式的建构过程，而且横向地揭示了各种近体格律之间的内在关系，如律绝重叠与律诗结构、五言与七言的主从关系（就格律而言，七言似乎可以视为五言前加上一个相反音步而成的衍生物）以及近体诗两正体与两变体的主从关系。

四是繁与简之别。传统方法不仅采用"首句平起入韵"句、"首句平起不入韵"这样颇为累赘的命名，而且过于繁杂地将近体诗分为四类。与此相反，新方法将传统的四分法简化为二分法，把传统所说的两种首句入韵式改称为两类基本格律之变体。这一改称合情合理，除了首句之外，这两种变体与其相应的正体是一模一样的。两类基本格律的命名亦简化为第一式和第二式，或首联2+2+1式和首联3+2式，而两种变体只需加上"变体"的标签即可。

这种讲授近体诗格律的新方法，经过多年课堂的实际运用，被证明能非常有效地帮助英语世界的学生和读者了解掌握近体诗格律，从根本上解决了近体诗格律一直无法进入西方课堂的难题。

第七章　五言律诗句法、结构、诗境

　　句法是历代诗话里一个极为重要的议题,唐近体诗的句法又是重中之重。自欧阳修《六一诗话》开始,古代论诗家总爱从唐五、七律诗中摘句玩味,还经常用来阐述诗法诗道。在此"重中之重"的近体中,五律又是佼佼者。五言体历史悠久,统治先唐文坛数百年,而其律体又为科举考试所用,倍显其尊贵。如果我们运用数字人文的方法做统计,历代传颂的名联秀句之中,五律名联所占的比例很可能是最大的。然而,当我们走进唐五律这个琳琅满目、美不胜收的世界,总会有一种只见林叶、不见森林的感觉,难以从无以计数的名联中理出个头绪,对唐五律句法和诗境形成一个全面而系统的理论认识。

　　本章是唐五律的探胜之旅,旨在走出摘句之林叶,摸清此巨大森林各部分的状况,进而揭示其全貌美景。具体的探索任务有三。其一,力图结合现代语言学和传统诗学的方法,建构出一个繁简适中、层次分明而又切合唐五律发展实况的句法系统。笔者参照现代语言学领域汉语研究的成果,尤其是王力先生《汉语诗律学》,总结出唐五律三大句型,即简单主谓句、复杂主谓句、题评句,搭建出一个整体的框架。但句型之下的句式分类则没有采用王力那种过于繁冗的分类法①,而是转为使用传统诗学以句中动词位置、停顿节奏分类的方法,在三个基本句型之中再分出十种最重要的句式。其二,试图对这十种主要句式的审美特征作出较为准确的判断,使用的方法是与先唐同类句式作比较,并加以细读分析,以凸显出唐五律句式的创新之处。其三,在美学的理论高度上归纳总结对十种主要句式的分析,以揭示唐五律句法革新如何创造出美轮美奂的新诗境,并催生出"境从象出"、王昌龄三境说等以"境"为中心的美学命题和论说,从而将中国诗学和美学的发展推向了一个新的高峰。

第一节　句法创新:简单主谓句

　　概括而言,唐人五律的句法创新无非两大类,一是化旧为新,即在常用句式中放入新颖的词类,或使用倒装与穿插句法,或兼用以上两种手法以造成特殊的修辞效果;二是翻空出奇,即铸造出先前五言古诗中没有或很少见的新句式。如下文所示,化旧为新的句式多见于简单和复杂主谓句型之中,而翻空出奇的句式则

---

①根据五言句中不同词类的组合形式,王力总结出简单主谓句式 29 个大类,60 个小类,108 个大目,135 个细目;复杂句式 49 大类,89 个小类,123 个大目,150 个细目;不完全式句式 17 个大类,54 个小类,109 个大目,115 个细目。显然,这种极为繁琐的分类旨在罗列语言现象,对文学研究帮助不大。见王力著:《汉语诗律学》,页 183—234。

多以题评句和名词句的形态出现。

简单主谓句是本节的讨论内容。唐五律中简单主谓句式纷呈多样,目不暇接,但古人却找到一个颇为实用可行的梳理方式,即按照句中动词出现的位置进行分类。例如,元杨载(1271—1323)在《诗法家数》就用此方法对唐五律的句式加以梳理:

§7.1

五言字眼多在第三,或第二字,或第四字,或第五字。

字眼在第三字　鼓角悲荒塞,星河落晓山。江莲摇白羽,天棘蔓青丝。竹光团野色,舍影漾江流。

字眼在第二字　屏开金孔雀,褥隐绣芙蓉。碧知湖外草,红见海东云。坐对贤人酒,门听长者车。

字眼在第五字　两行秦树直,万点蜀山尖。香雾云鬟湿,清辉玉臂寒。市桥官柳细,江路野梅香。①

杨载这段话确有不少见解精到之处。他选用的例子是清一色的对偶联,共九联,全部出自杜甫的五律诗,从而揭示唐五律句法创新突出表现在对偶联的营造。杨称句中的动词为字眼,并按照字眼在句中的位置,分出三类主要的句式,无疑要强调动词是对偶联营造的关键。他不将"字眼第一字"列为一类,显然是注意到五言体与辞赋体中动词位置的重大区别。辞赋作品中第一字为动词的句子甚多,而五言作品中则近乎绝迹。同样,他只提及"字眼

----

① 何文焕撰:《历代诗话》,页730。

在第四字"一类,但不列举例子。这种处理方法也是十分恰当的,因为唐五律中第四字为动词的简单主谓句,不论绝对数量还是名句的数量,都是无法与另外三类相提并论的。本节将采用杨载的分类,集中讨论以第三、二、五字为句眼的三种简单主谓句式。但与杨氏限于列举三类例句的做法不同,笔者将力图勾勒这三种句式历史发展的轨迹,通过与先唐诗句作比较,来凸显唐五律句式创新之处以及其独特的审美特征。

(一)第三字为动词式:复杂的倒装手法

杨载打破数列顺序,将第三字为字眼句式列在三类简单主谓句之首,并非疏忽大意所致,而是因为这类 2+1+2 句式的历史最为悠久,而且在先唐五言诗中占有统治的地位。最早的五言诗集《古诗十九首》的诗行总数为 254 行,其中 2+1+2 式就有 44 例,约占 17%,超过所有其他的句式①。其中 34 例都是主谓宾句,其词类组合为双音名词+单音动词+双音名词,如"胡马依北风,越鸟巢南枝"(其一)、"长衢罗夹巷"(其三)、"人生寄一世"(其四)、"兰泽多芳草"(其六)、"促织鸣东壁"(其七)、"东风摇百草"(其十一)、"晨风怀苦心,蟋蟀伤局促"(其十二)等等。另外 10 例的词类组合是双音副词+单音动词+双音名词,如"何不策高足"(其

---

① 参见第四章"早期五言诗(Ⅱ):句法、结构、诗境"第一节(四)第三个字为单音动词句(44 例)。本章凡举《古诗十九首》之引文,皆见逯钦立辑校:《先秦汉魏晋南北朝诗》,页 329—334。

四)、"无为守穷贱"(其四)、"奄忽若飙尘"(其四)、"与君为新婚"(其八)、"庭中有奇树"(其九)等等。

《古诗十九首》中 2+1+2 句绝大部分是散句,而句中的单音动词多是"为""若""有""多"这类作简单陈述或列举之用的字词。这些泛指的动词自身难以唤起生动的视听经验,也不带有什么感情色彩,故难以称之为后世所赞许的那种"字眼"。然而,在《古诗十九首》少有的几个 2+1+2 对偶句中,我们却能找到名副其实的"字眼":

> 胡马依北风,越鸟巢南枝。(其一)
> 晨风怀苦心,蟋蟀伤局促。(其十二)

笔者认为,传统诗话中所称的"句眼"的主要结构和审美特征有四:省略、倒装、移情、虚实相生。以上两个对偶联中的单音动词具有其中省略、移情、虚实相生三种特征。"胡马依北风,越鸟巢南枝"也看作由"胡马立风中,越鸟巢枝上"省略而成。一旦把介词"中""上"省掉,不及物动词就变成及物动词,副词短语变成直接宾语,同时空出来的一个字眼用于描写宾语,使之成为双音名词"北风"和"南枝",恰好与主语"胡马"和"越鸟"对应。另外,取代"立"的"依"字更能传达眷念故土的情感。这样,胡马眷念抚爱北风、越鸟选南枝为巢的移情虚像油然而生。正由于这一虚象融入了诗人难以诉说的无限乡愁,此对句被誉为千古名句、五言秀句之宗。

笔者认为,"晨风怀苦心,蟋蟀伤局促"一句显示的艺术匠心甚至胜过"胡马依北风,越鸟巢南枝"一句。在诗篇的文本层次上,此句的上二可视为介词短语"晨风(鸟)啼中"和"蟋蟀声里"的省略,而全句可解为有此实义:"晨风鸟啼中,诗人怀着苦心;蟋蟀声里,诗人感伤局促。"由于省略了介词,此诗句似乎获得了一个新的、多少带有移情性质的虚义,即晨风和蟋蟀与诗人共怀苦心,同伤局促。然而,在诗篇的互文层次上,"晨风"和"蟋蟀"乃是此句真真正正的主语,因为两者均是《诗经》的篇名:《秦风·晨风》和《唐风·蟋蟀》,而"怀苦心"和"伤局促"又正好是这两首诗情感内容的总结。这样,我们就面对一个极有趣的现象:文本层次上虚义恰恰是互文层次上的实义,反之亦然。虚义实义,两者已无法区分,已成为见仁见智之辨了。虚实两重意义的互动,达到浑然不分的程度,真有些匪夷所思。

到了魏晋时代,诗人开始更加自觉地在对偶联中营造"句眼"。曹植在这方面的建树尤为显著,而他为后世所传诵的对偶联几乎全是 2+1+2 式,如"高树多悲风,海水扬其波""惊风飘白日,光景驰西流"诸联。又如他《公宴》中所连用三个对偶联:"明月澄清景,列宿正参差。秋兰被长坂,朱华冒绿池。潜鱼跃清波,好鸟鸣高枝"①这种 2+1+2 句式中,地点介词时常被省略,变不及物为及物动词,营造出一种新奇的效果,即是西方文学批评理论中所提到的陌生化(defamiliarization),正如"胡马依北风,越鸟巢南枝"一联所示。曹植"潜鱼跃[于]清波,好鸟鸣[于]高枝"等联无疑沿用了这种陌生化的手法。

---

①曹植著,赵幼文校注:《曹植集校注》,页49。

刘宋谢灵运,世称"大谢",对 2+1+2 对偶联同样是情有独钟,时时一口气连用两三联,如"解作竟何感,升长皆丰容。初篁苞绿箨,新蒲含紫茸。海鸥戏春岸,天鸡弄和风"(《于南山往北山经湖中瞻眺》)①。又如"初景革绪风,新阳改故阴。池塘生春草,园柳变鸣禽。祁祁伤豳歌,萋萋感楚吟"(《登池上楼》)②。曹植的对偶联主要用于罗列普遍性很强、相互关系又较为松散的景象。相反,谢灵运使用 2+1+2 对偶联则是要状写游览山水过程中所目睹耳听的真实景物。纳入联中的山山水水,变换复沓,错落有致,而谢氏还精心锤炼联中的"字眼",不仅捕捉了景物之间互动的态势,而且还将自己的视听经验融入其中。无怪乎他 2+1+2 对偶联读来予人一种清新自然的美感(他的复杂主谓句则往往带有明显的雕琢痕迹)。

谢灵运对 2+1+2 对偶联的最重要创新是引入倒装手法,藉以创造虚实相生的诗境。名联"池塘生春草,园柳变鸣禽"便是用倒装创造虚实相生诗境的最出名例子③。

齐梁谢朓,世称"小谢",也致力于对 2+1+2 对偶联进行化实为虚的改造,但在广度和深度上都超越了大谢。

　　天际识归舟,云中辨江树。(《之宣城郡出新林浦向

---

①谢灵运著,顾绍柏校注:《谢灵运集校注》,页 175。
②谢灵运著,顾绍柏校注:《谢灵运集校注》,页 95。
③此诗的详细分析见第五章"六朝五言诗句法、结构、诗境",第二节(二)虚实相生的对偶联:倒装与用典。

板桥》)①

　　大江流日夜,客心悲未央。(《暂使下都夜发新林至京邑
赠西府同僚》)②

　　寒灯耿宵梦,清镜悲晓发。(《冬绪羁怀示萧咨议虞田曹
刘江二常侍》)③

在这三个写景联中,小谢使用了大谢 2+1+2 对偶联里难以看到的
三种造句方法。其一是移情入"中一"(即句腰的单音动词)之
中。在大谢的 2+1+2 对偶联里,上二、下二通常是一对景物的名
称,而中一则是反映这对景物之间互动关系的动词,通常与诗人
要抒发的情感无直接的关系。只有用这类对偶联完成状景板块
之后,他才转入写情,而此时则多改为使用复杂对偶联。与此情
况相反,小谢极少将景物和情语放入两个相互分离的板块,也没有
像大谢那样自觉或不自觉地对简单、复杂对偶联作了隐性分工,即
前者用于写景,而后者用于言情。相反,他的中一常常是反映诗人
情感的动词,如"识""辨""悲""耿"诸字。"识归舟"与"辨江树"已
经不是纯粹的景物描写,而加入了诗人的动作,寓情于景,虽不直抒
乡愁,但思乡之情溢于言表。另外两联则干脆使用"耿"和"悲"两
个情感动词,更为明显地将诗人情感注入景物之中。
　　第二种方法是使用更为复杂奇特的倒装手法来加强情景互

①谢朓著,曹融南校注:《谢宣城集校注》,页 219。
②谢朓著,曹融南校注:《谢宣城集校注》,页 205。
③谢朓著,曹融南校注:《谢宣城集校注》,页 269。

动的效果。"大江流日夜"这一句通过诗人的倒装,巧妙地使"大江"这个具体的"小"意象作用于空间和时间都远大于江的日月,凭借"小"及"大"的变换,巧思营造出不同寻常的艺术效果。此句原本的正装应是"日夜大江流",如使用大谢"池塘生春草,园柳变鸣禽"那种倒装法,即将句末动词("流")前挪至句腰,造成正装中的副词"日夜"变为主语,而正装中的主语"大江"又变为宾语,从而得"日夜流大江"一句。但小谢独具匠心,改为把正装"日夜大江流"的时间副词"日夜"挪至句末,使之变为宾语,故得比"日夜流大江"更为震撼人心、高秀绝尘之佳句"大江流日夜"。除了以上两种倒装法,小谢有时还使用更为便捷的主宾语直接调换法,如"花丛乱数蝶,风帘入双燕"(《和王主簿季哲怨情》)①就是通过将"数蝶乱花丛,双燕入风帘"中主语和宾语进行对调而成的。

小谢对情景结合的追求还促使他发展出各种不同移情入景的拟人手法。例如,"风碎池中荷,霜翦江南菉"(《治宅》)②一联不仅让风霜变成裁缝匠手中挥舞的刀剪,还将真实景象化为"菉"这个人类所造的抽象概念。又有"朔风吹飞雨,萧条江上来"(《观朝雨》)③一联反其道而行,将抽象的叠韵词"萧条"化为活生生动作之主语。另外,小谢还特别喜欢将形容人造之织物的辞藻运用于自然景观的描绘,写出"余霞散成绮,澄江净如练"(《晚

---

① 谢朓著,曹融南校注:《谢宣城集校注》,页 351。
② 谢朓著,曹融南校注:《谢宣城集校注》,页 268。
③ 谢朓著,曹融南校注:《谢宣城集校注》,页 215。

登三山还望京邑》）①这样广受历代文人好评的佳句。

　　唐五律中为历代传颂的名联数量众多,但其中最为精彩夺目的并非是 2+1+2 式。此式经过大、小谢等先唐诗人反复使用,在句法层次上已没有太多创新的空间。检阅唐五律中 2+1+2 的名联,不难发现它们绝大多数都使用了小谢所创造的拟人和倒装的方法,故没有特别独创新颖之处。由于律诗中颔、颈两联通常有写景和言情的分工,所以唐五律作者较少像小谢那样将情语直接嵌入"中一"里面,写出"大江流日夜,客心悲未央"这类诗句。为了让自己的情感融入景物之中,他们更多是选择小谢写景拟人化的路径,使用化实为虚、倒装等手法来移情入景。

　　　　天意怜幽草,人间重晚晴。（李商隐《晚晴》）
　　　　孤灯然客梦,寒杵捣乡愁。（岑参《宿关西客舍寄东山严
　　许二山人时天宝初七月初三日在内学见有高道举征》）②

以上两联使用了化实为虚的拟人法。李商隐"天意怜幽草,人间重晚晴"将具体施事的主语变为无形的精神现象（天意）,而岑参"孤灯然客梦,寒杵捣乡愁"则是对句中宾语进行了相似的拟人手法,将"然"和"捣"具体动作之受事者"灯""杵"变为抽象无形的"客梦"与"乡愁"。值得注意的是,这里化实为虚的拟人效果也是通过倒装而实现的。这点古人早就注意到了。《唐诗矩》云:

---

① 谢朓著,曹融南校注:《谢宣城集校注》,页 278。
② 本章所引唐诗均出自《御定全唐诗》四库全书本,下同。

"三、四是'客梦'时'孤灯然','乡愁'时'寒杵捣',句法却以倒装见奇。此等句若不识唐人倒装之法,鲜有不入魔者矣。"①

常建"山光悦鸟性,潭影空人心"(《题破山寺后禅院》)也是用倒装手法来实现化实为虚,使得山光和潭影变为有情之物。此联的正装式应是"山光[中]鸟性悦,潭影[前]人心空"。如果说常建联中末字前置的倒装法屡见不鲜,那么李白"客心洗流水,余响入霜钟"(《听蜀僧浚弹琴》)的上句则采用了一种较为少见的倒装形式,即是直接对上二主语与下二宾语进行调换。此句符合逻辑的正装式是"流水洗客心"。

唐五律倒装句不仅用于创造出拟人抒情的效果,而且更多地用于传达感悟山水的审美经验。在各类的对偶联中,2+1+2 联使用倒装句的频率应是最高的,而所用倒装句有两种,一是倒装正装句下三中不及物动词,使之成为及物动词。这种倒装句在先唐五言诗中使用最多,大谢山水诗中倒装句几乎全属这种,如名联"池塘生春草,园柳变鸣禽"所示。二是正装句上二副词倒置于句末,从而变为句子的宾语。王湾《次北固山下》的名联用了这种倒装:

> 海日生残夜,江春入旧年。

"海日生残夜"的正装为"残夜[里]海日生",上二副词(残夜[里])后置于句末,变为宾语,便得"海日生残夜"。"江春入旧

①陈伯海主编:《唐诗汇评》,杭州:浙江教育出版社,1995 年版,页 810。

年"的正装为"旧年［里］江春入",上二副词(旧年［里］)后置于句
末,变为宾语,便得"江春入旧年"。这种更为新颖的倒装句在小
谢等齐梁诗人的作品中才开始频繁出现。时至唐代,五律诗人似
乎特别喜欢使用这种倒装来铸造秀句,显示自己非凡的诗才,如
以下三对名联所示:

> 荷香销晚夏,菊气入新秋。(骆宾王《晚泊江镇》)
> 落雁浮寒水,饥乌集戍楼。(杜甫《晚行口号》)
> 竹光团野色,舍影漾江流。(杜甫《屏迹三首》)

这六个倒装句与小谢"大江浮日夜"句机杼大致相同,即将正装句
描述大景色的上二(晚夏、新秋、寒水、戍楼、野色、江流)倒置于句
末,化主为宾,使之成为原来为其所包含的小景(荷香、菊气、落
雁、饥乌、竹光、舍影)动作的对象。这种倒装句有其奇妙功能,即
是将大景变小,小景变大,以小景动大景,产生出强烈的陌生化的
效果。笔者认为,要取得陌生效果最大化,诗人炼句首先要让上
二与下二形成大小、动静、色彩诸方面产生超越现实,仅存于想象
的对比,另外还需在"中一"上下功夫,寻找足以激活句中景物,让
读者眼前一亮的句眼。在以上三联中,"竹光团野色,舍影漾江
流"的字眼最为警醒隽永,因为"团"和"漾"很少被用作动词,尤
其是及物动词。

唐五律诗人孜孜不倦地炼字、炼句,铸造出许多传颂千古2+1
+2倒装联,从而将自己在视听之域驰骋想象的审美经验栩栩如
生地表现出来。笔者认为,2+1+2联中最为卓越超绝的倒装句则

是再进一步,创造出源自而又超越视听之域、由虚入幻的意境。

泉声咽危石,日色冷清松。(王维《过香积寺》)

王维无疑是这类倒装联中登峰造极者。王力先生根据逻辑将此联解释为"危石阻水泉声咽,青松蔽空日色冷"①,用正装五言诗句表达,则要省略"阻水""蔽空"二词,从而得"危石泉声咽,青松日色冷"。但王维将原来起着原因从句作用的上二(危石、青松)倒置句末,得"泉声咽危石,日色冷清松"联,无疑取得最大化的陌生效果。"咽"字有两解,一为"呜咽",是指涉声觉不及物动词用;二为"吞咽",是涉及味觉及物动词。此字出现在句腰,产生了词义上一种极为特殊的张力,与上二连读(泉声咽)作不及物的"呜咽"解,而与下二连读(咽危石)则又作及物的"吞咽"解。此解完全违背逻辑,因为吞咽的对象不是食物而是坚硬的危石,因而虚幻的陌生化效果让人拍案惊奇。一字同时作此两解,神妙地传达出诗人观照景象时所产生的通感,而下句"冷"字将凝望"日色"的视觉转为"触觉",揭示出同时存在的另一种通感。在王维诗中,这种通感的经验具有深刻的宗教意义。在他所笃信的大乘佛教中,"六根互用"之通感是诸佛菩萨具有的超凡能力。王维通过妙用倒装引入通感经验,成功地将自己的佛教理想和悟觉融入山水审美之中,从而创造出由幻显真、揭示出天地万物之实相的意境。

―――――――――

①王力著:《汉语诗律学》,1979年版,页261。

（二）第二字为动词句：化实为虚

　　字眼在第二字的情况在汉晋五言诗中用得不多。《古诗十九首》共有 254 行，其中第二字为单音动词的只有 18 例，仅占 7%。这 18 例的第一个字全是副词，而下三则多数为偏正名词①。到了齐梁时期，第二个字为动词、下三为偏正名词的句子才渐渐多起来。这类句子多是谓宾句，如以下两例所示：

> 朝发披香殿，夕济汾阴河。（沈约《昭君辞》）
> 一望沮漳水，宁思江海会。（沈约《饯谢文学》）②

　　将沈约这两联诗句与《古诗十九首》的 18 例作比较，不难看出两大变化，一是整行从言情为主转变成状物为主，二是下三字变为指涉具体地点和景物的偏正名词。初唐诗人受齐梁影响，很喜欢用这种句式，如下所示：

> 霜剪凉阶蕙，风捎幽渚荷。（魏征《暮秋言怀》）
> 星模铅里靥，月写黛中蛾。（许敬宗《奉和七夕宴悬圃应制二首》其一）

---

①参见第四章"早期五言诗（Ⅱ）：句法、结构、诗境"第一节（三）第二个字为单音动词句（18 例）。
②沈约著，陈庆元校注：《沈约集校笺》，杭州：浙江古籍出版社，1995 年版，页 285、396。

将这两联与沈约的两联仔细比较,我们又发现新的变化:第一字已变为单音名词,成为句子的主语,而整句呈现主谓宾句式。我们同时还注意到,第二字都是描写人物动作的动词,在逻辑上与景物主语不匹配,但从审美的角度来看,正是这种不匹配创造出化实为虚、拟人化的效果。这类句式的下三是较为凝固呆板的部分,要让诗句灵动起来,就得在上二部分做功夫。到了盛唐,第二字为诗眼句又有了新的发展。例如,孟浩然名联"气蒸云梦泽,波撼岳阳城"不仅富有想象地使用了"蒸""撼",而且还用了倒装。此联符合逻辑的正装应是"云梦泽[里]气蒸,岳阳城[边]波撼"。

笔者认为,唐人对第二字动词句的最重要的创新并不在第二字之上,而是见于他们对下三化实为虚的努力之中。

可怜江浦望,不见洛阳人。(宋之问《途中寒食题黄梅临江驿寄崔融》)
水谙彭泽阔,山忆武陵深。(黄损《句》)
虚垂异乡泪,不滴别人心。(杜荀鹤《湘中秋日呈所知》)

"江浦望""彭泽阔""武陵深""异乡泪""别人心"都是将偏正名词化实为虚的产物。在正常的三音偏正名词之中,末字必定是指实物的单音名词(如"洛阳人")。但在这几例中,诗人将此末字换为传达情感的动词(望)、描述主观感觉的形容词(阔、深)或名词(泪、心)。另一种常见的化实为虚手法是将三言的时空副词放置于句末,使之成为作宾语用的三言偏正名词:

　　　　行到水穷处,坐看云起时。(王维《终南别业》)
　　　　竹怜新雨后,山爱夕阳时。(钱起《谷口书斋寄杨补阙》)

王维名句"坐看云起时"的正读是"云起时坐看"。而钱起"竹怜
新雨后,山爱夕阳时"的正读则是"新雨后怜竹,夕阳时爱山"。此
联的句式尤为新奇,不仅因为其下三和上二同时使用了倒装,而
且还可以读作"怜新雨后竹,爱夕阳时山"。在对第二字为动词句
的虚化改造中,杜甫的成就也是无可比拟的。赵翼(1727—1814)
在《瓯北诗话》卷二云:

§7.2

　　　　杜诗又有独创句法,为前人所无者。如《何将军园》之
"绿垂风折笋,红绽雨肥梅","雨抛金锁甲,苔卧绿沈枪",
《寄贾严二阁老》之"翠干危栈竹,红腻小湖莲",《江阁》之
"野流行地日,江入度山云",《南楚》之"无名江上草,随意岭
头云",《新晴》之"碧知湖外草,晴见海东云"。①

笔者认为,在以上所列举的例子中,"绿垂风折笋,红绽雨肥梅"一
联最为著名。王力先生认为杜甫所睹的是"风折之笋垂绿,雨肥
之梅绽红"的实景②,但杜甫却异想天开,生造出奇葩无比"风折
笋""雨肥梅"的偏正名词,同时又对另外两个字进行化实为虚的

_____

①郭绍虞撰:《清诗话续编》,页1153。
②王力著:《汉语诗律学》,页256。

改造,句首的主语从"风""雨"变为"红""绿",而动词"垂""绽"则与之配合,倒装前置而成为主语"红""绿"的及物动作。此联将唐人各种化实为虚的手法熔为一炉,无疑代表了唐五律句法创新的又一个巅峰。

(三) 第五字为动词句:从虚到幻的发展

在对早期五言诗的研究中,笔者已指出,动词或说句子重心后移至第三个或第五字的位置,是五言与《诗经》四言和《楚辞》分道扬镳的一个重要标志。诗句头重尾轻是《诗经》五言句和《楚辞》的共同特点。所谓"重"是指含有作为句子重心的动词,"轻"是指不含有动词的部分。在《诗经》的 1+4 和 2+3 句中,上一或上二为动词的句子占绝大多数,如"畏/人之多言"(《郑风·将仲子》)、"乐/子之无知"(《桧风·隰有苌楚》)等。在《楚辞》中,《九歌》的3+兮+2 体,头重尾轻,不言而喻。其上三乃句子主要内容所在,而"兮"之后的二字绝大多数都是补充性的感叹或评述。在以《离骚》为代表的《楚辞》后期作品中,"兮"被移至一联中首句的末尾,而取而代之的是"以""与""之""其"等连词。骚体 3+1+2 的句子结构无疑也是头重尾轻的,除了"其""乎"后接动词之外,其他连词字后的二言段不包含动词,仅是上三某一部分的扩充而已(参见第一章"汉诗诗体的'内联'性",第五节)。

在《古诗十九首》中,第五字为动词句有 38 例之多。其中,上二和中二(即第三、四字)最多是双音名词+双音副词,如"会面安可知""岁月忽己晚""此物何足贵"等 25 例。其次是双音副词+双音名词的组合,如"上与浮云齐""岂能长寿考""孟冬寒

气至""三五明月满"等 7 例,而在上举的后两例中,"孟冬"和
"三五"是名词作时间副词用。《古诗十九首》中第五字为动词
句几乎全部都是言情句,似乎与常用于写景的第三字为动词句
有不同的分工(参见第四章"早期五言诗(Ⅱ):句法、结构、诗
境",第一节)。

　　如果说大谢承继《古诗十九首》的传统,主要使用第三字为动
词句来写景,那么小谢则进行了意义重大的革新,开始大量使用
第五字为动词句来写景,如"日华川上动,风光草际浮"(《和徐都
曹出新亭渚》)、"蜻蛉草际飞,游蜂花上食"(《赠王主簿诗二
首》)、"红尘朝夜合,黄沙万里昏"(《从戎曲》)①诸联所示。

　　小谢所用的第五字为动词句多是狭义的主状谓句。他喜欢
用单字动词(加着重号所示),置于句末,故更为警醒,而上二为主
语,是所描写的对象,中二(即第三、四字)则是时间或地点副词
(下划线所示),起状语作用。在以上三联中,名词词组"朝夜"和
"万里"作副词用,比"川上""花上"等副词词组更优,因为前者是
带有具体形象的实字,有助于营造出一种具体丰富的时间、空
间感。

　　小谢所用的这种句式对唐人影响颇大,许多五律名联都是如
法炮制的,"云表金阙迥,树杪玉堂悬"(杜审言《蓬莱三殿侍宴奉
敕咏终南山》)、"白日地中出,黄河天外来"(张蠙《登单于台》)
等。同时,唐五律诗人更深地发掘了第五字为动词句的穷情写貌
的潜力。自《古诗十九首》以来,第五字为动词句的上二和中二的

────────────

①谢朓著,曹融南校注:《谢宣城集校注》,页 323、354、155。

分工极为清楚,一个担任句子的主语,另一个担任句子的状词,两者都与句末动词紧密相连,但彼此之间却没有什么关系。但是到了唐代,五律诗人开始着力改变这种情况,力图在上二和中二之间建立直接的互动关系。例如,王维"楚塞三湘接,荆门九派通"一联就将上二与中二的关系变为关系密切的主宾关系。

重塑先唐第五字为动词句另一种常见的方法是对 2+3 的因果复句加以改造,上二改用名词,从而得第五字为动词的简单句。王维的名联"大漠孤烟直,长河落日圆"可以视为"漠大[广]/孤烟直,河长/落日圆"这种因果复杂句的变体。通过倒装上二,使之成为名词(大漠、长河),诗人显然轻易地将 2+3 因果复句改造为更为精炼隽永的简单句。在大小谢的山水诗中,2+3 复句的上二和下三各自描述一种视听经验,而这两种经验紧凑地先后发生,很自然地会在审美的层次形成一种因果关系,从而唤起一种虚实相生的审美效果。通常说来,上二呈现"实"的视听经验,但它同时又对下三的视听经验产生直接影响,使之变得更为强烈,乃至诱发超出现实的审美虚象。王维将上二主谓词组(漠大、河长)倒装为双音名词(大漠、长河),在语言的层次上是实词化,但审美的效果却恰恰相反,是由实变虚。这是因为诗人更为含蓄;不直接点明自己的视听经验,而是用一名词引导读者自己去想象大漠与孤烟、长河与落日强烈对比,领略在这种巨大视觉冲击之中所产生的、两对景物相互衬托而成的"直"与"圆"的审美境界。

杜甫也很喜欢用同样的方法来营造第五字为动词句。他的名联"行云星隐见,叠浪月光芒"所状之景,按大小谢的笔法,必定是"云行星隐见,浪叠月光芒"。用"行云"而不用"云行",舍主谓

词组而取名词,确实是唐五律的一个重大句法创新。没有改变的
是,上二的名词仍然是因,交代原因或环境,后三的主谓结构仍然
是果。杜甫另一名联"孤嶂秦碑在,荒城鲁殿余"也是如此。"孤
嶂"之"孤"衬托出"秦碑"之"在","荒城"之"荒"衬托出"鲁殿"
之"余"。在这种新句法的影响之下,唐五律诗人还开始在上二中
使用自身不带描述成分、并非由主谓词组倒装而成的名词,如杜
甫"野寺残僧少,山园细路高"、王维"九门寒漏彻,万井曙钟多"、
护国"莲花国土异,贝叶梵书能"诸联所示。

　　唐五律诗人不仅为创造上二中二之间审美互动下尽功夫,成
就非凡,他们对下一(即句末单音动词)的炼字同样一丝不苟,达
到"语不惊人死不休"的地步。最能说明这一点的莫过于此语之
作者、五律之宗杜甫自己的诗句。在杜甫五律中,对第五字锤炼
达到炉火纯青地步的佳句甚多,这里选出其中达到出神入化境界
的三例,加以详细的分析。首例是《登岳阳楼》的颔联:

§7.3

　　　　昔闻洞庭水,今上岳阳楼。

　　　　吴楚东南坼,乾坤日夜浮。

　　　　亲朋无一字,老病有孤舟。

　　　　戎马关山北,凭轩涕泗流。

此联所用"双音名词+双音副词+单音动词"句式,首先大量出现
在小谢描写山水小景的诗之中,通过其三部分之间流转互动,而
创造出清新喜人的活景。但在杜诗中,同样句式却呈现出一派恢

弘磅礴的气象。此画风之骤变,自然首先与上二中二的选词有关。上二的"吴楚""乾坤"勾勒出无比寥廓的空间,而中二的时空副词"东南""日夜"又再进一步,扩展了原来以为已无法扩展的空间。然而,将上二和中二呈现的静态的时空区域转化为宇宙天地的磅礴气势,则有赖于下一动词的选择。杜甫所选"坼""浮"二字均是精妙绝伦。诵读此联,我们会自然地将二字作不及物动词读,而将上二视为句子的主语。如上文所示,在齐梁五言和唐五律中,第五字为动词句的末字几乎总是不及物动词,因此我们就必然会将此联读作:"吴楚在东南方坼开,乾坤在日夜中浮动。"这种读法无疑足以将洞庭湖波澜壮阔的气象展现出来。然而,对"语不惊人死不休"的杜甫来说,他所要呈现的是比此更为惊心动魄、统摄天地的想象之境。他突发奇想,打破第五字为不及物动词句的固定模式,将第五字作及物动词用,将上二"吴楚""乾坤"变为倒置的宾语,而句中所省略的主语则是上联的"洞庭湖"。这也就是说,此联是他将长散文句"洞庭湖坼吴楚于东南,浮乾坤于日夜之中"压缩倒装而成。这种读法不仅揭示了杜甫精妙的草蛇灰线式的起承手法(颔联的省略主语承接了首联"洞庭湖"三字),更重要的是让我们领略诗人出神入化的艺术想象:洞庭湖升华一种力足以浮托起整个乾坤,缥缈虚幻的神秘力量。

接着要分析的第二例是杜甫五言排律《玄元皇帝庙作》中的名联"碧瓦初寒外,金茎一气旁"。叶燮《原诗》举"碧瓦初寒外"一句为杜甫句法登峰造极之明证,写道:

§7.4

　　《玄元皇帝庙作》"碧瓦初寒外"句,逐字论之。言乎外,与内为界也,初寒何物,可以内外界乎? 将碧瓦之外,无初寒乎? 寒者,天地之气也,是气也,尽宇宙之内,无处不充塞,而碧瓦独居其外,寒气独盘踞于碧瓦之内乎? 寒而曰初,将严寒或不如是乎? 初寒无象无形,碧瓦有物有质,合虚实而分内外,吾不知其写碧瓦乎? 写初寒乎? 写近乎? 写远乎? 使必以理而实诸事以解之,虽稷下谈天之辨,恐至此亦穷矣。①

　　就字面意思而言,"碧瓦初寒外"一句上二、中二、下一者的关系是不符合逻辑的,无法用常理来解读。正因如此,叶燮提出一连串的发问。首先,寒气充塞天地,碧瓦何以独居其外,或何以将之收入其内? 再者,仅言初寒,而严寒的状况又有何不同? 最后,"外"是描述"碧瓦"还是"初寒"? 换言之,动词"外"的主语是上二还是中二? 沿着叶燮所提的问题,顺藤摸瓜,不难看出句末"外"的奇妙作用,虽然此字极为平常,却将两个逻辑完全不相关的名词联系起来,迫使读者像叶燮那样揣摩上二与中二的关系,产生出虚幻而又得其真的无限想象。叶燮不仅用传统诗话中少见的分析语言描述此审美想象的过程,而且还将"碧瓦初寒外"视为"天下惟理、事之入神境者":

---

① 叶燮:《原诗》,见王夫之等撰:《清诗话》,页585。

§7.5

　　然设身而处当时之境会,觉此五字之情景,恍如天造地设,呈于象,感于目,会于心。意中之言,而口不能言;口能言之,而意又不可解。划然示我以默会相象之表,竟若有内有外,有寒有初寒,特借碧瓦一实相发之。有中间,有边际,虚实相成,有无互立,取之当前而自得,其理昭然,其事之然也。昔人云:王维诗中有画。凡诗可入画者,为诗家能事。如风云雨雪景象之至虚者,画家无不可绘之于笔。若初寒、内外之景色,即董、巨复生,恐亦束手搁笔矣。天下惟理、事之入神境者,固非庸凡人可摹拟而得也。①

第二节　句法创新:复杂主谓句

　　复杂主谓句是指一行中含有两个或三个动词的句子。按照动词位置的分布来分类,主要有两大类。第一类在上二和下三各有一个动词,其中第二、五字为动词句字的数量最多,而第一字(或第二字)、四字为动词句也时而可以见到。第二类则是下三中有两个动词,通常是第三、五字。

　　这两大类复杂主谓句分别呈现其特定的逻辑时空关系。前者主要用来表示上二下三之间持续递进以及因果关系,而后者则多反映出下三中两个动词之间的主辅关系或主从关系。从先唐

———————

① 叶燮:《原诗》,见王夫之等撰:《清诗话》,页 585—586。

五古到唐五律之间,这两类复杂主谓句自身逻辑空间结构有何变化? 这些结构变化又给我们带来什么不同的审美经验? 这些是本节试图解答的问题。

(一)第二、五字为动词句:因果句的创新

第二、五字为动词句在《古诗十九首》使用不多,只有"但伤知音稀"(其五)和"将随秋草萎"(其八)两例,而句中两个动词共同构成兼语句。到了六朝,第二、五字为动词句开始用于写景,陶渊明"草盛豆苗稀""道狭草木长"属于较早的例子。在谢灵运山水诗中,这种复杂主谓句大量出现,而且经常与第三字为动词的简单主谓句交替使用,可见他对此句式钟爱的程度(参§5.18《于南山往北山经湖中瞻眺》)。他的山水诗名句就有不少采用这种句式,如"石横水分流,林密蹊绝踪"。谢朓也极爱使用此类句,杜晓勤称,"谢朓诗中现存 28 句'二//二/一'式,占 5.46%,比王融(1 句,占 0.63%)、沈约(12 句,2.78%)都多。其中画面清新、物象并置、诗意丰富的山水妙句,是纷至沓来",又列举以下的例子:

> 日起//霜戈/照,风回//连骑/翻。(《隋王鼓吹曲十首·从戎曲》)
> 风荡//飘莺/乱,云行//芳树/低。(《隋王鼓吹曲十首·登山曲》)
> 鱼戏//新荷/动,鸟散//余花/落。(《游东田》)
> 日出//众鸟/散,山暝//孤猿/吟。(《郡内高斋闲望答吕法曹》)

风振//蕉葄/裂，霜下//梧楸/伤。(《秋夜讲解》)

草合//亭路/远，霞生//川路/长。(《奉和随王殿下诗十六首》其三)①

但到了唐朝，这种句式在五言近体诗中继续大量使用，而且也主要用于写景。蒋绍愚将这种句式称为"紧缩句"："在唐诗中，诗人常喜欢用这些紧缩句。这不但是为了用字精炼，而且是为了用紧缩句(特别是表因果的紧缩句)来表现诗人观察的敏锐、细致，以增强诗歌的艺术表现力量。"②与上面所举小谢的诗句相比，唐五言近体诗中因果紧缩句又有了两个重要的发展，即写小景愈加细致入微，写大景愈加宏伟壮阔。以王维"草枯鹰眼疾，雪尽马蹄轻"(《观猎》)一联为例，飞鹰搜索猎物的疾动眼光是我们肉眼难得一睹，只有借助诗人观察想象的"望远镜"才能捕捉到了的景象。同样，王维五绝《鸟鸣涧》"人闲桂花落，夜静春山空"将我们带入万籁俱寂之禅境，窥见桂花飘飞之状，听到桂花落地之声。用因果紧缩句写小景，如此出神入化，亦真亦幻，这是在先唐五言诗中无法达到的艺术境界。唐五律诗人也喜欢用因果紧缩句写大景，展现出与大小谢山水诗迥然不同的气象：

潮平两岸阔，风正一帆悬。(王湾《次北固山下》)

①参见杜晓勤：《大同句律形成过程及与五言诗单句韵律结构变化之关系》，载蔡宗齐编：《声音与意义：中国古典诗文新探》，《岭南学报》复刊第5辑，页139—140。
②蒋绍愚：《唐诗语言研究》，北京：语文出版社，2008年版，页144。

> 日落江湖白,潮来天地清。(王维《送邢桂州》)
> 地卑荒野大,天远暮江迟。(杜甫《遣兴》)
> 星垂平野阔,月涌大江流。(杜甫《旅夜书怀》)

在大小谢山水诗中,绝大部分因果紧缩句是用来写小景的。即使有时上二引入了大景,但下三几乎总转写小的景物,如谢朓"日出/众鸟散,山暝/孤猿吟"所示。与此情况相反,在上引唐五律三联中,上二下三几乎都是同时描写大景,落日与江湖、江潮与天地、星空与平野、天际与暮江、明月与大江,无不展现出雄伟壮观、气势磅礴的景象。同时,借助上二下三的因果结构,三位诗人还生动地传达出他们观望这些宏伟景象时所产生的视觉想象。潮平而让人觉得两岸要比实际的距离更宽,日落将眼中的江湖化为白色,而江潮又使天地变清。杜甫"星垂平野阔,月涌大江流"给我们的审美享受则再进一步,视觉想象从静变动,产生由虚到幻的质变。在王湾和王维两联中,上二动词是对景物的实写,而下三的动词则是对下三景物因与上二景物强烈对比而产生特殊视觉的虚写。但在杜甫的一联中,上二的动词便已是幻想之笔,先将群星渐落的过程幻想为垂落的短暂动作,然后又将缓缓月出的过程想象为从江水中涌出的瞬间动作,似乎大江是因月涌之力的推动而往前流动。此联创造的虚幻而美的境界,可以说是把因果紧缩句的写景传情的潜力发挥到登峰造极的地步。

(二)第二、三字为动词句:因果句的倒装与虚幻化

第二、三字为动词句的历史更为悠久,在《古诗十九首》就已

大量出现,共有 12 例,可分为三组:

  A. 还顾望旧乡。(其六)

   高举振六翮。(其七)

   泪下沾裳衣。(其十九)

   梦想见容辉。(其十六)

   枉驾惠前绥。(其十六)

  B. 徙倚怀感伤。(其十六)

   高举振六翮。(其七)

   欲归道无因。(其十四)

  C. 弦急知柱促。(其十二)

   昼短苦夜长。(其十五)

   独宿累长夜。(其十六)

   愁多知夜长。(其十七)

A 组是线性的递进句,句中第二个动词是前面动作的延续或目的。B 组中的第二个动词则表示伴随动作或表述的转折。C 组各例中第一、二个动词形成明显的因果关系,而第五个字也都是作补语用的动词。值得注意的是,这些句子几乎都用于抒情,要么直抒胸臆,要么描述能反映内在情感的动作。

  在六朝五言诗中,主要用于抒情的第二、三字为动词句并没有被改造成为写景的常用句型,而此状况在唐五律里也没有多大的改变。笔者翻阅了《唐诗三百首》和高步瀛《唐宋诗举要》,发现第二、三字为动词句寥寥无几,然而其中却有王维和杜甫的名联：

> 竹喧归浣女，莲动下渔舟。（王维《山居秋暝》）
> 细动迎风燕，轻摇逐浪鸥。（杜甫《江涨》）

这两例可以说是承继了上举 C 组的因果句模式，但有了本质性的变化，内容由抒情变为写景，而形式变化更为引人注目，先因后果的逻辑顺序一变为先果后因。按逻辑来说，王维联应是浣女归而竹喧，渔舟下而莲动。因与果在句中倒装，前果后因，取得极佳的陌生化效果，诗人观物之视听感受和喜悦心情也就栩栩如生地表现出来了。杜甫"细动迎风燕，轻摇逐浪鸥"也同样使用了倒置的手法，首先将"燕迎风"和"鸥逐浪"的事实陈述加以倒装，生造出偏正名词组"迎风燕"和"逐浪鸥"，然后再将两者"细动""轻摇"的动作倒装于句首。值得一提的是，此联还可以读作散文句"燕细动迎风，鸥轻摇逐浪"之倒装。由于句首主语（燕、鸥）被移至句末，此联还可以读作 4+1 题评句："细动迎风／燕，轻摇逐浪／鸥"，上四为题语，而下一为评语（参下文有关题评句的论述）。如果说以上两联运用倒装，化因果实事为果因之虚想，那么王维五绝《鸟鸣涧》"月出惊山鸟"一句则是完全凭空幻想出来的景象。在现实生活中，无声无响的月光何以惊飞山鸟呢？然而，在艺术审美和宗教感悟的层次上，不通过这种虚幻因果关系，我们又何以体验到万籁俱寂，非有非无之禅界呢？

(三)第一、四字为动词句:模棱两可的双主语

在句法结构的层次上,第二、五字为动词句与上面讨论的因果紧缩句没有太大的不同,只是上二和下三的动词各自往前挪了一个字的位置。然而,这一似乎无关重要的变动却能带来迥然不同的审美体验。虽然这一句式用得不多,但其审美的价值是不容小觑的。将上一的动词挪到句首,从而省略了主语,使上二的结构从主谓式变为谓宾式或谓状式。主语的省略自然会造成模糊的空间,从而影响整句的解读。

杜甫《春望》的颔联"感时花溅泪,恨别鸟惊心"就绝妙地利用了这种模糊空间,创造出至少五种共存的、富有审美意义的歧义。此联上下句都包含两个主语:上二中潜在的主语(感时与恨别之人)与下三中显在的主语(溅泪与惊心之花鸟)。上二主语的省略大大地增加了句子表意的含糊性。首先,如果将诗人自身理解为上二和下三的共同主语,那么,此联则可以解读为:

> 我为悲凄的时节感到痛苦,连花朵都使我潸然泪下。
> 我是如此地憎恨离别,连鸟儿的鸣叫也令我心惊。

这种读法中将"溅"与"惊"理解为使动动词。诗人是"溅泪"和"惊心"真正的主语,而"花"与"鸟"不过是形式主语,或者说,是引起诗人情感回应的缘由。

我们稍稍展开想象,可以将"时"与"花"、"别"与"鸟"分别组合成两个双音节词:"时花"与"别鸟",则此联又有第二种解读:

　　　　　有感于应时开落的花朵,我潸然泪下。

　　　　　憎恨见到迷失的孤鸟,我为它的鸣叫而惊心。

这种读法将原诗的语义节奏变为 3+2 的节奏。通常来说,五言诗 2+3 的语义节奏不容改变,然而,杜甫以善于倒换诗中固有的节奏和语序著称,他往往通过这一手法,获得特殊的审美效果。因此,这种读法尽管稍嫌勉强,似乎亦可接受。

　　如果我们将"花"与"鸟"理解为三言段中的主语,则可以得出第三种读法:

　　　　　当我为这个悲凄的时节感慨不已,花亦为我洒泪。

　　　　　当我为离别而怨恨感伤,鸟儿亦为之惊心。

如果上二和下三的主语都是"花"和"鸟",则有第四种读法:

　　　　　花儿为这个悲凄的时节感慨不已,潸然泪下。

　　　　　鸟儿为离别而怨恨感伤,内心惊惶。

最后,如果把二三言段间的停顿拖长,此对句便可视为一个题评结构,故又有第五种读法:

　　　　　感时—花溅泪　　　恨别—鸟惊心

句中的长停顿(由一字线表示)打破了上二与下三之间的时空一

逻辑联系。由此,上二的"感时""恨别"是诗人沉思的主题,而下三中的"花溅泪""鸟惊心"则成为诗人对自身情感状态的象征性描述。这些描述可以看作闪现于诗人脑海中的一幅幅画面,诗人的感受难以言传,除此方式则无以表达。这种表现手法,让我们得以通过诗人深刻的自省,重新体验到诗人脑海中如蒙太奇般跳跃的灵感与情怀。

从以上五种解读方法可以见出体察人类困境的三种不同视角。在头两种读法中,对人类痛苦的呈现,是纯粹从人的视角展开的。因此,自然似乎与人毫不相关,对他所切身感受的痛苦亦无所回应。更甚之,自然生生不灭,春天万物滋长,更让人感觉到自身的脆弱和苦困。自然与人的无情对照,是中国传统诗歌中永恒的主题,本诗的首联中"国破"与"山河在"的对比,无疑也涉及了这个主题。然而,第三、四种读法与头两种读法不同,其所要表达的意思正与这种对比恰恰相反。在第三种解读方法中,诗人从更广阔的角度去观察人类的痛苦,人与自然合为一个整体。这样一来,人的痛苦正是自然所能感知的痛苦,反之亦然。因此,在人之感时和花之溅泪之间,就有了动人的共鸣和联系。在第四种读法中,自然变成有情有义之精灵,主动地去感受体察人类的痛苦,成为倾诉人类的悲愁的代言人。第五种读法则是诗人对自己情感的深沉反思。这三个不同视角的变换,反映了诗人与所感知对象的关系悄然生变:从困窘的人类与无情的自然之间的痛苦比照,到人类与自然情感的互相呼应,到最后两者感情的全然相通。当我们随着诗句去细味这些变化之时,自然与诗人内心最深处的感情息息相通,深切地体验到诗人将其所观所感深化为梦幻场景的全过程。

(四) 第三、五字为动词句：化句腰为从句

第三、五字为动词句是一个头轻尾重的句式，因为两个动词都出现在下三之中。此句式历史悠久，《古诗十九首》就有十多例，如"清商随风发"（其五）、"奄忽随物化"（其十一）、"回风动地起"（其十二）、"凉风率已厉"（其十六）等。这类例句的上二多是名词，但也可以是副词，而下三中的两个动词紧密相连，不是宾补关系（"清商随风发"），就是平行并列关系（"凉风率已厉"）或辅主关系（"回风动地起"）。到了六朝，一种新型的第三、五字为动词句开始出现的，如王融"井莲/当夏/吐，窗桂/逐秋/开"（《临高台》）。在这种句式中，第三、四字构成一个相对独立的单位（当夏、逐秋），成为修饰整个句子的时间从句，而不是与句末动词一道构成句子的谓语。在某种意义上说，这种句式似乎可以视为从齐梁诗中那种时髦的双音名词+双音名词+单音动词的写景句密切相关。王融联中去掉下句腰的动词，就可变成那种写景句："井莲/仲夏/吐，窗桂/晚秋/开。"

在唐五律之中，上述两种句式都有使用。例如，司空图"春风骑马醉，江月钓鱼歌"联中两个动词呈现伴随动词+主动词的结构，但上二名词已由主语变为隐性的地点副词，诗意即是：春风里，骑马时醉倒；江月下，钓鱼时放歌。不过，总的来说，《古诗十九首》那种老式第三、五字为动词句更多在古诗体中沿用，而六朝出现的新式第三、五字为动词句则是在五律中大量使用，得以发扬光大。例如，较之王融联，许浑"晴山开殿翠，秋水卷帘寒"联又

有新变,句腰的"开殿"和"卷帘"已不是泛指的时间从句,而是成为省略了主语但涉及具体动作的原因从句:晴山,因(诗人或他人)打开殿门,而见其苍翠;秋水,因(诗人或他人)卷帘,而感到其逼人的寒气。毫无疑问,这种句式的出现,让五律诗人在使用因果句时又有了新的选择,他们可以不沿袭已沿用了几百年的因果压缩句,不说"开殿晴山翠,卷帘秋水寒",而说"晴山开殿翠,秋水卷帘寒"。

　　将上二原因从句移至句腰似乎成为唐五律一时的风尚。为了在句腰装嵌入更隽永的原因从句,许多诗人不惜使用删字压缩法。例如,杜甫名联"名岂文章著,官应老病休"便用了三字作原因从句,以求将"岂因为文章"和"应因为老病"压缩装入句中。与杜甫压缩虚词的手法不同,王维《终南山》颔联别出心裁,将双音动词用作从句:

§7.6

　　　　太乙近天都,连山到海隅。
　　　　白云回望合,青霭入看无。
　　　　分野中峰变,阴晴众壑殊。
　　　　欲投人处宿,隔水问樵夫。

王维将双音动词放在句腰的位置,不仅仅取得很好的陌生化效果,而且绝妙地传达了他禅观山水的体悟。"回望"和"入看"都是未凝固的、可以拆开的双音动词,因而颔联可以有两读。一是作2+2+1读:白云,诗人回望之,顿时聚合;青霭,诗人步入,消失无迹。二是作 2+1+2 读:白云,诗人回首以观其聚合之变;青霭,诗人步入以观无有之境。如果说一读如实地记录诗人在云雾缭绕的山峰中跋涉的视觉感受,二读则栩栩如生地将诗人禅悟山水的心理活动传达出来。此联有此二读,完全是因为诗人有意为之。将此联与颈联连读,我们就可以发现两个颇不寻常的现象。首先,我们发现颈联也是使用句末为动词的句式,而五律中颔联和颈联使用如此相似的句式的情况是不多见的。当我们将两联句末的四个动词联系在一起看,就有了一个更重要的发现:每一字正是中国佛教典籍中经常用以阐释佛家世界观的术语:"合""无""变""殊"。其中"合"指的是佛家术语"和合",即世间万象一切因缘的总体;"无"指的是"无二",是大乘佛教中一个双重否定的术语,旨在说明世间一切概念都不可具体化为绝对存在。一切事物,不管是实物还是臆想,都由因缘而生,而非本质存在,因此都处于不断地"变"和"殊"之中。所以,佛家的真理既非有也非空。

　　王维在诗中巧妙地嵌入这四个佛家术语,显示了他作为诗人高超的想象力。这四个抽象的哲学术语,在诗人天才的笔触下一个个生动地化为了每句的诗眼,给每句诗注入生命活力。这些诗眼相互作用,产生了变幻无穷的、体现佛教世界观的幻境。"合"与"无"精妙地再现了"云"和"霭"如有似无的形象;而"变"与"殊"则写出了"峰"和"壑"形色不定的景色。这种幻境在诗的最后一联达到了顶峰:我们被诗人指引着,如入其境,仿佛也觉得林中某处有可供投宿的所在,而我们又什么都看不到,只好隔着水雾,大声询问那远处似有似无的樵夫。也许,空荡荡的山谷里我们自己的回音,将是我们得到的唯一答复。在这种幻境达到顶峰之际,善感的读者或许可以体验到佛家所谓的"顿悟",至少也能多少体会到大乘佛家所谓宇宙一切物我皆无自性、即空即色、亦幻亦真的道理。

第三节　句法创新:题评句

经过汉代三百多年的沉寂之后,题评句型在近体诗里呈现了爆炸性的发展,无论在题语评语自身的成分,还是两者的组合形式,都产生了根本质变。在五律中,题语可以是指涉物象的名词,也可以是一个动词词组。评语的成分也产生了相似的变化,既可以是单字,也可以是动词词组或名词词组。随着题、评语种类的扩充,两者的组合形式也走向多样化,除了符合五言节奏的 2+3 式之外,还出现了头小尾大的 1+4 式和头大尾小的 4+1 式。下面对这三种主要的题评句式加以详细的分析。

(一)2+3 题评句

所谓 2+3 题评句是指上二下三之间存在断裂,上二为题语,下三为评语的句子。这种题评句与五言句 2+3 节奏完全相符,所以在唐五律中出现的频率是最高的。在多数的情况下,上二是作题语的名词,下三是作评语的动词词组,如下面三例所示:

　　白发/悲花落,青云/羡鸟飞。(岑参《寄左省杜拾遗》)

旅愁／春入越，乡梦／夜归秦。（白居易《江楼望归》）

孤灯／寒照雨，深竹／暗浮烟。（司空曙《云阳馆与韩绅宿别》）

在这类题评句中，上二题语多是景物的粗写（白发、青云、孤灯、深竹），下三评语则会跳跃到具体情感或声色之貌（悲花落、羡鸟飞、寒照雨、暗浮烟）。如果上二是情感的总写（旅愁、乡梦），下三则笔锋一转，状写最能衬托出这种情感的景物（春入越）或具体的人事活动（夜归秦）。

2+3题评句有时采用上二形容词+下三名词的形式，如"清新／庾开府，俊逸／鲍参军"（杜甫《春日忆李白》）；"丧乱／秦公子，悲凉／楚大夫"（杜甫《地隅》）。另外，上二动词+下三名词的题评句式偶尔也有使用，如贾岛《赠胡禅归》颔联"秋来／江上寺，夜坐／岭南心"。

题语与评语之间的断裂程度是有深浅之别的。例如，赵元任先生所举"这事早发表了"一句就属断裂程度较浅的题评句，因为它实际上也可读作主谓句"早发表了这事"的倒装。在五律中情况也一样，上面所列举的例子中就有不少可以视为主谓句的倒装，如"白发悲花落，青云羡鸟飞"可以读作"悲白发花落，羡青云鸟飞"散文句的倒装。"清新庾开府，俊逸鲍参军"则更明显是"庾开府清新，鲍参军俊逸"的倒装。由此可见，五律中的题评句属性判断，确实有见仁见智的因素，而与读者的句读使用也有密切的关系。上二后的停顿拖长，与下三的断裂随之加强，句子自然会被读成题评句。另外，句式的陌生化也会加强上二下三之间的断裂，引导读者将诗行读作题评句。"清新庾开府,俊逸鲍参军"就是最好的例子,散文句里没有这种句法,我们自然会按2+3题评句来读。

在唐五律中,将2+3题评句审美潜力发挥得淋漓尽致,登峰造极的诗篇,非杜甫的《江汉》莫属:

§7.7

　　江汉│思归客,
　　乾坤│一腐儒。
　　片云│天共远,
　　永夜│月同孤。
　　落日│心犹壮,
　　秋风│病欲疏。
　　古来存老马,
　　不必取长途。

有一种观点认为,诗歌是时间的艺术,而绘画是空间的艺术。《江汉》一诗则同时提供了时间和空间两种维度的阅读可能,从而证明,这种观点是失之简单化的。引文中的竖线划分了诗句中的二言段与三言段,将全诗分为两大部分。若沿着竖线垂直阅读,则打破了句子间接续的正常序列,突出了两组高度浑融的意象群,因而是空间维度上的解读。第一组意象群带出了从乾坤到广阔的河流,到天气("片云""秋风")等一系列宇宙天地的景象;另一组意象群,则集中于对诗人自身状况的评述:思归的旅人,他的困窘寂寞、漂泊四方的经历,以及尽管年老体衰,但壮志不改的决心。如果说这种空间维度上的解读方法,强调了物我的比照,那么时间维度上的解读,即按诗的顺序一行接一行地读,则揭示了诗人体察事物与沉思内省的心理过程。

通过逐句横向细读可知,全诗除了最后两句,都是由题评结构组成。前六句上二都是题语,带出了主题——诗人所体察到的广袤天地;而紧随的下三都是评语,表达诗人体察外物而生发的无限情思。首联中,广阔无垠的景象("江汉""乾坤")引出了诗人凄苦无依、人微言轻的形象("思归客""一腐儒")。颔联中,"片云""永夜"的意象更深化了寂寞沉郁的忧思,但紧接着的评述部分中,人的感情感染了外物,外物亦能呼应人的感情,相互感应,则又似乎稍稍缓解了诗人的孤寂。正如《春望》的颔联"感时花溅泪,恨别鸟惊心",此联也是巧妙利用主语省略所造成的模糊,成功地创造了物我移情的审美效果。在此联中,"共""同"暗示了两个甚至更多的主语。根据读者所理解的句中所暗示的主语的不同,此联可以有三种不同的解读:

片云——天与之共远,永夜——月与之同孤。

片云——天(与我)共远,永夜——月(与我)同孤。

片云、天——(我与之)共远,永夜、月——(我与之)同孤。

这三种题评读法之共存,正体现出世间万物共生共存、物我同情的审美境界——各种客观事物之间如此,人与自然之间亦如此。从这种共存之"道"可以味出,诗人的孤寂稍微得到了纾解,因而,得以为颈联中"转"作了铺垫。颈联的"转"相当精警,因为诗人将"落日""秋风"这两种萧瑟忧愁的意象与诗人虽老病而奋起的壮志并列在一起了——落日不过更唤起了他的建立功业的志向,而秋风更是促使他从病痛中恢复过来。这一振奋的强音延续到尾联,诗人以比喻作结,阐述了垂暮之人生命的真正价值。

(二) 头小尾大(1+4)的题评句

杜甫和不少中晚唐诗人热衷于尝试使用不符五言体 2+3 节奏的拗句。拗句一词普遍用来指违反近体诗平仄规则的句子,这里笔者将它的词义加以扩充,用来指违反近体诗固定韵律节奏的句子。五律中出现的拗句有三种:3+2 式,1+4 式,4+1 式。3+2 式拗句上下两部分关系较紧密,如果上三下二都有动词,那么两部分往往呈现一定程度的递进关系或因果关系,如"把君诗/过日,念此别/惊神"(杜甫《赠别郑炼赴襄阳》),如果上三是名词词组,那么下二多半是其谓语,如"一封信未返,千树叶皆飞"(于武陵《客中》)。这两种 3+2 句显然是较难作题评句读的。与此情况相反,1+4 式和 4+1 式拗句中两部分形成最大化的对比反差,因此很易承载题评句。

1+4 式拗句头小尾大,较为容易作题评句读。黄生《诗麈》云:"上一中二下二,如'地/盘山/入塞,河/绕国/连天'(张祜),'井/凿山/含月,风/吹磬/出林'(贾岛)。"①其实,这两联更应该按 1+4 断句。上一是句子的主语,而中二下二则是句子的谓宾部分,所以句子实际是标准的 1+4 结构:"地/盘山入塞,河/绕国连天";"井/凿山含月,风/吹磬出林"。既然上一是明明确确的主

---

①黄生著:《诗麈》,收入贾文昭主编:《皖人诗话八种》,页 57,引文中"/"号为笔者据黄氏节奏划分所加。

语,为何又要称之为题评句了？这与诗歌韵律节奏有关。作为诗句诵读,有两种停顿可以选择,一是按五言固定的 2+3 节奏读,二是按 1+4 节奏读。按第一种停顿来读,"地盘/山入塞,河绕/国连天";"井凿/山含月,风吹/磬出林",前三句既不通逻辑,也不会唤起超越逻辑的艺术想象。用第二种停顿来读,言通字顺,自然是更佳的选择。由于上一是单音字,不构成音步,在诗句诵读中必然要拖音,加强停顿,故与下面两个自然音步形成鲜明的对照,这样上一与下四之间就有了明显的断裂,因可将重读的上一视为题语,下四则是诗人对题语所发出的评论。题语评语之间的停顿,具有强烈的抒情作用,就相当于现代汉语中的"啊":"地啊,盘山入塞,河啊,绕国连天";"井啊,凿山含月,风啊,吹磬出林"。毋容置疑,这种题评读法富有诗意,可以将诗人的主观情感融入句中,引起读者强烈的共鸣。

杜甫"夜足沾沙雨,春多逆水风"(《老病》)用的是隐性的 1+4 题评句。就表层句式而言,此联属上文所讨论的第二字为动词的主谓句。但深层意义上,此句应读作 1+4 题评句。王力先生将此联解释为:"夜则沾沙之雨足,春则逆水之风多。"①。据此解释,此联实是 1+4 题评句"夜/沾沙雨足,春/逆水风多"的倒装而已。

(三)头大尾小(4+1)的题评句

4+1 式拗句头大尾小,往往最宜读作题评句。黄生《诗麈》列

---

①王力著:《汉语诗律学》,页 214。

此式为八种五言句式之一,说道:"上四下一,如'雀啄北窗/晚,僧
开西阁/寒'(喻凫),'莲花国土/异,贝叶梵书/能'(护国)。"①这
两联的上四的关系甚为紧密,一是完整无缺的谓宾句,一是偏正
结构的四言名词词组,各自随后自然有长的停顿断裂,因而促使
我们将下一读为诗人面对上四所呈现的情景实物,有感而发的评
论。4+1式题评句中作评语的下一通常是形容词或动词,如崔涂
"暮雨相呼/失,寒塘欲下/迟"(《孤雁二首·其二》),但也偶尔是
名词,似乎更有新奇感,如"云霞出海/曙,梅柳渡江/春"(杜审言
《和晋陵陆丞早春游望》)。

　　有趣的是,4+1式题评句经常可同时作2+3读。在黄生所举
的两联中,除了"僧开西阁寒"一句之外,其他三句均可以按2+3
读,"雀啄/北窗晚"读成因果主谓句,虽然不符合逻辑,但却饶有
诗意。另外两句则明显是题评句:"莲花/国土异,贝叶/梵书能。"
仔细琢磨"僧开西阁寒"一句,我们可以摸索到一条规则:如果第
二个字是及物动词,无法与第一个字结合构成主谓词组,那么句
子就只能读作4+1式题评句。"楚设关城险,吴吞水府宽"(杜甫
《第五弟丰独在江左》其一)亦印证了此规则,"楚设"和"吴吞"都
是没有意义的,故只能作4+1式题评句解:"楚设关城/险,吴吞水
府/宽。"

　　从中国诗歌发展史的角度来看,唐五律中1+4式和4+1式题
评句出现也是一种必然。经过近千年的不断的使用,尤其是齐梁

---

①黄生著:《诗麈》,收入贾文昭主编:《皖人诗话八种》,页57。引文中"/"号
　为笔者据黄氏节奏划分所加。

至盛唐时期全面深入的发掘,五言体的2+3节奏句法所蕴藏的丰富资源都已被探明和彻底利用,通过引入新的节奏和句法来取得诗歌发展的新突破,乃是势在必行的事情。如果说在五律中1+4和4+1题评句仅仅是诗体革新的星星之火,那么它们将在唐宋小令及慢词中得到如火如荼的发展,最终演变为两种最能体现词本色的句法和篇章结构,即头小尾大和头大尾小的题评结构。这点笔者已有论述,此处不再赘述,可参见第十章"小令句法、结构、词境"。

(四)2+3 纯名词题评句

在历代传诵的唐五律名句中,有不少是全部用名词写成的。这种全名词句式在先唐五言诗中是极少见的。唐五律中所见全名词句的源头在哪里?它们的句法属性如何?是主谓句还是题评句?它们有何独有的审美特征?这些都是本节试图解答的问题。

全名词句似乎是中国诗歌与生俱有的。《诗经》就有"黍稷重穋,禾麻菽麦"(《七月》)这样的全名词句。在汉大赋之中,罗列动植物的全名词句比比皆是,不胜枚举,如司马相如《上林赋》"卢橘夏熟,黄甘橙楱,枇杷橪柿,亭柰厚朴,樗枣杨梅,樱桃蒲陶"之类。先唐五言诗中也有全名词句,但其组合形式有所变化,不再是事物名字的平等罗列,而多是呈现一种偏正结构。以《古诗十九首》"仙人王子乔"一句为例,仙人为偏,王子乔为正,前者修饰后者。谢朓名联"江南佳丽地,金陵帝王州"(《入朝曲》)则是由散文句(江南者,佳丽地也;金陵者,帝王州也)压缩而成。综上所述,先唐诗里全名词句,不是名词的堆砌,就是动词主谓句的紧缩体,两种都具有实无虚的特征。这类全名词句在唐五律中仍有使用,偏正结构的名词句有李世民"秦川雄帝宅,函谷壮皇居"(《帝京篇》)、温庭筠"京口贵公子,襄阳诸女儿"(《秘书刘尚书挽歌词二首》其二)等。而杜甫"文章千古事"一句则是谢朓"江南佳丽地"紧缩主谓句的翻版。

　　然而,为后人所喜爱的唐五律名词句并不采用平等或偏正罗列或主谓结构,因而绝不是有实无虚的名词句。谢榛(1495—1575)《四溟诗话》卷一就论述了律诗名词句由实变虚的重要性:"律诗重在对偶,妙在虚实。子美多用实字,高适多用虚字。惟虚字极难,不善学者失之。实字多则意简而句健,虚字多则意繁而句弱。赵子昂所谓两联宜实是也。"①周履靖(1549—1640)《对床夜语》亦云:"近体中虚活字极难,死字尤不易。盖调虽是死,欲使之活,此所以为难。"②值得注意的是,谢榛所说的"实字"与现代语法中的"实词"不同,当作"名词"解,而"虚字"当指形容词、动词等词,而周履靖所说的"死字"与谢氏"实字"同义。"实字多则意简而句健",即多用名词,用意象说话。这点似乎让人联想到西方现代诗的意象派。不过,与西方意象派不同的是,唐五律的名词句并非随意摆放,而是利用五言 2+3 节奏创造不同程度的语义断裂,让句子由实变虚,从而开拓出丰富的想象空间。谢榛在《四溟诗话》云:

---

① 丁福保辑:《历代诗话续编》,页 1147。
② 周维德集校:《全明诗话》,页 2229。

§7.8

　　五言诗皆用实字者,如释齐己"山寺钟楼月,江城鼓角风",此联尽合声律,要含虚活意乃佳。诗中亦有三昧,何独不悟此邪? 予亦效颦曰:"渔樵秋草路,鸡犬夕阳村。"①

玩味谢氏所举的诗句,不难看出,释齐己诗句之三昧源于其上二下三之间断裂,山寺与钟楼月,江城与鼓角风,都不是同类的物象,两组物象之间有大与小、静与动的强烈的对比,因而呈现出一种较明显的题评关系。诗人首先在上二列出自己观物的对象(即题语),然后选用其他的物象来彰显所观之物的特征。"钟楼月"点明山寺之幽静,而"鼓角风"则点明江城之地势气象。再如李颀的"秋声万户竹,寒色五陵松","万户竹"最能显示题语"秋声",无疑是其极佳的评语。同样,最能表现"寒色"的"五陵松"也是一个极佳的评语。杜甫"北斗三更席,西江万里船"(《春夜峡州田侍御长史津亭留宴》)和李白"浮云游子意,落日故人情"(《送友人》)则将指涉人事或直接言情的名词用作评语,更为凸显诗句的题评结构。为了加强评语的感召力,诗人还时常用倒装的手段来自造出新奇的偏正名词:

　　　　曲塘春尽雨,方响夜深船。(司空图《江行二首》其一)
　　　　万里江海思,半年沙塞程。(项斯《送友人游边》)
　　　　星河秋一雁,砧杵夜千家。(韩翃《酬程延秋夜即事

―――――――――
① 丁福保辑:《历代诗话续编》,页1146。

见赠》)

　　落叶他乡树,寒灯独夜人。(马戴《灞上秋居》)

以上诸联无不说明,正是有赖于题评结构的使用,唐五律诗人才能超越先唐那种极为板实指事的名词句,创造出由实变虚,美感无限的 2+3 名词句。

　　现在,我们可以回过头来讨论唐五律 2+3 名词题评句的起源。既然我们无法在先唐诗中找到这种题评句的雏形,那么我们就得在唐诗内部寻找了。宋明诗话中对司空曙名联"雨中黄叶树,灯下白头人"出处的讨论,似乎能给我们很好的启发。宋人范晞文《对床夜语》卷四中云:

§ 7.9

　　诗人发兴造语,往往不约而合。如"雨中山果落,灯下草虫鸣",王维也。"树初黄叶日,人欲白头时",乐天也。司空曙有云:"雨中黄叶树,灯下白头人。"句法王而意参白,然诗家不以为袭也。①

谢榛《四溟诗话》卷一中亦云:

§ 7.10

　　韦苏州曰:"窗里人将老,门前树已秋。"白乐天曰:"树初

──────────

①丁福保辑:《历代诗话续编》,页 433。

黄叶日,人欲白头时。"司空曙曰:"雨中黄叶树,灯下白头人。"
三诗同一机杼,司空为优,善状目前之景,无限凄感,见乎
言表。①

　　从范氏和谢氏所列举出自不同诗人的诗句,我们不仅落实了司空
曙诗句出处,而且还可以发现,2+3 名词题评句实际从带有动词
的正常诗句凝练而成的。2+3 名词题评句的这种后发性,无疑是
它具有特别丰富的互文内蕴的重要原因。

　　当然,题评句式并非五律名词句虚化的唯一途径。有时,全
名词联实际上是由六个名词(每行两个双音名词,外加一个单音
名词)平行堆积而成,所以呈现出线性推进之态势。正是利用这
种内在的线性关系,王维成功地将因果关系引入联中,写下千古
名联"山中一夜雨,树杪百重泉"。要是没有"山中一夜雨"之因
做铺垫,那么"树杪百重泉"所予以的美感就大为逊色了。另外,
不少五律诗人还将名词句改造为一种隐性的流水对来使用。温
庭筠"鸡声茅店月,人迹板桥霜"(《商山早行》)就是最有名的例
子。与杜甫"即从巴峡穿巫峡,便下襄阳向洛阳"那种带时序虚词
的显性流水对不同,温联是通过六个名词之间的空隙或较轻微的
断裂(鸡声——茅店——月,人迹——板桥——霜)唤起想象,将
征人披星戴月赶路之境象呈现眼前。

———————

① 丁福保辑:《历代诗话续编》,页 1142。

第四节　五言律诗结构

我们谈及律诗，就会想起"起承转合"，通常认为它是律诗的典型结构。但实际上这种说法是宋人的总结，而非唐人自创、遵守的原则。但从诗歌史的角度来看，用起承转合来概括律诗的结构，显然是以偏概全。实际上，"起承转合"是一种循环结构，它是唐代律诗三种主要结构之一，而且使用率也并非最高。

（一）线性结构

在唐代律诗当中，线性结构应当是使用最为频繁的。许学夷谓"武德贞观间，太宗及虞世南、魏征诸公五言，声尽入律，语多绮靡，即梁陈旧习也"。初唐五律，诗人沿用齐梁咏物之格，头三联全用于写物，层层递进，一贯而下，直至尾联才以设问等形式稍加抒情。例如唐太宗《咏桃》，前三联以华艳不失自然、格调明快的语调纯粹咏物，兴象清远，一气呵成，尾联方设问"如何仙岭侧？独秀隐遥芳"；再如《野望》是王绩五律中最著名之作，这首诗首联破"野望"题意，二、三联全部用来描写野望所见之景，未见明显转折，且描写之时，大景"树树""秋色""山山""落晖"与小景"牧童驱犊""猎马带禽"错落而来，尾联仍然一贯而下，以反问句抒情，由景而事①。

---

① 唐太宗《咏桃》：禁苑春晖丽，花蹊绮树妆。缀条深浅色，点露参差光。向日分千笑，迎风共一香。如何仙岭侧？独秀隐遥芳。王绩《野望》：（转下页）

不难发现,这些诗在上下篇(或说颔、颈联)之间没有明显的转折,正是线性结构的典型特点。

时至盛唐,这种序列结构仍旧不断地出现,不少名篇也是以此结构写成,写人如张九龄《望月怀远》,状景如王维《江汉临眺》,此处以王维诗为例:

§7.11

楚塞三湘接,荆门九派通。

江流天地外,山色有无中。

郡邑浮前浦,波澜动远空。

襄阳好风日,留醉与山翁。

这首诗中,有大小变化的两条轴线。"楚塞""荆门"都是非常壮阔的景致,又以"接""通"二词呈现相互融合、气势雄浑的画面。第二联视角缩小,具体到"江流""天色",第三联"郡邑""波澜"则更为细致。然而,与此同时,全诗又贯穿着另外一条线索,首联"三湘""九派"用来衬托"楚塞""荆门",已是辽阔之境,第二联"天地""有无"出现了更大的幻觉,又是隐含了一个视角逐渐放大的过程。虽然没有明显的跌宕起伏结构,但通过大小变化两条轴线上景物的对比,共同呈现出宏伟的宇宙气象,避免了平淡的描写,与先唐的线性结构已然不同。

(接上页)东皋薄暮望,徙倚欲何依。树树皆秋色,山山唯落晖。牧人驱犊返,猎马带禽归。相顾无相识,长歌怀采薇。相关分析可参见钱志熙:《唐诗近体源流》,页44—48。

(二)起承转合之循环结构

　　王维的《江汉临眺》实际上没有明显的转折,若没有上述隐藏的两条变化的线索,其实很容易流于平淡无奇、拖沓重复。因此,大部分诗人在写作时为了克服这一缺点,常常会在颔联与颈联之间引入一种隐形的转折——时间或地点上的变化。王维在《终南山》一诗中,上半部分写的是一路上山所见之景,到了颈联“分野中峰变”开始从山上往下看,观物视角发生了明显的变化①。杜甫《倦夜》则呈现了时间的变化,首联“野月满庭隅”、颔联“稀星乍有无”写的都是上半夜皓月当空的景色,到了颈联月亮西沉,只见萤火虫黯然的光,水鸟也开始了活动,时间发生了移动②。温庭筠《商山早行》则是一首兼具时间和地点变化之作,首联、颔联写的都是黎明村庄之景,天色未明,颈联地点转入山路,时间在步步推进变为白日③。这些诗作虽然仍旧是线性结构,但是在写景之时已经发生了一些时间、地点上的转变。五律当中还有一种明显转变——景物到情语的转变,可以看作脱胎于先唐古诗的二元结构,与二元结构不同之处在于诗人极力追求首联和尾联的相互照应,从而构成了一种循环的系统,即“起承转合”。“起承”乃线

---

① 王维《终南山》:太乙近天都,连山接海隅。白云回望合,青霭入看无。分野中峰变,阴晴众壑殊。欲投人处宿,隔水问樵夫。
② 杜甫《倦夜》:竹凉侵卧内,野月满庭隅。重露成涓滴,稀星乍有无。暗飞萤自照,水宿鸟相呼。万事干戈里,空悲清夜徂。
③ 温庭筠《商山早行》:晨起动征铎,客行悲故乡。鸡声茅店月,人迹板桥霜。槲叶落山路,枳花明驿墙。因思杜陵梦,凫雁满回塘。

性结构,"转"也就是景物到情语之转,"合"即所谓的尾联与首联
的关系。以杜甫《天末怀李白》为例:

§7.12

> 凉风起天末,君子意如何。
> 鸿雁几时到,江湖秋水多。
> 文章憎命达,魑魅喜人过。
> 应共冤魂语,投诗赠汨罗。

这首诗首联重在描写景物,想象天气转凉的情况,虚写鸿雁、秋水。
颈联"文章憎命达,魑魅喜人过"转向对诗人李白命运的慨叹,尾联
字面看来是对李白与屈原精神共鸣的书写,但"汨罗"之意境又连接
首句"天末"之景,相互照应而"合"。这种起伏顿挫的结构尤为杜
甫钟爱,可称为他的"标签性"结构(signature style)。

　　翻阅《唐诗三百首》中杜甫的六首五律,可发现它们的结构全
部如此。例如《月夜忆舍弟》首联"戍鼓断人行"与末句"况且未
休兵"在意象层次构成照应①。《旅夜书怀》尾联"飘飘何所似,天
地一沙鸥"虽然不是实写,但是沙鸥乃细雨微风之中、河岸之上的意
象,在地点上又与首联"细草微风岸,危樯独夜舟"构成了"合"②。
《登岳阳楼》末句"凭轩涕泗流"之轩,与首联"今上岳阳楼"联系

---

① 杜甫《月夜忆舍弟》:戍鼓断人行,边秋一雁声。露从今夜白,月是故乡明。
　有弟皆分散,无家问死生。寄书长不达,况乃未休兵。
② 杜甫《旅夜书怀》:细草微风岸,危樯独夜舟。星垂平野阔,月涌大江流。
　名岂文章著,官应老病休。飘飘何所似,天地一沙鸥。

在一起,构成循环①。《奉济驿重送严公四韵》在回忆了过往时光后,末句"寂寞养残生"与首句"远送从此别"在情调上构成了"合",而"江村独归处"与"青山空复情"则从情境上相"合"②。《月夜》中末句"双照泪痕干","照"字呼应了首联的"月",而"双"与"独"亦构成了对照③。由此可见杜甫对"起承转合"的苦心经营,同时也反映了律诗结构的革新走向了高峰。

(三)叠加结构

叠加结构的基本原则是序列上的断裂,而律诗强调四联之间的"黏",以保证各联紧密结合成一个天衣无缝的整体。因此,按常理来看,叠加结构与律诗缜密连贯的音律形式应是格格不入的,但实际情况并非如此,有些不太拘泥格律的诗人就会打破常规将二者结合,比如李白,他的《送友人》就是典型:

§7.13

> 青山横北郭,白水绕东城。
> 此地一为别,孤蓬万里征。
> 浮云游子意,落日故人情。
> 挥手自兹去,萧萧班马鸣。

①杜甫《登岳阳楼》:昔闻洞庭水,今上岳阳楼。吴楚东南坼,乾坤日夜浮。亲朋无一字,老病有孤舟。戎马关山北,凭轩涕泗流。
②杜甫《奉济驿重送严公四韵》:远送从此别,青山空复情。几时杯重把?昨夜月同行。列郡讴歌惜,三朝出入荣。江村独归处,寂寞养残生。
③杜甫《月夜》:今夜鄜州月,闺中只独看。遥怜小儿女,未解忆长安。香雾云鬟湿,清辉玉臂寒。何时倚虚幌,双照泪痕干。

　　这首诗景物与情语的"转"不在颈联而在颔联,"此地一为别"直接进入了诗人内心,颈联的"浮云""落日"又由情转入带有象征意义的景,尾联再次转入直接的抒情。仔细分析,这是一种扇对,即交叉的对,首联、颈联写景,颔联、尾联抒情,并且相互之间对仗十分工整,"此地一为别"与"挥手自兹去"前后相继,"孤蓬万里征"与"萧萧班马鸣"均是对征程忧伤的描写,相互之间一一对应。这诗的结构让我们想起《诗经》"昔我往矣,杨柳依依。今我来思,雨雪霏霏"的名句。两联均先言诗人之事,后列景物;而首联上句与次联上句隔行相对偶,同时首联下句与次联下句隔行相对偶,也就是说两联通过排比的手法,建构了极为工整的扇对。

　　李白将此古老的排比结构引入律诗,不仅是引古风入律的重大革新,而且还为中唐诸诗人提供了更符合其抒情需要的结构。郎士元《送友人别》比李白诗题只多"别"一字,结构亦完全模仿了李诗。首联"暮蝉不可听,落叶岂堪闻"与颈联"荒城背流水,远雁入寒云"都是些萧条寂寞之景,以见物外之意。颔联"共是悲秋客,那知此路分"与尾联"陶令门前菊,余花可赠君","秋"与"菊"相照应,"此路分"与"可赠君"照应①。再看司空曙《云阳馆与韩绅话别》,也使用同样的结构:首联"故人江海别,几度隔山川"与颈联"孤灯寒照雨,湿竹暗浮烟"均是对萧瑟寒湿之景的描写,颔联"乍见翻疑梦"与"更有明朝恨"照应,"相悲各问年"与"离怀惜

_____

① 郎士元《送友人别》:<u>暮蝉不可听,落叶岂堪闻</u>。共是悲秋客,那知此路分。<u>荒城背流水,远雁入寒云</u>。陶令门前菊,余花可赠君(为了区分扇对的关系,首联与颈联以虚线标记,颔联与尾联以波浪线标记,下注同)。

共传"照应①。以上都是首联、颈联写景，颔联、尾联转而抒情，而
刘长卿《经漂母墓》的叠加结构则稍有改变，首联"昔贤怀一饭，兹
事已千秋"已是言情，颈联"渚苹行客荐，山木杜鹃愁"与之照应，
而颔、尾联"古墓樵人""楚水""春草""王孙"又是写景状物②。

　　在汉代和六朝五言诗中，如《古诗十九首》(其一)③、陶渊明
《归园田居》(其一)④、《饮酒》(其五)⑤等名篇，这些结构中景物
片段没有时空序列关系，但都与诗人希望表达的情感有关，已可
视为一种叠加结构。而上文所分析李白、郎士元等人的作品则呈
现了另外一种叠加，它们保持了《诗经》中扇对的古老结构，叠加
的部分在首联与颈联、颔联与尾联之间构成了排比的关系，由此
在结构上更为工整，在风格上更加古色古香。

第五节　唐五律的诗境：象外之境的追求

　　上文已对唐五律句法和结构作出全面系统的梳理，此末节将
在更高理论层次上加以归纳总结，以求揭示出唐五律独特诗境形

---

① 司空曙《云阳馆与韩绅话别》：故人江海别，几度隔山川。乍见翻疑梦，相
　悲各问年。孤灯寒照雨，湿竹暗浮烟。更有明朝恨，离怀惜共传。
② 刘长卿《经漂母墓》：昔贤怀一饭，兹事已千秋。古墓樵人识，前朝楚水流。
　渚苹行客荐，山木杜鹃愁。春草茫茫绿，王孙旧此游。
③ 参见第四章"早期五言诗(Ⅱ)：句法、结构、诗境"§4.5。
④ 参见第五章"六朝五言句法、结构、诗境"§5.16。
⑤ 参见第五章"六朝五言句法、结构、诗境"§5.17。

成和发展的过程。笔者认为,在中国诗歌艺术发展史上,唐五律的显赫成就在于,不仅实现了齐梁五言所追求的"圆美流转"的理想,而且还超越视听之域,创造出"境生象外"这种前所未有的诗境。

(一)"圆美流转"理想的完成:"状难写之景"的追求

清人贺贻孙《诗筏》云:"谢玄晖与沈休文论诗云:'好诗圆美流转如弹丸。'此实玄晖自评也。"①笔者认为,"圆美流转"四字不仅是对小谢诗的评价,更是对六朝五言诗艺术创新的一个精妙独到的概括。首先,圆美流转可以用来概括六朝诗所创造的对偶句法。对偶实际上是追求一种圆,一个句子里成为一个完满的单位,在一个完满单位中有正对、反对等不同的肌理结构,这是一种对圆的追求。美,就是说不像早期排比式对偶,纯粹为了加强语气或帮助记忆,而是要有在辞藻中的对比带来新颖的美感。所以,圆和美这两者的结合,可以总结出对偶句发展的审美意义。同时,"流转"二字又极为恰当地总结了六朝诗人在对偶联语序方面的创新。"流"为符合逻辑正装的语序,而"转"则是有意违背逻辑倒装的语序,两种兼用就可尽显流转之美。正是如此,如"大江流日夜,客心悲未央"这类千古传诵的名联往往是一句正装,一句倒装,兼有流与转之美。

"圆美流转"同样可以用来总结六朝五言诗结构上的发展。所谓"流",可以理解为一种诗歌线性向前发展的推动力。"转"可以解释为一种跳跃转折的变化。流和转这两个因素,不同的作

①贺贻孙:《诗筏》,见郭绍虞撰:《清诗话续编》,页161。

家以不同的模式争取达到平衡。以大谢为例,他的山水长诗作,在其记游、叙述、写景、抒情、言理五大版块之中,是平顺流动的。在一个版块中,他常常连用同样句型的对偶句,就给读者一种舒缓流动的感觉,但在整篇的结构里它是转的,五大块之间都有很大的跳跃转换,反映出诗人切入角度以及时空的变化。换言之,局部为流,整体为转,这是大谢的特点。从这种局部之流,我们可以看到赋的影响,因为他很喜爱在连续的两联四句之中使用完全相同的句式。而小谢的结构则恰恰相反,它的整体是流,整首诗中都没有明显的断裂、转换或二元结构,但在句式上确实有一种转,每一联都使用不同的句式。以前举《游东田》为例,每一联句式都在转变,所以诗的内部是有转的。的确,谢朓所写四联八句的短诗,实际上代表了六朝五言诗艺术发展的巅峰,因为在圆美流转方面呈现了前所未有的造诣。“圆”,就是说八句已经形成了完美的诗体;“美”,就是说其中的情感结合的对偶联含有浓烈的美感;“流”,也就是说八句中紧凑紧密的关系。唯独比较欠缺的是一个“转”。

　　小谢诗再加上大谢那种强势的“转”才可说达到“圆美流转”的最高境界,但登上顶峰的最后一步须等待盛唐五律大师王维、杜甫等人来完成。

　　唐五律诗形式自身在某种意义上可以视为“圆美流转”这种审美理想的实现。就律诗形式而言,它无论在声律、结构、肌理所有方面的组织都体现了这种“圆美流转”的理想。除了继承了齐梁五言“圆美流转”的句法之外,唐五律还在声律和结构方面也做到了“圆美流转”。五律每联之中的平仄变换和四联之间的“黏”就充分体现了对“圆美流转”的追求。在盛唐五律名作中,四联的

"起承转合"无疑也是一种"圆美流转"的循环结构。与其形式革
新相比,唐五律内容的"圆美流转",即情景的互动融合,就更为重
要。如果说谢朓首先使用有限的对偶句法试验融情入景,那么上
文所讨论的简单主谓、复杂主谓、题评句的全面创新,无不使得情
与景"圆美流转",实现完美的结合。王夫之《姜斋诗话》盛赞杜
甫五律中这种完美情景交融,说道:"情、景名为二,而实不可离。
神于诗者,妙合无垠。巧者则有情中景,景中情。景中情者,如
'长安一片月',自然是孤栖忆远之情;'影静千官里',自然是喜
达行在之情。情中景尤难曲写,如'诗成珠玉在挥毫',写出才人
翰墨淋漓、自心欣赏之景。"①其实,五律佳句情景交融所产生的
特殊审美效果,早在宋代就已成为论诗的热门话题,正如欧阳修
(1007—1072)《六一诗话》所载的这段对话所示:

§7.14

　　圣俞尝语余曰:"诗家虽率意(一作'主')而造语亦难。
若意新语工,得前人所未道者,斯为善也。必能状难写之景,
如在目前;含不尽之意,见于言外,然后为至矣。贾岛云'竹
笼拾山果,瓦瓶担石泉',姚合云'马随山鹿放,鸡逐野禽栖',
等是山邑荒僻,官况萧条;不如'县古槐根出,官清马骨高'为
工也。"余曰:"语之工者固如是。状难写之景,含不尽之意,何
诗为然?"圣俞曰:"作者得于心,览者会以意,殆难指陈以言也。
虽然亦可略道其仿佛。若严维'柳塘春水漫,花坞夕阳迟',则

---

①王夫之:《姜斋诗话》,见王夫之等撰:《清诗话》,页11。

天容时(一作'物')态,融和骀荡,岂不如在目前乎? 又若温庭筠'鸡声茅店月,人迹板桥霜',贾岛'怪禽啼旷野,落日恐行人',则道路辛苦,羁愁旅思,岂不见于言外乎?"①

梅尧臣连举唐五律六联,简单主谓("怪禽啼旷野,落日恐行人")、复杂主谓("马随山鹿放,鸡逐野禽栖")、题评句型("竹笼拾山果,瓦瓶担石泉")皆被选入,显然旨在展示各种不同句式使得唐五律诗人融情入景,情中入景,从而把难状之景展现于眼前,传达出言外的无尽之意。这种崭新诗境的产生无疑标志着,"圆美流转"的审美理想在唐五律中已得以实现。

(二)从"状难写之景"到"象外之境"的创造

在唐五律艺术发展的轨迹上,实现"圆美流转"的审美理想固然极为重要,但并不能代表唐五律艺术发展的巅峰。根据梅尧臣所举的六联来判断,他所说"难写之景"只是指视听区域之"景",而"不尽之意"也仅指情感思绪之余韵而已,两者都无法涵盖上文所分析各类句式中境界最佳者,如"泉声咽危石,日色冷清松""碧瓦初寒外,金茎一气旁""感时花溅泪,恨别鸟惊心""白云回望合,青霭入看无"等。这些名联所予以的审美经验,需要用唐人自己提出之审美命题才能阐释清楚。

首先可参照的是刘禹锡"境出象外"的命题。他这里所说的"象"很好理解,即指实在的物象,即用视听感受的物色和人事,而

①欧阳修:《六一诗话》,北京:人民文学出版社,1962年版,页9—10。

上举王维、杜甫四联中所有名词自身就属于"象"。"境"则更复杂些,需要加以解释。在佛教之前的典籍里,境是一个客观描述的术语,它既可以说是客观外界的边界,但有时也用来描述纯粹的精神活动的领域①。但在内典中,境包括主客观两方面,既非纯粹的外界,也非纯粹的内心,而是两者互为因缘的一种事相。佛教把六境(色、声、香、味、触、法)与眼、耳、鼻、舌、身、意六根缘起而生的。由于境不能离开根而存在,所以不是一种纯粹的客观,而是与主观互为因缘的一种存在。与先前王昌龄、皎然等人一样,刘禹锡借用佛教"境"的概念来论诗,主要是指具体物象在读者的心中所唤起的一种虚幻的心境,而此心境不是简单的主客观合体,而是融入诗人所感悟的宇宙天地实相。这种"象外之境"正是唐五律所追求的最高审美理想。

唐五律中这种超越现象世界的"境"有多少种类,而它们又是怎样创造出来的?这些问题其实唐人自己就予以解答了。王昌龄《诗格》云:

§7.15

　　诗有三境。一曰物境。二曰情境。三曰意境。

　　物境一,欲为山水诗,则张泉石云峰之境,极丽绝秀者,神之于心。处身于境,视境于心、莹然掌中,然后用思,了然境象,故得形似。

---

① 有关中土典籍中境的用法,可以参看黄景进:《意境论的形成:唐代意境论研究》,台北:学生出版社,2004年版,页1—24。

情境二。娱乐愁怨,皆张于意而处于身,然后驰思,深得其情。

意境三。亦张之于意,而思之于心,则得其真矣。①

在审美理论的层次上,王昌龄这里所说的三境实际上都同属现在普遍使用的广义之"意境"。三境之别仅在于构成的"原材料"和创作方法有所不同。讲物境,王氏先举"泉石云峰",王维、孟浩然等诗人所喜爱的自然山水的题材,而他所描述的直觉观照过程也正是王、孟等人处身山水,直观通感,而得"泉声咽危石,日色冷清松"禅境的创作方法。

讲情境,王昌龄先举"娱乐愁怨"为基本素材,然后用几个短语来勾勒创造过程。虽然现代文论家反反复复援引王氏情境说,有三个问题始终得不到令人满意的解答:"张于意而处于身"是什么意思?"深得其情""得其真"是什么意思?对此笔者也曾百思不得其解,直至反复揣摩以上杜甫名联的五种读法之后,才似乎有所领悟。"处于身"可解为诗人对娱乐愁怨亲身体验,而"张于意"则是对个人体验的超越,进入意(臆)想或想象的世界,或如叶燮所说,"妙悟天开,从至理实事中领悟,乃得此境界也"。这种"驰思"或说"思之于心",说来似乎很玄秘,其实亦可从实处解释。沿着前文分析杜甫《春望》中"感时花溅泪,恨别鸟惊心"的五种读法,我们可以体验这位矢志"语不惊人死不休"的诗人的"驰思"过程。他绝妙地利用双重主谓句的含糊性,引入三个不同的宽阔视角来反思自己的痛苦。随着与所感知对象的关系悄然生变,他

---

① 张伯伟撰:《全唐五代诗格汇考》,页172—173。

把个人的痛苦升华为人类的,乃至宇宙万物的痛苦,故可称"深得其情"或者"得其真矣"。无庸置疑,他们觉得可以把时空扩张到经验之外的整个宇宙,并融入儒家的道德理想。通过句法和结构形式,可以把情感投射到整个宇宙,进入一种超乎象外之境。与五种读法共生的艺术化境即是我们现在通常所说的广义"意境"。

讲意境,王昌龄只字不提其出处,给人一种唐突的感觉。但仔细思量,不难发现此"缺项"正说明王氏狭义的情境与意境之别。王氏对两者的创造过程的描写基本上是一样的,都强调"张之于意"。唯独不同的是,情境来自现实世界的娱乐愁怨,而意境中的一切,包括情感和物象的结合,如叶燮盛赞的"碧瓦初寒外,金茎一气旁"一联,都是诗人凭空想象出来的。然而,在唐五律中虚幻境界仅限于单独的诗联之中,而整首诗中满眼空幻、扑朔迷离的诗境大概要到李商隐七律《锦瑟》才能见到。

参照王昌龄的三境说,我们不仅可发现唐五律三大类诗境各自的特性,还可以把握这三种象外之境"至虚而实,至渺而近"的共性。至于三者的最高审美境界,叶燮下面一段话无疑是最佳的写照:"诗之至处,妙在含蓄无垠,思致微渺,其寄托在可言不可言之间,其指归在可解不可解之会;言在此而意在彼,泯端倪而离形象,绝议论而穷思维,引人于冥漠恍惚之境,所以为至也。"①的确,在唐五律中,王维和杜甫就是通过对句法和结构的妙用,取得感觉与超感、诗歌艺术与儒佛世界观的完美结合,达到了"至虚而实,至渺而近"的审美绝境。

———————

①叶燮:《原诗》,见王夫之等撰:《清诗话》,页584。

语法与诗境

〔美〕蔡宗齐——著

汉诗艺术之破析

下册

中华书局

第八章　七言律诗节奏、句法、结构、诗境

　　在历代诗学著作中,有关七律艺术特征的讨论通常是从与五律比较的角度展开的。五言加上两字,究竟引起了何种不同的审美效果,这似乎是古今批评家最为关注的问题。如本章首节所示,古人似乎特别热衷于列举五、七言近体名句来作比较,以说明两者之优劣胜负。然而,尽管古人注意到七言比五言仅多两字却能产生迥然不同的审美效果,他们并没有、也许是无法使用传统诗学的方法和语言来解释为何如此,故给我们留下了一个尚待系统深入研究的课题。

　　本章试图在节奏、句法、结构三个不同层次上对此课题进行较为深入的研究。在评述古人五、七言之辨之后,笔者将探究五律加上两字后节奏产生了什么变化,接着讨论节奏的变化催生出什么样的新句法,随后分析七言律诗的结构特点,并展示节奏、句法、结构三者如何互动而创造出七律"言灵变而意深远"的诗境。为了充分阐明这种诗境的特点及其产生的原因,笔者将细读分析了十首堪称代表七律艺术巅峰的名作,包括被明清论诗家誉为七律之冠的崔颢《黄鹤楼》、沈佺期《古意呈补阙乔知之》(常称为

《卢家少妇》)、杜甫《登高》三首。

第一节　五、七言诗体之辨

五、七言诗体之辨别,是历代诗格、诗话著作中的一个热门话题,相关的材料颇多。本节仅按时序列举在不同时期中最有代表性的论述,加以梳理评论,为下文的系统研究做好铺垫。

旧题白居易(772—846)《文苑诗格》云:"凡为七言诗,须减为五言不得,始是工夫。"[1]这句话似乎可以视为五、七言诗体之辨的源头。后人几乎无不沿着相同的思路,致力于探究字数增减而产生的不同审美效应,以求辨别这两种诗体的内在特征。推崇七言体的批评家总爱讨论七言不可减二字的原因。譬如,宋人叶梦得(1077—1148)《石林诗话》卷上云:

§8.1

　　诗下双字极难,须使七言五言之间除去五字三字外,精神兴致,全见于两言,方为工妙。唐人记"水田飞白鹭,夏木啭黄鹂"为李嘉祐诗,王摩诘窃取之,非也。此两句好处,正在添漠漠阴阴四字,此乃摩诘为嘉祐点化,以自见其妙,如李光弼将郭子仪军,一号令之,精彩数倍。不然,如嘉祐本句,但是咏景耳,人皆可到,要之当令如老杜"无边落木萧萧下,

---

[1] 张伯伟撰:《全唐五代诗格汇考》,页368。

不尽长江滚滚来"，与"江天漠漠鸟双去，风雨时时龙一吟"
等，乃为超绝。近世王荆公"新霜浦溆绵绵白，薄晚林峦往往
青"，与苏子瞻"冉冉炉香初泛夜，离离花影欲摇春"，皆可以
追配前作也。①

如笔者在引文中所加着重号所示，叶梦得所称许的七言句增字全
部是联绵字，无一例外。在他看来，七言由于有了额外二字的空
间，故可大量使用抒情性极强的联绵字，从而把限于"咏景"的
本句点化为情感交融的妙句，使诗篇顿时"如李光弼将郭子仪
军，一号令之，精彩数倍"。其实，联绵字点化的作用并非仅仅
来自自身传情的声韵，更重要的是其对句法的影响。这点下文
将深入讨论。

元人杨载《诗法家数》亦力陈七言不可截为五言的道理：

§8.2

　　七言律难于五言律，七言下字较粗实，五言下字较细嫩。
七言若可截作五言，便不成诗，须字字去不得方是。所以句
要藏字，字要藏意，如联珠不断，方妙。②

杨氏认为，七言和五言的本色分别是粗实和细嫩。所谓下字粗实
是指使用直截了当、没有刻意雕饰的字句；而下字细嫩则是指用

---

①何文焕辑：《历代诗话》，页411。
②何文焕辑：《历代诗话》，页731。

词简约含蓄,不一语道破。在杨氏看来,七言是以句为胜,故"句
要藏字,字要藏意,如联珠不断"。这里的"藏"亦带有"掩藏"之
义,即指句子不可像五言那样让个别字过分独立突出,成为博得
眼球的"句眼""诗眼",而是要做到字词之间"联珠不断",连贯流
通,以句取胜。

虽然大多数批评家认同旧题白居易《文苑诗格》中的观点,不
过明人谢榛在其《四溟诗话》卷一中就提出了不同意见,认为即使
是七言名句亦可去二字而使之更佳。他写道:

§8.3

杜牧之《清明》诗曰:"借问酒家何处有,牧童遥指杏花
村。"此作宛然入画,但气格不高。或易之曰:"酒家何处是,
江上杏花村。"此有盛唐调,予拟之曰:"日斜人策马,酒肆杏
花西。"不用问答,情景自见。

刘禹锡《怀古》诗曰:"旧时王谢堂前燕,飞入寻常百姓
家。"或易之曰:"王谢堂前燕,今飞百姓家。"此作不伤气格。
予拟之曰:"王谢豪华春草里,堂前燕子落谁家?"此非奇语,
只是讲得不细。①

谢榛贬低杜牧和刘禹锡的七言名句,把它们改写成五言,显然旨
在立高雅含蓄的"盛唐调"为圭臬。然而,多数人并不持有这种观
点,而是认为五言、七言各有自己的体例。有的批评家还对随意

━━━━━━━━

①丁福保辑:《历代诗话续编》,页 1152—1153。

给五言增字或给七言减字的倾向提出了尖锐的批评,认为这种增字减字的做法往往是弄巧成拙。明人皇甫汸(1497—1582)在《解颐新语》卷四中就明确这样论述道:

§8.4

　　诗须五言不可加,七字不可减,为妙。昔枣强尉张怀庆素好偷窃李义府诗:"镂月为歌扇,裁云作舞衣。自怜回雪影,好取洛川归。"加"生情""出性""照镜""来时",演为七字。魏扶知礼闱入贡院诗:"梧桐叶落满庭阴,锁闭朱门试院深。曾是当年辛苦地,不将今日负前心。"及放榜,无名子削其"梧桐""锁闭""曾是""不将",删为五言。事虽成戏,诗本渗漏。王维"漠漠水田飞白鹭",李白"风动荷花水殿香"。王用李嘉祐,李用何仲言,致恨千载。乐天云:"金钿来往当春风,玉绳蹉跎下云汉。"去两字不成矣。①

不过,皇甫汸对王维"漠漠水田飞白鹭"的批评无疑有失偏颇。与他"致恨千载"的评语恰恰相反,此句在诗学史上却是驰誉千载。在王维仙逝近千载之后,清人顾嗣立(1669—1722)在其所著《寒厅诗话》中辑入明人李日华(1565—1635)之言,步宋人叶梦得的后尘,拈出"漠漠水田飞白鹭"一句来说明七言中所增两字的"点化"作用:

①周维德集校:《全明诗话》,第2册,页1395。

§8.5

秀水李竹懒（日华）曰："李嘉祐诗:'水田飞白鹭,夏木啭黄鹂。'王摩诘但加'漠漠''阴阴'四字,而气象斗生。江为诗:'竹影横斜水清浅,桂香浮动月黄昏。'林君复改二字为'疏影''暗香'以咏梅,遂成千古绝调。二说所谓点铁成金也。若寇莱公化韦苏州'野渡无人舟自横'句为'野水无人渡,孤舟尽日横',已属无味;而王半山改王文海'鸟鸣山更幽'句为'一鸟不鸣山更幽',直是死句矣。学诗者宜善会之。"①

清人刘熙载在《艺概·诗概》中更是直言,对于真正好的七言,一个七言句可以相当于两个五言句,不可认为七言只是增加两个闲字而已。值得注意的是,这里讲的七言诗是呈现"上四字下三字"节奏、真正能够呈现出七言特色的七言诗。换而言之,有的七言诗的确只是五言诗增加两个闲字而已,这样的七言诗的特征还是五言的。

§8.6

七言上四字下三字,足当五言两句,如"明月皎皎照我床"之于"明月何皎皎,照我罗床帏"是也。是则五言乃四言之约,七言乃五言之约矣。太白尝有"寄兴深微,五言不如四言,七言又其靡也"之说,此特意在尊古耳,岂可不违其意而

---

① 王夫之等撰:《清诗话》,页86—87。

误增闲字以为五七哉!①

第二节　七言律诗节奏:2+2+3 和 4+3 节奏

古今批评家对七言律诗的节奏划分有明显的不同。古人经常以"上四下三"来概括七言的节奏,极少见"上二中二下三"的标签。然而,不少现代批评家喜用 2+2+3 来描述七言的节奏,以求更好地揭示七言诗与五言诗节奏的内在联系。例如,王力先生就把七言的节奏确定为五言基础上再加二言,即 2+(2+3) 或 2+2 +3。这两种不同的划分均有其道理,但又有其明显的局限。下面分别评述这两种节奏划分法,指出各自利弊所在。

(一)2+2+3 节奏:与五言诗的承继关系

王力认为七言律诗节奏视为 2+2+3,主要是基于他对七言律诗的声调格律的分析。正如他对七言近体诗格律的图解分析所示,决定此体四种格律的关键是其后面的五言部分,而前面两个字只是核心的五言部分之延伸。五言部分的声调就是五律的格律,而在此五律部分前加上与五律第一、二字平仄相反的两个字,即可得出七言格律。

王力认为七律声调格律即是七律节奏,并作出这样的推论:"七言在平仄上是五言的延长,在意义上也可认为五言的延长。

①刘熙载:《诗概》,见《艺概》卷二,页 70—71。

多数七言诗句都可以缩减为五言,而意义上没有多大变化,只不过气更畅,意更足罢了。"①王先生不仅抽象地论述五、七言节奏的同质性,并且还在 2+2+3 的框架之内分出以下七大类七言律句:

(甲)主语前面加双字修饰语。

　　南川粳稻花侵县,西岭云霞色满堂。(祐,寄綦毋三。)
　　万里寒光生积雪,三边曙色动行旌。(祐,望蓟门。)

(乙)前面添加方位语或时间语。

　　林下水声喧语笑,岩间树色隐房栊。(维,敕借岐王。)
　　帐里残灯才去焰,炉中香气尽成灰。(浩,除夜有怀。)
　　平明拂剑朝天去,薄暮垂鞭醉酒归。(白,赠郭将军。)

(丙)主语及动词的前面各插入修饰词。

　　早雁初辞旧关塞,秋风先入古城池。(卿,闻虏沔州。)
　　素浪遥疑八溪水,清枫忽似万年枝。(祐,江湖秋思。)

(丁)动词及目的语的前面各插入修饰词。

────────

① 王力著:《汉语诗律学》,页 234。

晨摇玉佩趋金殿，夕奉天书拜琐闱。（维，酬郭给事。）
曲引古堤临冻浦，斜分远岸近枯杨。（浩，登万岁楼。）

（戊）前面或中间加入副词语或近似副词性的动词语或谓语形式。

鸿雁不堪愁里听，云山况是客中过！（顾，送魏万。）
岁久岂堪尘自入，夜长应待月相随。（卿，见故人李。）
幸有香茶留稚子，不堪秋草送王孙。（祐，秋晓招隐。）

（己）前面加动词语，后五字句子形式为其目的语。

岂厌尚平婚嫁早，却嫌陶令去官迟。（维，早秋山中。）
渐看春逼芙蓉枕，顿觉寒销竹叶杯。（浩，除夜有怀。）

（庚）前面或中间加入叠字形容词或联绵字。

漠漠水田飞白鹭，阴阴夏木啭黄鹂。（维，积雨辋川。）
行人杳杳看西月，归马萧萧向北风。（卿，送李录事。）①

为了强调这七类七言律句全部都是由五言增二字而得，王力特地用着重号标出每句中的两个增字。我们若仔细读这些例句，

①以上详见王力著：《汉语诗律学》，页234—235。所引例子有所删节。

揣摩减去所标增字后句意的变化,不难看出王氏以偏概全之误。
他"多数七言诗句都可以缩减为五言,而意义上没有多大变化"的
论断只适用于头四类,而后面三类如缩减为五言,句子就要完全
丧失原意。至于为何后三类句子不能缩减为五言,下文将从句法
的角度来加以解释。此处我们先考察王力七言律句来源说正确
合理的部分。他对前四类律句结构的分析是相当准确的,就如崔
曙的《九日登望仙台呈刘明府容》所示:

§8.7
汉文皇帝有高台,此日登临曙色开。
三晋云山皆北向,二陵风雨自东来。
关门令尹谁能识,河上仙翁去不回。
且欲近寻彭泽宰,陶然共醉菊花杯。①

这首诗收入了《唐诗三百首》,称得上是一首名诗。全诗八句均为
2+2+3 式。前六句中的"汉文""此日""三晋""二陵""关门""河
上"都是增加的二言,用以形容其后的双音节名词。最后两句中
的"且欲"和"陶然"也是增加部分,分别起连接和修饰作用。如
果去掉所增两字,便是一首颇为标准的五律:

文帝有高台,登临曙色开。
晋山皆北向,陵雨自东来。

---

① 本文所引唐诗均出自《御定全唐诗》四库全书本,下同。

令尹谁能识,仙翁去不回。

欲寻彭泽宰,共醉菊花杯。

读读这首减字而成的五律,就会发现王力所言不虚。去掉两个字之后,意义没有大的变化,基本上仍然很清楚。因而我们可以认为,崔曙这首七律只是在五律前增加了两个闲字(或说半闲字)。为什么呢? 因为增加的两个字对句法没有影响,都只是对主语的形容而已,如不讲"文帝"或者"皇帝"而讲"汉文皇帝",不讲"云山"或者"晋山"而讲"三晋云山",不讲"风雨"或者"陵雨"而讲"二陵风雨"。"关门令尹"和"河上仙翁"等等,也是如此。增加的二字虽然有益于加强诗的气势,但毕竟只是附加的修饰成分而已,句子仍是简单的主谓句。下面我们再来看沈佺期的七律名作《古意呈补阙乔知之》①:

§8.8

卢家少妇郁金堂,海燕双栖玳瑁梁。

九月寒砧催木叶,十年征戍忆辽阳。

白狼河北音书断,丹凤城南秋夜长。

谁谓含愁独不见,更教明月照流黄。

这首诗被明人何景明(1483—1521)认为是七律中最好的作

---

①据《御定全唐诗》,此诗名又作《古意》,又作《独不见》。

品之一①。首联中"卢家少妇"即莫愁,原为梁武帝诗歌中的一个
人物,后成为少妇的代名词。首句讲这位富家少妇住在富丽堂皇
的郁金堂,看到海燕成双而黯然神伤。颔联中值得注意的是,"九
月寒砧催木叶"是七言中较少见的倒装句,正装应为"九月木叶催
寒砧"。落叶催促着少妇早点缝制寒衣送给戍边的夫君。夫君在
辽阳征戍十年,让人不断向往。颈联讲丈夫戍边所在地"白狼河
北",音讯全无,妻子独居"丹凤城南",难耐漫漫夜长。尾联两句
即苏东坡"不应有恨,何事长向别时圆"的出处,质问为何独独不
见我少妇含愁,雪上加霜,"更教明月照流黄"。如果把每句开头
两字去掉,这就是一首完整无缺的五律:

> 少妇郁金堂,双栖玳瑁梁。
> 寒砧催木叶,征戍忆辽阳。
> 河北音书断,城南秋夜长。
> 含愁独不见,明月照流黄。

不难看出,减字后诗意非但没太大变化,反而更加紧凑。由
此可见,就像崔曙那首七律那样,沈佺期《古意呈补阙乔知之》也

---

① 这一说法目前被广泛引用,然追根溯源,似乎最早记录于杨慎(1488—
1559)《升庵诗话》卷十"黄鹤楼诗"一条,原文如下:"宋严沧浪取崔颢《黄
鹤楼》诗为唐人七言律第一。近日何仲默、薛君采取沈佺期'卢家少妇郁
金堂'一首为第一。二诗未易优劣。或以问予,予曰:'崔诗赋体多,沈诗
比兴多。以画家法论之,沈诗披麻皴,崔诗大斧劈皴也。'"见杨慎:《升庵
诗话》卷十,丁福保辑:《历代诗话续编》,页834。

完全可以视为是从五律扩充而成的。这两首诗使用同样的机械扩充方法：句首附加的一个描述性的双音词，用来形容后面紧接的另一个双音词（主要是名词）。如果按照"诗须五言不可加，七言不可减，为妙"的原则来看，这两首可以减字的诗都不是上好的七言律诗。

（二）4+3 节奏：审美特征及其渊源

王力先生所列的第 5、6、7 类七言律句是无法解释为五言律句的扩充的。原因很简单，如把王氏所标示的增字去掉，这三类七言句的意义就几乎全变了。第 5、6 类中增字多是在句中起枢纽作用的连词或副词，以及句中的谓语动词。它们的使用通常构成复杂的主谓句。第 7 类的增字虽然往往是没有自身意义的联绵词，但却能与另外二字构成一个紧密的四字单位，占据句首的位置，从而与后面的三字构成对应。由于句首四字、句末三字两部分的自身意义紧密，而两者之间的关系又较松散，故读来句腰就有较长的停顿，呈现出明显的 4+3 的节奏。宋人周紫芝（1082—1155）在《竹坡诗话》中就注意到联绵词组合四字单位的重要作用："诗中用双叠字易得句。如'水田飞白鹭，夏木啭黄鹂'，此李嘉祐诗也。王摩诘乃云'漠漠水田飞白鹭，阴阴夏木啭黄鹂'。摩诘四字下得最为稳切。"①4+3 节奏的源头在哪里？4+3 节奏在诗作中审美效果如何？为了解答这两个问题，让我们来细读崔颢的七律名篇《黄鹤楼》：

①何文焕辑：《历代诗话》，页 349。

§8.9

昔人已乘黄鹤去①，此地空余黄鹤楼。

黄鹤一去不复返，白云千载空悠悠。

晴川历历汉阳树，芳草萋萋鹦鹉洲。

日暮乡关何处是，烟波江上使人愁。

据闻一多先生在《唐诗大系》中的考订，崔颢和崔曙大约都出生于公元 704 年。崔曙英年早逝，于公元 739 年辞世；崔颢卒于公元 754 年，享年约 50 岁②。虽然两位诗人生年均不确定，然而他们的成长和创作时间都为盛唐，即开元到天宝年间（约公元 712 年到 756 年），属初期的盛唐诗人。然而，上引两位崔姓诗人的名作的节奏和风格却迥然不同。崔曙诗八句呈现清一色的 2+2+3 节奏，而崔颢诗则杂糅使用 2+2+3 和 4+3 节奏。首联均为 2+2+3 式：昔人/已乘/黄鹤去，此地/空余/黄鹤楼。额联作 2+2+3 式（黄鹤/一去/不复返，白云/千载/空悠悠）或 4+3 式（黄鹤一去/不复返，白云千载/空悠悠）解皆可，由读者诵读时所选择的停顿而定。颈联则使用明显的 4+3 式（晴川历历/汉阳树，芳草萋萋/鹦鹉洲），四言段本身聚合得较为紧密，与句末三言段相分离，两者形成鲜明的对比。尾联则又回到 2+2+3 式（日暮/乡关/何处是，

①四库本《御定全唐诗》第一句又作"昔人已乘白云去"。此处采用通行版本。
②据现存材料，崔颢与崔曙的卒年较为确定，然而生年均不详，闻一多在《唐诗大系》中认为二人生年均疑似为公元 704 年，见闻一多：《唐诗大系》，收入《闻一多全集》第 4 册，上海：开明书店，1948 年，页 228，230。后亦有学者对此表示质疑，本文暂采用这一说法。

烟波/江上/使人愁）。在此诗中，颈联的4+3式不仅尤为新颖，给人眼前一亮的感觉，而且还透露了有关4+3节奏渊源和审美的重要信息，因为它似乎与以下《楚辞·招隐士》两联同出一辙。

> 桂树丛生兮山之幽，偃蹇连蜷兮枝相缭。
> 山气龙淞兮石嵯峨，溪谷嶄岩兮水曾波。①

这两联中"兮"字仅用于表示句首四言段与句末三言段之间的长停顿，去掉完全不会改变语义，甚至连节奏也影响不大，因为前后两音段各自有独立完整的意义，吟唱或朗读时两者之间自然就会有较长的停顿。如此一改，四句就成了典型的4+3式句：

> 桂树丛生/山之幽，偃蹇连蜷/枝相缭。
> 山气龙淞/石嵯峨，溪谷嶄岩/水曾波。

这两联如果与上文崔颢的名联"晴川历历汉阳树，芳草萋萋鹦鹉洲"放在一起，我们难免会惊叹，两者何其相似，均是大景与小景相配，交映生辉，非但形似而且神合。"晴川历历/汉阳树"是先大景后小景，正如"山气龙淞/石嵯峨"那样。相反，"芳草萋萋/鹦鹉洲"是先小景后大景，犹如"桂树丛生/山之幽"的翻版。其实，七言体与《楚辞》的关系古人早已有所注意，例如谢榛《四溟诗话》卷一就有以下论述：

---

① 洪兴祖撰：《楚辞补注》，北京：中华书局，1983年版，页232—233。

§8.10

《尘史》曰：王得仁谓七言始于《垓下歌》，《柏梁》篇祖
之。刘存以"交交黄鸟止于桑"为七言之始，合两句为一，误
矣。《大雅》曰："维昔之富不如时。"《颂》曰："学有缉熙于光
明。"此为七言之始。亦非也。盖始于《击壤歌》："帝力于我
何有哉？"《雅》《颂》之后，有《南山歌》《子产歌》《采葛妇歌》
《易水歌》，皆有七言，而未成篇，及《大招》百句，《小招》七十
句，七言已盛于楚，但以参差语间之，而观者弗详焉。①

然而，古人却很少在节奏和句法的层次上寻找楚辞与七言体
渊源关系的内证。《楚辞》的后期作品使用"4+兮+3"句的例子不
少。又如屈原或宋玉所作的《招魂》连用三个 4+兮+3 句，外加一
个不带兮的四三句来结束："皋兰被径兮斯路渐。湛湛江水兮上
有枫。目极千里兮伤春心。魂兮归来哀江南！"②若进一步溯源，
"4+兮+3"式可以视早期《楚辞·九歌》"3+兮+2"式的扩充。"4+
兮+3"和"3+兮+2"属于同样的韵律节奏，头重尾轻。就意义节奏
而言，句首是一个相对完整的部分，而句末部分则对其进行补充
说明。确实，4+3 的句式，在韵律与表意两方面都比较生动有力。
与 2+2+3 的节奏相比，4+3 节奏中两个音段自身的聚合力比较
强，迫使两者之间的停顿也较长。虽然这个停顿仍然不如《楚辞》
中"兮"引起的停顿长，但在句法上，却起到了与之相似的作用：将

一个诗句划分为前后两部分,前面的四言段通常是主要的,而随后的三言段则起补足的作用。这种节奏特别适合承载题评句。这点下文将详细论述。

　　关于崔颢这首诗的传说颇多。据说李白看到这首诗之后,感慨之余便不敢再以黄鹤楼为题,而是转写地处南京的凤凰台。我们来看一下杨慎(1488—1559)《升庵诗话》卷十一中"捶碎黄鹤楼"的记述:

§8.11

　　李太白过武昌,见崔颢《黄鹤楼》诗,叹服之,遂不复作,去而赋《金陵凤凰台》也。其事本如此。其后禅僧用此事作一偈云:"一拳捶碎黄鹤楼,一脚踢翻鹦鹉洲。眼前有景道不得,崔颢题诗在上头。"傍一游僧亦举前二句而缀之曰:"有意气时消意气,不风流处也风流。"又一僧云:"酒逢知己,艺压当行。"元是借此事设辞,非太白诗也,流传之久,信以为真。①

　　崔颢的题壁诗《黄鹤楼》力压群雄,成为咏颂黄鹤楼的千古绝唱,重要的原因是他将源于《楚辞》的古风引入律诗,给雕琢字句而显板滞的律诗带来了一种新风范。此诗开篇则连用三个"黄鹤",冲破了律诗不重复用字的规定,另外"一去"和"千载"一动一名,也非工对,"黄鹤一去不复返"一句连用五个仄声字,"白云

①丁福保辑:《历代诗话续编》,页849。

千载空悠悠"一句用了五个平声,也完全不遵守律诗音律。然而这首诗却受到了千古读者的钟爱。关于李白的传闻虽未必真实,却也代表了同时代大诗人作为读者对这首诗的反应。然而,历代批评家没有注意到的是,这首诗完美地引入了4+3的节奏,与2+2+3节奏交替使用,使整首诗更加灵活多变,读起来也更有趣味。与之相反,崔曙那首诗由始至终都是同样的节奏,而其之所以成为名诗,并不在其艺术形式,而是在其后半部分对人生的参悟:世道变换,曾迎来老子的守关县令和送给汉文帝《道德经》的仙翁都已一去不返,往者不可追,不如寻觅挚友,像陶渊明一样一同醉饮菊花丛中。规劝人们与其执着于名利,徒劳形骨于仕途,不如回归自然,过悠然自在的生活。可以看到,此诗胜在意义,而就艺术形式而言,仍带有齐梁遗风,并不能代表盛唐七律的最高成就。

　　综合本节的讨论,可以清楚地看到,我们既不可以接受王力先生的观点,认为七言律句只有2+2+3式,也不可像古人那样用4+3来统括所有七言句的节奏。基于以上对文本内证的分析,笔者认为,与五律节奏单一的情况不同,七律实际上有2+2+3和4+3两种不同的节奏,而这两种不同节奏的交替使用乃是七律最为本色的特征之一。从文学史的宏观角度来看,这两种节奏的结合是七律历史演变的必然结果。七律一方面继承了齐梁文人书面五言诗的特色,尤其是齐梁诗歌对声律、对仗、骈俪的追求;另一方面从楚辞、乐府、歌行这些民间口头传统中汲取了养分。崔颢之诗就充分体现了七律兼容并蓄的本色,而崔曙之诗只是偏向一方,实为齐梁诗风的余响。

第三节　七言律诗句法:题评句和主谓句

日本学者松浦友久评论中国诗歌的特点时说:"中国诗韵律结构与中国语的特点关系最为密切;同样地,与韵律结构有着不可分割的关系的抒情结构,恐怕也深深地受到它的影响。"①汉诗节奏是怎样深深地影响抒情结构的呢? 两者不可分割的关系是怎样形成的呢? 在古代诗学著作中,我们找不到有关这两个问题的研究,刘熙载也只是点到了节奏与抒情的内在关系而已。笔者认为,韵律结构与抒情结构研究脱节的原因是,我们完全忽视了连接两者的纽带:句子结构。在汉诗传统中,每种诗体都有其独特的韵律节奏,而每种主要韵律节奏都承载与其相生相应的句式,展现不同的时空及主客观关系,营造出精美绝伦的诗境。因而,从诗体节奏的角度分析各种诗体中句法的演变是急待研究的重要课题。本节将集中讨论七律 4+3 和 2+2+3 两种节奏如何催生出各种各样新颖的主谓和题评句式。

(一)4+3 节奏与题评句

先谈 4+3 节奏与题评句的内在关系。一种诗体的节奏在很大程度上决定了与其共生共长的题评句的结构特点。四言诗的节奏

---

① 松浦友久著:《中国诗的性格—诗与语言》,载蒋寅编译:《日本学者中国诗学论集》,页 18。

为 2+2,故题语和评语都只有二字。两个字难以构成意思完整的主谓句,因而四言诗中题评句题语是单个名词或动词,而评语则是尚未概念化的、借音传情的联绵词,如以下《诗经》的例句所示:

> 关关雎鸠、参差荇菜。(《周南·关雎》)
> 萧萧马鸣。(《小雅·车攻》)
> 杲杲出日。(《卫风·伯兮》)
> 鸣蜩嘒嘒。(《小雅·小弁》)
> 鸡鸣喈喈。(《郑风·风雨》)
> 北流活活。(《卫风·硕人》)

《楚辞·九歌》的节奏为(3+兮)+2,故其上三可组成完整主谓或题评结构,多是为作为句子核心部分的题语,而其下二只能是孤立的名词、副词、联绵词等,起着补充说明题语的作用,如《东皇太一》首段所示:

> 吉日兮辰良。穆将愉兮上皇! 抚长剑兮玉珥。璆锵鸣兮琳琅。

　　五言诗的节奏是 2+3,与《楚辞·九歌》中三言和二言“头重尾轻”的组合恰恰相反。五言“头轻尾重”的形式相对较难安排题评句,所以五言中的秀句绝大部分是通过倒装、省略等手法而做到意义虚实相生的主谓句,只有像杜甫这样的巨擘才能写出《江汉》中那种被千古传诵的题评句:

江汉/思归客,乾坤/一腐儒。
片云/天共远,永夜/月同孤。
落日/心犹壮,秋风/病欲苏。

　　七言诗节奏为"4+3",乍看上去似乎是《楚辞·九歌》节奏的扩充版,只是去掉了"兮"字、在前后两部分各增一字而已。然而,所增的二字却带来了质的变化。上三加一字就成为可表达更丰富内容的四言,而下二加一字带来的变化就更大,把孤立的词类变为组合为主谓句的三言。更重要的,自身成句的上四和下三加以结合,就能产生可以称为"复合式"的题评句,如王维《积雨辋川庄作》所示:

§8.12
　　积雨空林烟火迟,蒸藜炊黍饷东菑。
　　漠漠水田飞白鹭,阴阴夏木啭黄鹂。
　　山中习静观朝槿,松下清斋折露葵。
　　野老与人争席罢,海鸥何事更相疑。

此诗中"漠漠水田飞白鹭,阴阴夏木啭黄鹂"两句都是这种复合题评句。唐人李肇云:"维有诗名,然好取人文章嘉句。'行到水穷处,坐看云起时',《英华集》中诗也。'漠漠水田飞白鹭,阴阴夏木啭黄鹂',李嘉祐诗也。"[1]意思是说王维剽窃了李嘉祐"水田飞白

_____

[1]李肇:《唐国史补》卷上,钦定四库全书本。

鹭,夏木啭黄鹂"一句。明胡应麟(1551—1602)则反驳道:"摩诘盛唐,嘉祐中唐,安得前人预偷来者? 此正嘉祐用摩诘诗。"①李嘉祐和王维大致为同时代的人,所以谁"剽窃"了谁的诗句,似乎是一个难断的公案。不过,如首节中引文所示,古人多数都认为七言的"漠漠水田飞白鹭,阴阴夏木啭黄鹂"要好于五言的"水田飞白鹭,夏木啭黄鹂"。但为何如此,古人似乎是知其然而不知其所以然,或说是知而"无以"解释其所以然。

然而,若是运用复合题评句的概念,我们似乎"有以"解开这个千古之谜,明明白白地说明王维七言句胜于李嘉祐五言句的原因。李嘉祐"水田飞白鹭,夏木啭黄鹂"是简单的主谓句,句首的"水田"和"夏木"在句中作副词用,交代白鹭飞和黄鹂啭所在之地。但是加上"漠漠"两字,便成"漠漠水田"一句,一片开阔的风景油然而生。同样,"阴阴"二字带来的是从孤立物象到一片风光的变化。两联的上四为大景,而其下三则为白鹭和黄鹂的特写小景,大小景并列使用,相互衬托,交映生辉,夏日农村生机盎然的景色浮现眼前。的确,王维"漠漠水田飞白鹭,阴阴夏木啭黄鹂"一联的审美效果,与崔颢名联相比,仲伯难分。毫无疑问,叶梦得所说"漠漠""阴阴"的点化作用完全在于句法的改变。李嘉祐描述孤景的简单主谓句,加上两字,就变成呈现大小二景互动的复合题评句,岂不是点铁成金的变化?

王维《积雨辋川庄作》颔联包含一个四言题评句和三言主谓句,但似乎更多的复合七言题评句是由两个主谓句结合而成的。

①胡应麟:《诗薮》内编卷五,上海:上海古籍出版社,1958年版,页104。

文天祥《过零丁洋》便呈现了这类题评句法的特点：

§8.13

　　辛苦遭逢/起一经，干戈寥落/四周星。
　　山河破碎/风抛絮，身世飘摇/雨打萍。
　　皇恐滩头说皇恐，零丁洋里叹零丁。
　　人生自古谁无死，留取丹心照汗青。①

如引文中笔者所加的斜线所示，诗人开篇就连用了四个题评句。这四句的前后两部分并没有时空或者逻辑上的必然联系，因此只能将它们看作题评结构。其中句首的四言段是题语。随着作者的寻思不断转深，诗句的主题也在变化：从他的求索道路、抗元战况，写到国家现状，最后又联系到自身遭际。随着四言段的题语从过去转换到现在，诗人在三言段中所倾泻的情感亦越发激烈。第一个评语"起一经"解释说明了诗人的人生道路始于对儒家经典的研习。其余三句的评语则利用蒙太奇的手法，从前面的主题一下子跳跃到具体的物象、画面。在第二句中，"四周星"意指文天祥在国家的军事防御力量日益削弱的情况下，仍然不屈不挠地开展抗元斗争。它还带出一个寥阔的充满空间感的意境——空寂的战场上洒落群星的天空。第三句的"风抛絮"，则从家国破败的主题切换到令人心碎的画面：沉重的山河如今化作软弱轻飘的

----

① 见《全宋诗》册六十八卷三五九八，北京：北京大学出版社，1998 年版，页
　43025。依照通行本，"落落"改为"寥落"。

飞絮,等待它的是被劲风刮走这一无可挽回的命运。第四句的"雨打萍"所使用的手法与第三句相同,诗人命运浮沉的主题,瞬间变换为无根的浮萍饱受雨打的画面。

　　本诗的后四句则是主谓句式,句中的四言与三言段接合为一个陈述句。第五至七句都是简单的主谓句,而最后一句则是一个双重的主谓结构。第五、六句中的四言段是扩充了字数的方位副词,而后面的三言段则是一个核心的主谓结构。当诗句中的方位副词从五言诗句首双音节段扩充到七言诗中的四音节段时,它就成了整句的焦点。在全诗的转承处突出地运用四言方位副词("皇恐滩头"),收到了很好的效果。皇恐滩地处江西境内的赣江边,是文天祥在1277年一次抗元战役中败退后仓促经过之地。可见,诗人并不是述今,而是在追忆他在名为"皇恐"的地方所感受到的惶恐之情。第六句的方位副词("零丁洋里")又将时间拉回到现在。皇恐滩撤退以后的第二年,诗人在横渡零丁洋时写下了这首诗。很巧合地,诗人的心情刚好与所处之地的名字切合无遗。在蒙古兵消灭了南宋、征服了全中国以后,文天祥作为俘虏,要被押解到北方。这时,诗人感到了莫大的伤痛、屈辱和寂寞。然而,在尾联中,诗人的情绪又陡然一变。在深刻地思考了人生的意义以后,诗人最终将悲伤的情绪升华为一种英雄式的反抗精神。"人生自古谁无死"是前提,"留取丹心照汗青"则是收束全诗的结论。虽然诗人已死,但这两句诗已经成为中国历史上表现英雄气概与自我牺牲精神的著名格言。

　　如果说文天祥《过零丁洋》半用题评句,杜甫《登高》则几乎全用题评句。明胡应麟(1551—1602)视《登高》为古今七言律诗之冠。清人杨伦(1747—1803)亦称此诗为"杜集七言律诗第一"
(《杜诗镜铨》)①。

§8.14

　　风急天高/猿啸哀,渚清沙白/鸟飞回。

　　无边落木/萧萧下,不尽长江/滚滚来。

　　万里悲秋/常作客,百年多病/独登台。

　　艰难/苦恨繁霜鬓,潦倒/新停浊酒杯。

　　胡应麟《诗薮》陈述了将此诗列为七律之首的原因:"杜'风
急天高'一章五十六字,如海底珊瑚,瘦劲难名,沉深莫测,而精光
万丈,力量万钧。通章章法、句法、字法,前无昔人,后无来学。微
有说者,是杜诗,非唐诗耳。然此诗自当为古今七言律第一,不必
为唐人七言律第一也。"②胡氏认为诗的章法、句法、字法无不是
前无古人后无来者,却无法把此三法独特创新之处解释清楚。下
文将讨论杜甫七律的章法,这里集中讨论句法和字法。笔者认

①不过明人胡震亨《唐音癸签》认为:"七言律压卷,迄无定论。宋严沧浪推
　崔颢《黄鹤楼》,近代何仲默、薛君采推沈佺期'卢家少妇'。王弇州则谓当
　从老杜'风急天高''老去悲秋''玉露凋伤''昆明池水'四章中求之。今
　观崔诗自是歌行短章,律体之未成者,安得以太白尝效之遂取压卷?沈诗
　篇题原名'独不见',一结翻题取巧,六朝乐府变声,非律诗正格也,不应借
　材取冠兹体。若杜四律,更尤可议。'风急天高'篇,无论结语腼重,即起
　处'鸟飞回'三字亦勉强属对无意味。"见胡震亨:《唐音癸签》卷十,上海:
　上海古籍出版社,1981年版,页95—96。
②胡应麟:《诗薮》内编卷五,页95。

为,题评结构的使用是此诗句法和字法最大的创新。论字法,即结字为词之法,首联的创新最令人耳目一新。此联景物描写非常紧凑,并且相当工整,不仅"风急天高"与"渚清沙白"两句相对,而且还有内对,如"风急"对"天高","渚清"对"沙白"。由于律诗首句一般不用对句,因此"猿啸哀"与"鸟飞回"似乎是故意不作工对。

论句法,前三联皆为4+3式,而其上四和下三组合出六个题评句,正如引文中斜线所示。这六个题评句都采用崔颢王维诗中所见的那种大小景互衬法,上四为时空恢宏的大景:风急天高、渚清沙白、无边落木、不尽长江;下三则是与之衬托的特写小景,既有引发愁绪的景物,也有诗人伤感的自我写照。三联中,颔联博得最多、最高的赞誉。李东阳《麓堂诗话》云:"'庭皋木叶下',不如'无边落木萧萧下',若'洞庭波兮木叶下',则又超出一等矣。"[1]笔者以上对五、七句式的比较,以及上文对七言题评句的溯源都在李氏这句话得到了印证。李氏显然也认识到,这种前重后轻的4+3句法,大景对小景的题评句来源于"《九歌》体"。

尾联的句法很特别,上句可作2+2+3读"艰难/苦恨/繁霜鬓",将"艰难"和"苦恨"看为同位关系;也可作2+5散文因果句读"艰难/苦恨繁霜鬓",上二为因下五视为果。在某种意义上来说,作2+5读更合适,因为下句只能读为2+5因果句。因为"艰难",所以苦恨繁了霜鬓;因为"潦倒",所以新停了浊酒杯。值得注意的是,如果加强上二后的停顿,增加句中的断裂感,那么尾联

---

①丁福保辑:《历代诗话续编》,页1392。

似乎也可读作题评句,上二为题语,下五则是诗人抒发内心感慨的评语。

杜甫《登高》通篇使用题评结构,有首联中隐性的题评字法,又有首、颔、颈联的显性题评句,还有尾联的隐性题评句,真是变化多端,层出不穷,无怪乎胡应麟称"此章五十六字,如海底珊瑚,瘦劲难名,沉深莫测"。胡氏赞此诗"精光万丈,力量万钧"①。这种气势磅礴、沉郁顿挫的美感在七律中大概只有依靠环环相扣的题评句才能创造出来。

(二)2+2+3 节奏与复杂主谓句

在王力先生所列的七类七言律句中,第 1—6 类皆是 2+2+3式。第 1—3 类都是简单主谓句,其中在五言基础上所增的二字都是修饰语。如上文对崔曙和沈佺期诗的分析所示,这些修饰语只限于描述五言段中第一、二字,删去不会影响全句的意义,故属于论诗家所说的闲字。第 4 类是含有两个或更多动词的复杂主谓句(如"晨摇玉佩趋金殿,夕奉天书拜琐闱;曲引古堤临冻浦,斜分远岸近枯杨"),但由于所增的二字也主要用来描述五言段中第一、二字,故对整句的意义影响不大,删减也无大碍。第 5、6 类也以复杂主谓句为主,不过所增的二字是决定句子结构和意义的关键词,如"副词语或近似副词性的动词语或谓语形式"②之类。七律主谓句法的创新主要见于这两类复杂主谓句,如李商隐的《隋

---

① 胡应麟:《诗薮》内编卷五,页95。
② 王力:《汉语诗律学》,页235。

宫》所示①：

§8.15

　　　紫泉宫殿锁烟霞，欲取芜城作帝家；

　　　玉玺不缘归日角，锦帆应是到天涯。

　　　于今腐草无萤火，终古垂杨有暮鸦；

　　　地下若逢陈后主，岂宜重问后庭花！

此诗八句中所增的二字，除了首句"紫泉"以外，都是直接牵动整句意义的副词、连词、情态动词。如果将这些增字去掉，每句虽仍能读通，但意义大变，而全诗失去连贯性，只是一堆描述隋炀帝故事的文字片段：

　　　宫殿锁烟霞，芜城作帝家；

　　　玉玺归日角，锦帆到天涯。

　　　腐草无萤火，垂杨有暮鸦；

　　　地下陈后主，重问后庭花！

然而，诗人利用所增的二字，构筑了两个相互作用、紧密相连的对比框架——今昔对比、现实与想象的对比，带来了出神入化的变

———————

① 以下对此诗以及文天祥《过零丁洋》的评论部分使用了李冠兰的译文。参蔡宗齐著、李冠兰译：《节奏、句式、诗境——古典诗歌传统的新解读》，载《中山大学学报》，第49卷第2期（2009年），页26—38。

化。首联起句"紫泉"（长安境内的一条河流）一语暗示了遭到遗弃的"隋宫"（"宫殿锁烟霞"）是长安城内隋朝皇帝的宫殿。对句中"欲取"二字道出了长安宫殿荒废的原因：隋炀帝欲以芜城为家。"芜城"指广陵，即今之扬州。"帝家"则指隋炀帝为巡幸江南在扬州修建的行宫。依靠这两个增字，诗人将诗中对两个宫殿的客观描述巧妙地转为对隋炀帝的讽刺：他弃京城的皇宫不顾，而另在江南建造行宫，可见其昏庸无度、穷奢极欲、荒废国事。

在颔联两句中所增二字是连词，将两个句子接合为一个复合的主谓结构。起句"不缘"引入一个表示与过去事实相反的虚拟条件句："玉玺不缘归日角。"中国传统的面相学认为，皇帝或者命中注定成为皇帝的人，额上会有角状的突起。诗中"日角"特指推翻隋朝、建立唐朝的唐太宗。对句"应是"则引入一个表示与过去事实相反、带虚拟语气的结果从句："锦帆应是到天涯。""锦帆"指的是隋炀帝巡幸江南时乘坐的大型游船。起句的条件从句讲述隋炀帝遭到颠覆，而对句的结果从句则揭示了他被颠覆的原因：追求逸乐、沉湎酒色。这个复合的主谓结构还可以理解为隋炀帝的自述。我们可以想象，死后的隋炀帝遗憾地悲叹：如果我的皇朝未被李唐推翻，我的游船就可以一直开到天涯了。无论是以诗人还是隋炀帝的口吻去解读，颔联都表达了对这位荒淫无度的亡国之君的讽刺。

颈联两句中所增二字是时间副词，充实补足了整个主谓结构。这对副词连接了过去与现在。起句中"于今"将当下萤火无踪的现实与昔日的故事联系起来了：隋炀帝曾下令收集所有萤火虫，以之点灯，从而满足其在夜间游乐的需要。相反地，对句的"终古"则从眼前的老柳，追溯到隋炀帝下令在大运河旁种植柳树的当年。隋炀帝最喜柳树，所以他赐柳树姓"杨"，这便是"杨柳"一名的由来。这些柳树曾享有莫大的荣耀，如今却只剩昏鸦栖止其上。利用这两个时间副词，此联将眼前无尽的荒芜（老树、暮鸦、日落）与昔日皇家的繁华（夜游、游船、绿柳环绕的大运河）这两种景象展现无遗。两种景象交缠，深化了诗人对这位追求逸乐以致自取灭亡的皇帝的讽刺。

尾联两句中所增的二字再一次将两句诗连接成一个复杂主谓结构。起句"若逢"引入一个带虚拟语气的从句，把注意力转向隋炀帝如今所居的阴间世界；对句"岂宜"则将对句变为一个反问句。一如颔联，此联的虚拟句又勾起了读者的想象。诗人设想两位皇帝死后相逢的情形，这是一种巧妙的讽刺手法。陈后主在历史上以纵情声色闻名，而他死后在泉下遇到的，恰恰是推翻其统治的隋文帝之子隋炀帝。读者可以想象，陈后主在见到隋炀帝时自鸣得意的自言自语："打败我的人，如今也因同样的原因垮台了。"下一句"岂宜重问后庭花"更是进一步对隋炀帝加以讽刺。《后庭花》是陈后主创作的歌曲，一向被认为是靡靡之音。反问语气的运用，暗示了隋炀帝若在泉下与陈后主相见，必定会向他询问声色犬马之娱，对自己命运的讽刺意味懵然不觉，不知悔改。即使他生前不能乘坐游船直到天涯海角，在死后也执意要继续这种奢靡的生活。诗人运用反问的修辞手法，将对隋炀帝的嘲讽推向极致。

综上可知，就《隋宫》全诗而言，所增的二言段绝对不是处于从属地位，而是构成复杂的主谓结构的关键。如果没有这些二言段，诗人不可能如此流畅地纵横虚实，往来古今，将叙述与议论融冶一炉，从而勾勒出历史的图景。这首诗因为借助所增二字，引入连接、假设诸类虚词,从而大量密集地建构复杂主谓句,可以说是主谓句创新的一大进展。

(三) 表层主谓句与隐性题评句

七律诗里虚词的枢纽作用,在李商隐《隋宫》中可谓发挥得淋漓尽致。诗句中虚词的枢纽作用,古人也有所评论。冒春荣(1702—1760)《葚原诗说》云:

§8.16

　　虚字呼应,是诗中之线索也。线索在诗外者胜,在诗内者劣。今人多用虚字,线索毕露,使人一览略无余味,皆由不知古人诗法故耳。或问线索在诗外诗内之说,曰:此即书法可喻。书有真、有行、有草,行草牵系联带,此线索之可见者也;真书运笔全在空中,故不可见,然其精神顾盼,意态飞动处,亦实具牵系联带之妙。此惟善书者知之。故诗外之线索,亦惟善诗者得之。①

按冒氏设立的标准,李商隐《隋宫》中使用的各类虚词无疑是毕露于外、一览无余的"诗内线索",与他理想中的"诗外线索"相差甚远。暂且不论两者优劣,我们须先确定"诗外线索"是指什么。经过反复揣摩,笔者认为,它应是指诗句之间无须依赖虚词而形成的因果呼应之关系。冒氏心目中这种理想的"诗外线索"何处寻?

---

①郭绍虞编选:《清诗话续编》,页1582。

杜甫《咏怀古迹》五首之三似乎是我们寻觅的好地方:

§ 8.17

群山万壑赴荆门,生长明妃尚有村。
一去紫台连朔漠,独留青冢向黄昏。
画图省识春风面,环佩空归月夜魂。
千载琵琶作胡语,分明怨恨曲中论。

如引文中的着重号所示,七言所增的二字之中没有一个明显的虚
词,而大部分是实词,其中以名词和动词为主,用于描绘王昭君出
使塞外的故事。令人不可思议的是,这种由虚转实的词类变化的
作用,却是要将诗篇的内容由实变虚。这首诗要讲述的实在内容
是:千山万谷都奔向昭君的出生地荆门,明妃长成之处现今仍有
村庄存在。(昭君)离开居住的宫殿紫台,来到无边无际的戈壁朔
漠,最后只留青冢一座孤孤单单地对着塞外的黄昏。当年画师
(毛延寿)因为没有拿到贿赂而作弊,使皇帝无法知晓昭君的美
貌。如今月下香魂环佩叮当,纵然归汉也是枉然。昭君擅弹琵
琶,曲中分明可以听到她的怨恨。可以看到,诗句的每一行都紧
扣昭君生活的一个细节。这首诗的高明之处,在于不直接讲述历
史故事与一个人的生平,而是通过典故与意象的运用来实现。

　　现在让我们来仔细分析这首诗是怎样由实变虚的。首联两
句为扩充后的简单句,交代了时间和地点。接下来颔联使用意象
和典故,把景物之实变为描写昭君之虚,如起句"紫台"这一实物
代指昭君未出塞之前豪华的宫廷生活,而对句的"青冢"以"青

对"紫",以"冢"对"台"。由豪华到荒凉,从宫廷生活到杂草丛生的孤冢,两者不仅是简单的景物对比,更是两个不同时期的情景、命运的对比,这样就做到了由实到虚。这种情况中,七言所增加二字就和整个诗句都融为一体,不仅仅是修饰紧跟其后的一个词,而是表达整首诗的感情和复杂的意义。"朔漠"和"黄昏"虽不是对比,却都是视觉方面的直观感受,凸显了悲凉气氛。"连"具有讽刺意味,讲的是"连",实则为"断"。

另外,在由实化虚的过程中糅合了诗人的评价,这主要也是通过妙用对偶来实现的。如起句中"一去"这一虚词不禁让人想起"壮士一去不复返"。同样,"独留"也更凸显了孤单。这两个虚意副词虽不像之前描写景物的实词具有实意,却将实词灵活地连为一体,淋漓尽致地表达了诗人对昭君一生的感情生活世界的看法。再如颈联两句表面上虽都是实写,但实际上也是表达诗人自己反思王昭君命运的虚意。其中"画图"与"环佩"虽非工对,却点名了因果关系,而"省识"与"空归"、"春风面"与"月下魂"之对仗则进一步把诗人对因果关系的思索推向高潮。

七律中所增二字的实词化不仅仅扩宽了利用意象和典故对偶传情表意的范围,而且还带出更多断句的可能性,从而为打造主谓与题评结构融为一体、虚实相生的佳句,开拓了所需的空间。本诗的颔、颈联就是这种佳句的典范。在表层上,颔联两句都是复合主谓句,实写王昭君离宫出塞,魂归故国的过程及原因:一去紫台→连朔漠,独留青冢→向黄昏。但两句又可作2+5读,从而成为题评句:一去/紫台连朔漠;独留/青冢向黄昏。在这一隐性的题评句,题语(一去、独留)点出王昭君人生的两次"被选择",

而评语则分别道出两次"被选择"的悲惨结果,感人至深。同样,颈联在字面上是两个主谓句,起句是正装句,"画图"为主语,而"省识春风面"为谓、宾语;对句则可解为"环佩月夜魂空归"之倒装。然而,读者只要知道王昭君生平,就会意识到,此句无法作主谓句读,因为主语应是汉元帝,并非画师毛延寿。所以此句只能作题评句解。"画图"是题语,指毛延寿画像作弊之事,而"省识春风面"则是评语。在对偶习惯的影响下,对句自然也会作题评句读,"环佩"为题语,而"空归月夜魂"则是评语,点破归来者乃魂魄而已。另外,这两联的对句还可以作头重尾轻的题评句解:独留青冢/向黄昏、环佩空归/月夜魂。尾联两句则骤然一变,由虚转实,用平直的语言抒情。

杜甫《咏怀古迹》其三将七律句法可说发挥到登峰造极的地步。诗中每一行没有一个多余的字,而每行表层都是主谓句,着笔勾勒昭君不同生活时期的状况。同时,颔、颈联四句妙用意象和典故的对偶,在深层铸造出抒情性极强的题评句,一一揭示王昭君人生悲剧的发展及其原因,把王昭君生前生后的感情世界,以及诗人的无限同情,无不淋漓尽致地表达了出来。这种复杂句法艺术与深邃思想情感完美的、不留痕迹的结合,不正是"诗外线索"喻示的审美绝境吗?

第四节　七言律诗句法:散文句和拗句

七言律句比五言律句多增二字,不仅成就了 2+2+3 和 4+3 两种不同而互补的韵律节奏,催生出上节所讨论的各种新颖的主谓句和题评句式,而且还能容纳众多结构特殊的散文句和拗句。所谓散文句是指书面和口语中违背诗歌节奏句子,即不按诗歌中双音、三音单位组合规律而构建的句子。拗句一词普遍用来指违反近体诗平仄规则的句子。这里,笔者仍将对此义加以扩充,用它来指违反近体诗固定韵律节奏的句子,也就是说指所有非 2+2+3 和 4+3 式的句子。当然,七律中各种拗句所"拗"的程度不一,陌生化的效果亦有很大差别,下面笔者将加以甄别。

将散体文章的内容用诗歌的形式表达出来,追求艺术的升华,这似乎是唐人很喜爱做的事。杨慎在《升庵诗话》卷十二"夺胎换骨"一条有此记载:

§8.18

汉贾捐之议罢珠崖疏云:"父战死于前,子斗伤于后,女子乘亭鄣,孤儿号于道,老母寡妇饮泣巷哭,遥设虚祭,想魂乎万里之外。"《后汉南匈奴传》、唐李华《吊古战场文》全用其语意,总不若陈陶诗云:"誓扫匈奴不顾身,五千貂锦丧胡尘。可怜无定河边骨,犹是春闺梦里人。"一变而妙,真夺胎换骨矣。①

值得注意的是,这里对散文"夺胎换骨"的改造是依赖七言律句来实现。在改写散文的同时,七律自身也深深地受到散文的影响,

①丁福保辑:《历代诗话续编》,页 877—878。

引入了许多散文体的拗句。对此现象,叶矫然(1614—1711)《龙性堂诗话初集》有所评述:

§8.19

　　晋人谈理,言中有言;唐人作诗,句中有句。子美"把君诗(句)过日,念此别(句)惊神","不贪(句)夜识金银气,远害(句)朝看麋鹿游",是句中有句也,人亦知之。至"且看欲尽花(句)经眼,莫厌伤多酒(句)入唇",恐未必了了也。"欲尽花",钱起之"辛夷花尽杏花飞"是也。子美又有"离筵伤多酒"之句,"多酒"二字,想唐时口头语。至今主人劝客云:"今日饮无多酒。"客谢云:"酒多矣。"此语犹传也。不然,子美何一再用之乎? 刘辰翁以多酒为不成语,不知其义也。①

叶氏在这里用"句"来标示诗句中违反正常律句节奏的停顿,而他称"唐人作诗,句中有句",就是指唐人明显有使用非正常停顿的拗句的倾向。黄生《诗麈》将唐人七言律句分为十大类,其中"上四下三"(4+3)和"上二中二下三"(2+2+3)两类是遵循诗歌韵律节奏的正常句,而其他八类都是不同程度的拗句。4+3 和 2+2+3句结构上文已作详细分析,这里不再赘述,只对八类拗句进行讨论。这八类又可分为"头轻尾重"和"头重尾轻"两种。"头轻尾重"的拗句有以下四式:

---

①郭绍虞编选:《清诗话续编》,页 991。

§8.20

上三下四,如:"洛阳城/见梅迎雪,鱼口桥/逢雪送梅。"
(李绅)"斑竹冈/连山雨暗,枇杷门/向楚天秋。"(韩翃)

上二下五,如:"朝罢/香烟携满袖,诗成/珠玉在挥毫。"
(杜甫)"霜落/雁声来紫塞,月明/人梦在青楼。"(刘沧)

上一下六,如:"盘/剥白鸦谷口栗,饭/煮青泥坊底芹。"
(杜甫)"烟/横博望乘槎水,日/上文王避雨陵。"(唐彦谦)

上一中三下三,如:"鱼/吹细浪/摇歌扇,燕/蹴飞花/落
舞筵。"(杜甫)"门/通小径/连芳草,马/饮春泉/踏浅沙。"
(郎士元)①

在这四式中,前两式读来就是自然通顺的散文主谓句,上三下四
式是主、谓、宾语齐全的简单主谓句,而上二下五式是前后关系紧
凑的复合主谓句。当然,如诵读时拖长句中上下部分之间的停
顿,两式亦可产生题评句的效果。后两式读来并不太像我们在散
文中见到的句子,而更像诗人别出心裁创造的题评句,其上一是
题语,而后面部分则是评语。"头重尾轻"的拗句也有四式:

§8.21

上五下二,如:"不见定王城/旧处,常怀贾傅井/依然。"
(杜甫)"同餐夏果山/何处,共钓寒涛石/在无。"

---

① 黄生著:《诗麈》,载于贾文昭主编:《皖人诗话八种》,页58。引文中"/"号
为笔者据黄氏节奏划分所加。

　　上六下一,如:"忽惊屋里琴书/冷,复乱檐前星宿/稀。"(杜甫)"忽从城里携琴/去,许到山中寄药/来。"(贾岛)

　　上二中四下一,如:"河山/北枕秦关/险,驿路/西连汉畤/平。"(崔颢)"宫中/下见南山/尽,城上/平临北斗/悬。"(杜审言)

　　上一中四下二,如:"诗/怀白阁僧/吟苦,俸/买青田鹤/价偏。"(陆龟蒙)①

　　这些"头重尾轻"的句子都呈现明显的题评结构,前面五或六字为由主谓小句构成的题语,描述一个具体的场景,而句末的一字或两字则是评语,表达诗人对此场景的观感和评议②。

　　在黄生所列举的八类拗句之中,有六类引了杜甫的诗句为例,而其他所引诗人都仅有一例入选。独尊杜甫的七言律句,奉之为七律句法的圭臬,乃是绝大多数古代论诗家所持有的立场。王世懋(1536—1588)《艺圃撷余》对杜甫无与伦比的句法创新作了以下的总结:

§ 8.22

　　少陵故多变态,其诗有深句,有雄句,有老句,有秀句,有丽句,有险句,有拙句,有累句。后世别为大家,特高于盛唐者,以其有深句、雄句、老句也;而终不失为盛唐者,以其有秀句、丽句也。轻浅子弟,往往有薄之者,则以其有险句、拙句、累句也,不知其愈险愈老,正是此老独得处,故不足难之,独拙、累之句,我不能为掩瑕。虽然,更千百世无能胜之者何?要曰无露句耳。其意何尝不自高自任?然其诗曰:"文章千古事,得失寸心知。"曰:"新诗句句好,应任老夫传。"温然其辞,而隐然言外,何尝有所谓吾道主盟代兴哉?自少陵逗漏此趣,而大智大力者,发挥毕尽,至使吠声之徒,群肆掊剥,遐哉唐音,永不可复。噫嘻慎之!①

王氏根据杜甫诗句不同审美效果,分为三类,并放在唐诗历史发展的语境中加以评论。他所下的评语极为精辟,揭示了杜甫句法创新的精髓,借之来总结本节的句法分析应有画龙点睛的效果。王氏所谈的第一类为秀句、丽句,是盛唐律诗句法的典型的代表,王维"漠漠水田飞白鹭,阴阴夏木啭黄鹂"和杜甫"无边落木萧萧下,不尽长江滚滚来"应属于此类。第二类为深句、雄句、老句,是被后人视为出于盛唐而"高于盛唐",空前绝后的诗句。在本文所讨论诗句之中,杜甫"一去紫台连朔漠,独留青冢向黄昏。画图省识春风面,环佩空归月夜魂"四句所显示的正是深、雄、老句的雄浑磅礴的气象。第三类为险句、拙句、累句,后代"轻浅子弟,往往有薄之者"。杜甫《秋兴》"香稻啄余鹦鹉粒,碧梧栖老凤凰枝"应属这类。现以此句为例,补上对险、拙、累句的分析。

"香稻啄余鹦鹉粒,碧梧栖老凤凰枝"一联乍读上去,的确容

①何文焕辑:《历代诗话》,页777。

易予人用词累赘、结句粗拙、取意险辟的印象。然而,加以仔细的分析,笔者发现此句是诗人独具匠心铸造而成,而诗人造句的过程似乎可重构如下:

第一步:得散文句"鹦鹉啄香稻余粒,凤凰栖碧梧老枝"。

第二步:为了把2+5散文节奏改造为标准的2+2+3诗歌节奏,将散文句的宾语(香稻余粒、碧梧老枝)倒装,得"香稻余粒鹦鹉啄,碧梧老枝凤凰栖"一联。

第三步:为了又把2+2+3节奏改为4+3节奏,把"粒"和"枝"后移,组成句末的三言段,即"鹦鹉粒""凤凰枝"。同时,诗人又把"啄"和"栖"前移至第三个字的位置,终得千古名句"香稻啄余鹦鹉粒,碧梧栖老凤凰枝"句。

杜甫如此反复地改变句序的做法,不仅是为了节奏韵律的安排,更重要的是感情表达的需要,传达出诗人所察觉到唐朝鼎盛时期暗含盛极必衰的兆音。对此联的深刻含义,高友工先生的力作《唐诗的魅力》里有精彩的论述[1]。用王世懋的话来说,杜甫"香稻啄余鹦鹉粒,碧梧栖老凤凰枝"这样所谓的险、拙、累句,读来却"温然其辞,而隐然言外",故为"千百世无能胜之者"。

第五节　七言律诗结构:二元、线性、断裂结构

在传统诗学著作中,诗篇结构(或说篇法)普遍不如字法、句

---

[1]见高友工、梅祖麟:《杜甫的〈秋兴〉》,见高友工、梅祖麟:《唐诗的魅力》,页23、27—28。

法那么受重视,但律诗篇法可能属于一个例外。宋人评论唐近体诗,提出"起承转合"的观点,随后近体诗结构便成为诗话中的一个热门话题。唐朝诗人虽然并未自觉地恪守这一准则,却相当自然地与之暗合。这是因为律诗和绝句可以理解为一个长篇作品的压缩,而所有文学作品,不论诗歌还是散文,总有一开头与一结尾,中间为避免无味,必然需要有所变化,所以自然而然形成"起承转合"的结构。

宋代以来各种诗话中有关近体诗结构的讨论很多,但理论的阐述尚有很大的发挥的空间。笔者认为,近体诗结构在古典诗歌史上是一种尤为特殊的结构,因为它是糅合了先前古诗中二元、线性、叠加三种主要结构而成的。在之前的章节里(详参第一章"汉诗诗体的'内联'性"中第六节关于汉诗句法与汉诗结构的讨论),笔者展示了《诗经》主谓句和题评句结构原则如何投射到篇章结构的层面,衍生二元、线性、叠加三种原型诗篇结构,随后研究了这三种基本诗篇结构在汉魏六朝时期演变的过程。这里,笔者将再进一步,探索七律如何承继和融合这三种诗篇结构。

(一)起承转合与二元结构

律诗里的"起承转合"是很明显的二元结构。其中,"起"与"承"、"转"与"合"分别是一个比较完整的部分,在内容上通常很明显地对应"情""景"两大块。这种二元结构首见于《诗经》特殊的比兴结构,到《古诗十九首》已蔚为大观,随后成为魏晋六朝五言古诗中最常见的结构。

　　在五言诗发展初期，诗人对这种二元结构的使用可能只是受《诗经》中比兴结构的影响，不自觉而为之，但是五言诗发展到五律，诗人往往就是有意而为之了。回顾上文所讨论诗篇，它们大多数的确呈现出明显的二元结构。沈佺期《古意呈补阙乔知之》、杜甫《登高》、文天祥《过零丁洋》、杜甫《咏怀古迹》其三等都是头两联集中描绘自然物象，后两联转写人事，抒发情感。

　　"起承转合"结构与先唐古诗二元结构的承继关系，古代论诗家已有所评论。例如，王夫之《古诗评选》在评点谢朓《之宣城郡出新林浦向板桥》时云：

§8.23

　　　　晋、宋以下诗，能不作两截者鲜矣。然自不虚架冒子，回顾收拾，全用经生径路也。起处直，转处顺，收处平，虽两截，固一致矣。①

王氏认为，晋宋六朝以来，五言诗里主要使用的是二元结构。然而，使用这种结构的一个弊端就是诗中缺少跌宕起伏的变化，比较死板。因此，律诗中"起承转合"的结构，可以视为对此缺陷的一种回应，是对二元结构的进一步发展。刘熙载《艺概》就是从二元对立统一的角度来分析律诗中对句、联的构成：

---

①王夫之：《古诗评选》卷五，收入《船山全书》第 14 册，页 769。

§ 8.24

　　律诗中二联必分宽紧远近,人皆知之。惟不省其来龙去
脉,则宽紧远近为妄施矣。

　　律体中对句用开合、流水、倒挽三法,不如用遮表法为最
多。或前遮后表,或前表后遮。表谓如此,遮谓不如彼,二字
本出禅家。昔人诗中有用"是""非"、"有""无"等字作对者,
"是""有"即表,"非""无"即遮。惟有其法而无其名,故为
拈出。①

　　其中"遮""表"都是佛教用语。所谓"遮",即否定的说法,而"表"
则为肯定的说法。在对句中,上下句分别从正反面来讲,形成一
种反比。刘勰在《文心雕龙·丽辞》中曾讲过"反对为优,正对为
劣",因此对句中这种二元对立的反比结构,即是刘勰所谓的
"优"。此外,刘熙载用"宽紧远近"讲解律诗中二联的关系,也是
这种对立统一的概念来阐明二元结构构造的原理。刘氏论律诗
的全篇结构,更是宏观着眼,论述律诗上下半部分的对立统一
关系:

§ 8.25

　　律诗篇法,有上半篇开下半篇合,有上半篇合下半篇开。
所谓半篇者,非但上四句与下四句之谓,即二句与六句,六句
与二句,亦各为半篇也。

_____

①刘熙载著:《艺概》,页74。

> 律诗一联中有以上下句论开合者,一句中有以上下半句
> 论开合者,惟在相篇法而知所避就焉。①

值得注意的是,刘氏上下篇分法,不仅限于上四下四,也可以是上
二下六或上六下二。

参照刘氏对律句、律联、全篇的结构分析,我们就可看到律诗
把二元结构发挥到何等淋漓尽致的地步了。

(二)起承转合与线性结构

如果说律诗上下部分的组合通常凸显一种二元结构,其四联
之间起承转合,既呈现一种线性的结构,也可以带来一种非线性
的叠加乃至断裂结构。造成这两种不同结果的因素有很多,但其
中最重要的是四联之衔接以及对颔颈联中对仗的处理。

要把律诗惯用的二元结构变为线性的结构,诗人必须在两个
方面下功夫。一是尽可能减弱颈联“转”的作用,因为诗中若有明
显的“转”,如由物语转为情语,该诗必定是二元结构。二是要尽
可能建立诗行中意群递进的节奏。三是减弱颔颈联中对偶的滞
时性,以加强诗句往前推进的势头。只有做到这三点,诗读起来
才会予人流畅无阻、一气呵成的感觉。就对此三点的改造而言,
七律比五律具有明显的优势。以下的杜甫《闻官军收河南河北》
就能充分说明这一点:

---

①刘熙载著:《艺概》,页73。

§ 8.26

> 剑外忽传收蓟北,初闻涕泪满衣裳。
> 却看妻子愁何在,漫卷诗书喜欲狂。
> 白日放歌须纵酒,青春作伴好还乡。
> 即从巴峡穿巫峡,便下襄阳向洛阳。

先看杜甫如何化"转"为顺接。诗人听闻收复蓟北、平复安史之乱的消息后"涕泪满衣裳",看看妻子也不再发愁了,自己也是"漫卷诗书喜欲狂",然后接下来又描述怎样庆祝("白日放歌须纵酒"),如何踏上还乡的路程。诗中八句的内容都按时间顺序安排,显然不存在明显的转折。这种弱化"转"的做法,在五律和七律中都可以见到,难以找到什么区别。

然而,就第二点而言,五律比起七律有着无法弥补的先天不足。一个诗行中音群用得越密集,节奏就急促,而其中动词数量多寡的影响犹大。五律每行至少比七律少一个二言意群,因而不易在行中安排两个以上的动词。正因如此,五律中极少有每行是复合句的诗篇。与此情况相反,七律中极容易放入复合句,从而加快诗的节奏。的确,为了达到此目的,杜甫在每行中都用了由两个动词构成的复合句。八行全用复合句的五律恐怕是难以找到的。

在第三点上,七律相对五律而言也是具有明显优势的。因受字数所限,五律颔、颈联通常只能使用能唤起具体形象的实词,而密集意象的对偶自然会减慢节奏。这是因为对句中每一个意象都会迫使我们回想起句中与之相对的意象,所以阅读的速度就自然慢下来了。五律比七律少用很多虚词,其中一个重要的原因是汉代以后大部分的虚词都是双音词,一个虚词就要占去 2/5 的空间。有时不可不用,诗人便人为地给双音虚词减字,生造出一些不通用的单音虚词。杜甫"名岂文章著"中的"岂"便是"岂因"的缩写。七律的情况则恰恰相反。如王力第五、六类的七言律句所示,所增的二字几乎都是虚词,而其中有表示假设、因果、转折、递进等关系的连接词。值得强调的是,这些连接词起的都是往前推进的作用。因此,与实词对偶的滞时作用相反,虚词的对偶通常起着加倍往前推进的作用。本诗"即从巴峡穿巫峡,便下襄阳向洛阳"一联中"即从"和"便下"就是极好的例子。古人称这种对偶句为"流水对",就是要说明其加速推进行文的特殊作用。

　　杜甫以及其他七律大师通过在以上三点上下功夫,有效地使用线性结构,大大地增强了律诗叙述状物、说理抒情的作用。就最重要的抒情作用而言,笔者认为,线性结构最大的贡献是提供了用律诗直抒胸臆的途径。杜甫《闻官军收河南河北》就是用七律直抒胸臆,痛快淋漓言情的绝佳范例。诗人遣词用字如行云流水,流畅的节奏与诗人欢快的心情融为一体,让人读来如醉如痴。

(三)起承转合与叠加和断裂结构

　　叠加诗篇结构按照中心意思组织同类而内容相异的景物与情感,抒情性极强。这种结构在《小雅·四月》已见雏形(见第一章"汉诗诗体的'内联'性"§1.29),在以后兴起的各种诗体中得以大量运用。如陶渊明《归园田居》其一即使用叠加诗篇结构,其间并不能看到截然二分的景语与情语,而是按照一个中心思想描写景物与抒发情感,情景叠加而不重复,各种田园生活的景象物色纷呈,隐居闲适之感跃然纸上(见第五章"六朝五言诗句法、结构、诗境"§5.16)。

在某种意义来说,律诗的起承转合就可以视为一种已经程式化的叠加结构。这是因为就四联之间都存在着一个空隙、一个小跳跃,故构成四个意义板块的叠加。比如杜甫的《咏怀古迹》其三,每一联都引入来自不同时空的意象和事件,但它们又与王昭君的生平紧密相关,一经叠加,主人公的悲剧人生和情感世界,以及诗人的无比同情就跃然纸上了。

虽然律诗形式是一种程式化的叠加结构,但却能灵活地转变成其他的结构。这个特点在七律中表现得尤为突出。一方面,诗人可致力于减少四联之间缝隙,从而把七律叠加结构转变为线性结构。减少四联之间缝隙有不同的手法,主要的已在以上对杜甫《闻官军收河南河北》的分析之中详细讨论。另一方面,诗人又可以有意扩大七律四联之间缝隙,使叠加结构变成一种断裂的结构。着意对七律进行这种结构改造的诗人不多,但却有因此而名声大噪的诗人,那就是大名鼎鼎的《锦瑟》作者李商隐。接下来让我们分析《锦瑟》的结构:

§8.27

　　锦瑟无端五十弦,一弦一柱思华年。
　　庄生晓梦迷蝴蝶,望帝春心托杜鹃。
　　沧海月明珠有泪,蓝田日暖玉生烟。

此情可待成追忆，只是当时已惘然。

这首诗可以说是李商隐诗艺之典范，读起来就美不胜收，里面充满了典故，如庄子化蝶等连续四句皆用典。单看题目似乎是一首咏物诗，然而通读下来却很难确定地说这首诗的主题是什么。历代评论家和读者对其作出了各种各样、无有穷尽的解读。

究其原因，大概主要在于诗人对七律诗结构的突破和创新。在这首诗里，我们看不到律诗"起承转合"的叠加结构，更莫谈上面杜诗中所见的线性结构，取而代之的是一种断裂的结构。倘若单独看诗的每一联，其上下句都是极为连贯的。首联两句谈锦瑟用弦的数量，颔联两句描写人与物在虚幻世界中神交，颈联两句都讲珠玉之美，尾联两句则是过去与现在情感的对比。与联中上下句之连贯相反，四联之间缝隙已达到极大化的程度，无论在主题、意象、词意、典故的层次上都未找到明显可信的关联，四联完全可以称为四个完全没有直接联系的片段。

正由于此，历代解诗人总是力图找出这四联之间的关系，而他们使用的手法是共通的，即在某一个意象或事件寻找出理解全诗的支点，然后以之为据对四联内容进行牵强附会的解释。如此解读，得出的结论自然是五花八门，应有尽有。归纳起来，常见的至少有七类：其一认为这首诗是诗人缅怀情人之作，"锦瑟"为该情人的名字或昵称；其二认为该诗记述的是一场乐器演奏，而"锦瑟"为其隐喻；其三认为该诗是诗人追悼亡妻之作；其四认为这首诗只是诗人泛泛谈论对爱情的所思所感；其五认为是诗人自怜自叹之篇；其六认为这首诗讲的是创作的过程；其七认为该诗是诗

人对唐朝衰败之哀叹①。其实，对此诗的解读远不止这七种，而
是自由的、开放的。现择第二、六类中两例来看古今论诗家的高
论。张侃(活跃于1223—1226)《拙轩词话》云：

§8.28

　　读此诗俱不晓，苏文忠公云："此出古今乐志。锦瑟之为
器也，其弦五十，其柱如之。其声也，适怨清和。考李诗'庄

---

①刘若愚先生(James J. Y. Liu)曾总结诸说，在其专著中列出了古往今来各
　色评论家对《锦瑟》的五种读法，其列出的第一种读法下又可分为三种，随
　后他又提出自己的第六种读法，现将这几类说法一并总结列出如下：
　　1)这是一首情诗。这种读法下亦可分为三种：
　　A. 此诗是为了一位名为"锦瑟"的女子所写，这位女子大概是令狐楚
家中侍女或令狐楚之子令狐绹家中之小妾。
　　B. 此诗是诗人对自己与一位无名女子之间过往情事的追忆。
　　C. 此诗是诗人为哀悼宫女飞鸾和轻凤之死而写，这两位宫女据说曾
赠李商隐以锦瑟。
　　2)这首诗描绘了以锦瑟所演奏的四种音乐。
　　3)这首诗是诗人为了纪念逝去的夫人所写。
　　4)这首诗表达了诗人自怜自哀的心情，是对诗人不幸命运的哀叹。
　　5)这首诗实则是李商隐诗集的导言。
　　6)这首诗可以当做是人生如梦这一主题的变奏，是诗人对人生、情爱
之虚幻的反思。
以上总结参见 James J. Y. Liu, *The Poetry of Li Shang-yin: Ninth-Century
Baroque Chinese Poet* (Chicago: University of Chicago Press, 1969), pp.
51—56。此处笔者列出的七种读法，一部分参考了刘若愚所总结的各种
读法，另外亦参考了《李商隐诗歌集解》一书中《锦瑟》诗后所附各条集注
与笺评，见刘学锴、余恕诚著：《李商隐诗歌集解》，北京：中华书局，1988
年版，页1420—1438。

生晓梦迷蝴蝶',适也。'望帝春心托杜鹃',怨也。'沧海月明珠有泪',清也。'蓝田日暖玉生烟',和也。"①

如果说苏东坡认为此诗中是对乐声的文字描写,钱钟书(1910—1998)在诗中看到的则是对诗歌艺术方方面面的譬喻,包括"作诗之法""形象思维""风格或境界"等等。

§8.29

　　李商隐《锦瑟》一篇,古来笺释纷如。……多以为影射身世。何焯因宋本《义山集》旧次,《锦瑟》冠首,解为"此义山自题其诗以开集首者"(见《柳南随笔》卷三,《何义门读书记·李义山诗集卷上》记此为程湘衡说);视他说之瓜蔓牵引、风影比附者,最为省净。窃采其旨而疏通之。自题其诗,开宗明义,略同编集之自序。拈锦瑟发兴,犹杜甫《西阁》第一首:"朱绂犹纱帽,新诗近玉琴。"锦瑟玉琴,殊堪连类。首二句言华年已逝,篇什犹留,毕世心力,平生欢戚,清和适怨,开卷历历。"庄生晓梦迷蝴蝶,望帝春心托杜鹃";此一联言作诗之法也。心之所思,情之所感,寓言假物,譬喻拟象,如飞蝶征庄生之逸兴,啼鹃见望帝之沉哀,均义归比兴,无取直白。举事宣心,故"托";旨隐词婉,故易"迷"。此即十八世纪以还,法国德国心理学常语所谓"形象思维";以"蝶"与

_____

①张侃:《拙轩词话》,收入唐圭璋等编:《词话丛编》第一册,北京:中华书局,1986年版,页195。

"鹃"等外物形象体示"梦"与"心"之衷曲情思。"沧海月明珠有泪,蓝田日暖玉生烟";此一联言诗成之风格或境界,如司空图所形容之诗品。《博物志》卷九《艺文类聚》卷八四引《搜神记》载鲛人能泣珠,今不曰"珠是泪",而曰"珠有泪",以见虽化珠圆,仍含泪热,已成珍玩,尚带酸辛,具宝质而不失人气;"暖玉生烟",此物此志,言不同常玉之坚冷。盖喻己诗虽琢炼精莹,而真情流露,生气蓬勃,异于雕绘夺情、工巧伤气之作。若后世所谓"昆体",非不珠光玉色,而泪枯烟灭矣! 珠泪玉烟亦正以"形象"体示抽象之诗品也。①

这些对《锦瑟》的解释可以说是很勉强的。它们无不以局部代整体,据其某一两联而穿凿附会整首诗的含义,虽然都有一定的合理性,可是不论哪一种解读方法都很难将四联的关系很圆满地解释清楚。考虑到李商隐对语义模糊性的偏爱,我们有理由相信,诗人在这首诗里是有意打破律诗固有结构,代之以断裂结构,给读者提供无尽想象之空间。李商隐对律诗结构的创新无疑是极为成功的。历代论诗家竞相解说《锦瑟》,乐此不疲,而这首诗予

①可见刘学锴、余恕诚著:《李商隐诗歌集解》,页1434。此段原文出自钱钟书《冯注玉溪生诗集诠评》未刊稿,周振甫《诗词例话》引,见周振甫:《诗词例话》"形象思维"一条,北京:中国青年出版社,1962年版,页18—19。钱钟书后在补订《谈艺录》时,又在这段文字基础上,扩展许多,对《锦瑟》一诗进行更为详细的解读,其对各联的解释与此处这段文字基本类似,只是内容更为丰富更为详尽。见《谈艺录(补订本)》,北京:中华书局,1984年版,页433—438。

以他们的审美享受正是源于其结构创造出的无限解读空间。刘熙载云:"律诗之妙,全在无字处。每上句与下句转关接缝,皆机窍所在也。"①刘氏此语用于描述《锦瑟》是最适合不过了。

笔者认为,断裂结构所创造的美感并非与断裂程度成正比。结构极度断裂,只会让诗变成被拆下的七宝楼台,只有不成片段的碎片。真正能予以美感的断裂结构,一定是以某一种连贯现象为衬托、为平衡的。试问,假若其四联自身不是意义完整的美丽片段,《锦瑟》能创造出那种处于可解不解之间、扑朔迷离的审美胜境?另外,假若李商隐用五律写此诗,他能创造出同样令人神往的审美境界?《锦瑟》的颔、颈联四句全用复合句,从而编织出互为因果、交映生辉的四个场景,即庄生晓梦、望帝春心之因与迷蝴蝶、托杜鹃之果的排比,以及沧海月明、蓝田日暖之大景与珠有泪、玉生烟之小景的对比。五律中颔、颈联无法装入如此众多的景象,形成自我独立而富有美感的片段,自然就没有有效地使用断裂结构的基础了。

第六节　七律的诗境:言灵变而意深远

本章已细读分析十篇唐宋七律名作,并对其诗境加以评论,这里笔者将再进一步,尝试从理论上概括七律诗境特点及其产生的原因,作为本文的结语。

与五言"言约意广"之诗境相比,笔者认为七律所呈现的则是

---

①刘熙载著:《艺概》,页73。

"言灵变而意深远"的诗境。"言灵变"的特点要归功于七律所增二字在不同层次上所起的点化作用。在最基本的节奏层次上，所增二字的点化作用在于创造了4+3的崭新的韵律节奏，同时又把五言的2+3节奏扩充为2+2+3节奏。这两种分别源于《诗经》和《楚辞》的韵律节奏在七律中得以合流，在诗歌史上具有重大的意义，为日后词的发展铺平了道路。所增二字的点化作用延伸到句法的层次，崭新的复合题评句，以及表示因果、虚拟等复杂关系的主谓复句便应运而生了。同时，随着这两大类基本句型不断扩充，律诗中引入更多的散文句，并衍生出七律中特有的各种拗句。有了如此繁多的新句式可选择，七律诗人自然就可以表达更加复杂的思想情感，而遣词用字亦愈加生动准确。这种点化所引起的"连锁反应"最后出现在结构的层次之上。律诗起承转合属于一种二元结构和叠加结构混合体，但诗人又可妙用句式来减少或增加四联之间的缝隙，从而将之分别改造为序列结构、断裂结构。

　　如果说七律节奏、句法、结构多样化的创新造就了"言灵变"的语言特点，那么，多样化的节奏、句法、结构连锁互动的结果则是"意深远"的诗境。所谓"意深远"不仅仅指在极有限的语言空间里表达深厚的思想情感，更重要的是指将诗人情思发展的复杂过程直接呈现出来。前者是五律七律共有的特点，而后者则是七律尤为擅长之事。借助灵变的节奏、句法、结构，七律诗人可以纵横捭阖地遣词用字，使之与其自由驰骋的思想情感过程或状况完全同步。例如，王维《积雨辋川庄作》主要使用简单的主谓句，中间夹着两个复杂题评句，写出了静中有动的乡间清景，让我们深深地感受到诗人流连忘返的心情。相反，《闻官军收河南河北》连用八个复杂主谓句,创造出一种极为紧密的节奏,借以把诗人无比欢快的心情传达出来。杜甫《登高》则是一口气连用八个复杂题评句,天地景象与自我特写并列对比,从而将诗人感慨宇宙人生,沉郁顿挫之情栩栩如生地呈现出来。李商隐《锦瑟》利用极度加深的四联之间的缝隙,创造出一种断裂的结构,以及与此相应的缓慢节奏,让我们深切体验到诗人缠绵无限、惘然若失的心境。咏史应是最能展现七律"言灵变而意深远"境界的诗体。李商隐《隋宫》大量使用虚词,展开虚拟因果关系的设问、古今对比,沿着这些由虚词构成"诗中线索",我们可以体验诗人反思历史,讽刺昏君的整个思辨过程。杜甫《咏怀古迹》其三则全用实词,但通过用典化实为虚,将主谓和题评句融为一体,因而意象和典故交织成一个极为错综复杂的虚拟时空。沿着由意象典故构成的"诗外线索",我们可以身入其境地感受诗人深邃感人的历史反思过程。在杜甫《秋兴》八首中,七律这种"言灵变而意深远"的胜境已达到了登峰造极、无以超越的水平。

第九章　小令节奏类别和审美特征

　　唐宋时期词小令的兴起是中国诗歌发展史上极为重要的里程碑，标志着诗歌文本与音乐表演的结合达到了前所未有的程度，同时也展示了诗歌节奏、句法、结构诸方面的重大创新。在有关词艺术的研究中，唐五代音乐传统对词小令的影响无疑是学者最为关注的课题之一。相比之下，小令与先前上千年诗歌语言的内在关系却没有受到应有的重视。虽然词于南宋之后或褒或贬被称为"诗余"，但词对古近体诗、辞赋的节奏、句法、结构的承继和改造却极少得到系统的研究。在某种程度上来说，小令的诞生，与其归功于唐五代时期域外音乐的繁盛流行，不如视为诗歌自身演变的自然结果。西域音乐在汉代就开始大量流入中原，然而为什么小令要等到盛唐才问世呢？这点似乎需要从中国诗歌演变内在逻辑的角度来解释。自《诗经》时代以来一千多年间，诗体已经历了从四言到五言七言、从古诗到近体诗的漫长演变，在盛唐发展到了顶峰。诗辉煌时代的到来也意味着诗体还可挖掘的资源已经不多了，而其种种局限也就日趋明显。正因如此，盛唐以来诗人就尝试使用各种方法来冲破诗体韵律节奏、句法、结构的限制,其中包括在绝句中使用通俗的语言,将绝句律诗入乐,在七言歌行中杂糅散文句,在七言律诗中使用有别于 4+3 和 2+2+3 的散文句节奏等方法。笔者认为,词之所以能如此迅速发展,从市井教坊的俚俗乐辞演变为雅俗共赏、文人喜闻乐见的诗歌形式,关键在于温庭筠等晚唐文人在为新曲写词的实践中正式创造出小令这种与诗体截然不同的诗歌形式,从而彻底地冲破了诗体局限,为诗歌的发展开拓出新的广阔空间。鉴于小令在诗歌史上革旧创新、继往开来的重要作用,将其称之为"诗变"而不是"诗余",似乎更为合理①。

---

①所谓"诗余"一词,历代词话中论述颇多。清人王弈清《历代词话》卷十"唐以后诗不如词"条摘《词统序略》云:"周东迁,三百篇音节始废,至汉而乐府出。乐府不能代民风,而歌谣出。六朝至唐,乐府又不胜诘屈,而近体出。五代至宋,近体又不胜方板,而诗余出。唐之诗,宋之词,甫脱颖而已遍传歌工之口,元世犹然,今则尽废矣。观唐以后诗之腐涩,反不如词之清新,使人怡然适性。是不独天资之高下,学力之浅深各殊,要亦气运、人心有日新而不能已者。故诗至于余而诗亡,诗至于余而诗复存也。"(《词话丛编》第二册,页 1323。)《历代词话》卷二"词非诗余"条摘汤显祖《玉茗堂选花间集序》云:"当开元盛日,王之涣、高适、王昌龄词句流播旗亭,而李白《菩萨蛮》等词亦被之歌曲。逮及《花间》《兰畹》《香奁》《金荃》,作者日盛。古诗之于乐府,律诗之于词,分镳并辔,非有后先。有谓诗降而为词,以词为诗之余者,殆非通论。"(《词话丛编》第二册,页 1117)。这两条材料,前者认为词是诗之余,是为了适应歌唱而出的文体,并且认为"诗至于余而诗亡,诗至于余而诗复存",而后者则反对之,认为词非诗之余,"古诗之于乐府,律诗之于词,分镳并辔,非有后先",诗词出现并无先后关系。或褒或贬,均反映了对于"诗余"一词,词论家已然有不少争议。无论词是否被认作是诗余,无法否认的是,诗与词之间存在密切的关系。从这个角度来说,本文立论基于"诗变"一点,似也有合理之处。

"诗变"一词可以说明小令与先前诗辞赋体之间特殊的"通变"关系：小令的节奏、句法、结构无不发轫于古近体诗、辞、赋，而对于后者又几乎无不加以变革，乃至脱胎换骨的改造。笔者将从"诗变"这个特殊视角来研究小令，通过与先前诗辞赋体的比较，揭示其节奏、句法、结构的重大创新，并探索这些创新如何帮助诗人创造独特的，与诗、辞、赋迥然不同的艺术境界。由于篇幅所限，本章仅讨论小令的节奏，小令在句法和结构方面的创新将在下一章探讨。

第一节　小令定义和词牌分类

在讨论小令节奏之前，我们先要厘清小令的定义，确定本文讨论的范围。词学界通常将词分为三类：小令、中调、长调（又称慢词）。这种分法源自南宋坊间书贾所编的《草堂诗余》。此书有分类而无名目，于明代颇为流行，嘉靖年间重刻之，始以小令、中调、长调之名目系之："五十八字以内为小令，五十九字至九十字为中调，九十一字以外为长调。"①这种分类显然有其合理之处，否则就不会被后世广泛接受，一直沿用至今。的确，在当今的词学研究中，小令和慢词就是最常用的分类。

《草堂诗余》三分词类，定出精确字限，故为不少后世学者所诟病，被视为过于拘泥字数。这一批评固然有其道理，例如，五十九字的词牌，就比小令的字限多一字，为何就要算作中调而不是

---

① 参见吴梅著：《词学通论》，上海：复旦大学出版社，2005 年版，页 2。

小令？然而,这并非《草堂诗余》编撰者之过,而是按字数分类之难。词体有必要按长度来分类,而用长度分类就得列出具体的字限,可是一旦列出字限,指责、诟病就难免接踵而来。

　　笔者认为,在五十八字左右的位置划出小令的上限,彰示小令从近体诗脱胎而出的过程,大致是合理的。五十八字的长度涵盖了四种近体诗体:五绝(二十字)、七绝(二十八字)、五律(四十字)、七律(五十六字)。近体诗,尤其是七绝和七律,对词发展影响极大。在近体诗的基础上发展出来的小令大多数是唐宋之间的主流词体,亦是当今读者尤为喜闻乐见的、最常被使用的词牌。同样,把九十一字以上定为长调,似乎也有同样的好处,那就是涵括了今人所熟悉喜爱的、由柳永及其后词人写就的长篇佳作的绝大部分。被称为中调,含有六十二字至九十字的词牌,在《钦定词谱》中约 168 种①。除了《青玉案》《桂枝香》等个别例外,用这些词牌写就的,为后人喜闻乐见的名作很少。把这些词牌归为一体,似乎至少有一个好处,那就是可以将那些相对没那么重要的词牌归为一类。

　　鉴于词人给近体诗体增字常达六字之多,本章把小令字数的上限改为六十二字,即在七律五十六字之上加六字。本章所讨论的小令词牌种类主要依照由清康熙时期王奕清、陈廷敬等所编,康熙帝钦定的《钦定词谱》。《钦定词谱》综采前代各种词谱之长,亦参考了万树《词律》,收录词牌较为完整,批注也较为清楚明白,基本涵盖了所有常用词牌,恰恰符合本章分析的需要。

---

①王奕清等编:《钦定词谱》,北京:中国书店出版社,影印本,1983 年版。

词牌的数目庞大,节奏又极为繁杂,对它们进行合理的分类梳理,这历来是论词家所面临最棘手的问题之一。虽然本章讨论的范围限于六十二字以内小令,涉及词牌的数量仍然很大。从十四字的《竹枝》①到六十二字的词牌,依新编《中华韵典》一共是174 种词牌,占《中华韵典》的 43.5%②;而依《钦定词谱》则一共有 331 种词牌,占《钦定词谱》的 40%。

不过在《钦定词谱》十四至六十二字的 331 种词牌之中,18 种制于元代,词例最早也为元人小令;另外有 2 种则是明显的慢词,即载于《高丽史·乐志》的《太平年》与《献天寿》。《高丽史·乐志》已明确称这两种为慢词,即音乐表演时节奏较为舒缓。与之对应的是,《高丽史·乐志》往往给小令词牌标上“令”字加以区别。因此这样算来,这里讨论的唐宋小令词牌总数应为 311 种,占据《钦定词谱》的 37.65%③。

如何对小令词牌进行合理的分类? 如何梳理清楚它们之间的关系,从而揭示小令发展演变的轨迹? 笔者认为,由于小令在很大程度上是近体诗之“变”,从与绝句、律诗的关系角度来梳理小令词牌和节奏,分门别类,加以分析,应该有助于我们获得对小令艺术形式的新认识。龙榆生《词学十讲》中曾略论近体诗、绝句与短调小令之关系,并以数例论之④。按此思路,本节将 311 种小

①最短的词牌,有些学者认为是《十六字令》,而《钦定词谱》则认定十四字的《竹枝》为最短词牌。《中华韵典》采用后说。
②见盖国梁主编:《中华韵典》,上海:上海古籍出版社,2010 年版,页 581—755。
③本文词牌列表的制作以及数据统计均由陈婧同学完成,谨此鸣谢。
④见龙榆生著:《词学十讲》,北京:北京出版社,2005 年版,页 17—20。

令词牌分为五大类:(一)完全沿用近体诗体式的词牌;(二)五、七言近体诗增减字而成的词牌;(三)五、七言句为主的词牌,"为主"指句数占全词一半及以上;(四)以三、四、六言句为主的词牌;(五)以三种以上字数句混合而成的词牌。

本章所讨论的五大类词牌,以及每类中各种细类,都依照《钦定词谱》举出的正体列出。《钦定词谱》按时间先后定正体,因此,很多情况下从《钦定词谱》所列正体可推知具体词牌初创的年代。《钦定词谱》以"句"或"读"表示词中句与句之间的两种长短不一的停顿①,而现通行词谱则用现代标点来表示。逗号(,)与句号(。)均表示此为一句,而句号往往表示韵之所在。顿号(、)则表示"读",即此一句上下部分之间短暂的停顿②。值得注意的是,词谱中顿号大多出现于两个三言句之间,或一个三言与一个四言之间。在本章的列表中,词例仅以句号(。)和顿号(、)分别表示长、短两种停顿,另用〇表示双调之间的过渡。而节奏形式一栏,笔者采用括号( )表示用顿号标示"读"的句子,用方括号[ ]代表词中一阕。本章列举的词作均引自《全唐五代词》《全宋词》以及《钦定词谱》正体词例,对词牌用韵和产生年代等的描述均引自《钦定词谱》,由于数量较大,就不一一标明出处和页码。

在词牌的分类和初步分析完成之后,笔者将进一步探究小令节奏从"齐"到"杂",从五、七言扩展到三、四、六言的发展过程,分析此"杂"节奏在小令艺术形式中的关键作用,并在更加广阔的

————————

① 见《钦定词谱·凡例》。

② 见龙榆生著:《唐宋词格律》,上海:上海古籍出版社,1978 年版,页 2。

诗歌史语境中评价其审美意义。

（一）完全沿用近体诗体式的词牌

　　小令中完全沿用近体诗体式的词牌不少，共 24 种，约占全部唐宋小令词牌的 7.7%。根据与四种近体诗体的关系，24 种词牌分为四小类。以下用列表方式介绍每小类中所有词牌的名称、正体节奏和词例、词牌产生时代等信息，然后略加评述。

　　1. 完全沿用五绝体式的词牌（3 种）

编号	词牌名	节奏形式	用韵规定	与近体诗的承袭	词例
1.1	纥那曲	5+5+5+5	四句三平韵	唐平韵五言绝句。按唐人于舟中唱得体歌，有号头，即和声。纥那者，或曲之和声也。	杨柳郁青青。竹枝无限情。同郎一回顾。听唱纥那声。（刘禹锡）
1.2	拜新月	5+5+5+5	四句两仄韵	唐教坊曲名。唐仄韵五言绝句，而语气微拗。填此词者，平仄当从之。	开帘见新月。便即下阶拜。细语人不闻。北风吹裙带。（李端）
1.3	啰唝曲	5+5+5+5	四句两平韵	啰唝曲，刘采春所唱，皆当代才子所作五六七言绝句。一名《望夫歌》。元稹诗所谓"更有恼人肠断处，选词能唱望夫歌"也。	不喜秦淮水。生憎江上船。载儿夫婿去。经岁又经年。（刘采春）

依《钦定词谱》注解,这三种词牌均是唐五言绝句,《纥那曲》为"唐平韵五言绝句";《拜新月》为"唐仄韵五言绝句,而语气微拗",且为"唐教坊曲名";《啰唝曲》"皆当代才子所作五六七言绝句"。这几个词牌可称之为诗,也可称之为词,共同点在于都用来歌唱。

2.完全沿用七绝体式的词牌(7 种)

编号	词牌名	节奏形式	用韵规定	与近体诗的承袭	词例
1.4	采莲子	7(+2)+7(+2)+7(+2)+7(+2)	四句三平韵	唐教坊曲名。此亦七言绝句	菡萏香连十里陂举棹。小姑贪戏采莲迟少。晚来弄水船头湿举棹。更脱红裙裹鸭儿年少。(皇甫松)
1.5	阳关曲	7+7+7+7	四句三平韵	亦七言绝句,唐人为送行之歌。	渭城朝雨浥轻尘。客舍青青柳色新。劝君更尽一杯酒。西出阳关无故人。(王维)
1.6	欸乃曲	7+7+7+7	四句三平韵	本唐七言绝句。唐元结诗自序:大历初,结为道州刺史,以军事诣都。使还州,逢春水,舟行不进,作《欸乃曲》,令舟子唱之,以取适于道路云。	千里枫林烟雨深。无朝无暮有猿吟。停桡静听曲中意。好似云山韶濩音。(元结)

续表

编号	词牌名	节奏形式	用韵规定	与近体诗的承袭	词例
1.7	浪淘沙	7+7+7+7	四句三平韵	唐教坊曲名。此与宋人《浪淘沙令》《浪淘沙慢》不同,盖宋人借旧曲名,另倚新腔。此七言绝句也。	蛮歌豆蔻北人愁。蒲雨杉风野艇秋。浪起鸂鶒眠不得。寒沙细细入江流。(皇甫松)
1.8	杨柳枝	7+7+7+7	四句三平韵	唐教坊曲名。盖乐府横吹曲,有《折杨柳》名。此则借旧曲名,另创新声。后遂入教坊耳。此本唐人七言绝句,与顾敻词四十字体、朱敦儒词四十四字体添声者不同。	金缕毵毵碧瓦沟。六宫眉黛惹香愁。晚来更带龙池雨。半拂阑干半入楼。(温庭筠)
1.9	八拍蛮	7+7+7+7	四句三平韵	唐教坊曲名。皆唐人七言绝句,当时音律必有所属,今歌法不传矣。	孔雀尾拖金线长。怕人飞起入丁香。越女沙头争拾翠。相呼归去背斜阳。(孙光宪)
1.10	字字双	7+7+7+7	四句四平韵	见《才鬼记》。因每句有叠字,故名《字字双》。	床头锦衾斑复斑。架上朱衣殷复殷。空庭明月闲复闲。夜长路远山复山。(王丽贞)

这几个词牌和上一类类似,所有词例均可看作是诗,也可看作是

词,且多为"唐教坊曲名",共同之处就是均可以用来歌唱。有的
词牌为后代"借旧曲名,另创新声",如《浪淘沙》《杨柳枝》等。

　　3.完全沿用五律体式的词牌(3种)

编号	词牌名	节奏形式	用韵规定	与近体诗的承袭	词例
1.11	怨回纥	[5+5+5+5]＊2	两平韵	此调本五言律诗,见《尊前集》。【笔者按:《尊前集》成书于北宋前后,然词例为唐皇甫松一首。】	祖席驻征棹。开帆候信潮。隔筵桃叶泣。吹管杏花飘。○船去鸥飞阁。人归尘上桥。别离惆怅泪。江路湿红蕉。(皇甫松)
1.12	生查子	[5+5+5+5]＊2	前后段各四句,两仄韵。五言八句,每句第二字,例用仄声。	唐教坊曲名。此调创自【笔者按:唐代】韩偓。	侍女动妆奁。故故惊人睡。那知本未眠。背面偷垂泪。○懒卸凤头钗。羞人鸳鸯被。时复见残灯。和烟坠金穗。(韩偓)
1.13	醉公子	[5+5+5+5]＊2	此词四换韵……可平可仄。	唐教坊曲名。……此调有两体,四十字者,昉自唐人;一百六字者,昉自宋人。	河汉秋云澹。红藕香侵槛。枕倚小山屏。金铺向晚扃。○睡起横波慢。独坐情何限。衰柳数声蝉。魂销似去年。(顾敻)

《钦定词谱》所收《醉公子》词例不同于万树《词律》,并称"《词律》所收唐词,平仄换韵,终近古诗,删之"①。

4.完全沿用七律体式的词牌(11 种)

编号	词牌名	节奏形式	用韵规定	与近体诗的承袭	词例
1.14	瑞鹧鸪	[7+7+7+7]＊2	前段四句三平韵,后段四句两平韵。	原本七言律诗,因唐人歌之,遂成词调。	才罢严妆怨晓风。粉墙画壁宋家东。蕙兰有恨枝犹绿。桃李无言花自红。〇燕燕巢时罗幕卷。莺莺啼处凤楼空。少年薄幸知何处。每夜归来春梦中。(冯延巳)
1.15	清江曲	[7+7+7+7]＊2	前段四句三平韵,后段四句三仄韵。	此宋苏庠泛舟清江作也,体近古诗,因《花草粹编》采入,今仍之。……全似七言诗句,平仄可不拘。	属玉双飞水满塘。菰蒲深处浴鸳鸯。白苹满棹归来晚。秋著芦花一岸霜。〇扁舟系岸依林樾。萧萧两鬓吹华发。万事不理醉复醒。长占烟波弄明月。(苏庠)

---

①《钦定词谱》卷三,第一册,页 213。

编号	词牌名	节奏形式	用韵规定	与近体诗的承袭	词例
1.16	楼上曲	［7+7+ 7+7］＊2	前后段各四 句,两仄韵、 两平韵。	调见《芦川词》, 因词中有"楼外 楼中"二句,故 名。……但宋、 元人无填此者。 【笔者按:词例以 南宋初张元干词 为正体。应始于 南宋。】	楼外夕阳明远 水。楼中人倚 东风里。何事 有情怨别离。 低鬟背立君应 知。○东望云山 君去路。断肠迢 迢尽愁处。明朝 不忍见云山。从 今休傍曲阑干。 （张元干）
1.17	玉楼春	［7+7+ 7+7］＊2	前后段各四 句,三仄韵。	《花间集》顾敻词 起句,有"月照玉 楼春漏促"句,又 有"柳映玉楼春 日晚"句;《尊前 集》欧阳炯词,起 句有"春早玉楼 烟雨夜"句,又有 "日照玉楼花似 锦,楼上醉和春 色寝"句,取为调 名。【笔者按:应 起自五代后蜀顾 敻、欧阳炯。】	拂水双飞来去 燕。曲槛小屏 山六扇。春愁 凝思结眉心。 绿绮懒调红锦 荐。○话别多情 声欲战。玉箸痕 留红粉面。镇长 独立到黄昏。却 怕良宵频梦见。 （顾敻）
1.18	虞美人	［7+5+ 7+9］＊2	前后段各四 句,两仄韵、 两平韵。	唐教坊曲名。 此调以李【笔者 按:李煜】词,毛 【笔者按:毛文 锡】词为正体,而 宋、元词依李体填	风回小院庭芜 绿。柳眼春相 续。凭阑半日 独无言。依旧 竹声新月、似当 年。○笙歌未散

编号	词牌名	节奏形式	用韵规定	与近体诗的承袭	词例
				者尤多。	尊罍在。池面冰初解。烛明香暗画阑深。满鬓清霜残雪、思难禁。(李煜)
1.19	步蟾宫	[7+(3+4)+7+(3+4)]＊2	前后段各四句,三仄韵。	此调昉自山谷,但宋、元词,俱宗蒋捷体,惟韩淲集中一词,则照此填。【笔者按:此调起自北宋黄庭坚,但以南宋蒋捷词为正体。】	玉窗掣锁香云涨。唤绿袖、低敲方响。流苏拂处字微讹。但斜倚、红梅一晌。○蒙蒙月在帘衣上。做池馆、春阴模样。春阴模样不如春。这催雪、曲儿休唱。(蒋捷)
1.20	思归乐	[7+(3+4)+7+(3+4)]＊2	前后段各四句,四仄韵。	【笔者按:似起自柳永,《钦定词谱》仅列柳永所作词例一首。】	天幕清和堪宴聚。相得尽、高阳俦侣。皓齿善歌长袖舞。渐引入、醉乡深处。○晚岁光阴能几许。这巧宦、不须多取。把酒共君听杜宇。解再三、劝人归去。(柳永)

编号	词牌名	节奏形式	用韵规定	与近体诗的承袭	词例
1.21	柳摇金	[7+(3+4)+7+(3+4)]＊2	前段四句四仄韵，后段四句三仄韵。	调见《梅苑》。【笔者按：《梅苑》，南宋黄大舆编。】	相将初下蕊珠殿。似醉粉、生香未遍。爱惜娇心春不管。被东风、赚开一半。○中黄宫里赐仙衣。斗浅深、妆成笑面。放出妖娆难系绁。笑东风、自家肠断。（沈会宗）
1.22	二色宫桃	[7+(3+4)+7+(3+4)]＊2	前后段各四句，三仄韵。	调见《梅苑》。	镂玉香葩酥点蕚。正万木、园林萧索。惟有一枝雪里开。江南信、更凭谁托。○前年记赏登高阁。叹年来、旧欢如昨。听取乐天一句云。花开处、且须行乐。（无名氏）
1.23	遍地锦	[7+(3+4)+(3+4)+(3+4)]+[(3+4)+(3+4)+(3	双调五十六字，前段四句三仄韵，后段四句两仄韵。	调见毛滂《东堂词》，孙守席上咏牡丹花作也。【笔者按：起自北宋毛滂。】	白玉阑边自凝伫。满枝头、彩云雕雾。甚芳菲、绣得成团。砌合出、韶华好处。○暖风前、一笑盈盈。吐檀

编号	词牌名	节奏形式	用韵规定	与近体诗的承袭	词例
		+4)+(3 +4)]			心、向谁分付。莫与他、西子精神。不枉了、东君雨露。(毛滂)
1.24	玉阑干	[7+7+ 7+(3+ 4)]+[7 +(3+4) +7+(3+ 4)]	前后段各四句,三仄韵。	调见《寿域词》。【笔者按:《寿域词》,北宋杜安世撰。】	珠帘怕卷春残景。小雨牡丹零欲尽。庭轩悄悄燕高空。风飘絮、绿苔侵径。○欲将幽恨传愁信。想后期、无个凭定。几回独睡不思量。还悠悠、梦里寻趁。(杜安世)

完全沿用七律格式的有《瑞鹧鸪》《清江曲》《楼上曲》《玉楼春》四种。《钦定词谱》注《瑞鹧鸪》称"此调本律诗体,七言八句,宋词皆同。其小异者,惟各句平仄耳";《清江曲》则"似七言诗句,平仄可不拘"。《虞美人》虽然全篇字数也是 56 字,然《虞美人》上下两片的第二句减二字成为五言句,第四句则加二字变为九言句。《步蟾宫》等六种词牌较为特殊,虽然也是五十六字,然而句法上均有上三下四的变化,如《步蟾宫》上下两片的第二、四句均可断为三、四两个短句,同样,其他几种词牌的某句均可以断为三言、四言两个短句,《钦定词谱》以"读"标注之。

（二）五、七言近体诗增减字而成的词牌

唐宋词人为曲写词，制作词牌，不仅直接采用近体诗四种体式，而且根据需要自由增减这四种体式的字数，从而创造出更加丰富多样的词牌。以下四个列表分别展示从近体诗衍生出来的四类词牌，共 57 种，约占本文讨论的唐宋小令 311 种词牌的18.3%。其中由五绝、五律增减字而来的词牌分别有 2 种与 9种，而由七绝、七律增减字而来的词牌则各有 17 种、29 种。在下表所列的词例和节奏形式中，加下划线部分为减字，加着重号部分为增字。

1. 五绝增减字而成的词牌（2 种）

编号	词牌名	节奏形式	产生年代	词例
2.1	闲中好	3+5+5+5	调见唐段成式《酉阳杂俎》，有平韵仄韵二体，即以首句三字为调名也。	闲中好。尘务不萦心。坐对当窗木。看移三面阴。（段成式）
2.2	南歌子	5+5+5 +5+3	唐教坊曲名。此词有单调双调。单调者，始自温庭筠词。	手里金鹦鹉。胸前绣凤凰。偷眼暗形相。不如从嫁与。作鸳鸯。（温庭筠）

这类词牌字数是 20 字左右。《钦定词谱》中只有两个词牌跟五绝关系较为密切：《闲中好》18 字，是将第一句五言减去二字变成三言；《南歌子》23 字，是五言绝句结尾增入一个三言句。

2. 七绝增减字而成的词牌（17 种）

编号	词牌名	节奏形式	产生年代	词例
2.3	竹枝	7+7	唐教坊曲名。宋郭茂倩《乐府诗集》云:《竹枝》本出于巴渝,唐贞元中,刘禹锡在沅、湘,以里歌鄙陋,乃依骚人《九歌》,作《竹枝》新调九章,教里中儿歌之。由是盛于贞元元和之间。按:……其音协黄钟羽,但刘白词俱无和声,今以皇甫松、孙光宪词作谱,以有和声也。	芙蓉并蒂竹枝一心连女儿。花侵槅子竹枝眼应穿女儿。(皇甫松)
2.4	梧桐影	<u>3+3</u>+7+7	【笔者按:《钦定词谱》依南宋《庚溪诗话》《竹坡诗话》采入此词牌,仅有一例。】	明月斜。秋风冷。今夜故人来不来。教人立尽梧桐影。(吕岩)
2.5	柘枝引	7+<u>5+5</u>+7	唐教坊曲名。《乐府杂录》:健舞曲。《乐苑》:羽调曲。按,此舞因曲为名,用二女童,帽施金铃,抃转有声。其来也,藏二莲花中,花坼而后见,对舞相占,实舞中雅妙者也。	将军奉命即须行。<u>塞外领强兵</u>。闻道烽烟<u>动</u>。腰间宝剑匣中鸣。(无名氏)
2.6	晴偏好	7+7+<u>3</u>+7	明陈耀文《花草粹编》云:西湖虽有山泉,而大旱亦尝龟坼。嘉熙庚子水涸,茂草生焉。李霜崖作《晴偏好》词纪之。取词中结句为调名。【笔者按:只此一词。】	平湖千顷生芳草。芙蓉不照红颜倒。<u>东坡道</u>。波光潋滟晴偏好。(李霜崖)

编号	词牌名	节奏形式	产生年代	词例
2.7	春晓曲	7+6+7+7	朱敦儒词,有"西楼月落鸡声急"句,又名《西楼月》。	西楼月落鸡声急。夜浸疏香浙沥。玉人酒渴嚼春冰。晓色入帘横宝瑟。(朱敦儒)
2.8	章台柳	3+3+7+7+7	唐韩翃制,以首句为调名。	章台柳。章台柳。昔日青青今在否。纵使长条似旧垂。也应攀折他人手。(韩翃)
2.9	潇湘神	3+3+7+7+7	调始自唐刘禹锡咏湘妃词。	斑竹枝。斑竹枝。泪痕点点寄相思。楚客欲听瑶瑟怨。潇湘深夜月明时。(刘禹锡)
2.10	解红	3+3+7+7+7	按,陈旸《乐书》载,和凝作,乃唐词也,若鸣鹤余音。	百戏罢。五音清。解红一曲新教成。两个瑶池小仙子。此时夺却柘枝名。(和凝)
2.11	赤枣子	3+3+7+7+7	唐教坊曲名。……此调见《尊前集》。	夜悄悄。烛荧荧。金炉香尽酒初醒。春睡起来回雪面。含羞不语倚云幮。(欧阳炯)
2.12	捣练子	3+3+7+7+7	因冯延巳词,起结有"深院静"及"数声和月到帘枢"句,更名"深院月"。【笔者按:词例有冯延巳一首与南宋《梅苑》中数首,词牌应起自南唐冯延巳。】	深院静。小庭空。断续寒砧断续风。无奈夜长人不寐。数声和月到帘枢。(冯延巳)

编号	词牌名	节奏形式	产生年代	词例
2.13	桂殿秋	3+3+7+ 7+7	本唐李德裕送神迎神曲。有"桂殿夜凉吹玉笙"句,取为调名。	秋色里。月明中。红旌翠节下蓬宫。蟠桃已结瑶池露。桂子初开玉殿风。(向子諲)
2.14	渔歌子	7+7+ 3+3+7	唐教坊曲名。按,《唐书·张志和》传:志和居江湖,自称"江波钓徒",每垂钓不设饵,志不在鱼也。宪宗图真求其人不能致,尝撰《渔歌》,即此词也。单调体,实始于此。至双调体,昉自《花间集》顾敻、孙光宪,有魏承班、李珣诸词可校。	西塞山前白鹭飞。桃花流水鳜鱼肥。青箬笠。绿蓑衣。斜风细雨不须归。(张志和)
2.15	忆王孙	7+7+7 +3+7	此词单调三十一字者,创自秦观,宋元人照此填。	萋萋芳草忆王孙。柳外楼高空断魂。杜宇声声不忍闻。欲黄昏。雨打梨花深闭门。(秦观)
2.16	天仙子	7+7+7 +3+3+7	唐教坊曲名。……此词有单调双调两体。单调始于唐人……双调始于宋人。	晴野鹭鸶飞一只。水葓花发秋江碧。刘郎此日别天仙。登绮席。泪珠滴。十二晚峰高历历。(皇甫松)
2.17	归自谣	[3 +7+7]+ [7+ 3 +7]	《乐府雅词》注:道调宫。一名《风光子》,赵彦端词名《思佳客》。【笔者按:词例仅有欧阳修一首,应起自欧阳修。】	春艳艳。江上晚山三四点。柳丝如翦花如染。○香闺寂寞门半掩。愁眉敛。泪珠滴破胭脂脸。(欧阳修)

编号	词牌名	节奏形式	产生年代	词例
2.18	添声杨柳枝	[7+3·+7+3·]*2	此词有唐宋两体。唐词换头句押仄韵，宋词换头句即押平韵。【笔者按：见下文分析。应起于唐代。】	秋夜香闺思寂寥·。漏迢迢·。鸳帏罗幌麝香销·。烛光摇·。○正忆玉郎游荡去。无寻处·。更闻帘外雨潇潇·。滴芭蕉·。（顾复）
2.19	后庭花	[7+4+7+4·]*2	唐教坊曲名。张先词名《玉树后庭花》。《碧鸡漫志》云：《玉树后庭花》，陈后主造，其诗皆以配声律，遂取一句为曲名。伪蜀时，孙光宪、毛熙震、李珣有《后庭花》曲，皆赋后主故事，不著宫调，两段各四句，似令也。	轻盈舞妓含芳艳·。竞妆新脸。步摇珠翠修娥敛·。腻鬟云染。○歌声慢发开檀点·。绣衫斜掩。时将纤手匀红脸·。笑拈金靥。（毛熙震）

　　这类词牌字数是 28 字左右，数目较多。《钦定词谱》中，在七绝基础上减字的词牌可见以下几种：《竹枝》14 字，为七绝之二分之一；《梧桐影》20 字，将前两句变为三言；《柘枝引》24 字，将第二、三句变为五言；《晴偏好》24 字，将第三句变为三言；《春晓曲》27 字，是将第二句七言变为六言；《章台柳》《潇湘神》《解红》《赤枣子》《捣练子》《桂殿秋》27 字，将第一句七言变为两个三言句；《渔歌子》27 字，是将第三句七言变为两个三言句。这类的词牌多为唐代教坊曲名，由此可见早期词牌与七言近体诗之密切关系。

在七绝基础上增加一至八字的词牌有《忆王孙》《天仙子》等五种。其中《添声杨柳枝》较为特别,顾名思义,即《杨柳枝》"添声",据《钦定词谱》:

§9.1

　　按《碧鸡漫志》云:黄钟商有《杨柳枝》曲,仍是七言四句诗,与刘、白及五代诸子所制并同。但每句下各添三字一句,乃唐时和声,如《竹枝》《渔父》,今皆有和声也。旧词多侧字起头,第三句亦复侧字起,声度差稳耳。今名《添声杨柳枝》,欧阳修词名《贺圣朝影》,贺铸词名《太平时》。《宋史·乐志》:《太平时》,小石调。①

因此,《杨柳枝》大概为七言四句绝句体式,而《添声杨柳枝》则是在每句之后加入一个三言句,唐时加入的三言句其实为每一句唱完之后的和声。所以这个词牌的雏形应于唐代即有,随后这种形式逐渐变为一个独立的词牌。《钦定词谱》有选五代词人顾夐、北宋词人贺铸、南宋词人朱敦儒等三种变体,可见五代时词人已经将此用为独立的词牌,而后宋代词人对此词牌有所改造。

《后庭花》这一词牌也较为特别,在每段的第一、三个七言句之后加入一个四言句,似乎是在七绝基础上加入四个四言句而成。据《钦定词谱》,这个词牌为陈后主所造,而后蜀之时"孙光宪、毛熙震、李珣有《后庭花》曲,皆赋后主故事,不著宫调,两段各

———————
①《钦定词谱》卷三,第一册,页208—209。

四句,似令也",到了北宋张先,则有词名《玉树后庭花》。

3. 五律增减字而成的词牌(9 种)

编号	词牌名	节奏形式	产生年代	词例
2.20	踏歌词	5+5+5 +5+5+5	唐《辇下岁时记》:先天初,上御安福门观灯,令朝士能文者,为《踏歌》。陈旸《乐书》云:《踏歌》,队舞曲也。	彩女迎金屋。仙姬出画堂。鸳鸯裁锦袖。翡翠贴花黄。歌响舞分行。艳色动流光。(崔液)
2.21	抛球乐	5+5+5 +5+5+5	唐教坊曲名。……按,此调三十字者,始于刘禹锡词。……三十三字者,始于冯延巳词……皆五七言小律诗体。至宋柳永,则借旧曲名,别倚新声,始有两段一百八十七字体。	五色绣团圆。登君玳瑁筵。最宜红烛下。偏称落花前。上客如先起。应须赠一船。(刘禹锡)
2.22	玉蝴蝶	[6̇+5+5 +5]+[5+5 +5+5]	小令始于温庭筠,长调始于柳永。	秋风凄切伤离。行客未归时。塞外草先衰。江南雁到迟。〇芙蓉凋嫩脸。杨柳堕新眉。摇落使人悲。断肠谁得知。(温庭筠)
2.23	醉花间	[3̇+3̇+5+ 5+5]+[5 +5+5+5]	唐教坊曲名。【笔者按:词例选毛文锡,似起自《花间集》毛文锡。】	深相忆。莫相忆。相忆情难极。银汉是红墙。一带遥相隔。〇金盘珠露滴。两岸榆花白。风摇玉佩轻。今夕为何夕。(毛文锡)

编号	词牌名	节奏形式	产生年代	词例
2.24	赞浦子	[5+5+5+5]+[6+6+5+5]	唐教坊曲名。【笔者按:词例选毛文锡,似起自《花间集》毛文锡。】	锦帐添香睡。金炉换夕熏。懒结芙蓉带。慵拖翡翠裙。〇正是桃夭柳媚。那堪暮雨朝云。宋玉高唐意。栽琼欲赠君。(毛文锡)
2.25	醉垂鞭	[5+3+3+5+5]＊2	词见《张先集》。【笔者按:起自北宋张先。】	醉面滟金鱼。吴娃唱。吴潮上。玉殿白麻书。待君归后除。〇勾留风月好。平湖晓。翠峰孤。此景出关无。西州空画图。(张先)
2.26	卜算子	[5+5+7+5]＊2	【笔者按:词例有张先、苏轼等人词,应起自北宋张先,然苏轼词为正体。】	缺月挂疏桐。漏断人初静。时见幽人独往来。缥缈孤鸿影。〇惊起却回头。有恨无人省。拣尽寒枝不肯栖。寂寞沙洲冷。(苏轼)
2.27	菩萨蛮	[7+7+5+5]+[5+5+5+5]	唐教坊曲名。《宋史·乐志》:女弟子舞队名。……唐苏鄂《杜阳杂编》云:大中初,女蛮国入贡,危髻金冠,缨络被体,号菩萨蛮队,当时倡优遂制《菩萨蛮》曲,文士亦往往声其词。【笔者按:应起于唐代,词例以李白一首为正体。】	平林漠漠烟如织。寒山一带伤心碧。暝色入高楼。有人楼上愁。〇玉阶空伫立。宿鸟归飞急。何处是归程。长亭连短亭。(李白)

编号	词牌名	节奏形式	产生年代	词例
2.28	误桃源	[5+5+5+3]＊2	宋张耒《明道杂志》云,掌禹锡学士,考试太学生,出"砥柱勒铭赋"题,此铭今俱在,乃唐太宗铭禹功,而掌公误记为太宗自铭其功。宋涣中第一,其赋悉是太宗自铭,有无名子作此嘲之。	砥柱勒铭赋。本赞禹功勋。试官亲处分。<u>赞唐文</u>。○秀才冥子里。銮驾幸并汾。恰似郑州去。<u>出曹门</u>。(无名氏)

《踏歌词》与《抛球乐》似乎较为特殊,均为六个五言句组成的词牌。据《钦定词谱》,《踏歌词》为唐时朝中"队舞曲"。其形式较为特殊,为六个五言句组成,等于是五律的四分之三,现也列于此。而《抛球乐》为"唐教坊曲名",有单调三十字、单调三十三字、单调四十字、双调一百八十七字四体。《抛球乐》以下的词牌字数在 41 至 44 字之间。若以五律对应来看,增字主要出现在全词的首联与颈联。《玉蝴蝶》将第一个五言句改为六言句,《醉花间》则将第一个五言句改为两个三言句,《菩萨蛮》则是将首联改为两个七言句,而《赞浦子》将颈联改为两个六言句,《卜算子》则将上下片的第三句均改为七言句。在五律基础上减字者仅有一例《误桃源》,上下片第四句均变为三字句,词例仅一,出自北宋张耒笔记作品《明道杂志》,传为唐人所作。

和由七绝衍生而成的词牌相比而言,这类词牌(9 种)似乎没有那么多,由此可见与词体发展关系较为紧密的主要还是七言近体诗。不过《卜算子》这一词牌因苏轼、陆游等人多选以填词,而为后人所熟知。苏轼《卜算子》一首被认为是正体,故选之为例。
《菩萨蛮》一体"平仄递转,情调由紧促转低沉,历来名作最多"①,
此处选李白一首为例。

4. 七律增减字而成的词牌(29 种)

编号	词牌名	节奏形式	产生年代	词例
2.29	浣溪沙	[7+7+7] * 2	唐教坊曲名。【笔者按:词例最早为唐代韩偓一首,且为正体。】	宿醉离愁慢髻鬟。六铢衣薄惹轻寒。慵红闷翠掩青鸾。○罗袜况兼金菡萏。雪肌仍是玉琅玕。骨香腰细更沈檀。(韩偓)
2.30	山花子	[7+7+7+3] * 2	唐教坊曲名。……此词即《浣溪沙》之别体,不过多三字两结句,移其韵于结句耳,此所以有"添字""摊破"之名,然在《花间集》,和凝时已名《山花子》,故另编一体。	菡萏香销翠叶残。西风愁起绿波间。还与韶光共憔悴。不堪看。○细雨梦回鸡塞远。小楼吹彻玉笙寒。多少泪珠何限恨。倚阑干。(李璟)
2.31	木兰花令	[7+7+3+3+7]+[7+7+7+7]	唐教坊曲名。《木兰花令》,始于韦庄,系五十五字,全用韵者。	独上小楼春欲暮。愁望玉关芳草路。消息断。不逢人。却敛细眉归绣户。○坐看落花空叹息。罗袂湿斑红泪滴。千山万水不曾行。魂梦欲教何处觅。(韦庄)

①龙榆生著:《唐宋词格律》,页 160。

编号	词牌名	节奏形式	产生年代	词例
2.32	偷声木兰花	[7+7+4+7] *2	此调亦本于《木兰花令》,前后段第三句,减去三字,另偷平声,故云偷声。自南唐冯延巳,制《偷声木兰花》,五十字,前后起两句,仍作仄韵七言,结处乃偷平声,作四字一句、七字一句,始有两仄两平四换头体。	落梅着雨消残粉。云重烟深寒食近。罗幕遮香。柳外秋千出画墙。○春山颠倒钗横凤。飞絮入帘春睡重。梦里佳期。只许庭花与月知。(冯延巳)
2.33	减字木兰花	[4+7+4+7] *2	《减字木兰花》,前后段起句四字,则又从此调【笔者注:《偷声木兰花》】减去三字耳。【笔者注:词例最早为北宋欧阳修一首。】	歌檀敛袂。缭绕雕梁尘暗起。柔润清圆。百啭明珠一线穿。○樱唇玉齿。天上仙音心下事。留住行云。满座迷魂酒半醺。(欧阳修)
2.34	双头莲令	[7+5+7+5] *2	调见赵师侠《坦庵集》,咏信丰双莲,故制此词。【笔者按:赵师侠,南宋人。】	太平和气兆嘉祥。草木总成双。红苞翠盖出横塘。两两斗芬芳。○干摇碧玉并青房。仙髻拥新妆。连枝不解引鸾凰。留取映鸳鸯。(赵师侠)
2.35	望江东	[7+(3+3)+7+(3+3)] *2	调见《山谷集》。【笔者按:词例仅黄庭坚一首,起自黄庭坚。】	江水西头隔烟树。望不见、江东路。思量只有梦来去。更不怕、江阑住。○灯前写了书无数。算没个、人传与。直教寻得雁分付。又还是、秋将暮。(黄庭坚)

续表

编号	词牌名	节奏形式	产生年代	词例
2.36	醉红妆	[7+3+3 +7+3+3] *2	调见张先词集。【笔者注：此调始于张先。】	琼林玉树不相饶。薄云衣。细柳腰。一般妆样百般娇。眉儿秀。总如描。○东风摇草杂花飘。恨无计。上青条。更起双歌郎且饮。郎未醉。有金貂。（张先）
2.37	双雁儿	[7+(3+3) +7+(3+3)] *2	此调微近《醉红妆》，但《醉红妆》后段第三句不用韵，此则前后俱用韵也。【笔者按：词例仅杨无咎一首，应始于南宋。】	穷阴急景暗推迁。减绿鬓、损朱颜。利名牵后几时闲。又还惊、一岁圆。○劝君今夕不须眠。且满满、泛觥船。大家沉醉对芳筵。愿新年、胜旧年。（杨无咎）
2.38	临江仙	[7+6+7 +7]*2	唐教坊曲名。《花庵词选》云：唐词多缘题所赋，《临江仙》之言水仙，亦其一也。……按，《临江仙》调，起于唐时，惟以前后段起句、结句辨体，其前后两起句七字、两结句七字者，以和凝词为主，无别家可校。【笔者按：此词有四体，惟第一体五十四字，这里仅列第一体。五代和凝词为第一体正体。】	海棠香老春江晚。小楼雾縠空濛。翠鬟初出绣帘中。麝烟鸾佩惹苹风。○碾玉钗摇鸂鶒战。雪肌云鬓将融。含情遥指碧波东。越王台殿蓼花红。（和凝）

编号	词牌名	节奏形式	产生年代	词例
2.39	金错刀	[3+3+7+7+7]＊2	汉张衡诗"美人赠我金错刀",调名本此。此调见《花草粹编》,一名《醉瑶瑟》,叶李押仄韵词,名《君来路》。【笔者按:词例最早为冯延巳二首,应起于冯延巳。】	双玉斗。百琼壶。佳人欢饮笑喧呼。麒麟欲画时难偶。鸥鹭何猜兴不孤。○歌婉转。醉模糊。高烧银烛卧流苏。只销几觉懵腾睡。身外功名任有无。(冯延巳)
2.40	端正好	[7+(3+4)+7+(3+3)]＊2	【笔者按:词例最早为北宋杜安世,应始于北宋。】	槛菊愁烟沾秋露。天微冷、双燕辞去。月明空照别离苦。透素光、穿朱户。○夜来西风凋寒树。凭栏望、迢遥长路。花笺写就此情绪。待寄传、知何处。(杜安世)
2.41	杏花天	[7+(3+4)+7+6]+[(3+4)+(3+4)+7+6]	此调以此词。【笔者按:朱敦儒词】为正体,若侯词、卢词之添字,皆变格也。按宋、元人俱照此填。	浅春庭院东风晓。细雨打、鸳鸯寒悄。花尖望见秋千了。无路踏青斗草。○人别后、碧云信杳。对好景、愁多欢少。等他燕子传音耗。红杏开还未到。(朱敦儒)
2.42	天下乐	[7+(3+3)+7+(3+4)+[(3+5)+(3+3)+7+(3+3)]	唐教坊曲名。【笔者按:词例仅选杨无咎一首,应始于南宋杨无咎。】	雪后雨儿雨后雪。镇日价、长不歇。今番为寒忒太切。和天地、也来厮别。○睡不着、身心自暗撼。这况味、凭谁说。枕衾冷得浑似铁。只心头、些个热。(杨无咎)

编号	词牌名	节奏形式	产生年代	词例
2.43	恋绣衾	［7+(3+4)+(3+3)+(3+4)］*2	此调以此词【笔者按：朱敦儒词】为正体，若周词之句法小异，辛、韩、赵三词之添字，皆变格也。	木落江南感未平。雨潇潇、衰鬓到今。甚处是、长安路。水连空、山锁暮云。○老人对酒今如此。一番新、残梦暗惊。又是洒、黄花泪。问明年、此会怎生。（朱敦儒）
2.44	鬓边华	［6+(3+4)+(3+4)+(3+4)］*2	调见《梅苑》词，因词中有"映青鬓、开人醉眼"句，取以为名。【笔者按：《梅苑》成于南宋，应始于南宋。】	小梅香细艳浅。过楚岸、尊前偶见。爱闲谈、天与精神。映青鬓、开人醉眼。○如今抛掷经春。恨不见、芳枝寄远。向心上、谁解相思。赖长对、妆楼粉面。（无名氏）
2.45	玉楼人	［7+(3+4)+6+(3+4)］*2	调见《梅苑》词选本。【笔者按：《梅苑》成于南宋，应始于南宋。】	去年寻处曾持酒。还是向、南枝见后。宜霜宜雪精神。没些儿、风味减旧。○先春似与群芳斗。暗度香、不待频嗅。有人笑折归来。玉纤长、尽露衫袖。（无名氏）
2.46	鹧鸪天	［7+7+7+7］+［3+3+7+7+7］	【笔者按：词例中最早为晏几道一首，且尊晏词为正体。】	彩袖殷勤捧玉钟。当年拚却醉颜红。舞低杨柳楼心月。歌尽桃花扇影风。○从别后。忆相逢。几回魂梦与君同。今宵剩把银釭照。犹恐相逢是梦中。（晏几道）

编号	词牌名	节奏形式	产生年代	词例
2.47	望远行	［7+7+ 7+7］+ ［3+3+ 7+7+7］	唐教坊曲名。	碧砌花光照眼明。朱扉长日镇长扃。余寒欲去梦难成。炉香烟冷自亭亭。〇辽阳月。秣陵砧。不传消息但传情。黄金台下忽然惊。征人归日二毛生。（李璟）
2.48	金莲绕凤楼	［7+(3+4)+7+(3+4)］+［6+(3+4)+7+(3+4)］	调见《花草粹编》，此宋徽宗观灯词也，故名《金莲绕凤楼》。	绛烛朱笼相随映。驰绣毂、尘清香衬。万金光射龙轩莹。绕端门、瑞雷轻振。〇元宵为开胜景。严鼇座、观灯锡庆。帝家华燕乘春兴。寨珠帘、望尧瞻舜。（宋徽宗）
2.49	睿恩新	［7+(3+4)+(3+4)+(3+4)］+［6+(3+4)+(3+4)+(3+4)］	【笔者按:仅选晏殊一首,应起自晏殊。】	芙蓉一朵霜秋色。迎晓露、依依先坼。似佳人、独立倾城。傍朱槛、暗传消息。〇静对西风脉脉。金蕊绽、粉红如滴。向兰堂、莫厌重新。免清夜、微寒渐逼。（晏殊）
2.50	夜行船	［6+(3+4)+7+(3+4)］+［7+(3+4)+7+(3+4)］	【笔者按:词例多首,最早为欧阳修一首,似乎起自欧阳修。】	忆昔西都欢纵。自别后、有谁能共。伊川山水洛川花。细寻思、旧游如梦。〇今日相逢情愈重。愁闻唱、画楼钟动。白发天涯逢此景。倒金尊、殢谁相送。（欧阳修）

续表

编号	词牌名	节奏形式	产生年代	词例
2.51	鼓笛令	[7+(3+4)+7+(3+4)]+[6+(3+4)+7+(3+4)]	调见《黄山谷集》。【笔者按:词例仅黄庭坚一首,起自黄庭坚。】	宝犀未解心先透。恼杀人、远山微皱。意淡言疏情最厚。枉教作、著行官柳。○小雨勒花时候。抱琵琶、为谁消瘦。翡翠金笼思珍偶。忽拚与、山鸡僝僽。（黄庭坚）
2.52	征召调中腔	[7+(3+4)+7+3+3]+[7+(3+4)+7+7]	唐段安节《乐府杂录》云:征音,有其声而无其字。宋大晟乐府始补《征招调》,凡曲有歌头,有中腔,此《征招调》之中腔也。	红云蒨雾笼金阙。圣运叶、星虹佳节。紫禁晓风馥天香。奏九韶、帝心悦。○瑶阶万岁蟠桃结。睿算永、壶天风月。日观几时六龙来。金镂玉牒告功业。（王安中）
2.53	踏莎行	[4+4+7+7+7]*2	【笔者按:词例中最早为晏殊一首,应起于晏殊,宋人如黄庭坚、欧阳修、晏几道等多有作品。】	细草愁烟。幽花怯露。凭阑总是消魂处。日高深院静无人。时时海燕双飞去。○带缓罗衣。香残蕙炷。天长不禁迢迢路。垂杨只解惹春风。何曾系得行人住。（晏殊）
2.54	宜男草	[7+(3+4)+(3+4)+8]*2	调见范成大《石湖词》。【笔者按:词例仅列出范成大两首,似起自范成大。】	舍北烟霏舍南浪。雨倾盆、滩流微涨。问小桥、别后谁过。惟有迷鸟羁雌来往。○重寻山水问无恙。扫柴荆、土花尘网。留小桃、先试光风。从此芝草琅玕日长。（范成大）

编号	词牌名	节奏形式	产生年代	词例
2.55	倚西楼	［7+7+ 7+7］+ ［7+7+ 7+9］	调见《苕溪诗话》。 【笔者按:词例仅一首,为韦彦温之作,《苕溪诗话》出自南宋胡仔之手。】	禁鼓初传时下打。虚过清明风月夜。眼如鱼目几曾干。心似酒旗终日挂。○银汉低垂星斗斜。院宇空寥银烛卸。西楼萧瑟有谁知。教我独自上来独自下。(韦彦温)
2.56	定风波	［7+7+ 7+2+7］ +［7+2+7 +7+2+7］	唐教坊曲名。 【笔者按:词例以欧阳炯词为正体,又有孙光宪一首,应起自《花间集》。】	暖日闲窗映碧纱,小池春水浸明霞。数树海棠红欲浸,争忍。玉闺深掩过年华。○独凭绣床方寸乱,肠断。泪珠穿破脸边花,邻舍女郎相惜问,音信。教人羞道未还家。(欧阳炯)
2.57	渔家傲	［7+7+7 +3+7］＊2	此调始自晏殊,因有"神仙一曲渔家傲"句,取以为名。此调以此词【笔者按:晏殊词】为正体,宋、元人俱如此填。	画鼓声中昏又晓。时光只解催人老。求得浅欢风日好。齐揭调。神仙一曲渔家傲。○绿水悠悠天杳杳。浮生岂得长年少。莫惜醉来开口笑。须通道。人间万事何时了。(晏殊)

　　这类词牌字数是 56 字左右,数量较多,增减字的位置和方式应有尽有。

　　小令与近体诗在形式上的近似早已引起词学家的注意。清人李渔《窥词管见》称:

§ 9.2

词之关键，首在有别于诗固已。但有名则为词，而考其体段，按其声律，则又俨然一诗，觅相去之垠而不得者。如《生查子》前后二段，与两首五言绝句何异。《竹枝》第二体、《柳枝》第一体、《小秦王》《清平调》《八拍蛮》《阿那曲》，与一首七言绝句何异。《玉楼春》《采莲子》，与两首七言绝句何异。《字字双》亦与七言绝同，只有每句叠一字之别。《瑞鹧鸪》即七言律，《鹧鸪天》亦即七言律，惟减第五句之一字。凡作此等词，更难下笔，肖诗既不可，欲不肖诗又不能，则将何自而可。①

同时，词学家还注意到，造成这种近似的原因是唐初大量近体诗入乐，逐渐蜕变为词体。

宋胡仔《苕溪渔隐词话》断定"唐初无长短句"，称："唐初歌辞多是五言诗，或七言诗，初无长短句。自中叶以后，至五代，渐变成长短句。及本朝则尽为此体。今所存止《瑞鹧鸪》《小秦王》二阕，是七言八句诗，并七言绝句诗而已。"②宋人王灼在《碧鸡漫志》中也谈到唐代歌辞与近体诗的关系：

§ 9.3

唐时古意亦未全丧，《竹枝》《浪淘沙》《抛球乐》《杨柳

---

① 李渔认为"雅""俗"是诗与词的最大区别。参见李渔：《窥词管见》"第二则：词与诗有别"，《词话丛编》第一册，页549—550。
② 胡仔：《苕溪渔隐词话》卷二"唐初无长短句"条，《词话丛编》第一册，页177。

枝》,乃诗中绝句,而定为歌曲。故李太白《清平调》词三章皆
绝句。元、白诸诗,亦为知音者协律作歌。白乐天守杭,元微之
赠云:"休遣玲珑唱我诗。我诗多是别君辞。"自注云:"乐人高
玲珑能歌,歌予数十诗。"乐天亦《醉戏诸妓》云:"席上争飞使
君酒,歌中多唱舍人诗。"又《闻歌妓唱前郡守严郎中诗》云:
"已留旧政布中和。又付新诗与艳歌。"元微之《见人咏韩舍人
新律诗戏赠》云:"轻新便妓唱,凝妙入僧禅。"……旧史亦称,武
元衡工五言诗,好事者传之,往往被于筦弦。又旧说,开元中,诗
人王昌龄、高适、王之涣诣旗亭饮。梨园伶官亦招妓聚燕。……
以此知李唐伶伎,取当时名士诗句入歌曲,盖常俗也。①

结合上述几条材料可知,唐代时俗以诗句为歌辞,歌辞初时皆为
齐言的近体诗,而后逐渐变为长短句参差的歌辞,这便是词的起
源。词牌与诗体的关系若是如此,无怪乎小令词牌中与四种近体
诗体式和字数相同或相近的词牌如此之多。

(三)五、七言句为主的词牌

这类词牌是对近体诗作更大改动而发展出来的。它们的长
度不复为近体诗四个体式所限制,而诗行字数的变换也更加频
繁。然而,五、七言句在这些词牌中占总句数的一半以上,故仍与
五、七言诗有着较紧密的关系。这类词牌一共有 26 种,占唐宋小

---

① 王灼:《碧鸡漫志》卷一"唐绝句定为歌曲"条,《词话丛编》第一册,
  页 77—78。

令词牌的 8.4%。

1. 五言句超过一半以上的词牌(9 种)

编号	词牌名	节奏形式	产生年代	词例
3.1	饮马歌	5+5+5 +5+3+3 +5+3	调见《松隐集》。自序:此曲自金源传至边城,饮牛马,即横笛吹之,不鼓不拍,声甚凄断。【笔者按:《松隐集》为曹勋词集,曹勋为北宋末年(1098—1174)人。】	边城春未到。雪满交河道。暮沙明残照。塞烽云间小。断鸿悲。陇月低。泪湿征衣悄。岁华老。(曹勋)
3.2	感恩多	[5+5+5 +3]+[6+ 3+3+4+5]	唐教坊曲名。……此词后段第三句必用叠句。【笔者按:词例选唐牛峤二首。】	两条红粉泪。多少香闺意。强攀桃李枝。敛愁眉。○陌上莺啼蝶舞。柳花飞。柳花飞。愿得郎心。忆家还早归。(牛峤)
3.3	女冠子	[4+6+3+ 5+5]+[5 +5+5+3]	唐教坊曲名。小令始于温庭筠,长调始于柳永。	含娇含笑。宿翠残红窈窕。鬓如蝉。寒玉簪秋水。轻纱卷碧烟。○雪肌鸾镜里。琪树凤楼前。寄语青娥伴。早求仙。(温庭筠)
3.4	伤春怨	[5+6+5+ 6]+[5+5 +5+(3+3)]	见《能改斋漫录》,王安石梦中作。【笔者按:《能改斋漫录》为南宋笔记,而词例仅王安石一首。】	雨打江南树。一夜花开无数。绿叶渐成阴。下有游人归路。○与君相逢处。不道春将暮。把酒祝东风。且莫恁、匆匆去。(王安石)

编号	词牌名	节奏形式	产生年代	词例
3.5	忆闷令	[7+5+6+5]+[5+5+(3+4)+5]	调见《小山乐府》。【笔者按:《小山乐府》为晏几道词集,应起于晏几道。】	取次临鸾匀画浅。酒醒迟来晚。多情爱惹闲愁。长黛眉低敛。〇月底相逢见。有深深良愿。愿期信、似月如花。须更教长远。(晏几道)
3.6	导引	[4+5+5+7+5]+[7+5+7+5]	按,宋鼓吹四曲,悉用教坊新声,车驾出入奏《导引》,此调是也。	皇家盛事。三殿庆重重。圣主极推崇。瑶编宝列相辉映。归美意何穷。〇钧韶九奏度春风。彩仗焕仪容。欢声和气弥寰宇。皇寿与天同。(《宋史·乐志》无名氏)
3.7	思远人	[7+5+5+4+5]＊2	调见《小山乐府》,因词有"千里念行客"句,取其意以为名。【笔者按:《小山乐府》为晏几道词集,应起于晏几道。】	红叶黄花秋意晚。千里念行客。看飞云过尽。归鸿无信。何处寄书得。〇泪弹不尽临窗滴。就砚旋研墨。渐写到别来。此情深处。红笺为无色。(晏几道)
3.8	醉花阴	[7+5+5+4+5]＊2	【笔者按:词例仅有毛滂一词,应起源自北宋毛滂。】	檀板一声莺起速。山影穿疏木。人在翠阴中。欲觅残春。春在屏风曲。〇劝君对客杯须覆。灯照瀛洲绿。西去玉堂深。魄冷魂清。独引金莲烛。(毛滂)

编号	词牌名	节奏形式	产生年代	词例
3.9	荷叶铺水面	[4+5+7+5+7]+[5+5+6+5+5+3]	调见《花草粹编》。【笔者按:词例仅南宋康与之一首,应起于南宋。】	春光艳冶。游人踏绿苔。千红万紫竞香开。暖风拂鼻籁。蓦地暗香透满怀。〇酴醾似锦裁。娇红间绿白。只怕迅速春回。误落在尘埃。折向鬓云间。金凤钗。(康与之)

这类有以上九种。其中两种(《感恩多》《女冠子》)原为唐教坊曲名,《导引》一种为宋代教坊曲名,其他几种均为宋代文人新创。

2. 七言句超过一半以上的词牌(17 种)

编号	词牌名	节奏形式	产生年代	词例
3.10	南乡子	单调:4+7+7+2+7	唐教坊曲名。此词有单调、双调。单调者始自欧阳炯词,冯延巳、李珣俱本此添字。双调者始自冯延巳词。	画舸停桡。槿花篱外竹横桥。水上游人沙上女。回顾。笑指芭蕉林里住。(欧阳炯)
		双调:[5+7+7+2+7]＊2		细雨湿流光。芳草年年与恨长。回首凤楼无限事。茫茫。鸾镜鸳衾两断肠。〇魂梦任悠扬。睡起杨花满绣床。薄幸不来门半掩。斜阳。负你残春泪几行。(冯延巳)

编号	词牌名	节奏形式	产生年代	词例
3.11	彩鸾归令	［4+7+7+3］+［7+7+7+3］	【笔者按:词例仅张元干一首,大概起于南宋初期。】	珠履争围。小立春风趁拍低。态闲不管乐催伊。整朱衣。○粉融香润随人劝。玉困花娇越样宜。凤城灯夜旧家时。数他谁。(张元干)
3.12	蝶恋花	［7+4+5+7+7］＊2	唐教坊曲,本名《鹊踏枝》,宋晏殊词改今名。【笔者按:冯延巳词为正体,起自南唐。】	六曲阑干偎碧树。杨柳风轻。展尽黄金缕。谁把钿筝移玉柱。穿帘海燕双飞去。○满眼游丝兼落絮。红杏开时。一霎清明雨。浓睡觉来莺乱语。惊残好梦无寻处。(冯延巳)
3.13	惜春令	［7+(3+4)+7+5］+［5+(3+4)+7+5］	调见《寿域词》。【笔者按:《寿域词》,宋杜安世撰,约北宋时人。此词牌起于北宋。】	今日重阳秋意深。篱边散、嫩菊开金。万里霜天林叶坠。萧索动离心。○臂上茱萸新。似前岁、堪赏光阴。一盏香醪聊寄兴。牛岭会难寻。(杜安世)
3.14	秋夜雨	［7+6+5+(3+4)］+［7+(3+4)+5+(3+4)］	调见蒋捷《竹山乐府》,题咏秋雨。【笔者按:蒋捷,南宋词人,此调始于南宋。】	黄云水驿秋笳咽。吹人双鬓如雪。愁多无奈处。漫碎把、寒花轻撚。○红云转入香心里。夜渐深、人语初歇。此际愁更别。雁落影、西窗残月。(蒋捷)

编号	词牌名	节奏形式	产生年代	词例
3.15	伊州令	［7+5+7+ (3+4)］+ ［6+5+7 +(3+4)］	唐教坊曲名,一作《伊 川令》。	西风昨夜穿帘幕。闺院 添萧索。才是梧桐零落 时。又逦迤、秋光过却。 ○人情音信难托。鱼雁 成耽阁。教奴独自守空 房。泪珠与、灯花共落。 (《花草粹编》无名氏)
3.16	菊花新	［7+7+5+ (3+4)］+ ［7+(3+4) +5+(3+4)］	《齐东野语》云:《菊花 新》谱,教坊都管王公 谨作也。…… 此调以此词【笔者按: 张先词】为正体,有柳 永词可校,若杜安世 词之多押一韵或少押 一韵,皆变格也。	堕髻慵妆来日暮。家在 柳桥堤下住。衣缓绛绡 垂。琼树袅、一枝红雾。 ○院深池静花相妒。粉 墙低、乐声时度。长恐 舞筵空。轻化作、彩云 飞去。(张先)
3.17	锯解令	［7+(3+4) +7+(3+ 4)］+［4+ 6+7+(3 +4)］	调见《逃禅词》。【笔 者按:《逃禅词》,南宋 词人杨无咎(1097— 1171)作,此调应始于 杨无咎。】	送人归后酒醒时。睡不 稳、衾翻翠缕。应将别 泪洒西风。尽化作、断 肠夜雨。○卸帆浦溆。 一种凄惶两处。寻思却 是我无情。便不解、寄 将梦去。(杨无咎)
3.18	寿延长 破字令	［7+5+7+ (3+4)］＊2	调见《高丽史・乐 志》。……此高丽寿 延长舞队曲也,因其 杂用唐乐,故采之。	青春玉殿和风细。奏箫 韶络绎。韵绕行云飘飘 曳。泛金尊、流霞滟溢。 ○瑞日晖晖临丹扆。布 仁慈德意。遐迩愿听歌 声缀。万万年、仰瞻宴 启。(《高丽史・乐志》 无名氏)

编号	词牌名	节奏形式	产生年代	词例
3.19	献天寿令	[6+6+7+6]+[7+(3+4)+7+6]	调见《高丽史·乐志》。……此高丽献仙桃舞队曲也,因所用唐乐,故采之。	阆苑人间虽隔。遥闻圣德弥高。西离仙境下云霄。来献千岁灵桃。○上祝皇龄齐天久。犹舞蹈、贺贺圣朝。梯航交辏四方遥。端拱永保宗桃。(《高丽史·乐志》无名氏)
3.20	冉冉云	[7+(3+4)+(3+6)+(3+4)]+[7+(3+4)+(3+6)+6]	【笔者按:词例为南宋词人卢炳、韩淲二首,应始于南宋。】	雨洗千红又春晓。留牡丹、倚阑初绽。娇娅姹、偏赋精神君看。算费尽、工夫点染。○带露天香最清远。太真妃、晓妆体段。拌对花、满把流霞频劝。怕逐东风零乱。(卢炳)
3.21	红窗听	[7+(3+4)+7+5]+[7+(3+4)+4+4+5]	【笔者按:此调词例仅晏殊一首,应始于北宋晏殊。】	淡薄梳妆轻结束。天付与、脸红眉绿。连环书素传情久。许双飞同宿。○一晌无端分比目。谁知道、风前月底。相看未足。此心终拟。觅鸾弦重续。(晏殊)
3.22	上林春令	[6+(3+4)+6+(3+4)]+[7+(3+4)+6+(3+4)]	【笔者按:词例最早为毛滂一首,应始于北宋时期。】	蝴蝶初翻帘绣。万玉女、齐回舞袖。落花飞絮蒙蒙。长忆着、灞桥别后。○浓香斗帐自永漏。任满地、月深云厚。夜寒不近流苏。只怜他、后庭梅瘦。(毛滂)

编号	词牌名	节奏形式	产生年代	词例
3.23	寻梅	[7+(3+4)+7+5+4]＊2	调见《乐府雅词》及《梅苑》,盖咏梅花也,因词中有"朝来寻见"句。取以为名。【笔者按:词例选北宋末词人沈会宗二首,应起于北宋末。】	今年早觉花信蹙。想芳心、未应误我。一月花径几回过。始朝来寻见。雪痕微破。○眼前大抵情那。好景色、只消些个。春风烂漫都且可。是而今枝上。三朵两朵。(沈会宗)
3.24	荔子丹	[7+5+7+(3+5)]+[7+5+7+(3+4)]	调见《高丽史·乐志》。……宋赐高丽大晟乐,故《乐志》中犹存宋人词,此亦其一也,无别首可校。	斗巧宫妆扫翠眉。相唤折花枝。晓来深入艳芳里。红香散、露浥在罗衣。○盈盈巧笑咏新词。舞态画娇姿。袅娜文回迎宴处。簇神仙、会赴瑶池。(《高丽史·乐志》无名氏)
3.25	金蕉叶	[7+(3+4)+4+7+6]＊2	此调始自柳永,因词中"金蕉叶泛金波霁"句,取以为名。	厌厌夜饮平阳第。添银烛、旋呼佳丽。巧笑难禁。艳歌无闲声相继。准拟幕天席地。○金蕉叶泛金波霁。未更阑、已尽狂醉。就中有个。风流暗向灯光底。恼遍两行珠翠。(柳永)
3.26	拨棹子	[3+3+7+(3+4)+(3+7)]+[7+7+(3+4)+(3+7)]	唐教坊曲名。【笔者按:词例选黄庭坚等人宋词,然以五代尹鹗《花间集》一首为最早,应起于《花间集》。】	风切切。深秋月。十朵芙蓉繁艳歇。凭小槛、细腰无力。空赢得、目断魂飞何处说。○寸心恰似丁香结。看看瘦尽胸前雪。偏挂恨、少年抛掷。羞睹见、绣被堆红闲不彻。(尹鹗)

需要注意的是,这里将现代词谱中以顿号分隔的(《钦定词谱》以"读"分隔)前后算是一句的前三后四的句子也算是七言句,这样一来,以七言句为主的这类词牌便有以上 17 种。其中《南乡子》《蝶恋花》《伊州令》《拨棹子》4 种原为唐教坊曲名,而后《花间集》时期的五代词人用以填词。而调见《高丽史·乐志》的 3 种(《寿延长破字令》《献天寿令》《荔子丹》)原也应为唐宋之际宫廷乐曲,剩下的 10 种均为宋代词人新创。

(四) 以三、四、六言句为主的词牌

唐宋词人填词配乐或自制乐谱,并不仅仅使用时下最为流行的五、七言句,而且重新启用盛行于远古的四言句,还努力挖掘尚未发展出主流诗体的三言和六言句,创造出以下 55 种以三、四、六言句为主的词牌。这类词牌占据唐宋小令词牌的17.7%。

1. 三言句超过一半以上的词牌(16 种)

编号	词牌名	节奏形式	产生年代	词例
4.1	三字令	[3+3+3 +3+3+3 +3+3]＊2	调见《花间集》。前后段俱三字句,故名。	春欲尽。日迟迟。牡丹时。罗幌卷。翠帘垂。彩笺书。红粉泪。两心知。○人不在,燕空归。负佳期。香烬落。枕函敧。月分明。花淡薄。惹相思。(欧阳炯)

编号	词牌名	节奏形式	产生年代	词例
4.2	醉妆词	3+3+5 +3+3+5	唐孙光宪《北梦琐言》：蜀王衍尝裹小巾，其尖如锥。宫人皆衣道服，簪莲花冠，施胭脂夹脸，号醉妆，因作《醉妆词》。【笔者按：词例仅五代前蜀王衍一例。】	者边走。那边走。只是寻花柳。那边走。者边走。莫厌金杯酒。（王衍）
4.3	花非花	3+3+3 +3+7+7	调见白居易《长庆集》。以首句为调名。……此本《长庆集》长短句诗，后人采入词中，其平仄亦不拘。	花非花。雾非雾。夜半来。天明去。来如春梦不多时。去似朝云无觅处。（白居易）
4.4	甘州曲	3+3+3 +7+5+ (3+4)	唐教坊曲名。《唐书·礼乐志》：天宝间乐曲。皆以边地为名，甘州其一也。顾夐词名《甘州子》。	画罗裙。能结束。称腰身。柳眉桃脸不胜春。薄媚足精神。可惜许、沦落在风尘。（王衍）
4.5	西溪子	6+6+3 +3+3+6 +3+3	唐教坊曲名。【笔者按：词例最早为唐牛峤词，应始于《花间集》。】	捍拨双盘金凤。蝉鬓玉钗摇动。画堂前。人不语。弦解语。弹到昭君怨处。翠娥愁。不抬头。（牛峤）
4.6	江城子	7+3+3 +(4+5)+ 7+3+3	唐词单调，以韦庄词为主，余俱照韦词添字，至宋人始作双调。	髻鬟狼藉黛眉长。出兰房。别檀郎。角声呜咽、星斗渐微茫。露冷月残人未起。留不住。泪千行。（韦庄）

编号	词牌名	节奏形式	产生年代	词例
4.7	相见欢	[6+3+(6+3)]+[3+3+3+(6+3)]	唐教坊曲名。南唐李煜词,有"无言独上西楼,月如钩"句,更名《秋夜月》,又名《上西楼》,又名《西楼子》。【笔者按:词例选《花间集》中薛昭蕴一首,此调应起于薛昭蕴。】	不禁枕簟新凉。夜初长。又是惊回好梦、叶敲窗。○江南望。江北望。水茫茫。赢得一襟清泪、伴余香。(杨无咎)
4.8	风光好	[3+3+7+3]+[7+3+7+3]	调见《本事曲》,陶谷作。【笔者按:陶谷(903—970)为五代人,此调应起于五代。】	柳阴阴。水沉沉。风约双凫立不禁。碧波心。○孤村桥断人迷路。舟横渡。旋买村醪浅浅斟。更微吟。(欧良)
4.9	春光好	[3+3+3+6+3]+[6+6+7+3]	唐教坊曲名。【笔者按:《碧鸡漫志》认为此词始于唐明皇,然《钦定词谱》驳之,认为"《羯鼓录》载《春光好》曲,入太簇宫,本正月律也,岂明皇所作,乃太簇宫。而和凝等词,入夹钟宫耶。今明皇词已不传,所传只《花间》《尊前》集中词也"。】	纱窗暖。画屏闲。鬓云鬟。睡起四肢无力。半春间。○玉指剪裁罗胜。金盘点缀酥山。窥宋深心无限事。小眉弯。(和凝)
4.10	酒泉子	[4+6+3+3+3]+[7+5+3+3+3]	唐教坊曲名。【笔者按:词例为温庭筠、孙光宪、韦庄等人,此调应起于温庭筠。】	花映柳条。闲向绿萍池上。凭阑干。窥细浪。雨潇潇。○近来音信两疏索。洞房空寂寞。掩银屏。垂翠箔。度春宵。(温庭筠)

编号	词牌名	节奏形式	产生年代	词例
4.11	沙塞子	[6+3+3 +6+3] * 2	唐教坊曲名。【笔者按:虽为唐教坊曲名,然最早词例为朱敦儒,应于南宋时为词人用为词牌。】	万里飘零南越。山引泪。酒催愁。不见凤楼龙阙。又经秋。〇九日江亭闲望。蛮树远。瘴烟浮。肠断红蕉花晚。水西流。(朱敦儒)
4.12	更漏子	[3+3+6 +3+3+ 5] * 2	此调有两体,四十六字者始于温庭筠,唐宋词最多。……一百四字者,止杜安世词,无别首可录。 此调以温、韦二词为正体,唐人多宗温词,宋人多宗韦词。	玉炉香。红蜡泪。偏照画堂秋思。眉翠薄,鬓云残。夜长衾枕寒。〇梧桐树。三更雨。不道离情正苦。一叶叶。一声声。空阶滴到明。(温庭筠)
4.13	芳草渡	[3+3+ 3+3+7 +3+3+ 3]+[3+ 3+6+3 +3+3+ 3+3]	此调有两体。令词始自欧阳修……慢词始自周邦彦。	梧桐落。蓼花秋。烟初冷。雨才收。萧条风物正堪愁。人去后。多少恨。在心头。〇燕鸿远。羌笛怨。渺渺澄波一片。山如黛。月如钩。笙歌散。魂梦断。倚高楼。(欧阳修)
4.14	厅前柳	[3+3+3 +3+6+3 +3+3]+ [(3+5) +7+5+ 3+3+3]	【笔者按:词例最早为南宋赵师侠一首,应起于南宋。】	晚秋天。过暮雨。云容敛。月澄鲜。正风露凄清处。砌蛩喧。更黄叶。舞翩翩。〇念故里、千山云水隔。被名缰利锁萦牵。莫作悲秋意。对尊前。且同乐。太平年。(赵师侠)

编号	词牌名	节奏形式	产生年代	词例
4.15	花上月令	［7+3+3 +7+3+ 3+3］*2	宋吴文英自度曲。	文园消渴爱江清。酒肠怯。怕深觥。玉舟曾洗芙蓉水。泻清冰。秋梦浅。醉霞轻。〇庭竹不收帘影去。人睡起。月空明。瓦瓶汲水和秋叶。荐吟醒。夜深里。怨遥更。（吴文英）
4.16	扫地舞	［3+3+ 7+3+3 +7+3］*2	唐教坊曲名,一名《扫市舞》。	酥点莩。玉碾莩。点时碾时香雪薄。才折得。春力弱。半掩朱扉垂绣幕。怕吹落。〇捻一晌。嗅一晌。捻时嗅时宿酒忘。春笋上。不忍放。待对菱花斜插向。宝钗上。（《梅苑》无名氏）

　　目前所见词牌中,纯以三言句构成的词牌有 48 字的《三字令》,此外三言句占整首词一半以上的词牌则有 15 种。

　　2. 四言句达一半或以上的词牌(20 种)

编号	词牌名	节奏形式	产生年代	词例
4.17	醉吟商	［4+6+ 4］+［5+ 6+4］	《胡渭州》,唐教坊曲名,《醉吟商》,其宫调也。姜夔自度,乃夹钟商曲,盖借旧曲名,另倚新腔耳。【笔者按:此为姜夔自度曲。词例仅姜词一例。】	正是春归。细柳暗黄千缕。暮鸦啼处。〇梦逐金鞍去。一点芳心休诉。琵琶解语。（姜夔）

续表

编号	词牌名	节奏形式	产生年代	词例
4.18	锦园春	［4+5+ 4+4+5］ +［4+(3+ 4)+4+ 4+4］	调见《全芳备祖·乐府》。【笔者按:词例仅一首,为张孝祥作品,《全芳备祖》为南宋初编成之类书,此调起于南宋初。】	醉痕潮玉。乘柔英未吐。雾华如簌。绝艳矜春。分流芳金谷。○风梳雨沐。耿空抱、夜阑清淑。杜老情疏。黄州赋冷。谁怜幽独。(张孝祥)
4.19	西地锦	［6+5+4 +4+4］＊2	【笔者按:词例最早为蔡伸一首,应起于北宋末。】	寂寞悲秋怀抱。掩重门悄悄。清风皓月。朱阑画阁。双鸳池沼。○不忍今宵重到。惹离愁多少。蓬山路杳。蓝桥信阻。黄花空老。(蔡伸)
4.20	贺圣朝	［7+4+4 +4+4］+ ［4+4+4 +4+4+4］	唐教坊曲名。……此调昉自此词【笔者按:冯延巳一首】,如杜词、黄词、叶词、赵词,皆由此添字或摊破句法,其实同出一原也。	金丝帐暖牙床稳。怀香方寸。轻颦轻笑。汗珠微透柳沾花润。○云鬟斜坠。春应未已。不胜娇困。半敧犀枕。乱缠珠被。转羞人问。(冯延巳)
4.21	金盏子令	［4+7+4 +5+4］+ ［4+4+4 +(3+4) +4］	见《高丽史·乐志》。【笔者按:此词牌收入《高丽史·乐志》之《唐乐》部分,应始于唐代。同书又载为慢词的《金盏子慢》。】	东风报暖。到头嘉气渐融怡。巍峨凤阙。起鳌山万仞。争耸云涯。○梨园子弟。齐奏新曲。半是埚篪。见满筵、簪绅醉饱。颂鹿鸣诗。(《高丽史·乐志》无名氏)

编号	词牌名	节奏形式	产生年代	词例
4.22	撼庭秋	[6+5+4+4+4]+[4+4+4+5+4+4]	唐教坊曲名。一作《感庭秋》。【笔者按：词例仅晏殊一首。应起于北宋。】	别来音信千里。恨此情难寄。碧纱秋月。梧桐夜雨。几回无寐。○高楼目断。天涯云黯。只堪憔悴。念兰堂红烛。心长焰短。向人垂泪。（晏殊）
4.23	庆春时	[4+4+4+4+4+5]+[4+6+4+4+5]	调见《小山乐府》，凡二首，俱庆赏春时宴乐之词。【笔者按：词例仅晏几道二首，始于北宋晏几道。】	倚天楼殿。升平风月。彩仗春移。鸾丝凤竹。长生调里。迎得翠舆归。○雕鞍游罢。何处还有心期。浓熏翠被。深停画烛。人约月西时。（晏几道）
4.24	眼儿媚	[7+5+4+4+4]*2	此调以左词、贺词为正体。【笔者按：左誉、贺铸也。左誉与柳永同时。此调即始于北宋。】	楼上黄昏杏花寒。斜月小阑干。一双燕子。两行归雁。画角声残。○绮窗人在东风里。洒泪对春闲。也应似旧。盈盈秋水。淡淡青山。（左誉）
4.25	人月圆	[7+5+4+4+4]+[4+4+4+4+4+4]	此调始于王诜，因词中"人月圆时"句，取以为名。【笔者按：王诜，与苏轼同时，此调始于北宋。】	小桃枝上春来早。初试薄罗衣。年年此夜。华灯竞处。人月圆时。○禁街箫鼓。寒轻夜永。纤手同携。夜阑人静。千门笑语。声在帘帏。（王诜）

编号	词牌名	节奏形式	产生年代	词例
4.26	喜团圆	[4+4+4+7+5]+[4+4+4+4+4+4]	调见《小山乐府》。【笔者按:此调始于晏几道。】	危楼静锁。窗中远岫。门外垂杨。珠帘不禁春风度。解偷送余香。○眠思梦想。不如双燕。得到兰房。别来只是。凭高泪眼。感旧离肠。（晏几道）
4.27	极相思	[6+5+4+4+4]+[7+(3+4)+4+4+4]	【笔者按:词例最早载于宋彭乘《墨客挥犀》,后有吕渭老、蔡伸、陆游、吴文英词,大约起于北宋年间。】	柳烟雾色方晴。花露逼金茎。秋千院落。海棠渐老。才过清明。○嫩玉腕托香脂脸。相傅粉、更与谁情。秋波绽处。相思泪进。天阻深诚。（《墨客挥犀》无名氏）
4.28	柳梢青	[4+4+4+4+4+4]+[6+(3+4)+4+4+4]	【笔者按:此调最早词例为秦观、贺铸等人词,大约起于北宋年间。】	岸草平沙。吴王故苑。柳袅烟斜。雨后寒轻。风前香细。春在梨花。○行人一棹天涯。酒醒处、残阳乱鸦。门外秋千。墙头红粉。深院谁家。（秦观）
4.29	盐角儿	[4+4+4+4+4+4]+[3+3+7+(3+4)+6]	【笔者按:词例仅晁补之一词,应起于北宋。】	开时似雪。谢时似雪。花中奇绝。香非在蕊。香非在尊。骨中香彻。○占溪风。留溪月。堪羞损山桃如血。直饶更、疏疏淡淡。终有一般情别。（晁补之）

编号	词牌名	节奏形式	产生年代	词例
4.30	促拍采桑子	[5+(3+4)+4+4+4]+[7+(3+4)+4+4+4]	调见朱希真《太平樵唱词》,一名《促拍丑奴儿》。促拍者,即促节繁声之意,《中原音韵》所谓"急曲子"也,字句与《采桑子》《添字采桑子》迥别。【笔者按:词例仅朱敦儒一首,应起于南宋。】	清露湿幽香。想瑶台、无语凄凉。飘然欲去。依然似梦。云渡银潢。○又是天风吹澹月。佩丁东、携手西厢。泠泠玉磬。沉沉素瑟。舞遍霓裳。(朱敦儒)
4.31	玉团儿	[7+(3+4)+4+4+4]*2	调见周邦彦《片玉词》。	铅华淡伫新妆束。好风韵、天然异俗。彼此知名。虽然初见。情分先熟。○炉烟淡淡云屏曲。睡半醒、生香透肉。赖得相逢。若还虚过。生世不足。(周邦彦)
4.32	恨来迟	[4+4+4+5+4+4]+[(3+5)+6+5+4+4]	此调以此词【笔者按:土灼词。土灼,北宋末南宋初人】为正体。	柳暗汀洲。最春深处。小宴初丼。似泛宅浮家。水平风软。咫尺蓬莱。○更劝君、吸尽紫霞杯。醉看鸾凤徘徊。正洞里桃花。盈盈一笑。依旧怜才。(王灼)
4.33	一翦梅	[7+4+4+7+4+4]*2	周邦彦词,起句有"一翦梅花万样娇"句,取以为名。【笔者按:周邦彦词为正体,应起于周词】	一翦梅花万样娇。斜插疏枝。略点梅梢。轻盈微笑舞低回。何事尊前。拍手相招。○夜渐寒深酒渐消。

续表

编号	词牌名	节奏形式	产生年代	词例
				袖里时闻。玉钏轻敲。城头谁恁促残更。银漏何如。且慢明朝。（周邦彦）
4.34	铤红	［4+4+(3+4)+4+4+(3+4)］*2	调见《梅苑》。【笔者按:《梅苑》,南宋黄大舆编】	粉香犹嫩。衾寒可惯。怎奈向、春心已转。玉容别是。一般闲婉。悄不管、桃红杏浅。○月影帘栊。金堤波面。渐细细、香风满院。一枝折寄。故人虽远。莫辄使、江南信断。（《梅苑》无名氏）
4.35	贺熙朝	［7+4+4+4+4+4+4］+［7+5+5+5+4+4］	调见《花间集》。	忆昔花间相见后。只凭纤手。暗抛红豆。人前不解。巧传心事。别来依旧。辜负春昼。○碧罗衣上蹙金绣。睹对对鸳鸯。空裹泪痕透。想韶颜非久。终是为伊。只恁偷瘦。（欧阳炯）
4.36	赞成功	［4+4+7+4+4+4+4］*2	调见《花间集》。	海棠未坼。万点深红。香苞缄结一重重。似含羞态。邀勒春风。蜂来蝶去。任绕芳丛。○昨夜微雨。飘洒庭中。忽闻声滴井边桐。美人惊起。坐听晨钟。快教折取。戴玉珑璁。（毛文锡）

3. 全为六言句的词牌(8 种)

编号	词牌名	节奏形式	产生年代	词例
4.37	渔父引	6+6+6	唐教坊曲名。此与张志和《渔歌子》,极为宋人传诵。【笔者按:词例仅选唐顾况一首。】	新妇矶边月明。女儿浦口潮平。沙头鹭宿鱼惊。(顾况)
4.38	回波乐	6+6+6+6	《乐府诗集》:《回波》,商调曲,唐中宗时造,盖出于曲水引流泛觞也。后亦为舞曲,《教坊记》谓之软舞。……即唐六言绝句。	回波尔时栲栳。怕妇也是大好。外边只有裴谈。内里无过李老。(《本事诗》无名氏)
4.39	舞马词	6+6+6+6	《唐书·礼乐志》:明皇尝命教舞马四百蹄,各为左右分部目,衣以文绣,络以金珠,每千秋节舞于勤政楼下。赐宴设酺,其曲数十叠,马闻声奋首鼓尾,纵横应节。又施三层板床,乘马而上,抃转如飞。或命壮士举榻,马舞其上,岁以为常。……此亦唐人六古绝句,其平仄不拘。【笔者按:词例为唐张说二首。】	彩旄八佾成行。时龙五色因方。屈膝衔杯赴节。倾心献寿无疆。(张说)
4.40	三台	6+6+6+6	唐教坊曲名。宋李济翁《资暇录》:三台,今之啐酒三十拍促曲。啐,送酒声也。【笔者按:词例选唐王建六言绝句二首。】	池北池南草绿。殿前殿后花红。天子千秋万岁。未央明月清风。(王建)

编号	词牌名	节奏形式	产生年代	词例
4.41	塞姑	6+6+6+6	见《乐府诗集》。盖唐时边塞闺人之词也。……此亦六言绝句，其平仄不拘。	昨日卢梅塞口。整见诸人镇守。都护三年不归。折尽江边杨柳。
4.42	河满子	6+6+6+6+6+6	唐教坊曲名。一名《何满子》。白居易诗注：开元中沧州歌者姓名。元稹诗云"便将何满为曲名，御府新题乐府纂"，是也。又《卢氏杂说》：唐文宗命宫人沈翘翘，舞《河满子》词。又属舞曲。	写得鱼笺无限。其如花锁春辉。目断巫山云雨。空教残梦依依。却爱熏香小鸭。羡他长在屏帏。（和凝）
4.43	双鸂鶒	[6+6+6+6]＊2	调见朱敦儒《樵歌词》，因词有"一对双飞鸂鶒"句，故名。	拂破秋江烟碧。一对双飞鸂鶒。应是远来无力。相偎掏下沙碛。〇小艇谁吹横笛。惊起不知消息。悔不当时描得。如今何处寻觅。（朱敦儒）
4.44	寿山曲	[6+6+6+6+6]＊2	调见赵德麟《侯鲭录》，南唐冯延巳作，因词中有"圣寿南山永同"句，故名。	铜壶滴漏初尽。高阁鸡鸣半空。催启五门金锁。犹垂三殿帘栊。阶前御柳摇绿。〇仗下宫花散红。鸳瓦数行晓日。鸾旗百尺春风。侍臣舞蹈重拜。圣寿南山永同。（冯延巳）

《钦定词谱》中全为六言句的词牌有 8 个,即三个六言句的《渔父引》;
四个六言句,颇似六言绝句的《回波乐》《舞马词》《三台》《塞姑》;六个
六言句的《河满子》;八个六言句,颇似六言律诗的《双鸂鶒》;形式颇
似六言律诗,冯延巳首创的,由十个六言句组成的《寿山曲》。

　　《双鸂鶒》形式似为六言律诗。赵翼对王维的六言诗评为"至
王摩诘等又以之创为绝句小律",则《双鸂鶒》可看作是王维所创
之六言绝句两首之和。《钦定词谱》所载词例仅朱敦儒一首而已,
似乎别无他体,《双鸂鶒》此词牌"前后段各四句,四仄韵",似仅
为南宋朱敦儒之发明。《寿山曲》则是五代冯延巳所创。这 2 种
词牌均文人新创。

　　4. 以六言句为主的词牌(11 种)

编号	词牌名	节奏形式	产生年代	词例
4.45	如梦令	6+6+5+6 +2+2+6	宋苏轼词注:此曲本唐庄宗制,名《忆仙姿》,嫌其名不雅,故改为《如梦令》。盖因此词中有"如梦。如梦"叠句也。周邦彦又因此词首句,改名《宴桃源》。【笔者按:词例中后唐庄宗之作为正体,应起于五代后唐时期。】	曾宴桃源深洞。一曲舞鸾歌凤。长记别伊时。和泪出门相送。如梦。如梦。残月落花烟重。(后唐庄宗)
4.46	古调笑	2+2+6+6+ 6+2+2+6	《乐苑》:商调曲。一名《宫中调笑》。白居易诗《打嫌调笑易》,自注:调笑,抛打曲名	蝴蝶。蝴蝶。飞上金枝玉叶。君前对舞春风。百叶桃花树红。红树。红树。燕语莺啼日

编号	词牌名	节奏形式	产生年代	词例
			也。此调王建词四首，韦应物词二首，戴叔伦词一首，冯延巳词三首。【笔者按：此调应始于唐王建。】	暮。（王建）
4.47	风流子	6+6+3+3+6+2+2+6	唐教坊曲名。单调者，唐词一体；双调者，宋词三体。【笔者按：词例选《花间集》孙光宪词，单调应起于《花间集》。宋周邦彦发明双调。】	楼倚长衢欲暮。瞥见神仙伴侣。微傅粉。拢梳头。隐映画帘开处。无语。无绪。慢曳罗裙归去。（孙光宪）
4.48	望梅花	6+6+7+6+7+6	唐教坊曲名。【笔者按：词例选和凝、孙光宪为最早，应起于《花间集》。】	春草全无消息。腊雪犹余踪迹。越岭寒枝香自坼。冷艳奇芳堪惜。何事寿阳无处觅。吹入谁家横笛。（和凝）
4.49	清平乐	[4+5+7+6]+[6+6+6+6]	《碧鸡漫志》云：欧阳炯称李白有应制《清平乐》四首，此其一也，在越调，又有黄钟宫、黄钟商两音。【笔者按：李白一首为正体，则应起于唐。然《碧鸡漫志》为南宋笔记，真实性待考。龙榆生先生《唐宋词格律》以李煜词为正体。】	禁闱清夜。月探金窗罅。玉帐鸳鸯喷兰麝。时落银灯香地。〇女伴莫话孤眠。六宫罗绮三千。一笑皆生百媚。宸游教在谁边。（李白）

编号	词牌名	节奏形式	产生年代	词例
4.50	江亭怨	[6+6+5+6]＊2	《冷斋夜话》云:黄鲁直登荆州亭,见亭柱间有此词,夜梦一女子云"有感而作",鲁直惊悟曰:此必吴城小龙女也。因又名《荆州亭》。【笔者按:《冷斋夜话》为北宋僧惠洪撰笔记一种。】	帘卷曲阑独倚。江展暮云无际。泪眼不曾晴。家在吴头楚尾。○数点落花乱委。扑漉沙鸥惊起。诗句欲成时。没入苍烟丛里。(《冷斋夜话》无名氏)
4.51	相思儿令	[6+5+6+5]+[6+(3+4)+6+6]	此调只晏殊一词。	昨日探春消息。湖上绿波平。无奈绕堤芳草。还向旧痕生。○有酒且醉瑶觥。更何妨、檀板新声。谁教杨柳千丝。就中牵系人情。(晏殊)
4.52	河渎神	[5+6+7+6]+[7+6+6+6]	唐教坊曲名。《花庵词选》云:唐词多缘题所赋,《河渎神》之咏祠庙,亦其一也。【笔者按:词例最早为温庭筠,应起于温庭筠词。】	河上望丛祠。庙前春雨来时。楚山无限鸟飞迟。兰棹空伤别离。○何处杜鹃啼不歇。艳红开尽如血。蝉鬓美人愁绝。百花芳草佳节。(温庭筠)
4.53	醉乡春	[6+6+3+3+6]+[6+6+3+3+7]	宋惠洪《冷斋夜话》云:少游在黄州,饮于海棠桥,桥南北多海棠,有书生家于海棠丛间。少游醉宿于此,题词壁间。按,此则知此调创自秦观,	唤起一声人悄。衾冷梦寒窗晓。瘴雨过。海棠开。春色又添多少。○社瓮酿成微笑。半缺椰瓢共舀。觉颠倒。急投床。醉乡广大人间小。(秦观)

编号	词牌名	节奏形式	产生年代	词例
			因后结有"醉乡广大人间小"句,故名《醉乡春》;又因前结有"春色又添多少"句,一名《添春色》。	
4.54	西江月	［6+6+7+6］*2	唐教坊曲名。此调始于南唐欧阳炯,前后段两起句,俱叶仄韵,自宋苏轼、辛弃疾外,填者绝少,故此词必以柳词为正体。	凤额绣帘高卷。兽镮朱户频摇。两竿红日上花梢。春睡恹恹难觉。○好梦枉随飞絮。闲愁浓胜香醪。不成雨暮与云朝。又是韶光过了。(柳永)
4.55	倾杯令	［4+4+6+6+6］+［7+(3+4)+6+6］	唐教坊曲有《倾杯乐》,调名本此。【笔者按:词例仅吕渭老词。吕渭老,宣和间人,北宋末词人。】	枫叶飘红。莲房浥露。枕席嫩凉先到。帘外蟾华如扫。枝上啼鸦催晓。○秋风又送潘郎老。小窗明、疏红残照。登高送远惆怅。白发新愁未了。(吕渭老)

(五)以三种以上字数句混合而成的词牌

最后一类词牌由两三种以上字数句混合而成,而其中没有一种字数句多至全词的一半。这类词牌看来是最有创新意味的,因为它们不依赖任何现有诗体,自成一家。若说词的节奏有本色可言,似乎非此类莫属。如下表所示,这类词牌的数量共有149种,占据311种唐宋小令词牌的47.9%。

编号	词牌名	字数	节奏形式	产生年代	词例
5.1	归字谣	16	1+7+3+5	【笔者按:词例选南宋张孝祥为正体,其他亦有蔡伸词、袁去华词,此词牌应起自活动于北宋末南宋初的蔡伸。】	归。猎猎熏风飐绣旗。阑教住。重举送行杯。(张孝祥)
5.2	荷叶杯	23	6+2+3+7+2+3	唐教坊曲名。此词有单调双调。单调者有温庭筠、顾夐二体,双调者只韦庄一体。俱见《花间集》。	一点露珠凝冷。波影。满池塘。绿茎红艳两相乱。肠断。水风凉。(温庭筠)
5.3	摘得新	26	3+5+5+3+7+3	唐教坊曲名。【笔者按:词例仅皇甫松一首。】	摘得新。枝枝叶叶春。管弦兼美酒。最关人。平生都得几十度。展香茵。(皇甫松)
5.4	忆江南	27	3+5+7+7+5	宋王灼《碧鸡漫志》:此曲自唐至今,皆南吕宫,字句皆同,止是曲两段,盖近世曲子,无单遍者。按,唐段安节《乐府杂录》:此词乃李德裕为谢秋娘作,故名《谢秋娘》,因白居易词更今名。又名《江南好》。	江南好。风景旧曾谙。日出江花红胜火。春来江水绿如蓝。能不忆江南。(白居易)

编号	词牌名	字数	节奏形式	产生年代	词例
5.5	十样花	28	6+6+5+ 3+3+5	宋李弥逊词十首,分咏十样花,故名。【笔者按:李弥逊,宋大观三年(1109年)进士,北宋末南宋初人。】	陌上风光浓处。第一寒梅先吐。待得春来也。香消减。态凝伫。百花休漫妒。(李弥逊)
5.6	秋风清	30	3+3+5+ 5+7+7	此本三、五、七言诗,后人采入词中,其平仄不拘。	秋风清。秋月明。落叶聚还散。寒鸦栖复惊。相思相见知何日。此时此夜难为情。(李白)
5.7	法驾道引	30	3+3+5+ 7+7+5	宋陈与义词。	朝元路。朝元路。同驾玉华君。千乘载花红一色。人间遥指是祥云。回望海光新。(陈与义)
5.8	蕃女怨	31	7+4+3+ 3+4+7+3	唐温庭筠二词,俱咏蕃女之怨,故词中有"雁门沙碛"诸语。	万枝香雪开已遍。细雨双燕。钿蝉筝。金雀扇。画梁相见。雁门消息不归来。又飞回。(温庭筠)
5.9	一叶落	31	3+3+7+ 5+5+3+5	《五代史》云,后唐庄宗能自度曲。此其一也。取首句为调名。	一叶落。褰珠箔。此时景物正萧索。画楼月影寒。西风吹罗幕。吹罗幕。往事思量着。(后唐庄宗)

编号	词牌名	字数	节奏形式	产生年代	词例
5.10	遐方怨	32	3+3+4+7 +7+5+3	唐教坊曲名。此调有两体。单调者始于温庭筠,双调者始于顾敻、孙光宪。	凭绣槛。解罗帏。未得君书。断肠潇湘春雁飞。不知征马几时归。海棠花尽也。雨霏霏。(温庭筠)
5.11	诉衷情	33	5+3+3+3 +2+3+5+ 2+5+3	唐教坊曲名。按,《花间集》此调有两体,单调者,或间入一仄韵,或间入两仄韵,韦庄、顾敻、温庭筠三词略同。双调者,全押平韵,毛文锡、魏承班三词略同。	莺语花舞。春昼午。雨霏微。金带枕。宫锦。凤凰帏。柳弱莺交飞。依依。辽阳音信稀。梦中归。(温庭筠)
5.12	定西番	35	[6+3+3+ 3+6]+ [5+6+3]	唐教坊曲名。【笔者按:词例选温庭筠、韦庄数首,此调应起自《花间集》温庭筠、韦庄等人。】	汉使昔年离别。攀弱柳。折寒梅。上高台。千里玉关春雪。○雁来人不来。羌笛一声愁绝。月徘徊。(温庭筠)
5.13	望江怨	35	3+7+5+ 7+3+5+5	调见《花间集》。……《花间集》此调只有牛峤一词,平仄当遵之。	东风急。惜别花时手频执。罗帏愁独入。马嘶残雨春芜湿。倚门立。寄语薄情郎。粉香和泪泣。(牛峤)
5.14	长相思	36	[3+3+7 +5]*2	唐教坊曲名。【笔者按:此调词例选白居易两首,晏几	汴水流。泗水流。流到瓜州古渡头。吴山点点愁。○思

编号	词牌名	字数	节奏形式	产生年代	词例
				道、欧阳修各一首,此调应始于白居易】	悠悠。恨悠悠。恨到归时方始休。月明人倚楼。(白居易)
5.15	思帝乡	36	2+5+6+3+6+5+(6+3)	唐教坊曲名。此调创自温词,若韦作则本此减字者。《词律》列韦词在前,此词在后,失其源流矣。【笔者按:此调应起于温庭筠。】	花花。满枝红似霞。罗袖画屏肠断。卓金车。回面共人闲语。战篦金凤斜。惟有阮郎春尽、不还家。(温庭筠) 春日游。杏花吹满头。陌上谁家年少。足风流。妾拟将身嫁与。一生休。纵被无情弃、不能羞。(韦庄)
5.16	上行杯	38	6+(3+4)+7+4+3+3+2+2+4	唐教坊曲名。【笔者按:词例为孙光宪二首,韦庄一首,均选自《花间集》。】	草草离亭鞍马。从远道、此地分襟。燕宋秦吴千万里。无辞一醉。野棠开。江草湿。伫立。沾泣。征骑骎骎。(孙光宪)
5.17	醉太平	38	[4+4+6+5]＊2	一名《凌波曲》。孙惟信词,名《醉思凡》;周密词,名《四字令》。《太平乐府》注:南吕宫。《太和正音谱》注:正宫,又入仙吕宫、中吕宫。【笔者按:词例选辛弃疾、刘过二首,应起于南宋。】	情高意真。眉长鬓青。小楼明月调筝。写春风数声。○思君忆君。魂牵梦萦。翠绡香暖银屏。更那堪酒醒。(刘过)

续表

编号	词牌名	字数	节奏形式	产生年代	词例
5.18	长命女	39	[3+7+5]+[6+6+7+5]	唐教坊曲名。【笔者按:词例选冯延巳一首,然五代和凝(898—955)即有此词,应起于五代。】	春日宴。绿酒一杯歌一遍。再拜陈三愿。○一愿郎君千岁。二愿妾身长健。三愿如同梁上燕。岁岁长相见。(冯延巳)
5.19	蝴蝶儿	40	[3+3+7+5]+[5+5+7+5]	调见《花间集》。取词中起句为名。	蝴蝶儿。晚春时。阿娇初著淡黄衣。倚窗学画伊。○还似花间见。双双对对飞。无端和泪拭胭脂。惹教双翅垂。(张泌)
5.20	昭君怨	40	[6+6+5+3]*2	【笔者按:词例中最早为北宋末南宋初词人万俟咏一首,应起于北宋末南宋初。】	春到南楼雪尽。惊动灯期花信。小雨一番寒。倚阑杆。○莫把阑干频倚。一望几重烟水。何处是京华。暮云遮。(万俟咏)
5.21	纱窗恨	41	[7+3+7+3]+[(3+4)+(3+4)+4+3]	唐教坊曲名。【笔者按:词例为毛文锡词,应起于《花间集》。】	新春燕子还来至。一双飞。垒巢泥湿时时坠。浼人衣。○后园里、看百花发。香风拂、绣户金扉。月照纱窗。恨依依。(毛文锡)
5.22	中兴乐	41	[7+6+3+2+3]+[7+3+4+2+4]	见《花间集》。【笔者按:应起源于《花间集》。】	豆蔻花繁烟艳深。丁香软结同心。翠鬟女。相与、共淘金。○红蕉叶里猩猩语。鸳鸯浦。镜中鸾舞。丝雨。隔荔枝阴。(毛文锡)

编号	词牌名	字数	节奏形式	产生年代	词例
5.23	点绛唇	41	[4+7+4+5]+[4+5+3+4+5]	此调以此词【笔者按:冯延巳词】为正体,若苏词之藏韵、韩词之添字,皆变格也。【笔者按:应起源于南唐冯延巳。】	荫绿围红。飞琼家在桃源住。画桥当路。临水开朱户。〇柳径春深。行到关情处。鬓不语。意凭风絮。吹向郎边去。(冯延巳)
5.24	归国遥	42	[2+7+6+5]+[6+5+6+5]	唐教坊曲名。【笔者按:词例选温庭筠、韦庄等人词,应起于温庭筠。】	双脸。小凤战篦金飐艳。舞衣无力风软。藕丝秋色染。〇锦帐绣帏斜掩。露珠清晓簟。粉心黄蕊花靥。黛眉山两点。(温庭筠)
5.25	恋情深	42	[7+4+7+3]+[7+5+6+3]	唐教坊曲名。【笔者按:词例选毛文锡词,应起于《花间集》。】	滴滴铜壶寒漏咽。醉红楼月。宴余香殿会鸳衾。荡春心。〇真珠帘下晓光侵。莺语隔琼林。宝帐欲开慵起。恋情深。(毛文锡)
5.26	雪花飞	42	[6+6+6+4]+[5+5+6+4]	此调仅见山谷一词。【笔者按:应起于北宋黄庭坚。】	携手青云路稳。天声逦迤传呼。袍笏恩章乍赐。春满皇都。〇何处难忘酒。琼花照玉壶。归衮丝鞘竞醉。雪舞街衢。(黄庭坚)

编号	词牌名	字数	节奏形式	产生年代	词例
5.27	霜天晓角	43	［4+5+6+(3+3)］+［2+3+5+6+(3+3)］	【笔者按:词例最早为林逋,似乎起于北宋林逋。】	冰清霜洁。昨夜梅花发。甚处玉龙三弄。声摇动、枝头月。○梦绝。金兽热。晓寒兰烬灭。更卷珠帘清赏。且莫扫、阶前雪。(林逋)
5.28	清商怨	43	［7+5+4+5］+［6+(3+4)+4+5］	古乐府有《清商曲辞》,其音多哀怨,故取以为名。周邦彦以晏词有"关河愁思"句,更名《关河令》,又名《伤情怨》。【笔者按:最早词例为晏殊。】	关河愁思望处满。渐素秋向晚。雁过南云。行人回泪眼。○双鸾衾裯悔展。夜又永、枕孤人远。梦未成归。梅花闻塞管。(晏殊)
5.29	采桑子	44	［7+4+4+7］*2	唐教坊曲,有《杨下采桑》,调名本此。【笔者按:词例最早为五代和凝,应起于《花间集》。】	蝤蛴领上诃梨子。绣带双垂。椒户闲时。竞学撦蒲赌荔枝。○丛头鞋子红编细。裙窣金丝。无事颦眉。春思翻教阿母疑。(和凝)
5.30	摊破采桑子	60	［7+4+4+7+1+1+(3+3)］*2	调见《惜香乐府》,即《采桑子令》也,因前后段俱添入和声,自成一体。【笔者按:词例为南宋赵长卿一例,应起于南宋。】	树头红叶飞都尽。景物凄凉。秀出群芳。又见江梅浅淡妆。也。啰。真个是、可人香。○兰魂蕙魄应羞死。独占风光。梦断高唐。月送疏枝过女墙。也。啰。真个是、可人香。(赵长卿)

编号	词牌名	字数	节奏形式	产生年代	词例
5.31	诉衷情令	44	［7+5+6+5］+［3+3+3+4+4+4］	【笔者按：词例最早为晏殊，且晏殊词为正体，应起于晏殊。】	青梅煮酒斗时新。天气欲残春。东城南陌花下。逢着意中人。○回绣袂。展香茵。叙情亲。此时拌作。千尺游丝。惹住朝云。（晏殊）
5.32	一落索	44	［6+4+7+（3+3）］＊2	此调以毛词及秦、欧二词为正体。其余皆变格也。而毛词此体，宋人填者尤多。【笔者按：北宋毛滂词为正体，应起于北宋。】	月下花前风畔。此情不浅。欲留风月守花枝。却不道、而今远。○槛外鹭飞沙晚。烟斜雨短。青山只管一重重。向东下、遮人眼。（毛滂）
5.33	好时光	45	［6+（3+3）+7+5］+［5+3+3+5+5］	词见《尊前集》，唐明皇制，取结句三字为调名。……或疑此词非明皇笔，然《尊前集》所收，固唐词也，编入以备一体。	宝髻偏宜宫样。莲脸嫩、体红香。眉黛不须张敞画。天教入鬓长。○莫倚倾国貌。嫁取个。有情郎。彼此当年少。莫负好时光。（唐明皇）
5.34	谒金门	45	［3+6+7+5］+［6+6+7+5］	唐教坊曲名。此调以此词【笔者按：韦庄词】为正体。【笔者按：应起于韦庄。】	空相忆。无计得传消息。天上嫦娥人不识。寄书何处觅。○新睡觉来无力。不忍看伊书迹。满院落花春寂寂。断肠芳草碧。（韦庄）

编号	词牌名	字数	节奏形式	产生年代	词例
5.35	柳含烟	45	［3+3+6+7+3］+［7+6+7+3］	唐教坊曲名。《花间集》毛文锡词有"河桥柳,占芳春,映水含烟拂露"句,取为调名。	河桥柳。占芳春。映水含烟拂露。几回攀折赠行人。暗伤神。〇乐府吹为横笛曲。能使离肠断续。不如移植在金门。近天恩。(毛文锡)
5.36	杏园芳	45	［6+6+7+3］+［7+6+7+3］	调见《花间集》。	严妆嫩脸花明。教人见了关情。含羞举步越罗轻。称娉婷。〇终朝咫尺窥香阁,迢遥似隔层城。何时休遣梦相萦。入云屏。(尹鹗)
5.37	好事近	45	［5+6+6+5］+［7+5+6+5］	【笔者按:最早词例见宋祁一首,应起于北宋宋祁。】	睡起玉屏风。吹去乱红犹落。天气骤生轻暖。衬沈香帷箔。〇珠帘约住海棠风。愁拖两眉角。昨夜一庭明月。冷秋千红索。(宋祁)
5.38	华清引	45	［7+4+6+5］+［7+6+5+5］	词赋华清旧事,因以名调。【笔者按:此调仅苏轼一词。】	平时十月幸莲汤。玉甃琼梁。五家车马如水。珠玑满路旁。〇翠华一去掩方床。独留烟树苍苍。至今清夜月。依旧过缭墙。(苏轼)

续表

编号	词牌名	字数	节奏形式	产生年代	词例
5.39	天门谣	45	［5+(3+4)+3+5］+［8+7+3+(3+4)］	贺铸词,有"牛渚天门险"句,因取为调名。	牛渚天门险。限南北、七雄豪占。清雾敛。与闲人登览。○待月上潮平波滟滟。塞管轻吹新阿滥。风满槛。历历数、西州更点。(贺铸)
5.40	散余霞	45	［7+5+6+5］+［6+5+6+5］	谢朓诗"余霞散成绮",调名本此。【笔者按:词例仅北宋毛滂一首。】	墙头花口寒犹噤。放绣帘昼静。帘外时有蜂儿。趁杨花不定。○阑干又还独凭。含翠低眉晕。春梦枉恼人肠。更恹恹酒病。(毛滂)
5.41	好女儿	45	［5+5+6+5］+［5+(3+4)+4+4+4］(黄庭坚)	此调有两体。四十五字者,起于黄庭坚。……六十二字者起于晏几道,与黄词迥别。	小院一枝梅。冲破晓寒开。偶到芳园游戏。满袖带香回。○玉酒覆银杯。尽醉去、犹待重来。东邻何事。惊吹怨笛。雪片成堆。(黄庭坚)
		62	［4+4+(3+5)+5+4+4］+［6+(3+3)+(3+5)+5+4+4］(晏几道)		绿遍西池。梅子青时。尽无端、尽日东风恶。更霏微细雨。恼人离恨。满路春泥。○应是行云归路。有闲泪、洒相思。想旗亭、望断黄昏月。又依前误了。红笺香信。翠袖欢期。(晏几道)

编号	词牌名	字数	节奏形式	产生年代	词例
5.42	万里春	45	[4+5+(3+4)+5]+[5+(3+4)+(3+4)+5]	调见周邦彦《片玉词》。	千红万翠。簇清明天气。为怜他、种种清香。好难为不醉。〇我爱深如你。我心在、个人心里。便相看、老却春风。莫无些欢意。(周邦彦)
5.43	忆秦娥	46	[3+7+3+4+4]+[7+7+3+4+4]	此词昉自李白,自唐迄元,体各不一。要其源,皆从李词出也。	箫声咽。秦娥梦断秦楼月。秦楼月。年年柳色。灞陵伤别。〇乐游原上清秋节。咸阳古道音尘绝。音尘绝。西风残照。汉家陵阙。(李白)
5.44	巫山一段云	46	[5+5+7+5]+[6+6+7+5]	唐教坊曲名。【笔者按:词例为唐昭宗两首,应始于唐昭宗(867—904)。】	蝶舞梨园雪。莺啼柳带烟。小池残日艳阳天。苎萝山又山。〇青鸟不来愁绝。忍看鸳鸯双结。春风一等少年心。闲情恨不禁。(唐昭宗)
5.45	望仙门	46	[7+3+7+3]+[5+6+7+3+5]	调见《珠玉词》,取词中结句为名。【笔者按:词例为晏殊一首,应始于晏殊。】	玉池波浪碧如鳞。露莲新。清歌一曲翠眉颦。舞华茵。〇满酌兰英酒。须知献寿千春。太平无事荷君恩。荷君恩。齐唱望仙门。(晏殊)

续表

编号	词牌名	字数	节奏形式	产生年代	词例
5.46	占春芳	46	[3+3+5+6+6]+[5+(3+4)+7+4]	苏轼咏梨花制此调,取词中第三句为名。	红杏了。夭桃尽。独自占春芳。不比人间兰麝。自然透骨生香。○对酒莫相忘。似佳人、兼合明光。只忧长笛吹花落。除是宁王。(苏轼)
5.47	朝天子	46	[5+(3+4)+4+5]+[(3+5)+7+3+(3+4)]	唐教坊曲名。【笔者按:词例为晁补之一首,应始于北宋。】	酒醒情怀恶。金缕褪、玉肌如雪。寒食过却。早海棠零落。○渐日照、阑干烟淡薄。绣额珠帘笼画阁。春睡着。觉来失、秋千期约。(晁补之)
5.48	忆少年	46	[4+4+4+5+5]+[7+(3+4)+5+5]	【笔者按:词例最早为晁补之一首,以此为正体,应始于北宋。】	无穷官柳。无情画舸。无根行客。南山尚相送。只高城人隔。○罨画园林溪绀碧。算重来、尽成陈迹。刘郎鬓如此。况桃花颜色。(晁补之)
5.49	相思引	46	[7+7+4+5]＊2	此调有两体,四十六字者,押平声韵……四十九字者,押仄声韵。【笔者按:词例最早为南宋初袁去华一首,四十六字,应起于南宋初。】	晓鉴胭脂拂紫绵。未忺梳掠鬓云偏。日高人静。沉水袅残烟。○春老菖蒲花未着。路长鱼雁信难传。无端风絮。飞到绣床边。(袁去华)

编号	词牌名	字数	节奏形式	产生年代	词例
5.50	落梅风	46	[7+6+7+3]＊2	调见《梅苑》。【笔者按:《梅苑》,南宋黄大舆编。】	宫烟如水湿芳晨。寒梅似雪相亲。玉楼侧畔数枝春。惹香尘。○寿阳娇面偏怜惜。妆成一面花新。镜中重把玉纤匀。酒初醺。(《梅苑》无名氏)
5.51	乌夜啼	46	[5+6+7+5]+[6+6+7+5]	唐教坊曲名。……按,郭茂倩《乐府诗集》有清商曲《乌夜啼》,乃六朝及唐人古今诗体,与此不同,此盖借旧曲名,另翻新声也。【笔者按:词例最早为南唐李煜一首。】	昨夜风兼雨。帘帏飒飒秋声。烛残漏断频敧枕。起坐不能平。○世事漫随流水。算来一梦浮生。醉乡路稳宜频到。此外不堪行。(李煜)
5.52	喜迁莺	47	[3+3+5+7+5]+[3+3+6+7+5]	此调有小令、长调两体。小令起于唐人……长调起于宋人。【笔者按:词例选韦庄、冯延巳、李煜等人数首,应起于韦庄。】	街鼓动。禁城开。天上探人回。凤衔金榜出云来。平地一声雷。○莺已迁。龙已化。一夜满城车马。家家楼上簇神仙。争看鹤冲天。(韦庄)
5.53	阮郎归	47	[7+5+7+5]+[3+3+5+7+5]	唐宋人填此调者,只此一体【笔者按:即以南唐李煜词为正体】。	东风吹水日衔山。春来长自闲。落花狼藉酒阑珊。笙歌醉梦间。○春睡觉。晚妆残。无人整翠鬟。留连光景惜朱颜。黄昏独倚阑。(李煜)

编号	词牌名	字数	节奏形式	产生年代	词例
5.54	甘草子	47	[2+4+5+5+5]+[7+(3+4)+7+5]	【笔者按：词例有寇准、柳永二体。应起于北宋。】	春早。柳丝无力。低拂青门道。暖日笼啼鸟。初坼桃花小。〇遥望碧天净如扫。曳一缕、轻烟缥缈。堪惜流年谢芳草。任玉壶倾倒。（寇准）
5.55	珠帘卷	47	[3+3+6+6+5]+[6+6+6+3+3]	调见欧阳修词，因词有"珠帘卷"句，取以为名。	珠帘卷。暮云愁。垂杨暗锁青楼。烟雨蒙蒙如画。轻风吹旋收。〇香断锦屏新别。人间玉簟初秋。多少旧欢新恨。书杳杳。梦悠悠。（欧阳修）
5.56	画堂春	47	[7+6+7+4]+[6+6+7+4]	调见《淮海集》。即咏画堂春色，取以为名。……此调以此词【笔者按：秦观一首】为正体，其余减字、添字，皆变格也。	落红铺径水平池。弄晴小雨霏霏。杏花憔悴杜鹃啼。无奈春归。〇柳外画楼独上。凭阑手捻花枝。放花无语对斜晖。此恨谁知。（秦观）
5.57	喜长新	47	[7+4+7+6]+[6+4+7+6]	唐教坊曲名。【笔者按：此词惟北宋王胜之一例，应起于北宋。】	秋风朔吹晓徘徊。雪照楼台。梁王宴召有邹枚。相如独逞雄才。〇明烛熏炉香暖。深劝金杯。庭前艳粉有寒梅。一枝昨夜先开。（王胜之）

编号	词牌名	字数	节奏形式	产生年代	词例
5.58	忆余杭	48	[4+7+7+5]+[7+6+7+5]	见《湘山野录》,潘阆自度曲,因忆西湖诸胜,故名《忆余杭》。【笔者按:潘阆(?—1009),宋初隐士。】	长忆西湖。尽日凭阑楼上望。三三两两钓鱼舟。岛屿正清秋。○笛声依约芦花里。白鸟数行惊起。别来闲想整鱼竿。思入水云寒。(潘阆)
5.59	秋蕊香	48	[6+6+7+6]+[7+3+7+6]	此调有两体,四十八字者始于晏殊,九十七字者始于赵以夫。	梅蕊雪残香瘦。罗幕轻寒微透。多情只似春杨柳。占断可怜时候。○萧娘劝我杯中酒。翻红袖。金乌玉兔长飞走。争得朱颜依旧。(晏殊)
5.60	秋蕊香引	60	[3+4+4+3+3+7+5]+[3+6+3+4+5+3+3+4]	此柳永自度曲。	留不得。光阴催促。有芳兰歇。好花谢。唯顷刻。彩云易散琉璃脆。验前事端的。○风月夜。几处前踪旧迹。忍思忆。这回望断。永作蓬山隔。向仙岛。归云路。两无消息。(柳永)
5.61	胡捣练	48	[7+6+6+5]*2(三仄韵)	【笔者按:此词应起于晏殊。词例最早为晏殊之作,为正体。】	夜来江上见寒梅。自逞芳妍标格。为甚东风先坼。分付春消息。○佳人钗上玉尊前。朵朵浓香堪惜。谁把彩毫描得。免恁轻抛掷。(晏殊)

续表

编号	词牌名	字数	节奏形式	产生年代	词例
5.62	桃源忆故人	48	[7+6+6+5]＊2（四仄韵）	此调以此词【笔者按:欧阳修一首】为正体,宋人多依此填。	梅梢弄粉香犹嫩。欲寄江南春信。别后愁肠萦损。说与伊争稳。○小炉独守寒灰烬。忍泪低头画尽。眉上万重新恨。竟日无人问。（欧阳修）
5.63	庆金枝	48	[5+(3+3)+7+5]+[7+(3+3)+7+5]	《高丽史·乐志》,名《庆金枝令》。【笔者按:《高丽史·乐志》载此词牌于唐乐部分,应为唐代始创。然词例有张先及南宋编《梅苑》另二体,可见宋代之新变。】	莫惜金缕衣。劝君惜、少年时。花开堪折直须折。莫待折空枝。○一朝杜宇才鸣后。便从此、歇芳菲。有花有酒且开眉。莫待满头丝。（《高丽史·乐志》无名氏）
5.64	朝中措	48	[7+5+6+6]+[4+4+4+6+6]	此调以此词【笔者按:欧阳修词】为正体,宋人填者甚多,若辛词、赵词之摊破句法,蔡词之添字,皆变体也。	平山阑槛倚晴空。山色有无中。手种堂前垂柳。别来几度春风。○文章太守。挥毫万字。一饮千钟。行乐直须年少。尊前看取衰翁。（欧阳修）
5.65	洞天春	48	[6+6+7+5]+[6+6+4+4+4]	调见《六一词》,盖赋院落之春景如洞天也。【笔者按:欧阳修词为正体,始于欧阳修。】	莺啼绿树声早。槛外残红未扫。露点真珠遍芳草。正帘帏清晓。○秋千宅院悄悄。又是清明过了。燕蝶轻狂。柳丝撩乱。春心多少。（欧阳修）

编号	词牌名	字数	节奏形式	产生年代	词例
5.66	海棠春	48	[7+(3+4)+5+5]*2	此调始自秦观,因词中有"试问海棠花,昨夜开多少"句,故名。	流莺窗外啼声巧。睡未足、把人惊觉。翠被晓寒轻。宝篆沉烟袅。○宿醒未解宫娥报。道别院、笙歌宴早。试问海棠花。昨夜开多少。(秦观)
5.67	武陵春	48	[7+5+7+5]*2	【笔者按:词例最早为毛滂词,毛词为正体,此调应起于北宋。】	风过冰檐环佩响。宿雾在华茵。剩落瑶花衬月明。嫌怕有纤尘。○风口衔灯金炫转。人醉觉寒轻。但得清光解照人。不负五更春。(毛滂)
5.68	东坡引	48	[5+5+7+5]+[4+4+(3+3)+7+5]	此调采词五体,无叠句者两体,有叠句者三体。【笔者按:词例最早为曹冠一首,应起于南宋初。】	凉飙生玉宇。黄花晓凝露。汀蘋岸蓼秋将暮。登高开宴俎。○传杯兴逸。分咏得句。思戏马、常怀古。东篱候酒人何处。芳尊须送与。(曹冠)
5.69	鬲溪梅令	48	[7+3+(6+3)+5]+[7+3+(6+3)+5]	姜夔自度曲。	好花不与殢香人。浪粼粼。又恐春风归去、绿成阴。玉钿何处寻。○木兰双桨梦中云。水横陈。漫向孤山山下、觅盈盈。翠禽啼一春。(姜夔)

编号	词牌名	字数	节奏形式	产生年代	词例
5.70	伊州三台	48	［6+6+5+(3+4)］＊2	按，唐有《宫中三台》《江南三台》等曲，此云伊州者，亦本唐曲，取边地为名也。《三台》皆用六字成句，观赵师侠词，前后起两句，亦作六言，犹沿唐人旧体。【笔者按：词例仅赵师侠词一首，赵师侠为南宋人。】	桂花移自云岩。更被灵砂染丹。清露湿酞颜。醉乘风、下临世间。○素娥襟韵萧闲。不与群芳并看。蕲蕲绛绡单。觉身轻、梦回广寒。（赵师侠）
5.71	梅弄影	48	［4+5+6+4+5］＊2	调见《丘崈集》咏梅词。【笔者按：丘崈，南宋人。】	雨晴风定。一任春寒逼。要勒群芳未醒。不废梅花。晚来妆面靓。○曲阑斜凭。水槛临清镜。翠竹箫骚相映。付与幽人。巡池看弄影。（丘崈）
5.72	阳台梦	49	［7+7+7+5］+［5+6+7+5］（唐庄宗）	此调有两体，四十九字者，调见《尊前集》，唐庄宗制，因词有"又入阳台梦"句，取以为名。……五十七字者，调见《花草粹编》，宋解昉制，即赋阳台梦题。	薄罗衫子金泥缝。困纤腰怯铢衣重。笑迎移步小兰丛。鄟金翘玉凤。○娇多情脉脉。羞把同心捻弄。楚天云雨却相和。又入阳台梦。（唐庄宗）
		57	［4+5+6+7+(3+3)］		仙姿本寓。十二峰前住。千里行云行雨。

编号	词牌名	字数	节奏形式	产生年代	词例
			+[7+5+7+4+(3+3)]（解昉）		偶因鹤驭过巫阳。邂逅他、楚襄王。○无端宋玉夸才赋。诬诞人心素。至今狂客到阳台。也有痴心。望妾入、梦中来。（解昉）
5.73	月宫春	49	[7+5+7+5]+[7+7+6+5]	调见《花间集》毛文锡词。	水晶宫里桂花开。神仙探几回。红芳金蕊绣重台。低倾玛瑙杯。○玉兔银蟾争守护。姮娥姹女戏相偎。遥听钧天九奏。玉皇亲看来。（毛文锡）
5.74	归去来	49	[6+5+7+(3+3)]+[5+(3+4)+7+(3+3)]	调见《乐章集》。……此调只有柳词二首。【笔者按：此调起于柳永。】	初过元宵三五。慵困春情绪。灯月阑珊嬉游处。游人尽、厌欢聚。○凭仗如花女。持杯谢、酒朋诗侣。余醒更不禁香醑。歌筵舞、且归去。（柳永）
5.75	惜春郎	49	[7+5+4+4+4]+[7+5+(3+4)+6]	调见《花草粹编》柳永词。	玉肌琼艳新妆饰。好壮观歌席。潘妃宝钏。阿娇金屋。应也消得。○属和新词多俊格。敢共我勍敌。恨少年、枉费疏狂。不早与伊相识。（柳永）

编号	词牌名	字数	节奏形式	产生年代	词例
5.76	双韵子	49	[4+4+4+6+(3+3)]+[3+3+(3+4)+6+(3+3)]	调见张先词集。【笔者按:此调仅见于张先词,应起于北宋张先。】	鸣鞘电过。晓闹静敛。龙旗风定。凤楼远出霏烟。闻笑语、中天迥。○清光近。欢声竞。鸳鸯集、仙花斗影。更闻度曲瑶山。升瑞日、春宫永。(张先)
5.77	凤孤飞	49	[6+5+6+(3+3)]+[7+(3+4)+7+5]	调见《小山乐府》。【笔者按:此调仅见于晏几道词,应起于晏几道。】	一曲画楼钟动。宛转歌声缓。绮席飞尘座满。更小待、金蕉暖。○细雨轻寒今夜短。依前是、粉墙别馆。端的欢期应未晚。奈归云难管。(晏几道)
5.78	太常引	49	[7+5+5+(3+4)]+[4+4+5+5+(3+4)]	【笔者按:此调最早词例为辛弃疾,应起于南宋。】	仙丛似欲织纤罗。仿佛度金梭。无奈玉纤何。却弹作、清商恨多。○珠帘影里。如花半面。绝胜隔帘歌。世路苦风波。且痛饮、公无渡河。(辛弃疾)
5.79	应天长	50	[7+7+3+3+7]+[3+3+6+6+5]	此调有令词、慢词。令词始于韦庄,又有顾敻、毛文锡两体……慢词始于柳永。	绿槐阴里黄鹂语。深院无人春昼午。画帘垂。金凤舞。寂寞绣屏香一炷。○碧天云。无定处。空有梦魂来去。夜夜绿窗风雨。断肠君信否。(韦庄)

编号	词牌名	字数	节奏形式	产生年代	词例
5.80	满宫花	50	[3+3+6+7+6]＊2	调见《花间集》，尹鹗赋宫怨词，有"满地禁花慵扫"句，取以为名。	月沉沉。人悄悄。一炷后庭香袅。草深莘路不归来。满地禁花慵扫。〇离恨多。相见少。何处醉迷三岛。漏清宫树子规啼。愁锁碧窗春晓。（尹鹗）
5.81	少年游	50	[7+5+4+4+5]＊2	调见《珠玉集》，因词有"长似少年时"句，取以为名。……晏词实为正体，宋、元人悉依此填。【笔者按：此调起于晏殊。】	芙蓉花发去年枝。双燕欲归飞。兰堂风软。金炉香暖。新曲动帘帏。〇家人并上千春寿。深意满琼卮。绿鬓朱颜。道家装束。长似少年时。（晏殊）
5.82	滴滴金	50	[7+(3+3)+7+5]＊2	此调以此词【笔者按：李遵勖词】及晏词【笔者按：晏殊词】为正体。【笔者按：应起于北宋。】	帝城五夜宴游歇。残灯外、看残月。都来犹在醉乡中。听更漏初彻。〇行乐已成闲话说。如春梦、觉时节。大家同约探春行。问甚花先发。（李遵勖） 梅花漏泄春消息。柳丝长、草芽碧。不觉星霜鬓边白。念时光堪惜。〇兰堂把酒留佳客。对离筵、驻行色。千里音尘便疏隔。合有人相忆。（晏殊）

续表

编号	词牌名	字数	节奏形式	产生年代	词例
5.83	忆汉月	50	［6+6+7+6］+［5+(3+4)+7+6］	唐教坊曲名。【笔者按:词例有欧阳修为正体,应始于北宋。】	红艳几枝轻袅。早被东风开了。倚烟啼露为谁娇。故惹蝶怜蜂恼。○多情游赏处。留恋向、绿丛千绕。酒阑欢罢不成归。肠断月斜人老。(欧阳修)
5.84	留春令	50	［4+4+4+7+(3+3)］+［7+5+7+(3+3)］	调见《小山乐府》。【笔者按:此调始于晏几道。】	画屏天畔。梦回依约。十洲云水。手捻红笺寄人书。写无限、伤春事。○别浦高楼曾漫倚。对江南千里。楼下分流水声中。有当日、凭高泪。(晏几道)
5.85	梁州令	50	［5+6+7+7］+［7+5+6+7］	唐教坊曲名。……晁补之之词名《梁州令叠韵》,盖合两首为一首也。【笔者按:词例最早为晏几道词,晁补之、柳永、欧阳修均有词,应起于北宋。】	莫唱阳关曲。泪湿当年金缕。离歌自古最销魂。于今更在魂销处。○南桥杨柳多情绪。不系行人住。人情却似飞絮。悠扬便逐春风去。(晏几道)
5.86	归田乐	50	［3+7+3+(3+3)+5+3］+［(3+3)+5+(3+4)+5］	黄庭坚词,名《归田乐引》。【笔者按:黄庭坚词双调七十一字,又一体为晁补之、蔡伸,双调五十字,此调应起于北宋。】	春又去。似别佳人幽恨积。闲庭院。翠阴满、添昼寂。一枝梅最好。至今忆。○正梦断、炉烟袅。参差疏帘隔。为何事、年年春恨。问花应会得。(晁补之)

编号	词牌名	字数	节奏形式	产生年代	词例
5.87	惜分飞	50	［7+6+5+7］＊2	此调以此词【笔者按:毛滂词】为正体,宋、元人俱照此填,其余添字,皆变体也。【笔者按:此调应始于北宋。】	泪湿阑杆花着露。愁到眉峰碧聚。此恨平分取。更无言语空相觑。○断雨残云无意绪。寂寞朝朝暮暮。今夜山深处。断魂分付潮回去。(毛滂)
5.88	孤馆深沉	50	［7+5+5+4+4］+［(3+4)+5+3+4+6］	调见宋黄大舆《梅苑》词。【笔者按:此调应始于南宋。】	琼英雪艳岭梅芳。天付与清香。向腊后春前。解压万花。先占东阳。○拟待折、一枝相赠。奈水远天长。对妆面。忍听羌笛。又还空断人肠。(权无染)
5.89	怨三三	50	［7+4+7+(3+3)］+［6+(3+4)+5+4+4］	调见李之仪《姑溪词》,取词中前段结句意为名。【笔者按:李之仪,北宋词人,此调应始于北宋。】	清溪一派泻柔蓝。岸草毵毵。记得黄鹂语画檐。唤狂里、醉重三。○春风不动垂帘。似三五、初圆素蟾。镇泪眼廉纤。何时歌舞。再和池南。(李之仪)
5.90	使牛子	50	［7+6+5+7］＊2	调见曹冠《燕喜词》。【笔者按:曹冠,南宋词人,此调应始于南宋。】	晚天雨霁横雌霓。帘卷一轩月色。纹簟坐苔茵。乘兴高歌饮琼液。○翠瓜冷浸水壶碧。茶罢风生两腋。四座沸欢声。喜我投壶全中的。(曹冠)

编号	词牌名	字数	节奏形式	产生年代	词例
5.91	折丹桂	50	［7+5+7+ (3+3)］＊2	调见《相山词》,送人应举之作,取词中"仙籍桂香浮"句意为名,与《步蟾宫》别名《折丹桂》者不同。【笔者按:正体为北宋王之道词,此调应始于北宋。】	风漪欲皱春江碧。我寄江城北。子今东去赴春官。挽不住、抟风翼。○修程好近天池息。何处堪留客。预知仙籍桂香浮。语祝史、休占墨。（王之道）
5.92	竹香子	50	［6+6+7 +5］+［6+ (3+4)+ 7+6］	调见刘过《龙洲集》。【笔者按:刘过,南宋词人。此调应始于南宋。】	一琐窗儿明快。料想那人不在。熏笼脱下旧衣裳。件件香难赛。○匆匆去得忒煞。这镜儿,也不曾盖。千朝百日不曾来。没这些儿个采。（刘过）
5.93	城头月	50	［7+5+4+ 4+5］＊2	调见李昂英《文溪词》,和广帅马天骥韵,赠道士梁青霞作。【笔者按:李昂英,南宋词人。此调应始于南宋。】	城头月色明如昼。总是青霞有。酒醉茶醒。饥餐困睡。不把双眉皱。○坎离龙虎勤交媾。炼得丹将就。借问罗浮。苏耽鹤侣。还似先生否。（马天骥）
5.94	四犯令	50	［7+5+7+ (3+3)］＊2	调见侯寘《懒窟词》。【笔者按:侯寘,南宋词人。此调应始于南宋。】	月破轻云天淡注。夜悄花无语。莫听阳关牵离绪。拌酩酊、花深处。○明日江郊芳草路。春逐行人去。不是酴醿开独步。能着意、留春住。（侯寘）

编号	词牌名	字数	节奏形式	产生年代	词例
5.95	破字令	50	[5+(3+4)+7+5]+[7+(3+4)+4+4+4]	调见《高丽史·乐志》……此宋赐高丽五羊仙队舞曲也,名曰《唐乐》,故采入以备一体。	缥缈三山岛。十万岁、方分昏晓。春风开遍碧桃花。为东君一笑。○祥飙暂引香尘到。祝嵩龄、后天难老。瑞烟散碧。归云弄暖。一声长啸。(《高丽史·乐志》无名氏)
5.96	花前饮	50	[7+(3+4)+5+(3+3)]＊2	调见宋杨湜《古今词话》,取词中前段结句为名。【笔者按:杨湜,南宋人。此调应起于南宋。】	雨余天色渐寒渗。海棠绽、胭脂如锦。告你休看书。且共我、花前饮。○皓月穿帘未成寝。篆香透、鸳鸯双枕。似恁天色时。你道是、好做甚。(《古今词话》无名氏)
5.97	思越人	51	[3+3+6+7+6]+[7+6+7+6]	调见《花间集》。	古台平。芳草远。馆娃宫外春深。翠黛空留千载恨。教人何处相寻。○绮罗无复当时事。露花点滴香泪。惆怅遥天横渌水。鸳鸯对对飞起。(孙光宪)
5.98	探春令	51	[4+4+4+7+(3+3)]+[7+5+(3+4)+7](宋徽宗)	此调宋人俱咏初春风景,或咏梅花,故名《探春》。……此调有两体,或前段四字三句起,或	帘旌微动。峭寒天气。龙池冰泮。杏花笑吐香红浅。又还是、春将半。○清歌妙舞从头按。等芳

编号	词牌名	字数	节奏形式	产生年代	词例
		52	［7+5+(3+5)+(3+3)］＊2（晏几道）	前段七字一句、五字一句起。【笔者按:前一体正体为宋徽宗词。后一体正体为晏几道词。因晏几道年代早于宋徽宗,本文暂只考虑晏几道一体。】	时开宴。记去年、对着东风。曾许不负莺花愿。(宋徽宗) 绿杨枝上晓莺啼。报融和天气。被数声、吹入纱窗里。又惊起、娇娥睡。○绿云斜觯金钗坠。惹芳心如醉。为少年、湿了鲛绡帕。上都是、相思泪。(晏几道)
5.99	越江吟	51	［7+2+6+3+4+3］+［(3+4)+3+6+3+4+3］	按,宋释文莹《续湘山野录》云:太宗酷爱琴曲十小词,命近臣十人,各探一调,撰一词。苏翰林易简,探得《越江吟》,遂赋此词。【笔者按:词例有二,体例有苏易简与苏轼二体,此调应起于北宋。】	非烟非雾瑶池宴。片片、碧桃冷落谁见。黄金殿。虾须半卷。天香散。○春云和、孤竹清婉。入霄汉。红颜醉态烂漫。金舆转。霓旌影乱。箫声远。(苏易简)
5.100	燕归梁	51	［7+5+7+(3+3)］+［4+4+5+7+(3+3)］	调见《珠玉词》,因词有"双燕归飞绕画堂,似留恋虹梁"句,取以为名。【笔者按:此调始于晏殊词。】	双燕归飞绕画堂。似留恋虹梁。清风明月好时光。更何况、绮筵张。○云衫侍女。频倾桂醑。加意动笙簧。人人心在玉炉香。逢佳会、祝延长。(晏殊)

编号	词牌名	字数	节奏形式	产生年代	词例
5.101	雨中花令	51	[6+6+7+5]+[7+(3+4)+(3+5)+5]	此调始于此词【笔者按:晏殊词】,宋人照此填者,或于前段起句添一字,或于前段第二句添一字,或于后段第二句减一字,或于前后段第三句添一字、摊破句法,一句作两句,其源皆出于此。	剪翠妆红欲就。折得清香满袖。一对鸳鸯眠未足。叶下长相守。○莫傍细条寻嫩藕。怕绿刺、罥衣伤手。可惜许、月明风露好。恰在人归后。(晏殊)
5.102	凤来朝	51	[5+(3+4)+(5+3)+(3+3)]+[6+(3+4)+(3+3)+(3+3)]	调见周邦彦《清真词》。	逗晓看娇面。小窗深、弄明未辨。爱残朱宿粉、云鬟乱。最好是、帐中见。○说梦双娥微敛。锦衾温、酒香未断。待起又、如何拌。任日炙、画楼暖。(周邦彦)
5.103	迎春乐	52	[7+(3+3)+(3+5)+(3+3)]+[(3+4)+(3+4)+6+5]	此体始于晏词【笔者按:晏殊词】,因晏词换头句八字,宋人无照此填者,故取此词【笔者按:柳永词】作谱。	近来憔悴人惊怪。为别后、相思煞。我前生、负汝愁烦债。便苦恁、难开解。○良夜永、牵情无奈。锦被里、余香犹在。怎得依前灯下。恣意怜娇态。(柳永)
5.104	梦仙郎	52	[4+4+(3+4)+5+5]+[6+4+(3	调见张先词集。【笔者按:应始于北宋张先。】	江东苏小。天斜窈窕。都不胜、彩鸾娇妙。春艳上新妆。肌

编号	词牌名	字数	节奏形式	产生年代	词例
			+4）+5+5]		肉过人香。○佳树阴阴池院。华灯绣幔。花月好、岂能长见。离聚此生缘。何计问高天。（张先）
5.105	青门引	52	［5+6+7+4+5]+[7+5+6+7]	调见《乐府雅词》及《天机余锦》词，张先本集不载。【笔者按：词例为张先词一首，应始于北宋张先。】	乍暖还轻冷。风雨晚来方定。庭轩寂寞近清明。残花中酒。又是去年病。○楼头画角风吹醒。入夜重门静。那堪更被明月。隔墙送过秋千影。（张先）
5.106	入塞	52	［3+（3+3）+5+5+3+3]+[7+（3+4）+7+3+3]	古乐府横吹曲有《入塞辞》，调名本此。【笔者按：词例为程垓词一首，程垓为北宋人，传为苏轼中表，于1192年前后在世。】	好思量。正秋风、半夜长。奈银钉一点。耿耿背西窗。衾又凉。枕又凉。○露华凄凄月半床。照得人、真个断肠。窗前谁浸木犀黄。花也香。梦也香。（程垓）
5.107	品令	52	［3+（3+6）+（3+5）+（3+3）]+[6+6+（3+5）+（3+3）]（曹组）	宋人填《品令》者，类作俳语，其句读亦不一，即前段起句，或三字，或四字，或五字不同。今择其尤雅者，各以类列。【笔者按：此词有四体，前两	乍寂寞。帘栊静、夜久寒生罗幕。窗儿外、有个梧桐树。早一叶、两叶落。○独倚屏山欲寐。月转惊飞乌鹊。促织儿、声响虽不大。敢教贤、睡不着。（曹组）

编号	词牌名	字数	节奏形式	产生年代	词例
		55	［4+(3+4)+7+4+5]+［7+5+7+4+5]（周邦彦）	体为52、55字。因本章讨论范围，仅列前两体。正体各为曹组、周邦彦词，因此此调应起于北宋年间。】	夜阑人静。月痕寄、梅梢疏影。帘外曲角阑干近。旧携手处。花雾寒成阵。○应是不禁愁与恨。纵相逢难问。黛眉曾把春山印。后期无定。肠断香销尽。（周邦彦）
5.108	引驾行	52	［4+7+(3+3)+6]+［2+5+7+(3+4)+(3+3)+2]	此调有五十二字者，有一百字者，有一百二十五字者。五十二字词，即一百字词前段，一百二十五字词，亦就一百字词，多五句也。【笔者按:此词五十二字者,词例为晁补之。一百字词例者为柳永。可见此调应起于北宋年间。】	梅梢琼绽。东风次第开桃李。痛年年、好风景。无事对花垂泪。○园里。旧赏处幽葩。柔条一一动芳意。恨心事、春来间阻。忆年时、把罗袂。雅戏。（晁补之）
5.109	寻芳草	52	［5+(3+4)+(3+5)+(3+3)]＊2	调见《稼轩词》。【笔者按:此调应起于辛弃疾。】	有得许多泪。更闲却、许多鸳被。枕头儿、放处都不是。旧家时、怎生睡。○更也没书来。那堪被、雁儿调戏。道无书、却有书中意。排几个、人人字。（辛弃疾）

编号	词牌名	字数	节奏形式	产生年代	词例
5.110	珍珠令	52	[7+3+(3+4)+5+5]+[7+(3+4)+2+5+4]	调见张炎《山中白云词》。……张炎自度曲。	桃花扇底歌声杳。愁多少。便觉道、花阴闲了。因甚不归来。甚归来不早。○满院飞花休要扫。待留与、薄情知道。知道。怕一似飞花。和春都老。(张炎)
5.111	折花令	52	[4+7+(3+3)+5+4]＊2	调见《高丽史·乐志》。……此高丽《抛球乐》舞队曲也,因所用唐乐,故采之。	翠幕华筵。相将正是多欢宴。举舞袖、回旋遍。罗绮簇宫商。共歌清羡。○莫惜沉醉。琼浆泛泛金尊满。当永日、长游衍。愿燕乐嘉宾。嘉宾式燕。(《高丽史·乐志》无名氏)
5.112	红窗迥	53	[3+3+5+5+4+6+5]+[7+5+4+6+5]	调见周邦彦《片玉词》。	几日来。真个醉。早窗外乱红。已深半指。花影被风摇碎。拥春醒未起。○有个人人生济楚。向耳边问道。今朝醒未。情性漫腾腾地。恼得人越醉。(周邦彦)
5.113	红罗袄	53	[5+5+5+4+4+4]+[(3+4)+6+5+(3+5)]	唐教坊曲名。……此词前段第一、二句及三、四、五、六句,例作对偶。【笔者按:词例仅周邦	画烛寻欢去。赢马载愁归。念取酒东垆。尊罍虽近。采花南圃。蜂蝶须知。○自分袂、天阔鸿稀。空怀

续表

编号	词牌名	字数	节奏形式	产生年代	词例
				彦一首，大概始于周邦彦。】	梦约心期。楚客忆江蓠。算宋玉、未必为秋悲。（周邦彦）
5.114	撷芳词	54	［3+3+7+3+3+4+4］*2	《古今词话》云：政和间，京师妓之姥，曾嫁伶官，常入内教舞，传禁中《撷芳词》以教其妓，人皆爱其声，又爱其词，类唐人所作。张尚书帅成都，蜀中传此词，竞唱之，却于前段下添"忆忆忆"三字，后段下添"得得得"三字，又名《摘红英》，殊失其义。不知禁中有撷芳园，故名《撷芳词》也。按，程垓词名《折红英》，曾觌词名《清商怨》，吕渭老词名《惜分钗》，陆游因词中有"可怜孤似钗头凤"句，改名《钗头凤》。《能改斋漫录》无名氏词名《玉珑璁》。	风摇动。雨蒙茸。翠条柔弱花头重。春衫窄。香肌湿。记得年时。共伊曾摘。○都如梦。何曾共。可怜孤似钗头凤。关山隔。晚云碧。燕儿来也。又无消息。（《古今词话》无名氏）
		60	［3+3+7+3+3+4+4+1+1+1］*2		春愁远。春梦乱。凤钗一股轻尘满。江烟白。江波碧。柳户清明。燕帘寒食。忆。忆。忆。○莺声晚。箫声短。落花不许春拘管。新相识。休相失。翠陌吹衣。画楼横笛。得。得。得。（史达祖）
		60	［3+3+7+3+3+4+4+1+1+1］*2		世情薄。人情恶。雨送黄昏花易落。晓风干。泪痕残。欲笺心事。独语斜阑。难。难。难。○人成各。今非昨。病魂尝似秋千索。角声寒。夜阑珊。怕人寻问。咽泪装欢。瞒。瞒。瞒。（宋媛唐氏）

编号	词牌名	字数	节奏形式	产生年代	词例
5.115	浪淘沙令	54	［5+4+7 +7+4］＊2	【笔者按:最早词例为南唐李煜词,应始于李煜。】	帘外雨潺潺。春意阑珊。罗衾不耐五更寒。梦里不知身是客。一晌贪欢。○独自莫凭阑。无限江山。别时容易见时难。流水落花春去也。天上人间。(李煜)
5.116	江月晃重山	54	［6+6+7 +3+5］＊2	调见杨慎《词林万选》,每段上三句《西江月》体,下二句《小重山》体。【笔者按:词例为陆游所作,大概始于南宋。】	芳草洲前道路。夕阳楼上阑干。碧云何处问归鞍。从军客。耽乐不思还。○洞里神仙种玉。江边骚客滋兰。鸳鸯沙暖鹡鸰寒。菱花晚。不奈鬓毛斑。(陆游)
5.117	南乡一剪梅	54	［5+7+7 +4+4］＊2	每段上三句《南乡子》体,下二句《一剪梅》体。【笔者按:词例为南宋虞集一首,应始于南宋。】	南阜小亭台。薄有山花取次开。寄语多情熊少府。晴也须来。雨也须来。○随意且衔杯。莫惜春衣坐绿苔。若待明朝风雨过。人在天涯。春在天涯。(虞集)
5.118	一七令	55	1+2+2+ 3+3+4+ 4+5+5+ 6+6+7+7	按,计敏夫《唐诗纪事》:白乐天分司东洛,朝贤悉会兴化池亭送别,酒酣,各请一字至七字诗,以题为韵,	诗。绮美。瑰奇。明月夜。落花时。能助欢笑。亦伤别离。调清金石怨。吟苦鬼神悲。天下只应我爱。世间惟有

编号	词牌名	字数	节奏形式	产生年代	词例
				后遂沿为词调。【笔者按:词例最早为白居易一首,又有韦式、张南史数首。】	君知。自从都尉别苏句。便到司空送白辞。(白居易)
5.119	河传	55	2+2+3+6+7+2+5+7+3+5+3+3+2+5	按,《河传》之名,始于隋代,其词则创自温庭筠。《花间集》所载唐词,句读韵叶,颇极参差,然约计不过三体。	湖上。闲望。雨萧萧。烟浦花桥路遥。谢娘翠蛾愁不销。终朝。梦魂迷晚潮。荡子天涯归棹远。春已晚,莺语空肠断。若邪溪。溪水西。柳堤。不闻郎马嘶。(温庭筠)
5.120	金凤钩	55	[3+3+(3+4)+4+4+6]+[7+(3+4)+4+4+6]	见晁补之《琴趣外篇》。【笔者按:词例最早为晁补之之词,应起于北宋年间。】	春辞我。向何处。怪草草、夜来风雨。一簪华发。少欢饶恨。无计殢春且住。○春回常恨寻无路。试向我、小园徐步。一阑红药。倚风含露。春自未曾归去。(晁补之)
5.121	凤衔杯	56	[7+(3+4)+(4+5)+(3+3)]+[3+3+(3+4)+(6+3)+5](仄韵)	此调有平韵、仄韵两体。【笔者按:平、仄韵最早词例均为晏殊之作,应始于北宋晏殊。】	青蘋昨夜秋风起。无限个、露莲相倚。独凭朱阑、愁放晴天际。空目断、遥山翠。○彩笺长。锦书细。谁信道、两情难寄。可惜良辰好景、

编号	词牌名	字数	节奏形式	产生年代	词例
					欢娱地。只恁空憔悴。（晏殊）
		56	［7+(3+4)+(6+3)+(3+3)］+［3+3+(3+4)+9+5］（平韵）		柳条花颢恼青春。更那堪、飞绿纷纷。一曲细丝清脆、倚朱唇。斟绿酒、掩红巾。○追往事。惜芳辰。暂时间、留住行云。端的自家心下眼中人。到处觉尖新。（晏殊）
5.122	鹊桥仙	56	［4+(4+6)+7+(3+4)］+［4+4+6+7+(3+4)］	此调有两体,五十六字者始自欧阳修,因词中有"鹊迎桥路接天津"句,取为调名。……八十八字者始自柳永。……此调多赋七夕。	月波清霁。烟容明淡、灵汉旧期还至。鹊迎桥路接天津。映夹岸、星榆点缀。○云屏未卷。仙鸡催晓。肠断去年情味。多应天意不教长。恁恐把、欢娱容易。（欧阳修）
5.123	翻香令	56	［7+7+(3+3)+(3+5)］＊2	此调始自苏轼。	金炉犹暖麝煤残。惜香爱把宝钗翻。重匀处、余熏在。这一般、气味胜从前。○背人偷盖小重山。更拈沈水与同然。且图得、氤氲久。为情深、嫌怕断头烟。（苏轼）

编号	词牌名	字数	节奏形式	产生年代	词例
5.124	茶瓶儿	56	[7+(3+4)+5+4+5]+[7+7+5+4+5]	调见《花庵词选》，始自北宋李元膺，至南宋赵彦端、石孝友二家，又摊破两结句法，减去两起句字，自成新声。	去年相逢深院宇。海棠下、曾歌金缕。歌罢花如雨。翠罗衫上。点点红无数。○今岁重寻携手处。空物是人非春暮。回首青云路。乱英飞絮。相逐东风去。（李元膺）
5.125	卓牌子	56	[5+(3+4)+6+6+4]+[5+(3+4)+6+4+6]	此调有两体，五十六字者始自杨无咎，一名《卓牌子令》。【笔者按:应始于南宋。】	西楼天将晚。流素月、寒光正满。楼上笑揖姮娥。似看罗袜尘生。鬓云风乱。○珠帘终夕卷。判不寐、阑干凭暖。好在影落清尊。冷侵香幄。欢余未教人散。（杨无咎）
5.126	市桥柳	56	[(3+4)+6+6+(3+5)]+[7+(3+6)+(3+3)+(3+4)]	调见《齐东野语》，因第二句有"折尽市桥官柳"句，取以为名。【笔者按:《齐东野语》，南宋周密著。此调应起于南宋。】	欲寄意、浑无所有。折尽市桥官柳。看君著上征衫。又相将、放船楚江口。○后会不知何日又。是男儿、休要镇长相守。苟富贵、无相忘。若相忘、有如此酒。（《齐东野语》蜀妓）

编号	词牌名	字数	节奏形式	产生年代	词例
5.127	一斛珠	57	[4+7+7+4+5]+[7+7+7+4+5]	【笔者按：词例有李煜、张先、周邦彦等词。最早为李煜词，应起于李煜。】	晚妆初过。沉檀轻注些儿个。向人微露丁香颗。一曲清歌。暂引樱桃破。○罗袖裛残殷色可。杯深旋被香醪涴。绣床斜凭娇无那。烂嚼红茸。笑向檀郎唾。（李煜）
5.128	夜游宫	57	[6+(3+4)+7+3+3+3]+[5+(3+4)+7+3+3+3]	【笔者按：词例最早为毛滂词，应起于北宋。】	长记劳君送远。柳烟重、桃花波暖。花外溪城望不见。古槐边。故人稀，秋鬓晚。○我有凌霄伴。在何处、山寒云乱。何不随君弄清浅。见伊时。话阳春。山数点。（毛滂）
5.129	梅花引	57	[3+3+7+3+3+4+5]+[7+7+3+3+4+5]	【笔者按：词例仅贺铸一首，应起于北宋。】	城下路。凄风露。今人犁田古人墓。岸头沙。带蒹葭。漫漫昔时。流水今人家。○黄埃赤日长安道。倦客无浆马无草。开函关。闭函关。千古如何。不见一人闲。（贺铸）
5.130	家山好	57	[7+3+3+7+3+3+3]+[7+5+4	调见《湘山野录》。【笔者按：《湘山野录》，北宋笔记。此	挂冠归去旧烟萝。闲身健。养天和。功名富贵非由我。莫贪他。

编号	词牌名	字数	节奏形式	产生年代	词例
			+7+5】	调应始于北宋。】	者岐路。足风波。〇水晶宫里家山好。物外胜游多。晴溪短棹。时时醉唱捏梭罗。天公奈我何。(《湘山野录》无名氏)
5.131	步虚子令	57	〔7+5+4+6+3+3〕+〔7+3+3+4+6+3+3〕	调见《高丽史·乐志》。……此宋赐高丽乐中,《五羊仙》舞队曲也,采以备体。	碧云笼晓海波闲。江上数峰寒。佩环声里。异香飘落人间。弭绛节。五云端。〇宛然共指嘉禾瑞。开一笑。破朱颜。九重晓阙。望中三祝高天。万万载。对南山。(《高丽史·乐志》无名氏)
5.132	小重山	58	〔7+(5+3)+7+(3+5)〕+〔5+(5+3)+7+(3+5)〕	此调以此词【笔者按:薛昭蕴词】为正体,宋、元词俱照此填。【笔者按:薛昭蕴,五代前蜀人。此调应起于《花间集》。】	春到长门春草青。玉阶华露滴、月胧明。东风吹断玉箫声。宫漏促、帘外晓啼莺。〇愁起梦难成。红妆流宿泪、不胜情。手挼裙带绕花行。思君切、罗幌暗尘生。(薛昭蕴)
5.133	接贤宾	59	〔7+5+6+4〕+〔7+6+7+6+3+3+5〕	此调有两体,五十九字者始于毛文锡词,一百十七字者始于柳永词。【笔	香鞯镂襜五花骢。值春景初融。流珠喷沫蹀躞。汗血流红。〇少年公子能乘

编号	词牌名	字数	节奏形式	产生年代	词例
				者按:词例为毛文锡一首,应起于《花间集》。]	驭。金镳玉辔珑璁。为惜珊瑚鞭不下。骄生百步千踪。信穿花。从拂柳。向九陌追风。(毛文锡)
5.134	恨春迟	59	[7+(3+4)+5+5+5]+[7+(3+4)+6+4+6]	调见张先词集。	好梦才成成又断。因晚起、云朵梳鬟。秀脸拂轻红。滴入娇眉眼。薄衣减春寒。○红柱溪桥波平岸。画阁外、落日西山。不忿闲花并蒂。秋藕连根。何时重得双莲。(张先)
5.135	惜琼花	60	[3+3+5+4+7+4+4]*2	调见张先词集。	汀蘋白。苕水碧。每逢花驻乐。随处欢席。别时携手看春色。萤火而今。飞破秋夕。○汴河流。如带窄。任身轻似叶。何计归得。断云孤鹜青山极。楼上徘徊。无尽相忆。(张先)
5.136	朝玉阶	60	[7+5+3+7+(5+3)]*2	见杜安世《寿域词》。【笔者按:杜安世,约北宋时人。此词牌起于北宋。】	帘卷春寒小雨天。牡丹花落尽。悄庭轩。高空双燕舞翩翩。无风轻絮坠、暗苔钱。○拟将幽怨写香笺。中心多少事。语难传。思量真个恶姻缘。那堪长梦见、在伊边。(杜安世)

编号	词牌名	字数	节奏形式	产生年代	词例
5.137	散天花	60	[7+5+3+7+(5+3)]＊2	唐教坊曲名。……此调与《朝玉阶》同,只后段起句平仄异。【笔者按:词例选北宋词人舒亶一首,应起于北宋。】	云淡长空落叶秋。寒江烟浪尽。月随舟。西风偏解送离愁。声声南去雁、下汀洲。○无奈多情去复留。骊歌齐唱罢。泪争流。悠悠别恨几时休。不堪残酒醒、凭危楼。(舒亶)
5.138	荷华媚	60	[5+(3+6)+5+4+5]+[(3+5)+5+4+(3+3)+4+5]	调见东坡词集,即赋题本意也。……此词两结句,俱上一下四句法,填者宜遵之。【笔者按:词例仅苏轼一首,应始于苏轼。】	霞苞露荷碧。天然地、别是风流标格。重重青盖下。千娇照水。好红红白白。○每怅望、明月清风夜。甚低迷不语。夭邪无力。终须放、船儿去。清香深处。任看伊颜色。(苏轼)
5.139	少年心	60	[6+(3+4)+6+4+(3+4)]+[6+(3+4)+5+4+(3+5)]	调见《山谷词》。【笔者按:应起于北宋黄庭坚。】	对景惹起愁闷。染相思、病成方寸。是阿谁先有意。阿谁薄幸。斗顿恁、少喜多嗔。○合下休传音问。你有我、我无你分。似合欢核桃。真堪人恨。心儿里、有两个人人。(黄庭坚)
5.140	七娘子	60	[7+(3+5)+4+4+7]＊2	【笔者按:词例选毛滂词为正体,似乎词牌起于北宋年	山屏雾帐玲珑碧。更倚窗、临水新凉入。雨短烟长。柳桥

编号	词牌名	字数	节奏形式	产生年代	词例
				间。】	萧瑟。这番一日凉一日。○离多绿鬓年时白。这离情、不似而今惜。云外长安。斜晖脉脉。西风吹梦来无迹。(毛滂)
5.141	锦帐春	60	[4+4+7+3+3+5+4]＊2	此调以辛词、程词为正体。【笔者按:词例最早为辛弃疾一首,应起于南宋。】	春色难留。酒杯常浅。把旧恨新愁相间。五更风、千里梦。看飞红几片。这般庭院。○几许风流。几般娇懒。问相见何如不见。燕飞忙。莺语乱。恨重帘不卷。翠屏天远。(辛弃疾)
5.142	唐多令	60	[5+5+(3+4)+7+(3+3)]＊2	此调以此词【笔者按:刘过词。此调应起于南宋】为正体,宋、元人俱如此填。	芦叶满汀洲。寒沙带浅流。二十年、重过南楼。柳下系船犹未稳。能几日、又中秋。○黄鹤断矶头。故人曾到不。旧江山、浑是新愁。欲买桂花同载酒。终不似、少年游。(刘过)
5.143	后庭宴	60	[4+4+7+7+7]+[6+6+4+5+5+5]	《庚溪诗话》云:宋宣和中,掘地得石刻唐词,调名《后庭宴》。……此词前段近《踏莎行》,后段字句又与前段	千里故乡。十年华屋。乱魂飞过屏山簇。眼重眉褪不胜春。菱花知我销香玉。○双双燕子归来。应解笑人幽独。

编号	词牌名	字数	节奏形式	产生年代	词例
				不同。《庚溪诗话》定为唐词,然无别首可校。	断歌零舞。遗恨清江曲。万树绿低迷。一庭红扑薮。(《庚溪诗话》无名氏)
5.144	玉堂春	61	[4+6+4+4+4+5+7]+[6+5+4+5+7]	调见《珠玉集》。【笔者按:起自晏殊。】	斗城池馆。二月春风烟暖。绣户珠帘。日影初长。玉辔金鞍。缭绕沙堤路。几处行人映绿杨。○小槛朱阑回倚。千花浓露香。脆管清弦。欲奏新翻曲。依约林间坐夕阳。(晏殊)
5.145	系裙腰	61	[7+(3+3)+7+4+3+3]+[7+(3+3)+7+4+4+3]	调见张先词集。宋媛魏氏词,名《芳草渡》。【笔者按:起自张先。】	清霜蟾照夜云天。朦胧影、画勾阑。人情纵似长情月。算一年年。又能得。几番圆。○欲寄西江题叶字。流不到、五亭前。东池始有荷新绿。尚小如钱。问何日藕。几时莲。(张先)
5.146	破阵子	62	[6+6+7+7+5]*2	唐教坊曲名,一名《十拍子》。陈旸《乐书》云:唐《破阵子乐》,属龟兹部,秦王所制,舞用二千人,皆画衣	海上蟠桃易熟。人间秋月长圆。惟有擘钗分钿侣。离别常多会面难。此情须问天。○蜡烛到明垂泪。熏炉尽日生

编号	词牌名	字数	节奏形式	产生年代	词例
				甲,执旗旆,外藩镇春衣犒军设乐,亦舞此曲,兼马军引入场,尤壮观也。按,唐《破阵乐》,乃七言绝句,此盖因旧曲名,另度新声。……此调始自此词【笔者按:晏殊词】,宋词俱照此填。	烟。一点凄凉愁绝意。漫道秦筝有剩弦。何曾为细传。(晏殊)
5.147	苏幕遮	62	[3+3+4+5+7+4+5]*2	唐教坊曲名。按,《唐书·宋务光传》:此见都邑坊市,相率为浑脱队,骏马戎服,名苏幕遮。又按,张说集有《苏幕遮》七言绝句,宋词盖因旧曲名,另度新声也。……此调只有此体【笔者按:范仲淹一体】,宋、元人俱如此填。	碧云天。黄叶地。秋色连波。波上含烟翠。山映斜阳天接水。芳草无情。更在斜阳外。○黯乡魂。追旅思。夜夜除非。好梦留人睡。明月楼高休独倚。酒入愁肠。化作相思泪。(范仲淹)
5.148	摊破南乡子	62	[5+(3+4)+7+4+4+4]*2	此调以此词【笔者按:程垓词】为正体,宋、元人俱如此填。【笔者按:程垓为北宋人,传为苏轼中表,于1192年前后在世。】	休赋惜春诗。留春住、说与人知。一年已负东风瘦。说愁说恨。数期数刻。只望归时。○莫怪杜鹃啼。真个也、唤得人归。归来休恨花开了。梁间燕子。且教知道。人也双飞。(程垓)

续表

编号	词牌名	字数	节奏形式	产生年代	词例
5.149	明月逐人来	62	[4+4+(3+4)+4+5+6]+[4+6+(3+4)+4+5+6]	按,《能改斋漫录》云:李持正自撰谱,盖因词有"皓月随人近远"句,故名。【笔者按:李持正为北宋人,政和五年进士。】	星河明澹。春来深浅。红莲正、满城开遍。禁街行乐。暗尘香拂面。皓月随人近远。○天半鳌山。光动风楼西观。东风静、珠帘不卷。玉辇待归。云外闻弦管。认得宫花影转。(李持正)

这类词牌的主要特色是其中没有哪种句式占据一半或一半以上的数量,即由各种不同句式组合而成,在词牌中较多。以上一一列出,共 149 种。这类词牌多出现于词已经发展到较为成熟的时期以后。词兴于唐而盛于宋,唐代词体初起之时,这类词牌并不太多。因词初起时,词人往往是将五七言近体诗、六言诗加以修改而成词。晚唐五代之后,二、三、四、五、六、七言混合而成的词牌数量开始变得相当多。近人研究发现,《花间集》中温庭筠等人已经在小令创作时不再满足五七言近体诗的固有格式,而是极力探索所有不同字数句之排列组合之可能性,宋人则承袭之并加以平仄配置上的某些变化或拓展①。

———————

①龙榆生先生曾对《花间集》中由二、三、四、五、六、七言诸种句法变换结合构成之小令加以举例分析,参龙榆生:《令词之声韵组织》,收入《龙榆生词学论文集》,上海:上海古籍出版社,1997 年版,页 165—175。

第二节　小令节奏的历史发展和审美特征

以上的词牌列表帮助我们直观地了解小令词牌的分布状况,梳理清楚小令节奏的大小类别。这里,笔者将进一步综合分析这些列表,进而勾勒小令节奏从近体诗到词本色,由简到杂的发展过程,探究此"诗变"过程不同阶段的特点,以及词"杂"节奏兴起在古典诗歌史上的重要意义。为了清晰起见,笔者试把自己综合分析的结果归纳为以下七点。

其一,词牌的类别和数目统计告诉我们,近体诗对小令的影响巨大,远远超过学界现存的认识。龙榆生、高友工等前辈学者率先研究近体诗与小令的关系,通过比较分析个别具体作品,揭示前者对后者的影响,但这种影响的程度如何,似乎并没有深入讨论。笔者认为,量化的统计不失为帮助解答此问题的好方法。以上五类词牌的头三类都是近体诗不同程度的衍生物。沿用近体诗的词牌有 24 种,近体诗增减字而成的词牌有 57 种,五、七言句为主的词牌有 26 种,三者共占小令总数的 34.4%。

其二,仔细比较这三类词牌小类的数目,不难看出,七言律诗对小令的影响比五言律诗要大,而七言绝句比五言绝句则更不用说,24(7+17)比 5(3+2)之悬殊。详情下表一目了然,无须赘述。

词牌类别	五言绝句	七言绝句	五言律诗	七言律诗
完全沿用近体诗体式的词牌	3	7	3	11
近体诗增减字而成的词牌	2	17	9	29
五、七言句为主的词牌			9	17

其三,词牌列表中"节奏形式"和"词例"两项表明,词人对近体诗节奏的改造是一个循序渐进,由易到难,乃至完全彻底的历史过程。在《钦定词谱》中,沿用五、七言绝句体式的词牌绝大多数列为唐教坊曲。据唐崔令钦《教坊记》残本,开元天宝期间,俗乐繁荣,教坊十分发达。这些词牌多半是产生于盛唐时期。这些词牌对近体诗的改造限于韵律和结构方面,如使用仄韵,摒弃近体诗格律,把律诗八句改为上下两片,犹如连用两首绝句等等。同时,其他几类词牌也有小部分被列为唐教坊曲。可见,在近体诗体式之外创作词牌的努力在盛唐就开始了。

时至晚唐,词人已不爱完全沿用近体诗体式,而更追崇其他类别的词牌。例如,《花间集》选温庭筠词66首,词牌18种,其中《菩萨蛮》《归国遥》《南歌子》《女冠子》《玉蝴蝶》5种是近体诗增减字而成,而完全沿用近体诗体式的词牌只有《杨柳枝》1种。同时,温氏还用了三言为主的《更漏子》《酒泉子》,六言为主的《清平乐》,以及混合多种字数句的《定西番》《遐方怨》《诉衷情》《思帝乡》《梦江南》《河传》《蕃女怨》《荷叶杯》等词牌。《花间集》选韦庄词25首,词牌类别分布与温词大致相同。由此可见,晚唐词人已冲破五、七言句的樊篱,创作出体现词"杂而美"本色的杰作。

然而,到了宋代,文人词人对近体诗,尤其是七律,又产生了极浓厚的兴趣。上表列出了 11 种完全沿用七律体式的词牌,据《钦定词谱》,除了成于唐教坊的《瑞鹧鸪》、五代后蜀顾夐《玉楼春》和李煜的《虞美人》,而其他 8 种均为宋人所创,其中包括起自北宋柳永的《思归乐》、毛滂的《遍地锦》、苏庠的《清江曲》、南宋张元干《楼上曲》、黄庭坚的《步蟾宫》,等等。一个值得注意的新倾向是,这些创于宋代的词牌都将两个以上七言句从 4+3 诗节奏改为 3+4 词节奏,只有苏庠的《清江曲》一个例外。毛滂的《遍地锦》第一句用 4+3,接下来连用七个 3+4 句。这样的改造可谓是脱胎换骨,律诗体式近乎名实俱亡。

其四,词牌列表中"节奏形式"一项彰显了词"杂"节奏的独特之处。杂言并非是专属于词的特色,汉魏六朝乐府诗和唐代七言歌行中都有不少杂言诗。在多数杂言诗中,整首诗仍然都是以五、七言为主,间或夹杂有少数其他字数的诗句。例如,《唐诗三百首》中七言古诗与七言乐府两卷共 43 首,其中夹带杂言的有以下 18 首:

《唐诗三百首》中杂言七言古诗和七言乐府		
杂言类别	篇名	杂言位置
间杂三言	1. 岑参《走马川行奉送封大夫出师西征》	首
	2. 杜甫《韦讽录事宅观曹将军画马图》	尾
	3. 元结《石鱼湖上醉歌》	首、中
	4. 李白《长相思(其一)》	首、尾
	5. 李白《行路难》	中

《唐诗三百首》中杂言七言古诗和七言乐府		
杂言类别	篇名	杂言位置
间杂五言	6. 李颀《古意》	首
	7. 李白《庐山谣寄卢侍御虚舟》	首
	8. 李白《长相思(其二)》	尾
	9. 杜甫《丽人行》	中
间杂四言	10. 李白《宣州谢朓楼饯别校书叔云》	首
间杂九言	11. 李商隐《韩碑》	尾
兼三、五言	12. 李颀《听董大弹胡笳声兼寄语弄房给事》	中
	13. 高适《燕歌行》	尾
	14. 李白《将进酒》	首、中
	15. 杜甫《兵车行》	首、中
兼三、四、五言	16. 李白《蜀道难》	首、中、尾
兼四、五、六、九言	17. 李白《梦游天姥吟留别》	首、中、尾
不规则散文句	18. 陈子昂《登幽州台歌》	

在这 18 首中的杂言诗句,较之七言的主体部分,数量是很小的。与此情况相反,在脱离近体诗束缚的后三类小令词牌里,六十二字之内的短小篇幅里频繁换用不同字数句,所谓"杂"往往已不是齐言主体"间杂"其他字数句,而是不同字数句平等的相互杂糅。但若把诗体杂言与词小令的节奏形式作比较,我们不难看到两者本质的不同。

杂言在诗、词二体中所占比例和出现频率都显示巨大的差异。

笔者认为,这一现象是杂言功能转变所造成的。在诗体中,杂言句主要在篇章结构层次上起作用。如上表所示,它们通常出现在篇首或篇末,而在篇中出现的频率要低很多。篇首的杂言句往往起着引起注意力的作用,如李白《将进酒》开端之"君不见";篇末的杂言句往往起着总结的作用,如李白《长相思》末尾之"长相思,摧心肝!"二句;篇中的杂言句则往往起着连接不同叙述板块的作用。

　　相反,小令杂言句的主要作用并非是引发、连接或总结。即使在五言、七言句为主的词牌中,五、七言部分并不构成庞大的叙事板块,故无须使用杂言句搭建篇章结构。小令中不同字数句频繁变换,主要是为了把长短不一的散文句引入词体,以求更好地配合乐谱,用更加贴切自然的言语抒发情感。散文句长短没有限制,完全由言情表意的需要而定,因而,从一言句到九言或更长的句,词人都不拘一格予以使用,不像诗体作者那样,基本限于用三、四、五、七言句。计有功《唐诗纪事》记载有关词牌《一七令》起源的逸事足以说明这点:

　　§9.4
　　　白乐天分司东洛,朝贤悉会兴化池亭送别,酒酣,各请一字至七字诗,以题为韵,后遂沿为词调。单调五十五字,十三句,七平韵:
　　　　白居易
　　　诗。绮美。瑰奇。明月夜。落花时。能助欢笑。亦伤别离。调清金石怨。吟苦鬼神悲。天下只应我爱。世间惟

　　有君知。自从都尉别苏句。便到司空送白辞。①

　　同时，这段逸事又彰示诗杂句用法对白居易影响何等之深。这首
游戏打趣的作品后来虽被称为《一七令》，但严格来说是诗，而不
是词。白氏每换用一种新的句数，必定使用一联，绝不用单句。
这正是诗体中变换不同字数句的典型手法。例如在上表所收含
有杂言的 18 首七言诗中，每次引入杂言多用两句或数联，若使用
单句杂言，不管是套语"君不见"还是正常诗句，其必定与下面的
七言句结合为一个完整的句子，如"与君歌一曲，请君为我倾耳
听"（李白《将进酒》）、"弃我去者，昨日之日不可留"（《宣州谢朓
楼饯别校书叔云》）诸例。但在成熟的词中，不同字数句的变换经
常是以单句为单位的，原因似乎很简单，我们说话所用散文句的
长短和停顿，是随思想情感跌宕起伏的节奏而灵活变化的，该用
单句就用单句，该用一联就用一联，绝不会墨守以双句为变换单
位的陈规。与诗中情况截然不同，词中的杂句往往是意思完整的
独立句子，如"帘外雨潺潺。春意阑珊。罗衾不耐五更寒。梦里
不知身是客。一晌贪欢。独自莫凭栏。无限江山。别时容易见
时难。流水落花春去也。天上人间"（李煜《浪淘沙令》）。总而
言之，只需看看以上词牌列表中"节奏形式"一项，小令这种杂而
灵动多变的自然节奏就跃然纸上。
　　其五，小令节奏由"诗变"而来，但其抒情的作用却是青出于
蓝而胜于蓝。词牌与情感的紧密关系已为近人所注意。例如刘

---

①刘坡公著：《学词百法》，上海：上海古籍书店，1982 年版，页 46。

坡公《学词百法》就指出,不同的词牌适合表达不同的情感,而作词者要根据自己要抒发的情感选择词牌:

§9.5

　　词之题意,不外言情、写景、纪事、咏物四种。题意与音调相辅以成,故笔者拈得题目。最宜选择调名。盖选调得当,则其音节之抑扬高下,处处可以助发其意趣。其法须将各调音节烂熟胸中,而后始有临时选择之能力。惟是词调多至千有余体,何题宜用何调,岂能一一记忆。神而明之,仍在学者。兹试述其大略于下:

　　《满江红》《念奴娇》《水调歌头》三体,宜为慷慨激昂之词。

　　小令《浪淘沙》,音调尤为激越,用之怀古抚今最为适当。

　　《浣溪沙》《蝶恋花》二体,音节和婉,笔者最多,宜写情,亦宜写景。

　　《临江仙》《凄清道上》二体,最宜用于写情,对句两两作结,句法更见挺拔。

　　《洞仙歌》,宛转缠绵,可以写情,可以纪事,一叠不足,作若干叠者更妙。

　　《祝英台近》,顿挫得神,用以纪事,亦甚佳妙。

　　《齐天乐》,音调高隽,宜用于写秋景之词。

　　《金缕曲》,宜用以写抑郁之情。此调变体甚多。别名《贺新郎》,可赋本意,用以贺婚。

　　《沁园春》,多四字对句,宜于咏物。别名《寿星明》,可

　　赋本意。用以祝寿。

　　《高阳台》,跌宕生姿,亦为写情佳调。①

刘氏显然认为,词的音调抑扬多变,与情感跌宕起伏的节奏是相
通的,因而特定词牌与特定的情感有着紧密的联系,为作词者提
供了极大的方便。刘氏的观点是正确的,但忽视了字句节奏这个
比音调格律更为原始、更为重要的因素。在齐梁诗人发现汉语四
声、着手制定音律之前,字句长短变化的节奏一直是文章加强情
感表达的主要手段。即使在入律的近体诗和词风靡天下的唐宋
时期,古文家们仍不断强调字句长短节奏在以文明道大业中的重
要作用。为了适应抒情的需要,唐宋词人大量采用长短不一的散
文句,并通过配平仄声律、密集用韵等方法将它们诗化,从而制作
出数以百计像散文句那样灵活多变,而又富有优美音乐性,抒情
效果甚佳的词牌。

　　其六,以上词牌列表不仅显示出节奏类别的繁杂,而且还点
明了单独词牌自身之"杂"。正如笔者在列出表格前所强调,表中
列举的节奏形式都是正体。顾名思义,有正体,就必然有变体。
的确,在《钦定词谱》里,大部分词牌都列有两三个异体。所谓变
体,通常是在不改变全词字数的前提下,调整个别诗行的字数或
者改变句读的位置。明人杨慎《词品》"填词句参差不同"条有此
记载:

---

① 刘坡公著:《学词百法》,页 46。

§9.6

　　填词平仄及断句皆定数,而词人语意所到,时有参差。如秦少游《水龙吟》前段歇拍句云:"红成阵、飞鸳鸯。"换头落句云:"念多情但有,当时皓月,照人依旧。"以词意言,"当时皓月"作一句,"照人依旧"作一句。以词调拍眼,"但有当时"作一拍,"皓月照"作一拍,"人依旧"作一拍,为是也。维扬张世文云:陆放翁《水龙吟》,首句本是六字,第二句本是七字。若"摩诃池上追游客"则七字。下云"红绿参差春晚",却是六字。又如后篇《瑞鹤仙》,"冰轮桂花满溢"为句,以满字叶,而以溢字带在下句。别如二句分作三句,三句合作二句者尤多。然句法虽不同,而字数不少。妙在歌者上下纵横取协尔。古诗亦有此法,如王介甫"一读亦使我,慨然想遗风"是也。①

秦观、陆游按照语义改变每句字数,恰如杨氏所评述:"句法虽不同,而字数不少。妙在歌者上下纵横取协尔。"词人既可用现成的变体,也可自己创造新的变体来满足音乐表演和自己抒情的具体需要。

　　如果词人仍不满意,还可以自行增加或减少词牌的总字数,正如《钦定词谱》如下的描述:

§9.7

　　《木兰花令》,始于韦庄,系五十五字,全用仄韵者。……

---

① 杨慎:《词品》卷之一,《词话丛编》第1册,页436。

自南唐冯延巳,制《偷声木兰花》,五十字,前后起两句,仍作
仄韵七言,结处乃偷平声,作四字一句、七字一句,始有两仄
两平四换韵体。①

(《偷声木兰花》)此调亦本于《木兰花令》,前后段第三
句,减去三字,另偷平声,故云偷声。若《减字木兰花》,前后
段起句四字,则又从此调减去三字耳。②

增减字数后的词牌时常被冠以"摊破""减字""促拍""添声""偷
声"等称号,有时则被冠以新的词牌名。陆游《钗头凤》便是著名
的一例:

§9.8

《古今词话》云:政和间,京师妓之姥,曾嫁伶官,常入内
教舞,传禁中《撷芳词》以教其妓,人皆爱其声,又爱其词,类
唐人所作。张尚书帅成都,蜀中传此词,竞唱之,却于前段下
添"忆忆忆"三字,后段下添"得得得"三字,又名《摘红英》,
殊失其义。不知禁中有撷芳园,故名《撷芳词》也。按,程垓
词名《折红英》,曾觌词名《清商怨》,吕渭老词名《惜分钗》,
陆游因词中有"可怜孤似钗头凤"句,改名《钗头凤》。《能改
斋漫录》无名氏词名《玉珑璁》。③

---

①《钦定词谱》卷五"减字木兰花",《钦定词谱》第 1 册,页 299—300。
②《钦定词谱》卷八"偷声木兰花",《钦定词谱》第 1 册,页 516。
③《钦定词谱》卷十"撷芳词",《钦定词谱》第 1 册,页 693。

由此可见，原为北宋禁中歌曲之《撷芳词》经文人改动，遂将前后两段末尾各添三字，成为新的词牌，冠以不同名称，后来此一词牌又因陆游一段凄惋故事变为《钗头凤》，从而广为后人熟知。

其七，词的"杂"节奏帮助造就了在中国诗歌传统中史无前例，在世界诗歌史上也是罕见的一种不自由的诗体。在美学理论的层次上来说，词体的最大特点是，它取得了不自由的诗体与自由抒情之间张力的理想平衡。一般说来，用不自由的诗体来创作，无论是近体诗还是英文的十四行诗，都是为了音乐和语言结构之美而承受固定体式对自由抒情的束缚，犹如佩戴精美的枷锁去跳舞。然而，词人并不像近体诗人那样从四种体式中择一，而是从数百的词牌中选取其长度、节奏、音律与自己情感脉动最为一致的词牌。如果所选用的词牌仍不甚理想，词人还可以采用或再创变体，或增减词牌的字数，直至能淋漓尽致地抒情为止，正如陆游那样。由此可见，词牌大小种类之杂、单一词牌变体之杂，实际上为词人开辟了自由抒情的空间。还值得一提的是，此空间不是空白的，而是一种由互音和互文构成的艺术空间。由于填词者和读词人都主要通过背诵名作来记忆词牌韵律，用一种词牌写就的作品自然会唤起该词牌中声文俱美的先前佳作。因此，按词牌填词，既尽得固定诗体音形之美，互音互文之境界，而又享受极大的抒情自由。不自由诗体与自由抒情的矛盾取得这种理想的辩证统一，正是词成为中国乃至世界诗歌传统中奇葩的根本原因。

附录：小令词牌索引

说明：

　　按首字笔画由少到多排列。

　　相同笔画内，若首字不同，按第一笔或第一、第二笔笔形排列：以点、横、横折、竖、竖折、撇、撇折的顺序。笔画和笔形相同的字，按字形结构排列，先左右形字，再上下形字，后整体字。

　　相同笔画内，若首字相同，按第二字笔画由少到多排列，第二字笔画相同，再以其笔形排列，以此类推；若首字相同，第二字仍相同，以字数多少排列，以此类推。

词牌名	编号	入塞	5.106
一画		八拍蛮	1.9
一七令	5.118	三画	
一叶落	5.9	三台	4.40
一斛珠	5.127	三字令	4.1
一落索	5.32	万里春	5.42
一翦梅	4.33	小重山	5.132
二画		上行杯	5.16
二色宫桃	1.22	上林春令	3.22
七娘子	5.140	山花子	2.30
十样花	5.5	女冠子	3.3
卜算子	2.26	四画	
人月圆	4.25	忆少年	5.48

续表

忆王孙	2.15	风光好	4.8
忆汉月	5.83	风流子	4.47
忆江南	5.4	风来朝	5.102
忆闷令	3.5	风孤飞	5.77
忆余杭	5.58	凤衔杯	5.121
忆秦娥	5.43	乌夜啼	5.51
引驾行	5.108	五画	
天门谣	5.39	市桥柳	5.126
天下乐	2.42	玉团儿	4.31
天仙子	2.16	玉阑干	1.24
厅前柳	4.14	玉堂春	5.144
双头莲令	2.34	玉楼人	2.45
双雁儿	2.37	玉楼春	1.17
双韵子	5.76	玉蝴蝶	2.22
双鸂鶒	4.43	东坡引	5.68
木兰花令	2.31	古调笑	4.46
太常引	5.78	甘州曲	4.4
中兴乐	5.22	甘草子	5.54
少年心	5.139	占春芳	5.46
少年游	5.81	冉冉云	3.20
长命女	5.18	四犯令	5.94
长相思	5.14	归去来	5.74
月宫春	5.73	归田乐	5.86

归字谣	5.1	伊州三台	5.70
归自谣	2.17	伊州令	3.15
归国遥	5.24	伤春怨	3.4
生查子	1.12	华清引	5.38
六画		后庭花	2.19
江月晃重山	5.116	后庭宴	5.143
江亭怨	4.50	如梦令	4.45
江城子	4.6	好女儿	5.41
庆金枝	5.63	好时光	5.33
庆春时	4.23	好事近	5.37
字字双	1.10	红罗袄	5.113
扫地舞	4.16	红窗迥	5.112
西江月	4.54	红窗听	3.21
西地锦	4.19	纥那曲	1.1
西溪子	4.5	七画	
导引	3.6	沙塞子	4.11
寻芳草	5.109	应天长	5.79
寻梅	3.23	诉衷情	5.11
阳台梦	5.72	诉衷情令	5.31
阳关曲	1.5	闲中好	2.1
回波乐	4.38	寿山曲	4.44
竹枝	2.3	寿延长破字令	3.18
竹香子	5.92	极相思	4.27

续表

杨柳枝	1.8	河满子	4.42
折丹桂	5.91	河渎神	4.52
折花令	5.111	定风波	2.56
阮郎归	5.53	定西番	5.12
杏花天	2.41	宜男草	2.54
杏园芳	5.36	夜行船	2.50
巫山一段云	5.44	夜游宫	5.128
更漏子	4.12	武陵春	5.67
赤枣子	2.11	青门引	5.105
芳草渡	4.13	孤馆深沉	5.88
花上月令	4.15	抛球乐	2.21
花非花	4.3	雨中花令	5.101
花前饮	5.96	画堂春	5.56
苏幕遮	5.147	明月逐人来	5.149
步虚子令	5.131	拨棹子	3.26
步蟾宫	1.19	卓牌子	5.125
饮马歌	3.1	采莲子	1.4
迎春乐	5.103	采桑子	5.29
纱窗恨	5.21	金凤钩	5.120
系裙腰	5.145	金盏子令	4.21
八画		金莲绕凤楼	2.48
法驾道引	5.7	金错刀	2.39
河传	5.119	金蕉叶	3.25

使牛子	5.90	南歌子	2.2
征召调中腔	2.52	贺圣朝	4.20
九画		贺熙朝	4.35
洞天春	5.65	昭君怨	5.20
误桃源	2.28	点绛唇	5.23
恨来迟	4.32	品令	5.107
恨春迟	5.134	思归乐	1.20
珍珠令	5.110	思远人	3.7
春光好	4.9	思帝乡	5.15
春晓曲	2.7	思越人	5.97
城头月	5.93	临江仙	2.38
柘枝引	2.5	拜新月	1.2
柳含烟	5.35	秋风清	5.60
柳梢青	4.28	秋夜雨	3.14
柳摇金	1.21	秋蕊香	5.59
相见欢	4.7	秋蕊香引	5.6
相思引	5.49	怨三三	5.89
相思儿令	4.51	怨回纥	1.11
胡捣练	5.61	促拍采桑子	4.30
茶瓶儿	5.124	纴红	4.34
荔子丹	3.24	十画	
南乡一剪梅	5.117	浣溪沙	2.29
南乡子	3.10	浪淘沙	1.7

续表

浪淘沙令	5.115	清江曲	1.15
海棠春	5.66	清商怨	5.28
酒泉子	4.10	添声杨柳枝	2.18
恋情深	5.25	梁州令	5.85
恋绣衾	2.43	渔父引	4.37
家山好	5.13	渔家傲	2.57
唐多令	5.142	渔歌子	2.14
珠帘卷	5.55	减字木兰花	2.33
鬲溪梅令	5.69	望仙门	5.45
桂殿秋	2.13	望江东	2.35
桃源忆故人	5.62	望江怨	5.13
盐角儿	4.29	望远行	2.47
捣练子	2.12	望梅花	4.48
破字令	5.95	章台柳	2.8
破阵子	5.146	谒金门	5.34
荷叶杯	5.2	惜分飞	5.87
荷叶铺水面	3.9	惜春令	3.13
荷华媚	5.138	惜春郎	5.75
倚西楼	2.55	惜琼花	5.135
倾杯令	4.55	雪花飞	5.26
留春令	5.84	接贤宾	5.133
十一画		探春令	5.98
清平乐	4.49	梦仙郎	5.104

梧桐影	2.4	落梅风	5.50
梅弄影	5.71	十三画	
梅花引	5.129	满宫花	5.80
眼儿媚	4.24	塞姑	4.41
菩萨蛮	2.27	摊破南乡子	5.148
菊花新	3.16	摊破采桑子	5.30
啰唝曲	1.3	瑞鹧鸪	1.14
彩鸾归令	3.11	鼓笛令	2.51
欸乃曲	1.6	鹊桥仙	5.122
偷声木兰花	2.32	献天寿令	3.19
十二画		锦园春	4.18
遍地锦	1.23	锦帐春	5.141
遐方怨	5.10	锯解令	3.17
散天花	5.137	感恩多	3.2
散余霞	5.40	虞美人	1.18
朝中措	5.64	楼上曲	1.16
朝天子	5.47	解红	2.10
朝玉阶	5.136	十四画	
喜长新	5.57	滴滴金	5.82
喜团圆	4.26	潇湘神	2.9
喜迁莺	5.52	端正好	2.40
越江吟	5.99	摘得新	5.3
晴偏好	2.6	睿恩新	2.49

续表

舞马词	4.39	踏莎行	2.53
十五画		踏歌词	2.20
撷芳词	5.114	十六画	
醉乡春	4.53	鹧鸪天	2.46
醉公子	1.13	撼庭秋	4.22
醉太平	5.17	燕归梁	5.100
醉吟商	4.17	赞成功	4.36
醉妆词	4.2	赞浦子	2.24
醉红妆	2.36	十七画	
醉花阴	3.8	霜天晓角	5.27
醉花间	2.23	十八画	
醉垂鞭	2.25	翻香令	5.123
蕃女怨	5.8	二十画	
蝴蝶儿	5.19	鬓边华	2.44
蝶恋花	3.12		

第十章　小令句法、结构、词境

　　小令作为一种新的诗歌形式，与从前诗体有很大不同，其出现是中国诗歌史上重要的事件。为了揭示这一诗歌形式的艺术特点，笔者先从"破"与"立"两个不同角度展开讨论："破"是指小令将从前诗体最为代表性的形式弃之不用，"立"则指小令中出现了从前的诗体中所未见的形式。当然，"破"与"立"都属于"变"，而论变又必须与"通"，即文体"通变"之"通"相结合，也就是说要考虑小令与从前诗体，尤其是近体诗，有何继承之处，通过比较来把握小令句法的创新之处。笔者将对小令的句法进行较为全面的研究，与诗体的比较将贯穿本章对小令句法方方面面的分析。然后把句法分析拓展至结构层面，展开对小令各种独特章节结构的分析，再转入讨论小令三种不同的全篇结构，而结尾部分则着重分析词人如何巧妙地使用小令新节奏、新句法、新结构，来创造出与诗体艺术迥然不同的、"文繁意愈广愈深"的词境。

第一节　小令句法之"破"

小令句法最明显的"破"是不使用五、七言近体诗必须使用的对偶句。在《钦定词谱》三百多种小令词牌中，只有极个别词牌要求对偶，比如"唐人小律，后人教坊，被之管弦，遂相沿为词"的《抛球乐》"中二句必用对偶"①。小令不仅没有固定的对偶要求，而且使用对句也很少。只有在很少数与近体诗关系密切的词牌中，词人还习惯地使用一联对句，如白居易《忆江南》的第三、四句"日出江花红胜火，春来江水绿如蓝"。

在使用对句的少数情况下，小令对句的形式、风格、功用与近体诗的对句也大相径庭。形式上，词体对句别具一格。词论家曾认为"词中对句，须是难处，莫认为衬句"②。《古今词话》"对句"条辑历代词话，将词中对句总结为重叠对、扇面对、救尾对三种：

§10. 1

周德清曰：作词十法，始即对耦，有扇面对，重叠对，救尾对。赵元镇《满江红》云："欲往乡关何处是，正水云浩荡连南北。"又："欲待忘忧须是酒，奈酒行欲尽愁无极。"此即扇面对也。

---

①《钦定词谱》卷二，第1册，页86。
②俞彦：《爱园词话》，唐圭璋编：《词话丛编》第1册，页403。

　　　　俞彦曰：词中对句，须是难处，莫认为衬句。正惟五言对
　　句、七言对句，使读者不作对疑尤妙，此即重叠对也。

　　　　沈雄曰：对句易于言景，难于言情。且开放则中多迂滥，
　　收整则结无意绪，对句要非死句也。牛峤之《望江南》，"不是
　　鸟中偏爱尔，为缘交颈睡南塘"，其下可直接"全胜薄情郎"，
　　此即救尾对也。①

所谓扇面对则是隔句对，即第一句对第三句，第二句对第四句。
王力曾论及此种对仗形式，认为律诗中虽然有，然而极为罕见，仅
举出白居易诗一个例子②。何谓重叠对，由上述材料似乎并不能
得知。字面推断似乎是将上下句意思重叠，这恰恰类似于律诗对
偶中犯了使用同义词忌讳的合掌对③。所谓救尾对，则是在收句
时，再加一句，从而加强结句文气。从上面例子看，所加句似可以
与前面句长短不一，这就与近体诗所说的对偶大相径庭了。因此
可知，词体中存在的这三种对句都是近体律绝中很少见到的对偶
样式。

　　功用上，小令的对句也与近体诗的对句不太一样。五、七言
近体诗对句中，上下句动词往往出现于句中同一位置，形成工整
的对偶，从而精炼地表情或状物。然而小令少有这种对偶出现。
近体诗中两个对句合在一起，带来的是闭合之感（sense of clo-

---

① 沈雄：《古今词话》"词品"卷"对句"条，唐圭璋编：《词话丛编》第 1 册，
　　页 841。
② 王力：《汉语诗律学》，页 179。
③ 对合掌对的解释，参见王力：《汉语诗律学》，页 180—181。

sure);而词体中的对句,无论是扇面对还是救尾对,带来的是相反的往前推进之感(sense of forward development)。因而词中对句多是四言句。《莲子居词话》"词有叠字对句"条有言:"词有对句,四字者易,七字者难,要流转圆惬。"①

《词旨》:"采时流词中偶句工炼者,名曰属对,凡三十八则。"此三十八例中所有例子均为四字句。以下摘出十例:

§10.2

　　　稚柳苏晴,故溪歇雨。(周邦彦词)

　　　虚阁笼云,小帘通月。(姜夔词)

　　　翠叶垂香,玉容消酒。(姜夔词)

　　　池面冰胶,墙腰雪老。(姜夔词)

　　　落叶霞飘,败窗风咽。(吴文英词)

　　　霜杵敲寒,风灯摇梦。(吴文英词)

　　　断浦沉云,空山挂雨。(史达祖词)

　　　罗袖分香,翠绡封泪。(陈亮词)

　　　砚冻凝花,香寒散雾。(周密词)

　　　醉墨题香,闲箫弄玉。(周密词)②

这些四字对句全都是简单四言句,似乎回到了《诗经》的传统。清人梁章钜《退庵随笔》中已经注意到《诗三百》中的对偶句:

---

①吴衡照:《莲子居词话》,唐圭璋编:《词话丛编》第 3 册,页 2454。
②陆辅之:《词旨》,唐圭璋编:《词话丛编》第 1 册,页 303—316。

§10.3

《三百篇》中，对偶之句，层见叠出，已开后代律体之端。如"觏闵既多，受侮不少""发彼小豝，殪此大兕""升彼大阜，从其群丑""念子懆懆，视我迈迈""诲尔谆谆，听我藐藐"。又有扇对，如"昔我往矣"四句。有当句对，如"螓首蛾眉""桧楫松舟""有闻无声""唱予和汝""匪莪伊蒿""彼疏斯稗"。有以对句起者，"喓喓草虫，趯趯阜螽""青青子衿，悠悠我心"。有以对句结者，"厌厌良人，秩秩德音""允矣君子，展也大成"。①

《词旨》所选的这些四言对句基本是描绘性的语句，并且两句之间有或隐或显的线性时间进展关系。在功用上起排比铺陈之用。小令中三、四言句的排比非常普遍，这类排比句中较少以动词相互联系而产生景物互动的效果。风格上，词体对句与诗赋对句也大为不同。下面这条材料便指出了词体对句与诗赋对句的区别。沈祥龙《论词随笔》"词中对句"：

§10.4

词中对句，贵整炼工巧，流动脱化，而不类于诗赋。史梅溪之"做冷欺花，将烟困柳"，非赋句也。晏叔原之"落花人独立，微雨燕双飞"，晏元献之"无可奈何花落去，似曾相识燕归

---

① 梁章钜：《退庵随笔》，郭绍虞编选：《清诗话续编》，页 1951—1952。

来"，非诗句也。然不工诗赋，亦不能为绝妙好词。①

　　所以，从样式、功用、风格上看，小令所谓对句绝非五七言近体诗的对句。所以，对对偶与对句的避免，以及"简单化"的改造，确实算是小令"破"近体诗规矩的一个方面。

　　此外，小令不像近体诗那样热衷于对诗句进行省略、压缩、倒装。五、七言古诗，尤其是近体诗，最喜欢通过省略、压缩而造成语义上的歧义。如谢灵运的名句"池塘生春草，园柳变鸣禽"就是通过省略（"池塘边""园柳中"）和倒装（正常句为"春草生""鸣禽变"）而引起了后人无限遐思，在理解上有多种可能性，从而成为千古名句②。笔者在讨论《古诗十九首》时，曾提到五言古诗相较于之前的诗体有三项句法上的创新，其三为开启诗句虚实意义的并用和互动。《诗经》和《楚辞》的诗句极少因为句法或互文的操作而产生不同的、虚实有别的意义。《十九首》的诗句的情况则大不一样。句式倒装和省略的现象不断出现，而不同的虚实歧义应运而生。所谓实义是指由正常语序所表达的、与逻辑相符的意义。虚义是指由不寻常语序所表达的、与逻辑不甚相符的意义。如果说符合逻辑的正读是句子的实义，这些不符合逻辑的倒装读法可视为句子的虚。因此，倒装与省略导致了虚实义的出现，而对句的虚实义交错是五言古诗以及后来的近体诗等诗体的主

①沈祥龙：《论词随笔》，唐圭璋编：《词话丛编》第5册，页4051。
②见第五章"六朝五言诗句法、结构、诗境"第二节。

要句法特色之一①。歌行体受到乐府的影响，所以一般也不用这样的句子。小令也同样地避免使用旨在创造虚实歧义的句法。

第二节　小令句法之"立"：缺动词句、散文长句的诗化

小令句法之"立"主要见于小令中主谓句、题评句的创新使用。在主谓句方面，小令的创新之处主要在缺动词句的使用以及对各种散文句的诗化改造。

（一）缺动词句的使用

缺动词句在近体诗中已经常出现，其中不少还是名句，如杜甫"细雨微风岸，危樯独夜舟"、温庭筠"鸡声茅店月，人迹板桥霜"等。较之这些律句，小令缺动词句的形式和风格迥然有别。例如，下面这首小令同出自温庭筠之手，但其对缺动词句的用法大为不同：

§ 10.5

诉衷情

温庭筠

莺语。花舞。春昼午。雨霏微。金带枕。宫锦。凤皇

---

①详参第四章"早期五言诗（Ⅱ）：句法、结构、诗境"第一节。

<u>帷</u>。柳弱燕交飞。<u>依依</u>。辽阳音信稀。<u>梦中归</u>。①
　　　　　　　　•　•

这首小令中共有四个缺动词句(加下划线部分),包括一个二言
句、三个三言句。在商山早行中,鸡声、茅店、月、人迹、板桥、霜一
系列物象是在征旅之时空推移的轴线上组织成句的。但在这首
小令里,四个缺动词句纯粹是名词的堆积,相互没有呈现明显的
时空关系。直至第八句"依依"二字出现,我们才意识到,前面七
句实为这位闺中妇人梦中浮现的意象,它们是片断的、跳跃的、缺
乏线性时空或逻辑联系。但正因如此,我们得以一窥这位少妇的
复杂的思想活动。无疑,缺动词句的并列带来了片段意象的叠
加,营造出如梦如幻、似真非真、近乎意识流的效果。因此,这首
小令与近体诗极为不同,若用极度精炼压缩,讲究对偶的齐言诗
句,很难出现这样的效果,因此,只有词体才允许如此使用不完整
主谓句,通过堆积名词意象而营造出这样似梦非梦的审美效果。

(二)诗体使用散文长句的方式

　　小令出现以前的四言、五言、七言齐言诗中,由于诗人往往希
望在固定字数的句子中充分表达感情,因此跨行长句较少。不
过,从《诗经》到近体诗中,跨行长句一直都存在,而且经常是地道
的散文句。下面先看看《诗经》、古体诗、近体诗的例子,为稍后分

---

①见《全唐五代词》,页 121。本章中唐代与五代词例均引自曾昭岷等编:
　《全唐五代词》,北京:中华书局,1999 年版。本章中所引宋词例均引自唐
　圭璋编:《全宋词》,北京:中华书局,1965 年版。版本下不赘述。

析小令的跨行长句作一铺垫。

　　小令之前的诗体中,有三种使用跨行长句的方式。其一,直接将散文句放入诗中,完全保持其原来的散文节奏。

　　§10.6

诗经·周颂·我将

　　我将我享、维羊维牛、维天其右之。仪式刑文王之典、日靖四方。

　　伊嘏文王、既右飨之。我其夙夜、畏天之威、于时保之。①

　　这里"仪式刑文王之典、日靖四方"是一个跨行长句,而前一句"仪式刑文王之典"很明显地是一个散文句,节奏可划分为"仪式/刑/文王之典"(2+1+4)。2+1+4 显然是散文节奏,与《诗经》常见的韵律节奏没有关联。

　　§10.7

登幽州台歌

陈子昂

　　前不见古人,后不见来者。念天地之悠悠,独怆然而涕下。②

----

①见《毛诗正义》,《十三经注疏》本,北京:中华书局,1980 年版,页 588。
②彭定求等编:《全唐诗》卷八三,北京:中华书局,1999 年版,页 899。

唐初,陈子昂独树一帜,提倡复古,以复汉魏风骨而与当时盛行骈俪诗风抗衡。这首千古名作即由散文长句组合而成。前两句的节奏划为"前/不见古人,后/不见来者",即1+4节奏;而后两句则可划分为"念/天地之悠悠,独/怆然而涕下",即1+5节奏。1+4和1+5都是散文节奏,因而此诗无疑是以散文句组成的杂言诗。然而,虽然此诗并没有七言句,《唐诗三百首》却把它列为七言古诗的第一首。这是否说明《唐诗三百首》的编者认为散文句入诗是七古的句法特色呢?《唐诗三百首》中七言古诗与七言乐府两卷中,共有43首七言歌行,其中17首有杂言。李白《蜀道难》开头两句就是以散文句入诗的典型例子:"噫吁嚱! 危乎高哉! 蜀道之难,难于上青天!"不过,将口语化散文句引入诗歌的倾向其实始自绝句。如孟浩然"春眠不觉晓,处处闻啼鸟。夜来风雨声,花落知多少"便是典型例子之一。这首七言古绝明白晓畅,自然通俗,口语散文的意味颇浓,仿若作者自问自答。

　　其二,将散文句打散放入诗中,按照诗歌的韵律节奏断句停顿,并且给末字配韵。下例可能是目前所见最早的例子:

　　§10.8

　　　　诗经·鲁颂·闷宫(节选)①
　　　　王曰叔父,建尔元子,俾侯于鲁。大启尔宇,为周室辅。

这里"王曰叔父,建尔元子,俾侯于鲁"是一个跨行长句,通过将一

———————————
①见《毛诗正义》,《十三经注疏》本,页615。

个散文长句("王曰:叔父,建尔元子,俾侯于鲁。大启尔宇,为周室辅")拆散重组而成。诗人按照四字一停顿的节奏,将散文长句切分成三个整齐的四言句,并且让最末一字入韵①。

其三,将散文句凝练加工,不留痕迹地变为诗句。

§10.9

寻隐者不遇

贾　岛

松下问童子,言师采药去。只在此山中,云深不知处。②

这首五绝其实讲述的是一个寻隐者不遇的小故事,若采用不同的断句方式,补入省略的代词,则可以得如下这样的小短文:"松下问童子,(童子)言:'师采药去。在山中,云深不知处。'"贾岛将这段散文对话变成五绝之后,后面两句的意义就变得有点模棱两可,似乎已不是童子的答语,而也许是诗人自己的感想或者评价。因此,将散文句改为诗句,散文变成诗,其机械的叙事特色也变为了模糊的诗性色彩。这种变化不留痕迹,极为巧妙。这种处理方式与前面二者都不同,前面两种处理方式最终得到的句子依然有明显的散文色彩,读之便感觉到散文的节奏,然而这里这个例子却使得最终的句子读起来并没有明显的散文色彩,而是诗意杳

①依王力《诗经韵读》,《诗经》上古韵部可分为二十九部,而"俾侯于鲁""大启尔宇""为周室辅"三句的最后一字均入韵,属于鱼部。见王力:《诗经韵读》,《王力文集》第六卷,济南：山东教育出版社,页436。
②彭定求等编:《全唐诗》卷五七四,页6746。

然,耐人寻味,乃是有意炼句之成果。

(三) 散文长句的诗化:以雅文为词

小令对散文长句的使用较之先前的诗体更为广泛,更为复杂。更为广泛,是因为词不仅像诗体一样引入高雅的散文,而且还大量使用俚俗的散文体口语。更为复杂,是因为两类散文句并非仅仅被动地放入词作之中,它们还通过自身的诗化创造出新的诗歌节奏,从而推动了词体的发展。以上几点笔者将分节进行讨论。此节先讨论小令对雅文的使用。

笔者所说的"雅文",是相对词中所用的俚俗的口语散文而言,凡是没有后者痕迹的散文,包括口语化的散文,都可归于这一极为广义的"雅文"。前文所引诗体中的散文句全都属于雅文之列。小令使用雅文的方法较为简单,各种散文句,包括很长的句子,一般都可直接放入词中,如下例:

§ 10.10

思帝乡

韦　庄

春日游。杏花吹满头。陌上谁家年少,足风流。
妾拟将身嫁与,一生休。纵被无情弃,不能羞。①

这首词极为自然流畅,就像实际生活中所听到的自诉衷肠的两句

---

① 《全唐五代词》,页167。

话。这首词读来比前举的几个诗例更为自然亲切，主要是该词牌每句长短不同，与实际口语中句子长短的变化相符。虽然唐绝句中已经出现了散文式口语化的句子，但小令词人却可以将更长、更复杂的口语句放入诗歌，而且通常还不需要做太多改动。因为有数百上千的词牌可选，所以词人通常不难挑选出与自己想要使用散文句长短相配的词牌，完全无须像贾岛那样苦吟练句，用砍头去尾的方法把散文句改造为标准的齐言诗句。如果说花间派始祖之一的韦庄所作的这首词代表了小令初起之时的情况，那么下面一例则体现出小令已经发展到成熟阶段时，散文句进入词体的情况。

§ 10. 11

江城子

苏　轼

老夫聊发少年狂。左牵黄。右擎苍。锦帽貂裘，千骑卷平冈。为报倾城随太守，亲射虎，看孙郎。

酒酣胸胆尚开张。鬓微霜。又何妨。持节云中，何日遣冯唐。会挽雕弓如满月，西北望，射天狼。①

此词散文句比比皆是，如"老夫聊发少年狂，左牵黄，右擎苍""酒酣胸胆尚开张，鬓微霜，又何妨"。整首词读起来琅琅上口，就像

———————

① 《全宋词》，页299。《全宋词》列此词牌为《江神子》，现改用更为常见的《江城子》。

是一篇短小的散文,停顿节奏即满足了词牌音乐节奏的要求,同时也基本遵照了口语散文句中的语意停顿。和前面《诗经·鲁颂·閟宫》以及贾岛《寻隐者不遇》等例相比较,可以看到,从前诗人将散文句放入诗歌中,往往需要削改句子以符合诗体的齐言形式,而词体则允许更加自由地直接把散文句放入词中。小令作者有极大便利,可以自由变换诗行长短,从而可以极为自然地引入较长的散文句,而且游刃有余。同时,通过选取适合词牌平仄韵律要求的字以及密集用韵,小令作者又成功地使所用的散文长句得以诗化。

苏东坡尤其擅长化"雅文"为词,词人中恐怕没有能出其右者。较之韦庄《思帝乡》,苏东坡这首小令的语言更为高雅,也更富有"诗"味,其中没有韦词所用的九言句,而是清一色的标准诗句,三、四、五、七言句皆有,遣词用字也完全遵守标准的诗体韵律节奏。或褒或贬,苏词素有"以诗为词"之称,而此称号一般是针对苏词的内容而言,但如上所示,论其形式亦然。同时,"以文为词"这一授予辛词的称号其实也可用于苏词,而且颇为恰当。《江城子》这一首不就是化"雅文"而成的吗?

(四)散文长句的诗化:以俗语为词

小令作者化文为词的另一条路径是引入时下流行的散文体俗语。这种以俚俗口语入词的做法实则可追溯至唐人以俗语入诗的实践。汪师韩《诗学纂闻》"时俗语入诗"一条,描述唐代诗人使用俗语的情况:

§10.12

　　唐人每以唐时语入诗,亦犹先儒注《经》有文莫、相人耦、晓知、一孔之类也。如遮莫、犹言尽教。频烦、犹言郑重。得得、犹言特特。至竟、犹言到底。不当作、犹云先道个不该也。孟襄阳诗:"更到明朝不当作。"生、可怜生、太瘦生、太忙生之类。圣得知、见韩诗,然不得其解。不分、生憎、杜诗:"不分桃花红胜锦,生憎柳絮白于绵。"赤憎、犹云生憎。杜诗:"赤憎轻薄遮入怀。"隔是。犹言已是也。元微之诗:"隔是身如梦。""隔"又作"格"。白诗:"如今格是头成雪。"顾况诗:"市头格是无人别。"至如阿堵、犹言这个。宁馨,犹言恁地。"宁"字平、仄两音。则旧有此语,而唐始入诗也。①

从这段话我们可以多少窥探到唐人使用俗语的类别。这里所列出的俗语绝大部分是双音词,除此之外的只有单字和三字各一例。论词性,除代词一例(阿堵)外都是副词,其中是程度副词为主,但也有时间副词。所有这些俚俗的口头语都可认作是词中所使用的领字之前身。至于唐诗俗语和唐宋词俗语有何异同,我们可以从张炎《词源》中一段著名的论述得到答案:

§10.13

　　词与诗不同,词之句语,有二字、三字、四字,至六字、七、八字者,若堆叠实字,读且不通,况付之雪儿乎。合用虚字呼唤,单字如正、但、任、甚之类,两字如莫是、还又、那堪之类,

───────────

①汪师韩:《诗学纂闻》,王夫之等撰:《清诗话》上,页467。

三字如更能消、最无端、又却是之类,此等虚字,却要用之得
其所。若使尽用虚字,句语又俗,虽不质实,恐不无掩卷
之诮。①

这里所列出的三类俗语,除了唐诗中最常见的二字类,还有一字
和三字两类。张炎把三类俗语统称为虚词,认为它们"不质实",
不可用得太多。另外,他还点出词中俗语最独特之处,即它们多
出现在句首,"付之雪儿",即供歌女吟唱时"呼唤"之用。张氏所
列出一、二、三字的例子绝大多数是仄声字开头,声音急促,足以
印证它们在吟唱表演过程中"呼唤"的作用。不过,词体中起呼唤
作用的领字实亦能包括实字。南宋沈义父的著名词学论著《乐府
指迷》中"句上虚字"条论及这点:

§ 10.14

　　腔子多有句上合用虚字,如嗟字、奈字、况字、更字、又
字、料字、想字、正字、甚字,用之不妨。如一词中两三次用
之,便不好,谓之空头字。不若径用一静字,顶上道下来,句
法又健,然不可多用。②

这里举出的一系列虚字亦多为仄声字,且称"多有句上合用虚
字",由此可知当时词人往往以虚字领句首。然而,沈氏又提及实

---

①张炎:《词源》卷下,唐圭璋编:《词话丛编》第1册,页259。
②沈义父:《乐府指迷》,唐圭璋编:《词话丛编》第1册,页281—282。

字领字："不若径用一静字,顶上道下来,句法又健,然不可多用。"蔡嵩云《乐府指迷笺释》曰："所谓静字,乃实字而以肖事物之形者,与动字两相对待。静字言已然之情景,动字言当然之行动,分别在此。"①这也就是说,"静"字无疑是形容词,为实字。由此可见后世词论家或当代论著所称的"领字"是从用字之领起功用角度而言,领字并不专指虚字,既有虚字,又有实字。

在确定虚字的对立面是实字之后,我们可以回过头来考虑张炎认为不可多用虚字的原因。由于他明确地将"虚字"与"俗"相联系,我们可以推论,他所追求的是虚与实、俗与雅平衡的理想审美效果,只有如此才反对过多使用虚字的领字。毫无疑问,沈义父也是从虚与实、俗与雅平衡的审美观,提出雅而实的"静"字也不可多用。的确,下文所列出的带有领字的所有词例,几乎没有不呈现成虚与实、俚俗与高雅相反相成、融为一体的状态,而我们正是在这样矛盾统一的张力中才能最深切地体验到词体独特的审美特征。

第三节　小令句法之"立":领字与新诗歌节奏的产生

小令句法之"立"的重要方面是领字的使用。一、二、三字领

---

①沈义父著,蔡嵩云笺释:《乐府指迷笺释》,台北:木铎出版社,1987版,页74。

句到底是小令先创新然后进入慢词呢,还是在柳永创新慢词之后,三字领句再从慢词进入小令,影响小令的创作呢? 目前已有研究通过大量计算统计数据表明柳永之前已有领字的出现,然而柳永多创长调,从而奠定了慢词中使用领字的风气①。一至三字的领句在慢词中更多,而与慢词相比,小令在使用领字上往往不太一样。小令的领字往往所"领"的仅仅是一个或两三个诗句,而不是慢词中以领字领起一段一阕。然而,就对韵律节奏和句法的影响而言,小令领字和慢词领字的作用是相同的。

(一)一字领与 1+4 节奏

在唐宋词中,一字领的数量是相当大的。元人陆辅之《词旨》就总结出三十三个常用单个领字:

> 任 看 正 待 乍 怕 总 问 爱 奈 似 但
> 料 想 更 算 况 怅 快 早 尽 嗟 凭 叹 方
> 将 未 已 应 若 莫 念 甚②

领字多为仄声,且多为口语之辞。词类则是以副词、动词、连词为主。各类领字在慢词中用得多,在小令中用得少,这是历来学者的共识。最近又有学者开发出计算机软件,对唐宋词中领字进行

---

① 参罗凤珠、曹伟政:《唐宋词单字领字研究》,《语言与语言学》第九卷,2008年第2期,页189—220。

② 陆辅之:《词旨》,唐圭璋编:《词话丛编》第1册,页341—342。

全面的量化统计,得出的结果显示,在 943 种含有领字的词牌中,"58 字以内的小令共有 188 种,占百分之 19.94 之多"①。在这 188 种词牌中,一字领所占的比例可能是最高的,因为许多形式上的三字领中,往往只有一字真正起着领字作用。下面举一字领两例:

§10.15

冉冉云 牡丹盛开,招同官小饮,赋此

卢 炳

雨洗千红又春晚。留牡丹、倚阑初绽。娇娅姹、偏赋精神君看。算费尽、工夫点染。

带露天香最清远。太真妃、院妆体段。拚对花、满把流霞频劝。怕/逐东风/零乱。②

探春令

赵 佶

帘旌微动,峭寒天气,龙池冰泮。杏花笑吐香犹浅。又还是、春将半。

清歌妙舞从头按。等芳时开宴。记去年、对着东风。曾许不负莺花愿。③

---

① 罗凤珠、曹伟政:《唐宋词单字领字研究》,《语言与语言学》第九卷,2008 年第 2 期,页 203。
② 《全宋词》,页 2167。
③ 《全宋词》,页 897。

上面两例的领字都是动词,首例中"怕"这一动词领起一个 3+2 的散文句,而次例的"记"字则领起一个六言,再加上一个七言句。就语法结构来说,两个领字是谓语动词,而其所领的部分则是它们的宾语。这种单音动词+冗长宾语的结构可上溯至《离骚》,如"扈/江离与辟芷兮,纫/秋兰以为佩"。这一句式在《离骚》中比比皆是,几乎成为一种常式。当然,小令的动词领字句的结构已变得更为复杂,简单的名词宾语("江离与辟芷")或名词宾语+补语("秋兰以为佩")已被复杂的宾语从句所取代。"逐东风/零乱"是双动词的宾语从句,而"去年、对着东风,曾许不负莺花愿"则是自身带有状语从句("去年、对着东风")的宾语从句。

在小令及慢词中,一字领后接四言的情况似乎更为常见,如下例:

§10.16

清商怨

欧阳修

关河愁思望处满。渐/素秋向晚。雁过南云,行人回泪眼。

双鸳衾裯悔展。夜又永、枕孤人远。梦未成归,梅花闻塞管。①

"渐/素秋向晚"是 1+4 的五言句。这种句子结构与定型的 2+3 五

---

① 《全宋词》,页 125。

言诗句不同,由于单音不构成音步,故只能视为散文句。据笔者的统计,在五言体尚未出现的《诗经》中就有 1+4 五言句 198 例。将这些句子视为词体 1+4 的领字句的源头是没有问题的。不过,词体 1+4 的领字句已产生了质变,而导致这一质变的原因是领字词性改变,而不像以上两例那样由所领部分结构改变所致。按照上一字的词性,可将《诗经》中 1+4 句归类如下:上一字为介词或连词("在/南山之阳")、为动词("远/父母兄弟")、为副词或形容词("昔/育恐育鞠")、为疑问或否定词("无/信人之言")、为代词("我/独不敢休")、为名词("殷/之未丧师")、为语助词("诞/寘之隘巷"),共七类①。从功用上来看,《诗经》的 1+4 句中,上一并没有真正扩充下四的表达的内容,其作用主要是改变下四的语法功用,使之从独立的肯定句变成从句、疑问句、否定句,加长的宾语、谓宾结构等形式。与此情况相反,欧阳修的《清商怨》中上一字"渐"则为副词,直接拓展了下四的内容,"渐/素秋向晚"在内容上道出了秋日傍晚渐渐日暮的程度。领字"渐"与所领部分的紧密关系还可从柳永慢词《八声甘州》"渐霜风凄紧,关河冷落,残照当楼"得到进一步佐证。在这句中,领字"渐"统领三句,即"渐霜风凄紧,(渐)关河冷落,(渐)残照当楼"。

(二) 领字与 3+3 节奏

词谱经常用顿号把句首三字后的句读标示出来,而句读前的部分常被称为"三字领"。但此称谓不甚准确,因为其中三字并非

---

① 详参第三章"早期五言诗(I):词汇、节奏",第一节(一)《诗经》上一下四句。

都起引领下部分的作用。例如,以下三例中,前面是领字(用着重号标示),而后面则是其所领的部分(用下划线标示)。严格地按意义来定,这几首是用了二字领,因为"且莫""最好"是固定的词组,而"扫""恁""是"则是所领部分的第一个字而已。由此可见,称顿号前部分为"三字顿"更为合理。然而,为了避免产生误解,以下仍沿用"三字领"的说法。

§ 10.17

霜天晓角

林　逋

冰清霜洁。昨夜梅花发。甚处玉龙三弄,声摇动、枝头月。

梦绝。金兽爇。晓寒兰烬灭。要卷珠帘清赏,且莫扫、阶前雪。①

生查子

王安石

雨打江南树。一夜花开无数。绿叶渐成阴,下有游人归路。

与君相逢处。不道春将暮。把酒祝东风,且莫恁、匆匆去。②

---

① 《全宋词》,页7。
② 《全宋词》,页208。

凤来朝

周邦彦

逗晓看娇面。小窗深、弄明未遍。爱残朱宿粉云鬟乱。最好是、帐中见。
⦁⦁

说梦双蛾微敛。锦衾温、酒香未断。待起难舍拚。任日炙、画栏暖。①

按照语义节奏，三个领字句都是2+4句："且莫/扫阶前雪""且莫/恁匆匆去""最好/是帐中见"。值得特别注意的是，这三句的下四不是2+2的诗句，而是典型的1+3散文句（"扫/阶前雪、恁/匆匆去、是/帐中见"）。这点搞清楚了，那么就可了解到，词谱编者在三字后加顿号用心良苦。他们是希望吟唱时在句子正中加以停顿，从而人为地创造出一种新的3+3的六言节奏。在诗体中，两个相连的三言句总被视为两个独立的三言句，而不是一个六言句的两部分，原因是诗体中三言句基本都有自己独立完整意义。但在词体之中，用顿号划出的领字部分通常包括下面部分的一或两个字，因而领字部分就无法视为单独的三言，这样就可倒逼出新的3+3的六言节奏。同样，如果形式的三字领中含有意义上应该归所领部分的两个字，那么意义上的领字实是一字领，如以下两例：

---

① 《全宋词》，页617。

§ 10. 18

恋情深

毛文锡

　　玉殿春浓花烂熳。簇神仙伴。罗裙窣地缕黄金，奏清音。

　　酒阑歌罢两沉沉。一笑动君心。永愿作、鸳鸯伴，恋情深。①

卜算子

李之仪

　　我住长江头，君住长江尾。日日思君不见君，共饮长江水。

　　此水几时休，此恨何时已。只愿君心似我心，定不负、相思意。②

以上两个领字句实为 1+5 散文句（"永/愿作鸳鸯伴""定/不负相思意"），因为上一不构成音步，故不可视为诗句。但通过使用顿号，强行把后面的五言部分拦腰打断，人为地创造出新的 3+3 的诗歌节奏。

（三）领字与 3+4 节奏

　　三字领加四言的组合在小令已大量出现，在慢词中的使用就

_____

① 《全唐五代词》，页 538。《全唐五代词》作"永愿作鸳鸯伴"，未使用顿号。
② 《全宋词》，页 343。《全宋词》作"定不负相思意"，未使用顿号。

更为频繁。此组合可以把更多的散文句加以诗化,如以下三首词
所示:

§ 10. 19

甘草子

柳　永

秋暮。乱洒衰荷,颗颗真珠雨。雨过月华生。冷彻鸳
鸯浦。

池上凭栏愁无侣。奈此个、单栖情绪。却傍金笼共鹦
鹉。念粉郎言语。①

金凤钩

晁补之

春辞我向何处。怪草草、夜来风雨。一簪华发,少欢饶
恨,无计觅春且住。

春回常恨寻无路。试向我、小园徐步。一阑红药,倚风
含露。春自未曾归去。②

恋绣衾

朱敦儒

木落江南感未平。雨萧萧、衰鬓到今。甚处是长安路,

----

① 《全宋词》,页 14—15。
② 《全宋词》,页 556。

水连空、山锁暮云。

　老人对酒今如此，一番新、残梦暗惊。又是洒黄花泪，问明年、此会怎生。①

头两个三字领中只有第一个字是真正的领字，而随后的分别是标准的六言："奈／此个单栖情绪""怪／草草夜来风雨""新／一番残梦暗惊"（"一番新"为"新一番"的倒装）。六言部分是标准的2+2+2的六言诗句，但三字之顿破坏了此节奏，取而代之的是3+4的新节奏。"向／我小园徐步"一句更加复杂些，因为此六言不是诗句，而是1+3+1的散文句（"向／我小园／徐步"）。同样，"水／连空山锁暮云"中的六言则是两个三言诗句（"连／空山／／锁／暮云"）。

§ 10.20

惜双双

张　先

　城上层楼天边路。残照里、平芜绿树。伤远更惜春暮。有人还在高高处。

　断梦归云经日去。无计使、哀弦寄语。相望恨不相遇。倚桥临水谁家住。②

────────

① 《全宋词》，页849。

② 《全宋词》，页60。

甘州曲

王　衍

画罗裙，能结束，称腰身。柳眉桃脸不胜春。薄媚足精神。<u>可惜许</u>、<u>沦落在风尘</u>。①

在以上两首中，张先《惜双双》中的领字是二字领，而后面则是 1+2+2 的五言散文句（"使/哀弦/寄语"）。王衍《甘州曲》中的领字则是名副其实的三字领，因为"可惜许"是禅家语，即"可惜"的意思，而后面是标准的 2+3 五言诗句。

从以上的例子，我们可以注意到，三字领之中出现了词体中较少用的倒装句。朱敦儒《恋绣衾》把"新一番"倒装为"一番新"；而晁补之《金凤钩》则把"怪夜来风雨草草"倒装为"怪草草、夜来风雨"。这里将副词"草草"前置，从而加重了"草草"二字的意蕴，突出了对一夜风雨之急促草草之怨闷之情。不过，词中这类倒装句主要的目的是加强情感抒发的炽热度，并非是创造出近体诗中那种虚实相生的歧义。

另外，我们还可以发现，三字之顿中并非一定有领字，如朱敦儒《恋绣衾》"雨萧萧、衰鬓到今"一句。这句颇有七言近体诗中的"上三下四格"的韵味。五言、七言诗句的节奏往往为上二下三，上四下三，但有时有些诗句并不如此分，折句就产生了。折句即所谓折腰句法。元韦居安《梅磵诗话》云：

---

① 《全唐五代词》，页 491。

§ 10. 21

　　七言律诗有上三下四格，谓之折腰句。白乐天守吴门日，答客问杭州诗云："大屋檐多装雁齿，小航船亦画龙头。"欧阳公诗云："静爱竹时来野寺，独寻春偶到溪桥。"卢赞元《雨》诗："想行客过溪桥滑，免老农忧麦陇干。"刘后村《卫生》诗云："采下菊宜为枕睡，碾来芎可入茶尝。"《胡琴》诗云："出山云各行其志，近水梅先得我心。"皆此格也。①

以上这段中，欧阳公诗之"静爱竹时来野寺，独寻春偶到溪桥"是典型的折腰句法，第三字之后为句读，即断句于此，为意义上的中断。前后两个部分意义上有联系，但并不紧密，如"静爱竹"与"时来野寺"，又如"独寻春"与"偶到溪桥"，是意义上相互独立的两个短语。将以上讨论的词3+4句与诗的折腰句相比较，我们不难看出两者本质的区别。而这区别可以"折腰"的概念来论。诗句的折腰不过是表面层次的折腰，由于诗体中没有建立3+4的韵律节奏，这类句子在诵读时仍会以4+3来念。所以，诗句的折腰仅指语义节奏与韵律节奏分家而已，即按4+3诵读，而按3+4断句。相反，词体的3+4是由词谱固定下来的、吟唱时自然遵守的韵律节奏，较之诗体可视为彻头彻尾的折腰。另外，由于"三字顿"之中名副其实的三字领不多，因而又多了一重折腰，那就是词3+4句中的断句又与3+4的韵律节奏相悖。

　　从审美的角度来看，词3+4句的双重折腰创造出最大程度

---

① 韦居安：《梅磵诗话》，收入丁福保辑：《历代诗话续编》，页545。

的、最佳的陌生化效果。平淡无奇的句子一经如此双重折腰,似乎就可变为神奇,可以让听众和读者同时跳出"雅言"和"俗语"(主要见于领字部分)的樊篱,进入到在日常俚俗生活和以往高雅文本中都不存在的虚与实、俗与雅相互结合,音文皆美的词境。大概正因如此,3+4句尤为词人喜爱,被视为最体现词本色的艺术特点之一①。

第四节　小令句法之"立":题评句

小令的题评句主要见于七言句,并且采取的也是4+3节奏。如范仲淹《渔家傲》下阕就连用了三个七言题评句:

§ 10.22

塞下秋来风景异。衡阳雁去无留意。四面边声连角起。千嶂里。长烟落日孤城闭。

浊酒一杯/家万里。燕然未勒归无计。羌管悠悠/霜满地。人不寐。将军白发/征夫泪。②

---

① 《步蟾宫》等六种完全沿用七律格式的词牌,虽然也是五十六字,然而句法上均有上三下四的重大变化,如《步蟾宫》上下两片的第二、四句均可断为三、四两个短句。由此可见,词人是有意另创新节奏,与诗七言句的4+3节奏分庭抗礼。详参第九章"小令节奏类别和审美特征",第一节(一)完全沿用近体诗体式的词牌。

② 《全宋词》,页11。

在这三个题评句中,有两个题语是名词词组,另一个带有联绵词,而评语则全是名词词组。通过题评结构,范仲淹引入了一系列的意象的对比,戍边的将士与万里之外的家人、羌管的听觉与寒霜的视觉感受、将领与兵士面孔特写的对照,从而把边塞寒秋的凄清、无限的乡愁表达得淋漓尽致。类似题评名句的例子又可见于以下两者:

楼头残梦/五更钟,花底离情/三月雨。(晏殊《玉楼春》)①
三十功名/尘与土,八千里路/云和月。(岳飞《满江红》)②

这两例的题语和评语也同是名词词组,题、评语之间的对比主要是在词人人生经历和自然物象之间展开的,"楼头残梦"对"五更钟"、"花底离情"对"三月雨"、"三十功名"对"尘与土"、"八千里路"对"云和月"。题语点出词人的生活和情感状况,评语则起到了烘托渲染的作用,如"五更钟"之于"残梦"之"残",又如"三月雨"之于"离情"之"离"。词中的头大尾小的题评句并非一定是七言句,如李煜《破阵子》"四十年来/家国,三千里地/山河"便是六言题评句。

词体中也有头小尾大的题评句,如李煜"寂寞梧桐深院锁清秋"一句。这句一般读为"寂寞梧桐深院/锁清秋",若读作"寂寞/梧桐深院锁清秋",题语变为"寂寞",后面全为评语,则变为 2+7 节奏，读来饶有韵味。这样一来，这句就变为头小尾大的题评句。另外，不少一字领的句子也可作题评句来读，前提是领字与所领的部分在句子结构上存在明显的断裂。如欧阳修《清商怨》"渐/素秋向晚"一句可作题评句解。"渐"为题语，而"素秋向晚"是评语，说明何物之"渐"变也。柳永慢词《八声甘州》"渐霜风凄紧，关河冷落，残照当楼"也是同样的题评句，但呈现出向章节结构拓展的趋势。如果说主谓句在小令中不断推陈出新，得到蓬勃的发展，而题评句形式变化则少得多。

　　从以上所讨论"破"和"立"的各类例子，我们可以看出小令句法的创新主要是沿着"去诗化"和"再诗化"的路径进行的。"去诗化"的"诗"是狭义的诗，即与词相对立的诗体。顾名思义，"去诗化"就是说诗体中最为追崇的句式都弃而不用，包括倒装句、压缩句、对句等等，反而采用不符合诗歌的韵律节奏——往往是俚俗的散文句。而"再诗化"的"诗"是广义的诗，即包括词在内的诗歌整体。"再诗化"是指对所用的散文句进行诗歌韵律化，即借助音乐节奏和语言声调的影响，把像 1+4、1+3+1、1+5、3+4 这些历来被诗体排斥在外的散文节奏改造成固定的、在词中必须遵循的新韵律节奏。同时，这些新韵律节奏又催生出不少既不似诗句，又与散文句迥然有别的主谓句式。这些句式的特点有三：一是句中分领字和被领字句两大部分。二是两大部分之间有严重的断裂，原因是两者之间的停顿通常与语义的停顿扞格不合。另外，词语内容和风格也存有极大的差异，领字往往是俚俗的口语虚词，而被领的部分则多是更为高雅的、以实词为主的词语。三是领字有强烈的呼唤作用,而被领部分则可视为对呼唤的一种反应,从而把一般的陈述化为"语言行为"(speech act)。这三大特点无疑造就了理想的"陌生化"的效果。当听到或读到这些在实际生活中少见的句式,我们自然会感受到虚与实、俗与雅、言语与行为的张力,从而领略到愉悦的审美经验。如果说小令中含领字的主谓句,已展示向结构层次的扩展,那么题评句对小令结构的影响则更为深远。

第五节　小令章节结构

在小令之中,线性的序列章节和断裂性的题评章节都大量使用。前者与诗体所用序列式章节并无二致,谈不上有什么值得注意的创新,故本文不作讨论。后者则与诗体中所见的题评章节(或称比兴章节)大异其趣。按照形式,小令的题评章节可以分为头小尾大式与头大尾小式两种。我们不妨先审察两种章节形式的典型例子,随后再作理论的总结。

(一)头小尾大式

头小尾大式主要特点如下:题语为一言或两言,为描绘的主题或中心,剩下部分皆为词人或词中人对此的评语。蔡伸的《苍梧谣》便是一个明显的例子:

§ 10.23

苍梧谣

蔡　伸

天。休使圆蟾照客眠。人何在,桂影自婵娟。①

这首小令是一个完全不平衡的题评结构。单字句"天"作为题语,是全首词的关键。其余三句,则是由词中说话人发出的一系列递进的评语。首先是他对上天的请求:"休使圆蟾照客眠。"希冀圆月不映照着他这个孤独的客居之人。紧接着的便是他的独白:"人何在,桂影自婵娟。"究竟是他、是她,还是他们两人都在望月发问呢? 词人在这里似乎有意作了模糊的处理。这个"题"与"评"不相平衡的结合,是作者有意为之,以取得最大限度的新鲜感和表现力。

这里的第一句"天"仅为一字,可与下句合起来称为一"句",又由于此词短小,全篇四句可称为"篇",似乎又可称为"章"。因此,"天。休使圆蟾照客眠"可看为一个题评句,题语为"天",后面部分则为评语,而随后的两句又可认作是进一步的评语,因此这四句可以合起来看作是扩展的题评句,同时也可称为是题评章,甚至可称为题评篇。假如一字句之后紧接一个连贯的长句,如毛泽东"山,快马加鞭未下鞍,惊回首,离天三尺三"一首,那么这首词称之为句、为章、为篇皆可也。

---

①见《全宋词》,页1030。此词牌又名《十六字令》。

§ 10. 24

归字令

袁去华

归。目断吾庐小翠微。斜阳外,白鸟傍山飞。①

在这首中,"归"点出思归的心绪为这首词的中心话题,而后面三句则以词人思念家乡,望断关山的动作,以及纳入眼帘的自然意象作评语,来表达自己无限乡愁。

更多的小令以二言句作为开头的题语。如下面一例:

§ 10. 25

调　笑

毛　滂

芳草。恨春老。自是寻春来不早。落花风起红多少。记得一枝春小。绿阴青子空相恼。此恨平生怀抱。②

这首中,"芳草"二字是统领全章的题语,与蔡伸《苍梧谣》中的"天"类似,此题语也是具体物象,而评语则是题语所触发的思春、惜春的无限感慨。柳永的《甘草子》也以二言的题语开篇:

§ 10. 26

秋暮。乱洒衰荷,颗颗真珠雨。雨过月华生,冷彻鸳

---

① 《全宋词》,页 1507。此词牌又名《十六字令》。
② 《全宋词》,页 690。

莺浦。

　　　池上凭阑愁无侣,奈此个、单栖情绪。却傍金笼共鹦鹉,念粉郎言语。①

　　这里,"秋暮"与后面的两个双行句的意义有所关联,"秋暮"点出时节,而后面的双行句则是对当时景物的具体描写。然而,在诗歌形式上,这个二言句与后续四行显然有明显的断裂,故仍可视为题语。的确,下片五行全用于抒情,实为上片对"秋暮"反映的延续和发展。换言之,"秋暮"是统领全首的题语,其余所有句子都是它的评语。正因如此,"秋暮"可以抽出来作此小令的题目,而全首的意义没有丝毫的变化。作为题语的二言句并非一定要放在篇首,有时题语会延后出现,如下面一例所示:

　　§10.27

荷叶杯

韦　庄

　　记得那年花下。深夜。初识谢娘时。水堂西面画帘垂,携手暗相期。

　　惆怅晓莺残月。相别。从此隔音尘。如今俱是异乡人,相见更无因。②

---

① 《全宋词》,页14—15。
② 《全唐五代词》,页158。

这里,"深夜""相别"分别是上下片的题语,而之后的句子则是评语,即题语所引发的情感反应。上片的评语是对情侣相识往事的回忆,而下片的评语则是晓莺残月中相别之愁绪的抒发。

总的来说,小令中头小尾大的题评章并不是太多,不像头大尾小式那么得以广泛使用。这类题评章有的是以词牌的形式固定了下来,如上引的《苍梧谣》,而有的则是词人对现有词牌做一些改动,以两字题语作为整首词的开头。

(二)头大尾小式

头大尾小的题评章在小令中使用非常广泛。在这类题评章中,大部分诗行属于题语,要么是景物描写,要么是感情的抒发,而章末的句子则是对前面的景物或抒情作出评论,故应视为评语。根据评语部分首句的字数多少,这类题评章可分出以下四种。

1. 二言句评语

二言句在汉乐府或歌行体中极少使用,然而在词体中却较为常见,并且往往作为精练扼要的评语使用。如下面这一例:

§10.28

上行杯

孙光宪

离棹逡巡欲动,临极浦、故人相送。去住心情知不共。
金船满捧。绮罗愁,丝管咽。迥别。帆影灭。江浪如雪。①

---

① 《全唐五代词》,页634。

这首小令中,先描绘故人相送之时的心情,然后以"迥别"总结上述情景。前面所有句子合起来为题语,而"迥别"则是评语。

类似的例子又可见于温庭筠的这首词:

§10.29

荷叶杯

温庭筠

　　镜水夜来秋月。如雪。采莲时。小娘红粉对寒浪。惆怅,正相思。①

"如雪"与"惆怅"皆为二言句,均对前一个七言句加以概括性评述,起着评总貌的功用。

下面这首苏轼的名作《定风波》中,评语则在词尾:

§10.30

定风波

苏　轼

　　莫听穿林打叶声。何妨吟啸且徐行。竹杖芒鞋轻胜马。谁怕。一蓑烟雨任平生。

　　料峭春风吹酒醒。微冷。山头斜照却相迎。回首向来萧洒处。归去。也无风雨也无晴。②

---

① 《全唐五代词》,页 125。

② 《全宋词》,页 288。

这首词一共六十二字，上下片均有一个二言句："谁怕""归去"。上片五句中前三句是自己具体活动的描写，然后加简单评语"谁怕"，从而体现出作者自在超脱的心情，随后又加入"一蓑烟雨任平生"，进一步对前面一句加以抒发，也算是评语。下片同样如此，不过在第一句描绘完自己酒后微醺的感觉之后，苏轼又加入"微冷"二字，也是对前者的评语。最后的"归去"二句不仅意指酒后归家，而且描绘了自己淡泊名利、宠辱不惊的"也无风雨也无晴"心情，既写景也抒情。因此，对自己生活的描述是题语，而自己的感悟则多是以评语形式表现出来。

§ 10.31

南乡子 登京口北固亭有怀

辛弃疾

何处望神州。满眼风光北固楼。千古兴亡多少事，悠悠。不尽长江衮衮流。

年少万兜鍪。坐断东南战未休。天下英雄谁敌手。曹刘。生子当如孙仲谋。①

在辛弃疾这首有名的小令中，"悠悠"为评语，前面三句合起来是题语。在看到登楼风光之后，词人以联绵字"悠悠"概括了自己无限惆怅的感慨，随后又宕开一笔，借长江之水滚滚流去之景象，进一步抒发自己的情怀。

---

① 《全宋词》，页1961。衮衮，通行本作"滚滚"。

§ 10. 32

风流子

孙光宪

　　楼倚长衢欲暮。瞥见神仙伴侣。微傅粉，拢梳头，隐映
画帘开处。无语。无绪。慢曳罗裙归去。①

这首小令的时代较早，写于五代。开头数句是一系列动作描写，
然后用直截了当的评语点明词中人的情感"无绪"，最后又加入一
句描写"慢曳罗裙归去"，从而为全诗增添了几分余韵。这里可见
词体与诗体大不相同，诗体往往讲求余韵，讲究含蓄，追求意在言
外的美学特征，意在由读者去体会诗的意境。而词体则不尽相
同，小令作者一方面通过具体意象抒发情感，另一方面又跳出情
感来观察自己的情感状态，并对自己的情感状态加以评论。这首
词就是明显的例子。而这样的手法以西方批评术语来说，即"双
重主体性"（double subjectivity），第一重是通过描述意象来阐述自
我情感，第二重则是对自己的情感加以评论。这样的写法往往伴
随着题评结构的出现。所描绘的意象是题语，而评语则往往是情
感之概括。描绘意象的人可能是词中女子，也可能是词人自己，
还有可能是独立于词人或词中女子之外的第三者。"无语。无
绪"清楚表现出词中这位懒倚楼的女子之心情，这也许就是词中
这位女子的自我感叹。先描述自己所见，然后自伤身世，因此这
两句或许是词中角色的自怜自艾，或许是词中观察人，而这位观

---

① 《全唐五代词》，页 630。

察人可能就是词人自己。

§ 10. 33

忆仙姿

李存勖

　　曾宴桃源深洞。一曲清歌舞凤。长记欲别时，和泪出门相送。如梦。如梦。残月落花烟重。①

这首也写于五代时期。"如梦"是评语，前面全部是题语。这里的题语也是对具体场景的描绘，和上首类似。这两句评语"如梦。如梦"也是词中角色跳出前面的具体场景，然后自我喟叹。词中角色或词人在前四句中追忆过去的生活、过去的场景，对过去的事情加以描述，而这两句则是他抚今追昔，不禁感叹过去的事如梦一样，对自己的回忆加以评论。前几句说的是已然过去的回忆，这两句说的是现在对记忆的感受。

　　下面这首写于北宋的《如梦令》中，也是以二言句为评语：

§ 10. 34

如梦令

李清照

　　常记溪亭日暮。沈醉不知归路。兴尽晚回舟，误入藕花

---

①《全唐五代词》，页 445。

深处。争渡。争渡。惊起一滩鸥鹭。①

然而,和上述两个例子不同,"争渡"这句评语是补充性说明,在具体描述之后点出最想引起读者注意的部分,是对前面的仔细描述所作的补充。

2. 三言句评语

小令的评语中二言较多,但是仍然有不少小令以三言句子为评语,如下面这首《花间集》中的作品:

§ 10. 35

蕃女怨

温庭筠

碛南沙上惊雁起。飞雪千里。玉连环,金镞箭。年年征战。画楼离恨锦屏空。杏花红。②

结尾的三言句"杏花红"是评语,突出表现了各色各类景物中最为引人注目的景物。此句前面均是题语,连续描绘了各种景色。这里的评语功能和李清照《如梦令》中的二言评语功能类似。有时,三言句的评语并非物象景物,而是抽象的语言:

①《全宋词》,页 927。
②《全唐五代词》,页 124。

§ 10. 36

饮马歌

曹 勋

边城春未到。雪满交河道。暮沙明残照。塞烽云间小。
断鸿悲。陇月低。泪湿征衣悄。岁华老。①

同样,评语在结尾。"岁华老"三字并非景物描写,而是在前面全
部的景物描写之后,以此句抽象的评论总括前文的情感或景物
描写。

§ 10. 37

浣溪沙

无名氏

五两竿头风欲平,张帆举棹觉船行。柔橹不施停却棹,
是船行。
满眼风波多陕汋,看山却似走来迎。子细看山山不动,
是船行。②

这首词四十八字,分为上下两片,每片都呈现明显的题评结构。
前面几句描绘风景或心境,最后一句突然转折,似乎给人一种恍
然顿悟之感。作者给前面的描写加上评语,说明为何出现这些景

---

①《全宋词》,页 1230。
②《全唐五代词》,页 840。

象——"是船行"。

一般来说,有上下两片的多于三十字的较长小令中,时常每片均有题评结构,但有时上下片的节奏并不一致,如下面这首冯延巳的作品:

§10.38

归国遥

冯延巳

何处笛。终夜梦魂情脉脉。竹风檐雨寒窗隔。

离人数岁无消息。今头白。不眠特地重相忆。①

此词三十四字,有上下二片。上片以三言句"何处笛"为题语,而下片则以三言句"今头白"为评语。"今头白"这句之前的三个句子加在一起成为"今头白"的题语,均为回忆片段。而走出回忆后,词人从另外一个角度评论自己的情状,现在已然头白。由此可见这类多于三十字的较长小令中,也许上下片各自有不同的题评结构,这例先以头小尾大的题评结构发出感慨,然后词人又以另一种形式对自己的感慨发出评论和感叹。这样的结构后来在散曲中被大量使用。

3. 四言、五言句评语

以四言句为评语的例子可见李煜的这首名作:

---

① 《全唐五代词》,页681。

§ 10. 39

浪淘沙

李　煜

帘外雨潺潺。春意将阑。罗衾不暖五更寒。梦里不知身是客，一晌贪欢。

独自莫凭栏，无限关山。别时容易见时难。流水落花归去也，天上人间。①

此处上下二片各自以一个四言句结尾，这两个四言句可以看作是对前文情况的评论，为评语。前面多是描绘一些情境，和最后一句的"一晌贪欢"或"天上人间"之间有明显的断裂结构，题语多是描绘，评语则多是李煜对自己境况的凝练的总结或反思。李煜的另一首六十二字的《破阵子》则以五言句为评语：

§ 10. 40

破阵子

李　煜

四十年来家国，三千里地山河。凤阁龙楼连霄汉，琼枝玉树作烟萝。几曾识干戈。

一旦归为臣虏，沈腰潘鬓消磨。最是仓皇辞庙日，教坊犹奏别离歌。垂泪对宫娥。②

---

①《全唐五代词》，页765。
②《全唐五代词》，页764。

这首词中,上下片各以一个五言句结尾。这两个五言句均为评语,是对前文四句的评论。上片中前面几句描绘过去自己当国君享乐的境况,最后"几曾识干戈"是对自己昏庸无知的悔恨;下片中前面两句描绘目前沦为臣虏的状况,后两句则是词人对仓皇出逃场面的回忆,而片末以"垂泪对宫娥"的自我特写作评语,借以表达心中无法诉说的无限的伤悲。

　　综上所述,小令的题评结构章节创新之处有二,一是题语和评语两部分之不平衡。诗体中题评两部分通常呈平衡状态。例如,在《诗经》的题评章中,最常见的搭配是两行写物两行言情。虽然言情部分有时会扩展数行,但写物部分至少有整整两行,故并不让人觉得失衡。相反,小令的题语或评语都可变得极短,与另一部分的冗长形成鲜明的对比,给人强烈的不平衡感。简短的评语出现在章末,这种头大尾小的结构在诗体中是很少见的。二是大量单句的使用。诗体题评章中,题语或评语至少有两行,而小令则大量使用单句,一言、两言、三言、四言、五言句都有。其中最令人注意的是,词人引入了两种崭新的句类:一字句和二字句。在此以前的文体中缺少一字句和二字句,显然是与诗人试图将单句或对句构建成完整的主谓或题评句的习惯有关,因为单字句和二字句过于短小,不可能构成一个完整的句式。但对词人而言,单字句和二字句的短小却恰到好处,用作题语使人警醒兴奋,用作评语则铿锵有力。单个一字句或二字句挑起一章中题语或评语的重担,发挥关键的结构作用,在中国诗歌史上乃是首创。

第六节 小令全篇结构

全篇结构主要是指作品中章节之间的组织结合。本节的讨论对象主要是多于三十字、有两片的小令的全篇结构,及其上下两片之间的组合关系。这类小令的全篇结构可分为三大类:二元结构、线性结构、叠加结构。

(一)二元结构

这种结构主要受诗体传统影响,第一部分写景,第二部分言情。在词体兴起之前,诗体往往包括写景、抒情两大部分。如《古诗十九首》首先大量使用二元结构,主要以景物起兴,然后抒情。唐代律诗虽有起承转合的结构,基本也包括写景与抒情两大部分。可见二元结构是古体诗与近体诗中常见的结构。小令也许受到了诗体传统的影响,也有不少这类结构的例子,如下面这首作于唐代小令初兴时期的作品:

§10.41

长相思

白居易

汴水流。泗水流。流到瓜州古渡头。吴山点点愁。

思悠悠。恨悠悠。恨到归时方始休。月明人倚楼。①

这首作品上片写景下片抒情。上片主要是对景色的描写,而下片主要是讲述情感。每片均是题评结构,如上片前三句是景物描写,最后点题,可以看出前三句是写景,最后评语句是抒情;下片前三句是情感铺陈,是抒情,而最后是写景,是对思人现状的描绘,以意象作为评语。虽然每片是题评结构,然而整体看来,这首词的全篇结构仍然是感物言情的二元结构。同样的例子可见于北宋欧阳修的这首:

§ 10.42

朝中措

欧阳修

平山阑槛倚晴空。山色有无中。手种堂前垂柳,别来几度春风。

文章太守,挥毫万字,一饮千钟。行乐直须年少,尊前看取衰翁。②

欧阳修于扬州做太守之时筑平山堂,并写下此词,上片描述扬州蜀冈平山堂前景色,下片纯粹抒发情怀。友人相聚,游目骋怀,作诗饮酒行乐,好不乐哉! 同样,晏几道《鹧鸪天》也是二元结构的

---

① 《全唐五代词》,页 74。
② 《全宋词》,页 122。

代表：

§ 10.43

鹧鸪天

晏几道

　　彩袖殷勤捧玉钟。当年拚却醉颜红。舞低杨柳楼心月，歌尽桃花扇影风。

　　从别后，忆相逢。几回魂梦与君同。今宵剩把银釭照，犹恐相逢是梦中。①

这首很明显地保持了诗体中常见的感物言情的二元结构。上片描绘当年相逢时的宴饮境况，歌舞酒筵，尽欢尽兴；而下片是现在的词人与当年旧人相逢，回忆当年，抒写又惊又喜的情感。范仲淹的名作《苏幕遮》也是如此：

§ 10.44

苏幕遮

范仲淹

　　碧云天，黄叶地。秋色连波，波上寒烟翠。山映斜阳天接水。芳草无情，更在斜阳外。

　　黯乡魂，追旅思。夜夜除非，好梦留人睡。明月楼高休

_____

① 《全宋词》，页 225。

独倚。酒入愁肠,化作相思泪。①

这首名作的二元结构更为明显,上片写景下片抒情,情由景生。上片以数个意象,详细描绘了秋景;而下片则是词人的直接抒情。面对如此秋风萧瑟,身处羁旅,词人乡愁暗涌,如此愁绪在心头萦绕不去,层层叠叠,无法独自倚高楼,亦无法借酒消愁。下片的情感描写颇为细腻。

(二)线性结构

如果说二元结构在近体诗占有统治地位,那么在词体之中已走向式微。词体中开始占据中心位置的是线性结构。这一结构的兴起也许受到了赋体的一定影响,不过它却也并非简单的同类铺陈,而是有变化、有先后顺序的序列,是体现出情感发展的序列。小令初起之际,李白《忆秦娥》便体现了这一结构:

§10.45

忆秦娥
李　白

箫声咽。秦娥梦断秦楼月。秦楼月。年年柳色。灞陵伤别。

乐游原上清秋节。咸阳古道音尘绝。音尘绝。西风残照,汉家陵阙。②

---

① 《全宋词》,页11。
② 《全唐五代词》,页16。

这首词虽然多是景物描述,然而景物之间亦有一递进顺序,而且此顺序有助于更好地抒发情感。前两句描写当年箫声,随后三句进而提到"柳色",提及别情,下片转而又描绘乐游原、咸阳古道、西风、夕阳、汉陵等景物,这些景物之间并非铺陈的并列关系,而是随思想情感的变化而变换。景物的变换是为了抒发情感。北宋晏殊的名作《浣溪沙》也许体现了同样的结构:

§ 10. 46

浣溪沙

晏　殊

一曲新词酒一杯。去年天气旧亭台。夕阳西下几时回。

无可奈何花落去,似曾相识燕归来。小园香径独徘徊。①

很明显,上片与下片有情感上的递进承接关系,每片并非单纯的写景或者抒情,而是融情于景,情景相生,通过描述景物的变化来抒发变化的情感。又如辛弃疾的《清平乐》,也是这类结构:

§ 10. 47

清平乐

辛弃疾

茅檐低小。溪上青青草。醉里蛮音相媚好。白发谁家翁媪。

---

①《全宋词》,页89。

　　大儿锄豆溪东。中儿正织鸡笼。最喜小儿亡赖，溪头卧剥莲蓬。①

这首词中的情感与景物描写也并非完全可区分。随着描写对象的变化，看到的是作者情感的变化。此词整体看来刻画了闲适的农家生活，然而每句描写的景物又蕴含了细腻入微的抒情。词人享受乡间生活，如此悠闲，看到孩子们或劳作或贪玩，宁静悠闲的场景，心中也是向往之。而最后一句中，似乎词人看到小儿，莞尔而笑，读者读至此处，不禁与词人一起莞尔。由于词并非齐言，句子彼此参差，自然比诗体之线性结构更为引人入胜。

（三）叠加结构

　　叠加式结构指的是小令中上下片相似，然而不完全一样的联结关系。如下面欧阳修这首名作：

§ 10.48

生查子

欧阳修

去年元夜时，花市灯如昼。月到柳梢头，人约黄昏后。
今年元夜时，月与灯依旧。不见去年人，泪满春衫袖。②

──────────

① 《全宋词》，页 1885。
② 《全宋词》，页 124。

很明显,这首上下片节奏一样,内容也类似,然而其间却蕴含对比,是去年与今年的对比,这并非写景抒情的二元结构,也并非线性结构。类似的例子也可见下面这首:

§ 10.49

撼庭秋

晏　殊

　　别来音信千里。怅此情难寄。碧纱秋月,梧桐夜雨,几回无寐。

　　楼高目断,天遥云黯,只堪憔悴。念兰堂红烛,心长焰短,向人垂泪。①

这首也同样有过去与现在的对比。上下片均既说情,又说景,也算是相似的两片叠加。从这首可以看到小令中叠加式结构里,情景互动的关系有所变化。在这首里面,每片中均有情有景,上片先抒情后写景,下片则先写景后抒情,与诗体的景情截然二分的二元结构大为不同。两片中均有情景的互动。类似的例子可见陆游《钗头凤》:

§ 10.50

　　红酥手。黄縢酒。满城春色宫墙柳。东风恶。欢情薄。一怀愁绪,几年离索。错错错。

---

① 《全宋词》,页94。

　　　　春如旧。人空瘦。泪痕红浥鲛绡透。桃花落。闲池阁。山盟虽在,锦书难托。莫莫莫。①

　　在这首中,每片中均有景有情,然而两者之间的关系则是叠加关系。叠加结构下,情景互动似乎更为紧凑。如果说小令中最常用的结构是线性结构,那么叠加结构似乎将成为慢词中最显赫的结构。

第七节　小令词境:文繁意愈广愈深

　　笔者已经分别探究小令的节奏、句法、结构的特点,本节则主要探讨这三大方面的创新所造就的崭新艺术境界。笔者将深入分析不同的词作,尤其是三首有关"丧失"(loss)的小令,力图展示出它们如何与近体诗"文约意广"的诗境分道扬镳,通过对节奏、句法、结构的扩展,创造出"文繁意愈广愈深"的词境。

(一)词体的"文繁"

　　词体的兴起在中国文学史上的重要性不亚于五言诗的兴起。五言诗继四言诗之后兴起,在节奏、句法、结构等方面较四言诗有了巨大的质变,从而一跃成为最重要的诗体。五言诗兴起之后,经历了漫长的发展过程。从汉代至六朝,五言诗音律、词汇、句法

————————

① 《全宋词》,页 1585。

等方面的艺术特点得到了长足的发展。在五言诗基础上又发展出七言诗，继而产生五、七言近体诗①。总的来说，从四言到五言的演变，代表从文繁意少至文约意广的发展。虽然六朝时也有个别例外，如谢灵运将赋法引入山水诗的写作，使得自己的山水诗变得较长，然而从总的趋势看来，五言诗发展是倾向于在句法篇章上下功夫，尽可能以较少的文字表达较多的意义。齐梁时期，谢朓、王融、沈约等人讲究四声，避免八病，以声韵格律来规范五言诗，因此从那时开始，五言诗更加明显地走向简约一路，进而于唐代发展为格律规整的近体诗。如唐代近体诗追求对偶、秀句，无一不是这一趋势的反映。对偶是诗人欲用尽可能少的语言表达复杂的意义，而相较整首诗来说，若某一单句写的格外出类拔萃则为秀句。唐时对秀句大为称许，出现了很多秀句选集。短短五言或七言的单句或对句往往压缩入诸多意象含义，因此常有多重解读。如此可见，诗体的总体发展趋势就是从文繁至文约，从意少至意广，而源自乐府传统的叙事长诗只能算是一条支流。

　　不过，词体的发展似乎是另一途径。词体兴起之重大意义在于开拓了一条与诗体截然不同的途径，反向地从文约向着文繁的方向发展，意义上则并非"意少"，反而更广且更深。或者可将词体的发展趋势总结为"文繁而意愈广愈深"。

　　就字数而言，"文繁"这一点在慢词上体现的极为明显。传为

----

①虽然七言律诗并非是从五言律诗中发展出来的，但与五言诗关系甚为密切，在格律、对仗等方面无疑受到了五言律诗的诸多影响，因此可以说，七律的发展也是五言体艺术潜力不断发掘进程的延伸。

最长的词牌《莺啼序》为南宋吴文英所创,此词全文共二百四十字,已然大大超过最长的律诗五十六字。但对于六十二字以下的小令而言,似乎字数上并非扩展,并非多于近体诗,而是大多数少于近体诗。按照拙文所厘清的,唐宋小令词牌(笔者定为六十二字以下的词牌)总数为 311 种,而其中字数多于一首七律(56 字)的只有 42 种。这也就是说,字数少于七律的词牌 269 种,占据全部 311 种小令词牌的 86.5%。

并非所有小令都比之前的诗体更长,然而需要注意的是:词体长短句参差,因此和齐言诗相比,不少小令词牌的句数更多,节奏更为灵活,变换更为多样。伴随而来的便是句法上的多样变化。如拙文所述,小令不求对偶,不像近体诗那样力求对诗句进行省略、压缩。小令最初起源于歌唱,而用以唱歌的词体应节奏而变,并且往往权宜而变,所以在采齐言诗入词时往往不会有省略压缩,而更多是为了改变节奏而添字,如下面这首金代词人吴激所作的小令:

§ 10. 51

人月圆 宴北人张侍御家有感

吴 激

南朝千古伤心事,犹唱后庭花。旧时王谢,堂前燕子,飞向谁家。

怳然一梦,仙肌胜雪,宫髻堆鸦。江州司马,青衫泪湿,同是天涯。①

————————

① 唐圭璋编:《全金元词》,北京:中华书局,1979 年版,页 4。

这首小令中,很明显,词人化用了唐代诗句,然而当诗句进入小令时,原来为"旧时王谢堂前燕""江州司马青衫湿"这样的句子,则适应乐曲节奏,均变为了 4+4 的句法形式。

另外,词体中的主谓句与题评句也和诗体不一样。词体的主谓句往往是跨越好几个停顿的长句,而且停顿的位置并不像齐言句那样规整,而是较为随意。而就题评句而言,齐言诗中题评句只存在于单个诗行之中,而小令中,题评句已显示出扩展为题评章的倾向。就结构而言,词体相比诗体则出现明显的扩展趋势。律诗和绝句均讲究起承转合,这一结构其实是循环封闭的结构,四句或八句诗句首尾圆合,结尾照应开头。相反,词体中有线性、叠加、二元结构三种,并非是封闭的结构系统,其间有发展,有变化,有递进。虽然二元型结构在词体中也常见,然而二元结构中并没有起承转合的结构,而且结尾往往是开放式结尾(open-en-ded),并未照应开头。

从以上分析可以看到,词体冲破"文约"的限制,文字的使用是适应了抒情的需要,并非近体诗那种在规整的固定格式中以有限文字尽可能抒发无限意义。词体较诗体而言较为开放,根据抒情需要选取文字,虽然说词牌的音乐属性使得词人依然有一些限制,然而词人可选择的词牌很多,范围很广,这样的限制条件是较为宽泛的。这也许便是"文繁"的内在意义。需要强调的是,"文繁而意愈广愈深"中,"文繁"并非指的机械的字数增多,若真是如此,那么汉赋则是最为"文繁"的文体。在汉赋中,同类事物列举铺陈较多,其实在抒情意义上并没达到"意愈广愈深"这一点。词体的"文繁"是指用更多词语来表达更加丰富的内容。

(二)词体的"意愈广愈深"

词体之"文繁"为何有助于创造"意愈广愈深"的词境？为了解答这一问题，让我们看看范仲淹的一首名作《苏幕遮》：

§ 10.52

　　碧云天，黄叶地。秋色连波，波上寒烟翠。山映斜阳天接水。芳草无情。更在斜阳外。

　　黯乡魂，追旅思。夜夜除非，好梦留人睡。明月楼高休独倚。酒入愁肠。化作相思泪。①

为了说明小令对近体诗的革命，我们可以将这首词想象为是通过给一首七言四句的小诗增字而写成的：

	对应的词体句子
天地秋波寒烟翠	碧云天。黄叶地。秋色连波。波上寒烟翠。
山水芳草斜阳外	山映斜阳。天接水。芳草无情。更在斜阳外。
乡魂旅思无眠夜	黯乡魂。追旅思。夜夜除非。好梦留人睡。
月楼独倚相思泪	明月楼高休独倚。酒入愁肠。化作相思泪。

---

① 《全宋词》，页11。

加下划线的是给七言诗增加的字。这些增加的字使得对景物、对情感的描述更为具体，使词人得以表达情感持续发展的复杂过程。律诗中诗人也力图表达这种过程，但却是只能通过意象排列来暗示，如"鸡声茅店月，人迹板桥霜"一句。但在这里，我们则可以看到持续的线性发展过程。上片中，"碧云天。黄叶地"说的是白天，而"秋色连波。波上寒烟翠"说的是时间似乎已接近下午时分，"山映斜阳天接水。芳草无情。更在斜阳外"则点出时间为傍晚日落时刻。因此，词人凝视斜阳芳草与山水，顿生无限乡愁。下片说的是夜晚。"黯乡魂。追旅思。夜夜除非。好梦留人睡"道出时间为晚上，而"明月楼高休独倚。酒入愁肠。化作相思泪"则点明了月亮已然高悬于空中，时间已经是晚上，也许已是半夜，因此在这样的夜晚词人不禁借酒消愁。从上片到下片讲述了很明显的时间递进，而且不同时间段的众多意象也很表明了持续的情感发展进程。由于词体在字数上不像七言诗那么要求严格，词人可以将意象变为情感的直接陈述，如划线部分"夜夜除非。好梦留人睡"其实就是"无眠夜"这一意象的扩展，把三个字变为九个字，以平直白描语言叙述了自己的情感发展。这九个字连起来也许有不同的停顿断句之法，我们也许可以断为"夜夜。除非好梦留人睡"，然而由于诗人选择的词牌，我们便断为 4+5 二句。"酒入愁肠。化作相思泪"这一部分也类似，是对"相思泪"这一简单意象的扩展。从这里我们可以看到，通过意象与直接白描的叙述语言之交互，词体表达出了情感的变化，情感的发展进程。由此可见，在词的佳作之中，"文繁"总会创造出"意愈广愈深"效果。

　　我们再来看看三首以"丧失"为中心主题的名作，即李煜《虞

美人·春花秋月何时了》、苏轼《江城子·十年生死两茫茫》、陆游
《钗头凤》。三词所表达的情感是去国离家、失去故土之痛,生死
两隔、失去故人之伤,时移境迁、失去挚爱之悲。它们分别写于南
唐、北宋、南宋时期,恰恰是词体从兴起到发展成熟再到蔚为大观
的三个时期。通过细读三词,我们可以探讨词体如何允许作者做
一些在使用诗体时无法做到的事情。

§ 10.53

虞美人

李　煜

	对应的词体句子
春花秋月悲往事	春花秋月<u>何时了</u>,往事<u>知多少</u>。
小楼东风故国愁	小楼<u>昨夜又</u>东风,故国<u>不堪回首</u>月明中。
雕阑玉砌朱颜改	雕阑玉砌<u>应犹在</u>,<u>只是</u>朱颜改。
愁似春江水东流	问君能有<u>几多</u>愁,<u>恰似</u>一江春水向东流。①

　　比较两者,我们可以看到李煜的词相比七言诗来说,一行变
为两行词句。加下划线部分表示词体所加入的部分:"何时了"
"知多少""昨夜又""不堪回首""应犹在""只是""几多""恰似"。
这些加入的部分很多是虚字,可以更为准确地表达情感的细腻之
处。首先,"何时了"以设问的方式表达看到春光时极度的抑郁与
悲伤,是感情的迸发,比这里绝句第一句的平淡讲述情感上更为

———

① 《全唐五代词》,页741。依照通行本,"依然在"改为"应犹在"。

深入。其次，"昨夜又""不堪回首"则将时间、地点、环境全部具体化，并且显示了时间上的对比。然后，"应犹在""只是"又是一层对比，说的是变与不变，时间变换，人也变换，然而景物不变。最后，"几多""恰似"使得句子变长，用设问问读者也问自己，让读者与他产生感情共鸣。这首词中的"增字"点明了抒情的具体时间、地点，使得情感更为个性化，其间的情物互动也更为细腻、有层次。其中不少"增字"是情态动词、反映心理状态的虚词，使词更为口语化，更为浅白，似乎作者对读者在说话，声声句句，感人至深。

　　将虚词副词变为抒情工具的做法，在绝句中就能够见到，而利用这些词语搭建了一个可以允许词人在过去、现在、将来不同的时空之间自由跳跃的叠加结构，则是李煜的独创。开头"春花秋月何时了"说的是现在也是过去，现在的春花秋月让他想起了过去，下句"往事知多少"则点明了过去，作者陷入回忆中。"小楼昨夜又东风"的"昨夜"是最近的过去，而"故国不堪回首月明中"的故国是遥远的过去，思绪由最近的过去回到更加遥远的过去。"雕阑玉砌依然在"是想象之境，是想象中的现在，"只是朱颜改"也是想象之境，不过这里又插入了过去。他想象着过去的朱颜到现在是何模样。通过遥远的过去、最近的过去、现在这些时间上反复的变化，李煜得以将亡国之君的痛苦表达得淋漓尽致。这首词因其时空上的自由变换、痛苦情感之深度，以及直接白描的语言，赢得了千古声名。

§10.54

江城子

苏　轼

十年生死两茫茫。不思量。自难忘。千里孤坟,无处话凄凉。纵使相逢应不识,尘满面,鬓如霜。

夜来幽梦忽还乡。小轩窗。正梳妆。相顾无言,惟有泪千行。料得年年断肠处,明月夜,短松冈。①

这首词中,我们可以看到类似的特征。首先,它也有大量情态动词以及虚词,明白晓畅。巧妙安排时空变换也是这首词的主要特征。"十年生死两茫茫,不思量,自难忘"使得读者跟随作者进入过去的时空,而后"千里孤坟,无处话凄凉"又回到了现在的时间,最后一句则是揣摩,呈现出想象中的现在:"纵使相逢应不识,尘满面,鬓如霜。"上片短短几句已经有了如此反复、如此复杂的时空变换了。下片"夜来幽梦忽还乡,小轩窗,正梳妆"说的是夜里的梦,是最近的过去,但是"相顾无言,惟有泪千行"却又回到想象中的现在,随后结尾三句"料得年年断肠处"讲的是从过去到现在的时间延续,而"明月夜,短松冈"又再将时间引向将来。通过过去、现在、将来之间的不断跳跃,这首词生动并细致地从各个层次上描写了词人思念故人,痛彻心扉之伤。而这种细腻、真实、深切的情感在受到字数限制的近体诗中是无法表现出来的,只有在这种篇幅较长的小令中,词人才可以反复穿梭于三个时空之中,或

①《全宋词》,页300。《全宋词》作《江神子》,现改用通用的《江城子》。

追忆或感慨或假想,细致入微地表达个人情感,表达个人失去发妻的凄婉之痛。从这一例我们可以看到,词体虽然"文繁",然而"意愈广愈深"。同样的例子可见于陆游《钗头凤》:

§ 10.55
　　红酥手。黄縢酒。满城春色宫墙柳。东风恶。欢情薄。一怀愁绪,几年离索。错错错。
　　春如旧。人空瘦。泪痕红浥鲛绡透。桃花落。闲池阁。山盟虽在,锦书难托。莫莫莫。①

上片中前三句"红酥手。黄縢酒。满城春色宫墙柳"写景,写现在之景,"东风恶。欢情薄。一怀愁绪,几年离索"是回忆过去,写过去之情,而最后三字则又回到现在,不禁感慨"错错错"。上片是由现在的景想起过去的情。下片中"春如旧。人空瘦。泪痕红浥鲛绡透。桃花落。闲池阁"讲现在之景,同时又并列提及过去之景。"山盟虽在,锦书难托。莫莫莫"也是过去之事与现在之事并列,虽然过去山盟尚在,然现在锦书难托。这首词和苏东坡《江城子》类似,也有过去、现在的时空交错,也细腻表达了词人失去挚爱之伤。

　　以上三首词在结构上均采取了叠加结构。叠加结构能够呈现较为复杂的反思,以及缠绵悱恻的情感变化。而慢词基本上都采用叠加结构。慢词中,词人常常穿梭于过去、现在、将来之间,

①《全宋词》,页 1585。

常常有不同时空中景、情、事的叠加。当然,小令中叠加结构的成功使用也离不开前文所述的新节奏和新句法的使用。节奏、句法、结构同时创新,共同造就了一种意蕴深远、缠绵悱恻,观之使人感慨万千,读之令人沉醉难舍的词境。

第十一章　慢词节奏、句法、结构、诗境

　　探究词的艺术特点，领字无疑是极佳的切入点。这点古人早就注意到了，例如张炎《词源》就曾从领字角度定义词与诗之不同："词与诗不同，词之句语，有二字、三字、四字，至六字、七、八字者，若堆叠实字，读且不通，况付之雪儿乎。合用虚字呼唤，单字如正、但、任、甚之类，两字如莫是、还又、那堪之类，三字如更能消、最无端、又却是之类，此等虚字，却要用之得其所。"①张炎主要是从词汇的角度来定义词体与诗体的本质区别。他认为诗体多为实字堆积，而词体不同，句子有长有短，且实字间以虚字，而这些虚字才是词与诗最明显的不同。从所列举的例子来看，张氏说的虚字即是后世词论家所称的"领字"。一般来说，领字往往是口语化的词语，而且多为强烈感叹，因此在声调上便多属于入声或去声字，在句首起到呼唤听者注意的良好效果。

　　领字不仅是诗词差异的重要标志，而且对于辨别小令和慢词两大类词亦大有帮助。按传统的分类，五十八字以内为小令，九十一

---

① 张炎：《词源》卷下，唐圭璋编：《词话丛编》，第 1 册，页 259。

字以上的词为慢词,又多被称作长调①。从小令到慢词的发展,仅仅是添加三十三个或更多字的量变,还是艺术形式的质变?由于诵读慢词作品常常带来与小令不同的审美体验,我们很可能会觉得是一种质变。然而,如何运用语言分析来确定这种质变,较为精准地阐述慢词形式诸方面独特之处,却是尚待我们进行探索的课题。

　　本章将尝试以领字为切入点,对此课题开展较为系统的研究。如果说张炎只是在词汇的层次上谈论领字的作用,笔者则试图同时研究领字在节奏、句法、结构三个层次上的作用,以及三者之间的内在关系。通过仔细比较领字在小令和慢词中的不同作用,笔者将展示慢词如何因领字使用而引入许多新的节奏、句法、结构,从而创造出比小令"言更繁而意更深广"的艺术境界。

　　就对韵律节奏的影响而言,慢词领字和小令领字的作用是相同的,本书第十章第三节已详细地讨论了领字对节奏的影响,因而此处无须赘述,可以直接进入有关领字与句法关系的讨论。

第一节　领字与慢词句法

　　在汉诗传统中,每种诗体都有其独特的韵律节奏,而每种主

---

①慢词这一观念来源于乐曲之"慢",而长调的定义始于《草堂诗余》,则是单纯以字数区分的概念。因此,慢词与长调这两个概念划分标准不同,内涵也不一样。可参见陶尔夫、诸葛忆兵:《北宋词史》,哈尔滨:黑龙江教育出版社,2002年版,页209—211。本章所讨论的对象多为慢词又为长调,但以"慢词"概念概之。

要韵律节奏都催生出各种独特的主谓和题评句式,展现出愈加复杂的时空及主客观关系,营造出各种各样精妙绝伦的诗境。笔者先前对四言诗、五言古诗、五律、七律以及小令艺术形式的分析,无不一一证明了韵律节奏与句法之间的内在关系。同样,在慢词之中我们也可以清楚地观察到,领字使用不仅造就了 1+4、3+3、3+4 等崭新的韵律节奏,而且还催生出种种与之相对应的主谓和题评句式。

(一)一字领与头小尾大的主谓句群

一字领经常是及物动词,而后面所领的部分自然是其宾语或宾语从句。在小令之中,一字领通常只领一个简单主谓句,因而领字和所领部分结合为一个头小尾大的复杂主谓句,如“关河愁思望处满。渐/素秋向晚”(见 §10.16)。由于慢词中一字领通常领两三个平行或递进的句子,所以领字和所领部分合起来便构成一种独特的、头小尾大的主谓句群,如柳永《八声甘州》中三例所示:“对潇潇、暮雨洒江天,一番洗清秋……望故乡渺邈,归思难收……叹年来踪迹,何事苦淹留。”三例的一字领全是描述词人身体动作的及物动词,而所领部分则可称为大体平行但具有不同程度递进意义的两句。“潇潇暮雨洒江天,一番洗清秋”先直述雨况,然后加上夸张的描写。另外两例中的递进关系则更为明显,首句写景或叙事,次句则转为抒情。

这种头小尾大的、谓宾式的复杂主谓句其实在从前的诗体中也有使用。《楚辞》中“骚体”就包括不少这类的主谓句,往往是第一个字为单音动词,随后以很长的宾语部分加之,如“恐/年岁之不吾与""惟/草木之零落兮""恐/美人之迟暮"这些名句。后来的辞赋作家也承继了这一特色,赋体中往往可以看到类似的主谓句式:以一个单音动词开头,以较长的宾语结构随之。批评家往往认为词体,尤其是慢词,受到了赋体的影响。是否真的如此,此处暂不下定论,但是从领字的用法可以看到,词体和楚辞的骚体确有关联,"对潇潇暮雨洒江天,一番洗清秋"便可视为是对楚辞骚体头小尾大主谓句式的扩张。

在慢词中,动词性质的一字、二字领还可以领特长句,而这种用法尤为辛弃疾所钟爱。这里聊举两例:"算只有殷勤,画檐蛛网,尽日惹飞絮。"(《摸鱼儿》)"却笑东风从此,便熏梅染柳,更没些闲。闲时又来镜里,转变朱颜。"(《汉宫春》)纯粹从语义的角度来看,"算""却笑"两个领字所领的都是一个很长的谓宾句:

算/只有殷勤画檐蛛网尽日惹飞絮。

却笑/东风从此便熏梅染柳,更没些闲。闲时又来镜里转变朱颜。

苏东坡以诗为词,稼轩则酷爱以文为词。东坡经常是三、五、七言句混合使用,犹如散文,故又予人"以文为词"的印象。不过,与东坡诗化的"文"不同,稼轩之"文"则通常是名副其实的散文句。在以上两例中,领字所领部分,不管论句子长度还是语义节奏,都堪称地地道道的散文句。然而,当这些散长句放入两个词牌之中,词牌固定的停顿就硬生生地将它们打断成几截,使之变为标准的四、五、六言诗句,从而分别形成 5+4+5(《摸鱼儿》)和 6+

5+4+6+4(《汉宫春》)的诗行节奏。从语义的角度来看,将散文长句裁断为多行短小而入韵的诗句的手法,与西方诗歌中所用的"句子的跨行接续"(enjambment)相似。与西方诗歌这种手法相近,跨越多行的散文主谓句,往往是意思说了一半,却随着诗行的完结而猝然停顿,从而取得一种特别的陌生化效果。这种跨越三行甚至四行,富有陌生化效果的主谓句,多见于稼轩以文为词的慢词中,似乎可以视为辛词的一大特色。

(二)一字领与头小尾大的题评节段

领字在柳永所创的慢词中大量出现,显然与配乐演唱有密切关系。当乐伎演唱柳永慢词作品时,领字便是演唱时大声着重而且停顿较长的字。在演唱或吟诵过程中,大声着重和拖长领字,自然会让听众视之为近乎独立的意义单位,加上随后的长停顿,领字与所领部分难免会产生一定程度的意义断裂,从而形成一种隐性的题评结构,唤起听众强烈的情感反应。如果领字从及物动词变为其他词类,那么领字与所领部分的断裂就愈加明显,两者就构成一种显性的题评结构。柳永《八声甘州》"渐霜风凄惨,关河冷落,残照当楼"一句就是一个显著的例子。此句显然无法作主谓句解,"渐"即非谓语动词,而所领部分亦非领字的宾语。但若把此句解释为题评句则十分合理贴切。领字"渐"是题语,借演唱因素的感叹语气点出词人惜时的情感,"霜风凄惨,关河冷落,残照当楼"则是用景物作评语,将词人的情感投射入景物之中。

这种头小尾大的题评句其实我们并不会觉得陌生,在《诗经》与《楚辞》的诗句中可得见其雏形。我们先看《诗经》中的例子:

"肇/允彼桃虫"（《周颂·小毖》），"洞/酌彼行潦"（《大雅·洞酌》），"缁衣之宜兮，敝/予又改为兮"（《郑风·缁衣》）。这三例结构上均是头小尾大的题评句，均是一字为题语，而后接评语。"肇/允彼桃虫"开头第一字则是开始之意，为题语；"洞/酌彼行潦"开头第一字是遥远之意，作题语用，而后面部分则是题语之评语。最后一个例子的"缁衣之宜兮，敝/予又改为兮"中"敝"的意思为"旧"。将"敝"与下文合为一组，则构成一个题评句。"敝"以形容词作题语，而下接部分为评语，表达诗人对"旧"的反应。"渐霜风凄紧，关河冷落，残照当楼"与这三例的句式基本一致，均是以副词或形容词作题语，领出主谓分句作评语，而整个句子则构成一个头小尾大的题评句。

　　慢词中一、二字领造就了头小尾大式的题评句，而这种题评句与小令中常见的头大尾小式题评句形成鲜明的对照。在小令头大尾小的题评句之中，"头大"是指对景物或事件的详细描述构成题语，而"尾小"是指词人用简赅的评语（通常是二言句）来表达自己对题语的情感反应，如温庭筠《诉衷情》："莺语。花舞。春昼午。雨霏微。金带枕。宫锦。凤皇帷。柳弱燕交飞。依依。辽阳音信稀。梦中归。""依依"这个二言的评语生动地传达了一位少妇凝视窗外春色、端详闺房床帏时的感情状态。类似头大尾小的题评句式又可见于苏轼《定风波》中"竹杖芒鞋轻胜马，谁怕"、辛弃疾《南乡子·登京口北固亭有怀》中"千古兴亡多少事，悠悠"等。这种头大尾小的题评句式在慢词中并不常见。慢词中采用的往往是领字开头、头小尾大的题评句。

(三) 三字领的题语化与头小尾大题评节段

在柳永等北宋词人的慢词之中，三字领出现的频率很高，而且经常是在一篇作品之中连用几个三字领，如柳永《雨霖铃》：

§11.1

　　　寒蝉凄切。对长亭晚，骤雨初歇。都门帐饮无绪，留恋处、兰舟催发。执手相看泪眼，竟无语凝噎。念去去、千里烟波，暮霭沉沉楚天阔。

　　　多情自古伤离别。更那堪、冷落清秋节。今宵酒醒何处，杨柳岸、晓风残月。此去经年，应是良辰、好景虚设。便纵有、千种风情，更与何人说。

较之一、二字领，三字领具有更明显的题语化的倾向。所谓"题语化"是指三字领逐渐从单句的一部分演变为一个独立抒情的单位，其功用如同题评句中的题语一样，起着呼唤注意的作用，而其所领的部分又同步地经历了"评语"化，即演变为对三字领所提示的情感进行更加详细透彻的抒发和描述。这两种演变可以合称为"题评化"。"更那堪、冷落清秋节。今宵酒醒何处，杨柳岸、晓风残月"一句提供了这种题评化的明显例证。从机械的句子分析角度来看，"更那堪"仅仅领"冷落清秋节"一句，而与后面的两行无关。然而，在倾听这段演唱或阅读这段本文之时，我们自然会将"今宵酒醒何处，杨柳岸、晓风残月"视为"更那堪"所唤起的想象。因此，这个节段就在我们倾听或阅读过程中演变为一个题评节段了。

　　造成三字领题评化的原因是什么？笔者认为有三个主要的原因。其一，演唱吟诵中用重音和拖长的停顿强调三字领，自然加强了它的独立性。其二，三字领在语义上比一、二领更为完整独立，如"念去去""更那堪""便纵有"都是相当完整的意义单位。其三，三字领所领多句之间的关系变得更加紧密。在小令之中，三字领通常仅能领起一句，因为下面一句往往是一个兀突的转折，如杨无咎《于中好》开头所用的两个三字领："溅溅不注溪流素。忆曾记、碧桃红露。别来寂寞朝朝暮。恨遮乱，当时路。""忆曾记"仅仅领起"碧桃红露"，其后的"别来寂寞朝朝暮"则又转换了话题，与上文无关。随后的"恨遮乱"也仅仅领"当时路"。柳永《雨霖铃》的情况与此截然不同。"念去去"所领起的不止"千里烟波"一句，还有"暮霭沉沉楚天阔"的进一步描写。"更那堪"所领三句相互连贯，一气呵成，成为感人至深的评语。

　　慢词的题评句段虽然比起小令而言可算是一种创新，实则在以前的诗体中也有其滥觞。《楚辞》中宋玉的《九辩》前六句为"悲哉秋之为气也！萧瑟兮草木摇落而变衰，憭栗兮若在远行，登山临水兮送将归，泬寥兮天高而气清，寂寥兮收潦而水清"，均是以双音的感叹或联绵词开头，然后发以议论，实为先说题语，直抒胸臆，而后以各种景色描写的评语加以议论。《楚辞》中这种题评句式可视为慢词题评句段的滥觞，《楚辞》题评句式与慢词题评段的渊源关系，可见一斑。

第二节 领字与慢词结构

领字在给慢词所带来的各种艺术创新之中,意义最为深远的莫过于其结构之质变。这里所谈结构,指的是整篇词作所有节段及上(中)下阕之组织。严格地说,词是到了慢词才发展出自己独一无二的结构。在此之前,词的结构始终未能冲破诗体结构的桎梏。《诗经》发展了两种诗体的原型结构,即线性结构(以《大雅》赋体为代表)和重章式叠加结构(以《国风》比兴体为代表),而后者又衍生出二元结构和非重复叠加结构的雏形。汉代以来蓬勃发展的五、七言古诗(包括乐府)采用了二元、非重复叠加、线性三种基本结构,以及三者不同程度的变体。五、七言近体诗"起承转合"的结构实际上是二元、非重复叠加、线性三种结构的混合体,而三者中孰显孰隐因具体作品而异。在诗体结构的巨大影响之下,小令结构也沿用了二元、非重复叠加、线性结构,但成功地对线性结构加以抒情化,使这个在诗体中最不受重视的结构变为最能代表小令本色的结构。到了柳永所创的慢词,领字的作用从句法层次扩展到结构层次,由于领字连串地使用,领字和所领部分又演变为题评节段,一种罕见连环式叠加结构便应运而生。这种结构前所未有、后无来者,堪称中国诗歌史上的一朵奇葩。在柳永之后,随着领字的蜕变和消失,在诗体结构影响回流的情况下,柳氏连环式叠加结构又衍化出二元体叠加、序列叠加结构。本节将以柳永、苏东坡、李清照的名作为例,详细分析这三种慢词结构的特点。

（一）领字与连环式叠加结构：题评节段的组合

柳永《八声甘州》是使用连环式叠加结构的一个典型例子。借助列表的方式，我们可以重现柳氏搭建连环式叠加结构的过程：

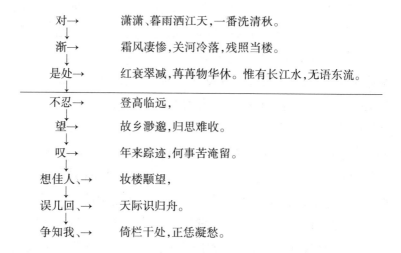

上表横向箭头表示领字与所领部分的关系。上阕中，首个一字领"对"描绘的是词人自己的观物的动作，并领出"潇潇暮雨洒江天，一番洗清秋"为景色片段，概括地抒写此时雨后物色；第二个一字领"渐"点出是词人对时节的感觉，领出"霜风凄惨，关河冷落，残照当楼"三句，聚焦刻画时节变换中的风物。二字领"是处"则是更为具体的自我境况描写，从词人所"对"的景色转换到了词人所处的此时此地，所领"红衰翠减，苒苒物华休。惟有长江水，无语

东流"是在具体层面上白描了时节更迭时的物华。因此,上片的三个领字领出的均是景物描写。

下阕开头"不忍"亦是描写自己的心理活动,直接点出词人登高思乡,感叹时光匆匆。下句一字领"望"描写的同样是自己的动作,自己所望之处,故乡渺然不可见,归思绵绵。下一个一字领"叹"也是词人的情感动作,感叹人生蹉跎。随后是词人连用三个三字领:"想佳人""误几回""争知我",表达出了作者复杂的想象活动。首先是设想佳人正在"妆楼颙望"天际江水。然后,"误几回"是想象佳人一次次怀着爱人归来的美好愿望,希望可以认出词人所乘的归舟,然而每次都认错。最后,"争知我"又设想佳人难以得知词人正在"倚栏干处,正恁凝愁",换言之,词人对佳人发问:你是否知道我正在此地亦是登高凝愁?

上下阕之中所有领字与所领部分都呈现出一种题评关系。所有领字都用非形象性言语点出不同的情感状态或活动,构成"题语",而所领部分则作"评语",用景语形象把词人的心境呈现出来。上阕的景语纯粹是物华之描写;下阕的景语则是对人物活动的写照,而其中每一段都转换观察角度,先写词人想象佳人,然后换写佳人眺望思念词人,最后又再从自己的角度发问,眺望中的佳人能否想象出词人此时此刻思念她的状况。显然,词人采用领字,成功营造了一个独特的三重视角,即词人看佳人、佳人看词人、词人看/想佳人看词人。

上表中的竖向箭头表明词中所有领字之间的关系:对→渐→是处→不忍(实词起领字的作用)→望→叹→想佳人→误几回→争知我。由于这些领字均是词人自己的情感的白描,纵向地串起来就勾勒出词人情感发展的整个过程,而这些领字横向所领的景物人事也因而连成林林总总的一大片。换言之,词中的领字犹如一个连环,从横向与纵向将九个叠加的题评节段牢牢地套在一起,从而搭建出一个奇特的连环叠加结构。

可以说,这种结构提供了前所未有的立体式抒情方法。所谓立体式抒情方法是说词人在两个不同的平面上抒情。一是抒情主体的平面,指词人忘记自我,倾注于观物感物,将情感投射到具体意象之中,编织出情景交融的"评语"。二是观察抒情主体之主体的平面。在用领字点出自己情感状态之时,词人实际上已从物我两忘的抒情想象中跳出来,从他者的角度来观察和"题语"所示自己的情感变化。在没有领字的诗体,以及领字尚未成为结构主干的小令之中,我们是难以找到这种涉及双重主体(double subjectivity)的抒情方法。在连环叠加结构中,两个不同抒情平面交错使用,词人一会儿引领我们徜徉于他所编织的情感物象世界之中,感受这位登高望远、叹息思乡的失意公子的心境,一会儿他又直言自己情感的起伏变化,从而使得全词达到跌宕起伏的强烈抒情效果。

《八声甘州》的题语是词人的情感状态和活动,而评语则是典型的景色或人事描写。柳永的另一首慢词《浪淘沙慢》篇幅较长,题语与评语部分也复杂许多,形成的情感进程也更为复杂①。这首词分两阕,上阕九句,下阕十六句,制表如下:

---

① 《全宋词》列该词的词牌为《浪淘沙》,没有"慢"字。

梦觉、→	透窗风一线,寒灯吹息。
那堪→	酒醒,又闻空阶,夜雨频滴。
嗟因循、→	久作天涯客。
负佳人、→	几许盟言,
便忍把、→	从前欢会,
陡顿→	翻成忧戚。

愁极。→	再三追思,洞房深处,几度饮散歌阑,香暖鸳鸯被,岂暂时疏散,费伊心力。殢云尤雨,有万般千种,相怜相惜。
恰到如今,→	天长漏永,无端自家疏隔。
知何时、→	却拥秦云态,愿低帏昵枕,轻轻细说与,江乡夜夜,数寒更思忆。

上阕由几个领字部分所领出的句段组成。"梦觉"为作者个人活动,之后的几句描写词人寒夜酒醒,听取空阶夜雨点滴,如此这般凄凉景物。而后,"嗟因循"所领部分为粗略追忆,点出词人在寒雨夜半自我嗟叹、感伤身世,"负佳人"则引领读者进入作者不断自我嗟叹的内心,点出所嗟叹的内容。"便忍把"更进一步,从对佳人的负疚进一步转为作者的心中忧戚,"陡顿"则提示了感情变化的阶段,词人的情感突然之间从负疚之情变为忧戚。

下阕则以"愁极"开头,领出下面部分的忧思,领出下面所刻画的当日恩爱缠绵之景。和上阕的追忆部分不同,这时的追忆全为各种细节描写。"恰到如今"提示了转折,作者再次从过去回到现在,时间推移带来的是情感上从回忆恩爱回到了如今无奈之情,而这领出的依然是景物描写。"知何时"则领出作者对未来重聚的想象,想象未来某日与佳人重聚共诉别情的场景。词人不仅想象与佳人重聚，而且还想象在重聚中回忆现在凄凉梦醒的状况。和《八声甘州》类似，领字的结构作用在这里也较为明显，提示了时间之推移，也表达了情感之变化。"梦觉""嗟因循""负佳人""便忍把""陡顿""愁极""恰到如今""知何时"或表达出作者感情变化的阶段，或提示了时间的变化，这些字有时候是时间副词，有时是表示转折比较的虚词词组，然而所有领字均表达了与作者思想、行动、情感有关的转折、变换或递进。

在纵向上，这些领字串在一起，勾勒出作者感情发展的轮廓。而这样的纵向情感进程无疑比《八声甘州》更为复杂细致入微，或设想，或回忆，或转折，或退让，或去未来，或停滞于现实。同样是表达离愁，《浪淘沙慢》在情感上极为细致入微、曲折动人，而《八声甘州》则更为浓缩浓密。就时空安排而言，《浪淘沙慢》比《八声甘州》更为复杂，开篇是梦醒之后看到现在场景，不禁嗟叹，然后陷入回忆，想到回去的情景，随后又回到现实，最后幻想未来场景，一首词中有着现在、过去、未来三种时间维度，事件场景也因此得以切换，而如此种种都和词人情感进程有关。词人以领字将自己情感进程中所涉及的时间、场景、事件串联起来，这样的慢词上下阕不是按照某一序列而逐渐叠加，而是在现在、未来、过去之间交叉展开。

除了逐节分析之外，我们还可以将这首词上下阕都视为以二字领开头的题评章。"梦觉"一词可为题语，后面所有部分则是作者梦醒之后的各种想象片段，各种情感碎片，如此可谓"梦觉"的评语；而下阕中"愁极"则是情感描写，也可当作题语，下阕随后的所有部分则均围绕这样的情感展开想象或心理活动，后面的部分可当做评语。这样一来,上阕下阕均为题评语章,这首词因此就具有一个双重连环的叠加结构,即除了词中题评节段的连环,还有更大的两个题评章的连环。

领字则在连环式叠加结构中起到了提纲挈领,连接各个组成部分的作用。换句话说,柳永的几首慢词中,由于领字的存在,全篇的筋骨脉络极为清楚,何段写过去、未来或现在均一眼得见。从结构上来说,就是一环套一环的连环式叠加结构。这种连环式结构也招致不少批评,一般认为结构应是草蛇灰线,或隐或现,而柳词则并非如此,往往筋骨毕露。明末清初宋征璧尝曰:"词家之旨,妙在离合,语不离则调不变宕。情不合则绪不联贯。每见柳永,句句联合,意过久许,笔犹未休,此是其病。"①宋氏实则指出了柳永每句之间互相勾连导致了意已过笔未休。另一方面,也有学者认为这恰恰是柳永词的长处所在,如周济则认为"柳词总以平叙见长。或发端、或结尾、或换头,以一二语勾勒提掇,有千钧之力"②。也就是说,周济恰恰认为柳永以领字组织全章正体现了三变填词之笔力深厚。

(二)领字蜕变与二元式叠加结构

柳永虽然被认为是将慢词形式发扬光大之人,但也受到如李清照等人的诟病,认为其"词语尘下"。柳永词中的领字无疑是较

---

① "品词"条,见沈雄撰:《古今词话·词品下卷》,唐圭璋编:《词话丛编》第 1 册,页 850。
② 周济:《宋四家词选眉批》,唐圭璋编:《词话丛编》第 2 册,页 1651。

为口语化的。柳永之后,慢词得以成为词坛主流艺术形式。而随着词体的文人化、雅化,柳永之后的词人在领字使用上则有时也许不用,有时也许少用。在使用领字之时往往不太唐突,不太采用较为俚俗的语言作为领字,并且领字与后面所领的部分之间隙和对比也并不那么明显。

南宋沈义父《乐府指迷》则云"腔子多有句上合用虚字,如嗟字、奈字、况字、更字、又字、料字、想字、正字、甚字,用之不妨。如一词中两三次用之,便不好,谓之空头字。不若径用一静字,顶上道下来,句法又健,然不可多用"①。由此可知,起呼唤功能的字可为虚字,也可以是"静字",或说实字。随着柳永以后词人对领字的实字化、雅化,其他形式的叠加结构也就出现于慢词之中。如苏东坡的名作《念奴娇》就呈现出一种二元式的叠加结构:

§11.2

　　大江东去,浪淘尽、千古风流人物。故垒西边,人道是,三国周郎赤壁。乱石穿空,惊涛拍岸,卷起千堆雪。江山如画,一时多少豪杰。

　　遥想公瑾当年,小乔初嫁了,雄姿英发。羽扇纶巾,谈笑间,强虏灰飞烟灭。故国神游,多情应笑我,早生华发。人间如梦,一尊还酹江月。②

---

① 沈义父:《乐府指迷》,唐圭璋编:《词话丛编》第 1 册,页 281—282。
② 此词按通行版断句。

上例中加着重号部分为带有领字功能的字眼："人道是""谈笑间"，这两个部分虽然似乎也有领出后句的功用，然而与从前的三字领已经不同。首先，柳永慢词中的三字领部分往往自我独立，通常是单独的虚词或实词组成的口语化的短语，而且往往在三字领之后为句读。在这里，"人道是""谈笑间"并非像之前的三字领一样为单独的短语，并不是口语化的词语。"人道是"为动词短语，"谈笑间"则是时间状语，与下面部分连在一起，形成完整的句子，只是与后面的短句有节奏上的停顿而已。这两个部分与后面的部分有明显的主谓关系。

其次，疑似二字领"遥想"与前面谈到的柳词中的二字领也不太一样，柳词中二字领往往带动了题评节段，而"遥想"与后面的部分形成紧密的动宾关系，可以称为主谓结构。总的说来，苏词的三字领与二字领都不是柳词中那种俚俗的口语，与后面所领起部分一起，所形成的都不是题评节段，而是主谓句段。因此，这首词全篇可以看作是主谓句群的组合。

和柳词的结构不同，苏轼的这首千古名作虽然是叠加结构，然而上阕写景、下阕言情，成为二元式叠加结构。全篇是不同景情片段之叠加，从现在到过去再回到现在，从大江壮阔到赤壁到当年周郎事迹再到最后自己的华发早生，凡此种种，都证明此词的叠加结构使得词人可以自由在过去、现在、将来的时间节点上穿梭，随意变化。上片先写长江壮阔之景，写赤壁之物，然后从景物转向对过去的思考中，开始发思古之幽情。上片中不见柳词那种明显的领字，然而依然营造出波澜壮阔的怀古之景。下片则首先完全转入对当年周郎英雄事迹的回想，最后几句则转入对自己身世的思考。这种景情二元式叠加结构也许恰恰可从诗篇结构这一角度证明为何时人认为苏轼"以诗为词"。

（三）领字蜕变与线性叠加结构

苏轼的词已然证明了领字的逐渐退化。苏词中领字少用或不用，然仍有类似领字功能的短句出现。而当领字蜕变至完全不用时，便出现了另一种主谓句群的组合，笔者称之为"线性叠加结构"，如下面这首所示：

§11.3

声声慢

李清照

　　寻寻觅觅，冷冷清清，凄凄惨惨戚戚。乍暖还寒时候，最难将息。三杯两盏淡酒，怎敌他、晚来风急。雁过也，正伤心，却是旧时相识。

　　满地黄花堆积。憔悴损，如今有谁堪摘？守着窗儿，独自怎生得黑。梧桐更兼细雨，到黄昏、点点滴滴。这次第，怎一个、愁字了得。

依《钦定词谱》，《声声慢》词牌"有平韵、仄韵两体。平韵者，以晁补之、吴文英、王沂孙词为正体；仄韵者，以高观国词为正体"。而李清照这首词则是仄韵体。《钦定词谱》引这首词的时候，断句上则与今人所编《全宋词》的句读不太一样。

不过，即使句读不一，这里用着重号标出的字句仍然皆处于词的领字功能位置上,列出如下:"怎敌他""雁过也""憔悴损""到黄昏""这次第"。这五个三字句虽然处于类似领字的位置,然与柳永词作比,还是有不少区别。上阕中,虽然"怎敌他"在宋代依然算是俚俗的口语词汇,然而这个三字句与后文"晚来风急"则在意思上联系更为紧密。这个三字句与后面的四字句意思相连,形成了"动词+宾语"的动宾结构。在以往柳三变词中,领字部分与所领部分在意思上联系并不密切,二者所形成的也往往是题评结构而非主谓结构。"雁过也"中的"也"一字在诗歌中少见,应该也并非宋人口语用词。这三字相比柳永词的俚俗三字领而言,是较为文雅的散文句,而所起的作用很明显并非领字作用,实质是景色描写的字句。下阕中,"憔悴损"是对自己情状的描绘,"到黄昏"为时间状语,与前面东坡《念奴娇》的"谈笑间"类似,与后面的句子形成主谓结构。不过,"这次第"较为特殊,虽然也是状语,却是较为口语化的字句,和柳词的领字类似,与后面句段形成题评关系,并且以此总结全篇。

与前文所引的柳词作比,苏词和李词中起领字功能的字句,并不像柳词中领字那么突出显赫,组成纵横交错的网络。因此,苏词和李词的结构不是连环式结构,而是线性叠加结构。李清照与苏轼不像柳永那样将词的筋骨组织外露,将词人的思绪过程提示得那么清楚。换言之,他们没有借助领字组织思绪,而是将思绪发展进程隐于情景段落之中。的确,李清照《声声慢》没有像柳词那样使用领字,而是以叠加结构淋漓尽致地描绘了词人寡居生活的凄凉心境。类似的怨妇题材自古以来就已被诗人无数次反复写作,而李清照仍然有重大创新,使此词成为千古名作。其主要创新之处在于将类似情感转换为声音意象,并层层叠加源自不同感官的意象。上片中,开头三句便连用了七个联绵词。这些联绵字与《诗经》中表示状态的联绵字不太一样,是由既成的概念词叠加变成。通过这样的变化,词人将抽象的概念变为了富于感情的声音。而后几句中,词人转向描述寒风刺骨的触觉感受,并用喝暖酒御寒的细节加入渲染。上片的最后三句则是词人望向天边,看到飞过的大雁。大雁这一传统意象在中国诗歌中往往被用来描写分离之苦。词人听到大雁鸣叫,看到大雁可以按照季节变化飞去另一处,不禁深感独居之凄凉。

上片主要以触觉、听觉、感觉来写凄凉之感,而下片主要集中写视觉,听觉。词人看见院中黄花残落,不禁联想到自己,写自己独自孤单坐在窗边,而最后几句则写了词人的听觉。词人独自一人窗边听雨,细雨淅淅沥沥,落于梧桐树上,点滴细雨之声一直到黄昏,倍感凄然。而最后词人不禁发出感叹,这一愁绪无法以言语表达,同时最后一句在内容上也总结了全篇。综上所述,李清照是以融入了不同感觉的各种意象不断叠加,以叠加而成的意象片段表达了词人之感觉经验,而这种愁绪则是序列式的,有发展进程的,是按照词人动作顺序组织起来的,是从院外到院内,从触觉到听觉到视觉到感觉变换而成。

第三节　慢词的境界:文更繁而意更深广

如果说不断追求"文约"而达到"意广"是诗体从远古至唐代

总体发展的途径,那么词则是反其道而发展,文句由简到繁,词作篇幅从小令、中调到长调不断扩张。如此推崇"文繁"的目的是超越诗体,创造出"意愈加深广"的境界。唐五代及宋初时期,小令沿着这条发展路径推行诗歌革命,终于开辟出"文繁意愈广"的审美新天地。稍后柳永等人创立慢词,通过挖掘领字的特殊功能,引入更加丰富新颖的节奏、句法、结构,创造比小令"文更繁而意更深广"的词境。

　　为了展示慢词如何进一步拓宽加深小令的词境,我们不妨以辛弃疾小令名作《南乡子》为比照,分析他慢词名作《永遇乐》"文更繁而意更深广"的境界。

§11.4

南乡子 登京口北固亭有怀

　　何处望神州。满眼风光北固楼。千古兴亡多少事,悠悠。不尽长江衮衮流。

　　年少万兜鍪。坐断东南战未休。天下英雄谁敌手。曹刘。生子当如孙仲谋。

永遇乐 京口北固亭怀古

　　千古江山,英雄无觅,孙仲谋处。舞榭歌台,风流总被、雨打风吹去。斜阳草树,寻常巷陌,人道寄奴曾住。想当年,金戈铁马,气吞万里如虎。

　　元嘉草草,封狼居胥,赢得仓皇北顾。四十三年,望中犹记、烽火扬州路。可堪回首,佛狸祠下,一片神鸦社鼓。凭谁问，廉颇老矣，尚能饭否。

两首名作出自同一人，几乎写于同时，而且都是登京口北固亭咏史之作。《南乡子》共 56 字，而《永遇乐》共 104 字，比起《南乡子》多了近一倍。然而，后者所表达的"意"是否仅仅相当于前者的"意"的一倍，还是在更大程度上拓宽了词境？我们只需作一个简要的比较就可得出答案。

　　小令《南乡子》所咏之史仅一个典故，即咏孙仲谋霸业。而慢词《永遇乐》所咏之史事并非孙仲谋一人，而是两至三句换一事。上阕前半段写三国孙权京口霸业，而后半段则写刘裕北伐。下阕前三句写刘裕子刘义隆之事，其中第二句"封狼居胥"则是以汉武帝时典故影射刘义隆之仓促北伐；后三句则将刘裕与刘义隆之事典连贯而言，二者之间相隔恰好四十三年；然后紧接着三句回到现在，词人看到了当年北魏拓跋焘南侵刘宋时的行宫已然变成佛狸祠；最后三句则用廉颇史实为典，自伤身世。在领字运用上，辛弃疾的这首慢词在两阙结尾处均使用了两个三字领（"想当年""凭谁问"），将过去与现实联系起来。

　　两首词的结构也迥然有别。小令《南乡子》开头便交代了词人正在远望咏古，随后便全景描绘想象中过去之景象。从整体上来说，这首小令采取了二元结构，上片写景，下片咏史。慢词《永遇乐》则采用线性叠加结构。词人咏史时，有现在、过去两种时间维度，过去与现在维度上则又有多个归属于不同时间的历史片段，因此，整首慢词可以看作是归属于多个时间点的历史片段叠加而成。慢词中过去的时间维度包含三国东吴、刘宋朝廷、北魏时期,而现实的时间维度则涵盖当下,也涵盖诗人多年前的抗金时期。整首词用典的大体序列与史实基本相符。

稼轩词这样紧密的用典在过去的咏史词中似乎也并不多见。如上文所讨论的东坡《念奴娇》一词,采用诗体风格的二元式叠加结构,全文也仅咏东吴孙权一典。稼轩《永遇乐》的结构无疑是惨淡经营的产物。《历代词话》引《古今词话》载岳飞孙岳珂为稼轩座上客时,曾曰此首《永遇乐》"微觉用事多耳":"既而作《永遇乐》:'千古江山,英雄无觅,孙仲谋处。'特置酒招客,使妓按歌自击节,遍问客,必使摘其疵。客逊谢不可,或措一二语不契,又弗答。相台岳珂年最少……稼轩促膝使毕其说。珂曰:'……新作微觉用事多耳。'稼轩大喜,谓座客曰:'夫夫也,实中余瘤。'乃味改其语,日数十易,累月未竟。"①

相比《南乡子》,《永遇乐》所涵盖的内容更为丰富,所咏之史事、所用的典故、所涉及的时间点数倍地增多,而所有这些时间片段或是典故均紧扣"英雄无觅"这一中心主题。词人因此可以将自己对史事的思考、对当下的喟叹表达得淋漓尽致,同时又自伤身世,感人至深地表达了个人情感。通过两首作品的比较,我们还可以清楚地看到,慢词词境产生这种深远变化,字数篇幅的增加仅是表层的外因,而真正的决定因素是其结构的彻底创新。其实,宋人自己早就注意到这点。《乐府指迷》"作大词与作小词法"条如此论述写大词与小词:"作大词,先须立间架,将事与意分定了。第一要起得好,中间只铺叙,过处要清新。最紧是末句,须是有一好出场方妙。作小词只要些新意,不可太高远,却易得古人句,同一要练句。"①此段谈慢词有起,有铺叙,有过,有结句,实际上是在探究慢词(即"大词")叠加结构中不同节段之间的动态关系。正是有赖于叠加节段之间若即若离、时显时隐的互动,慢词作者才能利用有限的字数增幅来创造出比小令"意更深更广"的艺术境界。

---

①沈义父:《乐府指迷》"作大词与作小词法"条,唐圭璋编:《词话丛编》第1册,页283。

第十二章　汉诗诗体的"互联"性

　　本章是全书的结尾，与开篇首章遥相呼应，是不折不扣的姐妹篇，同属具有理论意义的总论，就连标题也只有"内"与"互"一字之差。然而，"内联性"与"互联性"不仅彰显了两章内容之别，而且也贴切地点出了贯穿全书的、两个不同而又相辅相成的研究维度。

　　首章专论汉诗"内联性"，目的是在理论层次上阐述汉诗歌韵律、句法、结构、诗境四者内在的关系，为以下对各种不同诗体的个案研究搭建一个牢固可靠的理论框架。这个四层次分析框架是基于汉语自身结构的。汉字每个字的发音是单音节，而绝大多数字又是含有意义的词或是能与其他字结合的语素，从而使汉诗发展出一种独特的节奏，而其韵律节奏和意义节奏总体是合二为一，但两者之间又存有分离的张力。同时，汉诗节奏与句法有着密不可分的关系。每种诗体固有的节奏决定了其组词造句可选择的语序，决定了其可以承载何种主谓句式，在时空逻辑的框架呈现何种主客观现象；同时又可以承载何种题评句，超越时空逻辑关系来并列意象和言语，借以激发读者的想象活动。最后，从句法演绎到章法、篇法，我们还可以发现，三者都是遵循同样的组织原则。主谓句所遵循的是时空和因果相连的线性组织原则，而此原则运用于章节和诗篇的层次之上，便构造出连贯一致的线性章节和诗篇。同样，题评句所遵循的是时空和因果断裂的组织原则，而此原则运用于在章节和诗篇的层次之上，便构造各种不同的断裂章节和诗篇结构。

首章之后的十章开展了对四言诗、五言古诗、五言律诗、七言律诗、小令、慢词六种主要诗体的个案研究。正如"内联"一词所喻示，这十章主要是所谓共时性的研究，但同时又开展了不同程度的历时性研究。在探究每一种诗体节奏、句法、结构、诗境内在联系的过程中，笔者总是力图梳理清楚四者各种承继先前诗歌传统的复杂脉络，并通过这种历时性的比较来展现四者各自独特创新之处。此十章按顺序读下来，读者不难发现，各种诗体的节奏、句法、结构、诗境之内联并非静止的关系，而是呈现出历时性不断发展的态势。

笔者设此末章专论汉诗诗体的互联性，目的是要将散见于各章的隐性历时研究加以归纳总结，将之提升为一种显性的理论陈述。为此，本章理论研究的维度有了重大的改变，关注的重点不再是节奏、句法、结构、诗境的横向共时关系，而是四者自身纵向的历史发展。换言之，笔者将沿着节奏、句法、结构、诗境四条轴线，追溯四者在各个诗体中所经历的通变过程，并探究促使它们演变的内外部原因。

第一节　节奏的演变

汉字字音有三个在世界语言中鲜见的特点,一是每个汉字都是单音字,二是每个汉字都有其固定声调,三是单音节汉字绝大部分既表声也表意,纯粹表声的汉字数量极少。表意汉字的大部分可以独立使用,与英语 word 的功用相等,小部分不能单独使用的字也多半是含有意义的语素(morpheme)。这两类汉字都可以与其他字灵活地组合为双音词、三音词组或四字成语。

汉字字音三大特点对汉诗艺术产生了什么影响呢? 此问题尚未有人进行系统深入的理论研究。笔者认为,汉字字音对汉诗艺术的方方面面都产生了直接或间接的巨大影响。其中对诗歌节奏的影响最为明显,其意义也最为深远。汉字单音节,独立表意,同时又可灵活地组合成双音词、三音词组、四言成语,这就造就了一种世界上少有的、韵律与语义紧密相连的语言节奏,而这种特殊语言节奏在诗体中得以升华,进而又影响了汉诗句法和结构,为不同诗体的意境的产生奠定了语言基础。本节将集中讨论汉字字音对汉诗节奏的直接影响。

总的来讲,汉语基本语义单位与诗歌的基本节奏单位是吻合的。汉语基本语义单位是单音词、双音词、三音词组以及四言成语。在上古汉语中,单音词是占统治地位的语义单位,虽然由两个单音词组合而成的双音词亦屡见不鲜。进入汉代,汉语走上双音化的道路,如火如荼地发展延续至今。毫无疑问,双音词是汉语最为重要、最有生命力的构词形式。同时,双音词再加一个单音词,就成为三音动词词组,或三音偏正名词词组。两个双音词的叠加则又往往形成凝固的四言成语。在所有诗歌传统中,最为基本的韵律单位是双音音步(双音节)和三音音步(有学者称之为超音步),而汉语双音词、三音词组恰好与这种普世的诗歌韵律单位相吻合。正因如此,在各种汉诗诗体中,韵律节奏和语义节奏无不呈现合流的总态势,而只有在外部音乐强力的影响之下,或因诗人刻意打破现有的诗体节奏,两者之间的张力才凸显出来,成为诗体变革的一个重要的驱动力。

　　《诗经》2+2 节奏和四言体兴起都与当时音乐的发展有着密切的关系。单看《诗经》诗篇中对音乐的描写,就可知道上古音乐是以钟鼓雅乐为核心的。这种崇尚中正平和的音乐,二二节奏是很自然的选择,但因为上古汉语中的双音词数量很有限,诗的表达必定受到相当大的制约。为了填满韵律二二节奏,诗人不得不使用了大量的没有词义的语助词。四言诗经常要靠语助词来凑够四字,这种增字法与以后词曲中的衬字用法颇为相似,表明诗人着意使诗句符合已经定型的韵律节奏。由于语助词的使用,《诗经》的语义节奏时常与二二韵律节奏产生错位,创造出四种不同的语义节奏:二言+两个语助词、三言+一个语助词、二言+二言、一言+三言①。在汉魏及以后的四言诗中,随着语助词的消失,常用的四言语义节奏就剩下二言加二言和一言加三言两种,而前者占绝对优势。

---

①参见第二章"《诗经》节奏、句法、结构、诗境"第二节。

从审美表达的角度来看,四言诗语义节奏在《诗经》之后的演变是一个由虚到实的过程。《诗经》四言句中虚的成分,如无意义的语助词、尚未概念化的联绵词,在汉魏四言诗篇中数量锐减乃至殆尽,最终被实词所取代。这必然造成四言诗在扩大实指范围的同时,语助词所开拓的虚的抒情空间大为缩减,因而四言体难免沦落为辞赋中叙事写物的工具,以及歌功颂德的常体。由此可见,语义节奏以及抒情功能是紧密相关的。

到了《楚辞》的《九歌》体,出现了诗歌史上一种奇特的节奏,即3+兮+2。上三往往是动词词组,意义很完整;下二往往是名词性或副词性的,偶尔也会有动词①。这种节奏与汉语语言习惯有点相悖。汉语语言学有所谓右向音步说,即在字数为奇数的诗句中,最后一个音步为三音步,比前面的双音步多半个音步,比如说,五言是二三,七言是二二三。前面的可以是更多的双音步的组合,如二二二二,但最后是一个三。读者可以去各种庙宇,看各种对句楹联,如果前面重叠数量不一的双音词,最后一个单位则多半是三言。《九歌》体 3+兮+2 的节奏显然不符合"右向音步说"所指的汉语语言习惯,很可能是源自巫觋舞蹈表演的强烈节奏。

与"《九歌》体"相比,"骚体"最大的不同就是"兮"字从句腰移到了句末,而在空出的位置里放入一个连词。这一变化反映了从歌唱舞蹈节奏到咏诵节奏的转变,而此节奏的转变又带来了句法的巨大变化。"纷吾既有此内美兮,又重之以修能;扈江离与辟

①参见第一章"汉诗诗体的'内联'性"§1.21。

芷兮，纫秋兰以为佩。汨余若将不及兮，恐年岁之不吾与。朝搴
阰之木兰兮，夕揽洲之宿莽。"①如此例所示，《楚辞》中骚体诗所
用的连词种类不多，一个连词经常在同一首诗中反反复复地使
用。虽然不同的连词可以创造出各异的主谓句式，但它们有一点
是相同的：它们组成的句子都是线性单向，往前推进，而不允许横
跨两音段的倒装句式。这个特点无疑有助于叙述或描写中的铺
陈排比。也许正是因为如此，骚体句式不仅在《楚辞》中被广泛运
用，亦影响到后来赋体的写作。

从《九歌》体到五言体，诗行节奏从三二倒转为二三，貌似简
单的调换，但是韵律节奏发生本质的变化。句腰"兮"的摒弃，表
明五言诗的节奏不再被外界音乐舞蹈节奏强扭。同时，上三变为
下三，更符合语言习惯，读来朗朗上口。更重要的是，五言诗下三
还衍生出两个不同的语义次节奏，即1+2 或2+1。这两种语义次
节奏是词组结构变化的产物。1+2 式多半是动词词组，如"巢/南
枝"，1(巢)为动词而2(南枝)为名词。2+1 式则多是偏正名词词
组，如"河畔/草"，2(河畔)为起形容作用之"偏"，而1(草)是表
示核心意涵之"正"。五言二三韵律节奏自身就有奇偶数之变，自
然不会变得像四言二二节奏那么单调乏味，加上两种语义次节奏
的交替使用，五言节奏就显得尤为灵动多变。

在中国诗歌发展史上，五言二三(1+2/2+1)节奏的诞生具有
划时代的、怎么高估也不为过的意义。它开辟了一条与上古四言
诗截然不同的写物言情的路径，使得五言体独领文坛风骚数百

①参见第一章"汉诗诗体的'内联'性"§1.22。

年,在七言诗和词曲兴起之后仍保持其重要的地位。《诗经》中已有数量不少的五言句,其中有半数呈现 2+3 节奏,但为何五言体无法形成,要一直等到汉代才脱颖而出呢?同样,为何五言体一旦在汉代出现就呈现出一种极为成熟的形态呢?这两个相关的问题看来颇为费解,但放在汉语发展史的大语境中来考虑,我们似乎可以找到说得通的答案。汉代是汉语发生巨变的时代,不仅双音词得到爆炸性的发展,三音词组(尤其是三音名词词组)也大量出现,成为汉语词汇的常体,加上自上古以来沿用的单音词,就构成汉代诗人可选择的三大词汇类别。毋庸置疑,《诗经》中已有的 2+3 句式是组合这三类词汇的最佳模式,因为它不仅适合承载已经凝固的双音词和三音词组,而且单音词也极容易嵌入其中。的确,汉代诗人就是以这种方式将三类词汇组合出五言句的。与《诗经》2+3 句的详细比较,我们洞察到《十九首》诗句中上二和下三的词汇从虚到实的质变。《诗经》五言句有 1+4、2+3、3+2 三类。绝大多数 1+4 和 3+2 句中第一、二字之间意义断裂,故上二通常不可合读。2+3 句中上二有六种词汇组合,其中数量最多的是意义不完整的动词词组,而意义完整的双音名词则数量很少①。《十九首》中所见的情况恰恰相反,上二双音名词和意义完整的动词词组共占 71% 之多。这种词汇实义化的倾向在下三中更为显著,上二下三的全面实义化也就意味着 2+3 节奏的固定化,或说五言体正式诞生②。

---

① 参见第三章"早期五言诗(I):词汇、节奏"第一节。
② 参见第三章"早期五言诗(I):词汇、节奏"第二节中的两个列表。

　　汉语词汇结构巨大变化造就了二三节奏在汉代迅速成熟定型,有力地促进了五言句的实义化。在《十九首》中,无实义的语助词几乎完全消失,凝固的双音名词和动词数量骤增,双音副词和三言偏正名词词组从无到有,飞跃地发展,这些"实义化"的演变帮助每个字各尽己责,从而使得诗句之"意"日益拓展和丰富,言情写物的能力得以倍增。

　　为何《诗经》二二句实义化造成了诗句板滞无力,使四言体丧失昔日强有力的抒情功能,最终沦为主要用于记载宫廷礼仪活动、为帝王歌功颂德的诗体呢? 相反,为何二三句实义化却能使五言体成为极佳的抒情载体? 笔者认为,2+3句实义化产生这种化茧为蝶的效果,主要是五言下三引入 1+2 和 2+1 两种语义次节奏的功劳。这种两种次节奏的形成,改变了《诗经》《楚辞》中动词集中出现在句首的状况,让句腰句末成为放置动词的重要位置。事实上,在《古诗十九首》中,第三、四、五字为动词的简单主谓句有 98 行,已占 133 简单主谓句诗行总数的 74% 之多①。由于能在诗行中任何位置中放入作为句子核心的动词,五言诗人遣词用字享有前所未有的自由,完全可以根据自己写物言情的需要来变换诗中各行动词的位置,以及引入大量的双动词、三动词的复杂主谓句。毫无疑问,2+3(1+2/2+1) 节奏为新生的五言体造就了一种以动词位置灵活变化为特征的句法,而此灵动的句法又是五言体日后蓬勃发展的基础。从六朝到唐宋时期,五言诗人所追求的诗歌艺术的更新,几乎无不是通过对偶、省略、倒装等形

①参见第四章"早期五言诗(Ⅱ):句法、结构、诗境"第一节。

式,让五言体灵动句法发挥得淋漓尽致,创造出各种精美绝伦的诗境①。

　　古人通常将七言诗句节奏描述为四三,但是现代语言学家如王力则认为都是二二三。这个观点有正确的一面,也有偏颇之处。我个人认为,七言实际上存在两种不同的节奏,一种是二二三,即二三前面加一个二,另一种则回归《九歌》的传统,发展出一个四三结构。所谓四三的四,从纯韵律上来讲,还是一个二二的重叠,但是上四的意思经常极为密切,已经构成了一个比较独立的整体,实际上成为四三结构。倘若句中头四个字不构成意义完整的独立单位,那么句子就不是四三句,应该看成是二二三句,而这类诗句与五言的渊源关系是显而易见的。四三句则可以追溯到《楚辞》的传统,如淮南王刘安"桂树丛生兮山之幽"这类诗句。

　　"二二三"和"四三"两种不同节奏的交替使用乃是七律最为本色的特征之一②。从文学史的宏观角度来看,这两种节奏的结合是七律历史演变的必然结果。唐七律一方面继承了齐梁文人书面五言诗的特色,尤其是齐梁诗歌对声律、对仗、骈俪的追求;另一方面从楚辞、乐府、歌行这些民间口头传统中汲取了养分。崔颢《登黄鹤楼》就充分体现了七律节奏这种兼容并蓄的本色,而崔曙《九日登望仙台呈刘明府容》只是偏向一方,仅用 2+2+3 节奏,实为齐梁诗风的余响③。

---

①参见第四章"早期五言诗(Ⅱ):句法、结构、诗境"第六节。
②参见第八章"七言律诗节奏、句法、结构、诗境"第二节。
③参见第八章"七言律诗节奏、句法、结构、诗境"中对这两首诗的分析。

　　总体而言,五言和七言体的韵律节奏和意义节奏都是高度吻合的。纵观从《古诗十九首》一直到盛唐几百年间,不按二三节奏作语义顿歇的五言诗句是很少的。同样,盛唐之前七言诗中违背四三或二二三节奏的诗句也是很有限的。然而,进入盛唐,杜甫等富有创新精神的诗人已经觉得,五、七言诗节奏的资源都近乎挖掘完毕,似乎产生了一种审美疲倦。于是,他们开始冲破五律、七律固定韵律节奏的桎梏,写出各种各样的"语义拗句",即不按2+3、2+2+3、4+3做语义停顿的句子。这类拗句中的意段长短不一,读来往往颇有散文句的意味①。

　　如果说盛、中、晚唐诗人在律诗中暗用散文句,那么唐宋词人则是再进一步,不遗余力地明用散文句。齐言诗节奏固定而数量极少,而散文则是根据作者不同的表达需要,使用纷呈多变的句子节奏和长度。所以,诗体的发展自然要从散文里吸收营养。在引用和诗化散文句方面,词的成就尤为显赫。词人按照词谱填词,所使用的长短不一的散文句大致有雅俗两大类。所谓雅体散文句是指那些主要使用双音步和三音步词语、格调高雅的句子。大部分词牌是由长短不一的句子组合而成,而句子长度则是应有尽有②。在词体中,不仅齐言诗之四言、五言、七言句悉数出现,而二言、三言、六言句也被大量使用。有了如此丰富的韵律节奏供选择,将短小散文选段改造为词作,对谙于古文、骈文写作的词人来说并非难事,完成三大步骤即可。首先是去掉"之""乎"

---

①参见第八章"七言律诗节奏、句法、结构、诗境"第四节。
②参见第九章"小令节奏类别和审美特征"第一节。

"者""也"之类散文特有的语气词,然后选用句子长短变化与散文选段最为接近的词牌,最后按词牌平仄调整用词,并在句末配上韵脚。苏东坡所谓"以诗为词",从结构的角度来看,实际是一种间接的"以文为词",即将一个短小散文段落按上述三步骤改造为长短不一的诗句,并串联成篇①。词中所谓俗体散文句,主要是指由俚俗口语与雅言混合而成的、韵律尤为特殊的句子。一言、两言或三言俚俗口语通常用于引领整个句子,故称为领字,而其所领的部分则多是符合诗歌韵律节奏的四言。在小令和慢词中,一字领、三字领与后续的四言组合而成的句子大量出现,最终成为定式,并在配乐的条件下创造出前所未有的一四和三四节奏。这种新节奏源于俗传统,然而一旦成为规范,自然又反过来影响雅传统。苏轼、李清照、辛弃疾等人用雅言当领字,而写出许多卓绝的跨行长句,无疑是雅化 1+4 和 3+4 节奏的硕果②。后代词谱编者使用句读的方法,对这些新节奏加以系统的规范化,凸显它们在词创造中举足轻重的地位。

第二节　句法:主谓句的演变

自《诗经》以来,每种齐言体都有其独特的、单一或两种交替

---

① 参见第十章"小令句法、结构、词境" §10.11。
② 参见第十章"小令句法、结构、词境"第三节、第十一章"慢词节奏、句法、结构、诗境"第二节。

使用的韵律节奏,而各种杂言体、多数词牌又有其独特的、由不同长短句糅合而成的韵律节奏。同时,每种诗体节奏又有与其共生的各种简单主谓、复杂主谓、题评句式。随着新诗体的出现,韵律节奏日趋复杂化和多样化,而它们所引进和承载的三大类句式也变得愈加纷呈多彩。简单和复杂主谓句式的这种历史演变是本节的讨论中心。

(一) 四言诗:四种简单主谓句式和四种复杂主谓句式

在《诗经》四言诗里,简单主谓句占大多数,而复杂主谓句非但数量不多,而且种类也少。简单主谓句可分为四大类:(1)主谓宾式,(2)主谓式,(3)谓宾式,(4)状谓式。这四类简单主谓句式在《邶风·绿衣》同时出现,一目了然:

§ 12. 1

　　绿兮衣兮,绿衣黄里。　心之忧矣,^{主谓式}曷维其已!^{状谓式}
　　绿兮衣兮,绿衣黄裳。　心之忧矣,^{主谓式}曷维其亡!^{状谓式}
　　绿兮丝兮,女所治兮。　我思古人,^{主谓宾式}俾无訧兮。^{谓宾式}
　　絺兮绤兮,凄其以风。^{状谓式}我思古人,^{主谓宾式}实获我心!^{谓宾式}

在此诗中,加着重号的部分是句中动词,作为句子的核心,担负着谓语的作用。如果动词前有主语而后有宾语,如"我思古人",句子便是第一主谓宾式。这种以人称代词作主语的主谓宾句在《诗经》里用得不少,但在以后的诗体中就很少出现(保持古风的乐府体除外），而在近体诗中则是完全匿迹了。第二主谓式是指不带宾语的主谓句，如"心之忧矣"，而这类句子的谓语必定是不及物动词。第三谓宾式是省略了主语，只有及物动词和宾语的主谓句。第四状谓式则是既没主语，也没宾语，只有不及物动词以及修饰它的副词的主谓句。如果不及物动词出现在句末，前面三个字则是副词和语气词的堆积（"曷维其亡"）；如果出现在句首，后面三个字则多是一个起状语作用的词组，如"凄其以风"。由于《诗经》词汇以单音词为主，主谓、谓宾、状谓三式通常要加入一两个无意义的语气词才能填满一行四字。

　　在《诗经》中，复杂主谓句不但数量少，而且形式非常简单，仅有四式：（1）并列复句，（2）递进复句，（3）假设复句，（4）转折复句。严格来说，后两类只是不符合四言体节奏的1+3散文句，如假设复句"縠/则异室，死/则同穴"（《王风·大车》）、"柔/则茹之，刚/则吐之"（《大雅·烝民》）等，又如转折复句"谓/尔不信"（《小雅·巷伯》）、"爱/而不见"（《邶风·静女》）等。若作如此判断，那么《诗经》的复杂主谓句只有并列复句和递进复句两式。并列复句数量甚大，还可分出几个小类：

　　A. 主谓重叠式

　　　　　我疆我理。（《小雅·信南山》）
　　　　　我徒我御，我师我旅。（《小雅·黍苗》）
　　　　　尔卜尔筮。（《卫风·氓》）
　　　　　或寝或讹。（《小雅·无羊》）

B. 谓宾重叠式

> 拊我畜我，长我育我。(《小雅·蓼莪》)
> 饮之食之，教之诲之。(《小雅·绵蛮》)
> 是剥是菹……是烝是享。(《小雅·信南山》)

C. 状谓构重叠式

> 匪载匪来。(《小雅·杕杜》)
> 弗躬弗亲。(《小雅·节南山》)
> 既醉既饱。(《小雅·楚茨》)
> 将恐将惧。(《小雅·谷风》)
> 乃寝乃兴。(《小雅·斯干》)
> 以社以方。(《小雅·甫田》)

从这些例子不难看出，所谓并列复句只不过是二言主谓、谓宾、状谓句的重叠而已。这种并列复句极为容易构造，只有将§12.1所示主谓、谓宾、状谓简单句中的语气词去掉，压缩为二言，然后部分复制此二言即可。递进复句与并列句相差并不大，如将并列复句中的叠字去掉，换成不重复的实字，两个动词之间就呈现较为明显的递进关系，如"抱布贸丝"(《卫风·氓》)、"葛生蒙楚"(《唐风·葛生》)、"吹笙鼓簧"(《小雅·鹿鸣》)等。

(二) 早期五言诗:简单和复杂主谓句式的全面扩展

汉代兴起的五言体,较之《诗经》为代表的四言体只多一字,而与《楚辞·九歌》诗行字数相等("兮"字除外),但却引来诗歌节奏的一场革命,这点上文已加以论述。其实,这场节奏革命同时也是句法革命,两者是难以分割的,例如五言下三的 1+2、2+1 的次节奏就是语义节奏,属于传统句法的范畴。然而,要真正把握五言句法革命无比深远的历史意义,我们尚需从现代句法学的角度来对之加以全面系统的分析总结。笔者认为,五言体堪称汉词句法革命的代表,是因为它成功地发展出一系列组合单音字、双音词及三音词组的理想句式,不仅扩展了现有简单主谓句式的容量,同时又引入各种新颖的复杂主谓句式,从而极大地加强汉诗传情表意的能力。

五言体在汉代以成熟的形式出现,无疑与当时如火如荼的汉语双音化运动有着密切的关系。按逻辑来推理,双音化运动的自然产物应是由三个双音词叠加而成六言体。然而,应运而生的是五言,而不是六言。这是为什么呢? 笔者认为,此现象与动词双音化的后滞有关。检阅《古诗十九首》的 254 行诗句,不难发现,句中的双音词绝大部分是名词、副词、形容词;相反,句中的动词几乎都是单音字,双音的数量极少。由此可见,准确地说,五言体的产生的语言外因实际有二:一是名词、副词、形容词迅速的双音化,二是动词持续的单音化。两者不同步发展之张力不仅造就了 2+(1+2/2+1) 节奏,而且还带来四种基本简单主谓句式的革新,使之言情写物更加充实生动。

	《诗经·邶风·绿衣》	《古诗十九首》
主谓宾式	我思古人	A. 白露沾野草(其七)、促织鸣东壁(其七)、胡马依北风,越鸟巢南枝(其一) B. 南箕北有斗(其七)、牵牛不负轭(其七)

　　如上表所示,第一主谓宾式的革新是主语词类的变更,主语由单音代词变成双音名词,实现了句首主语和句末宾语的平衡,而句腰的单音动词又激活了两者的关系,从而将物象或人事之间的互动生动地表现出来。这种句式出现之后深得文人诗人的喜爱,而在以后的五言诗中,除了乐府诗中口语对话部分,单音人称代词当主语的诗句就很少,取而代之的是 2+1+2 的主谓宾句。有时诗句下三是单音副词+(单音动词+单音名词)的结合,如"南箕北有斗""牵牛不负轭"。2+1+2 的主谓宾句式特别有利于整行诗句的自然黏合。出现在第三字位置的动词总是及物动词,前接主语,后连宾语,构成一种从前少见的、平衡而紧凑的主谓宾句。

	《诗经·邶风·绿衣》	《古诗十九首》
从主谓式到 主状谓式	心之忧矣	衣带日已缓(其一)、游子不顾返(其一)、岁月忽已晚(其一)、空床难独守(其二)

　　第二主谓式亦有重大的新变。顾名思义,此式不带宾语,所用的必定是不及物动词,而其中绝大多数是单音的。这样,双音主语加上单音动词才有三个字,而五言句中还有两个字,它们是如何处置的? 如上图所示,这两个剩下的字几乎总是作副词用,

有时是凝固的双音副词(如"安可""忽已"),有时是尚未凝固的组合(如"日已""难独"),通常都放在第三、四字的位置之上。这种句式的产生意味着,在五言体中,《诗经》那种主谓句式业已演变为主状谓式了。

	《诗经·邶风·绿衣》	《古诗十九首》
从谓宾式到状谓宾式	俾无尤兮	A. 何不策高足(其四)、奄忽若飙尘(其四)、与君为新婚(其八)、庭中有奇树(其九)、将以遗所思(其九)、何能待来兹(其十五) B. 昔为倡家女(其二)、今为荡子妇(其二)、忽如远行客(其三)、先据要路津(其四)、但感别经时(其九)、遥望郭北墓(其十三)

第三谓宾式革新的情况也是以增加状语部分为标志的。《诗经》中的谓宾式通常只有两个或三个具有实际意义的字,即单音动词+双音名词或单音名词,而剩下的字则由语气词填补。五言体比四言体多一字,而又不用无意义的语助词填满诗行,自然不会有像"俾无尤兮"那种纯谓宾句式出现,取而代之的是上图所列的两组不同状谓宾语句式。两组句首都是作状语用的副词,其中 A 组中状语和宾语都是双音词,所以单音动词出现在第三个字的位置,如"何不策高足""奄忽若飙尘"等。B 组中的宾语是入汉之后才在诗歌中大量使用的是三言名词词组,所以句首副词选用单音词,而动词则出现在第二字的位置上,如"昔为倡家女"。

	《诗经·邶风·绿衣》	《古诗十九首》
从状谓式到状谓状式	曷维其亡！	相去万余里(其一)、各在天一涯(其一)、相去复几许(其十)

　　第四状谓式革新之处也是增加句中的状语成分,不同的是所增部分常是作状语用的三言词组,如"相去万余里""各在天一涯",因而演变为状谓状句式。如果句中谓语是单音动词,那么动词前面多半还有一个单音副词(多是第一字),这样整句就有四个副词之多,如"相去复几许"。这种句式《诗经》和《楚辞》中是难以见到的。

　　同时,《古诗十九首》中,复杂主谓句数量激增,而其句式种类也不断推陈出新,足以表达愈来愈复杂的情感。这种量变似乎标志着一种质变。在《诗经》中,如果一行中有两个动词,它们多半是机械的并列铺陈,或简单的主从句,使用这些简单的句式是无法用来对情感进行白描的。要表达复杂的情感,诗人就必须使用众多的诗行,借助比兴的重章叠咏的手法。相反,《十九首》出现六种不同的复杂主谓句式,使得诗体中的单行首次可以独立担任白描情感的作用。值得注意的是,每一种句式都特别适用于描述某种特定的情感。例如,动词并列句(如"一弹再三叹""还顾望旧乡")通过描述诗中人的急促的动作来揭示其内心的焦虑或悲哀。谓宾补句(如"思君令人老""但伤知音稀")则是传达与诗中人感情共鸣的极佳选择。主辅动词句(如"高举振六翮""含英扬光辉")是主要动作与伴随动作相结合,粗笔与细笔交替使用,相得益彰,用作景语或情语无不栩栩如生。转折递进句(如"弃捐勿复道""欲归道无因")则是诗人或诗中说话人进行自我反思时常用的句式。因果句(如"独宿累长夜""愁多知夜长")似乎也专门用于诗人对自己生活处境的反思。在这类句子中,"因"是诗人对所处生活处境的直述,而"果"则是诗人内心情感生活的发展。

综上所述,我们可以从词汇成分、组合方式的两个不同层面来概括五言体句法革新的巨大成就。从词汇成分的层面来看,五言体是首个以双音词为主要成分建立起来的诗体,而所用双音词中凝固的名词比例最大,而副词数量次之,但其所占的比例是先前诗体无法相比的。在词类组合的层面上,单音动词在五言简单主谓句中展现了前所未见的灵活性。单音名词置于双音名词之后,两者可以组合成三言的偏正式名词词组。单音动词则更为灵活,不及物的出现在双音名词之后,构成主谓句,而及物动词则可与后面双音名词结合成谓宾句,同时还可以与前面的双音名词相连,从而构成一个完整的主谓宾句。另外,《古诗十九首》还发展出六种新的复杂主谓句,也是有赖于单音动词组句的高度灵活性。

与《诗经》四言体、《楚辞》之《九歌》体及骚体相比,五言体句式创新突出表现在句子重心的后移。诗句头重尾轻是《诗经》和《楚辞》的共同特点。所谓"重"是指含有作为句子重心的动词,"轻"是指不含有动词。在《十九首》中,先秦诗句头重尾轻的特点基本消失了。在简单主谓句中,动词出现在上二之中的句子仅有 35 例,但出现在下三中者共有 97 例之多。同时,复杂主谓句必定至少有一个动词出现在下三之中,加上六类复杂主谓句(复杂主谓句必定至少有一个动词出现在下三之中),动词出现在下三的句子的数量达到 168 之多。五言诗句重心后移是中国诗歌演变史上的一个重要转折点。从此之后,各种诗体的句子结构都是前轻后重,七言体中源自《楚辞》的 4+3 句是少有的例外。在《古诗十九首》中,下三带动词句虽然占大多数,但它们之间几乎总是穿插有上二带动词句,两者交替使用,产生了十分理想的审美效果。

§ 12.2

古诗十九首·明月皎夜光
明月皎夜光,促织鸣东壁。
玉衡指孟冬,众星何历历。
白露沾野草,时节忽复易。
秋蝉鸣树间,玄鸟逝安适。
昔我同门友,高举振六翮。
不念携手好,弃我如遗迹。
南箕北有斗,牵牛不负轭。
良无盘石固,虚名复何益。

在此诗中,动词的位置不断变化,如所加的着重号所示,从第一字到第五字,所有位置无不出现。这种灵动的句式变化,创造了一种与先前诗歌截然不同的抒情方式。在《诗经》里,诗人不是通过直接的语言,而是借助于重章叠句的方法来言情。诗章每重复一次,诗人就更换几个字,改从不同的角度来写物或言情,借以传达内心复杂的情感变化。辞赋作者则喜欢使用一大串句式相同的诗行,依靠这种铺陈排比的手法来加强写物叙述行文的气势。与这些书写方式不同,《古诗十九首》总是根据自己抒情和描述的需要,灵活地挪动动词的位置,从而达到强调不同内容的目的。比如说,当动词放在最后时,则可以将前面四个字都用来描述主语及其状态(如"虚名复何益");如果动词放在前面,则可以对后面宾语作更加具体的描写(如"弃我如遗迹")。《古诗十九首》今天读起来特别流畅,很重要的原因是其句法和动词位置完全是根据直抒胸臆、描写景物的需要而做出变动。所以钟惺《古诗归》云:"《古诗》之妙,在能使人思。"①思就是反思,正是因为主谓句结构已经允许诗人去思,并将观物过程,及观物的心理状况、心理活动过程用直接而贴切的语言表达出来。

(三)六朝五言诗:主谓句式虚化的发展

倘若说汉代《古诗十九首》创立各种不同的五言简单和复杂主谓句式,有筚路蓝缕之功,那么六朝五言诗人则不断努力发掘这些新颖句式的潜力,功效卓尔,终使五言诗演变为"指事造形,穷情写物,最为详切者"。

就五言简单和复杂主谓句式类别而言,六朝五言并没有什么真正的创新。我们时常说,五言体是以一种成熟的形式在《十九首》中诞生的。这一判断用于描述其简单、复杂主谓句式,尤为精确。在《古诗十九首》中,五言体里能装嵌的简单、复杂主谓句式几乎是应有尽有,没有给后人留下多少创立新型主谓句式的空

———————

① 钟惺、谭元春辑:《古诗归》,第 6 卷,《续修四库全书》第 1589 册,页 420b。

间。的确,六朝五言以及唐五律的句法创新,主要表现在对现有句式作出一系列的"微调",其中主要有诗句对偶化、省略、语序倒装、移情等。这些"微调"都能起着四两拨千斤的作用,通过"虚化"的手段将每种句式的审美潜力充分地发挥出来。

所谓"虚化"是指削弱诗句对客观外界的指涉,而同时又加强诗人主观经验的表达。这种虚化的倾向突出表现在曹植、陶潜、谢灵运、谢朓等人对景物的描写之上。如果说《诗经·大雅》和汉赋中物象的铺陈堆砌代表了最为质实板滞的写物方式,那么《国风》和《楚辞·九歌》中物象与联绵字的结合则代表了一种原始的虚化手法,即是借饱含情感的联绵字来冲淡物象的指物功能,将之虚化为情感的载体。六朝诗人则是另辟蹊径,引入田园、山水世界中观物的过程,以之为轴线来串联、编织物象,借以将自己模山范水的视听经验惟妙惟肖地表达出来。这种物象世界虚化的第一步,甚至说先决条件,是诗句的对偶化,因为对偶联起着减慢阅读速度的作用。与往往是一往直前的散句不同,对偶联的上下两句前后呼应,要么是词义相似的正对,要么是词义相异的反对,读者势必停下来,慢慢领略两句词类句法对仗而产生的美感,而随着对偶联一连串地出现,诗人模山范水,流连忘返的视听经验跃然纸上,让读者在虚拟诗境中尽情享受。有如此精妙的审美效果,无怪乎大小谢的山水诗通常几乎整首都用对偶联写成。

在强化对偶联虚化作用的努力中,六朝诗人似乎都有其尤为钟爱的句式。例如,大谢山水诗中用得最多的句式有两种。一是便于进行省略和倒装的主谓宾简单句,由双音动词+单音及物动词+双音名词构成,如名联"池塘生春草,园柳变鸣禽"。此联可看作省略和倒装"池塘(边)春草生,园柳(里)鸣禽变"而成的。如此倒装,此联就有实、虚二读。实读是说因为季节变化,池塘生出春草,园中柳树上的鸟儿不同了,因而树中发出的鸣叫之声也变了。虚读则是更富想象的理解,春天来临,池塘中生出春草,园中柳树化为满树飞鸟的景象。诗人好似运用了电影中的蒙太奇手法,干涸的池塘突然生发出绿芽,枯瘦的柳桠也倏尔栖满了鸣鸟。

谢灵运所钟爱的另一个句式是因果复杂主谓句,由(名词+不及物动词)+(名词+及物或不及物动词)构成,如"怀新道转迥,寻异景不延"一联。此联说的是诗人"怀新"四处游历探寻,故而"道转迥";诗人乐于"寻异",但光景却不能久。出句讲了诗人自身的意愿和追求,而对句并不直言自己的感受体验,而是说路径自行来转。光景自身决意"不延",令诗句富有动感,精巧有趣。又如"涧委水屡迷,林迥岩逾密"一联,写的是一种感觉体验引起的另一种体验。由于"涧委"所以感觉似乎"水屡迷",因为"林迥"而看山岩就仿佛"逾密"。两种视觉经验并非简单罗列,而是暗用了一种因果逻辑关系,从而让读者领略到诗人"窥情风景之上,钻貌草木之中"(《文心雕龙·物色》)的无限愉悦。

谢朓对大谢所推崇的两种句式也极为喜爱,频繁使用,并有所创新。同时,他还发展出写景专用的 2+2+1 主谓状句式,由双音名词+双音词组+单音动词构成,如"日华川上动,风光草际浮""蜻蛉草际飞,游蜂花上食"这类清新活泼的写景联。然而,虽然小谢所用省略倒装等手法与大谢是大同小异,但其追求句式虚化的目的却有很大的差异。大谢追求在景物的互动中融入自己观物的视听经验,而个人生活情感则与景物截然分开,留到篇末用抽象的语言来抒发。与此相反,小谢则将情感抒发作为句式虚化之目的,如以下三联所示。

　　　　天际识归舟,云中辨江树。(《之宣城郡出新林浦向板桥》)①

　　　　大江流日夜,客心悲未央。(《暂使下都夜发新林至京邑赠西府同僚》)②

　　　　寒灯耿宵梦,清镜悲晓发。(《冬绪羁怀示萧咨议虞田曹刘江二常侍》)③

小谢这三个写景联呈现出难以在大谢 2+1+2 对偶联看到的两大特点。一是句腰使用反映诗人情感的动词,如"识""辨""悲""耿"诸字。"识归舟"与"辨江树"已经不是纯粹的景物描写,而加入了诗人的动作,寓情于景,虽不直抒乡愁,但思乡之情溢于言表。另外两联则干脆使用"耿"和"悲"两个情感动词,更为明显地将诗人情感注入景物之中。小谢这种抒情化的对偶联景开创了唐人使用情景互动对偶联之先河。

(四)五言律诗:主谓句式从虚到幻的创新

　　时至唐代,对偶联的虚化改造,不复为个别诗人独特的创作

---

①谢朓著、曹融南校注:《谢宣城集校注》,页219。
②谢朓著、曹融南校注:《谢宣城集校注》,页205。
③谢朓著、曹融南校注:《谢宣城集校注》,页269。

实践,而已演变成风靡天下的文学潮流。在新兴的五言律诗中,
颔联和颈联均采用对偶定式,故自然成为当时诗艺竞技的中心舞
台。初盛唐诗人几乎无不酷爱五言律体,为写出至虚而实、想象
高绝的对偶联而不遗余力,绞尽脑汁。杜甫"语不惊人死不休"一
语,用于描写他自己和其他盛唐诗人铸造律诗对偶联所下的功
夫,是再合适不过了。总的来说,初盛唐五律诗人是沿着谢朓融
情入景、化实为虚的路子来写对偶联的。颔联颈联之间有一
"转",很自然地产生写景和写情的分工,一般是颔联写景,颈联言
情。即使有如此分工,五律诗人亦竭力对写景联进行虚化改造,
使之含情深远,寓意无限。有了初盛唐诗人整个群体的努力,五
言写景联虚化改造的范围自然会大大拓展,从大小谢所钟爱的三
种句式扩至几乎所有其他的句式①。

　　在唐五律中,大谢所钟爱的2+1+2简单主谓宾句式仍然很为
人喜爱,而且也常用倒装。这种句式有两种主要的倒装形式,第
一种是下三动词的倒装,如大谢名联"池塘生春草,园柳变鸣禽"。
此联"生"和"变"字从句末倒置句腰,造成句首"池塘"和"园柳"
从地点状语("池塘[边]"、"园柳[里]")变为句子的主语。这种
倒装句在先唐五言诗中使用最多,大谢山水诗中倒装句几乎全属
这种。第二种倒装形式是将下三全部倒置句首,如王湾名联"海
日生残夜,江春入旧年"所示。此联正装为"残夜(里)海日生,旧
年(里)江春入",下三移至句首,便得"海日生残夜,江春入旧年"
佳联。这种倒装同时造成了两个句法功能的变化:一是"入"

_____

①参见第七章"五言律诗句法、结构、诗境"第一节。

"生"不及物动词变为及物动词,二是"旧年""残夜"从时间状语
变为宾语。唐代五律诗人似乎特别喜欢使用这种倒装来铸造秀
句,显示自己非凡的诗才,如以下三对名联所示。

> 荷香销晚夏,菊气入新秋。(骆宾王《晚泊江镇》)
> 落雁浮寒水,饥乌集戍楼。(杜甫《晚行口号》)
> 竹光团野色,舍影漾江流。(杜甫《屏迹三首》)

这六个倒装句与小谢"大江浮日夜"句机杼大致相同,即将正装句
描述大景色的上二(晚夏、新秋、寒水、戍楼、野色、江流)倒置于句
末,化状语为宾语,使之成为原来为其所包含的小景(荷香、菊气、
落雁、饥乌、竹光、舍影)动作的对象。这种倒装句有其奇妙功能,
即是将大景变小,小景变大,以小景动大景,产生强烈的陌生化
效果。

　　限于篇幅,这里仅介绍 2+1+2 简单主谓宾句的虚化手法。唐
五律诗人根据各类简单和复杂主谓句特点,发展出与之相应的省
略、倒装、移情的手法,从而对这些主谓句式一一进行了彻底的虚
化改造,如本书第七章第一、二节对以下名联的分析所示。

> 绿垂风折笋,红绽雨肥梅。(2+3 简单主谓宾句例)
> 吴楚东南坼,乾坤日夜浮。(2+2+1 简单主状谓句例)
> 星垂平野阔,月涌大江流。(因果复杂句例)
> 白云回望合,青霭入看无。(句腰为从句的复杂句例)
> 感时花溅泪,恨别鸟惊心。(上二省略主语的复杂句例)

如本书第七章对以上各联的分析所示,王维、杜甫等盛唐五律大师虚化改造各种句式,目的并非仅仅像大小谢那样将观物视听经验和情感融入句中,而是要通过妙用省略、倒装等手法,由虚入幻,唤起超越经验世界的神思奇想,将一时一地的情感投射入天地之中,使之升华为揭示宇宙人生实相的审美绝境。的确,评诗家所膜拜的那种唐诗气象,若是没有盛唐诗人对对偶联中各种句式加以虚化、幻化的神来之笔,难道还可以产生吗?

(五)七言律诗:五律主谓句的量变与质变

七律比五律增加两字,对后者而言是量变还是质变?这是上千年来论诗家争论不休的问题。本书第八章第二节提出,七律有二二三和四三两种不同的节奏,前者代表了五言 2+3 节奏扩充之量变,而后者对五言体而言则可视为一种质变,因为它源自《楚辞·九歌》里那种与五言体节奏相反的、头大尾小的 4+兮+3 节奏。笔者认为,七律句法对五律句法而言,也有量变和质变的两种情况。首先,七律 4+3 句与五言节奏截然不同,因而其所承载的句式(尤其是下文接着讨论的题评句)与五律句法的关系自然没有多少量变可言,所呈现的更多是本质的差异或变化。七律二二三句与五律句法的关系则更为复杂一些,量变与质变同时存在,不过这两种情况并不难区分。

元人杨载(1271—1323)《诗法家数》云:"七言律难于五言律,七言下字较粗实,五言下字较细嫩。七言若可截作五言,便不

成诗,须字字去不得方是。"①明人皇甫汸(1497—1582)《解颐新
语》卷四云:"诗须五言不可加,七字不可减,为妙。"②杨、皇甫两
人认为,七律句能否减去二字,是判断七律诗优劣的试金石。可
以减去二字的七律句只是五律句不必要的量变而已,而不可减字
的七律句对五律而言则是一种质变,故集中体现了七律句法的本
色。为了行文的方便,下面将这两类句子分别称为"五律量变句"
和"五律质变句"。

　　这两种不同的七律句各自有什么特点呢? 它们各自的特点
又怎样决定它们能否减少二字呢? 为了回答这两个问题,本书第
八章分别对沈佺期《古意呈补阙乔知之》(俗称《卢家少妇》)和李
商隐《隋宫》进行深入的分析③。沈诗几乎全部是用"五律量变
句"写成的,每句可以删去两字,而全诗则变成一首独立完整的五
律,意义并没有什么改变。从所删去的二字来判断,"五律量变
句"通常是在五律句前面加上两个字,通常是双音名词,用于形容
后面紧接的双音名词(第三、四字),如"南川粳稻花侵县,西岭云
霞色满堂"。有时新增二字又拆散开来用,分别形容五言部分的
两个单音词,如"旦雁初辞旧关塞,秋风先入古城池"④。所增两
字大多是形容词或作形容用的名词,只构成对句中个别字词的修
饰,没有影响整个句子的意义,故可称之为闲字。值得注意的是,
此类闲字几乎都是加在简单主谓句之上,也就是说,所谓"五律量

---

①何文焕辑:《历代诗话》,页 731。
②周维德集校:《全明诗话》,第 2 册,页 1395。
③参见第八章"七言律诗节奏、句法、结构、诗境"§8.8、§8.15。
④详见第八章第二节所引王力的列表。

变句"是由简单主谓句量变式延伸而成。

李商隐《隋宫》的情况恰恰相反,几乎全部是用"五律质变句"。除了首句可以删去"紫泉"二字而基本意义不变,其他七句若减去二字便意义全非,而全诗则彻底碎片化。这七句中所增二字有三大类:情态动词、时间副词、连接词。毋庸置疑,情态词"欲取"彻底改变句子的性质,化事实陈述为意愿之表达。"于今"和"终古",作为时间副词,将此时此地拓展为跨越数百年的广袤时空。此联也可视为"腐草于今无萤火,垂杨终古有暮鸦"的倒装。若作此解,"于"和"终"就显然带动词意味了。两组连接词,"不缘……应是"和"若逢……岂宜",也让原来四个独立单行句产生了脱胎换骨的变化。"不缘""若逢"分别建构出两个虚拟条件从句,而"应是""岂宜"则分别引入两个虚拟结果主句。这些主、从句结合在一起,就形成两对耐人寻味、意义隽永的复杂对偶联。从李商隐《隋宫》一例看出,五律所增二字,倘若是情态动词、描述全句的副词、连接词,那么所生成的七律句几乎必是"五律质变句"。

笔者认为,"五律质变句"代表七律句法的本色,即涵量近乎倍于五言句。刘熙载早就注意到,七言比五言虽只多二字,但七言一句可以抵得上两句五言。七言这种涵量的扩充,与它复杂化的倾向有密切的关系。如果说用"五言量变句"写成的《卢家少妇》仍像五律那样显示出对简单主谓句的钟爱,用"五律质变句"写成的《隋宫》则连续不断地使用复杂主谓句,单行的和双行的交替出现,直至全诗结束。如果说五律名篇使用简单主谓句的比例普遍大于复杂主谓句,那么七律不仅完全彻底地颠倒了这个比例,而且通篇使用复杂主谓句的诗作也屡见不鲜,如李商隐《无题·相见时难别亦难》,句句都可视为复杂主谓句。

　　比句法涵量扩充更重要的是句法审美特征的质变。齐梁五言和唐五律的审美特征是对偶句法之虚化,而这种虚化审美效果有赖于想象的移情,移情又有赖于句子省略和倒装,而省略和倒装有赖于五言句的凝练灵动。高度虚化而富有美感、使用简单主谓句的五律名句,若增加二字几乎必定"尾大不掉"(或更准确地说"头大不掉"),句子的凝练灵动失去了,虚化的美感又何以产生呢? 皇甫汸称"诗须五言不可加",说的就是这个道理。反过来,我们又可以想想,在我们耳熟能详的七律名句中,有多少是使用了倒装简单主谓句呢? 杜甫"锦江春色来天地,玉垒浮云变古今"(《登楼》)大概是少有的例外吧。此联的上四不显得"头大不掉",主要是因为倒装的下三气势恢宏,足以形成对上四的动态平衡。七律复杂句化的发展,从审美的角度来分析,显示了从"虚"到"实"的转向。杨载云"七言下字较粗实,五言下字较细嫩。七言若可截作五言,便不成诗,须字字去不得方是"①,无疑是直觉地把握了七言有别于五言、征实的审美特征。七律复杂主谓句,较之五律复杂主谓句,多了两字,故可以将五言中通常写单独一物的上二变成描述较完整场景的上四,与下三所描写的场景相呼应,要么揭示事件、场合的因果发展,要么是两部分景象交映生辉。

---

① 何文焕辑:《历代诗话》,页731。

第三节　句法:题评句的演变

本书首章第三节已对题评句型作出定义,并指出它与主谓句型本质相异之处。主谓句型的主语与谓语部分有着紧密的逻辑和时空的关系,而题评句型中题语与评语之处横亘着一条鸿沟,在韵律上表现为拖长的停顿,在语义上则是两部分逻辑、时空的断裂。韵律与语义的断裂相辅相成,互为加强,使得题评句拥有唤起想象、感发人心的特别力量,故《诗经》以来诗人都爱用之抒情表意,在各种诗体中发展出纷呈多样的题评句式。题评句的历史发展,可以沿着两条轴线来勾勒,一是题语和评语自身词类及句法的变化,二是两者之间字数比例和断裂程度的变化。

(一)《诗经》与《楚辞》:题评句的两种基本模式

四言是《诗经》的标准句类,占诗句总数的 91% 强,几乎统一使用 2+2 的韵律节奏。《诗经》题评句的题语由双音名词或动词构成的,如《小雅·车攻》"萧萧马鸣,悠悠旆旌"所示。名词多是物象之名(如雎鸠、淑女、荇菜),而动词多是单音,对一个动作的描写。比如说:"泛泛其逝"(《邶风·二子乘舟》)、"其鸣喈喈"(《周南·葛覃》)。评语则几乎是清一色的联绵词,如泛泛、喈喈、关关、萧萧等等。由于《诗经》联绵词都尚没有抽象意义,纯粹以声音表意传情,所以与指涉物象或动作的题语连用,仅构成题评的关系。由于押韵或强调的需要,担任评语的联绵词时常也出现在句首,如"关关雎鸠"(《周南·关雎》)、"萧萧马鸣"(《小雅·车攻》)等。

　　四言句上二与下二之间有着明显的停顿,自然是题语和评语的分界处。如果题语或评语是单音字,则必定加上没有意义的语助词,使之符合 2+2 之平衡。由于题语与评语字数完全相等,两者没有轻重之分,故评语对题语没有补充说明的作用,而是通过绝对平行来造成强烈的对比,有效地唤起想象和情感反应。

　　一种诗体的节奏在很大程度上决定了与其共生共长的题评句的结构特点。四言诗的节奏为 2+2,故题语和评语都只有两个字。两个字难以构成意思完整的主谓句,因而四言诗中题评句题语是单个名词或动词,而评语则是尚未概念化的、借音传情的联绵词,如以下《诗经》的例句所示:

　　　　关关雎鸠、参差荇菜。(《周南·关雎》)
　　　　萧萧马鸣。(《小雅·车攻》)
　　　　杲杲出日。(《卫风·伯兮》)
　　　　鸣蜩嘒嘒。(《小雅·小弁》)
　　　　鸡鸣喈喈。(《郑风·风雨》)
　　　　北流活活。(《卫风·硕人》)

　　《楚辞·九歌》3+兮+2 节奏承载了另一种不同的题评句式。句腰的"兮"将诗行拦腰打断,使之不可能成为连贯的主谓句,只能是具有断裂性质的题评句。其上三可组成完整主谓或题评结构,多为句子核心部分的题语,而其下二只能是孤立的名词、副词、联绵词等,起着补充说明题语的作用,如《东皇太一》首段所示:"吉日兮辰良。穆将愉兮上皇！抚长剑兮玉珥。璆锵鸣兮琳琅。"这种题评句的评语主要用来强化所描绘的情景中一个最值得注意的细节,故可视作一种补充式的题评句。

(二)五言古诗:头小尾大的题评句模式

汉代《古诗十九首》继承了《诗经》的传统,大量地使用了相似的题评句,共有 30 句,占总数 254 句的 11.8%。与《诗经》的用法一样,30 个题评句中的评语全是叠字,绝大多数出现在上二位置,而出现在下三的只有 7 例,如"洛中何郁郁"(其三)、"长路漫浩浩"(其六)、"白杨何萧萧"(其十三)、"一心抱区区"(其十七)等。为了填满下三,故在联绵字前加上"何"字,但似乎是画蛇添足,使得联绵词形容词化,反而减弱了句子的审美感召力。相比之下,"长路漫浩浩""一心抱区区"两句在联绵词前使用了动词或起动词作用的形容词,从而保留了《诗经》题评句那种审美特质。这两句中前三个字构成稳定的题语,而随后的联绵词对之加以富有情感的评论。

《古诗十九首》显然继承《诗经》的传统,也大量地使用了相似的题评句。就单句而言,笔者认为《古诗十九首》的题评句审美感召力比不上《诗经》的题评句,因为前者所用的联绵词多已不复为《诗经》中所见的那种尚未概念化的、自身没有实在意义的联绵词。到了汉代,如"郁郁""戚戚""悠悠""纤纤""茫茫"这样的联绵词已有固定的搭配对象,从而开始具有自身的意义,渐渐朝形容词化方向演变,这样必然会减轻题语和评语之间的断裂,而这种断裂所引发的审美想象亦会随之减弱。然而,《古诗十九首》中《青青河畔草》和《迢迢牵牛星》两首巧妙地连用数个联绵词,不仅控制了联绵词实义化的负面影响,而且取得了《诗经》题评句难以媲美的艺术效果。

例如,《青青河畔草》六个联绵词(青青、郁郁、盈盈、皎皎、娥娥、纤纤)显然是已经相当概念化的,分别为专门用于描述草木、月色、美女的词语,若单独使用则难以引起更加自由随意的联想。然而,失之东隅,收之桑榆。诗中奇特的连珠用法帮助了这六个联绵词保持其原有的传情功用。此诗的题语展现视点缓慢而持续的移动,从最远景("河畔草")到次远景("园中柳")、近景("楼上女""当窗牖")直至特写镜头("红粉妆""出素手")。随着这些题语连贯地出现,我们深深地感觉到诗人注目凝视,一步步深入观察诗中闺妇的生活世界的思想过程。显然,这些题语已不复为纯粹的外物描写,而是诗人主观思想活动的轨迹。同时,六个当评语的联绵字自然不是描写景物自身的特征,而是传达诗人感物过程中的情感活动。六对题语与评语连续使用,如此完美结合,乃属《古诗十九首》之独创。这种连珠式题评句无疑开辟了题评句表达持续情感活动的先河。

在六朝五言诗中,题评句型也没有太多发展,大概因为诗人致力于以对偶的形式重塑各种各样的简单、复杂主谓句式。的确,在六朝五言诗中,题评句出现的频率较低,而且呈现的形式也与《古诗十九首》所见的完全一样。

(三) 五言律诗:题评句模式的创新与多样化

经过三百多年的沉寂之后,题评句型在唐近体诗里呈现了蓬勃发展的态势。无论是题语评语自身的成分,还是两者的组合形式,都产生了质变。在五律中,题语可以是指涉物象的名词,也可以是一个动词词组。评语的成分也产生了相似的变化,既可以是单字,也可以是动词词组或名词词组。随着题、评语种类的扩充,两者的组合形式也走向多样化,除了符合五言节奏的二三式之外,还出现了头小尾大的一四式和头大尾小的四一式。下面对这三种主要的题评句式加以详细的分析。

二三是先唐题评句的基本模式,上二多是联绵词评语,而下三则多是作题语用的名词或动词词组。在唐五律中,二三题评句模式仍旧十分流行,使用频率始终是最高的。然而,题语和评语的词类成分产生了多样化之质变。在唐五律 2+3 题评句中,上二名词+下三动词词组之组合最为常见,如下面三例所示:

> 白发/悲花落,青云/羡鸟飞。(岑参《寄左省杜拾遗》)
> 旅愁/春入越,乡梦/夜归秦。(白居易《江楼望归》)
> 孤灯/寒照雨,深竹/暗浮烟。(司空曙《云阳馆与韩绅宿别》)

在这类题评句中,上二名词多是景物的粗写(白发、青云、孤灯、深竹),下三动词词组则会跳跃到描写具体情感或声色之貌(悲花落、羡鸟飞、寒照雨、暗浮烟)。如果上二是情感的总括(旅愁、乡梦），下三则笔锋一转，状写最能衬托出这种情感的景物（春入越）或具体的人事活动（夜归秦）。在唐五律中，将此类题评句发挥得淋漓尽致、登峰造极的诗篇，非杜甫的《江汉》莫属①。

2+3 题评句有时采用上二形容词+下三名词式，如"清新/庾开府，俊逸/鲍参军"（杜甫《春日忆李白》）、"丧乱/秦公子，悲凉/楚大夫"（杜甫《地隅》）。上二动词+下三名词词组式偶尔也使用，如贾岛《赠胡禅归》颔联"秋来/江上寺，夜坐/岭南心"。这种名词化的下三，如与名词上二搭配，便形成了纯名词的 2+3 题评句，如释齐己"山寺钟楼月，江城鼓角风"、李颀"秋声万户竹，寒色五陵松"、杜甫"北斗三更席，西江万里船"、李白"浮云游子意，落日故人情"等名联。

杜甫和不少中晚唐诗人热衷于尝试使用不符五言体 2+3 节奏的拗句。拗句一词普遍用来指违反近体诗平仄规则的句子，这里笔者将它的词义加以扩充，用来指违反近体诗固定韵律节奏的句子。五律拗句包含有 1+4 式和 4+1 式题评句。

一四拗句头小尾大，往往即可作二三主谓句读，也可作一四题评句读，如"地/盘山入塞，河/绕国连天"（张祜）、"井/凿山含月，风/吹磬出林"（贾岛）、"夜/足沾沙雨，春/多逆水风"（杜甫）（详见第七章第三节的分析）。同样，四一式拗句头大尾小，似乎更加适宜读作题评句，如"雀啄北窗/晚，僧开西阁/寒"（喻凫）、"莲花国土/异，贝叶梵书/能"（护国）、"楚设关城/险，吴吞水府/宽"（杜甫）。

---

①参见第七章"五言律诗句法、结构、诗境"§7.7。

从中国诗歌发展史的角度来看,唐五律中一四式和四一式题评句出现也是一种必然。经过近千年的不断的使用,尤其是齐梁至盛唐时期全面深入的发掘,五言体二三句法所蕴藏的丰富资源都已被探明和彻底利用。通过引入新的节奏和句法来取得诗歌发展的新突破,势在必行。如果说在五律中一四和四一题评句仅仅是诗体革新的星星之火,那么它们将在唐宋小令及慢词中得到如火如荼的发展,最终演变为两种最能体现词本色的句法和篇章结构,即头小尾大和头大尾小的题评结构。这点下文将进一步加以讨论。

(四)七言律诗:头大尾小的题评句模式

本章首节已经指出,七言律诗中的四三节奏很可能最终源于《楚辞·九歌》中 3+兮+2 的节奏。在不少后期楚辞作品中,这种头大尾小的节奏又出现了 4+兮+3 形式,乍看上去似乎只是《楚辞·九歌》节奏的稍微扩充,在前后两部分各增一字而已。然而,所增的二字却带来了质的变化。上三加一字就成为可表达更丰富内容的四言,而下二加一字带来的变化就更大,把孤立双音词或词组变为可以承载较为完整主谓句的三言,如《楚辞·招隐士》两联:"桂树丛生兮山之幽,偃蹇连蜷兮枝相缭。山气巃嵸兮石嵯峨,溪谷崭岩兮水曾波。"

这两联几乎是成熟的四三七言句。联中"兮"字仅用于表示句首四言段与句末三言段之间的长停顿,把它去掉完全不改变语义,甚至连节奏也影响不大,因为前后两段各自有独立完整的意义,吟唱或朗读时两者之间自然就会有较长的停顿。如此一改,四句就成了典型的四三句:"桂树丛生/山之幽,偃蹇连蜷/枝相缭。山气龍嵸/石嵯峨,溪谷崭岩/水曾波。"如将这两联与崔颢名联"晴川历历汉阳树,芳草萋萋鹦鹉洲"相对照,我们难免惊叹,两者何其相似,均是大景与小景相配,交映生辉,非但形似,而且神合。"晴川历历/汉阳树"是先大景后小景,正如"山气龍嵸/石嵯峨"那样。相反,"芳草萋萋鹦鹉洲"是先小景后大景,犹如"桂树丛生/山之幽"的翻版。

上引《招隐士》和崔颢的诗句都应称为题评句,因为上四与下三之间有较长的停顿,并有意义的跳跃或断裂。句首是一个相对完整的部分,而句末部分则对其进行补充说明。假若进一步细分,《招隐士》例首句以及崔颢的两句可称为简单题评句,因为其下三只是一个名词词组,没有动词;《招隐士》的另外三句则最好称为"复合题评句",因为上四与下三都有动词,各自成句。与五律题评句相反,七律题评句总是头大尾小。前边往往是一个大景,后面配一个小景;如果作感情陈述的话,前面一个是主要陈述,后面一个是附带陈述。

七律题评句特殊的审美效果,似乎可以通过重温唐诗史上一个著名公案来说明。王维"漠漠水田飞白鹭,阴阴夏木啭黄鹂"与李嘉祐"水田飞白鹭,夏木啭黄鹂",谁先作谁后作,孰优孰劣? 这是历代论诗家争论不休的问题。虽然古人多数都认为七言"漠漠水田飞白鹭,阴阴夏木啭黄鹂"要好于五言"水田飞白鹭,夏木啭黄鹂",但为何如此? 古人似乎是知其然不知其所以然。若是运用复合题评句的概念,我们似乎可以解开这个千古之谜,明明白白地说明王维七言句胜于李嘉祐五言句的原因。李嘉祐"水田飞白鹭,夏木啭黄鹂"是简单的主谓句,句首的"水田"和"夏木"在句中作副词用,交代白鹭飞和黄鹂啭所在之地。但是王维诗中加上"漠漠"两字,便成"漠漠水田"一句,一片开阔的风景油然而生。加上"阴阴"二字,带来的同样是从孤立物象到一片风光的变化。两联的上四为大景,而其下三则为白鹭和黄鹂的特写小景,大小景并列使用,相互衬托,交映生辉,夏日农村生机盎然的景色浮现眼前。的确,王维"漠漠水田飞白鹭,阴阴夏木啭黄鹂"一联的审美效果,与崔颢名联相比,仲伯难分。毫无疑问,叶梦德曾赞扬"漠漠""阴阴"的点化作用,但不知此点化完全在于句法的改变。李嘉祐描述孤景的简单主谓句,加上两字,就变成呈现大小二景互动复合题评句,岂不正是点铁成金的变化?

如果说杜甫《江汉》将五律题评句的审美潜力发挥得淋漓尽致,那么他的《登高》就呈现了七律题评句可能达到的审美绝境。《登高》一口气连用八个题评句,天地与自我特写并列对比,交错呈现,从而将诗人感慨宇宙人生的沉郁顿挫之情惟妙惟肖地表达出来。

§ 12.3

风急天高/猿啸哀,渚清沙白/鸟飞回。

无边落木/萧萧下,不尽长江/滚滚来。

万里悲秋/常作客,百年多病/独登台。

艰难苦恨/繁霜鬓,潦倒/新停浊酒杯。

胡应麟《诗薮》称此诗为七律之首,解释道:"杜'风急天高'一章五十六字,如海底珊瑚,瘦劲难名,沈深莫测,而精光万丈,力量万钧。通章章法、句法、字法,前无昔人,后无来学。微有说者,是杜诗,非唐诗耳。然此诗自当为古今七言律第一。不必为唐人七言律第一也。"①胡氏认为此诗的章法、句法、字法无不是前无古人后无来者,但却无法把此三法独特创新之处解释清楚,可谓是知其然,而不知其所以然。笔者认为,题评结构的使用是此诗字法、句法最大的创新。论字法,即结字为词之法,首联的创新最令人耳目一新。此联景物描写非常紧凑,并且相当工整,不仅"风急天高"与"渚清沙白"两句相对,而且还有内对,如"风急"对"天高","渚清"对"沙白"。由于律诗首句一般不用对句,因此"猿啸哀"与"鸟飞回"似乎是故意不作工对。论句法,前三联皆为 4+3 式,而其上四和下三组合出一连串七个题评句,正如引文中斜线所示。这六个题评句都采用崔颢、王维诗中所见的那种大小景互衬法,上四为时空恢宏的大景:风急天高、渚清沙白、无边落木、不尽长江;下三则是与之衬托特写小景,既有引发愁绪的景物,也有诗人伤感的自我写照。尾联的句法很特别,上句可读作 4+3 题评句("艰难苦恨/繁霜鬓"),也可读作 2+5 题评句("艰难/苦恨繁霜鬓")。尾联下句则是 2+5 题评拗句:上二"潦倒"为描写诗人生活状态的题语,下五则是以具体动作("新停浊酒杯")作为抒发内心感慨的评语。

　　杜甫《登高》通篇使用题评结构,有首联中隐性的题评字法,又有首、颔、颈联的显性题评句,还有尾联的隐性题评句,真是变

①胡应麟:《诗薮》内编卷五,页 95。

化多端,层出不穷,无怪乎胡应麟称"此章五十六字,如海底珊瑚,瘦劲难名,沈深莫测"。胡氏赞此诗"精光万丈,力量万钧"①。这种气势磅礴、沉郁顿挫的美感在七律中大概只有依靠环环相扣的题评句才能创造出来。

　　五律题评句和七律题评句,不仅有头小尾大与头大尾小之别,题语与评语之间断裂的程度也有所不同。五律题评句中的断裂较为彻底,通常自然与人事、景与情并列形成强烈的对比,两部分通常在逻辑和时空上没有关联。七律题评句中的断裂则没有这么严重,因为主景与副景,一大一小,后者主要起着补充或衬托前者的作用。不过两部分字面上没逻辑和空间关系的情况也常见,如杜甫"三顾频烦/天下计,两朝开济/老臣心"。笔者认为,题评句型能在律诗中取得前所未有的发展,迅速达到登峰造极的地步,其推力无疑来自律诗形式的要求。律诗诗人孜孜不倦地铸造对偶联,追求诗句顿挫起伏变化,很自然地发展出琳琅满目的题评句式。相反,随着小令和慢词抛弃律诗那种复杂对偶形式,推崇平铺直叙的句法,各种题评句式在词里几乎消失了,取而代之的发展热点则是头小尾大和头大尾小的题评章节结构。

第四节　篇章和全篇结构的演变

　　刘勰《文心雕龙·章句》云"夫人之立言,因字而生句,积句而

---

①胡应麟:《诗薮》内编卷五,页95。

成章,积章而成篇",点明了汉诗句、章、篇三个结构层次之间密切的内在关系,而且还似乎暗示,这种内在关系是语言组织原则在递进的层次上运用的结果。本书对句法的研究说明,各种诗体里的句式千变万化,但总不离其宗,即线性组织原则和非线性组织原则。前者的使用,带来了层出不穷的简单和复杂主谓句;后者的使用亦成果斐然,造就了纷呈多样的题评句。汉诗结构演变的情况也大致如此。每种诗体里各种结构形式,无不可定位于线性、非线性两条轴线交织而成的空间之中,有的近此远彼,紧贴着其中一条轴线,有的则似乎位于两条轴线之中,其属性见仁见智,难以一言断定。此处,我们可以参照这两条轴线,勾勒出汉诗结构演变的轨迹。

(一)《诗经》:线性结构和题评结构的原型模式

在《诗经》中,《颂》的作品较短,多没有章节之分,主要使用线性结构。但《雅》和《风》则通常有章节和诗篇两种结构。《大雅》作品篇幅虽长,但通常可以按叙述内容,以及顶针格等外在形式,划分出章节,故有章节和诗篇两种结构可言。《大雅》作品每一章都是线性的安排,而诗篇也是线性的叙事安排,从而连贯地叙述了周代先祖的历史功绩。

《国风》以及《小雅》部分作品,普遍展现重章叠句的形式,所以篇幅再短也可有章节、诗篇结构之分。顾名思义,结构相同或相似的句子,排比相叠,而成一章,而这些章节又排比重复,以构成全篇。这种章、篇结构都呈现断裂性的题评结构。章节层次上的断裂主要表现在写景、言情部分衔接之处。前面两行景语,后面两行或者更多的情语,中间有一个逻辑和时间空间的断裂,这种断裂式章节,传统上称为比兴,这里则称为题评章。诗篇的断裂则表现在各个题评章之间非线性的平行排列。

《国风》和《小雅》中诗篇题评结构产生了两个变体。一种变体是只取一个题评章节,把其中的景语和情语分别予以扩大,并加上衔接两部分的字眼,从而演变出一种诗篇二元结构,《邶风·匏有苦叶》就是一个典型的例子①。另一种变体是改造全部题评章节,将重复的字眼全部去掉,换上同类的物象和情语,将明显重复变成隐性重复,从而形成一种叠加结构,如《小雅·四月》②。

综上所述,我们可以说,《诗经》共有四种诗篇结构。其中,重章结构虽然《国风》和《小雅》中使用得最多,但在以后的诗体中却销声匿迹了。另外三种则成为以后各种诗体的结构原型。线性结构在汉赋,特别是大赋中从历时叙述转变至物象的空间铺陈,而在谢朓五言诗、部分律诗作品以及词小令中沿着抒情化的道路发展。而二元和叠加两种结构则在五言诗、律诗、小令和慢词中不断发扬光大,推陈出新。

(二)五言古诗:二元结构和叠加结构的兴起

除了少数长诗之外,汉魏六朝五言诗通常是不分章节的,所以我们这里集中讨论诗篇结构。二元诗篇结构在汉魏六朝五言

---

①参见第一章"汉诗诗体的'内联'性"§1.28。
②参见第一章"汉诗诗体的'内联'性"§1.29。

诗中占有统治地位。《古诗十九首》中大部分诗篇采用了二元结构。例如，《古诗十九首》其十七呈现出外在观察加内在反思的二元结构。此诗上半部分，闺中思妇之目光将我们带进了寒冷的冬夜。"北风"刺激了触觉，"众星"吸引了视觉，"明月"和其隐喻"蟾兔"引起了对天宫中无尽寒冷的想象。所有这些意象都传达出孤独思妇脑中那非常强烈的凄凉之感。在下半部分，我们进一步进入她的内心世界，并经历了她思索的整个过程：对夫君第一封也是唯一一封信笺的追忆，对他深切的爱情表白的感激，以及对夫君保证坚贞不渝的决心，还有生怕他无法看到自己忠贞和深刻爱情的担心。在六朝时代，大部分五言诗也使用二元结构。而当时的文学批评，包括钟嵘的《诗品·序》、刘勰的《文心雕龙·物色》，都是阐发一种感物理论，描述诗人怎样观察外部世界然后引起情感的抒发，无疑是对以二元结构写诗的实践作出了理论总结。

　　二元诗篇结构在六朝时期发展出不少变体，景物部分和抒情部分都可以根据需要扩张，成为一个新加的部分。比如说曹植《赠丁仪王粲》等赠答诗，先写景物，再写朋友的状况，最后写自己对朋友的劝诫，就形成三重结构。另外，阮籍的《咏怀》诗里有种循环结构，具有内省的特点。起篇披露情感的行为或者直抒胸臆，然后将此情感投射入时间、空间的意象之中，最后以自身感情的反思作结尾，也就形成了一种新的、循环式的三重结构。谢灵运的山水诗则同时扩展二元结构的两部分，写物部分分出记游和写景，而言情部分则分出抒情和说理，故呈现出一种四元结构。笔者认为，这种四元结构的山水诗已经有了起承转合的雏形。起，就是先记游，说明去哪里游玩。承，就是游中最值得回味的细节的描写。然后转,写情,一个很明显的转。最后出现的是说理,即所谓山水诗的玄言尾巴。由于说理的结尾和开头的"起"是接不上的,谢氏的四重结构有起、承、转,但没有合。即使如此,这种四重结构中的转折很有文势,王夫之对之大为赞赏①。

汉魏六朝五言诗也常用叠加结构,如《古诗十九首·行行重行行》、阮籍《咏怀》、陶渊明《归园田居其一》等名篇。叠加结构使用不同的、能够同样表达情感的片段——有时是写景,有时是用自然的一种兴比——来做到抒情的沉郁顿挫。沉郁顿挫一定是跟这种叠加结构有关系。杜甫如果不用这种叠加结构,很难写出这种沉郁顿挫、跌宕起伏的风格。

(三)唐代近体诗:线性结构、叠加结构、二元结构、循环结构的使用

讲起近体诗结构,很多人会立即想到起承转合之说。此说是宋人对盛唐律诗结构所作的总结,并非唐代诗人有意识遵循的结构原则。另外,用此说来概括唐代五言律诗的结构,显然是以偏概全。一个短短的四联八句,先唐诗的几种主要结构都使用上了。线性结构仍旧大量使用,叠加结构虽不再显赫,但也偶然出现,而二元结构则被全面继承,并衍生出起承转合这种新颖的循环结构。

一首律诗呈现这四种结构的哪一种,完全取决于其四联之间联系的疏密程度。如果四联联系紧密,没有什么缝隙,线性结构

---

①参见第五章"六朝五言诗句法、结构、诗境"§5.20。

就自然产生了。在以谢朓为代表的齐梁体影响之下,初唐律诗中间通常没有明显的转折,不管叙事还是写景,往往一线贯下,直至尾联。这种线性结构主要见于太宗、魏征、虞世南等初唐诸家,但盛唐大家用此结构写景记行的例子仍可以见到,如李白《访戴天山道士不遇》《渡荆门送别》诸诗。同样,杜甫七律《闻官军收河南河北》连用八个复杂主谓句,创造出一种极为紧密的节奏,借以把诗人无比欢快的心情传达出来。

倘若四联之间关联过于疏散,那么叠加结构就显现出来了。律诗格律规定要用"黏"来加强四联之间的关联,诗人遣词用字自然也会如法炮制,一般不会写成关系疏远的诗联,将它们叠加成诗。的确,叠加结构的使用频率是极低的,但少数的例子中却有千古名作。例如,李商隐《锦瑟》将四联起承转合的关系一一彻底切割。虽然每一联自身意义清楚,但四联叠加起来,全诗的意义就变得扑朔迷离。历代论诗家不断试图找到一个特殊的切入点来说明四联的关联,以演绎出全诗的意义,但始终没人能真正地自圆其说。此诗无疑是叠加结构的极端者,称之为一种严重断裂性结构亦可。然而,这种叠加结构正是这首诗的魅力所在。李商隐极度地加深四联之间的缝隙,创造出一种断裂的结构,以及与此相应的缓慢节奏,让我们深切体验到诗人无限缠绵、惘然若失的心境①。在此诗,起承转合被彻底地推翻掉了,而所叠加的四联又没有明显关系,在情调上、意义上,都很难把它们串起,因此产生了扑朔迷离的效果。这种诗能够为历代的批评家所钟爱,正

---

① 参见第八章"七言律诗节奏、句法、结构、诗境"§8.27。

是因为它没有确定的意义,能让读者不断地去为它创造意义。

　　先唐五言诗发展出来的二元结构特点是诗篇有上下两部分,篇幅大致对称,而论内容则多是上部分写景叙事,下部分主要抒情。在盛、中、晚唐期间,采用这种二元结构的律诗数量很多,它们的颈联都起着由景"转"至情的关键作用。如果我们放松二元结构的定义,不特别强调景物和情语的转换,颈联明显有"转"的作用就视为二元结构,那么使用二元结构的律诗数量就更加庞大了。盛唐及以后的写景记事的诗都喜欢在颈联来上一转。比如说,杜甫《闻官军收河南河北》,先写现在,"剑外忽传收蓟北,初闻涕泪满衣裳。却看妻子愁何在,漫卷诗书喜欲狂"。接着一个转,再写将来,"白日放歌须纵酒,青春作伴好还乡,即从巴峡穿巫峡,便下襄阳向洛阳"。从此例可以看出,线性结构和律诗的二元结构在律诗里有时候难以截然分开,里面有个见仁见智的问题。

　　起承转合结构是从二元结构中衍生出来的。一般说来,古诗的二元结构的四联关系是"起承转承",也就是说尾联与首联是断裂的,没有与之相连为一种循环结构。先唐五言诗,除了阮籍部分《咏怀》诗以外,很少使用连环结构。在谢朓的四联短诗和初唐律诗里也难以找到连环结构。但到了盛唐,将尾联从古诗结尾之"承"改为"合"的诗篇顿时流行起来,而在杜甫律诗中近乎成为定式,并发展出各种不同"合"的方法。有的是意思上的照应,如《春望》末句"浑欲不胜簪"言诗人自己的衰老,与首句"国破山河在"的国殇遥相呼应。有的是同类景物的使用,如《旅夜抒怀》尾句"天地一沙鸥"将我们带回了"细雨微风岸"的江景之中。有的是用更加含蓄的字眼来取得尾、首联相"合"的效果,如《登岳阳

楼》尾句"凭轩涕泗流"的"轩"字即指岳阳楼之轩,使尾联与首联
得以圆合。这种起承转合的循环结构是唐律诗独创的,是由杜甫
等盛唐大家独创的,被视为唐代律诗标志性结构也是有其道
理的。

（四）唐宋词结构：句法、章法、篇法的相互交错

唐宋词结构相对于诗歌更加复杂。在词尤其是小令中,我们
充分体验到刘勰为什么认为字、句、章、篇是相通的。以蔡伸《苍
梧谣·天》为例,我们说它是句子也可以,章也可以,一整篇也可
以。就句子而言,则是一连串的递进性主谓句。用题评结构来分
析,则整首诗是一个题语引起的一系列描述和评论,形容天之高。
论长度,则等同于小令的一片,所以解释为一章也可以。同时它
本身又是一整首小令。所以谈这首词的结构,是谈句法、章法还
是篇法,全看读者从哪个角度来谈,由此可见分析词的复杂性。
我这里采用的办法,对单调小令,一般作为一篇来讨论;双调小
令,则要分析章的结构和全篇的结构,二者不一定是相同的。比
如说白居易《长相思》:

§12.4

　　汴水流,泗水流,流到瓜州古渡头,吴山点点愁。
　　思悠悠,恨悠悠,恨到归时方始休,月明人倚楼。

上下片各自构成了题评结构。上片可称之为头大尾小的题评结
构,写景而以"吴山点点愁"的抒情来结束;下片则是抒情而以写

景结束,正好与上片相反。就篇章而言,是题评结构。就整首诗而言,则属于二元结构。虽然这是一首民歌体的词,但它先写景为主,接着转为写情为主,做到景中有情,情中有景,循环变化而成就一个整体,巧妙地体现出中国人阴阳变化、循环往复的宇宙观。

笔者认为,词的本色是一种序列性。但在诗体的影响之下,早期的小令大量使用了二元结构。跟诗体一样,叠加结构适用于抒情性很强的词体,在章节里面叠加,在全篇里面也叠加,如苏轼《江城子》(十年生死两茫茫),是一个典型的例子。同样的情感用不同的时间(年年、明月夜、昨夜)、不同的空间(孤坟、故乡、短松冈、小轩窗)组织起来,过去和现在,反反复复地表达①。小令里面抒情性很强的往往采取叠加结构。

到了慢词,由于篇幅较长,很自然呈现出一种叠加结构。柳永的叠加结构是一种连环套的、立体式的叠加结构。柳永大量使用领字,领字之间本身有一种结构连环的关系,一个领字引出一段抒情一个片段,然后与下一个领字连接。所以领字可以将不同的叠加结构纵向连接起来,有一个纵向的连接功能。柳词因为领字使用较多,甚至遭到李易安的批评。以后的词人领字使用慢慢较少。比如苏东坡诗性化的领字,基本不露痕迹,但仍起到领字的功能。比如《念奴娇·赤壁怀古》"人道是,三国周郎赤壁","人道是"三字,"人道"是实字,"是"是虚字,实际上起到领字的作用。李清照《声声慢》也同样如此。在词体里面很重要的叠加

---

① 此词的分析见第十章"小令句法、结构、词境"第七节 §10.54。

结构,其具体的组织方法日趋复杂,从明显的循环演变到后来不露筋骨、草蛇灰线的写法。从慢词里一个领字的用法我们就可以看到节奏、句法和结构,三元几乎是一体的。领字的运用使诗歌的节奏产生很多变化,引进了散文的节奏,增加了很多新的句法。以柳永为例,由于用了领字、新的句法,使诗歌的结构产生了一种根本的变化。这也从另一方面证明了我谈的内联性。的的确确,在中国传统诗歌的发展中,我们可以看到这三方面都是紧密相连、不可分割的。

第五节　诗境的演变

　　诗境是诗作读者心中呈现的富有感召力的心象。"物象""景""意象""境"是在不同历史时期进入中国文论的重要概念。就它们的内涵而言,四者呈现了由实至虚,再从虚到幻的演变。四者之中,"物象"最实,是对外界事物的具体指涉;"景"则更虚一些,因它是不同物象在观物者心中的整体印象;刘勰首先使用的"意象"一词则又更虚一些,因为它已经明显糅入了观物、观景者的情感;而从佛教引入的"境"则最虚,因为它是心与物相缘而生的境相,主观与客观已浑然不可分。在佛教唯识宗文献里,"境"有着特殊的内涵,可指由心造出来的、超乎表象世界的宇宙实相。在王昌龄、皎然、司空图、严羽等的诗学著作里,"境"已经开始指涉至虚至幻而真、超越视听之域的审美体验。本书用"诗境"一词,取其广义来指汉诗发展不同时期的审美理想和追求。

虽然本书所讨论各种诗体都有其独特的诗境,但诗人创造诗境的基本途径是相同的,那就是不断挖掘特定诗体语言所存"虚空"之处,即西方接受理论所说的空隙(gaps)。在汉语自身的变化以及音乐等外在因素的影响之下,汉诗节奏、句法、结构不断演变,因而诗人可以在三方面找到诗歌创作所需的"虚空",让他们的艺术想象得以展翅飞翔,开拓了崭新的诗境。

(一)四言诗:至虚的题评章句与"文约意广"之诗境

钟嵘《诗品·序》云:"夫四言,文约意广,取效《风》《骚》,便可多得。"①钟嵘用"文约意广"一语来描述《诗经》文字与诗境是极为精辟的。当今大多数学者都认为,"文约"主要指四言比五言少一字,更为简约。与五言比较这点固然没错,但《诗经》文约还有一个更深的原因,即其自身的节奏、句法、结构。其实,清人吴乔早已注意到,他在《围炉诗话》说:"大抵文章实做则有尽,虚做则无穷。《雅》《颂》多赋,是实做;《风》《骚》多比兴,是虚做。唐诗多宗《风》《骚》,所以灵妙。诗之失比兴,非细故也。比兴是虚句活句,赋是实句。有比兴则实句变为活句,无比兴则实句变成死句。"②

正如第二章"《诗经》节奏、句法、结构、诗境"所示,吴氏所说的实句和虚句实际上就是本书所说主谓句和题评句。《诗经》中

①钟嵘:《诗品》,何文焕辑:《历代诗话》,页3。
②吴乔著:《围炉诗话》,郭绍虞编选、富寿荪校点:《清诗话续编》,第1册,页481—482。

的国风和部分小雅中的"虚句"或说题评句的"虚"是全方位的。首先,二二韵律节奏和上古汉语中双音词匮乏的矛盾,造成了大量语助词的使用,诗行没有用有实义的字填满,因存有极大"虚"的空间。在句法层次,题评句中指涉物象或动作的题语,与尚没有固定意义、作评语用的联绵字组合成句,两者之间自然有无限的"虚"的空间。题评这种组句原则扩展到章篇层次,就有了打断时空因果连贯、"隐而虚"而激发丰富想象的比兴章。最后在全篇结构的层次上,比兴章多次重复,形成非线性的叠加关系,故又再增添了"虚"的空间。诗章每重复一次,诗人就更换几个字,改从不同的角度来写物或言情,借以传达内心复杂的情感变化。

正是由于这种"虚"的开拓,《诗经》被称为"活物",几千年来不断被诠释。钟惺在《诗归序》中提出:"《诗》,活物也。游、夏以后,自汉至宋,无不说《诗》者。不必皆有当于《诗》,而皆可以说《诗》。其皆可以说《诗》者,即在不必皆有当于《诗》之中。非说《诗》者之能如是,而《诗》之为物,不能不如是也。"①钟惺认为,文本之虚使"断章取义"之用成为可能,故让文本与不断变化的历史语境产生动态互动,衍生出无穷无尽的意义,成为永恒的"活物"。钟惺这一解释带有现代批评理论"诠释学"(hermeneutics)的诸多明显特征,相信文本赖以生存之处恰恰在于解释过程中对意思的不断重新创造,而这种不断创造可以说很大程度上基于"虚"所提供的空间。

---

① 钟惺著、李先耕、崔重庆标校:《隐秀轩集》,上海:上海古籍出版社,1992 年版,页 391。

《诗经》中,至虚之题评句与至实之主谓句灵活地交替使用,相得益彰,因而叙事、写物、言情无不产生极大的感召力。更重要的是,这两种句子又提供了结章和成篇的相应模式。主谓组句原则投射到章篇层次,就构成了"明而实"的、在时空—因果轴线建构的赋章、赋篇及比篇。由此可见,主谓和题评两种组织原则,犹如一经一纬,在《风》《雅》《颂》诗中造句,结章,成篇,交织出无数绚丽多彩,美不胜收的诗境。《诗经》"文约意广"境界生成的奥秘也许就在于此。

(二) 五言古诗:实句虚用与"指事造形,穷情写物,最为详切"之诗境

钟嵘《诗品·序》云:"五言居文词之要,是众作之有滋味者也,故云会于流俗。岂不以指事造形,穷情写物,最为详切者耶?"①这段话点明了五言诗两个貌似矛盾的特点。一是其句法向"实"方面发展。在五言诗中,《诗经》那种全面"虚空"题评章句已经消失了,取而代之的是可以用白描方式,直接而详尽地"指事造形,穷情写物"的主谓句。二是五言主谓句可以"居文词之要,是众作之有滋味者也",与质木无文的四言主谓句的审美效果迥然不同。为什么句法趋实而又能入虚,产生无尽的滋味呢?

为了解答这个问题,我们首先要分析四言主谓句与五言主谓句实义化所产生的不同效果。汉魏四言为了最大化地呈现艺术效果而将虚的空间填满,2+2句实义化造成了诗句板滞无力,使

---

①钟嵘:《诗品》,见何文焕辑:《历代诗话》,页3。

四言体丧失其昔日强有力的抒情功能，最终沦为专于记载宫廷礼仪活动、为帝王歌功颂德的诗体。然而，汉魏六朝五言虽然也极少用无实义的语助词，却并没有索然无味。相反，双音名词和副词骤增，而三言偏正名词词组从无到有，飞跃地发展，这些"实义化"的演变帮助每个字各尽己责，从而使得诗句之"意"日益拓展和丰富。同时，这些词类与单音动词混用，创造出灵活变换的语义节奏，从而引入各种各样不同的句法，创造很多的复杂句，故写物可以展现物象的方方面面，写情可以呈现情感的丰富性。

灵活变换的节奏和句法蕴藏了极丰富的"虚"的可能性。《古诗十九首》主要通过三个方法将五言主谓句由实变虚：省略、倒装和移情。例如第七章所分析的"胡马依北风，越鸟巢南枝"和"晨风怀苦心，蟋蟀伤局促"，前者通过省略介词"中""上"（"胡马立风中，越鸟巢枝上"），以动词"依""巢"强化了对故土的眷念之情；后者原句可理解为"晨风鸟声中，诗人怀着苦心；蟋蟀声里，诗人感伤局促"，亦是通过省略介词，将诗人的情感移入晨风鸟与蟋蟀两个意象当中，使得诗境中的情绪浑然一体、虚实难辨。而汉代之后，谢灵运和谢朓在这三个方面开拓了新的"虚境"。谢灵运将外物转为自己细微的感知印象，融合了自己观物的心理过程，因此不同于《诗经》或汉代大赋中实实在在的物象。通过大量的对偶联减缓了读者的阅读速度，通过省略和倒装让虚实相生，通过因果复杂句将不同的感官体验融合进入复杂的山水景物之中。如上文分析的"池塘生春草，园柳变鸣禽"就是"池塘春草生，园柳鸣禽变"的倒装，"池塘"从状语变成主语，而由实入虚；"怀新道转迥，寻异景不延"则是以因果复杂句的形式将自身情感移入物象之中,从而虚实共生。谢朓除了采用同样的方法,还发展出写景专用的 2+2+1 主谓状句式,如第七章分析的"天际识归舟,云中辨江树""大江流日夜,客心悲未央""寒灯耿宵梦,清镜悲晓发",分别通过移情入"中一"、倒装加强情景互动、直接调换主语和宾语三种手法,将情感抒发作为句式虚化之目的,力求达到"圆美流转"的审美境界①。

(三)唐代律诗:句法虚幻化与"景外之景""事外之事"之诗境

如果说称赞谢朓"好诗圆美流转如弹丸"之语可以用来描述齐梁五言诗境的视觉、听觉之美,那么"景外之景""事外之事"则可描述唐代律诗所达到更高的、超经验层次的审美境界。唐人不但孜孜不倦地进行这种艺术创造,他们自己也不断进行了理论阐释,其中最著名的莫过于王昌龄的"三境说"。

§13.9

　　诗有三境。一曰物境。二曰情境。三曰意境。

　　物境一,欲为山水诗,则张泉石云峰之境,极丽绝秀者,神之于心。处身于境,视境于心、莹然掌中,然后用思,了然境象,故得形似。

　　情境二。娱乐愁怨,皆张于意而处于身,然后驰思,深得其情。

————————

①具体分析见第七章"五言律诗句法、结构、诗境"第一节。

　　意境三。亦张之于意,而思之于心,则得其真矣。①

　　王昌龄关于三境的这段话,也提供我们分析盛唐近体诗境的途径。他把"境"就内容分为三种,用以代表诗歌境界不同的主题类别。

　　物境主要是山水诗这类诗歌,以写物为主,通过使用一些虚幻缥缈的意象来表现出一种特有的空灵境界,如王维、孟浩然的山水诗。王维的《终南山》通过在句腰使用双音动词"回望""入看",演绎出两种不同的读法。"白云/回望/合,青霭/入看/无"描述诗人跋涉于云雾缭绕,后顾前瞻,欣赏景物。"白云/回望合,青霭/入看无"则点出了诗人禅悟宇宙山水的活动,同时颔颈两联的末字"合""无""变""殊"又共同营造了变幻无穷的、体现佛教世界观的幻境②。此诗无疑即王昌龄所说"物境"的最佳范例。"视境于心,莹然掌中"说明唐人山水诗与六朝的不同,"感物"不再是中心,而是要进入体悟、把握宇宙万物总象的内心之境,而后再以文字表达出来。

　　情境,就诗歌内容而言主要是描述诗人自己的情感,并通过句法妙用,创造出"象外之象""景外之景"。杜甫诗歌无疑是这种情境最杰出的代表。他把个人情感以及儒家理想转化为对整个世界、宇宙的情感,把自己的境遇和国家的命运、朝代更迭的历史融为一体,这样也就有了"景外之景""事外之事"。例如《春

---

①王昌龄著:《诗格》,见张伯伟撰:《全唐五代诗格汇考》,页172—173。
②具体分析见第七章"五言律诗句法、结构、诗境"§7.6。

望》各联"感时花溅泪,恨别鸟惊心",借助双重主谓句的含糊性,创造了五种不同的解读的可能,从而让我们了解诗人实际上是以三个不同的宽阔视角来反思自己的痛苦①。五种读法的主语不尽相同,感知对象的关系也悄然生变,从"我""时节""鸟""花"之间的转移互动,将个人的痛苦升华为人类的,乃至宇宙万物之情,并融入儒家的道德理想。因而此诗短短的四韵八句就把整个宇宙气象表现出来。这也就是王昌龄"情境"所谓"深得其情""得其真矣"之意。由此可见,至虚而幻的诗境并非只有佛家才有。唐律诗每一种句法创新,无不致力于表现"幻"的境界,即我们现在常说的"意境"或最高的艺术境界。

王昌龄所说的狭义的意境,和物境、情境有所不同。他对意境的讨论极虚,既不讲山水物象,也不讲人情之喜怒哀乐,只讲"张之于意而思之于心,则得其真"。我们可以推测,他是指诗篇以虚构想象的成分为主,取得超乎视听之域的境界。这一类诗歌严格来讲在唐代近体诗中不多,主要还是前面两类。真正具有虚幻缥缈、若离若现之境界的,除了李商隐个别七律名篇,其余诗歌很难说符合这种意境类别。李商隐的《锦瑟》是一首将四联之间的空隙最大化的作品。四联之间没有明显的联系,因而引发了后世的各种猜测。而造就五花八门解释的基础,应当说正是各联之断裂所提供的"虚"的空间②。

杜甫、王维等律诗大家不仅写出精妙绝伦、至虚而幻的颔联

---

①具体分析见第七章"五言律诗句法、结构、诗境"第二节。
②具体分析见第八章"七言律诗句法、结构、诗境"§8.27。

颈联,而且还将它们与质实的、往往带有具体时间地点的头尾两联结合在一起,形成起承转合的结构,从而创造出情感交融和虚实相生的艺术境界。这种境界的极品足以超乎物象世界,揭示出宇宙的真宰或万境实相,即司空图所说的"味外之旨""韵外之致""象外之象""景外之景"。后来宋人严羽对这种最高艺术境界作了更加精辟、详细的阐发,他称赞"盛唐诸人,唯在兴趣,羚羊挂角,无迹可求",又用了四个短语来形容盛唐诗境:"空中之音,相中之色,水中之月,镜中之象。"空、相、水、镜都是佛教用来强调现实世界虚幻的术语或比喻,而严羽借用来强调盛唐诗歌尤其是律诗里面的境界是超乎于现象之外,具体意象即声色折射出超经验的世界。

(四)词:结构虚做与"文繁意愈深愈广"之境界

词和诗的诗境大相径庭。作为配乐的一种新的诗歌形式,词得到不同的冠名,有的称为乐府,有的称为诗余,等等。这些命名的选择反映了批评家意识到词和诗的巨大区别。的确,在汉诗史上,词的发展和诗的发展不是相向,而是相反而行的。诗体的发展,从《诗经》开始总体上是遵循"文约意广"的路径,即用尽可能少的语言来表达更多更复杂的意思和情感。刘熙载《艺概·诗概》论曰:

§ 13.10

五言上二字下三字,足当四言两句,如"终日不成章"之于"终日七襄,不成报章"是也。七言上四字下三字,足当五言两句,如"明月皎皎照我床"之于"明月何皎皎,照我罗床

帏"是也。是则五言乃四言之约,七言乃五言之约矣。太白
尝有"寄兴深微,五言不如四言,七言又其靡也"之说。此特
意在尊古耳,岂可不达其意而误增闲字以为五七哉!①

　　刘熙载认为,五言体是四言体的精简,一个五言句可以顶两
句四言。七言又是五言体的精简,一个七言句可以表达两个五言
句。为什么诗体演变沿着精简化路径发展呢?笔者认为,这和诗
体从口头表演向书面写作的转变有关系。我们听口头诵读的诗
歌,是一个外听外视的过程,即我们倾听观看音乐表演,享受声音
的音乐感,并且通过声音符号转为视觉符号。书面写作和阅读则
不一样,是一种内视内听的过程,通过文字想象声音和形象,让它
们在脑海中重现。这需要比较短小的文字篇幅,使得读者可集中
地领会揣摩字句、意象之间的关系,在脑海中产生互动,引发各种
各样的内视内听的审美体验。所以很自然,诗体渐渐向比较浓缩
的方向发展,由繁到简。

　　词体则恰恰向相反的方向发展,由简到繁。可以用一首七绝
表达的意思,在词体中往往需要用大约两倍以上的篇幅来表
达②。这种由简到繁的发展,很重要的原因是诗歌又回到口头表
演的外部视听的传统。这种口头传统需要一种向前进行的运动,
因此诗体中用唤起读者的内听内视经验的句法和结构,比如炼
字、对偶、倒装、文字意义的不确定性等,就不再适用了。这些诗

————————

①刘熙载撰:《艺概》,页 70—71。
②参见第十章"小令句法、结构、诗境"§10.52。

句虚做的方法无不让阅读速度放慢,使读者从容地领略对偶词章中流连文字之美。但无论是小令还是慢词,这些形式往往都抛弃不用,这是一个必然。因为词体的表演形式决定了不可能采用放慢陈述速度的对偶句。

但是,词的发展不是简单地回归到从前的视听传统,比如说口头诵读的赋,或《诗经》中重章叠句的咏唱方式。就内容而言,词不像《诗经》大赋那样纯粹叙事,也不像汉赋那种纯粹的景物罗列。相反,它是用口头表演的形式来表达情感。哪怕那些专门写景叙事的作品,其背后还是受到抒情需要的驱动。词体的抒情方式与五七言诗也不同,并不过分依赖蕴藉含蓄的意象,往往是直接用语言来表达情感。例如,李煜《虞美人·春花秋月何时了》明确点明时间、地点,让抒情过程更为细腻而有现实感,同时又使用情态动词、反映心理状态的虚词,使作品更为口语化,更为浅白。最重要的是,此词的结构上有许多"虚空"的节点,往往一行就转入一个新的时空,引领读者自由地在时空的轴线里跳跃,从而真正做到淋漓尽致地抒情。这种抒情效果在简约局促的律诗中是很难达到的①。

正因为如此,笔者认为,词体艺术的最大的创新,不在于句法,而在于结构。比如把题评句这种句型的结构变成一个题评的章节,比如各种各样的头大尾小、头小尾大这种崭新的结构,来造成一种新的抒情形式——口头叙述的抒情形式的发展。慢词的发展实际上是叠加性抒情结构的进一步发展,不光是不同抒情片

---

①具体分析见第十章"小令句法、结构、词境"§10.53。

段的叠加,还发展出一种把情感的整个过程都表露出来的结构,尤其有特点的是柳永词中用领字搭建出来的结构。领字本身就是对抒情过程中不同阶段的简单提示,而所领部分,即景和物的片段组织,则把自己所提示的情感投射到景物之中,由此形成一种很独特的连环叠加结构。例如柳永《八声甘州》,上片的三个领字领出的均是景物描写,各句均以题评关系将词人的心境呈现了出来;下片通过领字变换视角,将思念在词人、佳人之间的往返表现了出来。这样的连环叠加结构从两个不同的平面建构了立体的抒情方法①。

随着南宋咏物词的出现,源于口头创作的传统又回到了文字书写的诗体传统。明显的抒情的部分(包括领字)消失,片段不是一个叙事框架的不同时空片段的组织,而成为物象之间的叠加。吴文英所谓"七宝楼台,碎拆下来,不成片段",就是因为它没有连接这些不同片段的领字或情语。因而这又是一种诗歌的内听内视的阅读方式。这种咏物词冗长而又缺少叙事抒情的经脉,自然容易催生出意义朦胧、若现若离的特殊审美境界。词就又回到书写为主的诗体传统。

从词和诗的互动关系,我们可以看到,诗是在平静的阅读当中想象,所以使用倒装、省略、移情等帮助产生意境的句法。但是词体不同,配乐词与听觉同步,所以强调线性发展。词虽然每句是实实在在的陈述,但仍有美感,这源自结构上充满空隙、断裂的题评章法篇法,结构上呈现抑扬顿挫的变化,凭借这种跳跃带领

---

①具体分析见第十一章"慢词节奏、句法、结构"第三节。

读者进入了变化的时空、虚幻的审美空间。此外,我们也能够看到,汉诗发展的外在和内在原因。外在原因是不同音乐和口头诗歌传统的影响;内因则是汉语在不同时期发生变化,造成不同诗体的节奏、句法、结构的相应变化。在这些内外因相互作用之下,汉诗不同审美境界层出不穷。换言之,审美境界的发展,主要是沿着口头传统的外听外视的轴线和书写传统的内听内视的轴线的发展。这两者自身不断的变化、两者之间的张力和持续互动,造成了层出不穷的诗境的出现,使诗歌文化发展不断地创新。汉诗中口头和书写传统始终相互影响、相互推动,构成促进诗歌艺术创新的最大的原动力。这和西方诗歌笔头文化一旦出现,口头传统辄被取代而消失的现象形成鲜明的对比。正是有了口头和笔头传统的持续互动,汉诗节奏、句法、结构才得以不断创新,演绎出各式各样虚实相生、源于又超越现实世界、美妙绝伦的诗境。